R & L

ÉMILE ZOLA

# DIE ROUGON-MACQUART

NATUR- UND SOZIALGESCHICHTE

EINER FAMILIE

UNTER DEM ZWEITEN KAISERREICH

Herausgegeben von Rita Schober

RÜTTEN & LOENING
BERLIN

ÉMILE ZOLA

# PARADIES DER DAMEN

RÜTTEN & LOENING
BERLIN

Titel der französischen Originalausgabe
AU BONHEUR DES DAMES
Deutsch von Hilda Westphal

# KAPITEL I

Denise war zu Fuß vom Bahnhof Saint-Lazare gekommen, wo sie und ihre Brüder nach einer auf der harten Bank eines Wagens dritter Klasse verbrachten Nacht einem Zug aus Cherbourg entstiegen waren. Sie hielt Pépé an der Hand, und Jean folgte ihr, alle drei waren erschöpft von der Reise, verwirrt und wie verloren in dem riesigen Paris, blickten an den Häusern empor und fragten an jeder Straßenkreuzung nach der Rue de la Michodière, in der ihr Onkel Baudu wohnte. Doch als sie endlich auf den Place Gaillon gelangten, blieb das junge Mädchen plötzlich überrascht stehen.

„Oh!“ sagte sie. „Sieh doch nur, Jean!“

Und wie angewurzelt standen sie da, eng aneinandergeschmiegt, ganz in Schwarz, da sie die alte, beim Tode ihres Vaters angeschaffte Trauerkleidung auftrugen. Denise, recht schmächtig für ihre zwanzig Jahre und von dürftigem Aussehen, hatte ein leichtes Bündel im Arm, während sich ihr fünfjähriges Brüderchen an ihren anderen Arm gehängt hatte und ihr der große Bruder in der blühenden Kraft seiner sechzehn Jahre, mit den Händen schlenkernd, über die Schulter sah.

„Weiß Gott“, fing sie nach einem Weilchen wieder an, „das ist einmal ein Laden!“

Es war ein Modewarenhaus an der Ecke der Rue de la Michodière und der Rue Neuve-Saint-Augustin, dessen Auslagen in dem milden und bleichen Licht des Oktobertages in lebhaften Tönen erstrahlten. Von der Saint-Roch-Kirche schlug es acht Uhr, auf den Gehsteigen sah man einstweilen nur das Paris der Frühaufsteher: die Angestellten, die in ihre Büros gingen, und die Hausfrauen, die von Laden zu Laden liefen. Vor dem Eingang standen auf einer Stehleiter zwei Kommis und hängten noch Wollwaren aus, indes in einem Schaufenster an der Rue Neuve-Saint-Augustin ein anderer Kommis kniete, den Rücken der

Straße zugewandt, und sorgfältig ein Stück blauen Seidenstoff in Falten legte. Drinnen im Laden, in dem noch keine Kunden waren und dessen Personal gerade erst eintraf, summte es wie in einem erwachenden Bienenstock.

„Alle Wetter", sagte Jean, „da kann sich Valognes verkriechen . . . So schön war deiner nicht."

Denise nickte. Sie hatte dort zwei Jahre bei Cornaille, dem ersten Modewarenhändler der Stadt, verbracht, und dieses Geschäft hier, das so plötzlich vor ihr aufgetaucht war, dieses für ihre Begriffe ungeheuer große Haus, verursachte ihr Beklemmungen, hielt sie im Bann, aufgeregt, voller Interesse, alles übrige vergessend. An der nach dem Place Gaillon zu gelegenen stumpfen Ecke reichte die hohe, von oben bis unten verglaste Eingangstür zwischen verschlungenen, reich vergoldeten Ornamenten bis zum Zwischenstock. Zwei allegorische Figuren, zwei lächelnde Frauen, entrollten, den nackten Busen vorgestreckt, das Firmenschild „Paradies der Damen". Dann zog sich die Rue de la Michodière und die Rue Neuve-Saint-Augustin entlang eine Reihe von tiefen Schaufenstern, sie nahmen außer dem Eckgebäude noch vier weitere Häuser, zwei links und zwei rechts von jenem, ein, die erst kürzlich hinzugekauft und eingerichtet worden waren. Das alles war, mit den Auslagen im Erdgeschoß und den Spiegelglasscheiben im Zwischenstock, hinter denen man das ganze Tun und Treiben in den Verkaufsräumen sah, in der perspektivischen Flucht von einer Weiträumigkeit, die dem jungen Mädchen unendlich vorkam. Oben spitzte ein in Seide gekleidetes Fräulein einen Bleistift an, während zwei andere neben ihr Samtmäntel auslegten.

„Paradies der Damen", las Jean mit seinem zärtlichen Lächeln eines hübschen Jünglings, der in Valognes bereits etwas mit einer Frau gehabt hatte. „Das ist nett, nicht? Das muß ja die Leute anziehen!"

Aber Denise stand noch immer ganz versunken vor der Auslage am Haupteingang. Dort gab es im Freien, bis auf den Bürgersteig hinaus, ganze Haufen billiger Waren, die Verlockung zum Eintreten, die Gelegenheit zu wohlfeilen Einkäufen, die aus Vorübergehenden Kundinnen macht. Oben nahm es seinen Anfang, Bahnen von Wollstoffen und Tuchen, Merino, Cheviot, Molton, senkten sich, flatternd gleich Fahnen, vom Zwischenstock herab, und die neutralen Farbtöne, Schiefergrau, Marineblau, Olivgrün, wurden von den weißen Zetteln der Preisschilder unterbrochen. An den Seiten hingen, den Eingang rahmend, auf die gleiche Weise Fellstücke, schmale Streifen für Kleiderbesatz, das zarte Aschgrau der Fehrücken, der reine Schnee des Schwanenpelzes, unechter Hermelin und Marder aus dem Haarkleid der Kaninchen. Unten gab es dann in Regalen und auf Tischen zwischen Stapeln von Stoffresten eine Überfülle von Wirkwaren, die zu Spottpreisen verkauft wurden, aus Wolle gestrickte Handschuhe und Busentücher, Kapuzen, Westen, eine ganze Auslage von Wintersachen in buntscheckigen Farben mit Flammenmustern, Streifen und blutroten Flecken. Denise sah einen schottisch karierten Wollstoff zu fünfundvierzig Centimes, Boas aus amerikanischem Nerz zu einem Franc und Fausthandschuhe zu fünf Sous. Es war eine riesige Schaustellung wie auf einem Jahrmarkt, der Laden schien zu bersten und auf die Straße zu schütten, was er nicht mehr fassen konnte.

Onkel Baudu war vergessen. Sogar Pépé, der die Hand seiner Schwester nicht losließ, riß weit die Augen auf. Ein Wagen zwang die drei, sich von der Mitte des Platzes wegzubegeben, und mechanisch bogen sie in die Rue Neuve-Saint-Augustin ein, gingen an den Schaufenstern entlang, blieben vor jeder Auslage aufs neue stehen. Zuerst wurden sie von einem komplizierten Arrangement bezaubert: ganz oben bildeten schräg angebrachte Regenschirme gleichsam das Dach einer ländlichen Hütte; darunter zeigten an Stangen aufgehängte Seidenstrümpfe rundliche Wadenlinien, die einen waren mit Rosensträußchen übersät, andere hatten alle möglichen Farbtöne, die schwarzen waren durchbrochen gearbeitet, die roten mit gestickten Zwickeln, das atlasartige Gewebe der fleischfarbenen war zart wie die Haut einer Blondine; auf dem Tuch des Schaufenstergestells schließlich hatte man Handschuhe symmetrisch angeordnet, die Finger langgezogen, die Handflächen schmal wie die einer byzantinischen Madonna, von jener starren und gleichsam ephebenhaften Anmut noch ungetragenen Frauenputzes. Vor allem aber fesselte sie das letzte Schaufenster. Eine Ausstellung von Seide, Atlas und Samt entfaltete hier in einer sanften und flimmernden Skala die köstlichsten Blumenfarben: zuoberst die Samte von tiefem Schwarz, vom Weiß geronnener Milch; weiter unten die Atlasstoffe, die rosenfarbenen, die blauen, schillernd in den Brüchen, immer lichter werdend bis zur Blässe äußerster Zartheit; noch weiter unten die Seiden, ein wahrer Regenbogen, zu Schlaufen aufgebunden, in Falten gelegt wie um eine sich biegende Taille, lebendig geworden unter den geschickten Händen der Kommis; und zwischen den einzelnen Motiven, zwischen den einzelnen Farbmelodien der Auslage zog sich als diskrete Begleitung ein leichter bauschiger Streifen cremegelben Foulards hin. Hier befanden sich auch an den beiden Ecken die zwei Seidensorten, an denen einzig dieser Firma Verkaufsrechte zustanden. Paris-Paradies und Goldhaut, ganz besondere Artikel, die eine Umwälzung im Modewarenhandel hervorrufen sollten.

„Ach, diese Faille zu fünf Francs sechzig!“ murmelte Denise, die staunend vor dem Paris-Paradies stand.

Jean langweilte sich. Er hielt einen Vorübergehenden an. „Wo ist die Rue de la Michodière, mein Herr?“

Als man sie ihm gezeigt hatte, die erste Straße rechts, gingen die drei denselben Weg zurück, wobei sie wieder an dem ganzen Geschäft vorbeikamen. Doch als sie in die Straße einbogen, wurde Denise abermals von einem Schaufenster gefesselt, in dem Damenkonfektion ausgestellt war. Bei Cornaille in Valognes war sie speziell mit der Konfektionsabteilung betraut gewesen. Aber so etwas hatte sie noch nie gesehen, Bewunderung ließ sie wie angewurzelt stehenbleiben. Im Hintergrund breitete eine große Schärpe aus recht teuren Brügger Spitzen eine Altardecke aus, zwei entfaltete Schwingen von rötlich schimmerndem Weiß; Volants aus Point d'Alençon waren in Girlanden aufgehängt; außerdem war da, wie mit vollen Händen ausgestreut, ein Geriesel aller Arten von Spitzen: Brabanter und Valenciennesspitzen, Brüsseler Applikationen, Points de Venise, wie fallender Schnee. Rechts und links türmten sich Tuchballen zu dunklen Säulen auf, die diesen tabernakelhaften Hintergrund in noch größere Ferne rückten. Und in dieser dem Kult weiblicher Anmut errichteten Kapelle befanden sich die Konfektionswaren: die Mitte nahm ein ganz unvergleichliches Stück ein, ein Samtmantel mit Besatz aus Silberfuchsfell; auf der einen Seite sah man einen seidenen, mit Feh gefütterten Radmantel, auf der anderen einen mit Hahnenfedern verbrämten Tuchpaletot; schließlich gab es da noch Abendmäntel aus weißem Kaschmir, aus weißem Matelassé, mit Schwanenpelz oder mit Chenille garniert. Für jegliche Laune war etwas vorhanden, vom Abendmantel zu neunundzwanzig Francs bis zu dem Samtmantel, der mit achtzehnhundert Francs ausgezeichnet war. Über dem runden Busen der Schaufensterpuppen bauschte sich der Stoff, die kräftigen Hüften hoben die Zartheit der Taille stärker hervor, der fehlende Kopf war durch ein großes Preisschild ersetzt, das mit einer Nadel an dem roten Molton festgesteckt war, der den Hals umgab; und die Spiegel zu beiden Seiten des Schaufensters reflektierten und vervielfachten sie ins endlose in einem wohlberechneten Spiel, bevölkerten die Straße mit diesen schönen verkäuflichen Frauen, die an Stelle eines Kopfes in fetten Zahlen ihren Preis trugen.

„Famos sind die!" murmelte Jean, der keinen anderen Ausdruck für seine Erregung fand.

Er selber war sofort mit offenem Mund regungslos stehengeblieben. Dieser ganze Frauenluxus ließ ihn vor Vergnügen erröten. Er war von mädchenhafter Schönheit, einer Schönheit, die er seiner Schwester geraubt zu haben schien, hatte eine blendendweiße Haut, rötliches krauses Haar, Lippen und Augen schimmerten feucht vor Zärtlichkeit. Neben ihm wirkte Denise, wie sie so staunend dastand, noch unbedeutender mit ihrem langen Gesicht und dem zu großen Mund, ihrem bereits unfrischen Teint und dem glanzlosen Haar. Und Pépé, der ebenfalls blond war, von einem Kinderblond, schmiegte sich dichter an sie, als sei er, durch die schönen Damen im Schaufenster verwirrt und entzückt, von einem unruhigen Bedürfnis nach Liebkosungen ergriffen. Sie waren so seltsam und so reizend dort auf dem Bürgersteig, diese drei blonden Geschöpfe in ihrer armseligen schwarzen Kleidung, das traurige Mädchen zwischen dem hübschen Kind und dem prächtigen jungen Burschen, daß sich die Vorübergehenden lächelnd nach ihnen umwandten.

Seit einem Weilchen stand auf der Schwelle eines Ladens an der anderen Seite der Straße ein wohlbeleibter weißhaariger Mann und betrachtete die drei. Mit zornfunkelnden Augen und verzerrtem Mund stand er dort, außer sich über die Auslagen des „Paradieses der Damen", und der Anblick des jungen Mädchens und seiner Brüder brachte ihn vollends auf. Was hatten diese drei einfältigen Dinger so diese marktschreierische Schaustellung zu begaffen?

„Und der Onkel?" fragte Denise plötzlich, wie jäh erwacht.

„Wir sind ja in der Rue de la Michodière", sagte Jean. „Er muß hier irgendwo wohnen."

Sie hoben den Kopf, drehten sich um. Da bemerkten sie gerade vor sich, über dem wohlbeleibten Mann, ein grünes Firmenschild, dessen gelbe Buchstaben vom Regen verwaschen waren: „Au Vieil Elbeuf, Tuche und Flanelle, Baudu vormals Hauchecorne". Das mit einem alten fleckigen Verputz beworfene Haus, ganz zusammengepreßt von den angrenzenden großen Bauten im Louis-Quatorze-Stil, hatte nur drei Fenster Front, und diese Fenster, viereckig und ohne Jalousien, waren bloß mit einem Eisengitter, zwei über Kreuz angebrachte Stangen, versehen. Was aber Denise, deren Augen noch von den glänzenden Auslagen des „Paradieses der Damen" erfüllt waren, angesichts dieser Kahlheit vor allem einen Stoß versetzte, war der Laden im Erdgeschoß mit der erdrückend niedrigen Decke, über dem sich ein ebenfalls sehr niedriger Zwischenstock mit halbmondförmigen Gefängnisluken befand. Durch Holzwände von der Farbe des Firmenschilds, einem Flaschengrün, das die Zeit mit ockergelben und grauschwarzen Tönen verfärbt hatte, waren rechts und links zwei tiefe Schaukästen abgeteilt, dunkel und verstaubt, in denen man undeutlich ein paar Stoffstapel wahrnahm. Die offenstehende Tür schien in die feuchte Finsternis eines Kellers zu führen.

„Da ist es“, sagte Jean.

„Nun gut, wir müssen hineingehen“, erklärte Denise. „Los, komm, Pépé.“

Doch von Scheu ergriffen, wurden alle drei ängstlich. Als ihr Vater an dem gleichen Fieber gestorben war, das einen Monat zuvor ihre Mutter dahingerafft, hatte Onkel Baudu freilich, durch diesen doppelten Trauerfall bewegt, seiner Nichte geschrieben, es werde sich bei ihm stets ein Platz für sie finden, falls sie eines Tages ihr Glück in Paris versuchen wolle; aber dieser Brief lag schon fast ein Jahr zurück, und das junge Mädchen bereute nun, daß es Valognes so Hals über Kopf verlassen hatte, ohne ihren Onkel davon zu benachrichtigen. Dieser kannte sie gar nicht, hatte er doch nie wieder den Fuß in seine Heimatstadt gesetzt, seit er in ganz jungen Jahren von dort fortgezogen war, um als kleiner Kommis zu dem Tuchhändler Hauchecorne zu gehen, dessen Tochter er schließlich geheiratet hatte.

„Herr Baudu?“ fragte Denise, die sich endlich entschloß, den wohlbeleibten Mann anzusprechen, der sie und ihre Brüder, verwundert über ihr Benehmen, noch immer musterte.

„Der bin ich“, erwiderte er.

Da errötete Denise heftig und stammelte:

„Ah, um so besser! – Ich bin Denise, und das ist Jean und das Pépé ... Sie sehen, Onkel, wir sind gekommen.“

Baudu schien ganz verblüfft zu sein. Seine großen geröteten Augen flackerten in dem gelben Gesicht, seine zögernden Worte kamen verwirrt heraus. Offensichtlich lagen ihm diese Verwandten, die ihm da unvermutet auf den Hals kamen, unendlich fern.

„Wie? Wie? Sie sind hier?“ wiederholte er mehrmals. „Aber Sie waren doch in Valognes! – Weshalb sind Sie nicht mehr in Valognes?“

Mit ihrer sanften, ein wenig zitternden Stimme mußte sie es ihm erklären. Nach dem Tode ihres Vaters, der die Mittel aus seiner Färberei bis zum letzten Sou aufgebraucht habe, sei sie zur Mutter der beiden Kinder geworden. Was sie bei Cornaille verdiente, sei nicht ausreichend gewesen, sie alle drei zu ernähren. Jean habe zwar bei einem Kunsttischler gearbeitet, der sich mit der Instandsetzung antiker Möbel befaßte; aber er habe nicht einen Sou dafür bekommen. Doch er habe Geschmack an alten Dingen gewonnen und Holzfiguren geschnitzt. Eines Tages habe er sogar, nachdem er ein Stück Elfenbein gefunden, zu seinem Vergnügen einen Kopf gemacht, den ein durchreisender Herr gesehen habe; und eben dieser Herr habe sie zu dem Entschluß gebracht, Valognes zu verlassen; denn er habe Jean eine Stellung bei einem Elfenbeindrechsler in Paris verschafft.

„Verstehen Sie mich recht, Onkel, Jean wird ab morgen bei seinem neuen Meister in die Lehre gehen. Man verlangt dafür kein Geld von mir, er wird dort Kost und Logis haben . . . Da habe ich gedacht, daß Pépé und ich immer irgendwie zurechtkommen würden. Unglücklicher als in Valognes können wir hier auch nicht dran sein."

Was sie verschwieg, war Jeans leichtsinnige Liebschaft, Briefe, die er an ein adliges junges Mädchen in der Stadt geschrieben hatte, über eine Mauer hinweg getauschte Küsse, ein regelrechter Skandal, der sie zum Wegziehen bewogen hatte; und sie begleitete ihren Bruder vor allem nach Paris, um über ihn zu wachen, von mütterlicher Angst um diesen großen, so schönen und heiteren Knaben erfaßt, den alle Frauen verhimmelten.

Onkel Baudu vermochte sich noch nicht zu beruhigen. Seine Fragen begannen von neuem. Immerhin duzte er Denise, nachdem er sie so von ihren Brüdern hatte sprechen hören.

„Dein Vater hat euch also nichts hinterlassen? Ich glaubte, es sei noch ein wenig Geld vorhanden. Ach, ich habe ihm in meinen Briefen oft genug geraten, diese Färberei nicht zu übernehmen. Ein gutes Herz hatte er, aber keinen Deut Verstand! – Und du hast nun dieses Bürschchen auf dem Halse, hast das Völkchen erhalten müssen!" Seine gallige Miene hatte sich aufgehellt, er blickte nicht mehr aus so zornfunkelnden Augen wie vorhin, als er das „Paradies der Damen" betrachtete. Plötzlich merkte er, daß er den Eingang versperrte. „Nun gut", sagte er, „kommt rein, da ihr nun einmal hier seid . . . Kommt rein, das ist besser, als vor albernem Zeug herumzustehen." Und nachdem er den gegenüberliegenden Schaufenstern eine letzte zornige Grimasse geschnitten hatte, gab er den Kindern den Weg frei, ging ihnen in den Laden voran und rief nach seiner Frau und seiner Tochter: „Elisabeth, Geneviève, kommt doch mal, hier ist Besuch für euch!"

Aber Denise und die Kinder zögerten angesichts des finsteren Ladens. Geblendet von dem hellen Licht der Straße, blinzelten sie wie beim Betreten einer unbekannten Höhle, setzten in der instinktiven Furcht vor irgendeiner tückischen Stufe die Füße tastend auf. Und durch diese unbestimmte Angst noch enger verbunden, traten sie, sich noch dichter aneinanderschmiegend, der Kleine noch immer in die Röcke des Mädchens verkrochen und der Große hinter ihr, mit lächelnder, bänglicher Anmut ein. Das helle Morgenlicht ließ die schwarze Silhouette ihrer Trauerkleider scharf hervortreten, ein schräger Sonnenstrahl vergoldete ihre blonden Haare.

„Kommt rein, kommt rein", wiederholte Baudu.

Mit ein paar kurzen Sätzen unterrichtete er Frau und Tochter. Erstere war eine kleine, von Blutarmut aufgezehrte Frau, ganz weiß, mit farblosem Haar, farblosen Augen, farblosen Lippen. Geneviève, bei der sich der schlechte Zustand ihrer Mutter in noch schlimmerem Grade zeigte, war kraftlos und bleich wie eine Schattenpflanze. Dennoch verlieh herrliches schwarzes Haar, das wie durch ein Wunder dicht und schwer von diesem armseligen Fleisch hervorgebracht worden war, ihr einen traurigen Reiz.

„Kommt rein", sagten nun auch die beiden Frauen. „Ihr seid uns willkommen."

Und Denise mußte hinter einem Ladentisch Platz nehmen. Sofort kletterte Pépé seiner Schwester auf den Schoß, während sich Jean, an die Holzverkleidung gelehnt, in ihrer Nähe hielt. Sie faßten wieder Mut, betrachteten den Laden, wo sich ihre Augen nun an die Düsternis gewöhnten. Jetzt sahen sie ihn mit seiner niedrigen und verräucherten Decke, seinen von langem Gebrauch blank gewordenen eichenen Ladentischen, den uralten, mit starken Eisenbeschlägen versehenen Regalen. Dunkle Warenballen waren bis unter die Deckenbalken aufgetürmt. Der Geruch von Stoffen und Farben, ein scharfer Chemikaliengeruch, schien durch die Feuchtigkeit des Fußbodens noch verstärkt zu werden.

Im Hintergrund räumten zwei Kommis und ein Fräulein Stapel weißen Flanells ein.

„Vielleicht möchte der kleine Herr gern was essen?" sagte Frau Baudu lächelnd zu Pépé.

„Nein, danke", antwortete Denise. „Wir haben in einem Café am Bahnhof eine Tasse Milch getrunken." Und als Geneviève auf das leichte Bündel schaute, das Denise auf den Fußboden gelegt hatte, fügte diese hinzu: „Ich habe unsern Koffer dortgelassen."

Sie errötete, sie war sich klar darüber, daß man niemandem so ins Haus fallen dürfe. Schon im Eisenbahnwagen war sie, sobald der Zug Valognes verlassen hatte, von Reuegefühlen erfüllt gewesen; und das war der Grund, weshalb sie bei der Ankunft den Koffer nicht mitgenommen und die Kinder hatte frühstücken lassen.

„Nun wollen wir uns kurz und klar aussprechen", sagte Baudu plötzlich. „Ich habe dir geschrieben, das stimmt, aber es ist ein Jahr her, und sieh mal, mein armes Kind, das Geschäft ist seit einem Jahr gar nicht gut gegangen . . ." Er hielt inne, denn eine Erregung, die er nicht zeigen wollte, schnürte ihm die Kehle zu.

Frau Baudu und Geneviève standen mit ergebener Miene und niedergeschlagenen Augen da.

„Oh", fuhr er fort, „es ist eine vorübergehende Krise, ich bin ganz unbesorgt . . . Nur habe ich mein Personal verringert, es sind bloß noch drei Leute da, und es ist kaum der rechte Augenblick, um eine vierte Person anzustellen. Kurz, ich kann dich nicht nehmen, wie ich es dir angeboten hatte, mein armes Kind."

Bestürzt, ganz blaß, hörte Denise ihm zu.

Er wurde noch dringlicher und sagte:

„Dabei käme weder für dich noch für uns etwas Gutes heraus."

„Schon gut, Onkel", brachte sie schließlich mühsam hervor. „Ich werde versuchen, dennoch zurechtzukommen."

Die Baudus waren keine schlechten Leute. Aber sie klagten, daß sie niemals Glück gehabt hätten. Zu der Zeit, als ihr Handel flott ging, hatten sie fünf Söhne großziehen müssen, von denen drei mit zwanzig Jahren gestorben waren; der vierte war auf die schiefe Bahn geraten, der fünfte vor kurzem als Hauptmann nach

Mexiko gegangen. Nur Geneviève war ihnen geblieben. Diese Kinder hatten schweres Geld gekostet, und zudem hatte sich Baudu völlig dadurch verausgabt, daß er in Rambouillet, dem Heimatort seines Schwiegervaters, ein großes baufälliges Haus kaufte. All das hatte bei seiner fast krankhaften Rechtschaffenheit eines Kaufmanns vom alten Schlage eine zunehmende Bitterkeit im Gefolge.

„Man meldet sich doch an", begann er von neuem, nach und nach ärgerlich über seine eigene Schroffheit. „Du konntest mir schreiben, ich hätte dir geantwortet, du solltest dort bleiben ... Als ich vom Tod deines Vaters erfuhr, habe ich dir, hol's der Kukkuck, geschrieben, was man so zu schreiben pflegt. Aber du schneist hier ohne weiteres herein ... Das bringt uns in große Verlegenheit." Er sprach lauter, er machte seinem Herzen Luft.

Frau und Tochter, fügsame Wesen, die es niemals wagten, sich einzumischen, hielten noch immer den Blick zu Boden gesenkt.

Denise aber hatte, während Jean blaß wurde, den erschrockenen Pépé an ihr Herz gedrückt. Zwei große Tränen rollten ihr über die Wangen.

„Schon gut, Onkel", wiederholte sie. „Wir werden gleich unserer Wege gehen."

Sofort nahm er sich zusammen. Es herrschte ein betretenes Schweigen. Dann sagte er in mürrischem Ton:

„Ich setz euch nicht vor die Tür ... da ihr einmal hier seid, werdet ihr immerhin heute nacht oben schlafen. Später werden wir weitersehen."

Ein Blick von ihm gab Frau Baudu und Geneviève zu verstehen, daß sie die Angelegenheit in Ordnung bringen könnten. Alles wurde geregelt. Mit Jean brauchte man sich nicht zu befassen. Was Pépé betraf, so würde er ausgezeichnet bei Frau Gras aufgehoben sein, einer alten Dame, die ein großes Erdgeschoß in der Rue des Orties bewohne und dort für monatlich vierzig Francs kleine Kinder in volle Pension nehme. Denise erklärte, sie besitze genug, um den ersten Monat zu bezahlen. Es ging also nur noch darum, sie selber unterzubringen. Man werde schon eine Stellung für sie in diesem Stadtviertel finden.

„Hat nicht Vinçard eine Verkäuferin gesucht?“ fragte Geneviève.

„Sieh an, das stimmt!“ rief Baudu. „Wir werden ihn nach dem Essen aufsuchen. Man muß das Eisen schmieden, solange es heiß ist.“

Kein einziger Kunde hatte diesen Familienrat gestört. Der Laden war dunkel und leer geblieben. Im Hintergrund hatten die beiden Kommis und das Fräulein unter geflüsterten und gezischelten Worten ihre Tätigkeit fortgesetzt. Doch jetzt erschienen drei Damen, Denise blieb ein Weilchen sich selber überlassen. Sie küßte Pépé, das Herz war ihr schwer beim Gedanken an die baldige Trennung. Schmeichlerisch wie ein Kätzchen barg das Kind, ohne ein Wort zu sagen, den Kopf an ihre Brust. Als Frau Baudu und Geneviève zurückkehrten, fanden sie, er sei sehr artig, und Denise versicherte, daß er nie mehr Lärm mache: ganze Tage lang bleibe er stumm, lebe nur von Liebkosungen. Bis zum Essen sprachen dann alle drei ein wenig befangen, wie es Verwandte sind, die einander nicht kennen, in kurzen und unbestimmten Wendungen über die Kinder, den Haushalt, das Leben in Paris und in der Provinz. Jean war auf die Ladenschwelle getreten und rührte sich nicht mehr davon weg, er war gefesselt durch das Straßenleben und lächelte den hübschen Mädchen zu, die vorüberkamen.

Um zehn Uhr erschien ein Dienstmädchen. In der Regel wurde zunächst für Baudu, Geneviève und den Ersten Kommis gedeckt. Um elf Uhr wurde für Frau Baudu, den Zweiten Kommis und das Fräulein angerichtet.

„Zu Tisch!“ rief der Tuchhändler, sich an seine Nichte wendend. Und als schon alle in dem engen Eßzimmer hinter dem Laden saßen, rief er den Ersten Kommis, der sich verspätet hatte: „Colomban!“

Der junge Mann entschuldigte sich, er habe den Flanell fertig einräumen wollen. Er war ein kräftiger Bursche von fünfundzwanzig Jahren, schwerfällig und dabei schlau. In seinem biederen Gesicht mit dem großen schlaffen Mund standen listige Augen.

„Zum Teufel, alles zu seiner Zeit!“ sagte Baudu, der sich breit am Tisch niedergelassen hatte und mit der Umsicht und Geschicklichkeit eines Pensionsvorstehers ein Stück kalten Kalbsbraten zerlegte, wobei er die schmalen Portionen aufs Gramm genau mit den Augen abwog. Er versorgte alle, schnitt sogar das Brot vor.

Denise hatte Pépé neben sich gesetzt, um darauf zu achten, daß er sauber aß. Doch das düstere Zimmer bedrückte sie; sie schaute sich darin um, und das Herz zog sich ihr zusammen, war sie doch an die großen, kahlen und hellen Stuben in der Provinz gewöhnt. Das einzige Fenster ging auf einen kleinen Innenhof, der durch den finsteren Hausflur mit der Straße in Verbindung stand; und dieser feuchte, übelriechende Hof glich dem Boden eines Brunnenschachts, in den ein runder Fleck trüber Helligkeit fiel. An Wintertagen mußte hier wohl von morgens bis abends das Gas brennen. Erlaubte es das Wetter, ohne künstliches Licht auszukommen, so war es noch trübseliger. Denise brauchte eine kleine Weile, bis sich ihre Augen daran gewöhnten und sie die Speisen auf ihrem Teller hinlänglich erkannte.

„Das nenne ich einen Burschen mit einem guten Appetit“, erklärte Baudu, als er feststellte, daß Jean mit seinem Kalbfleisch fertig war. „Wenn er ebensogut arbeitet, wie er ißt, wird ein tüchtiger Mann aus ihm ... Aber du, Mädchen, ißt du denn nicht? – Und sag mal, jetzt haben wir ja Zeit zum Plaudern, weshalb hast du dich nicht in Valognes verheiratet?“

Denise stellte das Glas, das sie gerade zum Munde führen wollte, hin.

„Ach, Onkel, ich mich verheiraten! Daran ist gar nicht zu denken! Und die Kinder!“ Sie lachte schließlich, so sonderbar kam ihr der Gedanke vor. Hätte übrigens irgendein Mann sie haben wollen, so ohne einen Sou, kaum mehr als ein Spatz und noch dazu nicht hübsch? Nein, nein, sie werde nie heiraten, sie habe schon genug an zwei Kindern.

„Da hast du nicht recht“, erwiderte der Onkel, „eine Frau braucht stets einen Mann. Wenn du einen braven Burschen gefunden hättest, würden du und deine Brüder jetzt nicht wie Zigeuner in Paris auf der Straße liegen." Er brach ab, um abermals knauserig, aber gerecht auszuteilen – eine Schüssel Kartoffeln mit Speck, die das Dienstmädchen gebracht hatte. Dann fuhr er, mit dem Löffel auf Geneviève und Colomban deutend, fort: „Sieh, die beiden werden im Frühjahr heiraten, wenn wir eine gute Wintersaison haben." Das sei ein patriarchalischer Brauch dieses Hauses. Der Gründer, Aristide Finet, habe seine Tochter Désirée seinem Ersten Kommis, Hauchecorne, zur Frau gegeben; er, Baudu, der mit sieben Francs in der Tasche in der Rue de la Michodière angekommen sei, habe Elisabeth, die Tochter des alten Hauchecorne, geehelicht; und er beabsichtige seinerseits, seine Tochter Geneviève samt der Firma Colomban zu überlassen, sobald das Geschäft wieder einen Aufschwung nähme. Daß er eine seit drei Jahren beschlossene Heirat so hinausschob, geschah aus Gewissenhaftigkeit, aus starrsinniger Redlichkeit: er hatte eine blühende Firma bekommen, er wollte sie nicht mit verringerter Kundschaft und zweifelhaftem Geschäftsgang in die Hände eines Schwiegersohnes übergehen lassen. Baudu sprach immer weiter, stellte Colomban vor, der, wie Frau Baudus Vater, aus Rambouillet stamme; sie seien sogar entfernt miteinander verwandt. Eine tüchtige Arbeitskraft, seit zehn Jahren habe er sich im Laden abgeplackt und den Aufstieg ehrlich verdient! Übrigens sei er nicht der erstbeste, sein Vater sei jener lustige Bruder Colomban, ein im ganzen Departement Seine-et-Oise bekannter Tierarzt, ein Meister in seinem Fach, aber so fürs Essen und Trinken eingenommen, daß er dafür alles draufgehen lasse. „Dem Himmel sei Dank", sagte der Tuchhändler abschließend, „wenn der Vater auch trinkt und den Schürzen nachläuft, hat der Sohn hier doch den Wert des Geldes schätzengelernt."

Während er redete, beobachtete Denise Colomban und Geneviève. Sie saßen nebeneinander am Tisch; aber sie blieben völlig ruhig, ohne ein Erröten, ohne ein Lächeln. Seit dem Tage, da der junge Mann seine Stellung angetreten, hatte er mit dieser Heirat gerechnet. Er hatte die verschiedenen Stadien durchlaufen, war kleiner Kommis gewesen, der gerade seine Lehrzeit hinter sich hatte, dann Verkäufer mit festem Gehalt, wurde schließlich in das

Vertrauen der Familie gezogen und nahm an ihren Vergnügungen teil, das alles tat er ganz geduldig, führte ein äußerst geregeltes Leben und sah in Geneviève ein ausgezeichnetes und ehrbares Geschäft. Die Gewißheit, sie eines Tages zu besitzen, ließ kein Verlangen nach ihr in ihm aufkommen. Und auch das junge Mädchen hatte sich daran gewöhnt, ihn zu lieben, jedoch mit der Ernsthaftigkeit ihrer verschlossenen Natur und mit einer tiefen Leidenschaft, die ihr selber in ihrem einförmigen und geordneten täglichen Leben nicht bewußt wurde.

„Wenn man Gefallen aneinander findet und die Möglichkeit hat", glaubte Denise lächelnd sagen zu sollen, um sich liebenswürdig zu erweisen.

„Ja, darauf läuft es am Ende immer hinaus", erklärte Colomban, der noch kein Wort von sich gegeben, sondern nur langsam gekaut hatte.

Nachdem ihm Geneviève einen langen Blick zugeworfen, sagte nun sie:

„Man muß einander nur verstehen, dann ist alles ganz einfach."

Ihre gegenseitige Zuneigung war in diesem Erdgeschoß im alten Paris herangewachsen. Sie war gleichsam eine Kellerblüte. Seit zehn Jahren kannte Geneviève nur ihn, verbrachte alle Tage in seiner Nähe, hinter den gleichen Stoffstapeln, in der Finsternis des Ladens; und mittags und abends fanden sich beide wieder Seite an Seite in dem engen Eßzimmer, wo es kühl wie in einem Brunnen war. Draußen im Freien unter dichtem Laub wären sie nicht verborgener, nicht mehr sich selber überlassen gewesen. Nur ein Zweifel, eine eifersüchtige Angst konnte dem jungen Mädchen zu der Erkenntnis verhelfen, daß ihr unausgefülltes Herz und ihr unbeschäftigter Kopf sie dahin gebracht hatten, sich in diesem mitschuldigen Dunkel auf immer zu verschenken.

Denise jedoch hatte geglaubt, in dem Blick, den Geneviève Colomban zuwarf, eine aufkommende Besorgnis zu bemerken. Daher erwiderte sie gefällig:

„Bah, wenn man sich liebt, versteht man einander immer."

Baudu aber überwachte streng die Tafel. Er hatte kleine keilförmige Stückchen Briekäse verteilt, und um seine Verwandten zu ehren, verlangte er einen zweiten Nachtisch, eine Schüssel eingemachter Johannisbeeren, eine Freigebigkeit, über die sich Colomban zu wundern schien. Pépé, der bis dahin sehr artig gewesen war, betrug sich angesichts des Eingemachten schlecht. Jean, dessen Interesse durch das Gespräch über die Heirat geweckt worden war, musterte nun seine Kusine Geneviève, die er zu schlaff, zu bleich fand und im stillen mit einem kleinen weißen Kaninchen mit schwarzen Ohren und roten Augen verglich.

„Genug geschwätzt, jetzt müssen wir den andern Platz machen!" beendete der Tuchhändler die Unterhaltung und gab damit das Zeichen, vom Tisch aufzustehen. „Wenn man sich mal was Besonderes gönnt, ist das noch kein Grund, in allem das Maß zu überschreiten."

Jetzt nahmen Frau Baudu, der Zweite Kommis und das Fräulein am Tisch Platz. Abermals blieb Denise allein, saß unweit der Tür und wartete darauf, daß ihr Onkel sie zu Vinçard bringen konnte. Pépé spielte zu ihren Füßen. Jean hatte wieder seinen Beobachtungsposten auf der Schwelle eingenommen. Und fast eine Stunde lang verfolgte sie aufmerksam alles, was um sie her vorging. Dann und wann kamen Kundinnen: zunächst erschien eine Dame, dann zwei andere. Der Laden behielt seinen muffigen Geruch, sein Halbdunkel, in dem der gesamte biedere und schlichte Handel der alten Zeit seine Hilflosigkeit zu beweinen schien. Doch das „Paradies der Damen" auf der anderen Seite der Straße, dessen Schaufenster Denise durch die offene Tür sah, begeisterte sie. Der Himmel blieb bedeckt, ein sanfter Regen hatte die Luft trotz der Jahreszeit lind gemacht; und in dem bleichen Tageslicht, das von zerstreutem Sonnenstaub durchsetzt zu sein schien, ging es in dem großen Modewarenhaus bei vollem Verkaufsbetrieb lebhaft zu.

Da hatte Denise das Gefühl, eine mit Hochdruck arbeitende Maschine vor sich zu sehen, deren Schwung sich noch den Auslagen mitteilte. Das waren nicht mehr die kühlen Schaufenster des Vormittags; jetzt schienen sie von der Erschütterung dort drinnen erwärmt zu werden und zu vibrieren. Zahllose Leute betrachteten sie, Frauen blieben stehen und drängten sich vor den Scheiben, eine vor Begehrlichkeit rücksichtslose Menge. Und durch diese Begeisterung auf dem Bürgersteig wurden die Stoffe lebendig: ein Beben durchlief die Spitzen, auf eine verwirrende geheimnisvolle Art hingen sie herab und verbargen die Tiefen des Ladens; sogar die dicken, massigen Tuchballen atmeten, sandten einen verführerischen Hauch aus, indes sich die Paletots stärker auf den Schaufensterpuppen wölbten, die gleichsam beseelt wurden, und sich der großartige Samtmantel aufblähte, schmiegsam und warm, als läge er über Schultern aus Fleisch, einem wogenden Busen und erschauernden Hüften. Doch daß das Haus von einer Hitze wie in einem Hüttenwerk flammte, kam vor allem vom Verkauf, von dem Gedränge an den Ladentischen, das man durch die Mauern hindurch spürte. Da war das ununterbrochene Schnauben der in Gang befindlichen Maschine, ein Verheizen von Kunden, die sich vor den Abteilungen stauten, angesichts der Waren jegliche Besonnenheit verloren und dann der Kasse zum Fraß vorgeworfen wurden. Und das alles mit mechanischer Genauigkeit geregelt und organisiert, wodurch ein ganzes Heer von Frauen der Kraft und Folgerichtigkeit des Räderwerks verfiel.

Denise fühlte sich schon seit dem Vormittag der Versuchung ausgesetzt. Dieses für ihre Begriffe so riesige Geschäftshaus, in das sie binnen einer Stunde mehr Leute eintreten sah, als in sechs Monaten zu Cornaille zu kommen pflegten, machte sie schwindlig und zog sie zugleich an, und ihrem Verlangen, sich dort Eingang zu verschaffen, war eine unbestimmte Furcht beigemischt, die sie vollends verführte. Gleichzeitig verursachte ihr der Laden ihres Onkels ein Gefühl des Unbehagens. Es war eine aus keinem vernünftigen Grund erwachsene Geringschätzung, ein instinktiver Widerwille gegen diese Eishöhle des althergebrachten Handels. All ihre Eindrücke, ihre Ankunft voller Bangen, der säuerliche Empfang seitens ihrer Verwandten, das trübselige Mittagessen bei Kerkerlicht, das Warten in der Schläfrigkeit dieses alten, im Sterben liegenden Hauses, wirkten zusammen zu einem stummen Protest, einem leidenschaftlichen Verlangen nach Leben und Licht. Und trotz ihres guten Herzens kehrten ihre Augen immer wieder zum „Paradies der Damen“ zurück, als verspüre die Verkäuferin in ihr das Bedürfnis, sich an der Glut dieses großartigen Verkaufs aufzuwärmen.

„Die da haben wenigstens viele Kunden!“ entfuhr es ihr.

Doch sie bedauerte diesen Ausspruch, als sie die Baudus neben sich bemerkte. Frau Baudu, die mit dem Essen fertig war, stand totenbleich da, die farblosen Augen fest auf das Ungeheuer gerichtet; und in ihrer Resigniertheit konnte sie es nicht sehen, es nicht auf der anderen Seite der Straße vorfinden, ohne daß stumme Verzweiflung ihr Tränen in die Augen trieb. Geneviève aber überwachte mit wachsender Unruhe Colomban, der, da er sich unbeobachtet glaubte, immerzu verzückt zu den Konfektionsverkäuferinnen hinaufschaute, deren Abteilung man hinter den Scheiben des Zwischenstocks wahrnahm; Baudu beschränkte sich darauf, mit galliger Miene zu sagen:

„Es ist nicht alles Gold, was glänzt. Nur Geduld!“

Die ganze Familie schluckte offensichtlich die Flut von Groll herunter, die ihr in die Kehle stieg. Ein Sinn für Selbstachtung hinderte sie daran, sich diesen erst am Morgen angekommenen Kindern so rasch offen mitzuteilen. Endlich gab sich der Tuchhändler einen Ruck, wandte sich ab, um sich von dem Schauspiel des Verkaufstreibens gegenüber loszureißen.

„Nun gut“, sagte er, „sehen wir uns bei Vinçard um. Man reißt sich um Stellungen, morgen wäre es vielleicht zu spät.“

Aber bevor sie fortgingen, beauftragte er den Zweiten Kommis, Denises Koffer vom Bahnhof zu holen. Frau Baudu hingegen, der das junge Mädchen Pépé anvertraute, beschloß, einen freien Augenblick zu benutzen, um den Kleinen in die Rue des Orties zu Frau Gras mitzunehmen, mit dieser zu reden und alles zu vereinbaren. Jean versprach seiner Schwester, sich nicht aus dem Laden zu rühren.

„Wir sind in zwei Minuten dort“, erklärte Baudu seiner Nichte, während er mit ihr die Rue Gaillon hinunterging. „Vinçard hat ein Spezialgeschäft für Seidenstoffe gegründet, das noch immer etwas abwirft. Oh, er hat es schwer, wie alle, aber er ist ein pfiffiger Kerl, dem es durch seinen filzigen Geiz gelingt, sein Auskommen zu finden ... Ich glaube allerdings, er will sich wegen seines Rheumatismus zur Ruhe setzen."

Der Laden lag in der Rue Neuve-des-Petits-Champs, in der Nähe der Passage Choiseul. Er war sauber und hell, mit ganz modernem Luxus ausgestattet, jedoch klein und nur dürftig mit Waren versehen. Baudu und Denise trafen Vinçard in einer wichtigen Unterredung mit zwei Herren an.

„Lassen Sie sich nicht stören", rief der Tuchhändler. „Wir haben es nicht eilig, wir werden warten." Und nachdem er taktvoll in die Nähe der Tür zurückgekehrt war, beugte er sich zu dem jungen Mädchen hinab und flüsterte ihr ins Ohr: „Der Dünne ist Zweiter Vorsteher der Seidenabteilung im ‚Paradies', und der Dicke ist ein Fabrikant aus Lyon."

Denise begriff, daß Vinçard sein Geschäft Robineau, dem Kommis aus dem „Paradies der Damen", aufschwatzen wollte. In unbefangener Haltung, einen Ausdruck von Offenheit im Gesicht, gab er sein Ehrenwort mit der Leichtigkeit eines Mannes, den Eide nicht drücken. Seiner Aussage nach war seine Firma eine Goldgrube; und während er von Gesundheit strotzte, unterbrach er sich, um zu ächzen, über seine verflixten Schmerzen zu klagen, die ihn zwängen, auf sein Glück zu verzichten.

Doch der nervöse und bedrängte Robineau fiel ihm ungeduldig ins Wort; er kannte die Krise, die der Modewarenhandel gerade durchmachte, er nannte ein Seidenspezialgeschäft, das bereits durch die Nachbarschaft des „Paradieses" zugrunde gerichtet worden war.

In Hitze geraten, sprach Vinçard jetzt lauter.

„Weiß Gott, die Pleite dieses großen Gimpels Vabre war unvermeidlich. Seine Frau hat alles durchgebracht ... Außerdem sind wir hier mehr als fünfhundert Meter entfernt, während sich Vabre Tür an Tür mit dem andern befand."

Nun mischte sich Gaujean, der Seidenfabrikant, ein. Die Stimmen wurden wieder leiser. Er beschuldigte die großen Warenhäuser, sie ruinierten die französische Fabrikation; drei oder vier schrieben ihr die Gesetze vor, beherrschten als Gebieter den Markt, und er ließ durchblicken, daß die einzig richtige Art, sie zu bekämpfen, die Begünstigung des Kleinhandels sei, vor allem der Spezialgeschäfte, denen die Zukunft gehöre. Daher biete er Robineau sehr weitgehende Kredite an.

„Bedenken Sie doch, wie sich das ‚Paradies' Ihnen gegenüber benommen hat!" sagte er wiederholt. „Da werden geleistete Dienste nicht angerechnet, das sind nur Maschinen zur Ausbeutung der Leute! – Schon lange war Ihnen der Posten als Erster Abteilungsvorsteher versprochen, Bouthemont indes, der neu hineinkam und keinerlei Anrecht hatte, erhielt ihn sofort."

Die Wunde, die diese Ungerechtigkeit Robineau geschlagen hatte, war noch frisch. Dennoch zögerte er, sich selbständig zu machen, er erklärte, die Mittel dafür stammten nicht von ihm; seine Frau habe sechzigtausend Francs geerbt, und er steckte voller Bedenken hinsichtlich dieses Geldes, lieber, sagte er, würde er sich sofort beide Hände abhacken, als es in schlechten Geschäften aufs Spiel setzen.

„Nein, ich habe mich noch nicht entschieden", sagte er endlich abschließend. „Lassen Sie mir Zeit zum Überlegen, wir sprechen noch mal darüber."

„Wie Sie wünschen", erwiderte Vinçard, der seine Enttäuschung unter einer Biedermannsmiene verbarg. „In meinem Interesse liegt es nicht, zu verkaufen. Ich sage Ihnen, wenn meine Schmerzen nicht wären ..." Und in die Mitte des Ladens zurückkehrend, fragte er: „Womit kann ich Ihnen dienen, Herr Baudu?"

Der Tuchhändler, der mit einem Ohr gelauscht hatte, stellte Denise vor, erzählte aus ihrem Lebenslauf, was ihm paßte, sagte, sie habe zwei Jahre in der Provinz gearbeitet.

„Und da Sie, wie man mir berichtete, eine gute Verkäuferin suchen ..."

Vinçard heuchelte lebhaftes Bedauern.

„Oh, das ist aber ein arges Pech! Tatsächlich habe ich acht Tage lang eine Verkäuferin gesucht. Aber nun habe ich gerade, es ist noch keine zwei Stunden her, eine eingestellt."

Alle schwiegen. Denise schien bestürzt zu sein, da erlaubte sich Robineau, der sie, zweifellos durch ihr armseliges Aussehen zu Mitleid bewegt, teilnahmsvoll betrachtet hatte, einen Hinweis.

„Ich weiß, daß man bei uns jemanden in der Konfektionsabteilung braucht."

Baudu vermochte nicht, den ihm aus tiefstem Herzen kommenden Ausruf zurückzuhalten:

„Bei Ihnen! Ah, nein, das fehlte gerade!" Dann stand er verlegen da.

Denise war ganz rot geworden: nie würde sie sich getraut haben, eine Stellung in diesem großen Modewarenhaus anzutreten! Und die Vorstellung, dorthin zu gelangen, erfüllte sie mit Stolz.

„Warum denn?" fragte Robineau erstaunt. „Das wäre im Gegenteil ein Glücksfall für das Fräulein ... Ich rate ihr, sich morgen früh bei Madame Aurélie, der Direktrice, vorzustellen. Das Schlimmste, das ihr passieren kann, ist, daß man sie nicht nimmt."

Um seinen inneren Aufruhr zu verbergen, stürzte sich der Tuchhändler in leere Redensarten: er kenne Madame Aurélie oder wenigstens deren Mann, Lhomme, den Kassierer, einen dikken Kerl, dem ein Omnibus den rechten Arm abgefahren habe. Dann kam er plötzlich auf Denise zurück: „Übrigens ist das ihre Angelegenheit, nicht meine ... Sie kann tun, was sie will." Und nachdem er sich vor Gaujean und Robineau verbeugt hatte, ging er hinaus.

Vinçard begleitete ihn bis zur Tür und sprach dabei erneut sein Bedauern aus.

Das junge Mädchen war verschüchtert im Laden stehengeblieben, sie wollte so gern von dem Kommis genauere Auskünfte erhalten. Doch sie wagte nicht, ihn darum zu bitten, sie verbeugte sich ebenfalls und sagte nur: „Besten Dank, mein Herr."

Auf der Straße sprach Baudu kein Wort zu seiner Nichte. Wie von seinen Überlegungen gejagt, ging er so schnell, daß Denise laufen mußte. In der Rue de la Michodière wollte er gerade sein Haus betreten, als ihn ein benachbarter Kleinhändler, der an seiner Tür stand, herbeiwinkte. Denise verhielt den Schritt, um auf ihn zu warten.

„Was gibt's denn, Vater Bourras?" fragte der Tuchhändler.

Bourras war ein hochgewachsener alter Mann mit einem Prophetenkopf, langem Haar und Bart, stechenden Augen unter dikken, struppigen Brauen. Er handelte mit Stöcken und Schirmen, machte Ausbesserungen, schnitzte sogar Griffe, was ihm in diesem Stadtviertel den Ruf eines Künstlers eingebracht hatte.

Denise warf einen Blick auf die Schaufenster seines Ladens, wo Schirme und Stöcke in regelmäßigen Reihen aufgestellt waren. Doch als sie die Augen hob, überraschte das Haus sie mehr als alles andere: ein baufälliges Häuschen, eingezwängt zwischen dem „Paradies der Damen" und einem großen vornehmen Privatbau im Louis-XIV-Stil, auf unbegreifliche Weise in diesen engen Spalt geraten, in dem seine zwei niedrigen Stockwerke fast erdrückt wurden. Ohne die Stützen von rechts und links wäre es zusammengefallen mit seinen häßlichen, verkommenen Dachschiefern, seiner zweifenstrigen Fassade, über die sich gleich Narben Risse hinzogen, daraus lange Schmutzbahnen auf die halbzerfressene Holztafel des Firmenschildes herabflossen.

„Hören Sie, er hat dem Besitzer meines Hauses geschrieben, er wolle es kaufen", sagte Bourras, die flammenden Augen starr auf den Tuchhändler gerichtet.

Baudu wurde noch bleicher und ließ die Schultern hängen. Eine Weile standen die beiden Männer schweigend und mit undurchdringlichen Mienen einander gegenüber.

„Man muß auf alles gefaßt sein", murmelte Baudu schließlich.

Da brauste der Alte auf, schüttelte die Haare und seinen wallenden Bart.

„Mag er das Haus kaufen, er wird das Vierfache seines Wertes bezahlen ... Aber das schwöre ich Ihnen: solange ich lebe, wird er keinen Stein davon bekommen. Mein Vertrag läuft noch zwölf Jahre ... Wir werden schon sehen, wir werden sehen!" Das war eine Kriegserklärung. Bourras drehte sich nach dem „Paradies der Damen" um, das keiner der beiden erwähnt hatte.

Einen Augenblick lang nickte Baudu schweigend, dann überquerte er mit wankenden Schritten die Straße, wobei er nur immer wiederholte:

„Oh, mein Gott! – Oh, mein Gott!"

Denise, die alles gehört hatte, folgte ihrem Onkel. Gerade kam auch Frau Baudu mit Pépé zurück, und sofort berichtete sie, daß Frau Gras bereit sei, das Kind aufzunehmen, wann immer man wünsche. Jean aber war verschwunden, das beunruhigte seine Schwester. Als er mit froh belebtem Gesicht wiederkam und begeistert vom Boulevard erzählte, sah sie ihn traurig an, so daß er errötete. Man hatte ihren Koffer gebracht, sie sollten oben in einer Dachkammer schlafen.

„Ja so, wie war's denn bei Vinçard?" fragte Frau Baudu.

Der Tuchhändler erzählte von dem vergeblichen Gang, fügte dann hinzu, man habe ihrer Nichte eine Stellung nachgewiesen; und mit einer Gebärde der Verachtung den Arm in Richtung des „Paradieses der Damen" ausstreckend, stieß er hervor:

„Sieh mal an, dort drüben!"

Die ganze Familie fühlte sich dadurch gekränkt. Nachmittags wurde zum erstenmal um fünf Uhr angerichtet. Denise und die beiden Kinder nahmen wieder zusammen mit Baudu, Geneviève und Colomban ihre Plätze ein. Eine Gasflamme erhellte das kleine Eßzimmer, wo die Luft schwer war vom Geruch der Speisen. Die Mahlzeit verlief schweigend. Beim Nachtisch aber kam Frau Baudu, die es nie lange am selben Platz aushielt, aus dem Laden und setzte sich hinter ihre Nichte. Und dann ergoß sich der seit dem Morgen gestaute Strom, alle machten ihrem Herzen Luft, indem sie auf das Ungeheuer losschlugen.

„Es ist deine eigene Angelegenheit, du kannst tun, was du willst", wiederholte Baudu zunächst. „Wir wollen dich nicht beeinflussen ... Aber wenn du wüßtest, was das für eine Firma ist!"

In abgerissenen Sätzen erzählte er die Geschichte dieses Octave Mouret. In allem habe er Glück gehabt! Als junger Bursche sei er mit der liebenswürdigen Verwegenheit eines Abenteurers aus Südfrankreich gekommen; und vom nächsten Tag an Weibergeschichten, ein fortgesetztes Ausnutzen der Frau, dann ertappte man ihn auf frischer Tat, und es gab einen Skandal, von dem noch heute das ganze Stadtviertel spreche; später die plötzliche und unerklärliche Eroberung Frau Hédouins, die ihm das „Paradies der Damen" zugebracht habe.

„Die arme Caroline!" unterbrach ihn Frau Baudu. „Sie war

weitläufig mit mir verwandt. Ach, wenn sie am Leben geblieben wäre, hätten die Dinge einen anderen Lauf genommen. Sie würde nicht zulassen, daß man uns umbringt ... Und er selber hat sie getötet. Ja, durch seine Bauerei! Eines Vormittags ist sie, als sie die Arbeiten besichtigte, in eine Grube gefallen. Drei Tage darauf war sie tot. Sie, der niemals etwas gefehlt hat, die so gesund war, so schön! – Blut von ihr klebt an den Steinen jenes Hauses." Durch die Mauern hindurch wies sie mit ihrer bleichen und bebenden Hand auf das große Modewarenhaus.

Denise, die dem allen wie einem Märchen gelauscht hatte, überlief ein leichter Schauer. Die Furcht, die seit dem Morgen tief in der auf sie einwirkenden Verlockung lag, rührte vielleicht vom Blut dieser Frau her, das sie jetzt in dem roten Verputz des Kellergeschosses zu sehen glaubte.

„Man könnte fast meinen, das bringe ihm Glück", fügte Frau Baudu hinzu, ohne Mouret zu nennen.

Doch der Tuchhändler zuckte voll Verachtung für solche Ammenmärchen mit den Schultern. Er nahm seinen Bericht wieder auf, erläuterte kaufmännisch die Lage. Das „Paradies der Damen" sei 1822 von den Brüdern Deleuze gegründet worden. Nach dem Tode des älteren habe sich dessen Tochter, Caroline, mit Charles Hédouin, dem Sohn eines Leinwandfabrikanten, verheiratet, und als sie später Witwe geworden, habe sie diesen Mouret geehelicht. Sie habe ihm also die Hälfte des Geschäfts mit in die Ehe gebracht. Drei Monate nach der Hochzeit sei auch der kinderlose Onkel Deleuze gestorben, so daß, da Caroline ihr Leben in den Grundmauern gelassen hatte, dieser Mouret der einzige Erbe geblieben sei, Alleinbesitzer des „Paradieses". Immer Glück gehabt!

„Ein Mann mit Einfällen, ein gefährlicher Wirrkopf, der noch das ganze Stadtviertel auf den Kopf stellen wird, wenn man ihn gewähren läßt!" fuhr Baudu fort. „Ich glaube, Caroline, die ja auch etwas romantisch war, hat sich wohl von den überspannten Plänen dieses Herrn gefangennehmen lassen ... Kurz, er hat sie bewogen, das Haus zur Linken zu kaufen, dann das Haus zur Rechten; und als er später allein war, hat er selber zwei weitere gekauft; so ist das Geschäft größer und immer noch größer geworden, und jetzt droht es, uns alle zu verschlingen.“ Er richtete seine Worte an Denise, sprach aber eigentlich zu sich selber, käute in einem fieberhaften Drang, sich freizusprechen, diese Geschichte wieder, die ihn förmlich verfolgte. Er war von der Familie der Gallige, der Ungestüme mit stets geballten Fäusten.

Frau Baudu mischte sich nicht mehr ein, regungslos saß sie auf ihrem Stuhl; Geneviève und Colomban hielten den Blick gesenkt, strichen zerstreut Brotkrumen zusammen und aßen sie. Es war so heiß, so stickig in dem kleinen Raum, daß Pépé, den Kopf auf dem Tisch, eingeschlafen war und sogar Jean die Augen zufielen.

„Nur Geduld!“ begann Baudu wieder, von plötzlichem Zorn gepackt. „Die Großtuer werden sich schon das Genick brechen! Bei Mouret kriselt es jetzt, das weiß ich. Er hat seinen ganzen Gewinn in seine unsinnigen Vergrößerungen und seine törichte Reklame stecken müssen. Außerdem ist er, um zu Kapital zu kommen, darauf verfallen, die meisten seiner Angestellten dazu zu überreden, ihr Geld bei ihm anzulegen. Er hat also jetzt keinen Sou, und wenn nicht ein Wunder geschieht, wenn es ihm nicht gelingt, den Absatz, wie er hofft, zu verdreifachen, werdet ihr sehen, was für eine Pleite das gibt! – Oh, ich bin nicht schadenfroh, aber an dem Tag illuminiere ich, mein Wort darauf!“ Mit der Stimme eines Rächers redete er weiter; man hätte meinen können, durch den Zusammenbruch des „Paradieses der Damen“ würde das Ansehen des entehrten Handels wiederhergestellt. Habe es jemals so etwas gegeben, ein Modewarenhaus, in dem nahezu alles verkauft wurde! Ein Basar! Auch das Personal sei reizend: ein Haufen Süßholzraspler, die wie auf einem Güterbahnhof zu Werk gingen, Waren und Kunden wie Pakete behandelten, eines Wortes wegen den Brotherrn im Stich ließen oder von ihm im Stich gelassen würden, ohne Anhänglichkeit, ohne Lebensart, ohne Fachkenntnis. Und plötzlich rief er Colomban zum Zeugen auf: er, Colomban, der eine gute Schule durchgemacht habe, wisse bestimmt, auf eine wie langsame, aber zuverlässige Art man sich die Schliche und Kniffe des Gewerbes aneigne. Die Kunst bestehe nicht darin, viel zu verkaufen, sondern darin, teuer zu verkaufen. Zudem könne er ja erzählen, wie man ihn behandelt habe, wie er in die Familie aufgenommen, gepflegt, wenn er erkrankte, bewaschen und bestopft, väterlich beaufsichtigt, kurz, geliebt worden sei!

„Ganz gewiß", wiederholte Colomban nach jedem Ausruf seines Chefs.

„Du bist der letzte, mein Bester", versicherte Baudu schließlich gerührt. „Nach dir wird es solche nicht mehr geben ... Du bist mein einziger Trost, denn wenn das, was man heute Handel nennt, ein solches Herumgestoße ist, dann verstehe ich nichts mehr davon und will lieber meiner Wege gehen."

Geneviève, den Kopf auf die Schulter geneigt, als laste ihr dichtes schwarzes Haar zu schwer auf ihrer Stirn, betrachtete aufmerksam den lächelnden Kommis; und in ihrem Blick lag Argwohn, der Wunsch zu sehen, ob Colomban bei solchen Lobsprüchen nicht, von Gewissensbissen gequält, erröten würde. Aber als ein in den Verstellungskünsten des alten Handels wohlgeübter Bursche bewahrte er seine gelassene Vierschrötigkeit, sein gutmütiges Aussehen trotz des Zuges von Gerissenheit um seinen Mund.

Baudu jedoch schrie immer lauter, bezichtigte diese Verkaufsausstellung da gegenüber, diese Wilden, die sich bei ihrem Kampf ums Dasein gegenseitig umbrächten, sie richteten damit das Familienleben zugrunde. Und als Beispiel führte er ihre Nachbarn auf dem Lande an, die Lhommes; Mutter, Vater und Sohn seien alle drei in der Knochenmühle angestellt, Leute ohne jeglichen Familiensinn, immer von Hause abwesend, nur sonntags äßen sie daheim, kurz, sie führten ein Hotel- und Speisehausleben! Gewiß, sein Eßzimmer sei nicht groß, man könnte sogar wünschen, es hätte mehr Licht und Luft; aber wenigstens gehöre es zu seinem Dasein, hier habe er, umgeben von der Liebe der Seinen, sein Leben verbracht. Während er sprach, schweiften seine Blicke durch den kleinen Raum; und ein Zittern befiel ihn bei dem uneingestandenen Gedanken, die Wilden könnten ihn eines Tages, falls es ihnen gelänge, seine Firma abzuwürgen, aus dieser Höhle vertreiben, wo er so warm zwischen seiner Frau und seiner Tochter saß. Trotz der gespielten Sicherheit, mit der er den schließlichen Zusammenbruch ankündigte, war er innerlich von Angst erfüllt, fühlte deutlich, wie die anderen nach und nach das Stadtviertel an sich rissen, es verschlangen.

„Ich erzähle das nicht, um dir die Lust zu nehmen“, begann er wieder, bemüht, ruhig zu bleiben. „Wenn es in deinem Interesse liegt, dort anzufangen, bin ich der erste, der sagt: fange dort an!“

„Das will ich gern glauben, lieber Onkel“, murmelte wie betäubt Denise, deren Verlangen, im „Paradies der Damen“ zu arbeiten, bei diesem ganzen leidenschaftlichen Ausbruch nur immer stärker geworden war.

Er hatte die Ellbogen auf den Tisch gestützt, sein unverwandt auf sie gerichteter Blick wurde ihr lästig.

„Aber nun sag du mir mal, die du ja vom Fach bist, ob es Sinn hat, daß ein einfaches Modewarengeschäft sich damit abgibt, wer weiß was alles zu verkaufen. Früher, als es noch einen ehrlichen Handel gab, verstand man unter Modewaren Stoffe, nichts sonst. Heute denken sie nur noch daran, wie sie auf Kosten der Nachbarn aufsteigen und alles an sich bringen können ... Eben das ist es, worüber das Stadtviertel sich beklagt, denn die kleinen Läden leiden allmählich furchtbar darunter. Dieser Mouret ruiniert sie ... Bedenke, Geschwister Bédoré, das Wirkwarengeschäft in der Rue Gaillon, hat schon die Hälfte seiner Kundschaft verloren. Bei Mademoiselle Tatin, der Wäschehändlerin in der Passage Choiseul, ist man bereits soweit, die Preise herabzusetzen, durch Billigkeit zu konkurrieren. Und die Wirkung dieser Geißel, dieser Pest, macht sich bis in die Rue Neuve-des-Petits-Champs bemerkbar, wo, wie man mir erzählt hat, die Herren Gebrüder Vanpouilles, die Rauchwarenhändler, dem Schlag nicht standzuhalten vermochten ... Kattunhändler, die Pelzwaren verkaufen, das ist denn doch zu sonderbar, nicht? Auch so eine von Mourets Ideen!“

„Und die Handschuhe“, sagte Frau Baudu. „Ist das nicht entsetzlich? Er hat sich erkühnt, eine Handschuhabteilung einzurichten! – Als ich gestern durch die Rue Neuve-Saint-Augustin ging, stand Quinette mit einer so traurigen Miene in ihrer Tür, daß ich sie nicht fragen mochte, ob das Geschäft gut gehe.“

„Und die Schirme“, fing Baudu wieder an. „Das ist der Gipfel!

Bourras ist überzeugt, daß der Mouret ihn einfach vernichten wollte; denn wie reimt sich das schließlich zusammen, Schirme und Stoffe? – Aber Bourras kann was aushalten, der wird sich nicht abwürgen lassen. Eines Tages werden wir lachen." Er sprach von anderen Kaufleuten, ließ das ganze Stadtviertel Revue passieren. Mitunter entschlüpfte ihm ein Geständnis: wenn Vinçard zu verkaufen bestrebt sei, bleibe ihnen allen nichts weiter übrig, als ihr Bündel zu schnüren, denn Vinçard sei wie die Ratten, die das sinkende Schiff verlassen. Gleich darauf widersprach er sich selber, er träumte von einer Vereinigung, einem Zusammenschluß der kleinen Einzelhändler, um dem Koloß die Stirn zu bieten. Seit einem Weilchen zögerte er, von sich selber zu sprechen, seine Hände waren in ständiger Bewegung, ein nervöses Zucken verzerrte seinen Mund. Dann entschloß er sich. „Ich kann mich einstweilen noch nicht zu sehr beklagen. Oh, er hat mich geschädigt, der Schuft! Aber noch führt er nur Damentuche, leichte Stoffe für Kleider und schwerere für Mäntel. Die Herrenartikel kauft man noch immer bei mir, den Samt für Jagdanzüge, die Livreen, nicht zu reden von Flanell und Molton, worin er wohl kaum so vollständig assortiert ist ... nun schikaniert er mich, glaubt, ich vergehe vor Angst, weil er da drüben seinen Tuchrayon aufgemacht hat. Du hast seine Auslage gesehen, nicht wahr? Immer baut er dort seine schönsten Konfektionsartikel auf, umrahmt von Tuchballen, die reine Jahrmarktsparade, um die Frauenzimmer anzulocken ... Auf Ehre! Ich würde schamrot werden, wenn ich solche Mittel anwendete. Seit fast hundert Jahren ist das ‚Vieil Elbeuf' bekannt, an seiner Tür bedarf es keiner so groben Fallen. Solange ich lebe, bleibt der Laden so, wie ich ihn übernommen habe, mit seinen vier Musterstücken rechts und links, mehr nicht!"

Seine Erregung übertrug sich auf die ganze Familie. Nach einem kurzen Schweigen erlaubte sich Geneviève, das Wort zu ergreifen.

„Unsere Kundschaft ist uns zugetan, Papa. Man muß hoffen ... Noch heute sind Madame Desforges und Madame de Boves hiergewesen. Ich erwarte Madame Marty wegen Flanell."

„Ich“, erklärte Colomban, „habe gestern einen Auftrag von Madame Bourdelais bekommen. Allerdings hat sie mir von einem englischen Cheviot gesprochen, der gegenüber zehn Sous billiger ausgezeichnet sei, anscheinend der gleiche wie unserer.“

„Und wenn man denkt“, murmelte Frau Baudu mit ihrer kraftlosen Stimme vor sich hin, „daß wir jenes Haus dort gekannt haben, als es noch nicht größer war als ein Taschentuch! Tatsächlich, meine liebe Denise, als die Deleuzes es gründeten, hatte es nur ein einziges Schaufenster nach der Rue Neuve-Saint-Augustin, fast nur ein Wandschrank war das, in dem kaum zwei Stücke Indienne und drei Stücke Kattun Platz fanden. Im Laden konnte man sich nicht umdrehen, so klein war er ... Zu jener Zeit war das ‚Vieil Elbeuf‘, das schon seit mehr als sechzig Jahren bestand, bereits so, wie du es heute siehst ... Ach, all das hat sich geändert, sehr geändert!“ Sie schüttelte den Kopf, aus ihren langsamen Worten sprach das Drama ihres Lebens. Im „Vieil Elbeuf“ geboren, liebte sie alles daran, sogar die feuchten Steine, sie lebte nur für dieses Haus und durch dieses Haus; und sie, die einstmals stolz auf dieses Haus, das leistungsfähigste, das gesuchteste des Viertels, gewesen war, hatte zu ihrem ständigen Kummer sehen müssen, wie die Konkurrenzfirma allmählich wuchs, wie die anfangs geringschätzig betrachtete zu gleicher Bedeutung gelangte, sie dann überflügelte, bedrohlich wurde. Das war für sie eine stets offene Wunde; die Demütigung des „Vieil Elbeuf“ zehrte sie auf, zwar lebte sie noch dank der gleichen Triebkraft wie jenes, aber dabei fühlte sie deutlich, daß der Todeskampf des Ladens auch der ihre sein und daß sie an dem Tage erlöschen werden, an dem der Laden geschlossen wurde.

Schweigen herrschte. Baudu trommelte mit den Fingerspitzen den Zapfenstreich auf dem Wachstuch. Es war ihm unangenehm, ja er bereute es fast, daß er sich wieder einmal so Luft gemacht hatte. In dieser Niedergeschlagenheit fuhr übrigens die ganze Familie, den Blick ins Leere gerichtet, fort, in den Bitternissen ihrer Lebensgeschichte zu wühlen. Niemals hatte ihnen das Glück gelächelt. Als die Kinder großgezogen, als sie zu Vermögen gekommen waren, führte plötzlich die Konkurrenz den Untergang herbei. Und dazu kam noch das Haus in Rambouillet, jenes Landhaus, von dem der Tuchhändler schon seit zehn Jahren als von seinem Ruhesitz träumte, ein Gelegenheitskauf, wie er sagte, ein uraltes Gebäude, an dem er unausgesetzt Reparaturen vornehmen lassen mußte, das zu vermieten er sich dann entschlossen hatte und dessen Mieter ihn überhaupt nicht bezahlten. Alles, was er verdiente, ging dort drauf; in seiner peinlichen Rechtschaffenheit zäh an den alten Bräuchen festhaltend, hatte er nur diese eine Schwäche gehabt.

„Jetzt müssen wir aber die anderen an den Tisch lassen", erklärte er plötzlich. „Das ist alles unnützes Gerede!"

Es war wie ein Erwachen. Die Gasflamme zischte in der toten, heißen Luft des Zimmers. Alle standen mit einem Ruck auf, das traurige Schweigen war gebrochen. Pépé jedoch schlief so fest, daß man ihn auf einen Moltonballen legte. Jean, der sich langweilte, war bereits an die Tür zur Straße zurückgekehrt.

„Und, um damit zu Ende zu kommen, du sollst es so machen, wie du magst", sagte Baudu abermals zu seiner Nichte. „Wir erzählen dir, wie die Dinge stehen, weiter nichts ... Aber was du tun willst, ist deine Sache." In seinem Blick lag eine dringende Aufforderung, er erwartete eine entscheidende Antwort.

Denise, der diese Geschichten nur größere Begeisterung für das „Paradies der Damen" eingeflößt hatten, statt sie abzuschrecken, bewahrte ihre ruhige sanfte Miene, hinter der sich die zähe Willenskraft der Normannin verbarg. Sie begnügte sich damit, zu antworten: „Wir werden schon sehen, Onkel."

Und sie sprach davon, daß sie früh hinaufgehen und sich mit den Kindern schlafen legen möchte, denn sie seien alle drei sehr müde. Aber es hatte gerade erst sechs geschlagen, sie wollte gern noch ein Weilchen im Laden bleiben. Es war dunkel geworden, nun lag die Straße düster da, naß von einem feinen und dichten Regen, der seit Sonnenuntergang fiel. Das überraschte Denise: eine ganz kurze Zeitspanne war vergangen, und schon standen überall Pfützen auf dem Fahrdamm, in den Gossen floß schmutziges Wasser, eine dicke Kotschicht, von vielen Füßen festgestampft, klebte auf den Bürgersteigen; und unter dem strömenden

Guß sah man nichts als das wirre Vorbeiwandern der Schirme, die aneinanderstießen, sich blähten und in der Finsternis großen dunklen Flügeln glichen. Zuerst wich sie frierend zurück, das Herz krampfte sich ihr noch mehr zusammen, in dem schlechtbeleuchteten Laden, der jetzt wie von Trauer erfüllt wirkte. Ein feuchter Hauch, der Atem dieses alten Stadtviertels, drang von der Straße herein; es war, als rinne das Wassergeriesel von den Schirmen bis zu den Ladentischen, als käme das Pflaster mit seinem Schmutz und seinen Pfützen herein, überzöge das alte, von Salpeter weiße Erdgeschoß vollends mit Schimmel. Es war eine Vision des alten, feuchten Paris, bei der sie ein Zittern befiel, zugleich mit einem schmerzlichen Staunen darüber, daß die große Stadt so eisig und so häßlich.

Jenseits des Fahrdamms aber zündete das „Paradies der Damen“ die langen Reihen seiner Gaslampen an. Und sie ging wieder näher heran, erneut angezogen und gleichsam erwärmt von dieser Stätte glühenden Lichts. Die Maschine war noch in Betrieb, schnaufte noch immer und ließ mit einem letzten dumpfen Grollen ihren Dampf entweichen, während die Verkäufer die Stoffe zusammenlegten und die Kassierer die Tageseinnahme zusammenzählten. Durch die von Dunst beschlagenen Scheiben sah man eine verschwimmende Fülle von Lichtern, gleichsam das unklar erkennbare Innere einer Fabrik. Hinter dem Vorhang des herabströmenden Regens glich diese ferne, undeutliche Erscheinung einem riesigen Heizraum, wo man die schwarzen Schatten der Heizer vor dem roten Feuer der Kessel vorbeihuschen sah. An den Schaufensterscheiben lief das Wasser herunter, man konnte drüben nur noch den Schnee der Spitzen erkennen, deren Weiß durch die matt geschliffenen Glocken einer am unteren Rand angebrachten Reihe von Gaslampen noch leuchtender wurde; und auf diesem Kapellenhintergrund hoben sich kräftig die Konfektionswaren ab, wirkte der großartige, mit Silberfuchs besetzte Samtmantel wie die geschwungene Seitenansicht einer Frau ohne Kopf, die durch den Regenguß zu irgendeinem Fest in die unbekannte Finsternis von Paris eilte.

Denise hatte der Verlockung nachgegeben und war bis an die

Tür gegangen, ohne sich um die von der Straße aufspritzenden Tropfen zu kümmern, die sie durchnäßten. Um diese Abendstunde nahm das „Paradies der Damen" sie mit seiner Feuerofenglut ganz und gar gefangen. In der großen Stadt, die dunkel und stumm unter dem Regen dalag, in diesem Paris, das sie nicht kannte, flammte es wie ein Leuchtturm, schien ihr ganz allein das Licht und Leben der Stadt zu sein. Sie träumte davon, künftig dort zu sein, von viel Arbeit, um die Kinder großzuziehen, und von noch anderem, sie wußte nicht, was, von fernen Dingen, die sie in Verlangen und Furcht erbeben ließen. Wieder fiel ihr die bei der Errichtung der Grundmauern gestorbene Frau ein; sie bekam Angst, sie glaubte Blut aus dem Licht rinnen zu sehen; dann beruhigte sie das Weiß der Spitzen, Hoffnung kehrte in ihr Herz ein, eine Gewißheit kommender Freude, indes das emporsprühende Wasser ihr die Hände kühlte und die von der Reise herrührende Erregung abflauen ließ.

„Das ist Bourras", sagte eine Stimme hinter ihr.

Sie beugte sich vor und bemerkte Bourras, der reglos am Ende der Straße vor dem Schaufenster stand, in dem sie am Morgen den so kunstvollen Aufbau aus Schirmen und Stöcken erblickt hatte. Der hochgewachsene Greis hatte sich in den Schatten geschlichen, um sich an dieser triumphalen Auslage satt zu sehen; und wie er so mit kummervollem Gesicht dastand, spürte er nicht einmal den Regen, der ihm auf den bloßen Kopf trommelte und aus seinem weißen Haar rann.

„Wie dumm von ihm", bemerkte die Stimme, „er wird sich was holen."

Da wandte sich Denise um und sah, daß abermals die Baudus hinter ihr standen. Unwillkürlich kehrten sie, genauso wie Bourras, den sie dumm fanden, immer wieder hierher zurück, zu dem Anblick, der ihnen das Herz zerriß. Es war eine Sucht nach Leiden. Geneviève, die sehr bleich war, hatte festgestellt, daß Colomban beobachtete, wie im Zwischenstock die Schatten der Verkäuferinnen an den Scheiben vorüberglitten; und während der aufs neue aufsteigende Groll Baudu die Kehle zuschnürte, hatten sich Frau Baudus Augen heimlich mit Tränen gefüllt.

„Nicht wahr, du stellst dich morgen dort vor?“ fragte der Tuchhändler schließlich, von Ungewißheit gequält und in dem deutlichen Gefühl, daß seine Nichte ebenso dem „Paradies der Damen“ verfallen war wie alle anderen.

Sie zögerte, sagte dann sanft:

„Ja, Onkel, es sei denn, daß es Sie zu sehr betrübt.“

## KAPITEL II

Am nächsten Morgen um halb acht Uhr stand Denise vor dem „Paradies der Damen". Sie wollte sich dort vorstellen, bevor sie Jean zu seinem Lehrherrn brachte, der weit weg, droben im Faubourg du Temple, wohnte. Doch sie hatte sich, an zeitiges Aufstehen gewöhnt, zu sehr mit dem Fortgehen beeilt: gerade erst kamen die Kommis; und da sie befürchtete, lächerlich zu wirken, lief sie, von Schüchternheit befallen, noch ein Weilchen auf dem Place Gaillon auf und ab.

Es wehte ein kalter Wind, der bereits das Pflaster getrocknet hatte. Aus allen Straßen, die unter dem aschfarbenen Himmel von einem blassen Frühlicht erhellt waren, kamen rasch die Kommis herbei, den Mantelkragen hochgeschlagen, die Hände in den Taschen, überrascht von dem ersten winterlichen Kälteschauer. Die meisten gingen einzeln und stürzten in das Geschäftshaus, ohne ein Wort, ja auch nur einen Blick für ihre Kollegen zu haben, die mit langen Schritten an ihnen vorbeikamen; andere gingen, in eiligem Gespräch begriffen, zu zweit oder zu dritt und nahmen die ganze Breite des Bürgersteigs ein; und alle warfen, bevor sie eintraten, mit der gleichen Gebärde ihre Zigarette oder ihre Zigarre in den Rinnsteig.

Denise bemerkte, daß mehrere dieser Männer sie im Vorübergehen musterten. Da nahm ihre Schüchternheit noch zu, sie fühlte sich nicht mehr stark genug, ihnen zu folgen, und beschloß, erst hineinzugehen, wenn der Strom aufgehört hätte; sie errötete bei dem Gedanken, im Eingang zwischen all diesen Männern herumgestoßen zu werden. Doch der Strom hielt weiter an, und um sich den Blicken zu entziehen, ging sie langsam rings um den Platz. Als sie wieder beim „Paradies der Damen" anlangte, hatte sich ein großer blasser und schlottriger junger Mensch davor aufgestellt, der seit einer Viertelstunde ebenso wie sie zu warten schien.

„Mademoiselle", fragte er sie schließlich stammelnd, „sind Sie vielleicht Verkäuferin in diesem Geschäft?"

Daß dieser fremde junge Mann sie ansprach, verwirrte sie so, daß sie nicht gleich antwortete.

„Nämlich, sehen Sie", fuhr er, sich immer mehr verhaspelnd, fort, „ich habe die Absicht, zu fragen, ob man mich nicht hier einstellen könnte, und da hätten Sie mir Auskunft gegeben."

Er war ebenso schüchtern wie sie und wagte nur, das Wort an sie zu richten, weil er spürte, daß sie genauso zitterte wie er.

„Das täte ich gern, mein Herr", antwortete sie schließlich. „Aber ich habe es noch nicht weiter gebracht als Sie; auch ich bin hier, um mich vorzustellen."

„Ah, sehr gut", sagte er völlig fassungslos.

Und beide wurden sehr rot, standen einander einen Augenblick lang in ihrer Schüchternheit gegenüber, gerührt von der Gleichheit ihrer Lage, und wagten dennoch nicht, sich gegenseitig freiheraus guten Erfolg zu wünschen. Da sie nichts mehr hinzuzufügen wußten und immer befangener wurden, trennten sie sich linkisch, begannen wieder jeder für sich, ein paar Schritt voneinander entfernt, zu warten.

Noch immer kamen Kommis. Jetzt hörte Denise sie scherzen, wenn sie dicht an ihr vorübergingen und ihr dabei einen Blick aus dem Augenwinkel zuwarfen. Daß sie hier so allen Blicken ausgesetzt stand, machte sie immer verlegener, sie beschloß gerade, einen halbstündigen Spaziergang durch das Stadtviertel zu machen, als der Anblick eines jungen Herrn, der schnell von der Rue Port-Mahon her kam, sie veranlaßte, noch ein wenig stehenzubleiben. Das mußte offenbar ein Rayonchef sein, denn alle Kommis grüßten ihn. Er war groß, hellhäutig, hatte einen gepflegten Bart; und seine Augen, die er in dem Moment, da er den Platz überquerte, auf ihr ruhen ließ, waren von der Farbe alten Goldes und weich wie Samt. Schon trat er in das Modewarenhaus ein, gleichgültig dagegen, daß sie regungslos dastand, ganz aufgewühlt von diesem Blick, erfüllt von einer seltsamen Erregung, in der mehr Unbehagen als Entzücken war. Sie bekam es wahrhaftig mit der Angst, langsam begann sie die Rue Gaillon, dann die Rue

Saint-Roch entlangzugehen, wartend, daß ihr der Mut wiederkehre.

Es war mehr als ein Rayonchef gewesen, es war Octave Mouret selber. Er hatte in dieser Nacht nicht geschlafen, denn nach einer Abendgesellschaft bei einem Wechselmakler hatte er mit einem Freund und zwei Frauen, die sie in den Kulissen eines kleinen Theaters aufgabelten, soupiert. Sein zugeknöpfter Paletot verbarg den Frack und die weiße Krawatte. Rasch stieg er in seine Wohnung hinauf, wusch sich, kleidete sich um; und als er sich in seinem Arbeitszimmer im Zwischenstock an seinen Schreibtisch setzte, war er gestrafft, hatte klare Augen, eine frische Gesichtsfarbe, war ganz bei der Sache, als habe er zehn Stunden im Bett verbracht.

In dem geräumigen Arbeitszimmer, das mit alten Eichenmöbeln ausgestattet und dessen Wände mit grünem Rips bespannt waren, gab es als einzigen Schmuck ein Porträt, das Porträt jener Frau Hédouin, von der das Stadtviertel noch immer sprach. Seit sie nicht mehr lebte, bewahrte Octave ihr ein rührendes Andenken, war ihr dankbar in Erinnerung an das Vermögen, mit dem sie ihn überschüttet hatte, indem sie ihn heiratete. Daher sandte er auch, bevor er sich daran machte, die auf seiner Schreibunterlage bereitliegenden Tratten zu unterzeichnen, dem Porträt das Lächeln eines glücklichen Mannes zu. Kehrte er nicht von den kleinen Seitensprüngen eines jungen Witwers, aus den Alkoven, in die ihn sein Vergnügungsbedürfnis entführte, stets zurück, um unter ihren Augen zu arbeiten?

Es klopfte, und ohne eine Aufforderung abzuwarten, trat ein junger Mann ein, groß und hager, mit schmalen Lippen, einer spitzen Nase, übrigens eine tadellose Erscheinung mit seinem glatten Haar, in dem sich bereits graue Strähnen zeigten. Mouret hatte aufgeblickt, dann fuhr er fort zu unterzeichnen und fragte dabei:

„Haben Sie gut geschlafen, Bourdoncle?“

„Danke, ausgezeichnet“, erwiderte der junge Mann, der, als sei er hier zu Hause, gemächlich auf und ab ging.

Bourdoncle, Sohn eines armen Pächters aus der Umgegend

von Limoges, hatte einst gleichzeitig mit Mouret im „Paradies der Damen“ angefangen, als das Geschäft noch nicht mehr als die Ecke am Place Gaillon einnahm. Da er sehr gescheit, sehr aktiv war, schien es damals so, als müsse es ihm leichtfallen, seinen minder ernsten Gefährten auszustechen, der immer Möglichkeiten zum Entschlüpfen fand, augenscheinlich leichtsinnig war, beunruhigende Weibergeschichten hatte; aber Bourdoncle verfügte weder über den Schuß Genie jenes leidenschaftlichen Provenzalen noch über dessen Kühnheit, noch über sein einnehmendes, alle bezwingendes Wesen. Übrigens hatte er sich ihm aus dem Instinkt eines klugen Mannes von Anfang an fügsam untergeordnet, und zwar kampflos. Als Mouret seinen Kommis riet, ihr Geld in die Firma zu stecken, hatte sich Bourdoncle als einer der ersten dazu bequemt und ihm sogar die unvorhergesehene Erbschaft von einer Tante anvertraut; und nachdem er alle Stufen durchlaufen hatte, Verkäufer gewesen war, dann Zweiter Rayonvorsteher, dann Erster der Seidenabteilung, war er allmählich zu einem der Stellvertreter des Inhabers geworden, der, den jener am meisten schätzte, auf den jener am meisten gab, einer der sechs stillen Teilhaber, die als eine Art Ministerrat unter einem absoluten Herrscher Mouret halfen, das „Paradies der Damen“ zu leiten. Jeder von ihnen überwachte eine Provinz. Bourdoncle war mit der Oberaufsicht betraut.

„Und Sie“, fragte er in vertraulichem Ton, „haben Sie gut geschlafen?“ Als Mouret erwiderte, er habe sich gar nicht hingelegt, schüttelte er den Kopf und murrte: „Sie gehen schlecht mit Ihrer Gesundheit um.“

„Wieso denn?“ fragte der andere heiter. „Ich bin nicht so müde wie Sie, mein Bester. Ihre Augen sind vom Schlaf geschwollen, Sie werden schwerfällig, weil Sie zu vernünftig sind ... Amüsieren Sie sich, das wird Ihren Geist aufrütteln!“

Das war ihr ständiger freundschaftlicher Streit. Bourdoncle hatte in der ersten Zeit seine Geliebten geschlagen, weil sie ihn, wie er sagte, nicht zum Schlafen kommen ließen. Jetzt behauptete er, er hasse die Frauen, obwohl er sich zweifellos außerhalb des Hauses mit welchen traf, wovon er aber nicht sprach, so wenig

Raum nahmen sie in seinem Leben ein, und im Geschäft begnügte er sich damit, die Kundinnen auszubeuten, voll tiefer Verachtung für die Leichtfertigkeit, mit der sie sich dummer Lappen wegen zugrunde richteten. Mouret hingegen mimte Hingerissenheit, verhielt sich den Frauen gegenüber stets entzückt und schmeichlerisch, war unausgesetzt in neue Liebschaften verwikkelt; und seine Herzensangelegenheiten waren gewissermaßen eine Reklame für sein Geschäft, man hätte meinen können, er umarme in einer einzigen Liebkosung das ganze schöne Geschlecht, um es leichter zu benebeln und es in seiner Gewalt zu behalten.

„Letzte Nacht habe ich Madame Desforges gesehen", fing er wieder an. „Sie war köstlich auf diesem Ball."

„Haben Sie nachher etwa mit ihr soupiert?" fragte der Teilhaber.

Mouret erhob laut Einspruch.

„Oh, weiß Gott nicht! Sie ist höchst ehrbar, mein Lieber ... Nein, ich habe mit Héloïse soupiert, der Kleinen vom Théâtre des Folies-Dramatiques. Sie ist dumm wie eine Gans, aber so drollig!" Er griff nach einem anderen Stoß Tratten und unterschrieb weiter.

Bourdoncle ging noch immer gemächlich auf und ab. Durch die hohen Fensterscheiben warf er einen Blick auf die Rue Neuve-Saint-Augustin, kam dann wieder zurück und sagte: „Sie wissen, daß sie sich rächen werden."

„Wer denn?" fragte Mouret, dem das Gespräch bereits entfallen war.

„Die Frauen natürlich."

Das erheiterte ihn noch mehr, er ließ die Brutalität durchscheinen, die er unter der Miene sinnlicher Anbetung zu verbergen pflegte. Durch ein Achselzucken schien er darzutun, daß er sie, sobald sie ihm dazu verholfen hätten, reich zu werden, alle wie leere Säcke wegwerfen werde.

Der hartnäckige Bourdoncle wiederholte in seiner kalten Art:

„Sie werden sich rächen ... Eine wird kommen und wird die anderen rächen, das ist unausbleiblich."

„Bloß keine Angst!“ rief Mouret, seinen provenzalischen Tonfall übertreibend. „Die ist noch nicht geboren, mein Bester. Und falls sie kommt, dann wissen Sie ja . . .“ Er hatte den Federhalter erhoben, schwang ihn und stach damit ins Leere, als wolle er ein unsichtbares Herz mit einem Messer durchbohren.

Der Teilhaber nahm sein Hinundherwandern wieder auf; wie stets beugte er sich der Überlegenheit des Chefs, dessen an Auswegen reiches Genie ihn trotz allem aus der Fassung brachte. Er, der so klar, so logisch, so leidenschaftslos war, bei dem ein Fehltritt ausgeschlossen schien, hatte noch nicht recht begriffen, welche Rolle das weibliche Geschlecht beim Erfolg spielt, daß sich Paris in einem Kuß dem Kühnsten hingibt.

Schweigen herrschte. Man hörte nichts als die Feder Mourets. Dann gab Bourdoncle Auskunft auf kurze Fragen, die ihm der andere in bezug auf die große Verkaufsausstellung von Winterneuheiten stellte, die am nächsten Montag stattfinden sollte. Es war eine sehr wichtige Angelegenheit, die Firma setzte dabei ihre Existenz aufs Spiel, denn an den Gerüchten, die im Stadtviertel umgingen, war etwas Wahres. Mouret hatte sich mit der Phantasie eines Dichters der Spekulation ergeben, mit einem solchen Aufwand, einem solchen Bedürfnis nach dem Kolossalen, daß es schien, alles müsse unter ihm zusammenkrachen. Es lag darin eine neue Seite des Handels, eine in die Augen fallende kaufmännische Phantasie, die dereinst schon Frau Hédouins Besorgnis erregt hatte und noch heute, trotz erster Erfolge, zuweilen die stillen Teilhaber in Bestürzung versetzte. Man tadelte heimlich den Chef, er gehe zu rasch vor; man beschuldigte ihn, die Verkaufsräume in gefährlichem Ausmaß vergrößert zu haben, bevor er mit einer ausreichenden Vermehrung der Kundschaft rechnen könne; man zitterte besonders, als man sah, daß er alles verfügbare Geld auf eine Karte setzte, die Lager mit einer Unmasse von Waren füllte, ohne einen Sou als Reserve zu behalten. So war nun für dieses große Warenangebot, nachdem zuvor beträchtliche Summen an die Maurer gezahlt worden waren, das gesamte Kapital draußen: wieder einmal hieß es siegen oder sterben. Und inmitten der allgemeinen Verstörtheit bewahrte er, als ein von

Frauen angebeteter Mann, der nicht im Stich gelassen werden kann, eine siegessichere Heiterkeit, die Gewißheit künftiger Millionen. Als sich Bourdoncle erlaubte, einige Befürchtungen hinsichtlich der übertriebenen Ausdehnung solcher Abteilungen zu äußern, deren Umsatz zweifelhaft bleibe, lachte Mouret laut und zuversichtlich und rief:

„Hören Sie auf, mein Bester, das Haus ist zu klein!"

Der andere schien ganz verblüfft zu sein, von einer Furcht befallen, die er nicht mehr zu verbergen suchte. Das Haus zu klein! Ein Modewarenhaus, in dem es neunzehn Rayons gab und das vierhundertunddrei Angestellte zählte!

„Aber gewiß", sagte Mouret, „wir werden vor Ablauf von anderthalb Jahren gezwungen sein, uns zu vergrößern ... Ich denke in allem Ernst daran. Gestern abend hat mir Madame Desforges versprochen, mich morgen in ihrer Wohnung mit jemandem zusammenzubringen ... Kurz, wir werden uns darüber unterhalten, wenn die Sache spruchreif ist." Und da er mit dem Unterschreiben der Tratten fertig war, stand er auf, ging und klopfte dem Teilhaber, der mühsam seine Fassung wiedergewann, freundschaftlich auf die Schulter. Das Entsetzen der vorsichtigen Leute um ihn her belustigte ihn. In einer der Anwandlungen von plötzlicher Offenherzigkeit, mit denen er zuweilen seine Vertrauten überwältigte, erklärte er, im Grunde genommen sei er jüdischer als alle Juden der Welt: er schlage seinem Vater nach, dem er physisch und moralisch gleiche, einem lustigen Burschen, der den Wert der Sous zu schätzen wisse; und wenn er von seiner Mutter das bißchen leicht erregbare Phantasie mitbekommen habe, so liege darin vielleicht seine sicherste Erfolgsaussicht, denn dank ihrer spüre er die unüberwindliche Kraft, alles zu wagen.

„Sie wissen genau, daß wir Ihnen bis ans Ende folgen werden", brachte Bourdoncle schließlich heraus.

Dann regelten die beiden, bevor sie in die Ladenräume hinuntergingen, um wie üblich einen Blick auf alles zu werfen, noch gewisse Einzelheiten. Sie betrachteten eingehend das Probeexemplar eines kleinen, mit einem Kontrollblock versehenen Heftes, das Mouret für die Kassenzettel ersonnen hatte. Da er bemerkt hatte, daß die aus der Mode gekommenen Waren, die Ladenhüter, um so rascher abgingen, je höher die dem Kommis zugebilligte Provision war, hatte er diese Beobachtung zur Grundlage eines neuen Geschäftsverfahrens gemacht. Er beteiligte fortan seine Verkäufer am Absatz aller Waren, er gewährte ihnen einen gewissen Prozentsatz selbst auf das kleinste Stückchen Stoff, den kleinsten von ihnen verkauften Gegenstand: ein Verfahren, das den ganzen Modewarenhandel umgewälzt hatte und zwischen den Kommis einen Existenzkampf hervorrief, aus dem die Inhaber Nutzen zogen. Dieser Kampf wurde übrigens in seinen Händen zum Lieblingsrezept, zu einem organisatorischen Grundsatz, den er unablässig anwandte. Er entfesselte die Leidenschaften, sorgte dafür, daß die Kräfte einander kampfbereit gegenüberstanden, ließ die Kleinen von den Großen verschlingen und wurde fett durch diese Schlacht der Interessen. Das Probeheft wurde gut befunden: am oberen Rand des Blocks wie auch des abtrennbaren Zettels stand die Bezeichnung des Rayons und die Nummer des Verkäufers; dann gab es, ebenfalls auf beiden Seiten, Rubriken für Maßangabe, die Bezeichnung der Artikel und die Preise; und der Verkäufer zeichnete einfach den Zettel ab, bevor er ihn dem Kassierer übergab. Auf diese Weise war die Kontrolle äußerst leicht, es genügte, die von der Kasse an das Abrechnungsbüro weitergeleiteten Zettel mit den in den Händen der Kommis verbliebenen Blocks zu vergleichen. Jede Woche konnten so die Verkäufer ihre Prozente und Provisionen erhalten, ohne daß ein Irrtum möglich war.

„Man wird uns weniger bestehlen", bemerkte Bourdoncle mit Befriedigung. „Da haben Sie eine ausgezeichnete Idee gehabt."

„Und heute nacht habe ich mir noch etwas anderes überlegt", erklärte Mouret. „Ja, mein Lieber, heute nacht bei jenem Souper ... Ich hätte Lust, den Angestellten des Abrechnungsbüros für jeden Irrtum, den sie beim Vergleichen der Kassenzettel richtigstellen, eine kleine Prämie zu zahlen ... Sie verstehen wohl, von da an können wir sicher sein, daß sie keinen einzigen übersehen, eher würden sie noch welche erfinden." Er begann zu lachen, während der andere ihn bewundernd anblickte. Diese neue

Art, den Existenzkampf praktisch anzuwenden, entzückte ihn, er war ein Genie in Dingen der Verwaltung, er träumte davon, die Firma so zu organisieren, daß die Begierden der anderen für die ruhige und vollständige Befriedigung seiner eigenen Begierden ausgenutzt werden könnten. Wolle man die Leute dahin bringen, daß sie ihre ganze Kraft hergeben, sagte er oft, und ihnen sogar ein wenig Ehrbarkeit entlocken, so müsse man zunächst dafür sorgen, daß sie mit ihren eigenen Bedürfnissen im Streit lägen.

„Nun gut, gehen wir hinunter“, sagte Mouret. „Wir müssen uns mit der Verkaufsausstellung befassen ... Gestern ist die Seide eingetroffen, nicht wahr? Und Bouthemont wird wohl dabeisein, sie zu übernehmen.“

Bourdoncle begleitete ihn. Die Abteilung für die Warenübernahme lag im Kellergeschoß, an der Rue Neuve-Saint-Augustin. Dort befand sich in gleicher Höhe mit dem Pflaster der Zugang zu einem vergitterten und verglasten Raum, wo die Rollwagen die Waren abluden. Sie wurden gewogen und schaukelten dann eine steile Gleitbahn hinunter, deren Holz- und Eisenteile, von der Reibung der Ballen und Kisten poliert, glänzten. Alles, was ankam, gelangte durch diesen gähnenden Schlund ins Innere des Hauses; es war ein ununterbrochenes Stürzen in den Abgrund, eine Kaskade von Stoffen, die mit dem Rauschen fließenden Wassers hinabfiel. Besonders zu Zeiten der großen Saisonverkäufe ergoß sich von der Gleitbahn ein unversiegbarer Strom in das Kellergeschoß: Seidenwaren aus Lyon, Wollstoffe aus England, Leinen aus Flandern, Kattun aus dem Elsaß, Indienne aus Rouen; und zuweilen mußten die Rollwagen in langer Reihe warten; die herabgleitenden Lasten landeten unten mit einem dumpfen Geräusch, wie ein in tiefes Wasser geworfener Stein.

Als Mouret an der Gleitbahn vorüberkam, blieb er einen Augenblick lang stehen. Das klappte, Reihen von Kisten kamen ganz allein daher, ohne daß man die Menschen sah, deren Hände sie oben abstießen; und sie schienen sich aus eigener Kraft reißend schnell abwärts zu bewegen, in einem dichten Regen aus einer höher gelegenen Quelle herabzurieseln. Dann folgten Ballen, die sich wie rollende Steine um sich selber drehten. Mouret sah zu, ohne ein Wort zu sagen. Aber in seinen klaren Augen entzündete diese Warenlawine, die bei ihm einbrach, dieser Strom, der in jeder Minute Tausende von Francs von sich gab, ein kurzes Aufleuchten. Noch nie war ihm so deutlich zu Bewußtsein gekommen, in was für eine Schlacht er sich eingelassen hatte. Es handelte sich darum, diese Warenlawine vorteilhaft an allen Ekken und Enden von Paris unterzubringen. Er tat den Mund nicht auf, er setzte seinen Inspektionsgang fort.

In dem trüben Licht, das durch die breiten Kellerluken fiel, nahm eine Gruppe von Männern die Sendungen in Empfang, während andere in Anwesenheit der Rayonchefs die Kisten öffneten und die Ballen aufschnürten. Ein Trubel wie auf einem Zimmerhof erfüllte den tiefen Keller, dieses ganze Kellergeschoß, wo gußeiserne Pfeiler die Gewölbe stützten und die kahlen Mauern mit Zement verputzt waren.

„Stimmt alles, Bouthemont?“ fragte Mouret, auf einen breitschultrigen jungen Mann zugehend, der damit beschäftigt war, den Inhalt einer Kiste nachzuprüfen.

„Ja, es scheint alles dazusein“, erwiderte jener. „Aber ich werde den ganzen Vormittag zum Nachzählen brauchen.“

Der Rayonchef stand vor einem großen Tisch, auf den einer seiner Verkäufer eins nach dem anderen die Seidenstücke legte, die er der Kiste entnahm, und vergewisserte sich mit einem raschen Blick, ob sie auf der Rechnung aufgeführt seien. Hinter ihnen waren weitere Tische aufgereiht, ebenfalls überhäuft mit Waren, die ein ganzes Völkchen von Kommis prüfte. Es war ein allgemeines Auspacken, ein scheinbares Durcheinander von Stoffen, die beim Gesumm vieler Stimmen genau betrachtet, hin- und hergewendet und ausgezeichnet wurden.

Bouthemont, der in den Kaufmannskreisen schon eine gewisse Berühmtheit genoß, hatte das runde Gesicht eines lebenslustigen Burschen, einen pechschwarzen Bart und schöne kastanienbraune Augen. Er war in Montpellier geboren, war ein fideler Bruder, ein Großmaul und ein mittelmäßiger Verkäufer, aber als Einkäufer hatte er nicht seinesgleichen. Von seinem Vater, der dort unten eine Modewarenhandlung besaß, nach Paris geschickt, hatte er sich entschieden geweigert, in die Provinz zurückzukehren, als der Biedermann meinte, der Junge müsse nun wohl genug Fachkenntnisse erworben haben, um sein Nachfolger im Geschäft zu werden; und seitdem war es zwischen Vater und Sohn zu wachsender Rivalität gekommen; ersteren, der ganz seinem provinziellen Kleinhandel verschworen war, empörte es, daß ein einfacher Kommis dreimal soviel verdiente wie er selber, der andere zog bei jedem seiner flüchtigen Aufenthalte dort den Alten mit dessen Herkömmlichkeit auf, prahlte mit seinen Einnahmen und stellte das Haus auf den Kopf. Wie die übrigen Rayonchefs bezog auch er außer seinen dreitausend Francs festem Gehalt einen gewissen Prozentsatz auf den Verkauf. Erstaunt und voller Hochachtung erzählte man sich in ganz Montpellier immer wieder, daß der Sohn Bouthemonts im letzten Jahr fast fünfzehntausend Francs eingesackt habe, und das sei erst der Anfang, manche Leute prophezeiten dem aufgebrachten Vater, die Summe werde noch größer werden.

Inzwischen hatte Bourdoncle eins der Seidenstücke ergriffen, dessen Köperung er mit der aufmerksamen Miene eines Sachverständigen prüfte. Es war eine Faille mit einer Kante in Blau und Silber, das berühmte Paris-Paradies, mit dem Mouret einen entscheidenden Schlag zu führen hoffte.

„Sie ist wirklich sehr gut", murmelte der Teilhaber.

„Und vor allem übertrifft ihre Wirkung noch ihre Qualität", sagte Bouthemont. „So etwas kann nur Dumonteil für uns herstellen ... Bei meiner letzten Reise, auf der ich mich mit Gaujean überwarf, wollte dieser gern hundert Webstühle für dieses Muster einrichten, aber er verlangte je Meter fünfundzwanzig Centimes mehr."

Bouthemont suchte fast jeden Monat die Fabriken auf, lebte tagelang in Lyon, stieg in den ersten Hotels ab und hatte die Anweisung, die Fabrikanten großzügig zu bewirten. Im übrigen ließ man ihm völlig freie Hand, er konnte nach eigenem Gutdünken einkaufen, vorausgesetzt, daß er jedes Jahr in einem im voraus festgesetzten Ausmaß den Umsatz seiner Abteilung steigerte; und sogar von dieser Steigerung erhielt er einen prozentualen Anteil.

Kurz, seine Stellung im „Paradies der Damen“ erwies sich wie die aller Abteilungsvorsteher, seiner Kollegen, als die eines Einzelkaufmanns innerhalb einer Gemeinschaft verschiedener Handelszweige, einer Art großen Handelsplatzes.

„Es ist also entschieden, wir zeichnen sie mit fünf Francs sechzig aus ...“, fing er wieder an. „Sie wissen ja, daß das kaum mehr als der Einkaufspreis ist.“

„Ja, ja, fünf Francs sechzig“, sagte Mouret rasch, „und wenn ich es mit mir allein zu tun hätte, würde ich sie mit Verlust hergeben.“

Der Rayonchef lachte herzlich.

„Oh, etwas Besseres kann ich mir nicht wünschen ... Das würde den Verkauf verdreifachen, und da ich einzig daran interessiert bin, hohe Einnahmen zu erzielen ...“

Bourdoncle jedoch blieb ernst und verkniff die Lippen. Er nämlich bezog seine Prozente vom Reingewinn, und das Herabsetzen der Preise brachte ihm nichts ein. Die Kontrolle, die er ausübte, bestand gerade darin, das Auszeichnen zu überwachen, damit Bouthemont nicht seinem einzigen Wunsch, die Umsatzziffer zu erhöhen, nachgab und deshalb mit zu geringem Nutzen verkaufte. Zudem wurde er angesichts der Reklamemanöver, von denen er nichts verstand, weiter von der alten Besorgnis erfaßt. Er wagte es, seinen Widerwillen zum Ausdruck zu bringen, indem er sagte:

„Wenn wir sie für fünf Francs sechzig hergeben, ist das dasselbe, wie wenn wir sie mit Verlust verkauften, denn wir müssen unsere Unkosten einrechnen, und die sind beträchtlich ... Überall sonst würde man sie für sieben Francs verkaufen.“

Sofort wurde Mouret ärgerlich. Er schlug mit der flachen Hand auf die Seide und rief gereizt:

„Aber das weiß ich doch, und eben deshalb wünsche ich unseren Kundinnen ein Geschenk damit zu machen ... Wahrhaftig, mein Bester, Sie werden sich niemals auf Frauen verstehen. Begreifen Sie doch, daß sie sich um diese Seide reißen werden!“

„Zweifellos“, unterbrach ihn der Teilhaber, der eigensinnig auf seinem Standpunkt beharrte, „und je mehr sie sich darum reißen, um so mehr werden wir daran verlieren."

„Wir werden ein paar Centimes an diesem Artikel verlieren, das gebe ich zu. Und weiter? Es ist wohl ein großes Unglück, wenn wir alle Frauen anlocken und sie, verführt, toll gemacht von der Unmenge unserer Waren, uns auf Gnade und Ungnade ausgeliefert sind und, ohne zu rechnen, ihre Geldbörsen leeren! Die Hauptsache, mein Bester, ist, daß sie Feuer fangen, und dafür braucht man einen Artikel, der gefällt, der Aufsehen erregt. Nachher können Sie dann alles übrige ebenso teuer wie anderswo verkaufen, sie werden dennoch glauben, es bei Ihnen billiger zu bekommen. Unsere Goldhaut zum Beispiel, dieser Taft zu sieben Francs fünfzig, den man überall zu diesem Preis verkauft, wird ebenfalls als außergewöhnlich wohlfeil gelten und dazu ausreichen, den Verlust am Paris-Paradies reichlich zu decken ... Sie werden schon sehen, Sie werden sehen!" Er wurde beredt. „Verstehen Sie doch! Ich will, daß das Paris-Paradies binnen acht Tagen den ganzen Markt in Aufruhr versetzt. Es ist das Große Los für uns, es wird uns herausreißen und uns in Schwung bringen. Man wird von nichts anderem reden, die Kante in Blau und Silber wird von einem Ende Frankreichs bis zum anderen bekannt sein ... Und Sie werden das wütende Klagegeschrei unserer Konkurrenten hören. Die kleinen Geschäfte werden dabei mal wieder Haare lassen müssen. Begrabene sind sie, all diese Trödler, die in ihren Kellerlöchern an Rheumatismus krepieren!"

Rings um den Chef hörten die Kommis, die die Sendungen nachprüften, lächelnd zu. Er liebte es, zu reden und recht zu behalten. Bourdoncle gab abermals nach. Inzwischen war die Kiste leer geworden, zwei Männer öffneten eine andere.

„Wer nicht lacht, sind die Fabrikanten!" sagte darauf Bouthemont. „In Lyon sind sie wütend auf Sie, sie behaupten, Ihr billiges Verkaufen richte sie zugrunde ... Sie wissen ja, daß Gaujean mir ernstlich den Krieg erklärt hat. Ja, er hat geschworen, er wolle lieber den kleinen Firmen langfristige Kredite eröffnen als die von mir gebotenen Preise annehmen."

Mouret zuckte mit den Schultern.

„Wenn Gaujean unvernünftig ist“, erwiderte er, „wird Gaujean auf der Strecke bleiben ... Worüber beklagen sie sich? Wir zahlen unverzüglich, wir nehmen alles ab, was sie herstellen, da können sie doch wenigstens billiger arbeiten ... Und außerdem genügt es, wenn das Publikum einen Vorteil dabei hat.“

Der Kommis packte die zweite Kiste aus, während sich Bouthemont wieder daran gemacht hatte, die Stücke auf der Rechnung abzuhaken. Sodann zeichnete ein anderer Kommis sie am Ende des Tisches nichtchiffriert aus, und sobald die Nachprüfung beendet war, mußte die vom Abteilungschef unterschriebene Rechnung zur Hauptkasse hinaufgebracht werden. Einen Augenblick lang sah Mouret noch dieser Arbeit zu, diesem ganzen lebhaften Treiben bei den ausgepackten Waren, die immer höher anwuchsen und das Kellergeschoß unter sich zu begraben drohten. Dann ging er, von Bourdoncle begleitet, ohne ein weiteres Wort, mit der Miene eines Feldherrn, der mit seinen Truppen zufrieden ist.

Langsam durchschritten die beiden das Kellergeschoß. Hier und dort verbreiteten die Kellerluken eine bleiche Helligkeit; und längs der schmalen Gänge brannten in den dunklen Winkeln ständig Gasflammen. In diesen Gängen befanden sich die Reservelager, kleine, mit starken Holzgittern versperrte Nebenkeller, in denen die verschiedenen Rayons ihren Überschuß an Waren aufhoben. Im Vorübergehen warf der Chef einen Blick auf die Heizvorrichtung, die am Montag zum erstenmal in Betrieb genommen werden sollte, und auf den kleinen Trupp Feuerwehrleute, der einen riesigen, in einen eisernen Käfig eingeschlossenen Dampfmesser bewachte. Die Küche und die Speiseräume, ehemalige Keller, die man in kleine Säle umgewandelt hatte, lagen zur Linken, nach der Ecke des Place Gaillon zu. Schließlich gelangte er am anderen Ende des Kellergeschosses zur Warenausgangsabteilung. Die Pakete, welche die Kundinnen nicht mitnahmen, wurden nach hier unten geschafft, auf Tischen sortiert und dann in Fächer eingeordnet, von denen jedes einem Stadtbezirk entsprach; sodann brachte man sie über eine breite Treppe, die genau dem „Vieil Elbeuf“ gegenüber auf die Straße führte, zu den

Wagen, die am Bürgersteig hielten. Bei dem automatischen Funktionieren des „Paradieses der Damen“ spie diese Treppe zur Rue de la Michodière unablässig die Waren aus, die die Gleitbahn an der Rue Neuve-Saint-Augustin verschlungen hatte und die inzwischen oben durch das Räderwerk der Ladenstraße gegangen waren.

„Campion“, sagte Mouret zum Vorsteher der Warenausgangsabteilung, einem früheren Sergeanten mit hagerem Gesicht, „weshalb sind sechs Paar Laken, die eine Dame gestern gegen zwei Uhr gekauft hat, nicht noch abends ausgetragen worden?“

„Wo wohnt die Dame?“ fragte der Angestellte.

„In der Rue de Rivoli, Ecke Rue d'Alger . . . Madame Desforges.“

Zu dieser frühen Stunde waren die Sortiertische leer, in den Fächern befanden sich nur die wenigen vom Vortag zurückgebliebenen Pakete. Während Campion, nachdem er ein Verzeichnis zu Rate gezogen, diese Pakete durchsah, betrachtete Bourdoncle Mouret und dachte dabei darüber nach, daß dieser verteufelte Kerl alles wisse, sich mit allem befasse, selbst an den Tischen der Nachtlokale und in den Alkoven seiner Geliebten. Endlich entdeckte der Vorsteher der Warenausgangsabteilung den Fehler: die Kasse hatte eine falsche Hausnummer angegeben, und so war das Paket zurückgekommen.

„Von welcher Kasse kam das?“ fragte Mouret. „Sie sagten ja wohl, Kasse zehn . . .“ Und sich dem Teilhaber zuwendend: „Kasse zehn, das ist Albert, nicht wahr? – Wir werden ein Wörtchen mit ihm reden.“

Doch bevor er einen Rundgang durch das Geschäft machte, wollte er die Versandabteilung aufsuchen, die mehrere Räume im zweiten Stock innehatte. Dort liefen alle Bestellungen aus der Provinz und aus dem Ausland ein; und jeden Morgen sah er sich dort die Korrespondenz an. Seit zwei Jahren nahm diese Korrespondenz von Tag zu Tag zu. Die Abteilung, die anfangs etwa zehn Angestellte beschäftigt hatte, benötigte jetzt bereits mehr als dreißig. Zu beiden Seiten desselben Tisches sitzend, öffneten die einen die Briefe, und andere lasen sie; wieder andere ordneten sie, versahen jeden mit einer laufenden Nummer, die auch auf einem der Kästen des Fachgestells stand; hatte man dann die Briefe auf die verschiedenen Rayons verteilt und hatten die Rayons die Artikel heraufgeschickt, so legte man diese, der laufenden Nummer entsprechend, in den betreffenden Kasten. Sie brauchten nur noch kontrolliert und in einem anstoßenden Raum, wo eine Gruppe Arbeiter von morgens bis abends nagelte und verschnürte, verpackt zu werden.

Mouret stellte seine übliche Frage:

„Wie viele Briefe heute morgen, Levasseur?"

„Fünfhundertvierunddreißig, Herr Mouret", antwortete der Bürovorsteher. „Ich fürchte, nach der Verkaufsausstellung am Montag werde ich nicht genug Leute haben. Gestern sind wir mit knapper Not zurechtgekommen."

Bourdoncle nickte befriedigt. Er hatte an einem Dienstag nicht mit fünfhundertvierunddreißig Briefen gerechnet. Rings um den Tisch schnitten die Angestellten die Briefe auf und lasen sie bei dem ununterbrochenen Geräusch knisternden Papiers, während bei den Fachgestellen das Bringen und Holen der Waren begann. Es war eine der verwickeltsten und bedeutendsten Abteilungen der Firma: man lebte hier wie in ständigem Fieber, denn der Vorschrift entsprechend mußten die am Morgen einlaufenden Bestellungen alle bis zum Abend expediert sein.

„Man wird Ihnen so viel Leute geben, wie Sie brauchen, Levasseur", antwortete Mouret schließlich, der mit einem Blick festgestellt hatte, wie gut es um diese Abteilung stand. „Sie wissen ja, wenn es viel zu tun gibt, verweigern wir keine Arbeitskräfte."

Ganz oben unter dem Dach lagen die Zimmer, in denen die Verkäuferinnen schliefen. Aber er ging wieder nach unten und betrat die Hauptkasse, die neben seinem Arbeitszimmer untergebracht war. Der Raum hatte eine Glastür mit einem kupfernen Schalter, durch den man einen ungeheuer großen Geldschrank sah, der mit eisernen Klammern an der Wand befestigt war. Zwei Kassenführer konzentrierten dort die Tageseinnahmen, die Lhomme, der Erste Kassierer des Ladens, jeden Abend heraufbrachte, und wandten sich dann den Ausgaben zu, bezahlten die

Fabrikanten, das Personal, das ganze Volk, das von der Firma lebte. Die Kasse stand mit einem anderen, mit grünen Mappen ausgestatteten Raum in Verbindung, wo zehn Angestellte die Rechnungen prüften. Dann kam noch ein Büro, das Verrechnungsbüro: über schwarze Pulte gebeugt, hinter denen ganze Sammlungen von Registern standen, errechneten hier sechs junge Leute die Prozente für die Verkäufer, indem sie die Kassenzettel mit den Kontrollblocks verglichen. Diese noch ganz neue Abteilung funktionierte schlecht.

Mouret und Bourdoncle hatten die Kasse und das Büro für die Rechnungsprüfung durchschritten. Als sie in das andere Büro traten, fuhren die jungen Leute, die lachten, statt die Nase in die Arbeit zu stecken, überrascht zusammen. Da erklärte ihnen Mouret, ohne ihnen einen Verweis zu erteilen, das von ihm ersonnene Verfahren, ihnen für jeden Irrtum, den sie in den Kassenzetteln entdeckten, eine kleine Prämie zu zahlen; und als er hinausgegangen war, lachten die Angestellten nicht mehr, sondern machten sich, als stünde jemand mit der Peitsche hinter ihnen, mit leidenschaftlichem Eifer wieder an die Arbeit und suchten nach Fehlern.

In den Verkäufsräumen im Erdgeschoß begab sich Mouret geradewegs zur Kasse zehn, wo sich Albert Lhomme, auf Kundinnen wartend, die Nägel polierte. Man sprach allgemein von der „Dynastie Lhomme", seit Frau Aurélie, die Direktrice der Konfektionsabteilung, nachdem sie ihrem Mann den Posten des Ersten Kassierers beschafft, es fertiggebracht hatte, eine Detailkasse für ihren Sohn zu bekommen, einen großen blassen und liederlichen Burschen, der es nirgends lange aushielt und ihr die größten Sorgen machte. Doch als sie bei dem jungen Mann angelangt waren, hielt sich Mouret im Hintergrund: es widerstrebte ihm, seiner Huld dadurch etwas zu vergeben, daß er den Gendarmen spielte; aus Gründen des Geschmacks und der Taktik behielt er die Rolle eines liebenswürdigen Gottes bei. Mit den Ellbogen berührte er leicht Bourdoncle, den Zahlenmenschen, den er in der Regel mit den Strafgerichten betraute.

„Herr Albert", sagte letzterer streng, „Sie haben schon wieder eine Adresse falsch angegeben, das Paket ist zurückgekommen ... Das kann nicht geduldet werden."

Der Kassierer glaubte, sich verteidigen zu sollen, rief den Ladendiener herbei, der das Paket gepackt hatte. Dieser Ladendiener, der Joseph hieß, gehörte ebenfalls zur Dynastie Lhomme, denn er war Alberts Milchbruder und verdankte seine Stellung Frau Aurélies Einfluß. Als ihn der junge Mann zu der Aussage veranlassen wollte, die Kundin sei an dem Irrtum schuld, begann Joseph, hin- und hergerissen zwischen der Gewissenhaftigkeit eines ehemaligen Soldaten und der Dankbarkeit für seine Beschützer, zu stottern und an dem Kinnbärtchen zu zerren, das sein blatternarbiges Gesicht noch länger erscheinen ließ.

„Lassen Sie doch Joseph in Ruhe", schrie Bourdoncle schließlich, „und widersprechen Sie vor allem nicht länger ... Ah, Sie können froh sein, daß wir die guten Dienste Ihrer Mutter berücksichtigen!"

In diesem Augenblick aber kam Lhomme angelaufen. Von seiner in der Nähe des Eingangs gelegenen Kasse aus konnte er die seines Sohnes sehen, die sich in der Handschuhabteilung befand. Er war schon ganz weißhaarig, durch seine sitzende Lebensweise schwerfällig geworden, und sein weiches, ausdrucksloses Gesicht war gleichsam stumpf geworden vom Widerschein des Geldes, das er unablässig zählte. Daß ihm ein Arm fehlte, behinderte ihn durchaus nicht bei dieser Tätigkeit, und man ging sogar aus Neugier hin und sah ihm beim Nachzählen der Einnahme zu, so flink glitten ihm die Scheine und die Münzen durch die linke Hand, die ihm allein geblieben war. Sohn eines Steuereinnehmers in Chablis, war er als Buchhaltungsangestellter bei einem Kaufmann des Port-aux-Vins nach Paris gekommen. Später, als er in der Rue Cuvier wohnte, hatte er die Tochter seines Concierge, eines kleinen elsässischen Schneiders, geheiratet; und von jenem Tage an hatte er sich seiner Frau untergeordnet, deren kaufmännische Fähigkeiten ihm Hochachtung einflößten. Sie brachte es bei der Konfektion auf mehr als zwölftausend Francs, während er nur fünftausend Francs festes Gehalt bezog. Und seine Ehrerbietung für eine Frau, die solche Summen zum Haushalt beisteuerte, erstreckte sich bis auf den Sohn, den er von ihr hatte.

„Was gibt's denn?" fragte er leise. „Hat Albert etwas falsch gemacht?"

Da trat, wie es seine Gewohnheit war, Mouret wieder in Aktion, um die Rolle des gütigen Herrschers zu spielen. Wenn Bourdoncle den Leuten Furcht vor ihm eingejagt hatte, sorgte Mouret für seine eigene Beliebtheit.

„Eine Dummheit", murmelte er. „Mein lieber Lhomme, Ihr Albert ist ein Leichtfuß, der sich lieber ein Beispiel an Ihnen nehmen sollte." Dann wechselte er das Thema, wurde noch liebenswürdiger und fragte: „Wie war denn das Konzert neulich? – Hatten Sie einen guten Platz?"

Röte stieg in die bleichen Wangen des alten Kassierers. Er hatte nur eine einzige Schwäche, die Musik, eine heimliche Leidenschaft, der er einsam frönte, indem er alle Theater, Konzerte und geschlossenen musikalischen Veranstaltungen besuchte; trotz seiner Einarmigkeit blies er dank eines kunstvoll erdachten Systems von Klammern das Waldhorn; und da Frau Lhomme den Lärm nicht leiden konnte, umwickelte er abends sein Instrument mit einem Tuch und war dennoch bis zur Ekstase entzückt von den seltsam dumpfen Tönen, die er ihm entlockte. Bei der unnatürlichen Aufgelöstheit ihres Zuhauses hatte er sich in der Musik eine Zuflucht geschaffen. Etwas anderes als diese und das Geld in seiner Kasse kannte er nicht, außer der Bewunderung für seine Frau.

„Einen sehr guten Platz hatte ich", erwiderte er mit strahlenden Augen. „Sie sind sehr gütig, Herr Mouret."

Mouret, dem es einen persönlichen Genuß bereitete, Leidenschaften zu befriedigen, schenkte Lhomme zuweilen Eintrittskarten, die ihm selber von Wohltätigkeitsfeste arrangierenden Damen aufgehängt worden waren. Und er bezauberte ihn vollends, als er sagte:

„Ah, Beethoven. Ah, Mozart ... Welch eine Musik!"

Ohne eine Antwort abzuwarten, ging er fort und holte Bourdoncle ein, der bereits auf dem Rundgang durch die Rayons war.

In der Haupthalle, einem Innenhof, den man mit einem Glasdach versehen hatte, befand sich die Seidenabteilung. Die beiden gingen zunächst durch die Galerie an der Rue Neuve-Saint-Augustin, die von einem Ende bis zum andern von den Weißwaren eingenommen wurde. Nichts Ungewöhnliches fiel ihnen auf, langsam schritten sie zwischen den ehrerbietigen Kommis dahin. Dann wandten sie sich der Abteilung für bunte Baumwollstoffe aus Rouen zu und den Wirkwaren, wo die gleiche Ordnung herrschte. Aber als Bourdoncle im Wollwarenrayon, der sich die im rechten Winkel auf die Rue de la Michodière zu verlaufende Galerie entlangzog, auf einem Ladentisch einen jungen Mann sitzen sah, dessen erschöpftes Aussehen eine durchwachte Nacht verriet, spielte er wieder den großen Strafrichter; und der junge Mann, der Liénard hieß, Sohn eines reichen Modewarenhändlers in Angers, beugte bei diesem Verweis demütig den Kopf, denn die einzige Angst seines Lebens voll Faulheit, Sorglosigkeit und Vergnügen war, sein Vater könnte ihn in die Provinz zurückrufen. Von nun an hagelte es Rügen, in der Galerie an der Rue de la Michodière ging ein Gewitter nieder: in der Abteilung für Tuchwaren war ein gegen Kost und Logis aufgenommener Verkäufer, einer jener Anfänger, die in ihren Rayons schliefen, erst nach elf Uhr zurückgekommen; in der Kurzwarenabteilung hatte sich der Zweite dabei erwischen lassen, wie er in einem Winkel des Kellergeschosses eine Zigarette aufrauchte. Und vor allem bei den Handschuhen ergoß sich ein Unwetter, und zwar auf den Kopf eines der wenigen Pariser des Hauses, des hübschen Mignot, wie er genannt wurde, der der deklassierte uneheliche Sohn einer Harfenlehrerin war: sein Verbrechen bestand darin, daß er im Speiseraum ärgerliches Aufsehen erregt hatte, indem er sich über die Kost beklagte. Da dort in drei Schichten gegessen wurde, das erstemal um neuneinhalb Uhr, dann um zehneinhalb und schließlich um elfeinhalb, wollte er dartun, daß er, der zur dritten Schicht gehörte, stets in der Hauptsache Soßensatz, geschmälerte Portionen bekomme.

„Wie, die Kost ist nicht gut?“ fragte mit unbefangener Miene Mouret, der endlich den Mund auftat.

Er gab dem Küchenchef, einem fürchterlichen Auvergnaten, nur einen Franc fünfzig pro Tag und Person, und der fand dabei noch immer Möglichkeiten, sich die Taschen zu füllen; und die Kost war wirklich erbärmlich.

Aber Bourdoncle zuckte mit den Schultern: ein Küchenchef, der, wenn auch in drei Schichten, vierhundert Frühstücke und vierhundert Hauptmahlzeiten zu liefern habe, könne sich nicht mit den Finessen seiner Kunst aufhalten.

„Gleichviel", sagte der Inhaber in wohlwollendem Ton, „ich wünsche, daß alle unsere Angestellten eine gesunde und reichliche Kost erhalten ... Ich werde mit dem Küchenchef sprechen."

Und damit war Mignots Beschwerde begraben.

Als Mouret und Bourdoncle dann wieder an ihren Ausgangspunkt gelangt waren und nahe der Tür zwischen Schirmen und Krawatten standen, nahmen sie den Bericht eines der vier Inspektoren entgegen, denen die Überwachung der Ladenräume oblag. Der alte Jouve, ein ehemaliger Hauptmann, der bei Constantine einen Orden erhalten hatte und mit seiner großen sinnlichen Nase und seiner majestätischen Glatze noch immer ein schöner Mann war, machte sie auf einen Verkäufer aufmerksam, der ihn auf eine einfache Ermahnung hin einen Trottel genannt hatte; und der Verkäufer wurde unverzüglich entlassen.

Inzwischen hatten sich noch kaum Kunden im Laden eingefunden. Nur die Hausfrauen des Stadtviertels gingen durch die leeren Galerien. Am Eingang hatte der Inspektor, der das Eintreffen der Angestellten notierte, soeben seine Liste geschlossen und schrieb die Verspäteten gesondert auf. Das war der Augenblick, in dem sich die Verkäufer in ihre Rayons begaben, die ab fünf Uhr von den Ladendienern ausgefegt und abgestaubt worden waren. Jeder verstaute Hut und Überzieher, unterdrückte, das Gesicht noch ausdruckslos vom Schlaf, ein Gähnen. Die einen wechselten ein paar Worte miteinander, schauten in die Luft, schienen sich für einen neuen Arbeitstag gelenkig zu machen; andere zogen, ohne sich zu beeilen, die grünen Sergetücher weg, mit denen sie am Abend zuvor die Waren bedeckt hatten, nachdem sie wieder ordentlich zusammengefaltet worden waren; und die symmetrisch angeordneten Haufen von Stoffen kamen zum Vorschein, der ganze Laden war sauber und aufgeräumt, glänzte friedlich in morgendlicher Heiterkeit und wartete darauf, daß er durch das Verkaufsgedränge wieder einmal verstopft und durch eine Lawine von Leinen, Tuch, Seide und Spitzen gleichsam enger würde.

Im hellen Licht der Haupthalle plauderten in der Seidenabteilung leise zwei junge Leute. Der eine, klein und reizend, kräftig gebaut und mit rosiger Haut, bemühte sich, Seiden von verschiedener Farbe für eine Ausstellung innerhalb des Hauses zusammenzustellen. Er hieß Hutin, war Sohn eines Caféhauswirts in Yvetot und hatte es verstanden, in anderthalb Jahren zu einem der vorzüglichsten Verkäufer zu werden, und zwar durch sein schmiegsames Wesen, eine fortwährende schmeichlerische Liebenswürdigkeit, dahinter sich eine rasende Gier verbarg, die alles verzehrte, die ganze Welt verschlang, selbst wenn er keinen Hunger hatte, rein zum Vergnügen.

„Hören Sie, Favier, ich hätte ihn an Ihrer Stelle geohrfeigt, mein Wort darauf!“ sagte er zu dem anderen, einem hochgewachsenen, hageren und übellaunigen jungen Menschen mit gelblicher Gesichtsfarbe, der in Besançon in einer Weberfamilie geboren war und bei völliger Anmutlosigkeit unter einem gleichgültigen Äußeren eine beunruhigende Willenskraft verbarg.

„Die Leute ohrfeigen führt zu nichts“, brummte er lässig. „Man wartet besser ab.“

Die beiden sprachen von Robineau, der die Aufsicht über die Kommis führte, solange sich der Rayonchef im Kellergeschoß befand. Hutin untergrub insgeheim das Ansehen des Zweiten, auf dessen Posten er es abgesehen hatte. Um ihn zu kränken und zum Weggehen zu veranlassen, hatte er sich bereits ausgedacht, an dem Tage, an dem der Platz des Ersten, den man jenem versprochen hatte, frei würde, Bouthemont von seinem Außenposten ins Haus zu bringen. Robineau jedoch behauptete sich, und nun herrschte ein ständiger Kampf. Hutin träumte davon, den ganzen Rayon gegen Robineau aufzubringen, diesen durch Böswilligkeiten und Schikanen zu verjagen. Im übrigen operierte er mit seiner liebenswürdigen Miene, er reizte vor allem Favier auf, der ihm als

Verkäufer nachfolgen würde und der sich leiten zu lassen schien, allerdings mit plötzlichen Anfällen von Zurückhaltung, in der man so etwas wie einen persönlichen, in aller Stille geführten Feldzug spürte.

„Pst! Siebzehn!" sagte er rasch zu seinem Kollegen, um ihn durch diesen bei ihnen üblichen Ausruf vom Nahen Mourets und Bourdoncles zu verständigen.

Diese setzten in der Tat ihre Inspektion mit einem Gang durch die Halle fort. Sie blieben stehen und verlangten von Robineau Auskunft über einen Samtvorrat, der mit seinen aufgestapelten Kartons einen ganzen Ladentisch einnahm. Und da Robineau antwortete, es fehle an Platz, rief Mouret lächelnd:

„Ich hab's Ihnen ja gesagt, der Laden ist schon jetzt zu klein! Man wird eines Tages die Mauern bis zur Rue de Choiseul niederreißen müssen . . . Sie werden sehen, was es am kommenden Montag für ein Gedränge gibt!"

Und anläßlich der Verkaufsausstellung, die man in allen Abteilungen vorbereitete, wandte er sich abermals mit Fragen an Robineau und erteilte ihm Anweisungen. Aber seit einigen Minuten verfolgte er, während er immer weitersprach, mit den Blicken das Tun Hutins, der zaudernd blaue Seide neben graue und gelbe legte, dann zurücktrat, um sich ein Urteil über das Zusammenstimmen der Farbtöne zu bilden. Plötzlich griff er ein.

„Weshalb wollen Sie denn das Auge schonen?" sagte er. „Seien Sie doch nicht ängstlich, blenden Sie es . . . Da, Rot, Grün, Gelb!" Er hatte die Stücke ergriffen, er schleuderte sie hin, zerknitterte sie, schuf leuchtende Farbenskalen daraus. Alle waren sich darüber einig, daß der Chef der beste Dekorateur von ganz Paris sei, ein wahrhaft revolutionäer Dekorateur, der in der Kunst der Schaufensterdekoration die Schule des Brutalen und Kolossalen begründet hatte. Er verlangte scheinbar ungeordnete, wie zufällig aus den geleerten Fächern herausgefallene Massen und wünschte, daß sie in den glühendsten Farben flammten und sich wechselseitig in der Wirkung steigerten. Den Leuten müßten die Augen weh tun, wenn sie aus dem Geschäft kämen, pflegte er zu sagen.

Hutin, der im Gegensatz zu Mouret zur klassischen Schule der

Symmetrie und der wie eine Melodie zusammenklingenden Nuancen gehörte, sah, ohne sich die geringste Kritik zu erlauben, zu, wie jener diese Feuersbrunst von Stoffen mitten auf einem Tisch auflodern ließ, aber sein Mund verzog sich dabei zur spöttischen Grimasse eines Künstlers, dessen Überzeugungen durch eine solche Zügellosigkeit beleidigt werden.

„So!" rief Mouret, als er fertig war. „Und lassen Sie das so ... Sie werden mir Montag sagen, ob das die Frauen fesselt!"

Gerade als er wieder zu Bourdoncle und Robineau trat, kam ein weibliches Wesen herein, das ein paar Sekunden lang wie angewurzelt und mit stockendem Atem vor der Auslage stehenblieb. Es war Denise. Nachdem sie sich, einem schrecklichen Schüchternheitsanfall ausgeliefert, fast eine Stunde lang auf der Straße aufgehalten, hatte sie sich endlich entschlossen. Nur hatte sie so sehr den Kopf verloren, daß sie die deutlichsten Erklärungen nicht mehr begriff; und die Kommis, die sie stammelnd nach Frau Aurélie fragte, zeigten ihr vergebens die Treppe zum Zwischenstock, sie bedankte sich, wandte sich dann nach links, wenn man ihr gesagt hatte, sie müsse rechts einbiegen; auf diese Weise lief sie, begleitet von der Neugier und der mürrischen Gleichgültigkeit der Verkäufer, seit zehn Minuten im Erdgeschoß von Rayon zu Rayon. Einerseits wäre sie am liebsten geflohen, andererseits hielt das Bedürfnis, alles zu bewundern, sie zurück. Sie fühlte sich verloren, winzig klein in diesem Ungeheuer, dieser noch kaum in Gang gekommenen Maschine und zitterte davor, von deren Schwung, von dem bereits die Mauern bebten, erfaßt zu werden. Und beim Gedanken an den dunklen und engen Laden des „Vieil Elbeuf" erschien ihr das ausgedehnte Modewarenhaus noch größer, zeigte sich ihr von Licht vergoldet, ähnlich einer Stadt mit ihren Prachtbauten, ihren Plätzen, ihren Straßen, wo sich jemals zurechtzufinden ihr unmöglich vorkam.

Bis jetzt hatte sie sich indes noch nicht getraut, sich in die Halle der Seidenwaren zu wagen, die ihr mit dem hohen Glasdach, den prächtigen Ladentischen, dem kirchenähnlichen Aussehen Angst einflößte. Als sie dann endlich eingetreten war, um den lachenden Kommis der Weißwarenabteilung zu entgehen, war sie gleichsam urplötzlich über Mourets Dekoration gestolpert; und trotz ihrer Verstörtheit regte sich die Frau in ihr, ihre Wangen röteten sich jäh, und sie vergaß alles um sich her beim Anblick der flammenden Feuersbrunst der Seiden.

„Sieh da", flüsterte Hutin herzlos Favier ins Ohr, „das Gänschen vom Place Gaillon!"

Mouret, der so tat, als höre er Bourdoncle und Robineau zu, fühlte sich innerlich geschmeichelt von der Überraschtheit dieses armen Mädchens, genauso wie eine Marquise nicht ungerührt bleibt von der rohen Begierde eines vorüberfahrenden Fuhrmanns. Doch Denise hatte aufgeblickt und wurde noch verwirrter, als sie den jungen Herrn wiedererkannte, den sie für einen Rayonchef hielt. Sie bildete sich ein, er sähe sie voll Strenge an. Da wußte sie, völlig verstört, nicht mehr, wie sie sich zurückziehen sollte, und wandte sich nochmals an den erstbesten Kommis, an Favier, der sich in ihrer Nähe befand.

„Bitte, wo finde ich Madame Aurélie?"

Der ungefällige Favier beschränkte sich darauf, in seinem trokkenen Ton zu antworten:

„Im Zwischenstock."

Und Denise, die möglichst schnell den Blicken all dieser Männer entkommen wollte, bedankte sich und drehte gerade abermals der Treppe den Rücken zu, als Hutin seinem angeborenen Hang zur Galanterie nachgab. Zwar hatte er sie ein Gänschen genannt, jetzt aber hielt er sie mit der liebenswürdigen Miene eines schönen Verkäufers an.

„Nein, hier lang, Fräulein ... Wenn Sie sich hier lang bemühen wollten ..." Er ging sogar ein paar Schritte vor ihr her, führte sie an den Fuß der Treppe, die sich links in der Halle befand. Dort neigte er den Kopf und lächelte sie an mit dem Lächeln, das er für alle Frauen hatte. „Oben müssen Sie sich nach links wenden ... Sie gehen dann gerade auf die Konfektionsabteilung zu."

Diese einschmeichelnde Höflichkeit bewegte Denise tief. Es war, als sei ihr eine brüderliche Hilfe zuteil geworden. Sie hatte die Augen aufgeschlagen, sie betrachtete Hutin, und alles an ihm machte ihr Eindruck, das hübsche Gesicht, der lächelnde Blick, der ihre Angst verscheuchte, die Stimme, die ihr tröstlich sanft vorkam. Ihr Herz schwoll von Dankbarkeit; in die wenigen unzusammenhängenden Worte, die sie in ihrer Erregung zu stammeln vermochte, legte sie ihre ganze freundschaftliche Empfindung.

„Sie sind zu gütig ... Bemühen Sie sich nicht ... Tausend Dank, mein Herr."

Hutin war bereits wieder zu Favier getreten, zu dem er ganz leise mit seiner derben Stimme sagte: „Ein schönes Knochengestell, was?"

Oben gelangte das junge Mädchen geradeswegs in die Konfektionsabteilung. Ein großer Raum war das, in dem ringsum hohe geschnitzte Eichenschränke standen und dessen Spiegelglasscheiben auf die Rue de la Michodière gingen. Fünf oder sechs weibliche Wesen in seidenen Kleidern, sehr kokett mit ihren Lockenchignons und den nach hinten gestrichenen Krinolinen, waren dort unter Geplauder in lebhafter Bewegung. Eine, die groß und schmächtig war, einen zu langen Kopf hatte und an ein durchgegangenes Pferd erinnerte, lehnte mit dem Rücken an einem Schrank, als sei sie schon jetzt völlig erschöpft.

„Wo finde ich Madame Aurélie?" fragte Denise abermals.

Ohne zu antworten, sah die Verkäuferin sie wegen ihrer armseligen Kleidung mit geringschätziger Miene an, dann wandte sie sich an eine ihrer Kolleginnen, eine kleine Person von kränklich bleicher Hautfarbe und einfältigem, überdrüssigem Aussehen, und fragte:

„Fräulein Vadon, wissen Sie, wo die Direktrice ist?"

Diese, damit beschäftigt, Radmäntel der Größe nach zu ordnen, machte sich nicht einmal die Mühe aufzublicken.

„Nein, Fräulein Prunaire, ich hab keine Ahnung", sagte sie, kaum die Lippen bewegend.

Schweigen entstand. Denise blieb regungslos stehen, und niemand kümmerte sich um sie. Dennoch faßte sie sich, nachdem sie ein Weilchen gewartet hatte, ein Herz und stellte eine neue Frage.

„Glauben Sie, daß Madame Aurélie bald wiederkommt?"

Da rief die Zweite Abteilungsvorsteherin, eine magere und häßliche Frau, die sie bisher nicht bemerkt hatte, eine Witwe mit vorspringender Kinnlade und sprödem Haar, ihr von einem Schrank aus, wo sie Preisschilder überprüfte, zu:

„Warten Sie, wenn Sie Madame Aurélie persönlich zu sprechen wünschen." Und eine andere Verkäuferin befragend, fügte sie hinzu: „Ist sie nicht bei der Warenübernahme?"

„Nein, Madame Frédéric, ich glaube nicht", erwiderte jene. „Sie hat nichts gesagt, sie kann nicht weit sein."

Nachdem Denise diese Auskunft erhalten hatte, blieb sie stehen. Es waren freilich einige Stühle für die Kundinnen vorhanden; da man sie aber nicht aufforderte, sich zu setzen, wagte sie nicht, einen davon zu benutzen, obwohl sie so verwirrt war, daß ihre Beine sie kaum mehr trugen. Offensichtlich hatten diese Fräuleins die Verkäuferin gewittert, die sich vorstellen wollte, und sie musterten sie, entkleideten sie förmlich mit einem Blick aus dem Augenwinkel, ohne alles Wohlwollen, mit der dumpfen Feindseligkeit einer Tischgesellschaft, die nicht enger zusammenrücken mag, um Leuten Platz zu machen, die hungrig von draußen kommen. Ihre Verlegenheit nahm noch zu, mit kleinen Schritten durchquerte sie den Raum und schaute auf die Straße hinaus, um ihre Befangenheit zu verbergen. Das „Vieil Elbeuf", das ihr gerade gegenüberlag, kam ihr, von der Pracht und Lebendigkeit aus gesehen, die sie hier umgaben, so häßlich, so elend vor mit seiner fleckigen Fassade und seinen glanzlosen Schaufenstern, daß so etwas wie Gewissensbisse ihr vollends das Herz zusammenzog.

„Hören Sie", raunte die große Prunaire der kleinen Vadon zu, „haben Sie ihre Stiefel gesehen?"

„Und erst das Kleid!" flüsterte die andere.

Denise, die den Blick noch immer der Straße zuwandte, hatte das Gefühl, verschlungen zu werden. Aber sie empfand keinen Zorn, sie hatte weder die eine noch die andere schön gefunden, die Größere mit dem ihr auf den Pferdehals herabfallenden Chignon roter Haare ebensowenig wie die Kleine mit dem Teint wie geronnene Milch, der ihr flaches und gleichsam knochenloses Gesicht noch weichlicher machte. Clara Prunaire, Tochter eines Holzschuhmachers in Vivet, von den Kammerdienern im Schloß Mareuil zu Ausschweifungen verführt, als die Gräfin sie als Flickfrau beschäftigt hatte, war später aus einem Modewarengeschäft in Langres nach Paris gekommen und rächte sich hier an den Männern für die Fußtritte, mit denen Vater Prunaire ihr blaue Flecke beigebracht hatte. Marguerite Vadon, aus Grenoble gebürtig, wo ihre Familie einen Leinwandhandel betrieb, hatte man rasch ins „Paradies der Damen“ abschieben müssen, um dadurch einen Fehltritt zu verbergen, ein Zufallskind. Und sie führte sich sehr gut, sie sollte nach Hause zurückkehren, um dem Laden ihrer Eltern vorzustehen und einen Vetter zu heiraten, der auf sie wartete.

„Je nun“, begann Clara wieder mit leiser Stimme, „das ist eine, die hier keine große Rolle spielen wird!“

Doch sie verstummten, eine Frau von etwa fünfundvierzig Jahren trat ein. Es war Frau Aurélie, sehr stark, fest eingeschnürt in ihr schwarzes Seidenkleid, dessen über die massige Rundung der Schultern und des Busens gespannte Taille wie ein Panzer schimmerte. Unter dem glatten gescheitelten dunklen Haar hatte sie große starre Augen, einen strengen Mund, breite, ein wenig hängende Backen; und in ihrer Direktricenmajestät nahm ihr Gesicht die Aufgeblasenheit einer geschwollenen Cäsarenmaske an.

„Fräulein Vadon“, sagte sie in gereiztem Ton, „Sie haben also gestern das Modell des auf Taille gearbeiteten Mantels nicht wieder ins Atelier gebracht?“

„Es war etwas daran zu ändern, Madame Aurélie“, erwiderte die Verkäuferin, „und Madame Frédéric hat ihn zurückbehalten.“

Daraufhin holte die Zweite das Modell aus einem Schrank, und die Auseinandersetzung nahm ihren Fortgang. Alles beugte sich vor Frau Aurélie, wenn diese glaubte, ihre Autorität verteidigen zu müssen. Sehr eitel, so sehr, daß sie nicht bei ihrem Namen Lhomme, der ihr verdrießlich war, gerufen werden wollte und die Conciergeloge ihres Vaters verleugnete, von dem sie als von einem Schneider mit einem kleinen Laden sprach, war sie eine gütige Herrin nur für die schmiegsamen und schmeichlerischen Fräuleins, die vor ihr in Bewunderung erstarben. Damals in dem Konfektionsatelier, das sie gern nach eigenen Ansichten eingerichtet hätte, war sie, unaufhörlich von Mißgeschick verfolgt, verbittert geworden, außer sich darüber, daß sie ihre Schultern stark genug wußte, das Glück zu tragen, und doch immer nur bei Katastrophen endete; und noch heute, selbst nach ihrem Erfolg im „Paradies der Damen", wo sie zwölftausend Francs im Jahr verdiente, schien sie aller Welt zu grollen und behandelte die Anfängerinnen ebenso hart, wie das Leben früher hart gegen sie gewesen war.

„Genug geredet!" sagte sie schließlich barsch. „Sie haben nicht mehr Verstand als die anderen. Madame Frédéric . . . Lassen Sie die Änderung sofort vornehmen."

Während dieser Auseinandersetzung hatte Denise aufgehört, auf die Straße hinauszuschauen. Sie ahnte wohl, daß diese Dame Frau Aurélie war; doch erschreckt durch deren schmetternde Stimme, blieb sie stehen und wartete weiter. Die Verkäuferinnen, entzückt darüber, daß sie die Direktrice und die Zweite Abteilungsleiterin aufeinandergehetzt hatten, waren mit der Miene tiefster Gleichgültigkeit zu ihrer Beschäftigung zurückgekehrt. Einige Minuten vergingen, niemand war so barmherzig, das junge Mädchen aus seiner Verlegenheit zu befreien. Endlich wurde sie von Frau Aurélie selber bemerkt, die sie, erstaunt über ihre Reglosigkeit, fragte, was sie wünsche.

„Darf ich fragen, ob ich mit Madame Aurélie spreche?"

„Die bin ich."

Mit trockenem Mund und kalten Händen stand Denise da, wieder von ihren einstigen Kinderängsten befallen, wenn sie vor der Rute gezittert hatte. Sie stotterte ihre Bitte hervor, mußte nochmals von vorn beginnen, um sie verständlich zu machen.

Frau Aurélie betrachtete sie aus ihren großen starren Augen, ohne daß ein Zug ihrer Herrschermaske geruht hätte, weicher zu werden.

„Wie alt sind Sie denn?"

„Zwanzig Jahre, Madame Aurélie."

„Wie? Zwanzig Jahre? Dabei sehen Sie aus, als wären Sie noch nicht sechzehn!"

Abermals blickten die Verkäuferinnen auf.

Denise beeilte sich hinzuzufügen:

„Oh, ich bin sehr kräftig!"

Frau Aurélie zuckte mit ihren breiten Schultern. Dann erklärte sie:

„Mein Gott, ich will Sie immerhin vormerken. Wir merken jeden vor, der sich vorstellt ... Fräulein Prunaire, geben Sie mir die Liste."

Man fand sie nicht sofort, sie mußte sich in den Händen des Inspektors Jouve befinden. Als die lange Clara sie holen ging, kam, noch immer von Bourdoncle begleitet, Mouret herein. Sie beendeten gerade den Rundgang durch den Zwischenstock, waren durch die Rayons für Spitzen, Schals, Pelzwerk, Möbel, Wäsche gegangen und suchten zum Schluß die Konfektionsabteilung auf. Frau Aurélie trat mit ihnen beiseite, und sie unterhielten sich einen Augenblick lang über eine Paletotbestellung, welche die Direktrice bei einem der großen Pariser Unternehmer machen wollte; in der Regel kaufte sie unmittelbar und auf eigene Verantwortung ein, aber bei wichtigen Einkäufen zog sie es vor, den Rat der Geschäftsleitung einzuholen. Dann berichtete ihr Bourdoncle von der neuen Nachlässigkeit ihres Sohnes Albert, über die sie untröstlich zu sein schien; dieses Kind werde noch ihr Tod sein; der Vater habe, wenn er auch nicht bedeutend sei, doch wenigstens sein gutes Verhalten für sich. Diese ganze Dynastie Lhomme, deren unbestrittenes Oberhaupt sie war, bereitete ihr manchmal viel Kummer.

Mouret indes, der überrascht war, Denise hier wiederzufinden, beugte sich zu Frau Aurélie und fragte sie, was dieses junge Mädchen hier tue; und als die Direktrice geantwortet hatte, jene habe sich als Verkäuferin vorgestellt, fand Bourdoncle das bei seiner Geringschätzung für Frauen eine haarsträubende Anmaßung.

„Ach, gehen Sie", brummte er, „das ist doch ein Scherz! Sie ist viel zu häßlich!"

„Es ist tatsächlich nichts Schönes an ihr", sagte Mouret, der nicht für sie einzutreten wagte, obwohl er noch unter der Wirkung ihres Entzückens angesichts der Dekoration unten stand.

Doch man brachte die Liste, und Frau Aurélie trat wieder zu Denise. Diese machte ganz entschieden keinen guten Eindruck. Sie war sehr sauber in ihem bescheidenen schwarzen Wollkleidchen; bei der Armseligkeit ihrer Kleidung hielt man sich nicht auf, denn die Uniform, das vorschriftsmäßige Seidenkleid, wurde gestellt; allein sie wirkte recht schmächtig und hatte ein trauriges Gesicht. Wenn man auch nicht verlangte, daß die Mädchen schön waren, so sollten sie im Interesse des Verkaufs doch anziehend aussehen. Und Denise verlor vollends die Fassung unter den Blikken dieser Damen und Herren, die sie musterten, sie abschätzten wie eine Stute, um die Bauern auf dem Markt feilschen.

„Ihr Name?" fragte die Direktrice, die Feder in der Hand, schreibfertig an einem Ende des Ladentisches.

„Denise Baudu, Madame Aurélie."

„Ihr Alter?"

„Zwanzig Jahre, vier Monate." Und sie wagte es, die Augen zu Mouret zu erheben, diesem vermeintlichen Rayonchef, dem sie immer wieder begegnete und dessen Anwesenheit sie verwirrte, und wiederholte: „Ich sehe zwar nicht so aus, aber ich bin sehr kräftig."

Man lächelte, Bourdoncle betrachtete voll Ungeduld seine Fingernägel. Im übrigen fiel der Satz in ein entmutigendes Schweigen.

„In welcher Pariser Firma waren Sie?" fing die Direktrice wieder an.

„Aber, Madame Aurélie, ich komme gerade aus Valognes."

Das war ein neuer Übelstand. Für gewöhnlich verlangte das „Paradies der Damen" von seinen Verkäuferinnen eine einjährige Vorbereitungszeit in einer der kleinen Pariser Firmen.

Da wurde Denise von Verzweiflung gepackt; und hätte sie nicht an die Kinder gedacht, so wäre sie weggegangen, um diesem nutzlosen Verhör ein Ende zu machen.

„Bei wem waren Sie in Valognes?"

„Bei Cornaille."

„Den kenne ich, gute Firma", entfuhr es Mouret.

Er pflegte sich sonst niemals in die Aufnahme von Angestellten zu mischen, da die Rayonchefs selber für ihr Personal verantwortlich waren. Aber mit seinem feinen Sinn für Frauen spürte er bei diesem jungen Mädchen einen verborgenen Reiz, eine Kraft der Anmut und Zärtlichkeit, deren sie sich selber nicht bewußt war. Der gute Ruf der Firma, in der die Angestellten begonnen hatten, fiel sehr ins Gewicht; oft entschied er über die Annahme. Frau Aurélie fuhr mit sanfterer Stimme fort:

„Und weshalb sind Sie von Cornaille weggegangen?"

„Aus Familiengründen", antwortete Denise errötend. „Wir haben unsere Eltern verloren, ich mußte meine Brüder begleiten ... Übrigens habe ich hier ein Zeugnis." Es war ausgezeichnet. Gerade begann sie wieder zu hoffen, als eine letzte Frage sie in Verlegenheit setzte.

„Haben Sie andere Referenzen in Paris? – Wo wohnen Sie?"

„Bei meinem Onkel", murmelte sie und zögerte, seinen Namen auszusprechen, in der Befürchtung, daß man keinesfalls die Nichte eines Konkurrenten haben wolle. „Bei meinem Onkel Baudu, dort gegenüber."

Sofort mischte Mouret sich ein zweites Mal ein.

„Wie, Sie sind die Nichte von Baudu? – Hat etwa Baudu Sie hergeschickt?"

„O nein, mein Herr!" Und sie konnte nicht umhin zu lachen, so seltsam erschien ihr dieser Gedanke. Da vollzog sich eine Verwandlung. Sie war über und über rot, und das Lächeln um ihren ein wenig großen Mund ließ gleichsam das ganze Gesicht aufblühen. Ihre grauen Augen bekamen einen sanften Glanz, bezaubernde Grübchen zeigten sich in ihren Wangen, selbst ihre farblosen Haare schienen von der gutherzigen und tapferen Heiterkeit ihres ganzen Wesens zu flattern.

„Aber sie ist ja hübsch!" sagte Mouret ganz leise zu Bourdoncle.

Der Teilhaber lehnte es mit einer ärgerlichen Geste ab, ihm beizupflichten. Clara hatte hochmütig den Mund verzogen, während Marguerite sich abwandte. Einzig Frau Aurélie nickte Mouret beistimmend zu, als der sagte:

„Es war nicht recht von Ihrem Onkel, daß er Sie nicht hergebracht hat, seine Empfehlung hätte genügt ... Es heißt, er sei böse auf uns. Wir sind nicht so engherzig, und wenn er seine Nichte nicht in seiner Firma beschäftigen kann, nun gut, dann werden wir ihm beweisen, daß seine Nichte bei uns nur anzuklopfen brauchte, um aufgenommen zu werden ... Richten Sie ihm aus, daß ich ihn noch immer sehr gern habe und daß er die Schuld nicht mir zuschreiben darf, sondern nur den neuen Handelsverhältnissen. Und sagen Sie ihm, daß er sich vollends zugrunde richten wird, falls er eigensinnig an einer Menge lächerlicher überlebter Dinge festhält."

Denise wurde wieder ganz blaß. Das war also Mouret. Niemand hatte seinen Namen ausgesprochen, aber er gab sich selber zu erkennen, und nun erriet sie es, begriff, weshalb dieser junge Herr sie auf der Straße, in der Seidenabteilung und auch hier wieder in eine solche Erregung versetzt hatte. Diese Erregung, über die sie sich nicht klarzuwerden vermochte, bedrückte ihr Herz immer stärker, wie ein zu schweres Gewicht. Alle Geschichten, die ihr Onkel erzählt hatte, fielen ihr wieder ein, ließen Mouret noch größer werden, umwobem ihn mit einer Legende, machten ihn zum Gebieter der furchtbaren Maschine, die sie seit dem Morgen mit den Eisenzähnen ihres Räderwerks gepackt hielt. Und hinter seinem hübschen Kopf mit dem gepflegten Bart, den Augen von der Farbe alten Goldes sah sie die tote Frau, jene Frau Hédouin, deren Blut die Steine des Hauses verkittet hatte. Da wurde sie wieder von dem gleichen Kälteschauer wie am Abend zuvor ergriffen und glaubte, sie habe einfach Angst vor ihm.

Frau Aurélie hatte inzwischen die Liste zugeklappt. Sie benötigte eine einzige Verkäuferin und hatte bereits zehn Bewerbungen vorgemerkt. Aber sie wünschte zu sehr, sich dem Chef angenehm zu machen, als daß sie gezögert hätte. Die Bewerbung würde in jedem Fall den üblichen Gang gehen, Inspektor Jouve würde Erkundigungen einziehen, seinen Bericht erstatten, und dann würde sich die Direktrice entscheiden.

„Es ist gut, Fräulein", sagte sie hoheitsvoll, um ihre Autorität zu wahren. „Sie werden schriftlich benachrichtigt."

Vor Verlegenheit blieb Denise noch einen Augenblick lang regungslos stehen. Sie wußte nicht, wie sie inmitten all dieser Leute hinausgehen sollte. Schließlich bedankte sie sich bei Frau Aurélie, und als sie an Mouret und Bourdoncle vorüber mußte, verneigte sie sich. Diese, die sich schon nicht mehr mit ihr befaßten, erwiderten übrigens ihren Gruß nicht einmal, da sie mit großer Aufmerksamkeit gemeinsam mit Frau Frédéric das Modell des auf Taille gearbeiteten Mantels besichtigten. Clara sah Marguerite an und machte eine verdrossene Gebärde, als wolle sie sagen, die neue Verkäuferin werde nicht viel Vergnügen in der Abteilung erleben. Zweifellos spürte Denise die Gleichgültigkeit und den Groll in ihrem Rücken, denn sie stieg die Treppe in der gleichen Verwirrung hinab, in der sie sie heraufgestiegen war; von einer seltsamen Bangigkeit befallen, fragte sie sich, ob sie verzweifeln oder sich freuen solle, daß sie hierhergegangen war. Konnte sie auf die Stellung rechnen? Noch von dem Unbehagen erfüllt, das sie daran gehindert hatte, alles deutlich zu verstehen, begann sie, daran zu zweifeln. Von all ihren Empfindungen waren nur zwei von Dauer und ließen die anderen nach und nach verblassen: der tiefe, an Furcht grenzende Eindruck, den Mouret auf sie gemacht hatte, sodann die Liebenswürdigkeit Hutins, die einzige Freude dieses Vormittags, eine Erinnerung von bestrickender Süße, die sie mit Dankbarkeit erfüllte. Als sie die Verkaufsräume durchquerte, um zum Ausgang zu gelangen, suchte sie den jungen Mann, glücklich bei der Vorstellung, ihm noch einmal mit einem Blick zu danken; und es betrübte sie, daß sie ihn nicht sah.

„Nun, Fräulein, haben Sie Erfolg gehabt?" fragte sie eine bewegte Stimme, als sie endlich auf der Straße war.

Sie wandte sich um, sie erkannte den großen, bleichen und schlottrigen jungen Menschen wieder, der sie am Morgen angesprochen hatte. Auch er kam aus dem „Paradies der Damen" und schien noch verstörter zu sein als sie, ganz betäubt von dem Verhör, das er soeben über sich hatte ergehen lassen müssen.

„Mein Gott, ich weiß es gar nicht, mein Herr", erwiderte sie.

„Da geht es Ihnen also ebenso wie mir. Die haben da drinnen eine Art, einen zu betrachten und mit einem zu reden! – Ich bin aus der Spitzenbranche, zuletzt war ich bei Crevecœur in der Rue du Mail."

Wieder standen sie einander gegenüber; und da sie nicht wußten, auf welche Weise sie sich trennen sollten, wurden beide langsam rot.

Dann wagte der junge Mann, um im Übermaß seiner Schüchternheit doch noch irgend etwas zu sagen, in seiner linkischen und gutherzigen Art die Frage:

„Wie heißen Sie, Fräulein?"

„Denise Baudu."

„Ich heiße Henri Deloche."

Jetzt lächelten sie. Sie gaben der Brüderlichkeit ihrer Lage nach und reichten einander die Hand.

„Viel Glück!"

„Ja, viel Glück!"

## KAPITEL III

Jeden Sonnabend von vier bis sechs hielt Frau Desforges für diejenigen ihrer nächsten Bekannten, die Lust hatten, sie zu besuchen, eine Tasse Tee und Kuchen bereit. Die Wohnung lag im dritten Stock, Ecke Rue de Rivoli und Rue d'Alger; und die Fenster bei beiden Salons gingen auf den Jardin des Tuileries.

Als an diesem Sonnabend ein Diener gerade Mouret in den großen Salon führen wollte, bemerkte Mouret vom Vorzimmer aus durch eine offene Tür Frau Desforges, die durch den kleinen Salon ging. Sie war stehengeblieben, als sie ihn erblickte, und nun trat er dort ein und begrüßte sie mit einer feierlichen Verbeugung. Sobald der Diener die Tür wieder zugemacht hatte, ergriff er lebhaft die Hand der jungen Frau und küßte sie zärtlich.

„Sei vorsichtig, es sind Gäste da!" sagte sie ganz leise, auf die Tür zum großen Salon deutend. „Ich habe diesen Fächer geholt, um ihn ihnen zu zeigen." Und in heiterer Laune versetzte sie ihm mit der Spitze des Fächers einen leichten Schlag ins Gesicht. Sie war brünett, ein wenig stark, hatte große, eifersüchtige Augen.

Er aber hatte ihre Hand nicht losgelassen und fragte:

„Wird er kommen?"

„Gewiß", antwortete sie. „Ich habe seine Zusage."

Sie sprachen von Baron Hartmann, dem Direktor des Crédit Immobilier. Frau Desforges, Tochter eines Staatsrats, war die Witwe eines Börsenmannes, der ihr ein Vermögen hinterlassen hatte, das von den einen für nicht vorhanden erklärt, von den anderen überschätzt wurde. Noch zu Lebzeiten ihres Gatten, hieß es, habe sie sich dem Baron Hartmann erkenntlich gezeigt, der als großer Finanzmann dem Ehepaar mit seinen Ratschlägen von Nutzen gewesen war; und später, nach dem Tode des Gatten, mußte das Verhältnis wohl weiterbestanden haben, aber immer in sehr diskreter Weise, ohne jede Unvorsichtigkeit, ohne einen Skandal. Nie gab sich Frau Desforges eine Blöße, in den großbürgerlichen

Kreisen, denen sie selber entstammte, empfing man sie überall. Selbst heute noch, da sich die Liebe des Bankiers, eines skeptischen und gescheiten Mannes, in eine rein väterliche Zuneigung verwandelt hatte, bewies sie, wenn sie sich Liebhaber gestattete, was er ihr erlaubte, ein so feines Gefühl für Maß und Takt, eine so geschickt angewandte Weltkenntnis, daß der Schein gewahrt blieb und niemand sich unterstanden haben würde, ihre Ehrbarkeit laut zu bezweifeln. Als sie Mouret bei gemeinsamen Bekannten kennenlernte, hatte sie ihn zunächst unausstehlich gefunden; später hatte sie sich ihm dann hingegeben, gleichsam mitgerissen von der jähen Leidenschaft, mit der er sie bestürmte, und seit er es darauf angelegt hatte, durch sie den Baron zu gewinnen, wurde sie nach und nach von einer echten und tiefen Liebe zu ihm ergriffen, betete ihn an mit dem Ungestüm einer bereits fünfunddreißig Jahre alten Frau, die nur neunundzwanzig zugibt, und war verzweifelt, weil sie spürte, daß er jünger war, zitterte davor, ihn zu verlieren.

„Weiß er Bescheid?" fragte er.

„Nein, Sie werden ihm die Sache selber auseinandersetzen", erwiderte sie, ihn nicht länger duzend. Sie sah ihn an, sie dachte, er wisse wohl nichts, da er sich ihrer auf solche Weise bei dem Baron bediente, indem er so tat, als sähe er in jenem lediglich einen alten Freund von ihr. Aber er hielt noch immer ihre Hand, er nannte sie seine gute Henriette, und sie fühlte, wie ihr Herz schmolz. Schweigend bot sie ihm die Lippen, drückte sie auf die seinen; dann sagte sie leise: „Pst, man wartet auf mich ... Komm nach mir herein."

Aus dem großen Salon tönten, durch die Wandbespannung gedämpft, ungezwungene Stimmen herüber. Sie machte die Tür auf, deren beide Flügel sie offenstehen ließ, und reichte den Fächer einer der vier Damen, die in der Mitte des Zimmers saßen.

„Sehen Sie, das ist er", sagte sie. „Ich wußte nicht mehr, wohin ich ihn gelegt hatte, meine Zofe hätte ihn nie gefunden." Und sich umwendend, fügte sie in ihrer heiteren Art hinzu: „Kommen Sie doch herein, Herr Mouret, gehen Sie durch den kleinen Salon. Das ist dann nicht so feierlich."

Mouret begrüßte die Damen, die ihm alle bekannt waren. Der Salon mit seinen Louis-Seize-Möbeln, die mit Brokatell mit eingewebten Sträußchen bezogen waren, seinen vergoldeten Bronzen, seinen großen Blattpflanzen war trotz seiner Höhe von weicher fraulicher Traulichkeit, und durch die zwei Fenster erblickte man die Kastanienbäume des Jardin des Tuileries, deren Blätter der Oktoberwind davonfegte.

„Die ist allerdings gar nicht übel, diese Chantillyspitze", rief Frau Bourdelais aus, die den Fächer in der Hand hatte. Sie war eine kleine Blondine von dreißig Jahren, mit einer feinen, schmalen Nase und funkelnden Augen, eine Pensionsfreundin von Henriette, verheiratet mit einem stellvertretenden Abteilungschef im Finanzministerium. Aus einer alten Bürgerfamilie stammend, leitete sie ihren Haushalt und erzog ihre Kinder mit großer Rührigkeit, feinem Anstand und einem vorzüglichen Spürsinn im praktischen Leben.

„Und du hast für dieses Stück fünfundzwanzig Francs bezahlt?" fing sie wieder an, jede Masche der Spitze aufmerksam prüfend. „Nicht wahr, du sagtest, in Luc, bei einer Landarbeiterin? – Nein, nein, das ist nicht teuer ... Aber du mußtest sie doch auf das Gestell aufarbeiten lassen."

„Gewiß", erwiderte Frau Desforges. „Das Gestell kostet mich zweihundert Francs."

Da begann Frau Bourdelais zu lachen. So etwas nenne Henriette einen billigen Kauf! Zweihundert Francs für ein einfaches Elfenbeingestell mit Initialen! Und für ein Endchen Chantillyspitze, an dem sie vielleicht hundert Sous erspart habe! Für hundertzwanzig Francs bekomme man die gleichen Fächer fix und fertig. Sie nannte eine Firma in den Rue de Poissonnière.

Unterdessen ging der Fächer bei den Damen reihum. Frau Guibal gönnte ihm kaum einen flüchtigen Blick. Sie war groß und schmächtig, rothaarig, hatte ein nichts als Gleichgültigkeit ausdrückendes Gesicht, in dem zuweilen die grauen Augen die unter ihrer scheinbaren Unbeteiligtheit verborgenen furchtbaren Begierden des Egoismus aufblitzen ließen. Nie sah man sie in Begleitung ihres Gatten, eines im Justizpalast bekannten Advokaten, der, wie es hieß, ein ungebundenes Leben führte, ganz seinen Akten und seinen Vergnügungen hingegeben.

„Oh", murmelte sie und reichte dabei den Fächer an Frau de Boves weiter, „ich habe in meinem ganzen Leben noch keine zwei gekauft ... Davon bekommt man immer mehr als genug geschenkt."

Die Gräfin entgegnete im Ton feiner Ironie:

„Sie sind glücklich, meine Teure, daß Sie einen galanten Gatten haben." Und sie beugte sich zu ihrer Tochter, einem großen Geschöpf von zwanzigeinhalb Jahren, hinüber und sagte: „Sieh dir doch die Initialen an, Blanche. Was für eine hübsche Arbeit! – Gewiß haben die Buchstaben das Gestell so verteuert."

Frau de Boves hatte gerade die Vierzig überschritten. Sie war eine stattliche Frau, sah aus wie eine Göttin, hatte ein breites, regelmäßiges Gesicht und große stille Augen; ihr Ehemann, Oberinspektor der Gestüte, hatte sie ihrer Schönheit wegen geheiratet. Sie schien ganz ergriffen zu sein von der Feinheit, mit der die Initialen ausgeführt waren, gleichsam erfüllt von einem Begehren, das sie so erregte, daß sich ihr Blick verschleierte. Und plötzlich sagte sie:

„Was meinen denn Sie, Herr Mouret? Sind zweihundert Francs zuviel für dieses Gestell?"

Mouret stand zwischen den fünf Frauen, lächelte und interessierte sich für das, was sie interessierte. Er nahm den Fächer in die Hand, betrachtete ihn eingehend; und als er sich gerade dazu äußern wollte, öffnete der Diener die Tür und meldete: „Madame Marty."

Eine magere, häßliche, von Blatternarben entstellte Frau trat ein, mit komplizierter Eleganz gekleidet. Ihr Alter ließ sich nicht bestimmen, je nach dem Grad der fieberhaften Nervosität, die sie belebte, konnten ihre fünfunddreißig Jahre ebensogut vierzig oder dreißig sein. Ein roter Lederbeutel, den sie nicht abgelegt hatte, hing an ihrer rechten Hand.

„Liebe Frau Desforges", sagte sie zu Henriette, „Sie entschuldigen wohl, daß ich meinen Beutel ... Stellen Sie sich vor, auf dem Weg zu Ihnen ging ich ins ‚Paradies', und da ich dort mal wieder

Torheiten begangen habe, wollte ich ihn nicht unten in meiner Droschke lassen; ich hatte Angst, bestohlen zu werden." Doch soeben hatte sie Mouret bemerkt, lachend sprach sie weiter: „Oh, Herr Mouret, ich habe das nicht gesagt, um für Sie Reklame zu machen, denn ich wußte nicht, daß Sie hier sind ... Sie haben augenblicklich wirklich ungewöhnlich schöne Spitzen."

Das lenkte die Aufmerksamkeit von dem Fächer ab, den der junge Herr auf ein rundes Tischchen legte. Jetzt waren die Damen von dem neugierigen Verlangen gepackt, zu sehen, was Frau Marty gekauft hatte. Sie war bekannt dafür, daß sie mit wahrer Raserei Geld ausgab, keiner Versuchung dazu widerstehen konnte, daß sie zwar von strenger Ehrlichkeit war, niemals einen Liebhaber erhören würde, aber angesichts des geringsten Stückchens Tand sofort schwach wurde und erlag. Tochter eines kleinen Angestellten, richtete sie nun ihren Mann zugrunde, einen Lehrer der fünften Klasse am Lycée Bonaparte, der seine sechstausend Francs Gehalt verdoppeln mußte, indem er Privatstunden außer Haus gab, um dem unaufhörlich wachsenden Geldbedarf seines Haushalts zu genügen. Und sie öffnete ihren Beutel nicht, sie hielt ihn fest auf ihre Knie gedrückt, sprach von ihrer vierzehnjährigen Tochter Valentine, einer ihrer teuersten Putzsüchtigkeiten, denn sie kleidete das Mädchen wie sich selber mit allen Modeneuheiten, deren unwiderstehlicher Verlockung sie erlag.

„Wissen Sie", erklärte sie, „man garniert diesen Winter Kleider für junge Mädchen mit einer schmalen Spitze ... Natürlich habe ich, als ich eine sehr hübsche Valenciennesspitze sah ..." Endlich entschloß sie sich, den Beutel zu öffnen.

Die Damen machten schon einen langen Hals, da hörte man in der eingetretenen Stille die Klingel des Vorzimmers.

„Das ist mein Mann", stammelte Frau Marty ganz verwirrt. „Er wird mich wohl auf dem Rückweg vom Lycée Bonaparte hier abholen wollen." Rasch hatte sie den Beutel wieder geschlossen und ließ ihn mit einer instinktiven Bewegung unter ihrem Sessel verschwinden.

Alle Damen begannen zu lachen.

Da errötete sie ob ihrer Hast, nahm den Beutel wieder auf den

Schoß und sagte dabei, Männer hätten nie Verständnis für derartiges und brauchten nicht alles zu wissen.

„Herr de Boves, Herr de Vallagnosc“, meldete der Diener.

Es gab allgemeines Erstaunen. Frau de Boves hatte selber nicht mit ihrem Gatten gerechnet. Dieser, ein schöner Mann, der einen Schnurrbart und einen Zwickelbart trug, mit korrekter, bei den Tuilerien beliebter militärischer Haltung, küßte Frau Desforges, die er bereits in ihrer Jugend im Hause ihres Vaters kennengelernt hatte, die Hand. Und er trat beiseite, damit nun der andere Gast, ein großer blasser junger Mann von vornehmer Dünnblütigkeit, die Dame des Hauses begrüßen konnte. Doch kaum hatte die Unterhaltung wieder begonnen, als zwei leise Ausrufe ertönten.

„Nanu! Du, Paul?“

„Sieh da! Octave!“

Mouret und Vallagnosc drückten einander die Hand. Nun brachte auch Frau Desforges ihr Erstaunen zum Ausdruck. Sie kannten sich also? Gewiß doch, sie seien Seite an Seite im Gymnasium von Plassans groß geworden und hätten sich nur zufällig nicht früher bei ihr getroffen.

Einander noch immer an den Händen haltend, gingen sie in scherzendem Geplauder in den kleinen Salon hinüber, als gerade der Diener den Tee hereinbrachte, ein echt chinesisches Service auf silbernem Tablett, das er neben Frau Desforges mitten auf ein rundes Marmortischchen mit zierlicher Kupfereinfassung stellte. Die Damen rückten näher zusammen, unterhielten sich lauter, vollauf beschäftigt mit einer endlosen Fülle kreuz und quer schwirrender Worte, indes Herr de Boves, der hinter den Damen stand, sich hin und wieder vorbeugte und mit der Galanterie eines gewandten höheren Beamten ein Wort einwarf. Der große Raum mit seiner so zarten und heiteren Einrichtung wurde durch diese plätschernden, von Gelächter unterbrochenen Stimmen noch freundlicher.

„Ach, der alte Paul!“ wiederholte Mouret.

Er hatte sich neben Vallagnosc auf ein Kanapee gesetzt. Allein im Hintergrund des kleinen Salons, einem sehr koketten, mit butterblumengelber Seide bespannten Boudoir, fern fremden Ohren und selbst die Damen nur noch durch die weitoffene Tür sehend, blickten sie einander grinsend in die Augen und schlugen sich gegenseitig auf die Knie. Ihre ganze Jugend erwachte, das alte Gymnasium von Plassans mit seinen zwei Höfen, seinen feuchten Arbeitssälen und dem Speiseraum, wo man soviel Kabeljau gegessen hatte, mit dem Schlafsaal, wo die Kissen von Bett zu Bett flogen, sobald der Aufseher zu schnarchen begann. Paul, einer alten Parlamentarierfamilie entstammend, die dem zugrunde gerichteten und schmollenden niederen Adel angehörte, war ein Fleißschüler gewesen, stets Erster, fortwährend vom Lehrer, der ihm die schönste Zukunft prophezeite, als Beispiel hingestellt, während Octave, der zu den Letzten der Klasse zählte, glücklich und wohlgenährt zwischen den Faulpelzen verkam und seine Kräfte außerhalb in ungestümen Vergnügungen verausgabte. Trotz der Verschiedenheit ihrer Veranlagung waren sie dennoch durch eine enge Kameradschaft unzertrennlich geworden, bis zu ihrem Abitur, das der eine mit Glanz, der andere nach zwei verdrießlichen Prüfungen auf eine gerade noch genügende Weise hinter sich gebracht hatte. Dann hatte das Leben sie voneinander entfernt, und nun fanden sie sich nach zehn Jahren wieder, bereits verändert und älter geworden.

„Laß hören", fragte Mouret, „was treibst du?"

„Gar nichts treibe ich."

Vallagnosc bewahrte bei der Freude über diese Wiederbegegnung seine müde und enttäuschte Miene, und als sein Freund erstaunt in ihn drang und sagte: „Du wirst dich aber doch mit irgend etwas beschäftigen ... Was tust du denn?", erwiderte er: „Nichts."

Octave begann zu lachen. Nichts, das sei nicht genug. Satz für Satz holte er schließlich Pauls Geschichte aus diesem heraus, die übliche Geschichte der mittellosen jungen Leute, die es ihrer Herkunft schuldig zu sein glaubten, an den geistigen Berufen festzuhalten, und sich in eitler Mittelmäßigkeit begraben, noch glücklich, wenn sie nicht, alle Schubladen voller Diplome, vor Hunger krepieren. Der Familientradition entsprechend, hatte er Jura studiert, dann eine Zeitlang seiner verwitweten Mutter auf der

Tasche gelegen, die schon ohnehin nicht wußte, wie sie ihre zwei Töchter versorgen sollte. Schließlich hatte ihn Scham ergriffen, er ließ die drei Frauen kläglich von den Überresten ihres Vermögens leben und trat eine unbedeutende Stellung im Ministerium des Innern an, wo er sich verkroch wie ein Maulwurf in seinem Bau.

„Und was verdienst du?“ fing Mouret wieder an.

„Dreitausend Francs.“

„Aber das ist doch jämmerlich! Ach, mein armer Junge, das tut mir leid für dich ... Wie! Ein so begabter Bursche, der uns alle übertraf! Und sie geben dir nur dreitausend Francs, nachdem sie dich bereits fünf Jahre lang stumpfsinnig gemacht haben! Nein, das ist nicht in der Ordnung!“ Er hielt inne, er kam wieder auf sich selber zu sprechen. „Ich habe mich den Herrschaften empfohlen ... Du weißt wohl, was ich geworden bin?“

„Ja“, sagte Vallagnosc. „Man hat mir erzählt, du habest dich dem Handel zugewandt. Du hat das große Geschäft am Place Gaillon, nicht wahr?“

„Ganz richtig ... Ellenritter, mein Alter!“ Mouret hatte den Kopf erhoben, schlug dem anderen abermals aufs Knie und wiederholte mit der handfesten Heiterkeit eines fidelen Bruders, der sich des Handwerks, das ihn reich macht, nicht schämt: „Ellenritter, ganz und gar! – Auf Ehre, du erinnerst dich wohl, daß ich keinen Geschmack an ihren Sächelchen fand, obwohl ich mich im stillen nie für dümmer gehalten habe als andere. Als ich mein Abitur gemacht hatte, um meine Familie zufriedenzustellen, hätte ich genauso Rechtsanwalt oder Arzt werden können wie die Schulkameraden; aber vor diesen Berufen grauste es mich, so viele Leute sieht man darin am Hungertuch nagen. Da habe ich, mein Gott, die Gelehrsamkeit an den Nagel gehängt, oh, ohne Bedauern, und ich habe mich kopfüber in den Handel gestürzt.“

Vallagnosc lächelte mit verlegener Miene. Schließlich murmelte er:

„Dein Diplom als Bakkalaureus kann dir in der Tat beim Leinwandverkaufen nicht viel nutzen.“

„Auf Ehre“, entgegnete Mouret fröhlich, „alles, was ich verlange, ist, daß es mich nicht behindert ... Und du weißt, wenn man die Dummheit begangen hat, sich so was ans Bein zu binden, ist es nicht einfach, es wieder loszuwerden. Man kommt damit im Leben nur im Schneckentempo weiter, während die anderen, die, welche nackte Füße haben, laufen, als hätten sie keine Milz." Da er merkte, daß sein Freund peinlich berührt zu sein schien, faßte er dann dessen Hände und fuhr fort: „Nun, ich will dir nicht weh tun, aber gib zu, daß deine Diplome nicht ein einziges deiner Bedürfnisse befriedigt haben ... Weißt du, daß mein Rayonchef von der Seidenabteilung dieses Jahr mehr als zwölftausend Francs beziehen wird? Jawohl, ein sehr klardenkender junger Mann, der es bei der Orthographie und den vier Rechnungsarten hat bewenden lassen ... Die gewöhnlichen Verkäufer bringen es bei mir auf drei- bis viertausend Francs, auf mehr also, als du selber verdienst. Und für ihre Bildung brauchten keine Kosten aufgewendet zu werden; sie hat man nicht in die Welt hinausgeschickt mit der verbrieften Zusage, daß sie sie erobern würden ... Geldverdienen ist zweifellos nicht alles. Nur gibt es bei mir, auf Ehre, kein Schwanken zwischen den armen, von der Wissenschaft beleckten Teufeln, die die geistigen Berufe überfüllen, ohne sich satt essen zu können, und den praktischen jungen Menschen, die für das Leben gerüstet sind, weil sie ihr Handwerk von Grund auf verstehen. Ich bin für diese und gegen jene, ich finde, daß diese Burschen ihre Zeit ausgezeichnet begreifen!"

Seine Stimme war erregt geworden; Henriette, die den Tee servierte, hatte den Kopf gewandt. Als er sie dort hinten in dem großen Salon lächeln sah und bemerkte, wie zwei weitere Damen die Ohren spitzten, machte er sich als erster über seine Phrasen lustig.

„Kurz, alter Junge, jeder Ellenritter, der gerade anfängt, steckt heute in der Haut eines Millionärs."

Vallagnosc lehnte sich schlaff auf dem Kanapee zurück. Mit halbgeschlossenen Augen saß er in einer müden, Geringschätzung ausdrückenden Haltung da, wobei der wirklichen Erschöpftheit seines Geschlechts ein Anflug von Affektiertheit beigemischt war.

„Pah", murmelte er, „so viel Mühe ist das Leben nicht wert. Nichts daran ist vergnüglich." Und als ihn Mouret, den das empörte, mit erstaunter Miene ansah, fügte er hinzu: „Es kommt doch alles, wie es will. Da kann man genausogut mit verschränkten Armen zusehen." Dann ließ er sich über seinen Pessimismus aus, über die Mittelmäßigkeit und die Fehlschläge des Lebens. Ein Weilchen habe er für Literatur geschwärmt, aber von seinem eifrigen Umgang mit Dichtern sei ihm nur eine allgemeine Hoffnungslosigkeit geblieben. Noch immer stelle er die Nutzlosigkeit allen Strebens fest, die Langeweile der stets gleich leeren Stunden, die jämmerliche Dummheit der Welt. Mit den Genüssen sei es nichts, es mache nicht einmal Freude, Schlechtes zu tun.

„Sag mal, amüsierst du dich etwa?" fragte er schließlich.

Mouret war nachgerade ganz bestürzt vor Entrüstung. Er rief: „Wie? Ob ich mich amüsiere? — Ach, was redest du da? Da bist du also angelangt, mein Alter? — Aber gewiß amüsiere ich mich, und sogar, wenn es in allen Fugen kracht, denn dann bin ich wütend, daß ich es krachen höre. Ich bin ein leidenschaftlicher Mensch, ich nehme das Leben nicht gelassen hin, vielleicht macht das seinen Reiz für mich aus." Er warf einen Blick nach dem Salon hinüber und dämpfte die Stimme. „Oh, es gibt Frauen, mit denen ich schrecklichen Ärger gehabt habe, das gebe ich zu. Aber wenn ich eine habe, dann halte ich sie auch, zum Teufel! Und das geht nicht immer schief, und ich überlasse meinen Anteil niemandem, das versichere ich dir ... Außerdem geht es nicht einmal um die Weiber, auf die ich letzten Endes pfeife. Siehst du, es kommt darauf an, zu wollen und zu handeln, kurz, etwas zu schaffen ... Du hast eine Idee, du kämpfst für sie, du treibst sie den Leuten mit Hammerschlägen in den Schädel, du siehst, wie sie sich ausbreitet und siegt ... Ah ja, alter Junge, ich amüsiere mich!"

Die ganze Freude am Tätigsein, die ganze Lebenslust klangen aus seinen Worten. Wiederholt sagte er, daß er ein Kind seiner Zeit sei. Wahrhaftig, man müsse schlecht gebaut sein, geschwächt an Hirn und Gliedern, um in einer Zeit, in der es so viel zu tun gebe, in der sich das ganze Jahrhundert der Zukunft entgegenwerfe, nicht arbeiten zu wollen. Und er machte sich lustig über die Verzweifelten, die Überdrüssigen, die Pessimisten, all diese von unseren beginnenden Erkenntnissen Verwirrten, die mitten auf dem unermeßlichen Bauplatz dieser Zeit das weinerliche Gesicht von Dichtern oder die verkniffenen Mienen von Skeptikern annähmen. Eine hübsche Rolle sei das, und sauber und gescheit, angesichts der mühevollen Arbeit der anderen vor Langeweile zu gähnen!

„Angesichts der anderen zu gähnen ist mein einziges Vergnügen", sagte Vallagnosc und lächelte mit seiner kühlen Miene.

Sofort legte sich Mourets Heftigkeit. Er wurde wieder herzlich.

„Ach, dieser alte Paul! Immer derselbe, immer paradox! – Wir haben uns doch nicht etwa wiedergefunden, um uns zu zanken. Jeder lebt zum Glück nach seinen eigenen Ansichten. Aber ich werde dir doch meine Maschine in Betrieb zeigen müssen, du wirst sehen, daß das gar keine so dumme Sache ist ... Komm, erzähle mir von dir. Deiner Mutter und deinen Schwestern geht es hoffentlich gut? Und solltest du dich nicht vor einem halben Jahr in Plassans verheiraten?"

Eine jähe Bewegung Vallagnoscs ließ ihn innehalten; und als dieser mit besorgtem Blick den Salon abgesucht hatte, drehte auch er sich um und bemerkte, daß Fräulein de Boves kein Auge von ihnen ließ. Groß und kräftig, glich Blanche ihrer Mutter, nur daß bei ihr das Gesicht bereits plump wurde, die Züge grob, von ungesundem Fett gedunsen. Auf eine behutsame Frage erwiderte Paul, daß noch nichts entschieden sei; vielleicht werde es auch zu nichts kommen. Er habe das junge Geschöpf bei Madame Desforges kennengelernt, wohin er im letzten Winter oft gekommen sei, wo er sich aber jetzt nur noch selten einfinde, was auch erkläre, wieso er Octave hier nicht getroffen habe. Die Boves empfingen ihn auch bei sich, und er schätze vor allem den Vater, einen früheren Lebemann, der sich nun auf einen Verwaltungsposten zurückgezogen habe. Übrigens sei kein Vermögen vorhanden: Madame de Boves habe ihrem Gatten nur ihre junonische Schönheit mit in die Ehe gebracht, die Familie lebe von einem letzten, mit Hypotheken belasteten Landgut, zu dessen geringem Ertrag glücklicherweise die neuntausend Francs hinzukämen, die der Graf als Oberinspektor der Gestüte beziehe. Und die Damen, die Mutter und die Tochter, würden von ihm, dessen Mittel fortwährend außer Haus von irgendwelchen Liebesaffären verschlungen würden, mit Geld sehr knapp gehalten, so daß sie sich manchmal genötigt sähen, ihre Kleider selber umzuarbeiten.

„Warum dann also?“ fragte Mouret nur.

„Mein Gott, man muß doch endlich zum Schluß kommen“, sagte Vallagnosc mit einem müden Augenaufschlag. „Und außerdem besteht Aussicht auf eine Erbschaft, wir rechnen mit dem baldigen Tod einer Tante.“

Mouret jedoch, der keinen Blick mehr von dem voll galanter Zuvorkommenheit, mit dem zärtlichen Lächeln eines auf Eroberung ausgehenden Mannes neben Frau Guibal sitzenden Herrn de Boves gelassen hatte, wandte sich seinem Freund zu und zwinkerte so vielsagend mit den Augen, daß letzterer hinzufügte:

„Nein, die nicht ... Wenigstens noch nicht ... Das Unglück ist, daß ihn seine Dienstreisen zu den Beschälerdepots nach allen Ekken und Enden Frankreichs führen und er auf diese Weise fortgesetzte Vorwände zum Verschwinden hat. Vergangenen Monat, als seine Frau ihn in Perpignan glaubte, lebte er mit einer Klavierlehrerin in einem Hotel in einem entlegenen Stadtviertel.“

Eine Weile schwiegen sie. Dann fing der junge Mann, der nun ebenfalls das galante Verhalten des Grafen zu Frau Guibal beobachtete, ganz leise wieder an:

„Auf Ehre, du hast recht ... Um so mehr, als die gute Dame, nach allem, was man erzählt, durchaus nicht unzugänglich ist. Es gibt über sie eine sehr drollige Geschichte von einem Offizier ... Aber sieh ihn dir doch an! Wie komisch ist er, wenn er sie aus dem Augenwinkel magnetisiert! Das alte Frankreich, mein Lieber! – Ich verehre ihn sehr, diesen Mann da, und wenn ich seine Tochter heirate, könnte er wohl sagen, daß es um seinetwillen geschieht!“

Mouret lachte sehr belustigt. Wieder fragte er Vallagnosc aus, und als er erfuhr, daß der erste Gedanke einer Heirat zwischen jenem und Blanche von Frau Desforges ausgegangen war, fand er die Geschichte noch besser. Der guten Henriette machte es wie allen Witwen Vergnügen, Leute zu verheiraten, so großes Vergnügen, daß sie zuweilen, wenn sie die Töchter versorgt hatte, die Väter sich Freundinnen unter ihren Gästen wählen ließ; all das aber selbstverständlich mit vollendetem Anstand, ohne der Welt dabei jemals Stoff zu einem Skandal zu bieten. Und Mouret, der sie als ein tätiger und stets eiliger Mann liebte, der gewohnt ist, seine Zärtlichkeiten in Zahlen umzusetzen, vergaß daraufhin alle Berechnungen der Verführungskunst und empfand eine kameradschaftliche Freundschaft für sie.

Soeben erschien sie an der Tür des kleinen Salons, gefolgt von einem etwa sechzigjährigen älteren Herrn, dessen Kommen die beiden Freunde nicht bemerkt hatten. Die Damen sprachen mitunter mit lauten und hellen Stimmen, die das leichte Klirren der Löffelchen in den Tassen aus chinesischem Porzellan begleiteten; und von Zeit zu Zeit vernahm man in einer kurzen Stille das Geräusch einer zu heftig auf den Marmor des runden Tischchens abgestellten Tasse. Ein jäher Strahl der untergehenden Sonne, die soeben am Rande eines großen Gewölks zum Vorschein gekommen war, vergoldete die Wipfel der Kastanienbäume des Gartens und fiel in einem rotgoldenen Geflimmer, dessen Glut den Bokatell und die Kupferbeschläge der Möbel aufleuchten ließ, durch die Fenster herein.

„Hierher, mein lieber Baron“, sagte Frau Desforges. „Ich stelle Ihnen Herrn Octave Mouret vor, der den lebhaftesten Wunsch hat, Ihnen seine große Bewunderung auszusprechen.“ Und sich an Octave wendend, fügte sie hinzu: „Baron Hartmann.“

Ein feines Lächeln umspielte die Lippen des alten Herrn. Es war ein kleiner und kräftiger Mann mit einem dicken elsässischen Kopf, dessen massiges Gesicht beim geringsten Verziehen des Mundes, beim leichtesten Blinzeln der Lider von einer geistigen Flamme erhellt wurde. Seit vierzehn Tagen hatte er sich gegen den Wunsch Henriettes, die ihn um diese Zusammenkunft gebeten hatte, gesträubt; nicht daß er, der sich als Mann von Geist mit seiner Vaterrolle abgefunden hatte, etwa übermäßige Eifersucht empfunden hätte, sondern weil dies der dritte Freund war, dessen

Bekanntschaft zu machen Henriette ihn nötigte, und weil er fürchtete, auf die Dauer ein wenig lächerlich zu werden. Als er auf Octave zutrat, geschah es daher mit dem zurückhaltenden Lächeln eines reichen Gönners, der, mag er auch geneigt sein, sich liebenswürdig zu zeigen, doch nicht bereit ist, sich reinlegen zu lassen.

„Oh, Herr Baron", sagte Mouret mit seinem provenzalischen Enthusiasmus, „die letzte Operation des Crédit Immobilier war so bewunderungswürdig! Sie können sich gar nicht vorstellen, wie glücklich und stolz es mich macht, Ihnen die Hand zu drücken."

„Zu liebenswürdig, Herr Mouret, zu liebenswürdig", sagte der Baron wiederholt, der noch immer lächelte.

Henriette sah die beiden ohne jede Verlegenheit aus ihren klaren Augen an. Sie blieb zwischen ihnen stehen, hob ihren hübschen Kopf, wandte sich bald dem einen, bald dem anderen zu; und wie sie so dastand in ihrem Spitzenkleid, das die Handgelenke und den köstlichen Hals unverhüllt ließ, schien sie ganz entzückt darüber zu sein, die beiden in so gutem Einvernehmen zu sehen.

„Meine Herren", sagte sie schließlich, „ich lasse Sie jetzt allein plaudern." Und sich nach Paul umdrehend, der aufgestanden war, fügte sie hinzu: „Möchten Sie eine Tasse Tee, Herr de Vallagnosc?"

„Gern, gnädige Frau."

Und die beiden kehrten in den Salon zurück.

Nachdem Mouret neben Baron Hartmann seinen Platz auf dem Kanapee wieder eingenommen hatte, erging er sich in erneuten Lobsprüchen über die Operationen des Crédit Immobilier. Dann schnitt er das Thema an, das ihm am Herzen lag, er sprach von der neuen Straße, der Verlängerung der Rue Réaumur, von der ein Abschnitt unter dem Namen Rue du Dix-Décembre, zwischen dem Place de la Bourse und dem Place de l'Opéra, jetzt in Angriff genommen werden sollte. Vor anderthalb Jahren war die Gemeinnützigkeit dieses Vorhabens erklärt worden, kürzlich hatte man die Enteignungskommission ernannt, das ganze Stadtviertel befaßte sich leidenschaftlich mit diesem riesigen Durchbruch, dachte mit Unruhe an die Zeit, da die Arbeiten vor sich gehen würden, interessierte sich für die zum Abbruch verurteilten Häuser. Mouret wartete bereits seit nahezu drei Jahren auf diese Arbeiten, zunächst in der Voraussicht eines lebhaften Geschäftsganges, sodann wegen seines ehrgeizigen Strebens nach Vergrößerung, was er gar nicht laut einzugestehen wagte, so sehr hatte das, was ihm vorschwebte, an Ausmaß zugenommen. Da die Rue du Dix-Décembre die Rue de Choiseul und die Rue de la Michodière kreuzen sollte, sah er schon das „Paradies der Damen“ den ganzen Häuserblock einnehmen, der von diesen Straßen und der Rue Neuve-Saint-Augustin eingegrenzt war, er stellte es sich schon mit einer palastartigen Fassade nach der neuen Straße zu vor, alles beherrschend, Gebieter der eroberten Stadt. Und daher stammte sein lebhafter Wunsch, mit Baron Hartmann bekannt zu werden, denn er hatte erfahren, daß der Crédit Immobilier durch einen mit der Verwaltungsbehörde abgeschlossenen Vertrag die Verpflichtung, die Rue du Dix-Décembre durchzubrechen und auszubauen, unter der Bedingung eingegangen war, daß man ihm das Eigentum an den anliegenden Grundstücken überließ.

„Werden Sie ihnen tatsächlich“, wiederholte er, mit dem Versuch, sich harmlos zu stellen, „die Straße fix und fertig liefern, mitsamt der Kanalisation, dem Pflaster und den Gaslaternen? Und werden die anliegenden Grundstücke dazu genügen, Sie schadlos zu halten? Oh, das ist merkwürdig, sehr merkwürdig!“

Schließlich gelangte er zu dem heiklen Punkt. Er hatte erfahren, daß der Crédit Immobilier unterderhand die Häuser des Blocks, in dem sich das „Paradies der Damen“ befand, aufkaufen ließ, und zwar nicht nur die, die der Spitzhacke der Abrißarbeiter zum Opfer fallen, sondern auch die anderen, die stehenbleiben sollten. Und er witterte dahinter das Projekt irgendeines künftigen Etablissements und war sehr beunruhigt im Hinblick auf die Vergrößerungen, deren Ausmaße in seiner Vorstellung ständig zunahmen, war von Angst befallen bei dem Gedanken, eines Tages auf eine mächtige Gesellschaft zu stoßen, in deren Besitz sich Grundstücke befanden, die sie gewiß nicht hergeben würde. Gerade diese Angst hatte ihn zu dem Entschluß gebracht, so bald wie möglich eine Verbindung zwischen sich und dem Baron herzustellen, die liebenswürdige Verbindung durch eine Frau, die sich zwischen Männern von galanter Natur so eng gestaltet. Zweifelsohne hätte er den Finanzmann in dessen Arbeitszimmer aufsuchen können, um mit ihm in aller Ruhe von dem schwerwiegenden Geschäft zu sprechen, das er ihm vorschlagen wollte. Aber bei Henriette fühlte er sich stärker, er wußte, wie sehr der gemeinsame Besitz einer Geliebten Männer einander näherbringt und sie zugänglich macht. Daß beide bei ihr zu Hause waren, in ihrem geliebten Duft, sie, die bereit war, sie durch ein Lächeln zu überzeugen, in der Nähe hatten, schien ihm einen sicheren Erfolg zu verbürgen.

„Haben Sie nicht das ehemalige Hôtel Duvillard gekauft, jenes alte Gebäude, das an meines stößt?" fragte er schließlich unvermittelt.

Baron Hartmann zögerte einen Augenblick lang, dann verneinte er.

Mouret aber sah ihm ins Gesicht und lachte; und von da an spielte er die Rolle eines gutmütigen Jungen, der sein Herz auf der Hand trägt und in Geschäften rundheraus ist.

„Nun, Herr Baron, da ich die unverhoffte Ehre habe, Ihnen zu begegnen, muß ich Ihnen schon beichten ... Oh, ich frage Sie nicht nach Ihren Geheimnissen. Ich will Ihnen nur die meinen anvertrauen, wobei ich überzeugt bin, daß ich sie in keine geschickteren Hände legen könnte ... Zudem bedarf ich Ihres Rates, ich habe lange nicht gewagt, Sie aufzusuchen."

Er legte in der Tat eine förmliche Beichte ab, er erzählte von seinen Anfängen, er verschwieg nicht einmal die finanzielle Krise, die er mitten in seinem Siegeszug durchmachte. Alles ließ er aufmarschieren, die allmählichen Vergrößerungen, die ständig wieder ins Geschäft gesteckten Gewinne, die von seinen Angestellten eingeschossenen Beträge und wie die Firma bei jeder neuen Verkaufsausstellung, bei der das gesamte Kapital gewissermaßen auf eine Karte gesetzt wurde, ihre Existenz gefährdete. Dennoch bitte er nicht um Geld, denn er habe einen fanatischen Glauben an seine Kundschaft. Sein Ehrgeiz sei auf Höheres gerichtet, er schlage dem Baron eine Assoziierung vor, in die der Crédit Immobilier den riesigen Palast einbringen solle, der ihm vorschwebe, während er als seinen Anteil seine geistigen Fähigkeiten und das bereits bestehende Geschäft dazugeben werde. Man würde die Einlagen schätzungsweise beziffern, nichts scheine ihm leichter zu verwirklichen.

„Was wollen Sie mit Ihren Grundstücken und Ihren Häusern anfangen?“ fragte er eindringlich. „Sie haben zweifellos einen Plan. Aber ganz gewiß ist Ihr Plan nicht so gut wie meiner ... Überlegen Sie sich das mal. Wir errichten auf den Grundstücken eine Verkaufshalle, wir reißen die Häuser ab oder bauen sie entsprechend um und machen das größte Warenhaus von Paris auf, einen Basar, der Millionen einbringen wird.“ Und er ließ sich aus dem tiefsten Innern den Ausruf entfahren: „Oh, wenn ich ohne Sie fertig werden könnte! Aber Sie haben jetzt alles in der Hand. Und außerdem würde ich niemals die notwendigen Mittel haben ... Nun, wir müssen zu einem Einvernehmen kommen, sonst wäre es jammerschade.“

„Wie Sie sich ins Zeug legen, bester Herr Mouret“, begnügte sich Baron Hartmann zu erwidern. „Was für eine Phantasie!“

Er schüttelte den Kopf, lächelte noch immer, war aber entschlossen, Vertrauen nicht mit Vertrauen zu erwidern. Der Crédit Immobilier beabsichtigte, an der Rue du Dix-Décembre ein Konkurrenzunternehmen zum Grand-Hôtel zu schaffen, ein luxuriöses Etablissement, dessen zentrale Lage die Fremden anziehen würde. Übrigens hätte der Baron, da das Hotel nur die Randgrundstücke einnehmen sollte, trotzdem den Gedanken Mourets aufgreifen und mit ihm über den restlichen Teil des Häuserblocks verhandeln können, der eine noch immer sehr ausgedehnte Fläche bedeckte. Aber er hatte bereits zwei von Henriettes Freunden Geld zur Verfügung gestellt und war des Aufwands, den willfährigen Gönner zu spielen, ein wenig müde. Zudem setzte ihn, ungeachtet seiner leidenschaftlichen Unternehmungslust, die ihn dazu trieb, seinen Geldbeutel allen intelligenten und kühnen jungen Leuten zu öffnen, Mourets kaufmännische Genialität mehr in Erstaunen, als daß sie ihn verlockte. War dieses gigantische Warenhaus nicht eine phantastische und gewagte Sache? Würde man sich nicht der Gefahr einer sicheren Katastrophe aussetzen, wenn man den Modewarenhandel so über alles Maß hinaus vergrößern wollte? Kurz, er glaubte nicht daran, er lehnte ab.

„Zweifellos hat der Gedanke etwas Bestechendes", sagte er. „Nur ist es der eines Dichters ... Wo wollen Sie Kundschaft genug hernehmen, um eine solche Kathedrale zu füllen?"

Wie verblüfft von dieser Ablehnung, sah Mouret ihn einen Augenblick lang schweigend an. War so etwas möglich? Bei einem Mann mit solcher Spürnase, der das Geld in den verborgensten Tiefen witterte! Und plötzlich machte er eine äußerst beredte Geste, er zeigte auf die Damen im Salon und rief: „Die Kundschaft, aber da sitzt sie ja!"

Die Sonne verblaßte, das rotgoldene Geflimmer war nur noch ein blonder Schein, der Abschied nehmend auf der Seide der Wandbespannung und den blanken Flächen der Möbel verlosch. Jetzt beim Nahen der Dämmerung ertränkte eine intime Stimmung mit sanfter Wärme den großen Raum. Während Herr de Boves und Paul de Vallagnosc plaudernd an einem der Fenster standen und den Blick über den Garten schweifen ließen, waren die Damen wieder näher zusammengerückt und bildeten dort in der Mitte einen engen Kreis von Röcken, aus dem Gelächter, geflüsterte Worte, eifrige Fragen und Antworten aufklangen, die ganze Leidenschaft der Frau fürs Geldausgeben und für Putz. Sie sprachen von Toiletten, Frau de Boves beschrieb ein Ballkleid.

„Vor allem ein durchsichtiger Überwurf aus malvenfarbener Seide und darauf dann dreißig Zentimeter breite Volants aus alten Points d'Alençon ..."

„Oh, ist denn so was möglich!" fiel ihr Frau Marty ins Wort. „Es gibt tatsächlich glückliche Frauen!"

Baron Hartmann, der Mourets Geste gefolgt war, betrachtete die Damen durch die weitoffene Tür. Und er hörte ihnen mit einem Ohr zu, während der junge Mann, glühend vor Verlangen, jenen zu überzeugen, immer mitteilsamer wurde und ihm den Mechanismus des neuzeitlichen Modewarenhandels auseinandersetzte.

Der Handel basiere jetzt auf der ununterbrochenen und raschen Umsetzung des Kapitals, wobei es darum gehe, dieses sooft wie möglich innerhalb eines Jahres in Waren zu verwandeln. So sei in diesem Jahr sein Kapital, das nur fünfhunderttausend Francs betrage, viermal durchgelaufen, und auf diese Weise habe er damit für zwei Millionen Geschäfte machen können. Ein jämmerlicher Erfolg übrigens, den man verzehnfachen würde, denn er sei sicher, es dahin zu bringen, daß sich das Kapital später in einigen Abteilungen fünfzehn- bis zwanzigmal umsetzen werde.

„Sehen Sie, Herr Baron, das ist der ganze Mechanismus. Es ist höchst einfach, aber man mußte es erst herausfinden. Wir bedürfen keines großen Betriebskapitals. Wir müssen uns lediglich bemühen, uns sehr schnell der eingekauften Waren zu entledigen, um sie durch andere zu ersetzen, was ebensooft die Verzinsung des Kapitals mit sich bringt. Auf die Art können wir uns mit einem kleinen Gewinn begnügen. Da unsere Allgemeinkosten den ungeheuer hohen Satz von sechzehn Prozent erreichen und wir bei den Artikeln kaum zwanzig Prozent Gewinn einrechnen, ergibt das einen Reingewinn von höchstens vier Prozent; nur werden daraus schließlich doch Millionen, wenn man mit erheblichen Warenmengen arbeitet, die unaufhörlich erneuert werden ... Sie verstehen, nicht wahr? Es gibt nichts Einleuchtenderes."

Der Baron schüttelte abermals den Kopf. Er, der für die kühnsten Pläne zugänglich gewesen war und dessen Wagemut zur Zeit der ersten Versuche mit der Gasbeleuchtung man noch jetzt rühmend erwähnte, blieb bedenklich und starrköpfig.

„Ich verstehe schon", erwiderte er. „Sie verkaufen billig, um viel zu verkaufen, und verkaufen viel, um billig zu verkaufen ... Nur muß man eben verkaufen, und ich komme auf meine Frage zurück: An wen werden Sie verkaufen? Wie hoffen Sie, auf die Dauer einen so kolossalen Absatz zu erzielen?"

Eine laute Stimme, die plötzlich aus dem Salon herüberschallte, ließ Mouret zu keiner Erklärung kommen. Es war Frau Guibal, die die Volants aus alten Points d'Alençon lieber nur als lose Vorderbahn gesehen hätte.

„Aber, meine Liebe", sagte Frau de Boves, „auch die Vorderbahn war ganz damit besetzt. Noch nie habe ich etwas Kostbareres gesehen."

„Halt! Da bringen Sie mich auf eine Idee", fing Frau Desforges an. „Ich besitze bereits einige Meter Alençon ... Ich muß mir noch welche für eine vollständige Garnierung zu verschaffen suchen."

Und die Stimmen wurden leiser, waren nur noch ein Gemurmel. Man hörte Zahlen nennen, eine wahre Feilscherei peitschte die Begierden auf, die Damen kauften Spitzen mit beiden Händen.

„Oh", sagte Mouret schließlich, als er wieder zu Wort kommen konnte, „man verkauft, was man will, wenn man sich aufs Verkaufen versteht. Darin ist unser Sieg begründet!" Dann schilderte er mit seinem provenzalischen Schwung in glühenden, höchst anschaulichen Sätzen, wie es im modernen Handel zugehe. Da war vor allem die durch die Masse verstärkte Macht. Alle Waren, an einem Punkt angehäuft, brachten sich gegenseitig zur Geltung und waren einander förderlich; nie gab es einen Stillstand, immer waren die Saisonartikel da; und von Abteilung zu Abteilung sah sich die Kundschaft gefesselt, kaufte hier den Stoff, ein Stückchen weiter das Garn, anderswo den Mantel, stattete sich aus, traf dann plötzlich auf Unvorhergesehenes, gab dem Bedürfnis nach dem Überflüssigen und dem Reizvollen nach. Dann pries er die nichtchiffrierte Auszeichnung. Die große Umwälzung im Modewarenhandel sei von diesem glücklichen Einfall ausgegangen. Wenn der alte Handel, der Kleinhandel, in den letzten Zügen liege, so deshalb, weil der den Kampf mit den niedrigen Preisen, der durch die offene Auszeichnung entfesselt worden sei, nicht aushalten könne. Jetzt gehe der Wettbewerb in aller Öffentlichkeit vor sich, ein Spaziergang zu den Schaufenstern bestimme die Preise, jedes große Geschäft senke sie, begnüge sich mit einem so geringen Gewinn wie nur eben möglich; keinerlei Betrug gebe es mehr, keinen lange und sorgfältig geplanten einmaligen Glückstreffer durch einen zum Doppelten seines Wertes verkauften Stoff, sondern laufende Maßnahmen; bei allen Artikeln werde ein bestimmter, sich gleichbleibender Prozentsatz eingerechnet, das

Vermögen für das gute Funktionieren eines Absatzes eingesetzt, der um so größer sei, als er sich vor aller Augen vollziehe. Sei damit nicht etwas Erstaunliches geschaffen? Das kremple den ganzen Markt um, es verwandle Paris, denn es entspreche Fleisch und Blut der Frau. „Ich habe die Frau in der Gewalt, alles andere kümmert mich nicht", sagte er in einem brutalen Eingeständnis, das die Leidenschaft ihm entriß.

Bei diesem Ausruf schien Baron Hartmann schwankend zu werden. Aus seinem Lächeln schwand die leise Beimischung von Ironie; von einer beginnenden Zuneigung erfaßt, sah er den jungen Mann an, dessen Zuversichtlichkeit ihn allmählich für ihn einnahm.

„Pst!" murmelte er väterlich. „Sie werden Sie hören."

Aber die Damen sprachen jetzt alle zugleich und so aufgeregt, daß sie sogar einander nicht mehr verstanden. Frau de Boves beendete gerade die Beschreibung des Abendkleides: eine Tunika aus malvenfarbener Seide, in Falten gelegt und durch Spitzenschleifen gerafft, die Corsage sehr tief ausgeschnitten, und auf den Achseln abermals Spitzenschleifen.

„Sie werden sehen", sagte sie, „ich lasse mir eine ähnliche Corsage machen aus einem Atlas ..."

„Ich", fiel ihr Frau Bourdelais ins Wort, „wollte eine aus Samt haben. Oh, ein billiger Gelegenheitskauf!"

Frau Marty fragte:

„Was kostet denn die Seide?"

Dann redeten wieder alle auf einmal. Frau Guibal, Henriette, Blanche maßen, schnitten zu, trieben Vergeudung. Stoffe verfielen der Verwüstung, Warenlager der Plünderung, es herrschte eine Gier nach Luxus, die sich im Besprechen neidvoll betrachteter und ersehnter Toiletten erging, ein solches Glück, sich mit Putz zu befassen, daß sie darin versunken lebten wie in der lauen Luft, die sie zum Dasein brauchten.

Mouret hatte inzwischen einen Blick in den Salon geworfen. Und mit einigen Worten, die er Baron Hartmann ins Ohr flüsterte, als mache er ihm eines jener vertraulichen Liebesgeständnisse, wie sie zuweilen zwischen Männern vorkommen, beendete er seine Erklärung des großartigen neuzeitlichen Geschäftsbetriebes. Nun wurde plötzlich hoch über den bereits mitgeteilten Tatsachen, auf dem Gipfel, die Ausbeutung der Frau sichtbar. Alles lief darauf hinaus, das fortwährend erneuerte Kapital, das System der Warenanhäufung, die Verlockung durch die niedrigen Preise, die beruhigende Auszeichnung in nichtchiffrierten Zahlen. Die Frau war es, die sich die Firmen durch die Konkurrenz einander streitig machten, die Frau, der sie durch die billigen Gelegenheitskäufe ständig Fallen stellten, nachdem sie ihr durch die Auslagen den Kopf verdreht hatten. Sie hatten in ihren Sinnen neue Gelüste erweckt, stellten eine ungeheure Versuchung dar, der sie unvermeidlich erlag, indem sie sich zunächst zu Einkäufen einer sparsamen Hausfrau verleiten ließ, dann von der Gefallsucht bestochen und schließlich verschlungen wurde. Dadurch, daß man den Absatz verzehnfachte, den Luxus in die Massen trug, wurden die Modewarenhandlungen zu einem furchtbaren Agenten des Aufwands, richteten die Haushalte zugrunde, arbeiteten mit der jähen Wirkung der Modetorheiten, die immer kostspieliger wurden. Und wenn bei ihnen die Frau Königin war, wenn sie heuchlerisch umschmeichelt wurde, man ihre Schwächen beschönigte und sie mit Zuvorkommenheit umgab, so herrschte sie dort als verliebte Königin, deren Untertanen Handel treiben und die jede ihrer Launen mit einem Tropfen ihres Blutes bezahlt. So ließ Mouret sogar unter seiner liebenswürdigen Galanterie die Brutalität eines Krämers zum Vorschein kommen, der die Frau pfundweise verkauft. Er errichtete ihr einen Tempel, ließ ihr von einer Legion Kommis Weihrauch streuen, schuf den Ritus eines neuen Kults. Er dache nur an sie, war unablässig bemüht, stärkere Verführungskünste zu ersinnen; und hinter ihrem Rücken war er, wenn er ihr die Taschen geleert und die Nerven zerrüttet hatte, von der heimlichen Verachtung erfüllt, die ein Mann empfindet, dessen Geliebte soeben die Dummheit begangen hat, sich ihm hinzugeben.

„Bemächtigen Sie sich also der Frauen“, sagte er sehr leise, mit einem dreisten Lachen zu dem Baron, „und Sie können die ganze Welt verkaufen!“

Jetzt verstand der Baron. Ein paar Sätze hatten genügt, alles übrige erriet er, und eine so galante Art der Ausbeutung hatte etwas Aufregendes für ihn, rührte in ihm seine Vergangenheit als Lebemann auf. Er zwinkerte verständnisvoll, er bewunderte schließlich den Erfinder dieses Mechanismus zum Verschlingen der Frauen. Das war wirklich scharfsinnig! Er tat den gleichen Ausspruch wie Bourdoncle, einen Ausspruch, den ihm seine alte Erfahrung eingab.

„Sie wissen wohl, daß sie sich schadlos halten werden."

Aber Mouret zuckte mit einer Bewegung vernichtender Geringschätzung die Achseln. Alle gehörten sie ihm, seien sein Eigentum, und er gehöre keiner. Wenn er sein Vermögen und sein Vergnügen aus ihnen bezogen habe, werde er sie haufenweise auf die Straße werfen für diejenigen, die noch ihr Auskommen an ihnen finden könnten. Es war die durchdachte Geringschätzung eines Südländers und Spekulanten.

„Nun denn, werter Herr Baron", fragte er abschließend, „wollen Sie sich mit mir zusammentun? Scheint Ihnen die Sache mit den Grundstücken möglich?"

Der Baron, schon halb gewonnen, zögerte dennoch, sich so zu engagieren. Wenn auch Mourets Zauber allmählich immer stärker auf ihn wirkte, so trug er doch noch Bedenken. Gerade wollte er eine ausweichende Antwort geben, als ihm ein dringender Ruf der Damen diese Unannehmlichkeit ersparte. Von Gekicher begleitet, ertönte es immer wieder: „Herr Mouret! Herr Mouret!"

Und als dieser, ärgerlich darüber, daß man ihn störte, so tat, als höre er nicht, kam Frau de Boves, die einen Augenblick zuvor aufgestanden war, bis an die Tür des kleinen Salons.

„Man verlangt nach Ihnen, Herr Mouret . . . Es ist gar nicht galant von Ihnen, sich in einen Winkel zu vergraben, um von Geschäften zu reden."

Da entschloß er sich, und zwar mit einer so offensichtlichen Bereitwilligkeit, einer so entzückten Miene, daß sich der Baron aufs höchste verwunderte. Beide erhoben sich, gingen in den großen Salon hinüber.

„Aber ich stehe Ihnen ja zur Verfügung, meine Damen", sagte

er beim Hereinkommen, ein Lächeln auf den Lippen. Lärmendes Triumphgeschrei empfing ihn. Er mußte näher herzutreten, die Damen machten ihm in ihrer Mitte Platz. Soeben war die Sonne hinter den Bäumen des Gartens untergegangen, der Tag neigte sich, ein feiner Schatten ertränkte nach und nach den weiten Raum. Es war die empfindsame Stunde der Abenddämmerung, jener Augenblick verschwiegener Wollust in den Pariser Wohnungen, wenn die Helligkeit, die von der Straße hereindringt, abnimmt und die Lampen erst in der Bedientenstube angezündet werden. Herr de Boves und Vallagnosc, die noch immer am Fenster standen, warfen eine breite Schattenbahn auf den Teppich; Herr Marty hingegen, der vor einigen Minuten unauffällig eingetreten war, hielt seine dürftige Erscheinung, einen zu engen, aber sauberen Gehrock, ein von der Lehrtätigkeit bleich gewordenes und durch die Toilettengespräche der Damen völlig verstörtes Gesicht regungslos dem letzten Lichtstrahl hin, der durch das andere Fenster hereinfiel.

„Beginnt die Verkaufsausstellung wirklich nächsten Montag?“ fragte gerade Frau Marty.

„Aber gewiß doch, gnädige Frau“, erwiderte Mouret mit flötender Stimme, einer Schauspielerstimme, deren er sich stets bediente, wenn er mit Frauen sprach.

Nun mischte sich Henriette ein.

„Sie wissen, wir alle werden hingehen ... Es heißt, Sie bereiten wahre Wunder vor.“

„Oh, Wunder!“ murmelte er mit geckenhafter Bescheidenheit. „Ich bin nur bestrebt, mich Ihres Beifalls würdig zu erweisen.“

Doch sie bestürmten ihn mit Fragen. Frau Bourdelais, Frau Guibal, sogar Blanche wollten Näheres erfahren.

„Teilen Sie uns doch Einzelheiten mit“, wiederholte Frau de Boves beharrlich. „Sie spannen uns ja auf die Folter.“

Und sie umringten ihn, als Henriette bemerkte, daß er nicht einmal eine Tasse Tee getrunken hatte. Da waren alle untröstlich; vier von ihnen begannen ihn zu bedienen, aber unter der Bedingung, daß er nachher antworten werde. Henriette schenkte ein, Frau Marty hielt die Tasse, während sich Frau de Boves und

Frau Bourdelais um die Ehre stritten, ihn mit Zucker zu versorgen. Nachdem er sich geweigert hatte, sich hinzusetzen, und zwischen ihnen stehend anfing, langsam seinen Tee zu trinken, rückten alle näher heran, hielten ihn im engen Kreis ihrer Röcke gefangen. Den Kopf erhoben, lächelten sie ihn mit leuchtenden Blicken an.

„Was ist mit Ihrer Seide, Ihrem Paris-Paradies, über das alle Zeitungen schreiben?" fing Frau Marty ungeduldig wieder an.

„Oh", erwiderte er, „das ist ein ganz außerordentlicher Artikel, eine schmiegsame, dabei dauerhafte Gros-grain-Faille ... Sie werden ja sehen, meine Damen. Und Sie werden sie nur bei uns finden, denn wir haben das ausschließliche Eigentumsrecht daran erworben."

„In der Tat, eine schöne Seide zu fünf Francs sechzig!" sagte Frau Bourdelais begeistert. „Es ist kaum zu glauben."

Diese Seide nahm, seit die Reklame dafür eingesetzt hatte, einen beträchtlichen Platz im täglichen Leben der Damen ein. Sie unterhielten sich darüber, sie warteten darauf, von Verlangen und Zweifel gequält. Und unter der geschwätzigen Neugier, die sie über den jungen Herrn ergossen, kam das besondere Käufertemperament einer jeden zum Vorschein: Frau Marty kaufte, von ihrer Sucht nach Aufwand fortgerissen, wahllos alles im „Paradies der Damen", was sie zufällig in den Auslagen sah; Frau Guibal wanderte stundenlang dort umher, ohne jemals einen Einkauf zu tätigen, glücklich und zufrieden mit der Augenweide; Frau de Boves, die knapp bei Kasse und immer von allzu großen Wünschen geplagt war, zürnte den Waren, die sie nicht mitnehmen konnte; Frau Bourdelais ging mit dem Spürsinn einer klugen und praktischen Bürgersfrau ohne Umschweife auf alle wohlfeilen Gelegenheiten los und machte sich die großen Warenhäuser mit einer solchen Geschicklichkeit einer guten, von jeder Erregung freien Hausfrau zunutze, daß es ihr große Ersparnisse eintrug; die sehr elegante Henriette endlich kaufte dort nur bestimmte Artikel, ihre Handschuhe, Wirkwaren, alle gröbere Wäsche.

„Wir haben auch noch andere durch Billigkeit und Kostbarkeit überraschende Stoffe", fuhr Mouret in seinem singenden Tonfall fort. „So empfehle ich Ihnen unsere Goldhaut, einen Taft von unvergleichlichem Glanz ... Unter den Phantasieseiden gibt es ganz reizende Muster, Dessins, die unser Einkäufer unter Tausenden ausgewählt hat; und was Samt anbetrifft, werden Sie die reichhaltigste Kollektion von Farbtönen finden ... Ich mache Sie darauf aufmerksam, daß man dieses Jahr viel Tuch tragen wird, Sie werden unsere Matelassés sehen, unsere Cheviots ..."

Sie unterbrachen ihn nicht mehr, sie schlossen ihren Kreis noch enger, den Mund in einem vagen Lächeln ein wenig geöffnet, saßen sie mit vorgestrecktem, angespanntem Gesicht da, als stürzten sie mit ihrem ganzen Sein auf den Versucher zu. Ihre Augen wurden glanzlos, ein leichter Schauer lief ihnen über den Nacken. Er aber bewahrte inmitten der verwirrenden Gerüche, die aus ihren Haaren aufstiegen, die Gelassenheit eines Eroberers. Er fuhr fort, zwischen jedem Satz ein Schlückchen Tee zu trinken, dessen Duft jene schärferen Gerüche, die eine leichte Beimischung von der Ausdünstung wilder Tiere hatten, milderte. Angesichts einer Verführungskunst, die sich so in der Gewalt hatte und stark genug war, derart ihr Spiel mit der Frau zu treiben, ohne sich von dem Berauschenden, das ihr entströmt, einfangen zu lassen, fühlte Baron Hartmann, der Mouret nicht aus den Augen ließ, seine Bewunderung wachsen.

„Man wird also Tuch tragen?" fragte Frau Marty, deren blatternarbiges Gesicht von gefallsüchtiger Erregung verschönt wurde. „Das muß ich mir ansehen."

Frau Bourdelais, die ihren klaren Blick behalten hatte, sagte ihrerseits:

„Nicht wahr, der Resteverkauf bei Ihnen ist am Donnerstag ... Da werde ich also warten, ich muß meine ganze kleine Gesellschaft einkleiden." Und ihren feinen blonden Kopf der Frau des Hauses zuwendend, fügte sie hinzu: „Du läßt dich wohl noch immer von der Sauveur anziehen?"

„Mein Gott, ja", antwortete Henriette. „Die Sauveur ist sehr teuer, aber in ganz Paris versteht nur sie sich darauf, eine Corsage zu machen ... Und außerdem hat sie — Herr Mouret mag sagen, was er will — die hübschesten Dessins, Dessins, die man nirgends sonst sieht. Ich kann es nicht leiden, mein Kleid bei allen Frauen wiederzufinden."

Mouret lächelte zunächst diskret. Dann ließ er durchblicken, Madame Sauveur kaufe ihre Stoffe bei ihm; gewiß, einige Dessins, an denen sie sich das Alleinrecht sichere, beziehe sie unmittelbar von den Fabrikanten; aber für die schwarzen Seidenstoffe zum Beispiel passe sie die billigen Gelegenheiten im „Paradies der Damen" ab, lege sich beträchtliche Vorräte zu, die sie zum doppelten und dreifachen Preis absetze.

„Daher bin ich ganz davon überzeugt, daß welche von ihren Leuten unser Paris-Paradies bei uns holen werden. Weshalb sollte sie auch für diese Seide an die Fabrik mehr bezahlen als bei uns? – Mein Ehrenwort, wir geben sie mit Verlust her!"

Das war der letzte Schlag, den er gegen die Damen führte. Der Gedanke, mit Verlust verkaufte Waren zu bekommen, stachelte in ihnen die Gier der Frau auf, deren Genuß am Einkaufen sich verdoppelt, wenn sie den Kaufmann zu berauben glaubt. Er wußte, daß sie nicht imstande waren, einer billigen Kaufmöglichkeit zu widerstehen.

„Aber wir verkaufen alles zu Spottpreisen!" rief er heiter und griff dabei nach Frau Desforges' Fächer, der auf dem runden Tischchen hinter ihm liegengeblieben war. „Nehmen wir diesen Fächer ... Was, sagten Sie, hat er gekostet?"

„Die Chantillyspitze fünfundzwanzig Francs und das Gestell zweihundert", sagte Henriette.

„Je nun, die Chantillyspitze ist nicht teuer. Allerdings haben wir die gleiche für achtzehn Francs ... Was das Gestell anlangt, liebe gnädige Frau, hat man Sie abscheulich übervorteilt. Ich würde es nicht wagen, das gleiche für mehr als neunzig Francs zu verkaufen."

„Das hab ich ja gesagt!" rief Frau Bourdelais.

„Neunzig Francs!" murmelte Frau de Boves. „Man muß wirklich ohne einen Sou dastehen, um sich das entgehen zu lassen." Sie hatte den Fächer wieder in die Hand genommen, betrachtete ihn von neuem eingehend mit ihrer Tochter Blanche; und in ihr breites, regelmäßiges Gesicht, in die großen stillen Augen stieg das verhaltene und hoffnungslose Verlangen nach dem Extravaganten, das sie nicht befriedigen können würde.

Dann ging der Fächer zum zweitenmal, von Bemerkungen und Ausrufen begleitet, bei den Damen reihum. Herr de Boves und Vallagnosc waren inzwischen vom Fenster weggetreten. Während ersterer sich wieder hinter Frau Guibal stellte und in seiner korrekten und überlegenen Haltung ihre Corsage mit dem Blick zu durchdringen suchte, neigte sich der junge Mann, bemüht, ein liebenswürdiges Wort zu finden, zu Blanche herab.

„Dieses weiße Gestell mit der schwarzen Spitze wirkt ein wenig traurig, nicht wahr, gnädiges Fräulein?“

„Oh“, erwiderte sie völlig ernst, ohne daß ein Erröten ihr aufgedunsenes Gesicht färbte, „ich habe einen aus Perlmutter und weißen Federn gesehen. Etwas geradezu Jungfräuliches!“

Herr de Boves, der zweifellos den schmerzlichen Blick aufgefangen hatte, den seine Frau dem Fächer nachsandte, wollte endlich auch seine Ansicht zum Gespräch beitragen.

„Diese Dingerchen zerbrechen immer gleich.“

„Reden Sie mir nicht davon!“ erklärte Frau Guibal, die mit der Schmollmiene einer schönen Rothaarigen die Gleichgültige spielte. „Ich hab es satt, meine immer wieder zusammenleimen zu lassen.“

Seit einem Weilchen drehte Frau Marty, die diese Unterhaltung sehr erregte, fieberhaft ihren roten Lederbeutel auf ihrem Schoß hin und her. Sie hatte ihre Einkäufe noch nicht zeigen können und brannte aus einer Art sinnlichen Zwangs darauf, sie vorzuführen. Und plötzlich vergaß sie ihren Mann, sie öffnete den Beutel, holte etliche Meter einer schmalen, auf ein Stück Pappe gewickelten Spitze hervor.

„Das ist die Valenciennesspitze für meine Tochter“, sagte sie. „Sie ist drei Zentimeter breit, und sie ist entzückend, nicht wahr? — Ein Franc neunzig!“

Die Spitze ging von Hand zu Hand. Die Damen schrien auf vor Staunen. Mouret versicherte, daß er diese kleinen Besätze zum Fabrikpreis verkaufe. Frau Marty jedoch hatte ihren Beutel wieder geschlossen, als wolle sie darin Dinge verbergen, die man nicht zeigen mag. Angesichts ihres Erfolges mit der Valenciennesspitze vermochte sie indessen nicht dem Verlangen zu widerstehen, noch ein Taschentuch hervorzuziehen.

„Dieses Taschentuch gab es dort auch . . . Brüsseler Applikation, meine Teure . . . Oh, das war ein glücklicher Fund! Zwanzig Francs!“

Und von nun an wurde der Beutel unerschöpflich. Bei jedem Gegenstand, den sie herausholte, errötete sie vor Vergnügen, die Schamhaftigkeit einer Frau, die sich entkleidet, machte sie reizvoll und verlegen. Da war eine Krawatte aus spanischen Blonden für dreißig Francs. Sie hatte sie nicht gewollt, aber der Kommis hatte ihr geschworen, dies sei die letzte und der Preis werde heraufgesetzt. Dann kam ein Schleier aus Chantillyspitzen zum Vorschein, ein bißchen teuer, fünfzig Francs: falls sie ihn nicht selber trüge, würde sie etwas für ihre Tochter daraus machen.

„Mein Gott, Spitzen sind etwas so Hübsches“, sagte sie wiederholt mit ihrem nervösen Lachen. „Wenn ich einmal dort bin, würde ich am liebsten den ganzen Laden leerkaufen.“

„Und dies?“ fragte Frau de Boves sie, ein Stück Gipüre betrachtend.

„Das“, erwiderte sie, „ist ein Einsatz . . . Es sind sechsundzwanzig Meter, der Meter ein Franc, müssen Sie wissen!“

„Ja aber“, sagte Frau Bourdelais erstaunt, „was wollen Sie denn daraus machen?“

„Das weiß ich wahrhaftig nicht . . . Aber es war ein so drolliges Muster!“ In diesem Augenblick sah sie auf und bemerkte sich gegenüber ihren entsetzten Gatten.

Er war noch bleicher geworden, in seiner ganzen Erscheinung drückte sich die resignierte Angst eines armen Mannes aus, der zusieht, wie sein so sauer erworbenes Gehalt dahinschmilzt. Jedes neue Stück Spitze war für ihn ein schweres Mißgeschick, verpraßt waren bittere Tage der Lehrtätigkeit, verschleudert die Gänge im Straßenschmutz zur Privatstundenerteilung, die unaufhörlichen Mühen seines Lebens hatten zu nichts anderem geführt als zu versteckter Not, zur Hölle einer bettelarmen Familie.

Angesichts der zunehmenden Verstörtheit seines Blicks wollte sie das Taschentuch, den Schleier, die Krawatte wieder an sich nehmen, und sie fuhr mit fiebrigen Händen hin und her, sagte mehrmals mit verlegenem Lachen:

„Sie werden es noch dahin bringen, daß mich mein Mann ausschilt ... Ich versichere dir, mein Freund, daß ich noch sehr vernünftig war, denn es gab dort einen großen Schal für fünfhundert Francs, oh, wundervoll war der!"

„Weshalb haben Sie ihn nicht gekauft?" fragte Frau Guibal in aller Ruhe. „Herr Marty ist der galanteste aller Männer."

Der Oberlehrer mußte sich verbeugen und versichern, daß seine Frau tun könne, was sie wolle. Aber bei dem Gedanken an die Gefahr mit diesem Schal war es ihm eiskalt über den Rücken gelaufen; und da Mouret gerade behauptete, daß die neuen großen Geschäfte das Wohlergehen der Familien des mittleren Bürgerstandes erhöhten, warf er ihm einen furchtbaren Blick zu, den Haßblitz eines Furchtsamen, der es nicht wagt, jemanden zu erwürgen.

Übrigens hatten die Damen noch immer nicht die Spitzen hergegeben. Sie berauschten sich daran. Die Stücke wurden abgewickelt, wanderten immer wieder von der einen zur anderen, brachten sie einander noch näher, verknüpften sie mit leichten Fäden. Sie spürten auf ihren Knien die Liebkosung eines Gewebes von wunderbarer Zartheit, bei dem ihre schuldigen Hände sich versäumten. Und sie umringten Mouret noch enger, sie überhäuften ihn mit neuen Fragen. Da das Tageslicht immer mehr abnahm, mußte er von Zeit zu Zeit den Kopf neigen, mit seinem Bart ihre Frisuren streifen, wenn er eine Spitze genau betrachten, auf ein Muster hinweisen wollte. Aber in dieser weichen Wollust der Dämmerstunde, in dem wärmer gewordenen Duft der Schultern blieb er, bei allem Entzücken, das er zur Schau trug, dennoch ihr Gebieter. Er wurde Frau, sie fühlten sich durchdrungen und beherrscht durch sein feines Gefühl für ihr verborgenes Wesen, und verführt, ließen sie sich gehen; er indes, von nun an überzeugt, daß sie ihm gänzlich verfallen seien, schien, wie er sie so brutal beherrschte, der despotische König des weiblichen Putzes zu sein.

„Oh, Herr Mouret, Herr Mouret!“ stammelten flüsternde und vor Wonne vergehende Stimmen im Dunkel des Salons.

Der sterbende weiße Schein des Himmels, der noch die Messingbeschläge der Möbel hatte aufleuchten lassen, verlosch. Nur die Spitzen lagen noch wie ein scheeiger Schimmer auf den dunklen Knien der Damen, deren nur noch undeutlich wahrnehmbare Schar den jungen Mann mit den angedeuteten Kniefällen frommer Frauen zu umgeben schien. Ein letzter Lichtschein leuchtete auf dem unteren Rand der Teemaschine auf, mit dem kurzen und lebhaften Aufflackern eines Nachtlichts in einem vom Duft des Tees warm durchzogenen Alkoven. Aber plötzlich kam der Diener mit zwei Lampen herein, und der Zauber war gebrochen. Der Salon erwachte, hell und heiter. Frau Marty legte die Spitzen wieder in ihren kleinen Beutel; Frau de Boves verspeiste noch eine Baba, indes Henriette, die sich erhoben hatte, in einer Fensternische halblaut mit dem Baron plauderte.

„Er ist reizend“, sagte der Baron.

„Nicht wahr?“ entfuhr es ihr; es war der unwillkürliche Ausruf einer verliebten Frau.

Er lächelte, schaute sie mit väterlicher Nachsicht an. Es war das erste Mal, daß er sie in solchem Maße erobert spürte; und zu überlegen, um darunter zu leiden, empfand er nur Mitleid, weil er sie in den Fängen dieses so zärtlichen und dabei so völlig kalten Burschen sah. Da glaubte er, sie warnen zu sollen, er murmelte in scherzendem Ton:

„Hüten Sie sich, meine Liebe, er wird euch alle verschlingen.“

Eine Eifersuchtsflamme ließ Henriettes schöne Augen aufleuchten. Sie ahnte zweifellos, daß sich Mouret einfach ihrer bedient hatte, um an den Baron heranzukommen. Und sie gelobte sich, ihn wahnsinnig nach Zärtlichkeit zu machen, ihn, dessen Liebe eines vielbeschäftigten Mannes von dem gefälligen Charme eines Liedes war, das man in alle Winde hinaussingt.

„Oh“, erwiderte sie und tat nun ebenfalls so, als scherze sie, „immer frißt am Ende das Lamm den Wolf auf.“

Sehr interessiert, ermutigte sie der Baron durch eine Kopfbewegung. Vielleicht war sie die Frau, die einmal kommen mußte und die die anderen rächen würde.

Als Mouret, nachdem er Vallagnosc wiederholt hatte, daß er ihm seine Maschine in vollem Betrieb zeigen wolle, herankam, um sich zu verabschieden, hielt ihn der Baron in der Fensternische zurück, angesichts des vor Finsternis schwarzen Gartens. Er gab endlich der Verlockung nach, der Glaube hatte sich bei ihm eingestellt, als er Mouret zwischen den Damen sah. Die beiden unterhielten sich ein Weilchen mit leiser Stimme. Dann erklärte der Bankier: „Nun gut, ich werde die Sache prüfen ... Sie ist abgeschlossen, wenn Sie Montag einen so bedeutenden Umsatz erzielen, wie Sie annehmen."

Sie drückten einander die Hand, und Mouret zog sich mit entzückter Miene zurück; denn das Abendbrot schmeckte ihm nicht, wenn er nicht zuvor noch ins Geschäft gegangen war, um einen Blick auf die Tageseinnahme des „Paradieses der Damen" zu werfen.

## KAPITEL IV

An diesem Montag, dem 10. Oktober, durchdrang helle Siegessonne die grauen Wolken, die seit einer Woche Paris verdüsterten. Die ganze Nacht noch war ein feiner Regen niedergegangen, ein Wasserstaub, dessen Feuchtigkeit die Straßen schmutzig machte; doch am frühen Morgen war unter den heftigen Windstößen, die die Wolken verjagten, das Pflaster getrocknet, und der blaue Himmel war von durchsichtiger Frühlingsheiterkeit.

So erglänzte denn auch das „Paradies der Damen" seit acht Uhr in den Strahlen dieses hellen Sonnenscheins, in der Glorie seiner großen Verkaufsausstellung von Winterneuheiten. Am Eingang wehten Fahnen, Wollwaren flatterten in der frischen Morgenluft und belebten den Place Gaillon mit dem Lärm eines Jahrmarktfestes, während die Schaufenster an den beiden Straßen wahre Symphonien von Auslagen entfalteten, deren leuchtende Farben noch gesteigert wurden durch die Blankheit der Scheiben. Es war gleichsam ein Schwelgen in Farben, die hier hervorbrechende Freude der Straße, ein ganzer weitgeöffneter Winkel voll käuflicher Dinge, wo jeder hingehen und sich eine Augenweide verschaffen konnte.

Doch um diese Stunde kamen erst wenige Leute, ein paar vereinzelte vielbeschäftigte Kundinnen, Hausfrauen aus der Nachbarschaft, Frauen, die sich dem Gedränge am Nachmittag nicht aussetzen wollten. Man spürte, wie der leere Laden hinter den Stoffen, mit denen er beflaggt war, mit seinen gebohnerten Parkettböden, seinen von Waren überquellenden Abteilungen kampfbereit der Kundschaft harrte. Die eilige Menge in diesen Morgenstunden schenkte, ohne den Schritt zu verlangsamen, den Schaufenstern kaum einen flüchtigen Blick. In der Rue Neuve-Saint-Augustin, am Place Gaillon, wo später reihenweise die Wagen stehen sollten, gab es um neun Uhr bloß zwei Mietsdroschken. Nur die Bewohner dieses Stadtviertels, vor allem die kleinen

Kaufleute, bildeten, durch eine solche Entfaltung von Wimpeln und bunten Dekorationen erregt, Gruppen unter den Türen und an den Straßenecken, reckten die Nase in die Luft und ergingen sich in bitteren Bemerkungen. Was sie besonders aufbrachte, war ein Wagen, der in der Rue de la Michodière vor der Versandabteilung hielt, eines der vier Fahrzeuge, die Mouret seit kurzem in Paris umherfahren ließ: grüne, mit schmalen roten und gelben Linien verzierte Wagen, deren stark lackierte Flächen in der Sonne golden und purpurn aufblitzten. Der Wagen, der hier in seiner ganzen neuen Buntheit stand, auf jeder seiner Seitenflächen durch den Firmennamen in vier Felder aufgeteilt und zudem überragt von einer großen Papptafel, worauf die an diesem Tage stattfindende Verkaufsausstellung angezeigt war, fuhr schließlich davon, von einem prachtvollen Pferd im Trab gezogen, sobald man damit fertig war, ihn mit den vom Vortag zurückgebliebenen Paketen zu füllen; und Baudu, der erbleichend auf der Schwelle des „Vieil Elbeuf“ stand, sah ihm bis zum Boulevard nach, wie er den verabscheuten Namen „Paradies der Damen“ strahlend wie ein Gestirn durch die Stadt trug.

Unterdessen kamen einige Droschken an und nahmen hintereinander Aufstellung. Jedesmal wenn eine Kundin erschien, entstand eine Bewegung unter den Ladendienern, die in Livree – Frack und Hose hellgrün, die Weste gelb und rot gestreift – unter dem hohen Portal aufgestellt waren. Und auch Inspektor Jouve, der pensionierte ehemalige Hauptmann, war da; in Gehrock und weißer Krawatte, dazu seinen Orden, den er wie ein Aushängeschild alter Rechtschaffenheit trug, empfing er die Damen mit der Miene ernster Höflichkeit und beugte sich zu ihnen herab, um ihnen zu zeigen, wo sich die verschiedenen Rayons befanden. Dann verschwanden sie in die Vorhalle, die man in einen orientalischen Salon umgewandelt hatte.

So gab es schon gleich beim Eingang ein großes Staunen, eine Überraschung, die alle entzückte. Es war ein Einfall von Mouret gewesen. Als erster hatte er in der Levante zu ausgezeichneten Bedingungen eine Kollektion alter und neuer Teppiche gekauft, dieser seltenen Teppiche, die bis dahin nur die Raritätenhändler verkauften, und zwar sehr teuer; und er war im Begriff, damit den Markt zu überschwemmen, er ließ sie fast zum Einkaufspreis ab, verwendete sie lediglich zu einer prächtigen Dekoration, die die vornehme Kundschaft der Kunstverständigen zu ihm locken sollte. Schon von der Mitte des Place Gaillon aus gewahrte man diesen orientalischen Salon, der ganz und gar aus Teppichen und Portieren gemacht war, die Ladendiener nach Mourets Anweisungen aufgehängt hatten. Zunächst waren an der Decke Smyrnateppiche ausgespannt, deren verschlungene Muster sich von einem roten Grund abhoben. Dann hingen an den vier Seiten Portieren herab: Portieren aus Karaman und aus Syrien, zebraartig gestreift in Grün, Gelb und Zinnoberrot; gewöhnlichere Portieren aus Diyarbekir, die sich rauh anfühlten wie Hirtenmäntel; und ferner Teppiche, die als Wandbehang dienen konnten, die schmalen Teppiche aus Isfahan, aus Teheran und Kermanschah, die breiten aus Summaka und aus Madras, eine seltsame Flora von Päonien und Palmen, eine sich im Garten der Träume ergehende Phantasie. Auf dem Fußboden abermals Teppiche, eine weiche Schicht dicker Vliese: in der Mitte lag ein Teppich aus Agra, ein ungewöhnlich schönes Stück mit weißem Grund und einer breiten zartblauen Kante, die blaßviolette Ornamente von erlesener Phantasie durchzogen; überall waren Wunderdinge ausgebreitet, die Teppiche aus Mekka mit samtigem Schimmer, die Gebetsteppiche aus Dagestan mit einem Stich ins Symbolische, die mit strahlenden Blüten besäten Teppiche aus Kurdistan; schließlich lag in einer Ecke aufgehäuft eine unordentliche Masse billiger Stücke, Teppiche aus Ghiordes, aus Kula und aus Kirschehir, von fünfzehn Francs an. Dieses üppige Paschazelt war mit Sesseln und Diwanen ausgestattet, die mit Geweben aus Kamelhaar bezogen waren, das eine von bunten Rauten durchschnitten, das andere mit kunstlosen Rosen besät. Die Türkei, Arabien, Persien, Indien waren vertreten. Man hatte die Paläste geleert, die Moscheen und die Basare geplündert. Fahlrotes Gold herrschte vor in den ausgeblichenen alten Teppichen, deren Farbe noch eine düstere Hitze bewahrt hatte, eine Schmelze erloschener Glut, die schöne, mit der Zeit immer wärmer werdende Farbe alter Meister. Und Visionen vom Orient tauchten auf zwischen der Pracht dieser barbarischen Kunst, in dem starken Geruch, der den alten Wollen aus dem Land des Ungeziefers und der Sonne anhaftete.

Als Denise, die gerade an diesem Montag ihre Stellung antrat, morgens um acht Uhr durch den orientalischen Salon kam, war sie ganz überwältigt, erkannte den Eingang des Geschäfts nicht wieder und war vollends verwirrt durch diese Haremsausschmückung gleich an der Tür. Nachdem ein Ladendiener sie in das Dachgeschoß hinaufgeführt und den Händen von Frau Cabin übergeben hatte, deren Aufgabe die Reinigung und Überwachung der Schlafzimmer war, brachte diese sie in Nummer sieben unter, wohin man bereits ihren Koffer getragen hatte. Es war ein enges Mansardenstübchen, dessen Fledermausfenster auf das Dach ging und das mit einem kleinen Bett, einem Schrank aus Nußbaumholz, einem Toilettentisch und zwei Stühlen möbliert war. Zwanzig ähnliche Stübchen lagen an einem gelbgestrichenen Klostergang, und von den fünfunddreißig Fräuleins des Hauses schliefen hier die zwanzig, die keine Angehörigen in Paris hatten, während die fünfzehn anderen außer Haus wohnten, einige bei angeblichen Tanten oder Kusinen. Denise zog sofort ihr armseliges, vom vielen Bürsten fadenscheinig gewordenes, an den Ärmeln geflicktes Wollkleid aus, das einzige, das sie aus Valognes mitgebracht hatte. Dann schlüpfte sie in die Uniform ihres Rayons, ein schwarzseidenes Kleid, das man für sie hergerichtet hatte und das auf dem Bett bereitlag. Dieses Kleid war noch etwas zu weit, zu breit in den Schultern. Doch sie beeilte sich in ihrer Aufgeregtheit so sehr, daß sie sich bei solchen nur der Gefallsucht wichtigen Einzelheiten nicht aufhielt. Noch nie hatte sie Seide getragen. Als sie, so herausgeputzt, mit einem Gefühl des Unbehagens wieder nach unten ging, betrachtete sie das Schimmern ihres Rockes und empfand Scham beim lauten Rascheln des Stoffes.

Als sie unten den Rayon betrat, war dort gerade ein Streit ausgebrochen. Sie hörte Clara mit scharfer Stimme sagen:

„Madame Aurélie, ich bin früher gekommen als sie."

„Das ist nicht wahr", entgegnete Marguerite. „Sie hat mich am

Eingang weggestoßen, aber ich hatte schon den Fuß in den Salon gesetzt."

Es handelte sich um das Eintragen auf die Liste, aus der hervorging, wer mit dem Verkaufen an der Reihe war. Die Verkäuferinnen schrieben in der Reihenfolge, in der sie kamen, ihren Namen auf eine Schiefertafel, und sobald eine von ihnen eine Kundin bedient hatte, strich sie ihren Namen und setzte ihn an das Ende der Liste. Frau Aurélie gab schließlich Marguerite recht.

„Immer Ungerechtigkeiten!" brummte Clara wütend.

Aber Denises Eintritt versöhnte die Fräuleins wieder. Sie beguckten sie, lächelten dann einander zu. Wie konnte man sich nur so geschmacklos zurechtmachen! Das junge Mädchen schrieb sich unbeholfen auf der Liste ein und stellte dabei fest, daß sie die letzte war. Unterdessen musterte Frau Aurélie sie mit besorgter, mißgestimmter Miene. Sie konnte nicht umhin zu sagen:

„Meine Liebe, zwei von Ihnen hätten in Ihrem Kleid Platz. Man wird es enger machen müssen ... Und außerdem verstehen Sie nicht, sich anzuziehen. Kommen Sie mal her, damit ich Sie ein wenig herrichte." Und sie führte sie vor einen der hohen Spiegel, die mit den glatten Türen der Schränke, in denen die Konfektionsartikel untergebracht waren, abwechselten.

Der weite Raum, der rings von den Spiegeln und dem Holzwerk aus geschnitzter Eiche umgeben und mit einem roten Moquetteteppich mit großen Ranken ausgelegt war, glich dem banalen Gesellschaftszimmer eines Hotels, durch das sich ein ununterbrochener eiliger Zug von Durchreisenden bewegt. Die Fräuleins vervollständigten die Ähnlichkeit, wie sie so, mit ihren vorschriftsmäßigen Seidenkleidern angetan, ihre Verkäuferinnenanmut spazierentrugen, ohne sich je auf einen von dem Dutzend Stühle zu setzen, die einzig den Kundinnen vorbehalten waren. Alle hatten zwischen zwei Knopflöchern, wie in die Brust gebohrt, einen großen Bleistift, dessen Spitze in die Luft ragte; und man sah den weißen Fleck der Kassenzettelblocks, die zur Hälfte aus den Taschen hervorschauten. Mehrere versuchten, mit Schmucksachen, Ringen, Broschen, Halsketten, Eindruck zu machen, aber ihre eigentliche kokette Zierde, der Luxus, in dem sie bei der aufgezwungenen Einförmigkeit ihrer Kleidung wetteiferten, war das unbedeckte Haar, übermäßig viel Haar, vermehrt durch falsche Zöpfe und Chignons, wenn es sonst nicht ausreichte, sorgfältig gekämmt, gekräuselt und zur Schau gestellt.

„Ziehen Sie doch den Gürtel nach vorn", fing Frau Aurélie wieder an. „So, jetzt haben Sie wenigstens keinen Höcker mehr auf dem Rücken . . . Und Ihre Haare, wie kann man die nur so verschandeln! Die wären prächtig, wenn Sie nur wollten."

Sie waren in der Tat Denises einzige Schönheit. Aschblond fielen sie ihr bis zu den Knöcheln herab, und wenn sie sich frisierte, waren sie ihr so lästig, daß sie sich damit begnügte, sie zusammenzudrehen und den ganzen Haufen mit den starken Zähnen eines Hornkamms festzuhalten. Clara, die über dieses Haar sehr verstimmt war, tat so, als lache sie darüber, weil es in seiner ungebändigten Anmut zu einem so wunderlichen Knoten aufgesteckt war. Sie hatte durch einen Wink eine Verkäuferin des Wäscherayons herbeigerufen, ein Mädchen mit breitem Gesicht, von angenehmem Aussehen. Zwischen den beiden Abteilungen, die nebeneinanderlagen, herrschte eine dauernde Feindseligkeit; aber zuweilen verständigten sich die Fräuleins, um sich über andere lustig zu machen.

„Fräulein Cugnot, sehen Sie doch bloß diese Mähne", sagte Clara, von Marguerite mit dem Ellenbogen angestoßen, die ebenfalls so tat, als ersticke sie vor Lachen.

Allein die Wäscheverkäuferin war nicht zum Scherzen aufgelegt. Seit einem Augenblick betrachtete sie Denise, sie erinnerte sich daran, was sie selber in den ersten Monaten in ihrem Rayon ausgestanden hatte.

„Je nun, was wollen Sie", sagte sie. „Nicht jede hat eine solche Mähne!" Und sie ging wieder in die Wäscheabteilung und ließ die beiden anderen verlegen zurück.

Denise, die alles gehört hatte, sandte ihr einen dankbaren Blick nach, während ihr Frau Aurélie einen Kassenzettelblock auf ihren Namen übergab und dabei sagte:

„Also denn, morgen werden Sie sich besser zurechtmachen. Und nun versuchen Sie, sich die Gepflogenheiten dieses Hauses anzueignen, warten Sie ab, bis Sie mit dem Verkaufen an die Reihe kommen. Heute gibt es einen schweren Tag, man wird sich ein Urteil darüber bilden können, was Sie zu leisten vermögen."

Doch die Abteilung blieb leer, nur wenige Kundinnen stiegen um diese morgendliche Stunde zur Konfektion hinauf. Die Fräuleins schonten sich, bewegten sich aufrecht und langsam, um für die Anstrengungen des Nachmittags gerüstet zu sein. Da spitzte Denise, eingeschüchtert von dem Gedanken, daß sie ihr Debüt lauernd beobachteten, ihren Bleistift an, um sich dadurch Haltung zu geben; dann tat sie es den anderen nach und steckte ihn zwischen zwei Knopflöcher an ihren Busen. Sie sprach sich selber Mut zu, sie mußte sich ihre Stellung erobern. Tags zuvor hatte man ihr gesagt, daß sie nur gegen Kost und Logis, nämlich ohne festes Gehalt, eingestellt werde; sie würde also nur die Prozente und die Provision für das, was sie verkaufe, erhalten. Aber sie hoffte sehr, es auf diese Weise auf zwölfhundert Francs zu bringen, denn sie wußte, daß die guten Verkäuferinnen, wenn sie sich Mühe gaben, bis auf zweitausend kamen. Ihr Budget war geregelt, ein Monatseinkommen von hundert Francs würde ihr ermöglichen, die Pension für Pépé zu bezahlen und Jean, der nicht einen Sou verdiente, zu unterhalten; für sich selber würde sie dann noch ein paar Kleidungsstücke und etwas Wäsche anschaffen können. Nur mußte sie, um diesen hohen Betrag zu erreichen, sich als arbeitsam und kräftig erweisen, durfte sich nicht über das Übelwollen, von dem sie sich umgeben fühlte, ärgern, mußte sich zur Wehr setzen und, wenn nötig, den ihr zukommenden Teil den Kolleginnen entreißen. Wie sie sich so in die richtige Kampfstimmung brachte, lächelte ihr ein großer junger Mann zu, der an dem Rayon vorüberging; und als sie Deloche erkannte, der tags zuvor bei der Spitzenabteilung zu arbeiten angefangen hatte, erwiderte sie sein Lächeln, glücklich darüber, diesen Freund wiederzufinden, in dessen Gruß sie ein gutes Vorzeichen erblickte.

Um neuneinhalb Uhr hatte eine Glocke zur ersten Frühstückstafel geläutet. Später rief ein erneutes Anschlagen zur zweiten. Und noch immer kamen keine Kundinnen. Die Zweite, Frau Frédéric, die sich in ihrer mürrischen Witwenstrenge in Unheilsvorstellungen gefiel, versicherte mit dürren Sätzen, daß der Tag verloren sei; keine vier Leute werde man zu sehen bekommen, man könne die Schränke zumachen und weggehen; eine Vorhersage, bei der sich das ausdruckslose Gesicht Marguerites, die sehr scharf aufs Verdienen war, verfinsterte, während die an ein durchgegangenes Pferd erinnernde Clara bereits von einem Ausflug in den Wald von Vivières träumte, falls die Firma zusammenkrachen sollte. Was Frau Aurélie betraf, so trug sie stumm und ernst ihre Cäsarenmaske durch die Leere des Rayons, wie ein General, der mitverantwortlich ist für Sieg und Niederlage.

Gegen elf Uhr fanden sich einige Damen ein. Denise kam als Verkäuferin an die Reihe. Gerade wurde eine Kundin gemeldet.

„Die Dicke aus der Provinz, Sie wissen ja“, flüsterte Marguerite.

Es war eine Frau von fünfundvierzig Jahren, die von Zeit zu Zeit aus einem entlegenen Departement nach Paris kam. Zu Hause legte sie monatelang Sou auf Sou beiseite; dann rannte sie, kaum aus dem Zug gestiegen, ins „Paradies der Damen“, gab alles aus. Selten bestellte sie etwas brieflich, denn sie wollte die Waren sehen, wollte die Freude haben, sie zu befühlen, kaufte sogar Vorräte an Nähnadeln, die einem, wie sie sagte, in ihrer Kleinstadt so viel kosteten, daß einem die Augen aus dem Kopf fielen. Die ganze Firma kannte sie, wußte, daß sie Frau Boutarel hieß und in Albi wohnte, kümmerte sich aber um nichts sonst, weder um ihre Vermögensverhältnisse noch um ihre gesellschaftliche Stellung.

„Geht es Ihnen gut, gnädige Frau?“ fragte freundlich Frau Aurélie, die auf jene zugegangen war. „Und was wünschen Sie? Man steht Ihnen sofort zur Verfügung.“ Dann wandte sie sich um und rief: „Meine Damen!“

Denise näherte sich, doch Clara war schleunigst herbeigestürzt. Für gewöhnlich war sie träge beim Verkauf, weil sie sich nichts aus dem Geld machte, da sie außer dem Hause mehr verdiente, und zwar ohne Anstrengung. Einzig der Gedanke, der Neuen eine gute Kundin wegzuschnappen, spornte sie an.

„Verzeihung, ich bin an der Reihe“, sagte Denise empört.

Frau Aurélie schickte sie mit einem strengen Blick weg und murmelte dabei:

„Es gibt kein An-der-Reihe-Sein, hier habe nur ich zu befehlen ... Warten Sie, bis Sie hinreichend Bescheid wissen, um bekannte Kundinnen zu bedienen."

Das junge Mädchen zog sich zurück; und da ihr Tränen in die Augen stiegen, wollte sie ihre übermäßige Empfindlichkeit verbergen, sie wandte den andern den Rücken zu, stellte sich ans Fenster und tat so, als schaue sie auf die Straße hinaus. Wollte man sie am Verkaufen hindern? Würden sich alle untereinander verständigen, um ihr so die ins Gewicht fallenden Verkäufe wegzunehmen? Angst vor der Zukunft erfaßte sie, sie fühlte sich erdrückt zwischen so vielen entfesselten Interessen. Von der Bitternis ihrer Verlassenheit überwältigt, lehnte sie die Stirn an das kalte Glas und sah auf das gegenüberliegende „Vieil Elbeuf", sie überlegte, daß sie ihren Onkel inständig hätte bitten sollen, sie zu behalten; vielleicht wünschte er selber, seinen Entschluß zurückzunehmen, denn er war ihr am Vortag recht bewegt vorgekommen. Nun war sie ganz allein in diesem riesigen Haus, wo niemand sie liebhatte, wo sie sich gekränkt und verloren fühlte; Pépé und Jean lebten bei fremden Leuten, sie, die noch nie von ihren Röcken weggekommen waren, sie waren auseinandergerissen; und die beiden großen Tränen, die sie zurückzuhalten versuchte, ließen die Straße in einem Nebel schwanken.

Hinter ihr summten inzwischen die Stimmen.

„Der läßt meinen Hals als zu kurz erscheinen", sagte Frau Boutarel.

„Gnädige Frau irren", wiederholte Clara. „In den Schultern paßt er vorzüglich ... Es sei denn, gnädige Frau nähmen lieber eine Pelisse statt eines Mantels."

Denise aber zitterte. Eine Hand hatte sich auf ihren Arm gelegt, Frau Aurélie stellte sie streng zur Rede.

„Nanu, Sie tun jetzt nichts, Sie schauen sich die Vorübergehenden an? – So kann das nicht weitergehen!"

„Wenn man mich doch nicht verkaufen läßt, Madame Aurélie!"

„Es gibt andere Arbeit für Sie, Fräulein. Fangen Sie beim Anfang an ... Falten Sie die Sachen zusammen und räumen Sie sie weg."

Um die wenigen Kunden, die gekommen waren, zufriedenzustellen, hatte man bereits die Schränke völlig durchwühlen müssen, und auf den beiden langen Eichentischen rechts und links im Salon lag eine wirre Menge von Mänteln, Pelissen, Radmänteln, Kleidungsstücken aller Größen und aller Stoffarten. Ohne etwas zu erwidern, begann Denise, sie zu sortieren, sorgfältig zusammenzulegen und wieder in die Schränke einzuordnen. Das war die untergeordnete Arbeit der Anfängerinnen. Sie erhob keinen Einspruch, da sie wußte, daß blinder Gehorsam gefordert wurde, und wartete darauf, daß die Direktrice sie verkaufen lassen würde, wie diese es anfangs beabsichtigt zu haben schien. Und sie räumte noch immer auf, als Mouret hereinkam. Das versetzte ihr einen Stoß; sie errötete, sie fühlte sich wieder von der seltsamen Angst ergriffen, denn sie glaubte, er werde sie ansprechen. Aber er sah sie einfach gar nicht, er erinnerte sich nicht mehr an dieses kleine Mädchen, dem beizustehen ein flüchtiger reizvoller Eindruck ihn veranlaßt hatte.

„Madame Aurélie!" rief er in gebieterischem Ton.

Er war ein wenig blaß, seine Augen waren jedoch klar und blickten entschlossen. Auf seinem Rundgang durch die Abteilungen hatte er diese leer gefunden, und mitten in seinem beharrlichen Glauben an das Glück war jäh die Möglichkeit einer Schlappe aufgetaucht. Gewiß, es hatte gerade erst elf Uhr geschlagen; er wußte aus Erfahrung, daß sich die Menge kaum vor dem Nachmittag einzustellen pflegte. Einige Anzeichen beunruhigten ihn jedoch: bei früheren Verkaufsausstellungen hatte schon vom Morgen an ein lebhaftes Treiben geherrscht; zudem sah er nicht einmal Frauen mit bloßem Kopf, die Kundinnen aus der nächsten Umgebung, die nachbarlich zu ihm kamen. Wie alle großen Feldherren hatte auch ihn in dem Augenblick, da er seine Schlacht schlagen wollte, eine abergläubische Schwäche befallen, trotz des ihm zur Gewohnheit gewordenen Schneids eines Mannes der Tat. Es würde schiefgehen, er war verloren, und er hätte nicht sagen können, weshalb: er glaubte seine Niederlage sogar auf den Gesichtern der an ihm vorübergehenden Damen zu lesen.

Gerade verabschiedete sich Frau Boutarel, sie, die sonst immer etwas kaufte, mit den Worten: „Nein, Sie haben nichts, was mir gefällt ... Ich werde sehen, ich will es mir noch überlegen.“

Mouret sah zu, wie sie wegging. Und als Frau Aurélie auf seinen Ruf herbeieilte, führte er sie beiseite; die beiden wechselten einige rasche Worte. Sie machte eine Gebärde der Hoffnungslosigkeit, offensichtlich erwiderte sie ihm, daß sich der Verkauf nicht belebe. Einen Augenblick lang standen sie einander stumm gegenüber, von einem jener Zweifel erfaßt, die die Generäle vor ihren Soldaten verbergen. Dann sagte er sehr laut in seiner tapferen Art:

„Wenn Sie noch Leute brauchen, nehmen Sie ein Mädchen aus dem Atelier ... Sie wird immerhin ein wenig helfen können.“

Verzweifelt setzte er seinen Rundgang fort. Seit dem Morgen vermied er es, Bourdoncle zu begegnen, dessen besorgte Betrachtungen ihn nervös machten. Als er aus der Wäscheabteilung kam, wo es noch schlechter um den Verkauf bestellt war, stieß er auf ihn und mußte dessen Befürchtungen über sich ergehen lassen. Da sagte er geradeheraus zu ihm, er solle sich zum Teufel scheren, und zwar mit einer Grobheit, die er in bösen Stunden nicht einmal seinen gehobenen Angestellten gegenüber mäßigte.

„Lassen Sie mich doch in Frieden! Alles geht gut ... Ich werde die Angstmeier noch vor die Tür setzen.“

Mouret stellte sich, allein und hoch aufgerichtet, an den Rand des Treppenabsatzes zur Halle. Von dort aus übersah er das ganze Kaufhaus, denn ringsum befanden sich die Rayons des Zwischenstocks, und auch die Rayons im Erdgeschoß konnte er von hier aus überblicken. Oben kam die Leere ihm herzzerreißend vor: bei den Spitzen ließ eine alte Dame sämtliche Kartons durchwühlen, ohne etwas zu kaufen, während in der Wäscheabteilung drei nichtsnutzige Frauenzimmer lange unter Kragen zu achtzehn Sous wählten. Unten, unter den gedeckten Galerien, begannen, wie er in dem von der Straße her einfallenden Licht bemerkte, die Kundinnen zahlreicher zu werden. Es war ein langsames Vorbeiwandern, ein Spaziergang an den Ladentischen entlang, mit großen Zwischenräumen, voller Lücken; bei den Kurzwaren und den Strümpfen drängten sich Frauen in Unterjacken; doch bei den Weißwaren und den Wollsachen war fast niemand. Die Ladendiener in ihren grünen Fräcken, deren große Messingknöpfe glänzten, warteten mit hängenden Armen auf Publikum. Hin und wieder ging mit feierlicher Miene, in seiner weißen Krawatte erstarrt, ein Inspektor vorbei. Und vor allem zog die Totenstille in der Halle Mouret das Herz zusammen: das Tageslicht fiel dort von oben herein, durch ein Glasdach aus matt geschliffenen Scheiben, das die Helligkeit zu einem weißen, diffusen und gleichsam in der Höhe schwebenden Staub dämpfte, unter dem der Seidenrayon in dem erschauernden Schweigen einer Kapelle zu schlafen schien. Der Schritt eines Kommis, geflüsterte Worte, das Rascheln eines die Halle durchquerenden Frauenrocks waren dort die einzigen leichten Geräusche, halb erstickt durch die der Heizvorrichtung entströmende Hitze. Immerhin kamen jetzt Wagen: man hörte das plötzliche Anhalten der Pferde, Wagentüren wurden heftig zugeschlagen. Draußen erhob sich ein Getöse von Neugierigen, die sich vor den Schaufenstern stießen, von Droschken, die auf dem Place Gaillon hielten, alle Anzeichen des Nahens einer Menschenmenge. Doch da Mouret sah, daß sich die Kassierer unbeschäftigt hinter ihren Schaltern zurücklehnten, da er feststellte, daß die Packtische mit ihren Bindfadendosen und ihren Stößen blauen Papiers leer blieben, vermeinte er, unwillig über seine Angst, zu spüren, wie seine großartige Maschine zu seinen Füßen langsam zum Stillstand kam und erkaltete.

„Hören Sie mal, Favier", murmelte Hutin, „sehen Sie doch den Chef da oben ... Er sieht nicht gerade vergnügt aus."

„Es ist wirklich eine jämmerliche Bude!" erwiderte Favier. „Wenn man bedenkt, daß ich noch nichts verkauft habe!"

So flüsterten die beiden, während sie auf Kunden lauerten, einander kurze Sätze zu, ohne sich anzuschauen. Die übrigen Verkäufer der Abteilung waren damit beschäftigt, nach Robineaus Anweisung Stücke Paris-Paradies in Haufen zu setzen, indes

Bouthemont, der lange mit einer mageren jungen Frau verhandelte, mit gedämpfter Stimme eine bedeutende Bestellung entgegenzunehmen schien. Rings um sie her waren auf Gestellen von zerbrechlicher Zierlichkeit die Seiden aufgestapelt; in lange Hüllen aus cremefarbigem Papier gepackt, glichen sie Broschüren von ungebräuchlichem Format. Und Phantasieseiden, Moirees, Atlas, Samte, die sich auf den Tischen häuften, wirkten wie lange Streifen abgemähter Blumen, eine ganze Ernte köstlicher und kostbarer Gewebe. Dies war der elegante Rayon, ein wahrer Salon, wo die so leichten Waren nichts weiter als luxuriöse Ausstattungsgegenstände waren.

„Ich brauche für Sonntag hundert Francs", fing Hutin wieder an. „Wenn ich es nicht durchschnittlich auf zwölf Francs am Tag bringe, bin ich aufgeschmissen ... Ich hatte mit ihrer Verkaufsausstellung gerechnet."

„Donnerwetter, hundert Francs, das ist stark", sagte Favier. „Ich wünsche mir nicht mehr als fünfzig oder sechzig ... Sie leisten sich wohl piekfeine Weiber?"

„Durchaus nicht, mein Lieber. Stellen Sie sich so eine Dummheit vor: ich habe gewettet und habe verloren ... Da muß ich nun fünf Personen bewirten, zwei Männer und drei Frauen ... Zum Kuckuck! Der ersten, die vorbeikommt, hänge ich zwanzig Meter Paris-Paradies auf!"

Einen Augenblick lang unterhielten sie sich noch, erzählten einander, was sie am Vortag getan hatten und was sie in acht Tagen zu tun gedächten. Favier wettete bei den Rennen, Hutin fuhr Boot und hielt Sängerinnen aus Konzertcafés aus. Aber sie waren vom gleichen Verlangen nach Geld gepeitscht, sie dachten nur ans Geld, plagten sich von montags bis samstags nur um des Geldes willen, und dann vertaten sie am Sonntag alles. Im Geschäft waren sie ausschließlich von dieser Sorge beherrscht, führten einen rastlosen, erbarmungslosen Kampf. Und dieser Schurke Bouthemont hatte sich die Abgesandte der Frau Sauveur vorbehalten, die magere Frau, mit der er sprach! Ein glänzendes Geschäft, zwei oder drei Dutzend ganze Stücke, denn die berühmte Schneiderin nahm immer fette Happen. Gerade eben war auch

Robineau auf den guten Gedanken verfallen, Favier eine Kundin wegzuschnappen.

„Oh, mit dem da muß abgerechnet werden", fing Hutin wieder an, der sich die geringsten Tatsachen zunutze machte, um die Abteilung gegen den Mann aufzuhetzen, dessen Platz er begehrte. „Als ob die Ersten und die Zweiten verkaufen sollten! – Auf Ehrenwort, mein Lieber, wenn ich jemals Zweiter werde, sollen Sie sehen, wie anständig ich mich gegen euch andere verhalten werde." Und seine ganze liebenswürdige und wohlgenährte kleine normannische Person mimte nachdrücklich Gutmütigkeit.

Favier konnte sich nicht enthalten, ihm einen schiefen Blick zuzuwerfen; doch er bewahrte die Kaltblütigkeit eines galligen Menschen und beschränkte sich darauf, zu antworten:

„Ja, ich weiß ... Ich könnte mir nichts Besseres wünschen!" Dann fügte er, da er sah, daß sich eine Dame näherte, leiser hinzu: „Aufgepaßt! Die steht Ihnen zu."

Es war eine Dame mit finniger Haut, einem gelben Hut und einem roten Kleid. Sofort erriet Hutin in ihr die Frau, die nichts kaufen würde. Er bückte sich eilig hinter den Ladentisch und tat so, als binde er den Schnürsenkel eines seiner Schuhe wieder fest; und so versteckt, murmelte er:

„O nein, das fehlte noch! Die gönne ich einem anderen ... Ich danke, ich will nicht für nichts an die Reihe kommen!"

Robineau jedoch rief nach ihm:

„Wer ist dran, meine Herren? Herr Hutin? Wo steckt Herr Hutin?"

Und da dieser durchaus nicht antwortete, wurde die finnige Dame dem als nächsten auf der Liste stehenden Verkäufer zugewiesen. Sie wollte in der Tat nur Muster mit Preisangaben haben; und sie hielt den Verkäufer länger als zehn Minuten auf, ermüdete ihn mit Fragen. Der Zweite hatte jedoch gesehen, wie sich Hutin hinter dem Ladentisch wieder aufrichtete. Daher griff er, als eine neue Kundin erschien, mit strenger Miene ein und hielt den jungen Mann, der eilig herbeistürzte, fest.

„Sie sind jetzt nicht dran ... Ich hatte Sie gerufen, und da Sie dahinten steckten ..."

„Aber, Herr Robineau, ich habe nichts gehört."

„Genug! – Schreiben Sie Ihren Namen ans Ende ... Los, Herr Favier, Sie sind an der Reihe."

Im stillen von diesem Vorfall sehr belustigt, bat Favier seinen Freund durch einen Blick um Nachsicht. Hutins Lippen waren weiß geworden, und er hatte den Kopf weggewandt. Er war so wütend, weil er diese Kundin gut kannte, eine entzückende Blondine, die oft in den Rayon kam und von den Verkäufern, die nichts von ihr wußten, nicht einmal ihren Namen, unter sich „die hübsche Dame" genannt wurde. Sie pflegte viel zu kaufen, ließ es in ihren Wagen bringen, verschwand dann. Hochgewachsen, elegant, mit reizvoller Erlesenheit gekleidet, schien sie sehr reich zu sein und zur besten Gesellschaft zu gehören.

„Nun, wie steht's mit Ihrer Kokotte?" fragte Hutin Favier, als dieser von der Kasse zurückkam, wohin er die Dame begleitet hatte.

„Oh, eine Kokotte!" erwiderte dieser. „Nein, dazu sieht sie zu vornehm aus ... Sie muß die Frau eines Börsenmannes oder eines Arztes sein, kurz, ich weiß nicht, irgendwas Derartiges."

„Hören Sie auf! Sie ist eine Kokotte ... Darauf, daß eine aussieht wie eine vornehme Dame, kann man heute nichts geben!"

Favier betrachtete seinen Kassenzettelblock.

„Wennschon", sagte er. „Ich habe ihr für zweihundertdreiundneunzig Francs Waren angedreht. Das macht beinahe drei Francs für mich."

Hutin verzog den Mund und ließ seinen Groll an den Kassenzettelblocks aus: wieder so eine komische Erfindung, die einem die Taschen vollstopfte! Es herrschte ein stummer Kampf zwischen den beiden. Favier tat für gewöhnlich so, als trete er bescheiden zurück, erkenne die Überlegenheit Hutins an, dabei suchte er aber stets, ihm hinterrücks zu schaden. Daher kränkten letzteren auch die drei Francs, die ein Verkäufer, den er für weniger tüchtig hielt als sich selber, so mühelos errungen hatte. Ein schöner Tag, wahrlich! Wenn es so weiterging, würde er nicht genug verdienen, um seinen Gästen ein Selterswasser zu bezahlen. Und in der heißer werdenden Schlacht ging er gierig wie ein

Raubtier vor den Ladentischen auf und ab, verlangte sein Teil und beneidete alle bis hinauf zu seinem Vorgesetzten, der gerade die magere Frau hinausgeleitete und ihr dabei wiederholt versicherte:

„Nun, das ist abgemacht. Sagen Sie ihr, daß ich mein möglichstes tun werde, um diese Vergünstigung bei Herrn Mouret durchzusetzen."

Mouret stand schon längst nicht mehr im Zwischenstock auf dem Treppenabsatz zur Halle. Plötzlich erschien er wieder oben auf der großen Treppe, die ins Erdgeschoß führte; und von dort aus überblickte er abermals das ganze Haus. Angesichts des Menschenstroms, der nach und nach das Haus füllte, war wieder Farbe in sein Gesicht gekommen, der Glaube kehrte ihm zurück und verlieh ihm neuen Schwung. Das war endlich der erwartete Andrang, das Nachmittagsgewühl, auf das er in seiner Aufgeregtheit einen Augenblick lang jede Hoffnung hatte fahrenlassen; alle Kommis waren auf ihrem Posten, ein letzter Glockenschlag hatte soeben das Ende der dritten Frühstückstafel verkündet; der verhängnisvolle Vormittag, an dem wahrscheinlich ein Platzregen, der gegen neun Uhr niedergegangen war, die Schuld trug, konnte noch wettgemacht werden, denn der am Morgen so blaue Himmel hatte seine sieghafte Heiterkeit wiedergewonnen. Jetzt wurde es in den Rayons im Zwischenstock lebendig, er mußte beiseite treten, um die Damen vorüberzulassen, die in kleinen Gruppen zur Wäsche und zur Konfektion hinaufstiegen, während er hinter sich, bei den Spitzen und den Schals, hohe Zahlen durch die Luft schwirren hörte. Vor allem aber beruhigte ihn der Anblick der Galerien im Erdgeschoß: vor den Kurzwaren erdrückten die Menschen einander fast, sie fielen über die Weißwaren und selbst über die Wollsachen her, der lange Zug von Käuferinnen, jetzt fast alle mit Hut, nur ein paar Hauben verspäteter Hausfrauen darunter, wurde immer dichter. Im blaßgelben Licht der Seidenhalle hatten Damen die Handschuhe abgestreift, um unter halblautem Geplauder behutsam die Stücke des Paris-Paradies zu befühlen. Und er täuschte sich nicht länger in den Geräuschen, die von draußen zu ihm drangen: Rollen von Droschken, Klappen der Wagenschläge, anschwellendes Getöse der Menge. Er fühlte, wie zu seinen Füßen die Maschine in Gang kam, warm wurde und wiederauflebte, angefangen bei den Kassen, wo das Gold klimperte, den Tischen, wo sich die Ladendiener beeilten, die Waren einzupacken, bis tief hinab ins Kellergeschoß, in die Warenausgangsabteilung, die sich mit hinuntergeschafften Paketen füllte und deren unterirdisches Grollen das ganze Haus zum Erzittern brachte. Inmitten der Menge schritt würdevoll Inspektor Jouve umher und paßte auf, ob etwa Diebinnen darunter waren.

„Sieh an, du bist es!“ sagte Mouret plötzlich, als er Paul de Vallagnosc erkannte, den ihm ein Ladendiener zuführte. „Nein, nein, du störst mich nicht ... Und du brauchst mich übrigens nur zu begleiten, wenn du alles sehen willst, denn heute bleibe ich auf der Bresche.“ Er war noch immer in Sorge. Daß die Menschen kamen, stand fest; aber würde der Verkauf den erhofften Triumph herbeiführen? Dennoch scherzte er mit Paul und führte ihn heiter umher.

„Es scheint ein wenig Schwung in die Sache kommen zu wollen“, sagte Hutin zu Favier. „Aber ich habe kein Glück, es gibt eben Pechtage, mein Wort darauf! – Es war schon wieder eine Pleite, dieses Unglücksweib hat mir nichts abgekauft.“ Und er wies mit dem Kinn auf eine Dame, die im Fortgehen mißbilligende Blicke auf alle Stoffe warf. Mit seinen tausend Francs festem Gehalt könne er nicht fett werden, wenn er nichts verkaufe; für gewöhnlich kam er auf sieben oder acht Francs an Prozenten und Provisionen, was zusammen mit seinem Fixum mindestens zehn Francs täglich ausmachte. Favier brachte es kaum auf acht; und nun schnappte ihm dieser Klotz die Bissen vorm Munde weg, denn er hatte gerade abermals Seide für ein Kleid verkauft. Ein langweiliger Bursche, der es noch nie verstanden hatte, eine Kundin heiter zu stimmen! Es war, um aus der Haut zu fahren!

„Die Strumpfler und die Garnrollenleute scheinen zu Geld zu kommen“, brummte Favier; er meinte die Verkäufer in der Wirkwaren- und der Kurzwarenabteilung.

Hutin aber, der den Blick aufmerksam durch alle Ladenräume schweifen ließ, sagte plötzlich:

„Kennen Sie Madame Desforges, die gute Freundin des Chefs? – Schauen Sie, die Brünette da in der Handschuhabteilung, die, der Mignot Handschuhe anprobiert." Er verstummte, dann sagte er sehr leise und so, als spräche er zu Mignot, den er nicht aus den Augen ließ: „Nur zu, nur zu, mein Guter, streichle ihr nur tüchtig die Finger, das wird dich weiterbringen! Man kennt deine Eroberungen ja!"

Zwischen ihm und dem Handschuhverkäufer bestand die Rivalität hübscher Männer, die beide eine Vorliebe dafür hatten, mit den Kundinnen zu kokettieren. Übrigens hätte sich weder der eine noch der andere wirklicher Erfolge rühmen können; Mignot lebte, dem Gerede nach, von der Frau eines Polizeikommissars, die in ihn verliebt war; Hutin hingegen hatte tatsächlich in seinem Rayon eine Besatzhändlerin erobert, die es müde war, sich in den anrüchigen Hotels des Stadtviertels herumzutreiben; aber sie logen, ließen die anderen gern an geheimnisvolle Abenteuer glauben, an Stelldichein, die ihnen Gräfinnen zwischen zwei Einkäufen gewährten.

„Die sollten Sie sich beibiegen", spottete Favier mit unschuldsvoller Miene.

„Das ist eine Idee!" rief Hutin aus. „Wenn sie hierherkommt, werde ich sie einwickeln, ich brauche hundert Sous!"

In der Handschuhabteilung saß eine ganze Reihe Damen vor dem schmalen Ladentisch, der mit grünem Samt bespannt war und vernickelte Metallecken hatte; und die lächelnden Kommis türmten vor ihnen die flachen Schachteln in kräftigem Rosa auf, die sie unter dem Ladentisch hervorholten und die den mit Schildern versehenen Zügen eines Fachschranks glichen. Mignot vor allen neigte sein hübsches Zierbengelgesicht, verlieh seiner schnarrenden Stimme eines echten Parisers sanfte Modulationen. Er hatte Frau Desforges bereits zwölf Paar Glacéhandschuhe verkauft, Paradies-Handschuhe, die Spezialität des Hauses. Dann hatte sie drei Paar schwedische Handschuhe verlangt. Und nun probierte sie Wildlederhandschuhe an, da sie befürchtete, es sei nicht die richtige Größe.

„Oh, sie passen vorzüglich, gnädige Frau!" wiederholte Mignot.

„Sechsdreiviertel wäre zu groß für eine Hand wie die Ihre." Halb auf dem Ladentisch liegend, hielt er ihre Hand, faßte einen ihrer Finger nach dem anderen, streifte ihr mit langem, wiederholtem und nachdrücklichem Streicheln den Handschuh an; und er blickte sie an, als erwarte er, ihrem Gesicht anzusehen, daß sie vor wollüstiger Freude vergehe.

Sie aber überließ ihm, den Ellbogen auf den Rand der Samtbespannung gestützt, ihre Finger mit der gleichen gelassenen Miene, mit der sie ihrer Zofe den Fuß hinzuhalten pflegte, damit sie ihr die Stiefeletten zuknöpfte. Für sie war er kein Mann, sie benutzte ihn zu ihrem persönlichen Gebrauch mit der gleichen familiären Geringschätzung wie ihre Dienstboten, ohne ihn auch nur anzusehen.

„Ich tue Ihnen doch nicht weh, gnädige Frau?"

Sie verneinte durch eine Kopfbewegung. Der Geruch der Wildlederhandschuhe, dieser gleichsam von Moschus versüßte Wildgeruch, pflegte sie sonst zu erregen; und sie lachte zuweilen darüber, sie gestand ihre Vorliebe für diesen zweideutigen Duft ein, der etwas von einem läufigen, in die Puderdose eines Mädchens gefallenen Tier hat. Doch an diesem banalen Ladentisch nahm sie den Geruch der Handschuhe nicht wahr, sie schufen keinerlei sinnliche Wärme zwischen ihr und diesem x-beliebigen Verkäufer, der seinem Beruf nachging.

„Wünschen gnädige Frau noch etwas?"

„Nichts, danke ... Bringen Sie dies bitte zur Kasse zehn, für Madame Desforges, nicht wahr?" Als Stammkundin des Hauses gab sie nur an einer der Kassen ihren Namen an und schickte alles, was sie einkaufte, dorthin, ohne sich von einem Kommis begleiten zu lassen.

Als sie sich entfernt hatte, wandte sich Mignot augenzwinkernd dem Verkäufer neben ihm zu, den er gern hätte glauben machen, daß sich soeben etwas Außerordentliches zugetragen habe.

„Na", murmelte er derb, „der möchte man sein Leben lang welche verpassen!"

Frau Desforges setzte indessen ihre Einkäufe fort. Sie wandte sich wieder nach links, hielt sich bei den Weißwaren auf, um Geschirrtücher zu erstehen, ging dann weiter und drang bis zu den Wollwaren hinten in der Galerie vor. Da sie mit ihrer Köchin zufrieden war, wollte sie ihr gern ein Kleid schenken. Die Wollabteilung war von einer dichtgedrängten Menschenmenge überfüllt, alle Kleinbürgerinnen begaben sich dorthin, befühlten die Stoffe, versanken in stumme Berechnungen; und sie mußte sich ein Weilchen hinsetzen. In den Regalen waren mächtige Ballen aufgehäuft, die die Verkäufer einen nach dem andern unter ruckartiger Anstrengung der Arme herunterholten. Daher fanden sie sich allmählich nicht mehr zurecht auf den überschwemmten Ladentischen, wo die Stoffe durcheinandergerieten und einstürzten. Es war ein steigendes Meer neutraler Farben, stumpfer Wolltöne, Eisengrau, Gelbgrau, Blaugrau, zwischen denen hier und da bunte schottische Muster, ein blutroter Zipfel Flanell aufleuchteten. Und die weißen Etiketten auf den Stücken glichen einzeln fallenden weißen Flocken, die eine schwarze Dezembererde tüpfeln.

Hinter einem Stoß Popeline scherzte Liénard mit einem großen barhäuptigen Mädchen, einer Arbeiterin aus diesem Viertel, die von ihrer Chefin geschickt worden war, um diese wieder mit Merinos zu versehen. Er haßte die Tage der großen Verkäufe, nach denen seine Arme wie zerschlagen waren, und versuchte, sich vor der Arbeit zu drücken: denn da sein Vater ihn reichlich mit Geldmitteln ausstattete, war ihm am Verkaufen nichts gelegen, und er tat nur gerade genug, um nicht vor die Tür gesetzt zu werden.

„Hören Sie doch, Mademoiselle Fanny“, sagte er. „Sie haben es immer so eilig ... Hat der Doppelköper, die Vigogne, neulich gefallen? Sie wissen, daß ich mir meine Provision bei Ihnen abholen werde.“

Aber die Arbeiterin entwischte ihm lachend, und Liénard sah sich Frau Desforges gegenüber und konnte es nicht umgehen, sie zu fragen:

„Was wünschen gnädige Frau?“

Sie wolle einen Kleiderstoff, nicht teuer, aber dauerhaft. Um seine Arme zu schonen, was seine einzige Sorge war, versuchte

Liénard, Frau Desforges dahin zu bringen, einen der Stoffe zu nehmen, die bereits aufgerollt auf dem Ladentisch lagen. Da gab es Kaschmir, Serge, Vigogne, und er beteuerte ihr, daß es nichts Besseres gebe, sie seien unverwüstlich. Doch keiner schien sie zu befriedigen. Sie hatte in einem Fach einen bläulichen Escot entdeckt. Da mußte er sich endlich doch entschließen; er holte den Escot herunter, den sie zu rauh fand. Dann kam ein Cheviot dran, Diagonals, Grauzeug, alle Arten von Wolle, die sie bloß aus Neugier, um des Vergnügens willen befühlte, während sie im Grunde genommen entschlossen war, einfach irgend etwas zu nehmen, ganz gleich, was. So mußte der junge Mann die höchsten Fächer ausräumen; seine Schultern knackten, der Ladentisch war verschwunden unter der seidigen Köperung der Kaschmire und Popeline, dem rauhen Haar des Cheviots, dem samtigen Flaum der Vigognen. Alle Arten von Geweben und Farben waren vertreten. Sie ließ sich sogar, ohne die geringste Absicht, etwas davon zu kaufen, Grenadine zeigen und Gaze aus Chambéry. Als sie es dann satt hatte, sagte sie:

„O mein Gott, der erste ist noch der beste. Es ist für meine Köchin ... Ja, die Serge mit den kleinen Punkten, die zu zwei Francs.“ Und als Liénard, bleich vor unterdrückter Wut, den Stoff abgemessen hatte: „Bringen Sie ihn bitte zur Kasse zehn ... Für Madame Desforges.“

Im Weggehen erblickte sie in ihrer Nähe Frau Marty in Begleitung ihrer Tochter Valentine, eines großen, mageren und dreisten Mädchens von vierzehn Jahren, das die Waren bereits mit den schuldvollen Blicken einer Frau betrachtete.

„Sieh da, Sie sind es, liebe Frau Marty?“

„Ja doch, meine liebe Frau Desforges ... Eine schreckliche Menschenmenge, nicht?“

„Oh, sprechen Sie nicht davon, man erstickt hier. Welch ein Erfolg! – Haben Sie den orientalischen Salon gesehen?“

„Prachtvoll! Unerhört!“

Und inmitten der Ellbogenstöße, herumgeschubst von dem wachsenden Strom der Leute mit bescheidenem Beutel, die sich auf die billigen Wollwaren stürzten, gerieten sie in Verzückung über die Teppichausstellung. Dann erklärte Frau Marty, sie suche einen Mantelstoff; aber sie habe keine bestimmte Absicht, sie habe sich Wollmatelassé zeigen lassen wollen.

„Hör mal, Mama", murrte Valentine, „der ist zu gewöhnlich."

„Kommen Sie in die Seidenabteilung", sagte Frau Desforges. „Man muß sich ihr berühmtes Paris-Paradies ansehen."

Einen Augenblick lang zögerte Frau Marty. Das würde sehr teuer sein; sie hatte ihrem Mann so ausdrücklich versichert, daß sie vernünftig sein werde! Seit einer Stunde kaufte sie ein, ein ganzer Haufen Waren wurde ihr bereits nachgetragen, ein Muff und Rüschen für sie selber, Strümpfe für ihre Tochter. Schließlich sagte sie zu dem Kommis, der ihr den Matelassé zeigte:

„Ach nein, ich gehe in die Seidenabteilung ... Dies sagt mir alles nicht zu."

Der Kommis ergriff die von ihr eingekauften Sachen und ging vor den Damen her.

Auch in die Seidenabteilung war die Menge gekommen. Man drängte sich vor allem vor der Innendekoration, die Hutin arrangiert und der Mourets Meisterhand den letzten Schliff gegeben hatte. Im Hintergrund der Halle war eine der dünnen gußeisernen Säulen, die das Glasdach trugen, gleichsam in ein Geriesel von Stoffen gehüllt, ein wallender Wasserfall, der sich von oben herab, immer breiter werdend, bis auf den Parkettboden ergoß. Da sprudelten zunächst helle Atlasse und zartfarbene Seiden hervor: Satin à la reine und Satin renaissance in den Perlmuttertönen von Quellwasser; die leichten Seiden, durchsichtig wie Kristall, nilgrün, indischhimmelblau, dijonröschenrot, donaublau. Dann folgten kräftigere Gewebe, Merveilleux, Satin Duchesse, warme Farbtöne, die in stärker schwellenden Wogen dahinrollten. Und unten schliefen wie in einem großen flachen Becken die schweren Stoffe, die Armüren, die Damaste, Brokate, die Perlseiden und die mit Metallfäden durchwirkten, inmitten eines tiefen Bettes aus Samt, aller Sorten von Samt, schwarz, weiß, farbig, solche mit eingepreßtem Muster auf einem Grund von Seide oder Atlas, die mit ihren schillernden Flecken einen reglosen See bildeten, darin die Spiegelungen von Himmel und Landschaft zu schwanken schienen. Bleich vor Begierde, beugten sich Frauen vor, als wollten sie auch ihr Bild darin erblicken. Alle blieben angesichts dieses entfesselten Katarakts stehen, erfüllt von der dumpfen Angst, vom Überquellen eines solchen Luxus erfaßt zu werden, und von einem unwiderstehlichen Verlangen, sich hineinzustürzen und darin unterzugehen.

„Da bist du ja!“ sagte Frau Desforges, als sie Frau Bourdelais vor einem Ladentisch sitzen sah.

„Ah, guten Tag!“ erwiderte diese und drückte den Damen die Hand.

„Ja, ich bin gekommen, um mich ein wenig umzuschauen.“

„Nicht wahr, diese Auslage ist wunderbar! Man träumt davon ... Und dann der orientalische Salon! Hast du den orientalischen Salon gesehen?“

„Ja, ja, etwas ganz Außerordentliches!“ Doch bei dieser Begeisterung, die fraglos diesem Tag den Stempel der Vornehmheit aufdrücken sollte, bewahrte Frau Bourdelais die Kaltblütigkeit einer praktischen Hausfrau. Sorgfältig betrachtete sie ein Stück Paris-Paradies, denn sie war einzig deshalb gekommen, um von der ausnahmsweisen Billigkeit dieser Seide zu profitieren, und sie hielt sie für wirklich vorteilhaft. Zweifellos war sie davon befriedigt, denn sie verlangte fünfundzwanzig Meter, wobei sie darauf rechnete, daraus gut ein Kleid für sich selber und einen Mantel für ihr Töchterchen zuschneiden zu können.

„Wie, du gehst schon fort?“ fragte Frau Desforges. „Mach doch einen Rundgang mit uns.“

„Nein, danke, ich werde zu Hause erwartet ... Ich habe nicht gewagt, die Kinder in dies Gedränge mitzunehmen.“

Und sie ging davon, ihr voran der Verkäufer, der die fünfundzwanzig Meter Seide trug und die Kundin zur Kasse zehn geleitete, wo der junge Albert bei den auf ihn einstürmenden Bitten um Rechnungen fast den Kopf verlor.

Als der Verkäufer an die Kasse herankommen konnte, gab er, nachdem er seinen Verkauf mit einem Bleistift auf einen Kassenzettel geschrieben hatte, ihn dem Kassierer an, der ihn in eine Liste eintrug; dann wurde verglichen und das aus dem Heft gelöste

Blatt auf einen eisernen Stift in der Nähe des Quittungsstempels gespießt.

„Hundertvierzig Francs“, sagte Albert.

Frau Bourdelais bezahlte und gab ihre Adresse an, denn sie war zu Fuß gekommen und wollte die Hände frei behalten. Schon hielt jenseits der Kasse Joseph die Seide in der Hand, packte sie ein; und das Paket wurde in einen auf Rollen stehenden Korb geworfen und in die Warenausgangsabteilung hinunterbefördert, wohin sich nun die sämtlichen Waren der Firma mit dem Getöse einer geöffneten Schleuse hinabstürzen zu wollen schienen.

Indessen war das Gedränge bei der Seide so groß geworden, daß Frau Desforges und Frau Marty zunächst keinen verfügbaren Kommis finden konnten. Sie blieben in der Menge der Damen stehen, die sich die Stoffe besahen, sie befühlten, stundenlang dort verweilten, ohne zu einem Entschluß zu kommen. Als großer Erfolg aber erwies sich vor allem das Paris-Paradies, um das herum sich immer mehr Menschen stauten in einer Vernarrtheit, deren jähes Aufflammen innerhalb eines Tages über eine Mode entscheidet. Alle Verkäufer waren ausschließlich damit beschäftigt, diese Seide auszumessen; über die Hüte hinweg sah man im unaufhörlichen Hin und Her der Finger längs der eichenen Meterstäbe, die an Messingstangen hingen, den matten Glanz der abgewickelten Bahnen leuchten; man hörte das Geräusch der in das Gewebe schneidenden Scheren, und zwar ohne Unterbrechung, genauso, wie das Auspacken vor sich ging, als wären nicht Arme genug vorhanden, um den gierig ausgestreckten Händen der Kundschaft Genüge zu tun.

„Für fünf Francs sechzig ist sie wirklich nicht übel“, sagte Frau Desforges, der es gelungen war, sich eines Stückes am Rand eines Tisches zu bemächtigen.

Frau Marty und ihre Tochter Valentine fühlten sich enttäuscht. Die Zeitungen hatten so viel darüber geschrieben, daß sie etwas Stärkeres und Glänzenderes erwartet hatten. Aber Bouthemont hatte soeben Frau Desforges erkannt, und in dem Wunsch, sich bei einer schönen Frau, von der man behauptete, daß sie einen unbegrenzten Einfluß auf den Chef habe, in Gunst zu setzen, trat er mit seiner ein wenig plumpen Liebenswürdigkeit auf sie zu. Wie! Sie werde nicht bedient? Das sei unverzeihlich! Sie müsse Nachsicht üben, denn man wisse wirklich nicht mehr, um was man sich zuerst kümmern solle. Und er suchte zwischen den sie umgebenden Röcken nach Stühlen, er brach in das ihm eigene kindlich-gutmütige Lachen aus, in dem eine brutale Liebe zum Weib mitklang, die Henriette nicht zu mißfallen schien.

„Sehen Sie doch“, flüsterte Favier, der gerade einen Karton Samt aus einem hinter Hutin befindlichen Fach holte, „da fischt Ihnen Bouthemont Ihre Liebste weg.“

Hutin hatte Frau Desforges vergessen, so sehr war er außer sich über eine alte Dame, die, nachdem sie ihn eine Viertelstunde lang mit Beschlag belegt, soeben einen Meter schwarzen Satin für ein Korsett gekauft hatte. In Augenblicken großen Andrangs richtete man sich nicht mehr nach der eingetragenen Reihenfolge, die Verkäufer bedienten, wie es sich eben traf. Und er hatte sich gerade Frau Boutarel, die im Begriff war, den ganzen Nachmittag im „Paradies der Damen“ zu verbringen, wo sie sich bereits vormittags drei Stunden aufgehalten hatte, zur Verfügung gestellt, als ihm Faviers Bemerkung einen Stoß versetzte. Sollte er sich die gute Freundin des Chefs entgehen lassen, aus der hundert Sous herauszuschlagen er sich geschworen hatte? Das wäre der Gipfel seines Pechs, denn er hatte es bei all dem anderen Weibervolk, mit dem kein Weiterkommen war, noch nicht auf drei Francs gebracht!

Bouthemont wiederholte soeben ganz laut:

„Meine Herren, es muß jemand herkommen!“

Da verwies Hutin Frau Boutarel an den unbeschäftigten Robineau.

„Hier, gnädige Frau, wenden Sie sich an den Zweiten ... er wird Sie besser bedienen als ich.“

Und er stürzte vor, er ließ sich von dem Verkäufer aus der Wollwarenabteilung, der die Damen geleitete, übergeben, was Frau Marty bisher eingekauft hatte. An diesem Tage mußte die Erregtheit seiner Nerven wohl seine sonst so feine Witterung stören. Für gewöhnlich wußte er beim ersten flüchtigen Blick auf eine Frau, ob sie etwas und wieviel sie kaufen würde. Dann beherrschte er die Kundin, beeilte sich, sie abzufertigen, um zu einer anderen übergehen zu können, zwang ihr auf, was er auswählte, überzeugte sie davon, daß er besser als sie wisse, welchen Stoff sie benötige.

„Was für eine Seide wünschen gnädige Frau?" fragte er mit seiner zuvorkommendsten Miene. Frau Desforges hatte noch kaum den Mund aufgemacht, als er wieder anfing: „Ich weiß schon, ich habe, was Sie suchen."

Als das Stück Paris-Paradies auf einer schmalen Ecke des Ladentisches zwischen aufgehäuften anderen Seiden auseinandergefaltet wurde, kamen Frau Marty und ihre Tochter näher. Hutin begriff, ein wenig beunruhigt, daß es sich zunächst um etwas für diese beiden handelte. Halblaute Worte wurden gewechselt, Frau Desforges beriet ihre Freundin.

„Oh, gewiß", flüsterte sie, „eine Seide für fünf Francs sechzig wird nie so gut sein wie eine für fünfzehn, nicht einmal wie eine für zehn."

„Sie ist reichlich leicht", wiederholte Frau Marty. „Ich fürchte, für einen Mantel ist sie nicht schwer genug."

Diese Bemerkung veranlaßte den Verkäufer, sich einzuschalten. Er tat es mit der übertriebenen Höflichkeit eines Menschen, der sich nicht irren kann.

„Aber gnädige Frau, die Schmiegsamkeit ist die besondere Qualität dieser Seide. Sie knittert nicht ... Es ist genau das, was Sie brauchen."

Von solcher Sicherheit beeindruckt, schwiegen die Damen. Sie hatten den Stoff wieder in die Hand genommen und prüften ihn abermals, als sie fühlten, wie jemand sie an der Schulter berührte. Es war Frau Guibal, die seit einer Stunde im Spaziergängerschritt durch den Laden wanderte und sich am Anblick der aufgehäuften Reichtümer weidete, ohne auch nur einen Meter Kattun zu kaufen. Und nun brach hier wieder ein großes Geplapper los.

„Nanu! Sie sind es!"

„Ja, ich bin es, nur habe ich etliche Püffe abbekommen."

„Nicht wahr, das ist hier eine Menschenmenge, man kann sich

nicht mehr rühren ... Und was sagen Sie zu dem orientalischen Salon?"

„Hinreißend!"

„Mein Gott, welch ein Erfolg! – Bleiben Sie doch noch hier, dann gehen wir zusammen nach oben."

„Nein, danke, von dort komme ich gerade."

Hutin wartete, seine Ungeduld verbarg er unter dem Lächeln, das nicht von seinen Lippen wich. Würden sie ihn noch lange hier aufhalten? Die Frauen genierten sich wahrlich wenig, sie stahlen ihm gleichsam das Geld aus der Tasche. Endlich ging Frau Guibal weg, setzte ihre gemächliche Wanderung fort, indem sie mit entzückter Miene die große Seidenausstellung umkreiste.

„Ich an Ihrer Stelle würde den Mantel fix und fertig kaufen", sagte Frau Desforges, auf das Paris-Paradies zurückkommend, „dabei kämen Sie billiger weg."

„Das stimmt, wenn man die Zutaten und die Schneiderarbeit bedenkt", murmelte Frau Marty. „Außerdem hat man dort die Wahl."

Alle drei hatten sich erhoben. Frau Desforges stand vor Hutin und sagte: „Begleiten Sie uns bitte in die Konfektionsabteilung."

Er war ganz verstört, denn solches Mißgeschick war er nicht gewohnt. Wie? Die brünette Dame kaufte nichts? Sein Spürsinn hatte ihn also betrogen! Er ließ Frau Marty stehen, redete eindringlich auf Henriette ein, versuchte an ihr seine Macht als guter Verkäufer.

„Und Sie, gnädige Frau, möchten Sie nicht unsere Atlasse, unsere Samte sehen? – Wir haben ganz ungewöhnlich günstige Sachen."

„Danke, ein andermal", erwiderte sie ruhig und beachtete ihn dabei ebensowenig, wie sie Mignot beachtet hatte.

Hutin mußte die von Frau Marty eingekauften Waren nehmen und vor den Damen her gehen, um sie in die Konfektionsabteilung zu führen. Aber er sollte zu seinem Schmerz noch sehen, daß Robineau gerade dabei war, Frau Boutarel viele Meter Seide zu verkaufen. Er hatte bestimmt keine Nase mehr, er würde keine vier Sous verdienen. Unter der liebenswürdigen Korrektheit seines Benehmens nahm sein Zorn, der Zorn eines Mannes, der sich für ausgeplündert, von den anderen zugrunde gerichtet hält, ständig zu.

„Im ersten Stock, meine Damen", sagte er, noch immer lächelnd.

Es war keine einfache Sache mehr, zur Treppe zu gelangen. Eine schwere Dünung von Köpfen wogte unter den Galerien, breitete sich wie ein über seine Ufer tretender Strom in der Halle aus. Eine wahre Handelsschlacht entbrannte, die Verkäufer hatten dieses Volk von Frauen, die sie einander weiterreichten, in der Gewalt und wetteiferten an Eile. Die Stunde des furchtbaren Nachmittagsgeschiebes war gekommen, da die überheizte Maschine den Tanz der Kundinnen aufführte und ihnen das Geld aus dem Leibe sog. Vor allem die Seidenabteilung durchwehte Tollheit: um das Paris-Paradies hatte sich eine solche Menschenmenge zusammengerottet, daß Hutin mehrere Minuten lang keinen Schritt machen konnte; und Henriette, die, dem Ersticken nahe, hochgeblickt hatte, bemerkte oben auf der Treppe Mouret, der immer wieder zu diesem Platz zurückkehrte, von dem aus er den Sieg sehen konnte. Sie lächelte in der Hoffnung, er werde herunterkommen und ihr den Weg bahnen. Aber er erkannte sie nicht einmal in dem Trubel, er hatte noch immer Vallagnosc bei sich und war damit beschäftigt, ihm das Haus zu zeigen, wobei sein Gesicht von Triumph strahlte. Nun übertönte das laute Treiben im Innern des Hauses die Geräusche von draußen; man hörte das Rollen der Droschken nicht mehr noch das Klappen der Wagenschläge; außer dem starken Rauschen des Verkaufs war nichts weiter mehr vorhanden als das Gefühl von der unermeßlichen Größe von Paris, einer unermeßlichen Größe, die jederzeit Käuferinnen liefern würde. In der reglosen Luft, in der die erstikkende Wärme der Dampfheizung den Geruch der Stoffe schwül machte, schwoll immer stärker das Getöse an, das sich aus allen Geräuschen zusammensetzte, aus dem ununterbrochenen Getrappel der Füße, den hundertmal wiederholten gleichen Phrasen rings um die Ladentische, dem klingenden Gold auf dem Messing der Kassen, die von einem Gedränge von Portemonnaies umlagert waren, den auf Rollen laufenden Körben, deren Paketladungen pausenlos in die klaffenden Kellerschlünde fielen. Und unter dem feinen Staub verschmolz schließlich alles miteinander, man unterschied nicht mehr, wo die einen Rayons anfingen und die anderen aufhörten; die Kurzwarenabteilung dort unten wirkte wie unter Wasser gesetzt; weiter hinten, bei den Weißwaren, schimmerte ein durch das Schaufenster einfallender Sonnenstrahl wie ein goldener Pfeil im Schnee; hier bei den Handschuhen und in der Wollabteilung versperrte eine dichte Masse aus Hüten und Chignons den Blick auf die entfernteren Ladenräume. Man sah nicht einmal mehr die Toiletten, nur die Kopfbedeckungen, bunt von Federn und Bändern, schwammen noch obenauf, einige Herrenhüte bildeten schwarze Flecke, während der bleiche Teint der Frauen vor Erschöpfung und Wärme den glasigen Ton von Kamelien annahm. Endlich gelang es Hutin dank seiner kräftigen Ellbogen, den Damen einen Weg zu bahnen, indem er vor ihnen her ging. Doch als Henriette die Treppe erstiegen hatte, fand sie Mouret nicht mehr, der sich, um Vallagnosc vollends zu betäuben, gerade mit diesem in das dichteste Getümmel gestürzt hatte, auch weil er selber von einem physischen Bedürfnis erfaßt war, sich in seinem Erfolg zu baden. Er kam auf eine köstliche Weise außer Atem, empfand den Druck gegen seine Glieder wie eine lang währende Umarmung seiner gesamten Kundschaft.

„Nach links, meine Damen“, sagte Hutin mit seiner zuvorkommenden Stimme, obwohl seine Erbitterung ständig zunahm.

Oben war das Gedränge das gleiche. Man überflutete alles, sogar die Möbelabteilung, die für gewöhnlich die ruhigste war. Bei den Schals, den Pelzwaren, der Wäsche wimmelte es von Menschen. Als die Damen durch den Spitzenrayon gingen, kam es zu einer neuen Begegnung. Hier war Frau de Boves mit ihrer Tochter Blanche, beide vertieft in Artikel, die ihnen Deloche vorlegte. Und Hutin mußte abermals haltmachen, das Paket in der Hand.

„Guten Tag! – Ich habe schon an Sie gedacht.“

„Und ich habe Sie gesucht. Aber wie soll man sich unter so vielen Menschen finden?“

„Großartig ist das, nicht wahr?“

„Blendend, meine Liebe. Wir können uns kaum noch auf den Füßen halten."

„Und wollen Sie etwas kaufen?"

„O nein, wir sehen uns nur alles an. Man ruht sich beim Sitzen ein wenig aus."

In der Tat ließ Frau de Boves, die kaum noch Geld genug für ihren Wagen im Portemonnaie hatte, Spitzen aller Art aus den Kästen hervorholen, lediglich um des Vergnügens willen, sie zu sehen und zu berühren. Sie hatte in Deloche den langsamen und unbeholfenen Anfänger gespürt, der es nicht wagt, den Launen der Damen Widerstand entgegenzusetzen; und sie mißbrauchte seine verstörte Gefälligkeit, sie hielt ihn bereits eine halbe Stunde lang damit auf, daß sie nach immer neuen Artikeln fragte. Der Ladentisch war überfüllt, sie tauchte die Hände in diese steigende Flut von Gipüren, von Brabanter, Valenciennes- und Chantillyspitzen, ihre Finger zitterten vor Begierde, ihr Gesicht erglühte allmählich von einem sinnlichen Vergnügen, während Blanche neben ihr, von der gleichen Leidenschaft erregt, ganz blaß war, ihr Fleisch aufgedunsen und schwammig.

Unterdessen ging die Unterhaltung weiter. Hutin hätte sie am liebsten geohrfeigt, reglos stand er da und wartete darauf, daß es ihnen belieben würde, ihren Weg fortzusetzen.

„Sieh da!" sagte Frau Marty. „Sie schauen sich solche Krawatten und kleinen Schleier wie die meinen an."

Das stimmte, Frau de Boves, der Frau Martys Spitzen seit dem Sonnabend keine Ruhe gelassen, hatte nicht dem Drang zu widerstehen vermocht, die gleichen Muster wenigstens zu berühren, da die knappen Mittel, die ihr Mann ihr zukommen ließ, ihr nicht erlaubten, sie mitzunehmen. Sie errötete ein wenig und erklärte, Blanche habe gewünscht, die Krawatten aus spanischen Blonden zu sehen. Dann fügte sie hinzu:

„Sie wollen in die Konfektionsabteilung... Nun, auf bald denn! Wollten Sie in den orientalischen Salon?"

„Ganz recht, in den orientalischen Salon ... Prachtvoll, nicht?"

Vor Entzücken schier vergehend, trennten sich die Damen in dem durch den Verkauf von Entre-deux und kleinen Besätzen zu billigen Preisen verursachten Gedränge. Deloche, froh darüber, beschäftigt zu sein, hatte wieder angefangen, vor der Mutter und der Tochter Kartons auszuleeren. Und zwischen den dichten Gruppen längs der Ladentische hindurch schritt in seiner militärischen Haltung langsam Inspektor Jouve, ließ seinen Orden glänzen und bewachte die kostbaren und feinen Waren, die so leicht in einem Ärmel zu verbergen waren. Als er hinter Frau de Boves vorbeikam und zu seiner Überraschung sah, daß sie die Arme in eine solche Spitzenflut tauchte, warf er einen scharfen Blick auf ihre wie im Fieber zitternden Hände.

„Nach rechts, meine Damen", sagte Hutin und nahm seinen Weg wieder auf. Er war außer sich. Genügte es denn noch nicht, daß man ihn einen Verkauf unten verpassen ließ? Jetzt hielten sie ihn auch noch an allen Ecken der Ladenräume auf! Und seine Gereiztheit entsprang vor allem dem Groll der Stoffrayons auf die Rayons der konfektionierten Artikel; zwischen diesen Abteilungen herrschte eine dauernde Fehde, sie machten einander die Kundinnen streitig, raubten sich gegenseitig ihre Prozente und Provisionen. Die Seide war noch wütender als die Wolle, wenn sie eine Dame in die Konfektion führen mußte, die sich für einen Mantel entschied, nachdem sie sich Taft und Faille hatte vorlegen lassen.

„Fräulein Vadon!" sagte Hutin in gereiztem Ton, als er endlich in der Abteilung angelangt war.

Doch diese, ganz in Anspruch genommen von einem Verkauf, den sie eilig und oberflächlich abmachte, ging vorüber, ohne auf ihn zu hören. Der Raum war voll, eine lange Reihe von Leuten kam und ging in ununterbrochener Folge durch die Türen der Spitzenabteilung und des Wäscherayons, die einander gegenüberlagen, während im Hintergrund Kundinnen, die ihre Oberkleider abgelegt hatten, Sachen anprobierten und sich vor den Spiegeln in den Hüften drehten. Der rote Moquetteteppich dämpfte das Geräusch der Schritte, die laute, aber ferne Stimme des Erdgeschosses drang nur ganz schwach herauf, hier gab es nur noch diskretes Flüstern, die durch eine wahre Massenansammlung von Frauen etwas schwül gewordene Atmosphäre eines Salons.

„Fräulein Prunaire!" rief Hutin. Und da auch diese nicht stehenblieb, fügte er zwischen den Zähnen, so daß man es nicht verstehen konnte, hinzu: „Affenbande!"

Er mochte sie besonders deshalb nicht leiden, weil seine Beine lahm davon waren, daß er die Treppen hinaufsteigen mußte, um ihnen Kundinnen zuzuführen, und weil er wütend darüber war, daß sie ihm, wie er behauptete, den Verdienst stahlen. Es war ein stummer Kampf, den sie selber mit der gleichen Erbitterung führten. Und weil bei der allen gemeinsamen Erschöpfung, da sie immerzu auf den Beinen sein mußten, ihre Sinne abstarben, verschwanden die Geschlechtsunterschiede, und nur noch gegensätzliche, durch das Handelsfieber angefeuerte Interessen standen einander gegenüber.

„Hier ist also niemand verfügbar?" fragte Henriette.

Doch er bemerkte Denise. Man hatte sie seit dem Morgen mit Zusammenlegen und Wegräumen beschäftigt und ihr nur ein paar zweifelhafte Verkäufe überlassen, bei denen sie übrigens kein Glück gehabt hatte. Als er sie, die sich gerade damit befaßte, einen riesigen Haufen Kleidungsstücke von einem Tisch abzuräumen, erkannte, holte er sie schnell herbei.

„Hören Sie, Fräulein, bedienen Sie doch die Damen, die hier warten."

Rasch belud er ihre Arme mit Frau Martys Einkäufen, die herumzutragen er satt hatte. Er lächelte nun wieder, und in diesem Lächeln lag etwas von der versteckten Bosheit eines erfahrenen Verkäufers, der die Verlegenheit ahnte, in die er die Damen und das junge Mädchen brachte. Dieses stand indes, angesichts des unverhofften Verkaufs, der sich hier bot, ganz aufgeregt da. Zum zweitenmal erschien ihr Hutin wie ein unbekannter Freund, brüderlich und liebevoll, im stillen stets bereit, ihr zu helfen. Ihre Augen strahlten vor Dankbarkeit, sie sandte ihm einen langen Blick nach, während er von seinen Ellbogen Gebrauch machte, um so schnell wie möglich wieder in seinen Rayon zu gelangen.

„Ich hätte gern einen Mantel", sagte Frau Marty.

Da fragte Denise sie, was für ein Mantel es sein solle. Aber das wußte die Kundin nicht; sie habe sich nichts Bestimmtes vorgestellt, sie wolle die Modelle der Firma sehen. Und das junge Mädchen, das bereits sehr müde und durch die vielen Menschen benommen war, verlor den Kopf; bei Cornaille in Valognes hatte sie nur selten eine Kundin zu bedienen gehabt, und die Anzahl der Modelle und deren Platz in den Schränken waren ihr noch nicht bekannt. So kam sie zu keinem Ende mit der Bedienung der beiden Freundinnen, die schon ungeduldig wurden, als Frau Aurélie Frau Desforges erblickte, um deren Liaison sie wohl wissen mußte, denn sie beeilte sich, herbeizukommen und zu fragen:

„Bemüht sich jemand um die Damen?"

„Ja, das Fräulein, das dahinten herumsucht", erwiderte Henriette. „Aber sie scheint nicht gut Bescheid zu wissen, sie findet nichts."

Sofort lähmte die Direktrice Denise vollends, indem sie halblaut zu ihr sagte:

„Sie sehen wohl, daß Sie nichts verstehen. Ich bitte Sie, verhalten Sie sich ruhig." Und laut rief sie: „Fräulein Vadon, einen Mantel!"

Sie blieb daneben stehen, solange Marguerite die Modelle zeigte. Diese verkehrte mit den Kundinnen in einem Ton trockener Höflichkeit und in der ungefälligen Haltung eines in Seide gekleideten Mädchens, das mit jeglicher Eleganz in Berührung gekommen ist und, ohne es selber zu wissen, Neid und Groll dagegen empfindet. Als sie Frau Marty sagen hörte, daß diese nicht über zweihundert Francs hinausgehen wolle, zog sie eine mitleidige Grimasse. Oh, die gnädige Frau werde schon mehr anlegen, es sei unmöglich, daß die gnädige Frau für zweihundert Francs etwas Entsprechendes fände. Und mit einer Geste, die besagte: Sehen Sie doch, wie armselig das ist, warf sie die alltäglichen Mäntel auf einen Ladentisch.

Frau Marty wagte nicht, sie gut zu finden. Sie beugte sich vor, um Frau Desforges ins Ohr zu flüstern:

„Werden Sie nicht auch lieber von Männern bedient? – Da hat man es leichter."

Endlich brachte Marguerite einen seidenen Mantel mit Jettbesatz, den sie mit Respekt behandelte.

Und Frau Aurélie rief Denise:

„Machen Sie sich wenigstens irgendwie nützlich . . . Ziehen Sie den da an."

Denise, die sich tödlich getroffen fühlte und alle Hoffnung aufgegeben hatte, es in diesem Hause zu etwas zu bringen, war mit hängenden Armen regungslos stehengeblieben. Man würde sie ganz gewiß wegschicken, die Kinder würden nichts zu essen haben. Der Kopf dröhnte ihr von dem dumpfen Lärm der Menge, sie fühlte, daß sie taumelte, ihre Muskeln waren wie zerschlagen, da sie viele Armvoll von Kleidungsstücken gehoben hatte, eine Handlangerarbeit, die sie noch nie verrichtet hatte. Dennoch mußte sie gehorchen, mußte es geschehen lassen, daß ihr Marguerite den Mantel anzog wie einer Ankleidepuppe.

„Halten Sie sich gerade", sagte Frau Aurélie.

Aber fast sofort vergaß man Denise. Mouret war soeben mit Vallagnosc und Bourdoncle eingetreten; und er begrüßte die Damen und nahm ihre Lobsprüche über seine herrliche Ausstellung von Winterneuheiten entgegen. Man erging sich überschwenglich in beifälligen Ausrufen über den orientalischen Salon. Vallagnosc, der seine Wanderung durch die Abteilungen beendet hatte, bezeigte mehr Staunen als Bewunderung; denn im Grunde genommen, meinte er mit der Interesselosigkeit eines Pessimisten, sei das keinesfalls mehr als sehr viel Zeug auf einem Haufen. Was Bourdoncle anlangte, so vergaß er, daß er zur Firma gehörte, auch er beglückwünschte den Chef, um ihn vergessen zu machen, daß er ihn am Morgen mit seinen Zweifeln und Besorgnissen behelligt hatte.

„Ja, ja, es geht recht gut, ich bin zufrieden", wiederholte Mouret strahlend und erwiderte Henriettes zärtlichen Blick mit einem Lächeln. „Aber ich darf Sie nicht stören, meine Damen."

Da kehrten wieder aller Blicke zu Denise zurück. Sie überließ sich den Händen Marguerites, die sie veranlaßte, sich langsam zu drehen.

„Nun, was meinen Sie?" fragte Frau Marty Frau Desforges.

Letztere entschied als oberster Schiedsrichter in Sachen der Mode.

„Er ist nicht übel und hat einen originellen Schnitt ... Nur scheint er mir im Sitz nicht sehr gefällig."

„Oh", mischte sich Frau Aurélie ein, „man müßte ihn an der gnädigen Frau selber sehen ... Sie verstehen, an dem Fräulein wirkt er nicht, die hat zuwenig Fleisch auf den Knochen ... Rekken Sie sich doch, Fräulein, bringen Sie ihn voll zur Geltung."

Man lächelte. Denise war sehr bleich geworden. Scham ergriff sie, weil man sie so in einen Gegenstand verwandelt hatte, den man prüfend betrachtete und über den man offen scherzte.

Frau Desforges, die der Abneigung ihrer so gänzlich anderen Natur nachgab und durch das sanfte Gesicht des jungen Mädchens gereizt war, fügte boshaft hinzu: „Er würde zweifellos besser sitzen, wenn das Kleid des Fräuleins nicht so weit wäre." Und sie warf Mouret den mokanten Blick einer Pariserin zu, die von der lächerlichen Aufmachung eines Provinzgeschöpfs erheitert ist.

Dieser spürte die zärtliche Liebkosung jenes flüchtigen Blicks, den Triumph einer Frau, die glücklich ist über ihre Schönheit und ihre Künste. Deshalb glaubte er, sich als angebeteter Mann dankbar erweisen und nun auch spotten zu müssen, trotz des Wohlwollens, das er für Denise empfand, deren geheimem Reiz sein verbuhltes Wesen sich nicht zu entziehen vermochte.

„Außerdem sollte man sich ordentlich frisieren", murmelte er.

Das machte das Maß voll. Der Direktor geruhte zu lachen, da platzten alle Fräuleins los. Marguerite erlaubte sich das leise Glucksen einer vornehmen Dame, die sich zu beherrschen weiß; Clara hatte sich einen Verkauf entgehen lassen, um sich nach Herzenslust zu amüsieren; sogar Verkäuferinnen aus der Wäscheabteilung waren, durch das Stimmengewirr angelockt, hereingekommen. Was die Damen betraf, so machten sie sich auf zurückhaltendere Weise lustig, mit dem Ausdruck geheimen Einverständnisses weltgewandter Leute; nur Frau Aurélies gebieterisches Profil lachte nicht, als gereichten das schöne, ungebändigte Haar und die zarten jungfräulichen Schultern der Anfängerin der guten Führung ihres Rayons zur Schande. Denise war zwischen diesen Menschen, die sich mokierten, noch bleicher geworden.

Sie fühlte sich vergewaltigt, nackt ausgezogen, wehrlos. Was hatte sie denn verbrochen, daß man auf diese Weise über ihre zu schmächtige Gestalt, ihren zu schweren Haarknoten herfiel? Vor allem aber litt sie unter Mourets und Frau Desforges' Lachen, sie fühlte instinktiv das zwischen diesen bestehende Einvernehmen, und in einem unbegreiflichen Schmerz drohte ihr Herz zu versagen. Diese Dame mußte sehr bösartig sein, wenn sie ein armes Mädchen, das nichts sagte, so hernahm; und dieser Schmerz ließ sie unweigerlich in einer Furcht erstarren, in der all ihre anderen Empfindungen untergingen, ohne daß sie sich über sie klarwerden konnte. Da unterdrückte sie in ihrer Pariaverlassenheit, aufs tiefste in ihrer weiblichen Schamhaftigkeit getroffen und aufgebracht über die Ungerechtigkeit, das Schluchzen, das ihr in die Kehle stieg.

„Nicht wahr? Morgen muß sie sich richtig frisieren, das gehört sich nicht!" wiederholte zu Frau Aurélie der schreckliche Bourdoncle, der Denise, voller Geringschätzung für ihre schmächtigen Glieder, von Anfang an mit Mißfallen betrachtet hatte.

Und endlich zog ihr die Direktrice den Mantel aus und sagte dabei ganz leise zu ihr:

„Nun, Fräulein, das war ein schöner Beginn. In der Tat, wenn Sie uns Ihre Fähigkeiten vorführen wollten ... Dümmer kann man sich nicht anstellen."

Denise, die befürchtete, die Tränen könnten ihr aus den Augen stürzen, kehrte eilends zu dem Haufen Kleidungsstücke zurück, die sie auf einen Ladentisch hinübertrug und dort sortierte. Hier war sie wenigstens in der Menge verloren, und die Erschöpfung hinderte sie am Denken. Da aber bemerkte sie neben sich die Wäscheverkäuferin, die schon am Morgen für sie eingetreten war. Letztere hatte den Auftritt verfolgt. Sie flüsterte ihr ins Ohr:

„Mein armes Kind, seien Sie doch nicht so empfindlich. Lassen Sie sich nichts anmerken, sonst wird man Ihnen noch ganz anders mitspielen ... Ich, die ich hier mit Ihnen spreche, bin aus Chartres. Ja, richtig, Pauline Cugnot; und meine Eltern sind dort Müllersleute ... Nun, man hätte mich hier in den ersten Tagen gefressen, wenn ich mich nicht zur Wehr gesetzt hätte ... Mut also!

Geben Sie mir die Hand! Wir wollen freundlich miteinander plaudern, wann immer Sie mögen."

Diese Hand, die sich ihr entgegenstreckte, erhöhte noch Denises Verwirrung. Sie drückte sie heimlich und beeilte sich, eine schwere Last Paletots wegzutragen, aus Angst, es wieder falsch zu machen und gescholten zu werden, wenn man erfuhr, daß sie eine Freundin hatte.

Frau Aurélie hatte inzwischen Frau Marty den Mantel auf die Schultern gelegt, und alle riefen: „Oh, ausgezeichnet! Entzükkend!" Sofort sehe er ganz anders aus. Frau Desforges versicherte, etwas Besseres lasse sich nicht finden. Man beglückwünschte sie, Mouret verabschiedete sich, während Vallagnosc, der Frau de Boves und deren Tochter bei den Spitzen entdeckt hatte, dorthin eilte, um der Mutter den Arm zu bieten. Schon gab Marguerite an einer der Kassen im Erdgeschoß die verschiedenen Einkäufe von Frau Marty an, die bezahlte und anordnete, man solle die Pakete in ihren Wagen bringen. Frau Desforges hatte ihre sämtlichen Artikel an der Kasse zehn vorgefunden. Dann trafen sich die Damen nochmals im orientalischen Salon. Sie trennten sich zwar, aber das vollzog sich unter einem wortreichen Ausbruch der Bewunderung. Sogar Frau Guibal geriet ins Schwärmen.

„Oh, köstlich! – Man könnte glauben, dort zu sein!"

„Nicht wahr, ein richtiger Harem! Und nicht teuer!"

„Die Smyrnas! Oh, die Smyrnas! Welche Farben, welche Zartheit!"

„Und dieser Kurdistan, sehen Sie doch, der reine Delacroix!"

Langsam verlief sich die Menge. Glockenschläge hatten bereits mit einer Stunde Zwischenraum zu den beiden ersten Abendtafeln gerufen; zur dritten sollte gleich aufgetragen werden; und in den sich allmählich leerenden Rayons befanden sich nur noch ein paar verspätete Kundinnen, die über ihrer Kaufwut die Zeit vergessen hatten. Von draußen drang bloß noch das Rollen der letzten Droschken herein und die belegte Stimme von Paris, das Schnarchen eines satt gefressenen Menschenfressers, der das Leinen und das Tuch, die Seide und die Spitzen verdaute, womit man ihn von morgens ab vollgestopft hatte. Das Innere des Hauses glich beim Schein der Gaslampen, die in dem Halbdunkel brannten und das letzte Verkaufsgewühl beleuchtet hatten, einem Schlachtfeld, das noch warm war von dem unter den Stoffen angerichteten Gemetzel. Die von den Strapazen erschöpften Kommis hatten sich inmitten der Verwüstung ihrer Regale und Ladentische niedergelassen, wo der rasende Atem eines Orkans alles durcheinandergeworfen zu haben schien. Man konnte kaum durch die Galerien im Erdgeschoß gehen, die von den überall umherstehenden Stühlen versperrt waren. In der Handschuhabteilung mußte man eine Barrikade aus rings um Mignot aufgehäuften Pappschachteln übersteigen; bei den Wollwaren kam man überhaupt nicht mehr durch, Liénard schlummerte auf einem Meer von Ballen, wo stehengebliebene halbzerstörte Stapel Häusern glichen, deren Trümmer von einem aus seinen Ufern getretenen Fluß fortgeschwemmt werden; und weiter weg hatten die Weißwaren den Boden mit Schnee bedeckt, man stolperte über Eisfelder von Servietten, trat auf die leichten Flocken der Taschentücher. Die gleiche Verheerung herrschte in den Rayons des Zwischenstocks: die Pelzartikel waren über den Parkettboden verstreut, die Konfektionswaren lagen zuhauf wie Mäntel aus der Schlacht gezogener Soldaten; die Spitzen und die Wäsche, auseinandergefaltet, zerknittert, hier- und dorthin geworfen, erweckten die Vorstellung, es habe sich hier in der Verwirrung einer jäh aufsteigenden Begierde eine Unmenge Frauen entkleidet, während tief unten im Hause die Warenausgangsabteilung in voller Tätigkeit war und noch immer die Pakete ausspie, von denen sie nahezu barst und die — letzter Schwung der überheizten Maschine — von den Wagen davongetragen wurden. Besonders aber hatten sich die Kundinnen in Massen auf die Seidenabteilung gestürzt, dort hatten sie reinen Tisch gemacht; man konnte ungehindert hindurchgehen, die Halle war leer zurückgeblieben, der ganze ungeheuer große Vorrat an Paris-Paradies war zerstückelt, hinweggefegt, als sei ein alles verschlingender Heuschreckenschwarm darüber hergefallen. Und inmitten dieser Leere durchblätterten Hutin und Favier ihre Kassenzettelblocks und errechneten, atemlos vom Kampf, ihre Prozente. Favier hatte es auf fünfzehn Francs gebracht. Hutin hatte nur dreizehn erreichen können, an diesem Tage war er unterlegen, wütend über sein Mißgeschick. Ihre Augen brannten von der Leidenschaft des Geldverdienens, der ganze Laden um sie her zählte ebenfalls Beträge zusammen und glühte in dem gleichen Fieber, in der rohen Heiterkeit von Abenden nach einem Blutbad.

„Nun, Bourdoncle", rief Mouret, „zittern Sie noch immer?"

Er war an seinen Lieblingsplatz zurückgekehrt, oben auf der Treppe des Zwischenstocks, dicht an der Brüstung; und angesichts des Massakers von Stoffen, das sich unter ihm ausbreitete, lächelte er siegesfroh. Seine Befürchtungen vom Morgen, dieser Augenblick unverzeihlicher Schwäche, wovon nie jemand etwas erfahren würde, rief in ihm das Bedürfnis nach einem lärmenden Triumph hervor. Die Schlacht war also endgültig gewonnen, der Kleinhandel des Stadtviertels vernichtet, Baron Hartmann mitsamt seinen Millionen und seinen Grundstücken erobert. Während er die über ihre Listen gebeugten Kassierer betrachtete, die die langen Zahlenreihen addierten, und dem leisen Geräusch des Goldes lauschte, das aus ihren Fingern in die Messingschalen fiel, sah er bereits das „Paradies der Damen" über alles Maß hinauswachsen, seine Halle vergrößern, seine Galerien bis zur Rue du Dix-Décembre ausdehnen.

„Und jetzt", fing er wieder an, „sind Sie wohl überzeugt, daß das Haus zu klein ist? – Man hätte doppelt soviel verkaufen können."

Bourdoncle gab klein bei, übrigens entzückt darüber, daß er im Unrecht war. Nun aber bot sich ihnen ein Schauspiel, das sie ernst stimmte. Wie jeden Abend hatte Lhomme, der Erste Verkaufskassierer, die Einnahmen bei sich vereinigt; nachdem er sie zusammengezählt hatte, gab er öffentlich die Gesamteinnahme bekannt, indem er das Blatt, auf das er sie geschrieben hatte, auf seine Eisenspitze aufspießte; und dann trug er diese Einnahme in einem Portefeuille und in Säcken, je nach der Art des Bargeldes, zur Hauptkasse hinauf. An diesem Tage überwogen Gold und Silber, mit drei riesigen Säcken beladen, erklomm er langsam die

Treppe. Seines rechten Arms, der am Ellbogen abgenommen war, beraubt, preßte er sie sich mit dem linken Arm gegen die Brust, einen hielt er mit dem Kinn fest, um ihn am Fallen zu hindern. Man hörte ihn schon von weitem keuchen, unter der Last gebeugt, aber voll Stolz, schritt er dahin, umgeben von der Hochachtung der Kommis.

„Wieviel, Lhomme?" fragte Mouret.

Der Kassierer antwortete:

„Achtzigtausendsiebenhundertzweiundvierzig Francs, zehn Centimes!"

Jubelndes Lachen durchschallte das „Paradies der Damen". Die Zahl sprach sich rasch herum. Es war der höchste Betrag, den ein Modewarenhaus bisher je an einem Tag erzielt hatte.

Und als Denise am Abend zum Schlafen nach oben ging, suchte sie an den dünnen Wänden des schmalen Korridors unter dem Zinkdach Halt. Nachdem sie die Tür ihres Zimmers abgeschlossen hatte, ließ sie sich aufs Bett fallen, so weh taten ihr die Füße. Lange betrachtete sie wie stumpfsinnig den Toilettentisch, den Schrank, die ganze Kahlheit eines Stundenhotels. Hier sollte sie nun also leben; und ihr erster Tag stand mit allen Einzelheiten wieder vor ihr, abscheulich, endlos. Niemals würde sie den Mut finden, einen zweiten zu beginnen. Dann bemerkte sie, daß sie in Seide gekleidet war; diese Uniform hatte etwas Niederdrückendes für sie, es kam ihr der kindliche Einfall, zum Auspacken ihres Koffers ihr altes Wollkleid anzuziehen, das auf der Rückenlehne eines Stuhles hing. Doch als sie wieder in dieses armselige eigene Kleidungsstück geschlüpft war, erstickte sie fast an ihrer Erregtheit, das seit dem Morgen unterdrückte Schluchzen brach plötzlich in einem Strom heißer Tränen hervor. Sie war wieder auf das Bett gesunken, sie weinte im Gedanken an die zwei Kinder, sie weinte immerzu, ohne die Kraft zu haben, sich die Schuhe auszuziehen, trunken vor Erschöpfung und Trauer.

## KAPITEL V

Tags darauf war Denise erst vor kaum einer halben Stunde in den Rayon hinuntergegangen, als Frau Aurélie mit ihrer barschen Stimme zu ihr sagte:

„Fräulein, Sie sollen zur Geschäftsleitung kommen."

Das junge Mädchen fand Mouret allein in dem großen, mit grünem Rips bespannten Arbeitszimmer vor. Er hatte sich gerade an die „schlecht Frisierte", wie Bourdoncle sie nannte, erinnert; und ihm, dem es für gewöhnlich zuwider war, die Rolle des Gendarmen zu spielen, war der Einfall gekommen, sie zu sich zu zitieren, um sie ein wenig aufzurütteln, falls sie noch immer so geschmacklos und provinziell zurechtgemacht wäre. Am Tage zuvor hatte er sich trotz seines Scherzens in seiner Eigenliebe vor Frau Desforges verletzt gefühlt, als er Zeuge war, wie man die mangelnde Eleganz einer seiner Verkäuferinnen erörterte. Er hatte eine unklare Empfindung, gemischt aus Mitgefühl und Zorn.

„Fräulein", fing er an, „wir haben Sie aus Achtung für Ihren Onkel angestellt, und Sie dürfen uns nicht in die traurige Notwendigkeit versetzen ..." Aber er brach ab.

Ihm gegenüber, an der anderen Seite des Schreibtisches, stand Denise, ernst und bleich. Ihr seidenes Kleid war nicht mehr zu weit, fest umspannte es ihren ebenmäßigen Wuchs, ließ die reinen Linien ihrer jungfräulichen Schultern hervortreten; und wenn ihr in dicken Zöpfen aufgestecktes Haar auch noch etwas Ungebändigtes hatte, so versuchte es wenigstens, sich im Zaum zu halten. Nachdem das junge Mädchen völlig angezogen, mit tränenleeren Augen eingeschlafen war, hatte sie sich, als sie gegen vier Uhr erwachte, dieses Anfalls nervöser Empfindlichkeit geschämt. Und sie war unverzüglich darangegangen, das Kleid enger zu machen, hatte eine Stunde vor dem schmalen Spiegel verbracht, hatte immer wieder zum Kamm gegriffen, ohne ihr Haar so bändigen zu können, wie sie es gern getan hätte.

„Ah, Gott sei Dank", murmelte Mouret, „heute sehen Sie vorteilhafter aus ... Nur sind da noch immer diese verteufelten Strähnen!" Er war aufgestanden und begann mit der gleichen familiären Geste, mit der es gestern Frau Aurélie zu tun versucht hatte, ihre Frisur zu verbessern. „Da, streichen Sie das doch hinters Ohr zurück ... Der Knoten sitzt zu hoch."

Sie tat den Mund nicht auf, sie ließ sich zurechtmachen. Obwohl sie sich gelobt hatte, stark zu sein, hatte sie das Arbeitszimmer ganz erstarrt betreten, in der Gewißheit, man habe sie rufen lassen, um ihr ihre Entlassung mitzuteilen. Und das offensichtliche Wohlwollen Mourets beruhigte sie nicht, sie fürchtete ihn noch immer, empfand in seiner Nähe noch immer jenes Unbehagen, das sie sich als eine sehr natürliche Verwirrung vor dem mächtigen Mann, von dem ihr Schicksal abhing, erklärte.

Als er sah, wie sie erbebte, wenn seine Hände ihren Nacken streiften, bedauerte er seine freundliche Regung, denn er befürchtete vor allem, seine Autorität einzubüßen.

„Kurz, Fräulein", sagte er, indem er wieder den Schreibtisch zwischen sich und sie brachte, „bemühen Sie sich, auf Ihr Äußeres zu achten. Sie sind nicht mehr in Valognes, lernen Sie von unseren Pariserinnen ... Wenn der Name Ihres Onkels genügt hat, um Ihnen unser Haus zu öffnen, möchte ich glauben, daß Sie halten werden, was ich mir von Ihnen versprechen zu können meinte. Das Unglück ist, daß nicht alle Leute hier meine Ansicht teilen ... Nun sind Sie gewarnt, nicht wahr? Strafen Sie mich nicht Lügen." Er behandelte sie wie ein Kind, mehr mit Mitleid als mit Güte, es war einfach seine Neugier für das weibliche Geschlecht geweckt, weil er spürte, daß sich dieses armselige und linkische Kind zu einer betörenden Frau entwickeln werde.

Sie aber hatte, während er ihr eine Strafpredigt hielt, das Bild der Frau Hédouin bemerkt, deren schönes, regelmäßiges Gesicht ernst aus dem Goldrahmen lächelte, und wurde trotz der ermutigenden Worte, die er an sie richtete, wieder von einem Schauder ergriffen. Das war die tote Dame, die, wie das ganze Stadtviertel behauptete, er ums Leben gebracht hatte, um auf dem Blut ihrer Adern das Haus zu errichten.

Mouret sprach noch immer.

„Gehen Sie“, sagte er endlich, hatte sich schon hingesetzt und fuhr fort zu schreiben.

Sie ging hinaus, im Flur stieß sie einen Seufzer großer Erleichterung aus.

Von diesem Tage an bewies Denise ihren hohen Mut. Trotz ihrer Anfälle von Empfindlichkeit war in ihr ein unaufhörlich wirksamer Antrieb lebendig, ein wahrer Heldenmut, als schwaches und alleinstehendes Geschöpf heiter und hartnäckig die Aufgabe zu erfüllen, die sie sich auferlegt hatte. Sie machte wenig Aufsehen, sie ging ihres Weges, gerade auf ihr Ziel los, über alle Hindernisse hinweg, und zwar schlicht und natürlich, denn eben in dieser unwiderstehlichen Sanftmut lag ihr eigentliches Wesen.

Zunächst mußte sie sich der schrecklich erschöpfenden Arbeit im Rayon gewachsen zeigen. Ihre Arme waren so steif von den schweren Kleiderpacken, daß sie während der ersten sechs Wochen nachts aufschrie, wenn sie sich umdrehte, weil sie wie gerädert war und die Schultern schmerzten. Aber mehr noch litt sie unter ihren Schuhen, schweren, aus Valognes mitgebrachten Schuhen, die sie aus Mangel an Geld nicht durch leichte Stiefeletten ersetzen konnte. Da sie immerzu auf den Beinen sein, von morgens bis abends hin und her laufen mußte, gescholten wurde, wenn jemand sah, daß sie sich für einen Augenblick an die Holzverkleidung lehnte, hatte sie geschwollene Füße, kleine Mädchenfüße, die in spanischen Stiefeln zerquetscht worden zu sein schienen; die Fersen pochten vor Hitze, die Sohlen hatten sich mit Blasen bedeckt, deren abgerissene Haut sich an die Strümpfe klebte. Zudem verspürte sie einen allgemeinen körperlichen Verfall, daß die Müdigkeit der Beine an ihren Gliedmaßen und ihren Organen zerrte, plötzliche Störungen in den Funktionen ihres weiblichen Geschlechts, was die blasse Farbe ihrer Haut verriet. Und sie, die so schmächtig war, so zerbrechlich aussah, hielt stand, während viele Verkäuferinnen die Modewarengeschäfte verlassen mußten, weil sie an Frauenleiden erkrankt waren. Die Bereitwilligkeit, mit der sie litt, ihre zähe Tapferkeit ermöglichten es ihr, sich lächelnd aufrecht zu halten, wenn sie, mit ihren Kräften am Ende, erschöpft von einer Arbeit, der Männer erlegen wären, dem Umfallen nahe war.

Außerdem war zu ihrem Kummer der ganze Rayon gegen sie. Zu den physischen Martern kamen die versteckten Quälereien seitens ihrer Kolleginnen hinzu. Nach zwei Monaten voller Geduld und Sanftmut hatte sie sie noch nicht entwaffnet. Da gab es kränkende Worte, grausame Erdichtungen, ein Kaltstellen, das sie bei ihrem Bedürfnis nach Zärtlichkeit bis ins Herz traf. Man hatte sie lange mit ihrem unglückseligen Anfang aufgezogen; die Wörter „Schlafmütze" und „Dummkopf" machten die Runde, zu solchen, denen ein Verkauf mißlang, sagte man, sie sollten nach Valognes gehen, kurz, sie galt als der Dümmling der Abteilung. Als sich dann später herausstellte, daß sie, inzwischen mit dem Mechanismus der Firma vertraut, eine beachtliche Verkäuferin war, herrschte unwillige Betroffenheit; und von diesem Augenblick an kamen die Fräuleins überein, ihr niemals eine wichtige Kundin zu überlassen. Marguerite und Clara verfolgten sie mit einem instinktiven Haß, hielten fest zusammen, um nicht von dieser Neuen, die sie bei ihrer geheuchelten Geringschätzung fürchteten, verdrängt zu werden. Was Frau Aurélie betraf, so fühlte sie sich beleidigt durch die stolze Zurückhaltung des jungen Mädchens, das nicht mit der Miene schmeichlerischer Bewunderung um sie herumscharwenzelte; daher lieferte sie sie dem Groll ihrer Lieblinge aus, der Bevorzugten ihres Hofstaats, die immer vor ihr auf den Knien lagen und ständig damit beschäftigt waren, sie mit Schmeicheleien zu füttern, deren ihre starke herrische Persönlichkeit zu ihrer Entfaltung bedurfte.

Ein Weilchen schien es so, als schlösse sich die Zweite, Frau Frédéric, der Verschwörung nicht an; aber das war wohl aus Unachtsamkeit geschehen, denn sobald sie bemerkte, welchen Verdruß ihr gutes Benehmen ihr zuziehen könnte, zeigte sie sich ebenso hart. Da wurde Denises Verlassenheit vollständig, alle fielen über die „schlecht Frisierte" her, diese lebte in einem immerwährenden Kampf und brachte es mit all ihrem Mut nur so weit, sich mit Mühe in dem Rayon zu behaupten.

Das war nun ihr Leben. Sie mußte lächeln, mußte in einem seidenen Kleid, das ihr nicht gehörte, die Tapfere und Anmutige spielen, und dabei verging sie fast vor Erschöpfung, schlecht ernährt, schlecht behandelt, fortwährend bedroht von einer rücksichtslosen Entlassung. Ihr Zimmer war ihre einzige Zuflucht, der einzige Ort, wo sie sich noch Tränenausbrüchen hingab, wenn sie tagsüber allzusehr gelitten hatte. Dort aber strömte das vom Dezemberschnee bedeckte Zinkblech des Daches eine entsetzliche Kälte aus, sie mußte sich in ihrem Bett zusammenrollen, mußte all ihre Kleidungsstücke über sich breiten, unter der Decke weinen, damit ihr nicht in der Eiskälte die Gesichtshaut aufsprang. Mouret richtete nie mehr das Wort an sie. Wenn sie während des Dienstes dem strengen Blick Bourdoncles begegnete, wurde sie von einem Zittern befallen, denn sie spürte in ihm einen natürlichen Feind, der ihr nicht den kleinsten Fehler verzeihen würde. Und bei dieser allgemeinen Feindseligkeit wunderte sie sich über das seltsame Wohlwollen des Inspektors Jouve; wenn er ihr fern von den andern begegnete, lächelte er ihr zu, war um ein freundliches Wort bemüht; zweimal hatte er ihr Verweise erspart, ohne daß sie sich, mehr verwirrt als gerührt von seinem Beistand, dafür dankbar gezeigt hätte.

Eines Abends nach dem Essen, als die Fräuleins die Schränke aufräumten, kam Joseph und benachrichtigte Denise davon, daß ein junger Mann sie unten zu sprechen wünsche. Sehr beunruhigt ging sie hinunter.

„Ha!" sagte Clara. „Die schlecht Frisierte hat also einen Liebhaber?"

„Der muß sehr hungrig sein", sagte Marguerite.

Unten an der Eingangstür fand Denise ihren Bruder Jean. Sie hatte ihm ausdrücklich verboten, sich auf diese Weise im Geschäft blicken zu lassen, weil das einen sehr schlechten Eindruck machen könne. Aber sie wagte nicht, ihn zu schelten, so sehr schien er außer sich zu sein; ohne Mütze, atemlos von einem raschen Lauf vom Faubourg du Temple bis hierher.

„Hast du zehn Francs?" stammelte er. „Gib mir zehn Francs, oder ich bin verloren."

Der junge Bursche mit dem flatternden Haar wirkte so komisch mit seinem schönen Mädchengesicht, als er diesen melodramatischen Satz hervorstieß, daß sie gelächelt haben würde, wenn die Bitte um Geld sie nicht tödlich erschreckt hätte.

„Wie? Zehn Francs!“ murmelte sie. „Was ist denn geschehen?“

Er erklärte errötend, er habe die Schwester eines Kameraden getroffen.

Denise, nun gleichfalls verlegen geworden, hieß ihn schweigen; mehr brauchte sie nicht darüber zu hören. Schon zweimal war er wegen ähnlicher Anleihen angerannt gekommen; aber beim ersten Mal hatte es sich nur um fünfundzwanzig Sous gehandelt und beim zweiten um dreißig. Immer wieder geriet er in irgendwelche Weibergeschichten.

„Ich kann dir keine zehn Francs geben“, sagte sie. „Das Monatsgeld für Pépé ist noch nicht bezahlt, und ich habe nur gerade das dazu nötige Geld. Es wird mir kaum genug übrigbleiben, um Stiefeletten zu kaufen, die ich dringend brauche ... Kurz und gut, du bist nicht recht gescheit, Jean. Das ist sehr schlimm.“

„Dann bin ich verloren“, wiederholte er mit einer tragischen Gebärde. „Höre, Schwesterchen: es ist eine große Brünette, wir sind in Gesellschaft ihres Bruders in ein Café gegangen, ich hatte keine Ahnung, daß die Zeche ...“

Abermals mußte sie ihn unterbrechen, und da dem lieben Leichtfuß Tränen in die Augen traten, holte sie ihr Portemonnaie hervor und entnahm ihm ein Zehnfrancsstück, das sie ihm in die Hand steckte. Sofort begann er zu lachen.

„Ich wußte es ja ... Aber, Ehrenwort, nun nie wieder! Da müßte ich ein arger Taugenichts sein.“ Und nachdem er sie wie toll auf die Wangen geküßt hatte, lief er davon.

Im Laden wunderten sich einige Angestellte.

In dieser Nacht schlief Denise schlecht. Seit ihrem Eintritt ins „Paradies der Damen“ hatte sie des Geldes wegen quälende Sorgen. Sie war noch immer gegen Kost und Logis da, ohne festes Gehalt; und da die Fräuleins in ihrer Abteilung sie am Verkaufen hinderten, gelang es ihr dank einiger unbedeutender Kundinnen, die man ihr überließ, mit knapper Not, die Pension für Pépé zu bezahlen. Es war für sie ein trostloses Elend, das Elend im seidenen Kleid. Oft mußte sie die ganze Nacht damit verbringen, ihre winzige Ausstattung instand zu halten, indem sie ihre Wäsche ausbesserte, ihre Hemden so sorgfältig stopfte, als wären es Spitzen; gar nicht davon zu reden, daß sie Flicken auf ihre Schuhe gesetzt hatte, so geschickt, wie ein Schuster es nicht besser hätte machen können. Sie scheute sich nicht, Wäsche in ihrer Waschschüssel zu waschen. Vor allem aber bereitete ihr das alte Wollkleid Sorgen; sie hatte keine anderen Kleider, sie war gezwungen, es jeden Abend wieder anzuziehen, wenn sie die Seide der Uniform ablegte, wodurch es schrecklich abgenutzt wurde; über einen Flecken geriet sie in fieberhafte Aufregung, der kleinste Riß wurde zu einem Unglücksfall. Und sie besaß nichts, nicht einen Sou, um sich die Kleinigkeiten zu kaufen, die eine Frau benötigt: vierzehn Tage hatte sie warten müssen, um ihren Vorrat an Nähgarn und Nadeln zu erneuern. Daher war es jedesmal eine Katastrophe, wenn Jean ganz plötzlich mit seinen Liebesgeschichten ankam und ihr Budget über den Haufen warf. Ein ihr entführtes Zwanzigsousstück riß ein Loch. Darüber, wie sie anderen Tages zehn Francs aufbringen sollte, brauchte sie gar nicht erst nachzudenken. Bis gegen morgen wurde sie von Angstträumen gequält: man hatte Pépé auf die Straße gesetzt, während sie mit ihren zerschundenen Fingern die Pflastersteine umdrehte, um nachzusehen, ob nicht Geld darunterläge.

Am nächsten Tag mußte sie genauso lächeln, ihre Rolle als gutgekleidetes Mädchen spielen. Bekannte Kundinnen kamen in die Abteilung, Frau Aurélie rief Denise mehrmals herbei, zog ihr Mäntel an, damit sie den neuen Schnitt zur Geltung brächte. Und während sie sich mit einer von Modekupfern vorgezeichneten Anmut wand und drehte, dachte sie an die vierzig Francs für Pépés Pension, die sie an diesem Abend zu bezahlen versprochen hatte. Sie würde wohl diesen Monat noch ohne Stiefeletten auskommen; aber selbst wenn sie zu den dreißig Francs, die ihr geblieben waren, die Sou für Sou zurückgelegten vier Francs hinzufügte, ergab das immer erst vierunddreißig Francs; und wo sollte sie sechs Francs hernehmen, um den Betrag vollzumachen? Das versetzte sie in einen Angstzustand, bei dem ihr Herz zu versagen drohte.

„Beachten Sie, daß die Schultern völlig unbehindert sind", sagte Frau Aurélie. „Er ist sehr vornehm und sehr bequem. Fräulein kann die Arme verschränken."

„Oh, durchaus", versicherte Denise, die eine liebenswürdige Miene wahrte. „Man spürt es nicht ... Gnädige Frau werden damit zufrieden sein."

Jetzt machte sie sich Vorwürfe, daß sie am vergangenen Sonntag Pépé abgeholt hatte, um mit ihm in den Champs-Elysées spazierenzugehen. Das arme Kind ging so selten mit ihr aus! Aber sie hatte ihm Pfefferkuchen und eine Schaufel kaufen und ihn dann ins Kasperletheater führen müssen; und plötzlich waren neunundzwanzig Sous ausgegeben. In der Tat, Jean dachte gar nicht an den Kleinen, wenn er Torheiten beging. Folglich lag die ganze Last auf ihr.

„Falls er der gnädigen Frau nicht gefallen sollte ...", fing die Direktrice wieder an. „Hier, Fräulein, nehmen Sie den Radmantel um, damit die gnädige Frau sich ein Urteil bilden kann."

Und Denise legte sich den Radmantel um, ging mit kleinen Schritten hin und her und sagte:

„Er hält wärmer ... Es ist die diesjährige Mode."

Hinter der Maske beruflicher Liebenswürdigkeit zerbrach sie sich so bis zum Abend den Kopf, woher sie das Geld nehmen solle. Die Fräuleins, die mehr als genug zu tun hatten, überließen ihr einen bedeutenden Verkauf; aber es war Dienstag, da hieß es vier Tage warten, bis der Wochenverdienst ausgezahlt wurde. Nach dem Essen entschloß sie sich, den Besuch bei Frau Gras auf den folgenden Tag zu verschieben. Sie würde sich entschuldigen, würde sagen, sie sei aufgehalten worden; und bis dahin würde sie vielleicht die sechs Francs haben.

Da Denise auch die geringsten Ausgaben vermied, pflegte sie frühzeitig zum Schlafen nach oben zu gehen. Was sollte sie auch auf der Straße anfangen ohne einen Sou, bei ihrer Schüchternheit und noch immer durch die Großstadt beunruhigt, von der sie nur die Straßen in der Nähe der Firma kannte? Nachdem sie sich, um

Luft zu schöpfen, bis zum Palais-Royal gewagt hatte, kehrte sie schnell zurück, schloß sich ein, machte sich ans Nähen und Waschen. Den ganzen Flur entlang lagen Zimmer, herrschte ein Durcheinander wie in einer Kaserne; die Mädchen waren oft wenig gepflegt, schwatzten über Toilettenwässer und schmutzige Wäsche, die ganze Gereiztheit verausgabte sich in fortgesetzten Zwisten und Aussöhnungen. Übrigens war es verboten, tagsüber hinaufzugehen. Sie lebten dort nicht, hatten dort nur ihr Nachtquartier, wohin sie abends im letzten Augenblick zurückkehrten und das sie morgens eilends verließen, noch fast schlafend, nur halbwach geworden davon, daß sie sich flüchtig das Gesicht gewaschen hatten; und der Luftzug, der unaufhörlich durch den Flur fegte, die Erschöpfung nach den dreizehn Arbeitsstunden, die die Mädchen unverzüglich aufs Bett warf, verwandelten den Dachstock vollends in eine Herberge, durch die abgehetzt und übelgelaunt eine bunte Schar von Reisenden flutet. Denise hatte keine Freundin. Von all den Fräuleins bezeigte ihr nur eine einzige, Pauline Cugnot, ein wenig Zuneigung; und zudem hatte sich, da die Konfektionsabteilung und der Wäscherayon, die nebeneinanderlagen, sich in offenem Krieg miteinander befanden, die Sympathie der beiden Verkäuferinnen bisher auf rasch gewechselte Worte beschränken müssen. Pauline bewohnte zwar eine benachbarte Kammer, rechts von Denises Stübchen; da sie aber sofort nach dem Abendessen zu verschwinden und nicht vor elf Uhr wiederzukommen pflegte, hörte Denise sie nur zu Bett gehen, ohne ihr je außerhalb der Arbeitszeit zu begegnen.

An diesem Abend hatte sich Denise wieder dazu entschließen müssen, Flickschuster zu spielen. Sie hielt ihre Schuhe in der Hand, besah sie aufmerksam, überlegte, wie sie es machen könnte, daß sie bis zum Monatsende durchhielten. Schließlich hatte sie sich entschlossen, die Sohlen, die sich ganz vom Oberleder zu lösen drohten, mit einer dicken Nadel wieder anzunähen. Unterdessen weichten ein Kragen und Manschetten in der mit Seifenlauge gefüllten Waschschüssel.

Jeden Abend vernahm sie die gleichen Geräusche, die Schritte der Fräuleins, die eine nach der anderen zurückkehrten, kurze geflüsterte Unterhaltungen, Gelächter, zuweilen gedämpftes Streiten. Dann krachten die Betten, man hörte Gähnen, und die Kammern versanken in schweren Schlaf. Denises Nachbarin zur Linken träumte oft ganz laut, was jene anfangs erschreckt hatte. Vielleicht blieben andere gleich ihr auf, um ungeachtet der Hausordnung ihre Sachen auszubessern; aber das mußte mit der Vorsicht geschehen, die sie selber walten ließ: die Bewegungen mußten verlangsamt, das geringste Anstoßen vermieden werden, denn aus den geschlossenen Türen drang einzig eine schaudernde Stille.

Vor zehn Minuten hatte es elf geschlagen, als das Geräusch von Schritten sie den Kopf heben ließ. Wieder hatte sich eines der Fräuleins verspätet! Und sie merkte, daß es Pauline war, da sie diese die Tür nebenan öffnen hörte. Dann aber war sie starr vor Staunen: die Wäscheverkäuferin kehrte leise um und klopfte bei ihr an.

„Schnell, ich bin es."

Es war den Verkäuferinnen untersagt, einander in ihren Schlafkammern zu besuchen. Daher schloß Denise flink auf, damit ihre Nachbarin nicht von Frau Cabin erwischt würde, die über die genaue Einhaltung der Hausordnung wachte.

„War sie da?" fragte sie, die Tür schließend.

„Wer? Madame Cabin?" sagte Pauline. „Oh, vor der habe ich keine Angst ... Der braucht man nur hundert Sous zu geben!" Dann fügte sie hinzu: „Ich wollte schon lange mit Ihnen reden. Unten kann man das nie ... Und nun kamen Sie mir heut abend bei Tisch so traurig vor!"

Gerührt von ihrem treuherzigen Wesen, dankte ihr Denise und bat sie, sich zu setzen. Doch bei der Verwirrung, in die dieser unvorhergesehene Besuch sie gestürzt, hatte sie den Schuh, den sie gerade zusammennähte, nicht aus der Hand gelegt; und Paulines Blick fiel auf diesen Schuh. Sie nickte, schaute sich um, bemerkte die Manschetten und den Kragen in der Waschschüssel.

„Mein armes Kind, so hab ich mir's gedacht", sagte sie. „Ach, das kenne ich. In der ersten Zeit, als ich aus Chartres gekommen war und Vater Cugnot mir nicht einen Sou schickte, habe ich auch so meine Hemden gewaschen! Jaja, sogar meine Hemden! Ich besaß zwei, Sie hätten immer eins davon eingeweicht gefunden." Sie hatte sich hingesetzt, war ganz außer Atem, weil sie gelaufen war. Ihr breites Gesicht mit den funkelnden kleinen Augen, dem großen weichen Mund hatte bei aller Grobheit der Züge etwas Anziehendes. Und ohne jeden Übergang erzählte sie plötzlich ihre Lebensgeschichte: ihre Jugendzeit in der Mühle, wie Vater Cugnot durch einen Prozeß zugrunde gerichtet wurde und sie mit zwanzig Francs in der Tasche nach Paris geschickt hatte, damit sie dort ihr Glück versuche; dann ihre Anfänge als Verkäuferin, zunächst in einem Laden in Les Batignolles, später im „Paradies der Damen", furchtbare Anfänge mit Kränkungen und Entbehrungen jeglicher Art. Schließlich sprach sie von ihrem jetzigen Leben, von den zweihundert Francs, die sie im Monat verdiente, den Vergnügungen, die sie sich verschaffte, der Sorglosigkeit, in der sie ihre Tage verstreichen ließ. Schmucksachen, eine Brosche, eine Uhrkette, schimmerten auf ihrem Kleid aus dunkelblauem Tuch, das in der Taille kokett eingehalten war; und sie lächelte unter ihrer mit einer großen grauen Feder geschmückten Samttoque.

Denise war ihrer Schuhe wegen sehr rot geworden. Sie wollte eine Erklärung stammeln.

„Mir ist es genauso gegangen!" wiederholte Pauline. „Sehen Sie, ich bin älter als Sie, ich bin sechsundzwanzigeinhalb, ohne daß man es mir ansieht . . . Erzählen Sie mir von Ihren kleinen Erlebnissen."

Angesichts dieser Freundschaft, die sich so freimütig anbot, gab Denise nach. Im Unterrock, einen alten Schal um die Schultern geknüpft, setzte sie sich neben Pauline, die in vollem Staat war, und es entspann sich zwischen ihnen ein freundliches Geplauder. In der Kammer war es eisig, die Kälte schien den Mansardenwänden zu entströmen, die so kahl waren wie in einem Gefängnis; doch sie merkten nicht, daß ihre Fingerspitzen blau wurden, sie waren ganz in ihr vertrauliches Gespräch vertieft. Nach und nach schloß Denise ihr Inneres auf, sprach von Jean und Pépé, gestand, wie sehr die Geldfrage sie quäle; was die beiden dazu führte, von den Fräuleins in der Konfektionsabteilung zu reden. Pauline redete sich ihren Zorn vom Herzen.

„O diese schlechten, böswilligen Kreaturen! Wenn sie sich wie gute Kolleginnen verhielten, könnten Sie mehr als hundert Francs verdienen."

„Alle sind mir feindlich gesinnt, ohne daß ich weiß, weshalb", sagte Denise, der die Tränen kamen. „Auch Herr Bourdoncle belauert mich ständig, um mich bei irgendeinem Fehler zu ertappen, als ob ich ihm im Wege wäre ... Nur der alte Jouve ..."

Die andere fiel ihr ins Wort.

„Dieser alte Affe von Inspektor! Ah, meine Liebe, trauen Sie dem nicht ... Wissen Sie, Männer mit so großen Nasen! Der brüstet sich vergebens mit seinem Orden, man erzählt sich von ihm eine Geschichte, die er bei uns in der Wäscheabteilung gehabt haben soll ... Aber was sind Sie doch für ein Kind, daß Sie sich so viel Kummer machen! Es ist wirklich ein Unglück, so empfindlich zu sein! Bei Gott, was Ihnen geschieht, geschieht allen: Sie müssen halt Ihren Einstand zahlen." Von ihrem guten Herzen fortgerissen, ergriff sie Denise bei den Händen und küßte sie. Die Geldfrage sei schwerwiegender. Gewiß, ein armes Mädchen könne nicht dadurch für seine zwei Brüder aufkommen, die Pension für den kleinen bezahlen und die Geliebten des großen freihalten, daß sie die paar unsicheren Sous zusammenscharre, die die anderen nicht haben wollten; denn es stehe zu befürchten, daß man ihr vor der Wiederbelebung des Geschäftsganges im März kein festes Gehalt geben werde. „Hören Sie, es ist unmöglich, daß Sie das länger aushalten", sagte Pauline. „Ich an Ihrer Stelle ..."

Aber ein vom Korridor kommendes Geräusch ließ sie verstummen. Das war vielleicht Marguerite, von der man behauptete, sie wandere nachts im Hemd umher, um den Schlaf der anderen zu bespitzeln.

Die Wäscheverkäuferin, die noch immer die Hände ihrer Freundin festhielt, sah diese einen Augenblick lang schweigend an und spitzte die Ohren. Dann begann sie sehr leise, in einer sanft überzeugenden Art von neuem:

„Ich an Ihrer Stelle würde mir jemanden zulegen."

„Wieso, jemanden?" flüsterte Denise, ohne zunächst zu begreifen. Als sie dann begriffen hatte, zog sie ihre Hände zurück, sie war ganz bestürzt. Dieser Ratschlag machte sie verlegen, es war ein Gedanke, der ihr nie gekommen wäre und dessen Nutzen sie nicht sah.

„O nein", erwiderte sie nur.

„Dann", fuhr Pauline fort, „werden Sie nicht aus der Not herauskommen, das sage ich Ihnen! – Mit den Beträgen sieht es so aus: vierzig Francs für den Kleinen, von Zeit zu Zeit Hundertsousstücke für den Großen, und dann Sie selber, die Sie nicht immer wie eine Bettlerin angezogen gehen können, mit Schuhen, über die die Fräuleins sich lustig machen; ja, wirklich, Ihre Schuhe schaden Ihnen ... Legen Sie sich jemanden zu, das wäre viel besser."

„Nein", wiederholte Denise.

„Nun, Sie sind unvernünftig ... Es geht nun mal nicht anders, meine Liebe, und ist so natürlich! Wir alle haben das durchgemacht. Ich, sehen Sie, war wie Sie in Kost und Logis. Keinen Viertelsou hatte ich! Man hat eine Schlafstätte und was zu essen, das stimmt; aber man braucht auch was anzuziehen, außerdem ist es unmöglich, ohne einen Sou dazustehen und, in sein Zimmer eingeschlossen, den Fliegen zuzusehen. Mein Gott, da muß man sich eben gehenlassen ..."

Und sie erzählte von ihrem ersten Geliebten, einem Schreiber bei einem Advokaten, den sie auf einem Ausflug nach Meudon kennengelernt habe. Nach diesem habe sie sich mit einem Postbeamten eingelassen. Schließlich komme sie seit dem Herbst oft mit einem Verkäufer aus dem „Bon Marché" zusammen, einem großen, sehr netten Burschen, mit dem sie all ihre freien Stunden verbringe. Übrigens habe sie immer jeweils nur einen. Sie sei ein anständiges Mädchen, es empöre sie, wenn von jenen Mädchen gesprochen werde, die sich dem erstbesten hingeben. „Das soll durchaus nicht heißen, Sie sollen einen schlechten Lebenswandel führen!" fing sie eifrig wieder an. „Ich möchte zum Beispiel nicht in Gesellschaft Ihrer Clara angetroffen werden, da hätte ich Angst, man könnte mich beschuldigen, mich so wie sie nachts herumzutreiben. Aber wenn man ruhig mit jemandem zusammen ist und sich nichts vorzuwerfen hat ... Das scheint Ihnen also häßlich?"

„Nein", antwortete Denise. „Nur ist das nichts für mich, das ist alles."

Wieder entstand eine Pause. Von diesem leise geführten Gespräch bewegt, lächelten die beiden einander in der kleinen eisigen Kammer an.

„Und dann müßte man doch vor allem jemandem gut sein", fing Denise mit rosigen Wangen wieder an.

Die Wäscheverkäuferin war höchst erstaunt. Schließlich lachte sie, küßte Denise abermals und sagte:

„Aber mein Liebchen, wenn man sich begegnet und Gefallen aneinander findet! Sie sind aber komisch! Niemand wird Sie zwingen ... Hören Sie, möchten Sie, daß Baugé Sonntag irgendwohin mit uns aufs Land fährt? Er wird einen seiner Bekannten mitbringen."

„Nein", wiederholte Denise mit sanfter Beharrlichkeit.

Da drang Pauline nicht weiter in sie. Jedem stehe es frei, nach seinem Geschmack zu verfahren. Was sie dazu gesagt habe, sei aus gutem Herzen gekommen, denn es tue ihr aufrichtig leid, eine Kollegin so unglücklich zu sehen. Und als es Mitternacht schlug, stand sie auf, um wegzugehen. Vorher aber zwang sie Denise, die sechs Francs anzunehmen, die dieser fehlten, und bat sie inständig, keine Umstände zu machen und ihr das Geld erst dann zurückzugeben, wenn sie mehr verdiene.

„Jetzt", fügte sie hinzu, „blasen Sie Ihre Kerze aus, damit man nicht merkt, welche Tür geöffnet wird ... Nachher können Sie sie wieder anstecken."

Als die Kerze ausgelöscht war, drückten die beiden einander nochmals die Hand; und Pauline schlüpfte flink hinaus und ging lautlos wieder in ihre Kammer, nur das Rascheln ihres Rockes war bei dem schweren Erschöpfungsschlaf, in dem alle in den anderen Kammern lagen, zu vernehmen.

Bevor sich Denise zu Bett legte, wollte sie ihren Schuh fertignähen und ihre Wäsche erledigen. Je weiter die Nacht vorschritt, um so schneidender wurde die Kälte. Aber sie empfand sie nicht, das Gespräch hatte ihr ganzes Blut in Wallung gebracht. Sie war gar nicht entrüstet, es schien ihr durchaus erlaubt, sich das Dasein so einzurichten, wie es einem gefiel, sofern man allein und ungebunden in der Welt stand. Niemals hatte sie sich Meinungen unterworfen, es lag einfach an ihrem geraden Sinn und ihrer gesunden Natur, daß sie ein so ehrbares Leben führte. Gegen ein Uhr legte sie sich endlich schlafen. Nein, sie liebte niemanden. Wozu also vom guten Wege abweichen, die mütterliche Hingabe, die sie ihren beiden Brüdern gewidmet hatte, zunichte machen? Dennoch konnte sie nicht einschlafen, laue Schauer rieselten ihr über den Nacken, vor ihren geschlossenen Augen ließ die Schlaflosigkeit undeutliche Gestalten vorbeiziehen, die sich in der Finsternis verflüchtigten. Von diesem Augenblick an interessierte sich Denise für die Liebesgeschichten in ihrem Rayon. Wenn es nicht gerade sehr viel zu tun gab, befaßte man sich dort ununterbrochen mit dem Mann. Allerlei Klatsch lief um, manche Vorfälle erheiterten die Fräuleins eine ganze Woche lang. Mit Clara war es ein Skandal, sie ließ sich von drei Männern aushalten, hieß es, ungerechnet den Schweif gelegentlicher Verehrer, den sie hinter sich herzog; und wenn sie die Firma, wo sie aus Nichtachtung für das Geld, das sie anderswo bequemer verdiente, sowenig wie nur möglich arbeitete, nicht verließ, so geschah das nur, um in den Augen ihrer Angehörigen den Schein zu wahren; denn sie lebte in ständiger Angst vor dem alten Prunaire, der gedroht hatte, nach Paris zu kommen und ihr mit Fußtritten sämtliche Knochen zu zerschlagen. Marguerite hingegen führte sich gut, was sie betraf, wußte man nichts von einem Liebhaber; das rief Erstaunen hervor, alle erzählten sich die abenteuerliche Geschichte von der Niederkunft, die zu verbergen sie nach Paris gekommen sei; wie hatte sie denn zu einem Kind kommen können, wenn sie tugendhaft war? Und einige sprachen von einem unglücklichen Zufall und fügten hinzu, daß sie sich jetzt für ihren Vetter in Grenoble bewahre. Die Fräuleins machten sich auch über Frau Frédéric lustig, sagten ihr heimliche Beziehungen zu hochstehenden Persönlichkeiten nach. In Wahrheit wußte man nichts von ihren Herzensangelegenheiten; sie verschwand abends, wie erstarrt in ihrer

Witwenmißgelauntheit, schien es eilig zu haben, ohne daß jemand hätte sagen können, wohin sie so schnell lief. Was die Leidenschaften Frau Aurélies betraf, ihren angeblichen Heißhunger auf fügsame junge Männer, so stimmte das gewiß nicht: das hatten sich unzufriedene Verkäuferinnen ausgedacht, bloß um etwas zum Lachen zu haben. Vielleicht hatte sich die Direktrice früher einmal einem Freund ihres Sohnes gegenüber allzu mütterlich gezeigt, heute aber nahm sie im Modewarengeschäft die Stellung einer ernsthaften Frau ein, die sich mit solchen Kindereien nicht mehr abgibt. Dann war da das Herdenvieh, die abendliche Losgelassenheit, neun von zehn wurden am Eingang von Liebhabern erwartet. Auf dem Place Gaillon und die ganze Rue de la Michodière und Rue Neuve-Saint-Augustin entlang stand eine wahre Postenreihe regloser Männer, die heimlich Ausschau hielten; und wenn die Verkäuferinnen eine nach der anderen kamen, streckte jeder den Arm aus, führte die Seinige mit der Gelassenheit eines Ehemannes weg und verschwand plaudernd.

Was aber Denise am meisten beunruhigte, war, daß sie Colombans Geheimnis entdeckte. Zu allen Tageszeiten erblickte sie ihn auf der anderen Straßenseite auf der Schwelle des „Vieil Elbeuf", wie er emporschaute und die Fräuleins der Konfektion nicht aus den Augen ließ. Wenn er spürte, daß sie ihn beobachtete, wurde er rot, wandte den Kopf ab, als befürchte er, das junge Mädchen könne ihn an Geneviève verraten, obwohl keinerlei Verbindung mehr zwischen den Baudus und ihrer Nichte bestand, seit diese beim „Paradies der Damen" in Stellung war. Zuerst glaubte sie, er sei in Marguerite verliebt, wenn sie sein starres und zages Wesen eines hoffnungslos Liebenden sah, denn Marguerite, die sittsam war und im Geschäftshaus schlief, ließ nicht mit sich spaßen. Als sie dann die Gewißheit erlangte, daß die glühenden Blicke des Kommis Clara galten, war sie höchst erstaunt. Schon seit Monaten stand er so voll heftigen Verlangens auf dem gegenüberliegenden Bürgersteig, ohne den Mut zu finden, sich zu erklären — und das um eines unabhängigen Mädchens willen, die in der Rue Louis-le-Grand wohnte und die er hätte ansprechen können, bevor sie jeden Abend am Arm eines neuen Mannes fortging! Clara selber schien nichts von ihrer Eroberung zu ahnen. Diese Entdeckung erfüllte Denise mit schmerzlicher Erregung. War Liebe also so dumm? Was, dieser Bursche, der ein echtes Glück in der Hand hielt, zerstörte sein Leben und betete eine Hure wie ein Altarsakrament an! Von diesem Tage an zog sich ihr jedesmal das Herz zusammen, wenn sie hinter den grünlichen Scheiben des „Vieil Elbeuf“ Genevièves bleiches und leidendes Profil wahrnahm.

In dieser Weise hing Denise abends ihren Gedanken nach, wenn sie die Fräuleins mit ihren Verehrern fortgehen sah. Diejenigen, die nicht im „Paradies der Damen“ schliefen, verschwanden bis zum nächsten Morgen und brachten in ihren Röcken den Duft des Draußen in die einzelnen Abteilungen mit, etwas verwirrend Unbekanntes. Und manchmal mußte das junge Mädchen mit einem Lächeln das freundschaftliche Nicken erwidern, mit dem Pauline sie grüßte, auf die regelmäßig von halb neun Uhr ab Baugé an der Ecke der Fontaine-Gaillon wartete. Nachdem sie dann als letzte das Haus verlassen und, noch immer allein, ihren heimlichen Spaziergang gemacht hatte, war sie als erste zurück, arbeitete oder legte sich hin, den Kopf von einem Traum erfüllt, von Neugier auf dieses Pariser Leben erfaßt, von dem sie nichts wußte. Gewiß, sie beneidete die Fräuleins nicht, sie fühlte sich zufrieden in ihrer Einsamkeit, ihrer Menschenscheu, darin sie abgeschlossen lebte wie an einem Zufluchtsort. Aber ihre Phantasie entführte sie, versuchte die Dinge zu erahnen, beschwor die Vergnügungen herauf, von denen unaufhörlich in ihrer Gegenwart erzählt wurde, die Cafés, die Restaurants, die Theater, die auf dem Wasser und in ländlichen Schenken verbrachten Sonntage. Das hinterließ bei ihr eine seelische Ermattung, ein mit Müdigkeit untermischtes Verlangen; und es kam ihr so vor, als sei sie dieser Belustigungen, die sie noch nie gekostet hatte, bereits überdrüssig.

Es gab jedoch in ihrem arbeitsreichen Dasein wenig Raum für gefährliche Träumereien. Im Geschäft dachte man unter dem schweren Druck von dreizehn Arbeitsstunden kaum an zärtliche Beziehungen zwischen Verkäufern und Verkäuferinnen. Hätte der fortwährende Kampf um das Geld nicht die Geschlechtsunterschiede verwischt, so würde die unausgesetzte Hetzjagd, die den

Kopf völlig beanspruchte und die Glieder wie zerschlagen machte, dazu genügt haben, jedes Begehren zu töten. Bei den Feindseligkeiten und den Cliquenbildungen unter Mann und Frau, den ewigen Reibereien von Rayon zu Rayon konnte man kaum einige wenige Liebesverhältnisse aufzählen. Alle waren nichts weiter als Räder im Getriebe, wurden mitgerissen vom Schwung der Maschine, gaben in dieser alltäglichen und mächtigen Gesamtheit einer Phalanstère ihre Persönlichkeit auf und vereinigten einfach ihre Kräfte. Nur draußen begann wieder das individuelle Leben mit dem jähen Aufflammen der wiedererwachenden Leidenschaften.

Dennoch sah Denise eines Tages, wie Albert Lhomme, der Sohn der Direktrice, einem der Fräuleins aus der Wäscheabteilung ein Briefchen zusteckte, nachdem er mehrmals mit gleichgültiger Miene durch die Abteilung gegangen war. Man war damals bei der toten Zeit im Winter angelangt, die vom Dezember bis zum Februar reicht; und sie hatte manchmal eine Weile Ruhe, Stunden, in denen sie im Stehen auf Kundinnen wartete, den Blick verloren in die Tiefe der Ladenräume. Die Konfektionsverkäuferinnen verkehrten vor allem nachbarlich mit den Spitzenverkäufern, ohne daß die unvermeidliche Vertraulichkeit weiter gegangen wäre als bis zu ganz leise gewechselten Scherzen. Im Spitzenrayon gab es einen Zweiten Vorsteher, der ein Witzbold war und Clara mit abscheulichen Geständnissen verfolgte, aber nur zur Belustigung, denn im Grunde genommen war sie ihm so gleichgültig, daß er nicht einmal versuchte, sie draußen zu treffen. Und so gab es von einer Abteilung zur anderen zwischen den Herren und Fräuleins rasche Blicke des Einvernehmens, Worte, die nur sie verstanden, zuweilen ein heimliches Geplauder, wobei sie einander den Rücken zukehrten und eine versonnene Miene aufsetzten, um den schrecklichen Bourdoncle hinters Licht zu führen. Was Deloche betraf, so beschränkte er sich lange darauf, zu lächeln, wenn er Denise ansah; später wurde er kühner, flüsterte ihr ein freundschaftliches Wort zu, sobald er ganz in ihrer Nähe war. An dem Tage, an dem sie bemerkte, wie Frau Aurélies Sohn der Wäscheverkäuferin ein Briefchen gab, fragte Deloche sie gerade, aus dem Bedürfnis heraus, ihr seine Anteilnahme zu beweisen, und weil ihm nichts Liebenswürdigeres einfiel, ob sie gut gefrühstückt habe. Auch er sah den weißen Fleck des Briefes, er blickte das junge Mädchen an, beide erröteten über die in ihrer Gegenwart angeknüpfte Liebschaft.

Denise aber bewahrte sich bei dem heißen Atem hier, der nach und nach die Frau in ihr zum Erwachen brachte, noch ihren Kinderfrieden. Nur wenn sie Hutin begegnete, bewegte es ihr Herz. Übrigens war das in ihren Augen nichts als Dankbarkeit, sie glaubte, einzig die Höflichkeit des jungen Mannes rühre sie. Er konnte keine Kundin in den Rayon geleiten, ohne daß sie verwirrt geworden wäre. Mehrmals ertappte sie sich dabei, daß sie, wenn sie von einer Kasse zurückkam, einen Umweg machte, unnötigerweise durch die Seidenwarenabteilung ging, vor Aufregung einen Kloß im Halse. Eines Nachmittags begegnete sie dort Mouret, der ihr ein Lächeln nachzusenden schien. Er beschäftigte sich nicht mehr mit ihr, richtete nur in langen Abständen ein Wort an sie, um sie hinsichtlich ihrer Kleidung zu beraten und sie als danebengeratenes Mädchen aufzuziehen, als eine Wilde, die etwas von einem Knaben habe und aus der er trotz aller Erfahrung, die er als bei den Frauen in Gunst stehender Mann gesammelt, niemals eine gefallsüchtige Frau machen könnte; er lachte sogar darüber, ließ sich bis zu Neckereien herab, ohne sich die Beunruhigung eingestehen zu wollen, die diese kleine Verkäuferin mit ihrem so seltsamen Haar ihm verursachte. Bei seinem schweigenden Lächeln erbebte Denise, als habe sie sich ein Vergehen zuschulden kommen lassen. Wußte er etwa, weshalb sie durch die Seidenabteilung ging, während sie selber nicht zu erklären vermocht hätte, was sie zu einem solchen Umweg trieb?

Hutin schien übrigens von den dankbaren Blicken des jungen Mädchens nichts zu merken. Diese Fräuleins waren nicht sein Genre, er tat, als verachte er sie, und rühmte sich mehr denn je merkwürdiger Erlebnisse mit Kundinnen: eine Baronin sei wie vom Blitz getroffen an seinem Ladentisch stehengeblieben; und die Frau eines Architekten sei ihm in die Arme gesunken, als er sie eines Tages wegen eines Irrtums beim Abmessen aufgesucht habe. Unter dieser normannischen Großsprecherei verbarg er nur in Bierlokalen und Konzertcafés aufgelesene Mädchen. Wie alle jungen Männer des Modewarenhandels war er verschwendungssüchtig, plagte sich die ganze Woche hindurch mit der Gier eines Geizhalses in seinem Rayon, in dem einzigen Wunsch, sein Geld sonntags auf den Rennplätzen und in Restaurants und Tanzlokalen mit vollen Händen zu verschleudern; niemals hielt er mit seinen Mitteln haus, hatte keinen Sparpfennig, kaum erhielt er seinen Verdienst, so war er auch schon vertan, er lebte völlig unbekümmert um den nächsten Tag. Favier nahm an diesen Lustpartien nicht teil. Hutin und er, zwischen denen im Geschäft eine so enge Beziehung bestand, verabschiedeten sich beim Weggehen an der Tür und sprachen einander dann nicht mehr. Viele Verkäufer, die in ständiger Berührung standen, wurden so, sobald sie den Fuß auf die Straße setzten, zu Fremden, wußten nichts vom Leben der anderen. Hutins vertrauter Freund aber war Liénard. Beide wohnten in demselben Hotel, dem Hôtel de Smyrne in der Rue Sainte-Anne, einem düsteren Haus, das ganz von Handlungsgehilfen besetzt war. Morgens kamen sie zusammen an; abends wartete dann der, der zuerst fertig war, nachdem er alles von seinem Ladentisch zusammengelegt und weggeräumt hatte, auf den anderen im Café Saint-Roch in der Rue Saint-Roch, einem kleinen Café, wo sich für gewöhnlich die Kommis des „Paradieses der Damen" versammelten, um im Qualm ihrer Pfeifen zu grölen, zu trinken und Karten zu spielen. Oft blieben sie dort, gingen erst gegen ein Uhr, wenn der müde Wirt des Etablissements sie hinaussetzte. Seit einem Monat verbrachten sie übrigens drei Abende der Woche in einem Bumslokal auf dem Montmartre; und sie nahmen Kollegen dorthin mit, sie verhalfen dort Fräulein Laure zum Erfolg, einer tüchtigen Sängerin, der neuesten Eroberung Hutins, deren Talent sie mit heftigen Stockschlägen und solchem Geschrei unterstützten, daß bereits zweimal die Polizei hatte einschreiten müssen.

Auf diese Weise verging der Winter. Denise erhielt endlich dreihundert Francs festes Gehalt. Es war höchste Zeit, ihre plumpen Schuhe hielten nicht mehr zusammen. Im letzten Monat hatte sie es sogar vermieden auszugehen; damit sie nicht plötzlich aufplatzten.

„Mein Gott, Fräulein! Sie machen einen Lärm mit Ihren Schuhen!“ sagte Frau Aurélie wiederholt mit gereizter Miene. „Das ist unerträglich ... Was haben Sie eigentlich an den Füßen?“

An dem Tage, an dem Denise in Stoffstiefeletten nach unten kam, für die sie fünf Francs bezahlt hatte, verwunderten Marguerite und Clara sich halblaut, so daß man es verstehen konnte.

„Sieh da, die schlecht Frisierte hat sich von ihren Pantinen getrennt“, sagte die eine.

„Oje“, meinte die andere, „sie hat ihnen sicher nachgeweint ... Es waren die Pantinen ihrer Mutter.“

Übrigens war man allgemein über Denise empört. Die Abteilung hatte schließlich ihre Freundschaft mit Pauline entdeckt und empfand diese einer Verkäuferin aus einer feindlichen Abteilung entgegengebrachte Zuneigung als Herausforderung. Die Fräuleins sprachen von Verrat, beschuldigten sie, sie erzähle nebenan jede ihrer geringfügigsten Äußerungen weiter. Der Krieg zwischen der Wäsche und der Konfektion flammte dadurch noch heftiger auf, nie zuvor hatte er so rücksichtslos getobt; hart wie Kugeln waren die Worte, die gewechselt wurden, und eines Abends kam es hinter den Hemdenkartons sogar zu einer Ohrfeige. Vielleicht rührte dieser schon lange währende Streit davon her, daß in der Wäscheabteilung Wollkleider getragen wurden, während man in der Konfektion in Seide ging; auf jeden Fall sprachen die von der Wäsche von ihren Nachbarinnen mit den entrüsteten und geringschätzigen Mienen ehrbarer Mädchen. Und die Tatsachen gaben ihnen recht, man hatte die Beobachtung gemacht, daß die Seide nicht ohne Einfluß auf die Zügellosigkeit der Konfektionsdamen zu sein scheine. Clara war ob der Schar ihrer Verehrer beschimpft worden, man hatte sogar Marguerite ihr Kind unter die Nase gerieben, während man Frau Frédéric heimlicher Liebschaften bezichtigte. Und all das wegen dieser Denise!

„Meine Damen, keine groben Worte, nehmen Sie sich zusammen!“ sagte Frau Aurélie mit würdevoller Miene bei den Zornausbrüchen ihrer kleinen Schar. „Zeigen Sie, wer Sie sind.“

Sie zog es vor, unbeteiligt zu bleiben. Von diesen Fräuleins taugten, wie sie selber eines Tages, als Mouret sie danach fragte, zugegeben hatte, die einen nicht mehr als die anderen. Als sie aus dem Munde Bourdoncles erfuhr, daß dieser soeben im Kellergeschoß ihren Sohn dabei angetroffen habe, wie er eine aus der Wäscheabteilung umarmte, jene Verkäuferin, der der junge Mann Briefe zusteckte, nahm sie plötzlich eifrig Partei. Das sei ja abscheulich; und sie beschuldigte glattweg die Wäscheabteilung, Albert in einen Hinterhalt gelockt zu haben; ja, der Schlag sei gegen sie gerichtet, man versuche, sie zu entehren, indem man ein unerfahrenes Kind verderbe, nachdem man sich davon überzeugt habe, daß ihre Abteilung unantastbar sei. Sie schlug nur deshalb solchen Lärm, um die Tatsachen zu verdunkeln, denn sie gab sich keinen Illusionen über ihren Sohn hin, sie wußte, daß er zu jeder Dummheit fähig war. Einen Augenblick lang wäre die Angelegenheit beinahe ernst geworden, es stellte sich nämlich heraus, daß der Handschuhverkäufer Mignot in die Sache verwickelt war; er war Alberts Freund und verschaffte dessen Geliebten, die jener zu ihm schickte, barhäuptigen Mädchen, die stundenlang in den Kartons wühlten, Vorteile; und außerdem gab es da noch eine Geschichte mit schwedischen Handschuhen, die die Wäscheverkäuferin geschenkt bekommen hatte, wobei keiner das letzte Wort behielt. Schließlich wurde aus Achtung für die Direktrice der Konfektionsabteilung, die sogar von Mouret mit Ehrerbietung behandelt wurde, der Skandal totgeschwiegen. Bourdoncle beschränkte sich darauf, acht Tage später der Verkäuferin, die sich des Vergehens schuldig gemacht hatte, sich umarmen zu lassen, unter irgendeinem Vorwand zu kündigen. Wenn die Herren auch vor den nächtlichen Herumtreibereien außerhalb des Hauses die Augen schlossen, so duldeten sie doch innerhalb des Geschäfts nicht den geringsten etwas freien Scherz.

Und Denise war es, die unter diesem Vorfall zu leiden hatte.

Obwohl Frau Aurélie über alles genau unterrichtet war, hegte sie einen geheimen Groll gegen sie. Sie hatte sie mit Pauline lachen sehen und glaubte, es stecke eine Herausforderung dahinter, Klatsch über die Liebschaften ihres Sohnes. Fortan isolierte sie das junge Mädchen in ihrem Rayon noch mehr. Schon lange plante sie, die Fräuleins an einem Sonntag nach Les Rigolles in der Nähe von Rambouillet mitzunehmen, wo sie für ihre ersten ersparten hunderttausend Francs eine Besitzung gekauft hatte; und ganz plötzlich entschloß sie sich dazu, auf diese Weise konnte sie Denise bestrafen, sie ganz offen ausschließen. Sie allein wurde nicht eingeladen. Schon vierzehn Tage vorher wurde in ihrem Rayon nur von dem Ausflug gesprochen; man betrachtete den von der Maisonne erwärmten Himmel, man setzte bereits ein Programm für jede Stunde des Tages fest, man versprach sich alle nur möglichen Vergnügungen, Esel, Milch, Graubrot. Und nur weibliche Wesen, was ja viel lustiger sei! Frau Aurélie schlug für gewöhnlich ihre freien Tage damit tot, daß sie mit den Fräuleins spazierenging; denn sie war es so wenig gewohnt, im Familienkreis zu weilen, fühlte sich an den seltenen Abenden, da sie mit ihrem Mann und ihrem Sohn zu Hause essen konnte, so unbehaglich, so nicht in ihrer Sphäre, daß sie selbst an solchen Abenden lieber die Familiengemeinschaft fahrenließ und in einem Restaurant speiste. Lhomme, entzückt darüber, sich wieder wie ein Junggeselle zu fühlen, zog seinerseits los, und Albert lief erleichtert zu seinen Dirnen. Das ging so weit, daß sich alle drei, weil sie des heimischen Herdes entwöhnt waren und sich sonntags bloß gegenseitig störten und langweilten, in ihren Räumen nur noch so vorübergehend aufhielten wie in irgendeinem Hotel, in dem man die Nacht über schläft. Was den Ausflug nach Rambouillet betraf, so erklärte Frau Aurélie einfach, die Schicklichkeit lasse es nicht zu, daß Albert daran teilnähme, und auch vom Vater wäre es taktvoll, wenn er es ablehnte mitzukommen, worüber die beiden Männer sehr erfreut waren. Unterdessen rückte der Wonnetag immer näher, die Fräuleins waren unerschöpflich, erzählten von ihren Toilettenvorbereitungen, als begäben sie sich auf eine Reise von sechs Monaten; Denise aber mußte, bleich und schweigsam in ihrer Verlassenheit, alles mit anhören.

„Die machen Sie rasend, nicht?" sagte Pauline eines Morgens zu ihr. „Ich an Ihrer Stelle würde ihnen einen Streich spielen. Die amüsieren sich, da würde ich mich, bei Gott, auch amüsieren! —

Kommen Sie Sonntag mit uns, Baugé will mit mir nach Joinville fahren."

„Nein, danke", erwiderte das junge Mädchen mit seiner ruhigen Beharrlichkeit.

„Aber weshalb? – Haben Sie noch immer Angst, man könnte Ihnen Gewalt antun?" Und Pauline lachte herzlich.

Auch Denise lächelte. Sie wußte genau, wie es zu gehen pflegte: jede der Fräuleins hatte ihren ersten Liebhaber bei einem solchen Ausflug kennengelernt, einen wie zufällig mitgebrachten Bekannten; und sie wollte nicht.

„Nun", fing Pauline wieder an, „ich schwöre Ihnen, daß Baugé niemanden mitbringen wird. Wir werden nur zu dritt sein ... Ich werde Sie ganz gewiß nicht verheiraten, wenn Ihnen das mißfällt."

Denise, von einem solchen Verlangen gequält, daß ihr das Blut in die Wangen schoß, wurde schwankend. Seit ihre Kolleginnen sich lang und breit über ihre ländlichen Vergnügungen ausließen, erstickte sie fast an dem Bedürfnis, ins Freie zu kommen, träumte von hohem Gras, das ihr bis an die Schultern reichte, von riesigen Bäumen, deren Schatten wie kühles Wasser über sie hinrieselte. Ihre im üppigen Grün des Cotentin verbrachte Kindheit lebte bei ihrer Sehnsucht nach Sonne wieder auf.

„Nun gut, ja!" sagte sie endlich.

Alles wurde verabredet. Baugé sollte die Mädchen um acht Uhr auf dem Place Gaillon abholen; von dort wollte man in einer Droschke zum Gare de Vincennes fahren. Denise, deren fünfundzwanzig Francs festes Gehalt jeden Monat von den Kindern verschlungen wurden, hatte nur ihr altes schwarzes Wollkleid auffrischen können, indem sie es mit Schrägstreifen aus kleinkarierter Popeline ausputzte; und sie hatte sich selber aus einer mit Seide überzogenen Kapotteform einen Hut gemacht und ihn mit einem blauen Band garniert. In dieser schlichten Aufmachung sah sie sehr jung aus, wie ein zu schnell aufgeschossenes Mädchen, so nett angezogen, wie es ein armer Mensch vermag, dabei ein wenig beschämt und verlegen durch die nicht zu bändigende Fülle ihres Haares, das unter dem bescheidenen Hut hervorquoll. Pauline hingegen prangte in einem seidenen Frühjahrskleid mit veilchenfarbenen und weißen Streifen, einer dazu passenden, reich mit Federn verzierten Toque und Schmucksachen an Hals und Händen, der ganzen Pracht einer reichen Kaufmannsfrau. Sonntags Seide zu tragen war gleichsam eine Entschädigung dafür, daß sie sich in ihrem Rayon zu Wolle verurteilt sah; Denise aber, die von montags bis samstags die seidene Uniform schleifte, legte am Sonntag wieder die unansehnliche Wolle ihres Elends an.

„Da ist Baugé", sagte Pauline, auf einen großen jungen Mann zeigend, der neben dem Springbrunnen stand.

Sie stellte ihren Verehrer vor, und Denise fühlte sich sofort wohl, ein so biederer Mensch schien er ihr zu sein. Baugé, der äußerst massig und von der schwerfälligen Kraft eines Pflugochsen war, hatte ein langes flämisches Gesicht, in dem nichtssagende Augen mit kindlicher Einfalt lachten. In Dünkirchen als jüngster Sohn eines Spezereiwarenhändlers geboren, war er, von seinem Vater und seinem Bruder, die ihn für allzu dumm hielten, fast aus dem Hause gejagt, nach Paris gekommen. Im „Bon Marché" brachte er es jedoch auf dreitausendfünfhundert Francs. Er war beschränkt, aber für den Leinwandhandel sehr geeignet. Die Frauen fanden ihn nett.

„Und die Droschke?" fragte Pauline.

Sie mußten bis zum Boulevard gehen. Die Sonne schien bereits warm, der schöne Maimorgen ließ das Straßenpflaster glänzen; und keine einzige Wolke am Himmel, Heiterkeit erfüllte die blaue, wie Kristall durchsichtige Luft. Denises Lippen öffneten sich ein wenig in einem unwillkürlichen Lächeln; sie atmete tief, es schien ihr, als befreie sich ihre Brust von einer Beklemmung, die sechs Monate gewährt hatte. Endlich fühlte sie also nicht mehr den Druck der eingeschlossenen Luft, der schweren Steinwände des „Paradieses der Damen"! Sie hatte also einen vollen Tag im Freien vor sich! Und das war, als sei ihr ein neues Leben voll unendlicher Freude geschenkt, das sie mit den unverbrauchten Gefühlen eines unbeschwerten Kindes begann. Dennoch wandte sie in der Droschke verlegen den Blick ab, als Pauline einen langen Kuß auf die Lippen ihres Geliebten drückte.

„Seht mal", sagte sie, den Kopf noch immer dem Wagenschlag zugekehrt, „dort geht Lhomme ... Wie er ausschreitet!"

„Er hat sein Horn bei sich", fügte Pauline hinzu, die sich vorgebeugt hatte. „So ein alter Narr! Man sollte meinen, er liefe zu einem Stelldichein!"

Lhomme ging tatsächlich, das Futteral mit seinem Instrument unter dem Arm, den Kopf hoch erhoben, am Théâtre du Gymnase-Dramatique entlang und lachte in Gedanken an den Genuß, den er sich versprach, vergnügt vor sich hin. Er wollte den Tag bei einem Freund verbringen, der Flötist an einem kleinen Theater war und bei dem einige Amateure sonntags Kammermusik machten, sobald sie ihren Milchkaffee getrunken hatten.

„Um acht Uhr! So drauf versessen zu sein!" fing Pauline wieder an. „Und Sie wissen ja, daß Madame Aurélie und ihre ganze Clique mit dem Zug nach Rambouillet fahren mußten, der um sechs Uhr fünfundzwanzig abgeht ... Mann und Frau werden einander ganz gewiß nicht in die Quere kommen."

Die beiden sprachen von dem Ausflug nach Rambouillet. Sie wünschten den anderen keinen Regen, weil sie dann die Suppe auch hätten auslöffeln müssen; aber wenn sich dort eine Wolke entladen könnte, ohne daß die Spritzer bis nach Joinville gelangten, hätten sie es doch lustig gefunden. Dann zogen sie über Clara her, eine Verschwenderin sei sie, die nicht wisse, wie sie das Geld der Männer, von denen sie sich aushalten ließ, vertun solle: hatte sie sich nicht drei Paar Stiefeletten auf einmal gekauft, Stiefeletten, die sie am nächsten Tag wegwarf, nachdem sie sie mit der Schere zerschnitten, weil sie Füße hatte, die so voller Beulen waren? Übrigens waren die Fräuleins des Modewarenhandels nicht vernünftiger als die Herren: sie brauchten alles auf, legten nie einen Sou zurück, zweihundert oder dreihundert Francs gingen im Monat für Staat und Näschereien drauf.

„Aber er hat ja nur einen Arm!" sagte plötzlich Baugé. „Wie stellt er es da an, Horn zu blasen?" Er hatte den Blick nicht von Lhomme gelassen.

Da erzählte ihm Pauline, die sich zuweilen über seine Naivität lustig machte, daß der Kassierer das Instrument gegen eine Wand stemme: und er glaubte das uneingeschränkt und fand es sehr sinnreich. Als sie ihm dann, von Gewissensbissen geplagt, auseinandersetzte, auf welche Weise Lhomme an seinem Armstumpf ein System von Klammern befestige, deren er sich dann wie einer Hand bediene, schüttelte Baugé voll Mißtrauen den Kopf und meinte, einen solchen Bären lasse er sich nicht aufbinden.

„Du bist doch zu dumm!“ sagte sie schließlich lachend. „Das macht aber nichts, ich liebe dich trotzdem.“

Die Droschke war unterdessen weitergefahren, und man kam gerade recht zu einem Zug am Gare de Vincennes an. Baugé bezahlte; aber Denise hatte erklärt, sie wünsche ihren Teil der Auslagen selber zu tragen; man werde abends abrechnen. Im Nu waren sie eingestiegen, eine summende Heiterkeit drang aus den Waggons. In Nogent verließ unter lautem Gelächter eine Hochzeitsgesellschaft das Abteil. Schließlich stiegen sie selber in Joinville aus und begaben sich sofort auf die Insel, um das Essen zu bestellen; und dort blieben sie, gingen längs des steilen Ufers unter den hohen Pappeln, die die Marne säumten, spazieren. Im Schatten war es kühl, ein frischer Wind durchwehte den Sonnenschein, darin sich in der Ferne, auf dem anderen Ufer, die durchsichtige Klarheit einer Ebene dehnte, auf der sich angebaute Felder ausbreiteten. Denise blieb hinter Pauline und deren Geliebten, die einander den Arm um die Taille gelegt hatten, zurück; sie hatte eine Handvoll Butterblumen gepflückt und sah glücklich dem Fließen des Wassers zu, doch wenn Baugé sich bückte, um seine Freundin auf den Nacken zu küssen, stockte ihr das Herz, und sie senkte den Kopf. Tränen stiegen ihr in die Augen. Sie litt jedoch nicht. Weshalb fühlte sie sich so beklommen, und weshalb erfüllte sie diese weite Landschaft, von der sie sich soviel Unbekümmertheit versprochen hatte, mit einer unbestimmten Trauer, deren Ursache sie nicht zu nennen gewußt hätte? Später, beim Essen, war sie wie betäubt von Paulines lautem Gelächter. Diese, die die Umgebung von Paris mit der Leidenschaft einer schlechten Schauspielerin liebte, die immer bei Gaslicht in der stickigen Luft einer Menschenmenge lebt, hatte trotz des frischen Windes in einer Laube essen wollen. Sie ergötzte sich an den jähen Windstößen, die das Tischtuch umschlugen, sie fand die noch unbewachsene Laube drollig mit ihrem neugestrichenen Gitterwerk, dessen Ranken sich auf dem gedeckten Tisch abzeichneten. Im übrigen schlang sie die Speisen mit der Gier eines ausgehungerten, im Geschäft unzureichend ernährten Mädchens herunter und verdarb sich draußen den Magen mit den Dingen, die sie gern mochte; das war ihre schwache Seite, ihr ganzes Geld gab sie dafür aus, für Kuchen, für schwerverdauliche Dinge, kleine Gerichte, die sie sich in ihren freien Stunden unbesonnen schmecken ließ. Da Denise an den Eiern, dem gebackenen Fisch und dem Brathühnchen genug zu haben schien, wagte Pauline, in der Befürchtung, die Rechnung könnte zu hoch werden, nicht, Erdbeeren zu bestellen, die so früh im Jahr noch teuer waren.

„Was tun wir jetzt?“ fragte Baugé, als man ihnen den Kaffee gebracht hatte.

In der Regel kehrten Pauline und er zum Abendessen nach Paris zurück, um den Tag mit einem Theaterbesuch zu beenden. Aber auf Denises Wunsch entschlossen sie sich, in Joinville zu bleiben: das würde lustig sein, man würde sich ganz und gar mit freiem Land vollsaugen. Und den ganzen Nachmittag liefen sie durch die Felder. Einen Augenblick lang wurde eine Bootsfahrt erwogen; dann gaben sie diesen Plan auf, Baugé war ein schlechter Ruderer. Aber ihr Umherschlendern auf den Pfaden, auf die sie gerade stießen, führte sie dennoch wieder an der Marne entlang zurück; interessiert betrachteten sie das Leben auf dem Fluß, die Geschwader von Jollen und Norwegern, die große Menge Bootfahrer, die ihn bevölkerte. Die Sonne sank, sie waren auf dem Rückweg nach Joinville, als zwei Jollen, die stromab fuhren und an Geschwindigkeit wetteiferten, Hagel von Schimpfreden wechselten, in denen die wiederholten Rufe „Kneipbrüder“ und „Ladenschwengel“ vorherrschten.

„Sieh da“, rief Pauline, „das ist Herr Hutin!“

„Ja“, sagte Baugé, der sich mit der ausgestreckten Hand vor der Sonne schützte, „ich erkenne die Mahagonijolle ... Die andere Jolle muß eine Bemannung von Studenten haben.“ Und er schilderte den alten Haß, aus dem die studierende Jugend und die Handlungsgehilfen einander oft in die Haare gerieten.

Denise war stehengeblieben, als sie den Namen Hutin hörte; und mit starrem Blick folgte sie dem schmalen Fahrzeug, sie suchte unter den Rudernden den jungen Mann, konnte jedoch nichts weiter erkennen als die weißen Flecke von zwei Frauen, von denen eine, die an der Ruderpinne saß, einen roten Hut aufhatte. Die Stimmen gingen unter im starken Rauschen des Flusses.

„Ins Wasser mit den Kneipbrüdern!"

„Mit den Ladenschwengeln ins Wasser, ins Wasser!"

Gegen Abend kehrte man in das Gasthaus auf der Insel zurück. Aber die Luft war zu kühl geworden, man mußte in einem der zwei geschlossenen Säle essen, wo Winterfeuchtigkeit noch die Tischtücher mit der Frische nasser Wäsche durchtränkte. Schon um sechs Uhr reichten die Tische nicht mehr aus, die Spaziergänger beeilten sich, suchten eine freie Ecke; und die Kellner brachten noch immer Stühle und Bänke herbei, rückten die Teller näher aneinander, pferchten die Leute zusammen. Jetzt war es zum Ersticken, man ließ die Fenster öffnen. Draußen verblaßte das Tageslicht, eine grünliche Dämmerung sank so schnell aus den Pappeln herab, daß der Wirt, für solche Mahlzeiten unter Dach und Fach schlecht ausgerüstet, auf jeden Tisch eine Kerze stellen lassen mußte, denn Lampen besaß er nicht. Der Lärm war ohrenbetäubend, Gelächter, Rufe, Geschirrgeklapper; im Wind, der durch die Fenster hereinwehte, flackerten die Kerzen und tropften sehr, während in der vom Geruch der Speisen noch schwüler gewordenen Luft, durch die zuweilen ein eisiger Windstoß fuhr, Nachtfalter umherflatterten.

„Wie die sich amüsieren!" sagte Pauline, in ein Fischgericht vertieft, das sie ausgezeichnet fand. Und sie beugte sich vor, um hinzuzufügen: „Haben Sie nicht Herrn Albert erkannt, dahinten?"

Es war in der Tat der junge Lhomme, umgeben von drei zweideutigen Frauenzimmern, einer alten Dame mit gelbem Hut, von dem gemeinen Aussehen einer Kupplerin, und zwei minderjährigen Dingern, Mädchen von dreizehn oder vierzehn Jahren, von peinlicher Unverfrorenheit, die auf ihren Stühlen hin und her rutschten. Er war bereits sehr betrunken, klopfte mit seinem Glas auf den Tisch und deutete an, daß er den Kellner verprügeln würde, wenn der nicht sofort Likör brächte.

„Ei", sagte Pauline, „das ist eine feine Familie! Die Mutter in Rambouillet, der Vater in Paris und der Sohn in Joinville ... Die treten einander nicht auf die Füße."

Denise, die den Lärm abscheulich fand, lächelte dennoch, genoß die Freude, bei solchem Radau nicht mehr denken zu können. Aber ganz plötzlich erhob sich im anstoßenden Saal ein Geschrei, dem wohl Ohrfeigen folgten, denn man hörte Gepolter, stürzende Stühle, einen wahren Kampf, in dem die gleichen Rufe wie zuvor auf dem Fluß wiederkehrten.

„Ins Wasser mit den Ladenschwengeln!"

„Die Kneipbrüder ins Wasser, ins Wasser!"

Und als die grobe Stimme des Schankwirts den Streit zum Abklingen gebracht hatte, erschien plötzlich Hutin. In roter Matrosenbluse, eine Kappe ganz weit nach hinten auf den Schädel gestülpt, hatte er das große weißgekleidete Mädchen am Arm, das das Steuer geführt und sich, um die Farben der Jolle zu tragen, einen Tuff Mohnblumen hinters Ohr gesteckt hatte. Laute Rufe und Beifallklatschen begrüßten sie, als sie eintraten; und er strahlte, er wölbte die Brust heraus und wiegte sich in schlingerndem Seemannsgang, ostentativ zeigte er seine eine Backe, die von einem Fausthieb blau angelaufen war, und war ganz geschwollen vor Freude darüber, daß er auffiel. Den beiden folgte die Mannschaft. Ein Tisch wurde im Sturm genommen, das Getöse wurde fürchterlich.

„Es scheint", erklärte Baugé, nachdem er auf die Gespräche in seinem Rücken gelauscht hatte, „es scheint, die Studenten haben das Weibsbild wiedererkannt, das Hutin bei sich hat, eine Frau, die früher in unserem Stadtviertel wohnte und zur Zeit in einem Tingeltangel am Montmartre singt. Und dann hat man sich ihretwegen geprügelt ... Diese Studenten, die bezahlen die Frauen nie!"

„Jedenfalls", sagte Pauline mit hochmütiger Miene, „ist die da reichlich häßlich mit ihrem feuerroten Haar ... Ich weiß freilich nicht, wo Herr Hutin sie aufgabelt, aber die einen sind immer noch garstiger als die anderen."

Denise war blaß geworden. Eisige Kälte durchdrang sie, als wiche das Blut Tropfen für Tropfen aus ihrem Herzen. Bereits auf dem Steilufer hatte sie angesichts der flinken Jolle einen ersten Schauer verspürt; und jetzt konnte sie nicht daran zweifeln, dieses Mädchen stand mit Hutin auf gutem Fuß. Mit zugeschnürter Kehle und zitternden Händen saß sie da und aß nicht weiter.

„Was fehlt Ihnen?" fragte ihre Freundin.

„Nichts", stammelte sie, „es ist ein wenig heiß hier."

Aber der Tisch Hutins war in ihrer Nähe, und als dieser Baugé bemerkt hatte, den er kannte, begann er mit gellender Stimme eine Unterhaltung, um den Saal weiterhin zu beschäftigen.

„Sagen Sie mal", schrie er, „sind Sie im ‚Bon Marché' immer tugendhaft?"

„Nicht so besonders", erwiderte der andere und wurde sehr rot.

„Gehen Sie doch! Die nehmen nur Jungfrauen und haben einen ständigen Beichtstuhl für die Verkäufer, die die Mädchen anschauen ... Ein Haus, in dem Ehen geschlossen werden, schönsten Dank!"

Gelächter klang auf. Liénard, der zu der Bootsmannschaft gehörte, fügte hinzu:

„Das ist nicht wie im ‚Louvre' ... Da gibt's eine besondere Hebamme für die Konfektionsabteilung. Ehrenwort!"

Die Heiterkeit steigerte sich noch. Sogar Pauline platzte heraus, so drollig kam ihr das mit der Hebamme vor. Aber Baugé wurmten die Scherze über die Unschuld in seiner Firma. Auf einmal schoß er los:

„Als ob Sie es im ‚Paradies der Damen' gut hätten! Wegen eines Wortes werden Sie vor die Tür gesetzt, und einen Chef haben Sie, der so aussieht, als ob er mit seinen Kundinnen anzubandeln versuchte!"

Hutin hörte ihm nicht mehr zu, sondern stimmte ein Loblied auf das „Place Clichy“ an. Er kenne dort ein junges Mädchen, das so sittsam sei, daß die Käuferinnen sich nicht an sie zu wenden wagten, aus Angst, sie dadurch zu erniedrigen. Dann schob er sein Gedeck zusammen und erzählte, er habe in der letzten Woche hundertfünfzig Francs verdient, oh, eine überwältigende Woche, Favier sei nicht über zweiundfünfzig Francs hinausgekommen, die ganze Reihe der Verkäufer habe er besiegt: und das sähe man ja wohl, nicht wahr? Er verfresse das Geld, er werde nicht schlafen gehen, bevor er nicht mit den hundertfünfzig Francs aufgeräumt habe. Da er angetrunken war, zog er dann über Robineau her, diesen Schwachmatikus von Zweitem, der so tue, als nähme er eine Sonderstellung ein, was so weit gehe, daß er sich nicht mit einem der Verkäufer auf der Straße zeigen wolle.

„Halten Sie den Mund“, sagte Liénard, „Sie reden zuviel, mein Lieber.“

Die Hitze hatte noch zugenommen, von den Kerzen tropfte es auf die vom Wein befleckten Tischtücher; und als das Lärmen der Speisenden plötzlich abschwoll, drang durch die offenen Fenster eine ferne, anhaltende Stimme herein, die Stimme des Flusses und der hohen Pappeln, die in dem stillen Abend einschlummerten. Baugé hatte um die Rechnung gebeten, denn er sah, daß es Denise nicht besser wurde, sie war totenblaß, und ihr Kinn zuckte, weil sie krampfhaft die Tränen zurückhielt. Aber der Kellner erschien nicht wieder, und sie mußte noch länger Hutins Stimmaufwand ertragen. Jetzt behauptete er, er sei schicker als Liénard, denn Liénard verbrauche einfach das Geld seines Vaters, während er von dem verdienten Geld, der Frucht seiner Gescheitheit, lebe. Endlich bezahlte Baugé, und die beiden Frauen gingen hinaus.

„Da ist eine aus dem ‚Louvre‘“, murmelte Pauline im ersten Saal, auf ein großes, schmächtiges Mädchen blickend, die sich den Mantel anzog.

„Du kennst sie nicht, du weißt nichts von ihr“, sagte der junge Mann.

„So, wie die aussieht und wie sie sich in ihren Mantel hüllt! –

Vom Rayon mit der Hebamme, das kannst du mir glauben! Wenn sie es gehört hat, muß sie sehr zufrieden sein!"

Und nun waren sie draußen. Denise seufzte erleichtert auf. Sie hatte geglaubt, in der erstickenden Hitze, bei all dem Geschrei umzukommen, und noch immer erklärte sie ihr schlechtes Befinden mit Luftmangel. Jetzt atmete sie tief. Kühle sank vom gestirnten Himmel herab. Als die beiden jungen Mädchen den Garten des Restaurants verließen, murmelte im Dunkeln eine schüchterne Stimme:

„Guten Abend, meine Damen."

Es war Deloche. Sie hatten nicht gesehen, daß er hinten im ersten Saal allein aß, nachdem er zu seinem Vergnügen zu Fuß von Paris hierhergekommen war. Als Denise die Stimme dieses freundlichen Menschen erkannte, gab sie in ihrem leidenden Zustand unwillkürlich dem Bedürfnis nach einer Stütze nach.

„Sie fahren mit uns zurück, Herr Deloche", sagte sie. „Geben Sie mir Ihren Arm."

Pauline und Baugé waren schon vorausgegangen. Sie wunderten sich. Sie hatten nicht gedacht, daß es so kommen würde, und noch dazu mit diesem jungen Burschen. Da man jedoch noch eine Stunde Zeit hatte, bis man in den Zug steigen mußte, gingen sie bis ans Ende der Insel, unter den hohen Bäumen wanderten sie am Steilufer entlang, und von Zeit zu Zeit wandten sie sich um und flüsterten:

„Wo stecken sie denn? Ah, dort ... Das ist denn doch sonderbar."

Anfangs hatten Denise und Deloche geschwiegen. Allmählich verebbte der Lärm des Restaurants zu einer sanften Musik weit weg in der Dunkelheit; und sie drangen tiefer in die Kühle unter den Bäumen vor, noch fieberheiß von jener Glut, deren Kerzen eine nach der anderen hinter dem Laub erloschen. Vor ihnen stand gleichsam eine Mauer aus Finsternis, eine Schattenmasse, die so kompakt war, daß sie nicht einmal die bleiche Spur des Fußpfades erkannten. Doch sie schritten ruhig dahin, ohne Furcht. Dann gewöhnten sich ihre Augen an das Dunkel, zu ihrer Rechten sahen sie die Stämme der Pappeln, die gleich düsteren

Säulen den Dom ihrer von Sternen wimmelnden Zweige trugen, während in der Nähe des rechten Ufers das Wasser zuweilen in der Finsternis aufschimmerte wie eine blanke Zinnfläche. Der Wind hatte sich gelegt, sie vernahmen nur noch das Rauschen des Flusses.

„Ich bin sehr froh, daß ich Sie getroffen habe", stammelte schließlich Deloche, der sich als erster zum Sprechen entschloß. „Sie wissen nicht, welche Freude Sie mir damit machen, daß Sie mir erlauben, Sie zu begleiten." Und im Schutz der Dunkelheit wagte er nach vielen verworrenen Worten auszusprechen, daß er sie liebe. Schon lange habe er es ihr schreiben wollen; und vielleicht hätte sie es nie erfahren ohne diese schöne hilfreiche Nacht, ohne dies rauschende Wasser und diese Bäume, die sie mit dem Vorhang ihrer Schatten verhüllten. Dennoch antwortete sie nicht, sie ging noch immer mit demselben Leidensschritt an seinem Arm weiter. Als er versuchte, ihr ins Gesicht zu sehen, hörte er ein leises Schluchzen. „O mein Gott", sagte er, „Sie weinen, Fräulein, Sie weinen ... Habe ich Sie etwa gekränkt?"

„Nein, nein", murmelte sie. Sie bemühte sich, die Tränen zurückzuhalten, vermochte es aber nicht. Schon bei Tisch hatte sie geglaubt, das Herz müsse ihr zerspringen. Und jetzt, in dieser Dunkelheit, ließ sie sich gehen, das Schluchzen erstickte sie fast bei dem Gedanken, daß sie, wenn Hutin sich an Deloches Stelle befände und ihr von Liebe spräche, schwach werden würde. Dieses Eingeständnis, das sie sich endlich machte, erfüllte sie mit Verwirrung. Scham stieg ihr brennend ins Gesicht, als sei sie unter diesen Bäumen in die Arme jenes jungen Mannes gesunken, der mit seinen Frauenzimmern großtat.

„Ich wollte Sie nicht kränken", wiederholte Deloche, dem ebenfalls die Tränen kamen.

„Nein, hören Sie", sagte sie mit noch bebender Stimme, „ich hege keinerlei Groll gegen Sie. Nur bitte ich Sie, sprechen Sie nicht mehr so zu mir, wie Sie es soeben getan haben ... Was Sie verlangen, ist unmöglich. Oh, Sie sind ein braver Junge, ich will gern Ihre Freundin sein, aber mehr nicht ... Verstehen Sie, Ihre Freundin!"

Ein Schauer überlief ihn. Nachdem sie schweigend ein paar Schritte weitergegangen waren, stammelte er: „Kurz, Sie lieben mich nicht?" Und da sie ihm den Kummer eines schonungslosen Nein ersparte, fing er mit sanfter und schmerzerfüllter Stimme wieder an: „Übrigens habe ich das erwartet ... Noch nie habe ich Glück gehabt, ich weiß, daß ich nicht glücklich werden kann. Zu Hause hat man mich geprügelt. In Paris habe ich stets als Sündenbock herhalten müssen. Sehen Sie, wenn man es nicht versteht, den anderen ihre Geliebten wegzunehmen, und wenn man nicht geschickt genug ist, um ebensoviel Geld zu verdienen wie sie, nun wohl, am besten würde man sofort in einem Winkel krepieren ... Oh, seien Sie unbesorgt! Ich werde Ihnen nicht mehr lästig fallen. Sie zu lieben können Sie mich nicht hindern, nicht wahr? Ich werde Sie unvergolten lieben, wie ein Tier ... So ist's, mir geht alles schief, das ist mein Teil im Leben." Jetzt weinte auch er.

Sie tröstete ihn, und aus ihren freundschaftlichen Herzensergüssen erfuhren sie, daß sie aus derselben Gegend stammten, sie aus Valognes, er aus dem dreizehn Kilometer davon entfernten Briquebec. Das knüpfte ein neues Band zwischen ihnen. Sein Vater, ein in dürftigen Verhältnissen lebender kleiner Gerichtsbote von krankhafter Eifersucht, verprügelte ihn und schimpfte ihn Bastard, außer sich über das lange blasse Gesicht dieses Sohnes und seine hanffarbenen Haare, die, wie er zu sagen pflegte, in seiner Familie nicht vorkämen. Schließlich sprachen sie von den großen, von lebenden Hecken umgebenen Weideplätzen, von den schattigen Pfaden, die sich unter den Ulmen verlieren, von den wie Parkwege mit Gras bewachsenen Landstraßen. Das Dunkel um sie her wurde ein wenig heller, sie unterschieden die Binsen am Ufer, das Spitzengewebe der Schatten, das schwarz vor dem Gefunkel der Sterne hing; eine Beruhigung kam über sie, und da ihr Unglück sie einander in kameradschaftlicher Freundschaft nähergebracht hatte, vergaßen sie ihre Schmerzen.

Als sie am Bahnhof angelangt waren, zog Pauline Denise beiseite und fragte eindringlich:

„Na und?"

Aus ihrem Lächeln und dem Ton zärtlicher Neugier begriff Denise. Sie errötete tief und erwiderte:

„Niemals, meine Liebe! Ich habe Ihnen doch gesagt, daß ich das nicht will! — Er ist aus meiner Heimat. Wir haben von Valognes geplaudert."

Pauline und Baugé waren völlig verblüfft, all ihre Vorstellungen gerieten ins Wanken, sie wußten nicht mehr, was sie denken sollten. Auf dem Place de la Bastille trennte sich Deloche von ihnen; wie alle in Kost und Logis stehenden jungen Leute schlief er im Geschäftshaus, wo er sich um elf Uhr einfinden mußte. Da Denise, die sich Erlaubnis zu einem Theaterbesuch hatte geben lassen, nicht mit ihm zusammen zurückkommen wollte, willigte sie ein, mit Pauline und Baugé zu gehen. Um seiner Geliebten näher zu sein, war er in die Rue Saint-Roch gezogen. Man nahm eine Droschke, und Denise war höchst erstaunt, als sie unterwegs erfuhr, daß ihre Freundin die Nacht bei dem jungen Mann verbringen wollte. Nichts sei leichter als das, man gebe Frau Cabin fünf Francs, alle Fräuleins nutzten diese Möglichkeit. Baugé hieß die Gäste in seinem Zimmer willkommen; es war mit alten Empiremöbeln eingerichtet, die ihm sein Vater geschickt hatte. Er wurde ärgerlich, als Denise von Abrechnen sprach, nahm aber schließlich doch die fünfzehn Francs sechzig an, die sie auf die Kommode gelegt hatte; dann aber wollte er ihr eine Tasse Tee anbieten, und er plagte sich mit einem Spirituskocher ab, war genötigt, nochmals nach unten zu gehen, um Zucker zu kaufen. Es schlug Mitternacht, als er die Tassen füllte.

„Ich muß jetzt gehen", erklärte Denise.

Und Pauline erwiderte:

„Bald ... So früh sind die Theater nicht aus."

Denise fühlte sich in diesem Junggesellenzimmer befangen. Sie hatte gesehen, wie ihre Freundin das Kleid ablegte und in Korsett und Unterrock herumlief; sie sah zu, wie jene das Bett zurechtmachte, die Decke zurückschlug, mit bloßen Armen die Kopfkissen aufschüttelte; und daß dieser kleine Haushalt vor ihren Augen für eine Liebesnacht vorbereitet wurde, machte sie verlegen, erfüllte sie mit Scham, weil es in ihrem verwundeten Herzen von neuem die Erinnerung an Hutin weckte. Das war an solchen Tagen nicht gerade gut für sie. Eine Viertelstunde nach Mitternacht verließ sie die beiden endlich. Aber sie schied bestürzt, weil Pauline auf ihren harmlosen Gutenachtwunsch hin leichtfertig rief: „Danke, es wird bestimmt eine gute Nacht!"

Der Privateingang, der zu Mourets Wohnung führte und zu den Zimmern der Angestellten, befand sich in der Rue Neuve-Saint-Augustin. Frau Cabin öffnete die Tür, indem sie an einer Schnur zog, und warf einen Blick hinaus, um die Rückkehr zu notieren. Der Hausflur war nur schwach von einem Nachtlicht erhellt. Von Unruhe ergriffen, zögerte Denise in diesem matten Schein, denn als sie um die Ecke der Straße gebogen war, hatte sie gesehen, wie die Tür sich hinter dem undeutlichen Schatten eines Mannes schloß. Das mußte der Chef gewesen sein, der von einer Abendgesellschaft nach Hause kam; und die Vorstellung, daß er vielleicht dort irgendwo im Dunkeln stand und auf sie wartete, rief in ihr jenes seltsame Angstgefühl hervor, durch das er sie noch immer ohne jeden vernünftigen Grund aus der Fassung brachte. Irgend jemand bewegte sich im ersten Stock, Stiefel knarrten. Da verlor sie den Kopf, sie stieß eine Tür auf, die in die Ladenräume führte und die man für die Kontrollgänge der Wächter offenzulassen pflegte. Sie war in der Abteilung der bunten Baumwollzeuge aus Rouen.

„Mein Gott, was tue ich nur?" stammelte sie in ihrer Aufregung.

Es fiel ihr ein, daß es oben noch eine Verbindungstür gab, die zu den Schlafkammern führte. Nur mußte man dorthin durch den ganzen Laden gehen. Trotz der Finsternis, in der die Galerien versanken, zog sie diesen weiten Weg vor. Keine einzige Gasflamme brannte; nur einige Petroleumlampen hingen hier und da an den Armen der Kronleuchter; und diese spärlichen Lichter, die gelben Flecken glichen und deren Strahlen vom Dunkel verschluckt wurden, sahen wie in Bergwerksstollen aufgehängte Laternen aus. Große Schatten wogten überall, man konnte kaum die aufgetürmten Waren erkennen, die erschreckende Umrisse bekamen, zu gestürzten Säulen, kauernden Tieren, auf der Lauer liegenden Dieben wurden. Die lastende Stille, von fernen Atemzügen unterbrochen, ließ die Finsternis noch ausgedehnter erscheinen. Dennoch fand sich Denise zurecht: die Weißwaren zu ihrer Linken bildeten einen bleichen Strom von dem bläulichen Ton, den die Häuser einer Straße unter einem Sommerhimmel annehmen; dann wollte sie sogleich die Halle durchqueren, aber sie stieß gegen den Stapel von Indienne und hielt es für sicherer, durch die Strumpfwarenabteilung und anschließend durch den Wollrayon zu gehen. Dort beunruhigte sie ein Donnergrollen, das sonore Schnarchen Josephs, des Ladendieners, der hinter den Trauerartikeln schlief. Sie stürzte schnell in die Halle, die das Glasdach mit einem Dämmerschein erhellte; sie schien größer geworden und war mit der Reglosigkeit ihrer Regale und den Silhouetten der großen Meterstäbe, die umgestürzte Kreuze zeichneten, voll des nächtlichen Schreckens von Kirchen. Jetzt ergriff sie die Flucht. In der Kurzwarenabteilung, bei den Handschuhen, wäre sie fast noch auf Ladendiener getreten, und sie glaubte sich erst gerettet, als sie endlich die Treppe fand. Aber oben vor der Konfektionsabteilung wurde sie von Entsetzen gepackt, denn sie bemerkte eine Laterne, deren zwinkerndes Auge sich fortbewegte: es waren zwei Feuerwehrleute auf ihrem Rundgang, die gerade dabei waren, ihren Weg auf den Steckkarten der Kontrolluhren zu verzeichnen. Einen Augenblick lang stand sie da, ohne zu begreifen, sie sah, wie die Männer von den Schals zu den Möbeln, dann in die Wäscheabteilung gingen; Angst befiel sie bei diesem seltsamen Vorgang, dem Knirschen der Schlüssel, dem mörderischen Lärm, mit dem die Blechtüren zufielen. Als sie näher kamen, suchte sie hinten im Spitzensalon Zuflucht, von wo der plötzliche Ruf einer Stimme sie sogleich wieder vertrieb, und erreichte dann im Laufschritt die Verbindungstür. Sie hatte Deloches Stimme erkannt, er nächtigte in seinem Rayon auf einem kleinen eisernen Bett, das er jeden Abend selber aufstellte; und er schlief noch nicht, sondern lag mit offenen Augen da und durchlebte nochmals die süßen Stunden des Abends.

„Nanu, Sie sind das, Fräulein!" sagte Mouret, dem sich Denise im Treppenhaus gegenübersah und der eine kleine Taschenlampe in der Hand hatte.

Sie begann zu stammeln, wollte erklären, sie habe etwas aus ihrem Rayon holen wollen. Doch er wurde nicht böse, er sah sie in seiner väterlichen und zugleich neugierigen Art an.

„Sie durften wohl ins Theater gehen?"

„Ja, Herr Mouret."

„Und haben Sie sich gut unterhalten? – In welchem Theater waren Sie?"

„Ich war auf dem Lande, Herr Mouret."

Da mußte er lachen. Dann fragte er, die Worte nachdrücklich betonend:

„Ganz allein?"

„Nein, Herr Mouret, mit einer Freundin", antwortete sie, die Wangen purpurrot vor Scham, weil sie spürte, was er zweifellos dachte.

Darauf schwieg er. Aber er sah sie noch immer an, wie sie da in ihrem schwarzen Kleidchen und dem nur mit einem blauen Band garnierten Hut vor ihm stand. Würde aus diesem Naturkind schließlich doch ein hübsches Mädchen werden? Ein angenehmer Duft ging nach ihrem Ausflug in der frischen Luft von ihr aus, sie war reizend mit ihrem schönen, sich über der Stirn vor Angst sträubenden Haar. Und er, der sie seit sechs Monaten wie ein Kind behandelte, der ihr manchmal Ratschläge erteilte, weil er sich von den Gedanken an einen Versuch überwältigen ließ, von einer bösen Lust, zu erfahren, wie sich eine Frau in Paris entwikkelte und zugrunde richtete, er lachte nicht mehr, er empfand ein unerklärliches, mit Zärtlichkeit gemischtes Gefühl der Verwunderung und Angst. Zweifellos hatte sie einen Liebhaber, daß sie soviel schöner wurde. Bei dieser Vorstellung war ihm, als hätte ein Lieblingsvogel, mit dem er zu spielen pflegte, ihn bis aufs Blut gepickt.

„Gute Nacht, Herr Mouret", flüsterte Denise und stieg, ohne eine Erwiderung abzuwarten, weiter die Treppe hinauf.

Er antwortete nicht, sah ihr nach, bis sie verschwand. Dann ging er in seine Wohnung.

## KAPITEL VI

Als die tote Zeit des Sommers gekommen war, durchwehte Paniksturm das „Paradies der Damen". Das kam von dem Schreckgespenst der Entlassungen, der Massenkündigungen, womit die Geschäftsleitung Auskehr im Hause hielt, in dem sich während der Juli- und Augusthitze kaum Kunden zeigten.

Mouret nahm sich jeden Morgen, wenn er seinen Inspektionsgang mit Bourdoncle machte, die Rayonvorsteher einzeln vor; den Winter über hatte er sie, damit der Verkauf nicht Not litt, dazu veranlaßt, mehr Verkäufer einzustellen, als sie brauchten, unter der Bedingung, später nur die Besten zu behalten. Jetzt handelte es sich darum, die Unkosten zu verringern, indem man ein gutes Drittel der Kommis auf die Straße setzte, die Schwachen, die sich von den Starken ins Verderben stürzen ließen.

„Überlegen Sie mal", sagte er, „Sie haben da noch welche, mit denen Ihnen nicht gedient ist ... Die kann man nicht behalten, damit sie hier mit hängenden Armen herumstehen." Und wenn der Rayonvorsteher zögerte, weil er nicht wußte, wen er opfern sollte, erklärte Mouret: „Tun Sie, was Sie für das beste halten, sechs Verkäufer müssen Ihnen genügen ... Im Oktober können Sie wieder welche einstellen, es laufen genug beschäftigungslos herum."

Im übrigen übernahm Bourdoncle die Rolle des Exekutors. Aus seinem schmalen Mund kam das schreckliche „Gehen Sie zur Kasse!", das wie ein Axthieb niederfiel. Alles wurde ihm zum Vorwand, unter den Angestellten aufzuräumen. Er erfand Missetaten, machte sich die geringfügigsten Nachlässigkeiten zunutze. „Sie haben sich hingesetzt, Herr: gehen Sie zur Kasse. – Mir scheint, Sie geben Widerworte: gehen Sie zur Kasse! – Ihre Schuhe sind nicht geputzt: gehen Sie zur Kasse!" Und selbst die Tapferen zitterten angesichts des Massakers, das er hinter sich zurückließ. Da der Mechanismus nicht schnell genug funktionierte, hatte er sich eine Falle ausgedacht, mit deren Hilfe er binnen weniger Tage mühelos die im voraus verurteilte Anzahl von Verkäufern abwürgte. Von acht Uhr an stand er am Eingang, die Uhr in der Hand, und bei drei Minuten Verspätung zerschmetterte das unerbittliche „Gehen Sie zur Kasse!“ die atemlosen jungen Leute. Das war rasche und gründliche Arbeit.

„Sie haben ein dreckiges Gesicht!“ sagte er schließlich eines Tages zu einem armen Teufel, dessen schiefe Nase ihn reizte. „Gehen Sie zur Kasse!“

Die Bevorzugten erhielten vierzehn Tage Urlaub, den man ihnen nicht bezahlte, was eine humanere Art war, die Unkosten zu verringern. Übrigens nahmen die Verkäufer unter der Peitsche der Not und der Gewohnheit ihre unsichere Lage hin. Von ihrer Ankunft in Paris an zogen sie hier von einer Stellung zur anderen, begannen in der einen Firma ihre Lehrzeit, beendigten sie in einer anderen, wurden entlassen oder gingen ganz plötzlich freiwillig fort, wenn es sie vorteilhaft dünkte. In der Fabrik herrschte Arbeitsmangel, also brachte man die Arbeiter um das tägliche Brot; und all das geschah beim unbeteiligten Gang der Maschine, die überflüssigen Teile des Getriebes wurden unbekümmert beiseite geworfen wie eiserne Räder, denen man keinerlei Dank für die geleisteten Dienste bewahrt. Um so schlimmer für diejenigen, die sich nicht darauf verstanden, sich ihren Anteil zu sichern!

Jetzt war in den Abteilungen von nichts anderem mehr die Rede. Jeden Tag machten neue Geschichten die Runde. Man nannte die entlassenen Verkäufer, wie man in Zeiten einer Epidemie die Toten zählt. Den Rayon für Schals und den für Wollwaren traf es besonders schwer: sieben Kommis verschwanden dort innerhalb einer Woche. Dann versetzte eine traurige Begebenheit die Wäscheabteilung in Aufregung, wo es einer Käuferin schlecht geworden war, weil, wie sie behauptete, das sie bedienende Fräulein Knoblauch gegessen habe; und diese wurde unverzüglich weggejagt, obwohl sie, da sie unzureichend ernährt und stets hungrig war, lediglich gesammeltes altes Brot in der Abteilung aufgegessen hatte. Bei der geringsten Klage der Kundinnen ging die

Direktion unbarmherzig vor; man ließ keinerlei Entschuldigung gelten, der Angestellte hatte immer unrecht, mußte verschwinden wie ein schadhaftes Gerät, das dem guten Ablauf des Verkaufs abträglich war; und die Kollegen duckten sich, machten nicht einmal den Versuch, ihn zu verteidigen. Bei der herrschenden Panik zitterte jeder für sich selber: als Mignot eines Tages entgegen der Hausordnung ein Paket unter seinem Gehrock mitnahm, wäre er fast erwischt worden und glaubte, sofort auf die Straße zu fliegen; Liénard, dessen Faulheit berüchtigt war, verdankte es der Stellung seines Vaters im Modewarenhandel, daß er nicht vor die Tür gesetzt wurde, als ihn Bourdoncle eines Nachmittags dabei antraf, wie er im Stehen zwischen zwei Stapeln englischem Samt schlief. Vor allem aber waren die Lhommes in Sorge, rechneten jeden Morgen mit der Entlassung Alberts: man war sehr unzufrieden mit der Art und Weise, in der er seine Kasse führte, Frauen kamen und lenkten ihn ab, und zweimal mußte Frau Aurélie die Direktion beschwichtigen.

Denise aber fühlte sich durch dieses Auskehrhalten so bedroht, daß sie in ständiger Erwartung einer Katastrophe lebte. Ihr Mut, die ganze Heiterkeit und Vernunft, womit sie dagegen ankämpfte, sich von den Krisen ihrer zarten Natur überwältigen zu lassen, halfen ihr nichts: Tränen machten sie blind, sobald sie die Tür ihrer Kammer geschlossen hatte, sie war ganz trostlos, wenn sie sich vorstellte, wie sie, mit ihrem Onkel überworfen, auf der Straße liegen und nicht wissen würde, wohin sie gehen sollte, ohne einen Sou Ersparnisse, während sie die beiden Kinder auf dem Halse hatte. Die Empfindungen der ersten Wochen wurden wieder in ihr wach, sie kam sich vor wie ein Hirsekorn unter einem gewaltigen Mühlstein; und ein Gefühl der Entmutigung und Verlassenheit erfüllte sie in dem Bewußtsein, in der großen Maschine, die sie mit ihrer gelassenen Gleichgültigkeit zermalmen würde, so bedeutungslos zu sein. Keine Täuschung war möglich: sollte eine Verkäuferin aus der Konfektion entlassen werden, so war sie im voraus dazu bestimmt. Zweifellos hatten die Fräuleins auf dem Ausflug nach Rambouillet Frau Aurélie den Kopf heiß gemacht, denn diese behandelte sie seitdem mit einer Strenge, in der etwas wie Gehässigkeit lag. Man verzieh es ihr überdies nicht, daß sie nach Joinville gefahren war; man erblickte eine Auflehnung, gewissermaßen eine Verhöhnung der ganzen Abteilung darin, daß sie sich außerhalb des Hauses mit einem Fräulein des feindlichen Rayons hatte sehen lassen. Noch nie hatte Denise in ihrem Rayon mehr zu leiden gehabt, und nun gab sie die Hoffnung auf, ihn zu gewinnen.

„Lassen Sie sie doch laufen!" sagte Pauline immer wieder. „Zierpuppen sind das, dumm wie Gänse!"

Aber gerade diese damenhaften Allüren waren das, was das junge Mädchen einschüchterte. Fast alle Verkäuferinnen nahmen bei der täglichen Berührung mit der reichen Kundschaft ein vornehmes Wesen an, bildeten schließlich eine nicht fest umrissene Klasse, hingen irgendwo zwischen der Arbeiterin und der Bürgersfrau in der Luft; und bei ihrer Kunst, sich zu kleiden, bei den eingelernten Manieren und Phrasen verfügten sie oft nur über eine sehr oberflächliche Bildung, begnügten sich mit der Lektüre kleiner Zeitungen, mit Tiraden aus Dramen, mit allen Albernheiten des Pariser Pflasters, die gerade im Schwang waren.

„Sie wissen doch, daß die schlecht Frisierte ein Kind hat", sagte eines Morgens Clara, als sie in den Rayon kam. Und da man erstaunt war: „Ich hab sie nämlich gestern abend den Knirps spazierenführen sehen! — Sie muß ihn irgendwo untergebracht haben."

Zwei Tage darauf verkündete Marguerite, als sie vom Essen heraufkam, eine andere Neuigkeit.

„Das ist eine saubere Geschichte, soeben habe ich den Verehrer der schlecht Frisierten gesehen ... Ein Arbeiter, stellen Sie sich das vor, ja, ein schmutziger kleiner Arbeiter mit gelben Haaren, der sie durchs Schaufenster belauert hat."

Von da an galt als ausgemachte Wahrheit: Denise hatte einen Tagelöhner zum Geliebten und hielt irgendwo im Stadtviertel ein Kind versteckt. Man überschüttete sie mit boshaften Anspielungen. Als sie deren Sinn zum erstenmal begriff, wurde sie totenblaß ob der Ungeheuerlichkeit solcher Unterstellungen. Das war abscheulich, sie wollte die Dinge erklären, sie stammelte:

„Aber das sind doch meine Brüder!"

„Oh, Ihre Brüder", sagte Clara mit ihrer spöttischen Stimme. Frau Aurélie mußte eingreifen.

„Schweigen Sie, meine Damen. Sie täten besser daran, diese Preisschilder auszuwechseln ... Es steht Fräulein Baudu durchaus frei, sich außerhalb des Hauses schlecht aufzuführen. Wenn sie nur wenigstens hier etwas leistet!"

Und diese dürre Verteidigung war eine Verurteilung. Das junge Mädchen, dem es den Atem verschlug, als habe man es eines Verbrechens beschuldigt, versuchte vergeblich, die Tatsachen darzulegen. Man lachte, man zuckte mit den Schultern. Das verwundete ihr Herz tief. Deloche wurde, als sich das Gerücht verbreitete, so empört, daß er davon sprach, die Fräuleins der Konfektion ohrfeigen zu wollen; und einzig die Angst, Denise zu gefährden, hielt ihn davon zurück. Seit dem Abend in Joinville empfand er für sie eine unterwürfige Liebe, eine fast fromme Freundschaft, die er ihr dadurch zu erkennen gab, daß er sie anblickte wie ein treuer Hund. Niemand durfte etwas von ihrer gegenseitigen Zuneigung ahnen, denn man hätte sich über sie lustig gemacht; aber das hinderte ihn nicht daran, von jähen Gewalttaten zu träumen, dem Schlag der Rächerfaust, falls man sich jemals in seiner Gegenwart an ihr vergreifen sollte.

Denise antwortete schließlich gar nicht mehr. Es war zu widerwärtig, niemand würde ihr glauben. Wenn eine Kollegin eine neue Anspielung wagte, begnügte sich Denise damit, sie mit trauriger und ruhiger Miene anzusehen. Zudem hatte sie anderen Kummer, materielle Sorgen, die sie stärker beschäftigten. Jean nahm noch immer keine Vernunft an, er bedrängte sie ständig mit Bitten um Geld. Selten verging eine Woche, ohne daß er ihr in einem vierseitigen Brief einen ganzen Roman erzählte; und wenn der Postverteiler der Firma ihr diese Briefe mit der großen, leidenschaftlichen Schrift einhändigte, ließ sie sie rasch in ihrer Tasche verschwinden, denn die Verkäuferinnen beliebten dann zu lachen und halblaut schlüpfrige Liedchen zu summen. Hatte sie dann irgendwelche Vorwände gefunden, um weggehen und die Briefe am anderen Ende der Ladenräume entziffern zu können, so wurde sie von Schrecken erfaßt: dieser arme Jean schien ihr verloren. Keine seiner Vorspiegelungen, seltsame Abenteuer, deren Gefahren sie in ihrer Unkenntnis dieser Dinge noch übertrieb, verfehlte ihre Wirkung auf sie. Einmal handelte es sich um ein Vierzigsousstück, um der Eifersucht einer Frau zu entgehen, ein andermal um fünf oder sechs Francs, die die Ehre eines armen Mädchens wiederherstellen sollten, sonst würde ihr Vater sie umbringen. Da Denises Gehalt und ihre Prozente nicht ausreichten, war sie darauf verfallen, sich außerhalb eine kleine Nebenbeschäftigung zu suchen. Sie hatte sich in dieser Sache Robineau anvertraut, für den sie seit ihrer ersten Begegnung bei Vinçard Sympathie hegte, und er hatte ihr die Möglichkeit verschafft, Krawattenschleifen für fünf Sous das Dutzend zu nähen. Nachts von neun bis ein Uhr konnte sie davon sechs Dutzend anfertigen, was ihr dreißig Sous einbrachte, von denen sie eine Kerze für vier Sous in Abzug bringen mußte. Doch diese sechsundzwanzig Sous täglich reichten zur Unterstützung Jeans, sie beklagte sich nicht über den Mangel an Schlaf und hätte sich für sehr glücklich gehalten, wenn nicht abermals eine Katastrophe ihren Voranschlag über den Haufen geworfen hätte. Als sie am Ende der zweiten vierzehn Tage die Krawattenhändlerin aufsuchte, fand sie die Tür verschlossen: sie hatte Konkurs gemacht, ein Bankrott, der Denise um achtzehn Francs, dreißig Centimes brachte, eine beträchtliche Summe, mit der sie seit acht Tagen fest gerechnet hatte. Alles, was sie in ihrem Rayon ausstehen mußte, versank angesichts dieses Mißgeschicks.

„Sie sind traurig", sagte Pauline zu ihr, die ihr in der Möbelgalerie begegnete. „Sagen Sie, brauchen Sie irgendwas?"

Aber Denise schuldete ihrer Freundin bereits zwölf Francs. Sie bemühte sich zu lächeln und antwortete:

„Nein, danke ... Ich habe schlecht geschlafen, das ist alles."

Es war am 20. Juli, auf dem Höhepunkt der Entlassungspanik. Von den vierhundert Angestellten hatte Bourdoncle schon fünfzig an die Luft gesetzt; und es ging das Gerücht, daß neue Exekutionen bevorständen. Denise dachte kaum an die drohenden Gefahren, sie war ganz erfüllt von tödlicher Angst durch ein neues

Abenteuer Jeans, ein noch schrecklicheres als die früheren. An diesem Tage brauchte er fünfzehn Francs, deren Übersendung das einzige sei, was ihn vor der Rache eines betrogenen Ehemannes retten könne. Tags zuvor hatte sie einen ersten Brief erhalten, der das Drama schilderte; dann waren Schlag auf Schlag zwei weitere gekommen, vor allem der letzte, den sie gerade zu Ende gelesen hatte, als Pauline ihr begegnete, und in dem Jean ihr ankündigte, daß er an diesem Abend nicht mehr unter den Lebenden sein würde, falls er die fünfzehn Francs nicht hätte. Sie zermarterte sich das Gehirn. Unmöglich, auf das Pensionsgeld für Pépé zurückzugreifen, da es vor zwei Tagen bezahlt worden war. Alles Unglück kam gleichzeitig, denn sie hatte gehofft, doch noch in den Besitz ihrer achtzehn Francs dreißig zu kommen, wenn sie sich an Robineau wandte, der möglicherweise die Krawattenhändlerin wieder ausfindig machen würde; aber Robineau, der einen zweiwöchigen Urlaub erhalten hatte, war nicht, wie erwartet, am Vortag zurückgekehrt.

Pauline jedoch fragte sie freundschaftlich weiter aus. Wenn beide so in einem entlegenen Rayon zusammentrafen, plauderten sie ein paar Minuten lang mit wachsam spähenden Blicken. Plötzlich machte die Wäscheverkäuferin eine Bewegung, als wolle sie flüchten: sie hatte soeben die weiße Krawatte eines Inspektors bemerkt, der aus der Abteilung für Schals kam.

„Ah, nein, das ist der alte Jouve“, flüsterte sie, wieder beruhigt. „Ich weiß nicht, was der Alte immer zu lachen hat, wenn er uns beisammen sieht . . . An Ihrer Stelle hätte ich ja Angst, denn er ist allzu nett zu Ihnen. Ein schrecklicher Stänkerer, ein furchtbar bösartiger Kerl, und er spricht immer so, als hätte er noch seine Soldaten vor sich!“

Den alten Jouve mochten in der Tat alle Verkäuferinnen nicht leiden, weil er sie so streng überwachte. Mehr als die Hälfte der Entlassungen war auf Grund seiner Berichte erfolgt. Seine große rote Nase, die Nase eines kneipfrohen Hauptmanns, bekam nur in den mit weiblichen Wesen besetzten Abteilungen etwas Menschliches.

„Weshalb sollte ich Angst haben?“ fragte Denise.

„Ei nun", erwiderte Pauline lachend, „vielleicht wird er einmal verlangen, daß Sie sich erkenntlich zeigen ... Mehrere der Fräuleins stellen sich gut mit ihm."

Jouve hatte sich entfernt und so getan, als habe er sie nicht gesehen; und sie hörten, wie er über einen Spitzenverkäufer herfiel, der sich des Vergehens schuldig machte, ein in der Rue Neuve-Saint-Augustin zusammengebrochenes Pferd zu betrachten.

„Da fällt mir ein", fing Pauline wieder an, „haben Sie nicht gestern Herrn Robineau gesucht? Er ist wieder da."

Denise glaubte sich gerettet.

„Danke, da werde ich einen Umweg durch die Seidenabteilung machen ... Um so besser! Man hat mich eines Zwickels wegen ins Atelier hinaufgeschickt."

Sie trennten sich. So, als eile sie geschäftig von Kasse zu Kasse, um einem Irrtum nachzuforschen, gelangte das junge Mädchen zur Treppe und stieg in die Halle hinunter. Es war Viertel vor zehn, soeben hatte es zur ersten Tafel geläutet. Drückende Sonne erhitzte das Glasdach, und trotz der Vorhänge aus grauem Leinen strömte die Hitze in die reglose Luft herab. Zuweilen stieg ein kühler Hauch vom Fußboden auf, den Ladendiener mit einem ganz dünnen Wasserstrahl sprengten. Schläfrigkeit, sommerliche Mittagsstille herrschten in den Abteilungen, die in ihrer Leere größer wirkten und Kapellen glichen, in denen nach der letzten Messe der Schatten schlummert. Verkäufer standen müßig herum, einige wenige Kundinnen gingen durch die Galerien, durchquerten die Halle mit dem kraftlosen Schritt von Frauen, die von der Sonne gepeinigt werden.

Als Denise nach unten kam, maß Favier gerade eine leichte Seide mit rosa Wickenblüten für Frau Boutarel ab, die tags zuvor aus Südfrankreich gekommen war. Seit dem Beginn des Monats ergossen sich die Departements nach Paris, man sah fast nur geschmacklos gekleidete Damen, gelbe Schals, grüne Röcke, den Massenzustrom aus der Provinz. Die Kommis verhielten sich gleichgültig, lachten nicht einmal mehr. Favier begleitete Frau Boutarel zu den Kurzwaren, und als er wieder erschien, sagte er zu Hutin:

„Gestern lauter Leute aus der Auvergne, heute lauter Provenzalen ... Der Kopf tut mir weh davon."

Aber Hutin stürzte weg, er war an der Reihe und hatte die „hübsche Dame" erkannt, jene reizende Blondine, die der Rayon so nannte, weil man nichts von ihr wußte, nicht einmal ihren Namen. Alle lächelten ihr zu, es verging keine Woche, ohne daß sie, stets allein, ins „Paradies" kam. Diesmal hatte sie einen kleinen Jungen von vier oder fünf Jahren bei sich. Darüber wurde geredet.

„Sie ist also verheiratet?" fragte Favier, als Hutin von der Kasse zurückkam, wo er einen Kassenzettel über dreißig Meter Satin Duchesse abgegeben hatte.

„Kann sein", antwortete jener, „obwohl dieser Knirps nichts beweist. Der kann auch einer Bekannten gehören ... Sicher ist nur, daß sie geweint haben muß. Oh, sie sah so traurig aus und hatte gerötete Augen!"

Es herrschte Schweigen. Die beiden Verkäufer blickten verloren in die weiten Ladenräume hinaus. Dann sagte Favier mit zögernder Stimme:

„Wenn sie verheiratet ist, hat ihr Mann sie vielleicht tüchtig geohrfeigt."

„Kann sein", wiederholte Hutin, „falls sie nicht ein Liebhaber im Stich gelassen hat." Und nach einem abermaligen Schweigen sagte er abschließend: „Mir ist das schnuppe!"

In diesem Augenblick kam Denise durch die Seidenabteilung, wobei sie den Schritt verlangsamte und um sich blickte, um Robineau zu entdecken. Sie sah ihn nicht, ging in die Weißwarengalerie, dann ein zweites Mal durch die Seidenabteilung. Den beiden Verkäufern war ihr Verhalten aufgefallen.

„Da ist dieses dürre Gestell schon wieder!" murmelte Hutin.

„Sie sucht Robineau", sagte Favier. „Ich weiß nicht, was sie zusammen aushecken. Oh, nichts Lustiges, dazu ist Robineau zu dumm ... Es heißt, er habe ihr eine kleine Arbeit beschafft, Krawattenschleifen. Ein feiner Handel, was?"

Hutin ersann eine Bosheit. Als Denise nahe an ihm vorbeiging, hielt er sie an und sagte:

„Suchen Sie mich?"

Sie wurde sehr rot. Seit dem Abend in Joinville wagte sie nicht mehr, ihr Herz zu erforschen, in dem verworrene Gefühle miteinander kämpften. Unaufhörlich sah sie ihn mit jenem rothaarigen Frauenzimmer vor sich, und wenn sie auch jetzt noch bei seinem Anblick erbebte, geschah es vielleicht aus Mißbehagen. Hatte sie ihn geliebt? Liebte sie ihn noch immer? Sie wollte diese Dinge, die ihr peinlich waren, nicht aufrühren.

„Nein, Herr Hutin", erwiderte sie verlegen.

Da machte sich Hutin über ihre Befangenheit lustig.

„Falls Sie ihn vorgelegt zu bekommen wünschen ... Favier, legen Sie dem Fräulein doch Robineau vor."

Sie sah ihn fest an, mit dem traurigen und ruhigen Blick, mit dem sie die kränkenden Anspielungen der Fräuleins entgegenzunehmen pflegte. Ach, er war schlecht, er beleidigte sie genauso wie die anderen. Und es war, als durchfahre sie ein scharfer Schmerz, als zerrisse ein letztes Band. Aus ihrem Gesicht sprach solches Leid, daß Favier, obgleich von Natur wenig feinfühlig, ihr zu Hilfe kam.

„Herr Robineau ist fortgegangen, um neue Ware zu beschaffen", sagte er. „Er wird zweifellos zum Essen wiederkommen ... Sie werden ihn heute nachmittag antreffen, wenn Sie mit ihm zu reden haben."

Denise dankte und ging wieder in die Konfektion hinauf, wo Frau Aurélie sie in kaltem Zorn erwartete. Wie? Vor einer halben Stunde sei sie fortgegangen! Wo komme sie jetzt her? Bestimmt nicht aus dem Atelier! Das junge Mädchen senkte den Kopf, dachte darüber nach, wie hartnäckig das Unglück sie verfolgte. Wenn Robineau nicht wiederkam, war alles aus. Sie beschloß jedoch, nochmals nach unten zu gehen.

In der Seidenabteilung hatte Robineaus Rückkehr geradezu eine Revolution hervorgerufen. Die Abteilung hatte gehofft, er werde den Verdruß, den man ihm fortwährend bereitete, satt haben und deshalb nicht wiederkommen; und noch immer von Vinçard gedrängt, der ihm sein Geschäft abtreten wollte, war er tatsächlich einen Augenblick lang nahe daran gewesen, es zu übernehmen. Hutins heimliches Werk, der Minengang, mit dem er Robineaus Stellung schon seit langen Monaten untergrub, sollte endlich seine Wirkung tun. Als er, da er Erster Verkäufer war, Robineau während dessen Urlaub vertrat, hatte er sich derweil bemüht, jenem bei der Geschäftsleitung zu schaden, sich durch übertriebenen Eifer dessen Stellung zu verschaffen: da wurden kleine Unregelmäßigkeiten entdeckt und breitgetreten, Verbesserungsvorschläge vorgelegt, neue Muster, die er sich ausdachte. Alle übrigen im Rayon, angefangen beim Neuling, der davon träumte, Verkäufer zu werden, bis zum Rayonvorsteher, der auf die Stellung eines stillen Teilhabers lüstern war, alle hatten nur die eine fixe Idee, den ihnen übergeordneten Kollegen zu verdrängen, um eine Stufe höher zu steigen, ihn ins Unglück zu stürzen, wenn er ihnen hinderlich wurde; und dieser Kampf der Begierden, dieser Druck, den die einen auf die anderen ausübten, war gleichsam die eigentliche Ursache für das gute Funktionieren der Maschine, das, was den Verkauf befeuerte und jenen lodernden Erfolg entfachte, über den Paris staunte. Hinter Hutin drängte Favier, hinter Favier dann der Reihe nach die anderen. Man hörte ein gewaltiges Mahlen von Kinnladen. Robineau galt als ein toter Mann, jeder hatte sich schon einen Knochen gesichert. Als der Zweite wieder erschien, wurde daher das Murren allgemein. Der Sache mußte ein Ende gemacht werden, die Haltung der Verkäufer war dem Rayonchef so bedrohlich vorgekommen, daß er, um der Direktion Zeit zu einem Entschluß zu lassen, Robineau zur Beschaffung neuer Ware fortgeschickt hatte.

„Lieber gehen wir alle, wenn man ihn behält", erklärte Hutin.

Diese Angelegenheit verdroß Bouthemont, dessen heitere Natur sich solchen internen Mißhelligkeiten schlecht anbequemte. Er litt darunter, daß er rings um sich her nur saure Mienen sah. Dennoch wollte er gerecht sein.

„Lassen Sie ihn doch in Ruhe, er tut Ihnen ja nichts."

Aber da erhob sich Widerspruch.

„Was, er tut uns nichts? — So ein unausstehliches Wesen, immer gereizt und so hochmütig, daß er einen umrennen und dann noch auf einen treten würde!"

Das war der Hauptgroll der Abteilung. Robineau war bei seiner frauenhaften Empfindlichkeit in einem unstatthaften Ausmaß unnachgiebig und übelnehmerisch. Man erzählte sich zahllose Anekdoten, über einen kleinen jungen Mann, der davon krank geworden sei, ja von Kundinnen, die er durch absprechende Bemerkungen gedemütigt habe.

„Kurz, meine Herren", sagte Bouthemont, „ich kann keinerlei Verantwortung übernehmen ... Ich habe die Direktion verständigt und werde sofort darüber sprechen."

Es schellte zur zweiten Mittagstafel, in der reglosen Luft der Ladenräume tönte das Läuten fern und gedämpft aus dem Kellergeschoß herauf. Hutin und Favier gingen hinunter. Aus allen Abteilungen kamen in regelloser Folge einzelne Verkäufer und drängten sich unten an dem engen Eingang zum Küchenflur, einem feuchten, ständig von Gasflammen beleuchteten Flur. Ohne ein Lachen, ohne ein Wort beeilte sich die ganze Schar, während das Geschirrgeklapper immer lauter wurde und es stark nach Essen roch. Am anderen Ende des Ganges kam es dann zu einem plötzlichen Halt vor einem Schalter. Flankiert von Tellerstapeln, bewaffnet mit Gabeln und Löffeln, die er in Messingwannen tauchte, gab dort ein Koch die Portionen aus. Und wenn er ein wenig zur Seite trat, sah man hinter seinem weißbespannten Bauch die funkelnde Küche.

„Nun also!" knurrte Hutin, der die Speisekarte studierte, die auf einer schwarzen Tafel oberhalb des Schalters angeschrieben war, „Rindfleisch mit pikanter Sauce oder Rochen ... Nie gibt's Braten in dieser Bude! Ihr gekochtes Rindfleisch und ihr Fisch halten nicht vor!"

Übrigens schien fast niemand den Fisch zu schätzen, denn die Wanne blieb voll. Favier nahm dennoch Rochen. Hinter ihm bückte sich Hutin und sagte: „Rindfleisch mit pikanter Sauce."

Mit einer automatischen Bewegung hatte der Koch ein Stück Fleisch aufgespießt und es dann mit einem Löffel Sauce übergossen; und Hutin, dem Ersticken nahe, weil ihm der glühende Hauch aus dem Schalter ins Gesicht geschlagen war, ging kaum mit seiner Portion davon, als bereits hinter ihm die Worte „Rindfleisch mit pikanter Sauce . . . Rindfleisch mit pikanter Sauce . . ." einander folgten wie eine Litanei, indes der Koch mit den raschen und rhythmischen Bewegungen des Pendels einer gutregulierten Uhr pausenlos Stücke aufspießte und sie mit Sauce übergoß.

„Kalt ist deren Rochen", erklärte Favier, dessen Hand keine Wärme verspürte.

Alle gingen jetzt in langer Reihe und hielten mit vorgestrecktem Arm ihren Teller gerade, voller Angst, irgendwo anzustoßen. Zehn Schritt weiter lag der Schalter für die Getränke, mit einer Theke aus glänzendem Zinn, wo die Weinportionen aufgereiht standen, kleine unverkorkte Flaschen, noch feucht vom Spülen. Und jeder nahm mit der freien Hand im Vorbeigehen eine dieser Flaschen in Empfang und gelangte dann, nun sehr behindert und mit ernster Miene darauf achtend, daß er das Gleichgewicht wahrte, zu seinem Tisch.

Hutin schalt heimlich: „Ein netter Spaziergang ist das mit dem Geschirr!"

Der Tisch, an dem Favier und er zu essen pflegten, befand sich im letzten Speiseraum am Ende des Flurs. Alle Räume glichen einander, waren ehemalige Keller von vier mal fünf Meter, die man mit Zement verputzt und als Speiseräume eingerichtet hatte; doch die Feuchtigkeit drang durch den Anstrich, die gelben Wände waren von grünlichen Flecken marmoriert. Und durch die schmalen Schächte der Kellerluken, die in gleicher Höhe mit dem Bürgersteig auf die Straße gingen, fiel ein fahles Tageslicht, durch das unaufhörlich die verschwommenen Schatten der Vorübergehenden glitten. Im Juli wie auch im Dezember erstickte man hier nahezu in dem warmen, mit übelkeiterregenden Gerüchen erfüllten Dunst, den die nahe Küche ausströmte.

Inzwischen war Hutin als erster eingetreten. Auf dem Tisch, der an einem Ende mit Krampen an der Wand befestigt und mit Wachstuch bedeckt war, gab es nur die Gläser, Gabeln und Messer, die die Plätze kenntlich machten. An jedem Ende türmten sich Stapel von Tellern zum Wechseln, während in der Mitte ein großes Brot lag, in dem ein Messer steckte, dessen Griff in die Luft ragte. Hutin entledigte sich seiner Flasche, stellte seinen Teller hin; nachdem er dann unten aus dem Gestell, das den einzigen Schmuck der Wände bildete, seine Serviette geholt hatte, ließ er sich mit einem Seufzer nieder.

„Und ich hab doch solchen Hunger!“ murrte er.

„So ist das immer“, sagte Favier, der links von ihm Platz nahm. „Nie ist was Gescheites da, wenn man vor Hunger umkommt.“

Der Tisch wurde schnell ganz besetzt. Er umfaßte zweiundzwanzig Gedecke. Anfangs hörte man nur das heftige Klappern von Gabeln, das gierige Schlingen großer Burschen, deren Magen von dreizehn Stunden täglicher Plackerei ausgehöhlt war. Ursprünglich durften die Kommis, die eine Stunde Tischzeit hatten, ihren Kaffee außerhalb des Hauses trinken; um schleunigst auf die Straße zu kommen, hetzten sie daher das Essen in zwanzig Minuten hinunter. Aber der Ausgang erregte sie zu sehr, sie kehrten zerstreut zurück, hatten andere Dinge im Kopf als den Verkauf; und die Direktion hatte beschlossen, daß sie nicht mehr hinausgehen dürften, sondern drei Sous zusätzlich für eine Tasse Kaffee zahlen sollten, wenn sie welchen wünschten. Daher zogen sie nun die Mahlzeit in die Länge, denn es lag ihnen nichts daran, vor der festgesetzten Zeit in ihren Rayon zurückzukehren. Viele lasen, während sie große Happen hinunterschlangen, eine Zeitung, die zusammengefaltet an die Flasche gelehnt stand. Andere unterhielten sich lärmend, sobald ihr erster Hunger gestillt war, kamen immer wieder auf das ewige Thema der schlechten Ernährung, des verdienten Geldes zurück, darauf, was sie am letzten Sonntag getan hatten und was sie am nächsten tun würden.

„Hören Sie mal, was ist mit Ihrem Robineau?“ fragte ein Verkäufer Hutin.

Der Kampf der Seidenleute gegen ihren Zweiten beschäftigte das ganze Haus. Jeden Tag wurde diese Frage bis mitternachts im Café Saint-Roch besprochen. Hutin, der sich wie wild auf sein Stück Rindfleisch gestürzt hatte, beschränkte sich darauf, zu antworten:

„Je nun, Robineau ist wiedergekommen.“ Dann wurde er plötzlich ärgerlich und rief: „Zum Teufel noch mal, sie haben mir Eselfleisch gegeben! — Das ist einfach widerlich, Ehrenwort!“

„Beklagen Sie sich doch nicht", sagte Favier. „Ich habe die Dummheit begangen, Rochen zu nehmen ... Er ist verdorben."

Alle sprachen gleichzeitig, entrüsteten sich, scherzten. An einer Ecke des Tisches dicht an der Wand aß schweigend Deloche. Zu seinem Kummer hatte er einen übermäßigen Appetit, den er nie hatte befriedigen können, und da er zuwenig verdiente, um sich Zusätzliches zu leisten, schnitt er sich riesige Brotscheiben ab und verschlang auch die am schlechtesten schmeckenden Gerichte, als seien es Leckerbissen. Darum machten sich alle über ihn lustig und riefen:

„Favier, geben Sie Ihren Rochen doch Deloche ... Er mag ihn gern so."

„Und Ihr Fleisch, Hutin: das wünscht sich Deloche als Nachspeise."

Der arme Junge zuckte mit den Schultern, antwortete nicht einmal. Es war keineswegs seine Schuld, wenn er fast umkam vor Hunger. Die anderen mochten übrigens noch so verächtlich über die Gerichte reden, sie stopften sich dennoch voll.

Doch ein leiser Pfiff ließ sie verstummen. Man signalisierte die Anwesenheit Mourets und Bourdoncles im Flur. Seit einiger Zeit hatten die Beschwerden der Angestellten ein solches Ausmaß angenommen, daß die Direktion nach unten kam, um sich angeblich selber ein Urteil über die Beschaffenheit der Kost zu bilden. Von den dreißig Sous, die sie dem Küchenchef je Kopf und Tag gaben, sollte dieser alles bezahlen: Vorräte, Kohlen, Gas, Personal; und die Geschäftsleitung bekundete ein naives Erstaunen, wenn das Essen nicht sehr gut war. Noch an diesem Morgen hatte jeder Rayon einen Verkäufer abgeordnet. Mignot und Liénard hatten es übernommen, im Namen ihrer Kollegen zu sprechen. Daher spitzten in der plötzlichen Stille alle die Ohren, man vernahm Stimmen, die aus dem anstoßenden Raum kamen, den Mouret und Bourdoncle soeben betreten hatten. Letzterer erklärte, das Rindfleisch sei ausgezeichnet; und Mignot, der bei dieser gelassenen Behauptung vor Zorn barst, sagte wiederholt: „Kauen Sie es mal, damit Sie Bescheid wissen", während Liénard auf den Rochen schimpfte, indem er sanft sagte: „Aber er stinkt, mein Herr!" Da erging sich Mouret in herzlichen Worten: er tue alles für das Wohlbefinden seiner Angestellten, er sei ihr Vater und würde lieber trocken Brot essen als sie schlecht ernährt sehen.

„Ich verspreche Ihnen, die Sache gründlich zu prüfen", sagte er abschließend so laut, daß man es von einem Ende des Flurs bis zum anderen hören konnte.

Damit war der Informationsgang der Direktion beendet, und das Geräusch der Gabeln setzte wieder ein.

Hutin murmelte:

„Wer's glaubt, wird selig! – Ah, mit guten Worten knausern sie nicht. Möchtest du Versprechungen, hier hast du sie! Und dabei füttern sie einen mit alten Schuhsohlen und setzen einen wie einen Hund vor die Tür!"

Der Verkäufer, der ihn schon einmal gefragt hatte, fing wieder an:

„Sie sagen also, daß Ihr Robineau . . ."

Aber das Klappern dicken Geschirrs übertönte seine Stimme. Die Kommis wechselten selber ihre Teller, die Stapel rechts und links nahmen ab. Und als ein Küchenbursche große Blechschüsseln hereintrug, rief Hutin aus:

„Überbackener Reis, jetzt langt's aber!"

„Für zwei Sous Kleister!" sagte Favier, während er davon nahm.

Die einen mochten ihn gern, andere fanden ihn zu klebrig. Und die, die lasen, schwiegen weiter, in das Feuilleton ihrer Zeitung vertieft, und wußten nicht einmal, was sie aßen. Alle wischten sich die Stirn, der enge Kellerraum füllte sich mit einem rötlichgelben Dunst, während die Schatten der Vorübergehenden fortwährend als dunkle Streifen über die in Unordnung geratene Tafel liefen.

„Reichen Sie Deloche das Brot!" rief ein Spaßvogel.

Jeder schnitt sich sein Stück ab, steckte dann das Messer wieder bis an den Griff in die Kruste; und das Brot ging immer reihum.

„Wer will meinen Reis gegen seine Nachspeise tauschen?" fragte Hutin. Nachdem er dies Geschäft mit einem schmächtigen kleinen Jüngling abgeschlossen hatte, versuchte er, auch seinen Wein zu verhandeln; aber niemand wollte ihn haben, man fand ihn schauderhaft. „Ich habe Ihnen doch gesagt, daß Robineau wieder hier ist“, fuhr er inmitten von Gelächter und einem bunten Kreuzfeuer von Unterhaltungen fort. „Oh, es steht schlecht um ihn ... Stellen Sie sich vor, er verdirbt die Verkäuferinnen! Ja, er verschafft ihnen Nebenverdienst durch Krawattennähen!“

„Still!“ murmelte Favier. „Es wird gerade Gericht über ihn gehalten.“

Mit einem Blick aus dem Augenwinkel wies er auf Bouthemont, der zwischen Mouret und Bourdoncle durch den Flur ging, alle drei ganz in Anspruch genommen von einem lebhaften, halblaut geführten Gespräch. Der Speiseraum für die Abteilungsvorsteher und die Zweiten befand sich genau gegenüber. Als Bouthemont, der gerade mit dem Essen fertig war, sah, daß Mouret vorbeikam, war er vom Tisch aufgestanden und berichtete ihm nun über die Verdrießlichkeiten in seinem Rayon, er schilderte seine schwierige Lage. Die beiden anderen hörten ihm zu, waren indes noch nicht bereit, Robineau zu opfern, einen erstklassigen Verkäufer, der noch aus der Zeit Frau Hédouins stammte. Aber als Bouthemont auf die Geschichte mit den Krawatten zu reden kam, brauste Bourdoncle auf. Sei der Kerl denn verrückt, daß er sich damit befasse, den Verkäuferinnen Nebenarbeiten zu verschaffen? Die Firma bezahle die Zeit dieser Fräuleins teuer genug; wenn sie nachts auf eigene Rechnung arbeiteten, arbeiteten sie tagsüber im Geschäft weniger, das sei klar; sie betrögen sie also, sie gefährdeten ihre Gesundheit, die nicht ihnen gehöre. Die Nacht sei zum Schlafen da, alle müßten schlafen, sonst würde man sie eben hinauswerfen!

„Jetzt wird's Ernst“, bemerkte Hutin.

Jedesmal, wenn die drei Herren bei ihrem langsamen Aufundabwandern an dem Speiseraum vorbeikamen, belauerten die Kommis sie, kommentierten ihre geringsten Gesten. Sie vergaßen darüber den überbackenen Reis, in dem ein Kassierer gerade einen Hosenknopf gefunden hatte.

„Ich habe das Wort Krawatte gehört“, sagte Favier. „Und Sie haben wohl gesehen, daß Bourdoncle plötzlich eine weiße Nase bekam.“

Unterdessen stimmte Mouret in die Entrüstung des Teilhabers ein. Daß eine Verkäuferin darauf angewiesen sein sollte, nachts zu arbeiten, empfand er als einen unmittelbaren Angriff gegen die Organisation des „Paradieses“. Wer war denn diese dumme Gans, die nicht mit ihrem Gewinn am Verkauf auszukommen verstand? Doch als Bouthemont Denise genannt hatte, besänftigte er sich, fand Entschuldigungsgründe. Ach ja, dieses kleine Mädchen: sie sei noch nicht sehr geschickt, und man behaupte, sie habe Verpflichtungen.

Bourdoncle unterbrach ihn, um zu erklären, daß man sie unverzüglich wegschicken müsse. Aus einem so häßlichen Frauenzimmer werde man niemals etwas herausholen, das habe er schon immer gesagt; und er schien damit ein Rachebedürfnis zu befriedigen.

Da brach Mouret, von Verlegenheit ergriffen, in ein gespieltes Lachen aus. Mein Gott, welch strenger Mann! Könne man nicht ein einziges Mal Nachsicht üben? Man werde die Schuldige kommen lassen und sie ausschelten. Kurz, das ganze Unrecht liege bei Robineau, denn der hätte sie davon abbringen müssen, er, ein alter Kommis, der mit den Gepflogenheiten der Firma vertraut sei.

„Nanu, jetzt lacht der Chef!“ sagte Favier erstaunt, als die Gruppe abermals an der Tür vorbeikam.

„Ah, sackerlot!“ fluchte Hutin. „Wenn sie sich darauf versteifen, uns ihren Robineau an die Beine zu binden, werden sie ihre Freude an uns erleben!“

Bourdoncle sah Mouret ins Gesicht. Dann machte er nur eine Gebärde der Geringschätzung, um zum Ausdruck zu bringen, daß er endlich begreife, wie die Dinge lägen, und daß das schwachsinnig sei. Bouthemont hatte wieder mit seinen Klagen begonnen: die Verkäufer drohten fortzugehen, und es befänden sich ausgezeichnete darunter. Was aber den Herren noch mehr Eindruck zu machen schien, war das Gerücht über Robineaus gute Beziehungen zu Gaujean: dieser, hieß es, dränge ersteren, auf eigene Rechnung ein Geschäft im Stadtviertel zu eröffnen, biete ihm die weitestgehenden Kredite an, um eine Bresche in das „Paradies der Damen“ zu schießen. Eine Weile schwiegen sie. Aha, dieser Robineau träumte von Kampf! Mouret war ernst geworden; er tat so, als mache ihm das gar nichts aus, vermied es, eine Entscheidung zu treffen, als sei die Angelegenheit nicht von Bedeutung. Man werde schon sehen, man werde mit ihm reden. Und unmittelbar darauf neckte er Bouthemont, dessen Vater, der vor zwei Tagen aus seinem kleinen Laden in Montpellier gekommen war, fast erstickt sei vor Staunen und Entrüstung, als er in die riesige Halle geriet, in der sein Sohn regierte. Man lachte noch über den biederen Mann, der, sobald er seine südländische Dreistigkeit wiedergefunden, angefangen hatte, alles schlechtzumachen und zu behaupten, der Modewarenhandel werde demnächst auf der Straße enden.

„Da kommt Robineau gerade“, murmelte der Rayonchef. „Ich hatte ihn, um einen unangenehmen Streit zu vermeiden, zur Beschaffung neuer Ware weggeschickt ... Entschuldigen Sie, wenn ich weiter in Sie dringe, aber die Dinge haben sich so zugespitzt, daß etwas geschehen muß.“

Tatsächlich ging Robineau, der soeben zurückgekehrt war, grüßend an den Herren vorbei und begab sich zu Tisch.

Mouret begnügte sich damit, zu wiederholen:

„Es ist gut, wir werden uns das überlegen.“

Sie gingen fort. Hutin und Favier warteten noch immer auf sie. Als sie sie nicht wieder auftauchen sahen, machten sie ihrem Herzen Luft. Würde etwa die Direktion jetzt so zu jeder Mahlzeit nach unten kommen und ihnen die Bissen nachzählen? Das wäre heiter, wenn man nicht einmal mehr beim Essen ungestört sein könnte! Die Wahrheit war, daß sie Robineau hatten zurückkommen sehen und daß die gute Stimmung des Chefs sie um den Ausgang des von ihnen begonnenen Kampfes besorgt machte. Sie dämpften die Stimme und suchten neue Schikanen.

„Aber ich komme um!“ fuhr Hutin sehr laut fort. „Man steht noch hungriger vom Tisch auf, als man sich dran gesetzt hat!“ Immerhin hatte er zwei Portionen Kompott gegessen, seine eigene und die, welche er gegen seine Reisportion eingetauscht hatte. Plötzlich rief er: „Den Teufel auch, ich gönne mir noch was Zusätzliches! – Victor, ein drittes Kompott!“

Der Küchenbursche servierte die Nachspeise zu Ende. Dann brachte er den Kaffee; und alle, die welchen nahmen, gaben ihm sofort ihre drei Sous. Einige Verkäufer waren weggegangen, schlenderten den Flur entlang und suchten die dunklen Winkel auf, um eine Zigarette zu rauchen. Die anderen blieben erschlafft an dem mit fettigem Geschirr überhäuften Tisch sitzen. In dem Geruch von Speiseresten, den sie nicht mehr spürten, und in der Badestubenhitze, die ihre Ohren rot werden ließ, drehten sie Brotkügelchen und kamen wieder auf die gleichen Geschichten zurück. Die Mauern schwitzten, eine erstickende Atmosphäre sank von dem feuchten Gewölbe herab. Deloche stand an die Wand gelehnt und gab sich, mit Brot vollgestopft, der Verdauung hin, den Blick zur Kellerluke erhoben; und alle Tage bestand seine Erholung nach der Mahlzeit darin, so die Füße der Vorübergehenden zu betrachten, die schnell auf dem Bürgersteig dahinliefen, an den Knöcheln abgeschnittene Füße, grobe Schuhe, elegante Stiefel, feine Damenstiefeletten, ein fortwährendes Kommen und Gehen von lebendigen Füßen ohne Körper und ohne Kopf. An Regentagen waren sie sehr schmutzig.

„Wie? Schon?“ rief Hutin.

Am Ende des Flurs ertönte eine Glocke, der Platz mußte für die dritte Schicht geräumt werden. Die Ladenburschen, die hier Dienst hatten, kamen mit Eimern warmen Wassers und großen Schwämmen, um das Wachstuch abzuwaschen. Langsam leerten sich die Räume, die Verkäufer stiegen, fast auf jeder Treppenstufe stehenbleibend, wieder in ihre Rayons hinauf. Und der Küchenchef hatte seinen Platz am Schalter zwischen seinen Wannen mit Rochen, mit Rindfleisch und Sauce wieder eingenommen, bewaffnet mit seinen Gabeln und Löffeln, bereit, von neuem mit der rhythmischen Bewegung des Pendels einer gutregulierten Uhr die Teller zu füllen.

Da Hutin und Favier sich verspätet hatten, sahen sie Denise nach unten kommen.

„Herr Robineau ist zurück, Fräulein", sagte ersterer mit spöttischer Höflichkeit.

„Er ist gerade beim Essen", fügte der andere hinzu. „Aber wenn es Ihnen außerordentlich eilt, können Sie hineingehen."

Denise ging indes, ohne zu antworten, ohne den Kopf zu wenden, weiter die Treppe hinab. Dennoch konnte sie, als sie an dem Speiseraum der Rayonchefs und der Zweiten Abteilungsleiter vorüberkam, es sich nicht versagen, einen Blick hineinzuwerfen. Robineau war tatsächlich dort. Sie wollte versuchen, am Nachmittag mit ihm zu sprechen; und sie schritt weiter den Flur entlang, um sich an ihren Tisch zu begeben, der sich am anderen Ende befand.

Die weiblichen Angestellten aßen für sich in zwei ihnen vorbehaltenen Räumen. Denise betrat den ersten. Es war gleichfalls ein in einen Speisesaal umgewandelter ehemaliger Keller; aber man hatte ihn behaglicher eingerichtet. Auf dem ovalen Tisch, der in der Mitte stand, lagen die fünfzehn Gedecke in größerem Abstand voneinander, und der Wein war in Karaffen gefüllt; eine Schüssel Rochen und eine Schüssel Rindfleisch mit pikanter Sauce standen an beiden Enden des Tisches. Küchenjungen in weißen Schürzen bedienten die Damen, was diesen die Unannehmlichkeit ersparte, selber ihre Portion am Schalter zu holen. Die Direktion hatte das schicklicher gefunden.

„Haben Sie denn einen Umweg gemacht?" fragte Pauline, die bereits saß und sich gerade Brot abschnitt.

„Ja", erwiderte Denise errötend, „ich habe eine Kundin begleitet." Sie log.

Clara stieß eine Verkäuferin, ihre Tischnachbarin, mit dem Ellbogen an. Was hatte nur die schlecht Frisierte heute? Sie war so seltsam. Schlag auf Schlag erhielt sie Briefe von ihrem Geliebten; dann lief sie wie eine Verlorene durch die Ladenräume, gab vor, sie habe etwas im Atelier zu erledigen, suchte es jedoch nicht auf. Irgend etwas ging vor, das war sicher. Dann plauderte Clara, während sie ohne jeden Widerwillen, mit der Gleichgültigkeit eines Mädchens, das früher von ranzigem Speck gelebt hat, ihren Rochen verspeiste, von einem entsetzlichen Drama, über das alle Zeitungen ausführlich berichteten.

„Haben Sie das von dem Mann gelesen, der seiner Geliebten den Kopf mit einem Rasiermesser abgeschnitten hat?"

„Je nun", bemerkte eine kleine Wäscheverkäuferin mit einem sanften und zarten Gesicht, „er hat sie mit einem andern angetroffen. Recht hat er getan."

Aber Pauline zeterte. Nanu, weil man einen Herrn nicht mehr liebte, sollte es ihm erlaubt sein, einem die Gurgel durchzuschneiden! O nein, das wäre noch schöner! Und sie brach ab und wandte sich dem bedienenden Küchenjungen zu.

„Pierre, ich kann das Rindfleisch nicht runterkriegen, Sie wissen schon ... Bestellen Sie also, man solle mir eine kleine Zuspeise machen, ein Omelett, hören Sie, und zwar ein lockeres, wenn es möglich ist!" Inzwischen holte sie, da sie stets Leckereien in der Tasche hatte, Schokoladenplätzchen hervor und machte sich daran, sie zu ihrem Brot aufzuknabbern.

„Gewiß, solch ein Mann ist kein Vergnügen", fing Clara wieder an. „Und was für eifersüchtige Männer es gibt! Vor ein paar Tagen hat erst ein Arbeiter seine Frau in einen Brunnen geworfen."

Sie ließ Denise nicht aus den Augen und glaubte, alles erraten zu haben, als sie jene erbleichen sah. Offensichtlich zitterte diese Scheinheilige davor, von ihrem Geliebten geohrfeigt zu werden, den sie vermutlich hinterging. Das wäre ein Spaß, wenn er sie, wie sie zu befürchten schien, bis ins Geschäftshaus verfolgte.

Aber die Unterhaltung wandte sich anderem zu, eine Verkäuferin teilte ein Rezept mit, Flecken aus Samt zu entfernen. Dann sprach man über ein Stück, das im Théâtre de la Gaîté gegeben wurde, wo allerliebste kleine Mädchen besser tanzten als Erwachsene.

Pauline, einen Augenblick lang betrübt beim Anblick ihres Omeletts, das zu braun geworden war, wurde wieder heiter, als sie es nicht gar zu schlecht fand.

„Reichen Sie mir doch den Wein", sagte sie zu Denise. „Sie sollten sich auch ein Omelett bestellen."

„Oh, mir genügt das Rindfleisch", erwiderte das junge Mädchen, die sich, um nichts auszugeben, mit der Kost des Hauses begnügte, so widerlich diese auch war.

Als der Küchenjunge den überbackenen Reis brachte, begehrten die Fräuleins auf. Sie hatten ihn in der vorigen Woche stehenlassen und hatten gehofft, er werde nicht wieder auf den Tisch kommen. Denise, die zerstreut war und sich infolge von Claras Erzählungen Sorgen um Jean machte, war die einzige, die davon aß; und alle sahen ihr angeekelt zu. Es erfolgten Extrabestellungen im Übermaß, die Fräuleins schlugen sich den Magen mit Kompott voll. Übrigens galt es als vornehm, sich auf eigene Kosten zu verpflegen.

„Sie wissen wohl, daß die Herren sich beschwert haben", sagte die zarte Verkäuferin, „und daß die Direktion versprochen hat ..."

Man unterbrach sie mit Gelächter, man sprach nur noch von der Direktion. Alle bestellten Kaffee, außer Denise, die ihn angeblich nicht vertrug. Und sie saßen lange vor ihren Tassen. Die von der Wäsche sahen in ihren Wollkleidern so einfach aus wie Kleinbürgerinnen; die von der Konfektion, in Seide, die Serviette unter dem Kinn, um keine Flecken abzubekommen, glichen Damen, die zum Essen mit ihren Zofen in die Bedientenstube hinabgestiegen waren. Man hatte das Fenster der Kellerluke aufgemacht, um die erstickende und verdorbene Luft abziehen zu lassen; aber man mußte es sofort wieder schließen, die Räder der Droschken schienen auf dem Tisch dahinzurollen.

„Pst!" hauchte Pauline. „Da kommt der alte Esel!"

Es war Inspektor Jouve. Er liebte es, gegen Ende der Mahlzeiten so in der Nähe der Fräuleins herumzustreichen. Zudem hatte er die Aufsicht über ihre Speiseräume. Mit lächelnden Augen trat er ein, ging rings um den Tisch; zuweilen fing er sogar ein Gespräch an, wollte wissen, ob ihnen das Essen geschmeckt habe. Aber da er sie störte und ihnen lästig war, beeilten sich alle zu fliehen. Obwohl die Glocke noch nicht geläutet hatte, verschwand Clara als erste; andere folgten ihr. Bald waren nur noch Denise und Pauline übrig. Diese verzehrte, nachdem sie ihren Kaffee getrunken hatte, den Rest ihrer Schokoladenplätzchen.

„So", sagte sie schließlich, „ich werde einen Küchenjungen wegschicken und mir Apfelsinen holen lassen ... Kommen Sie mit?"

„Gleich", erwiderte Denise, die an einem Stück Brot kaute, entschlossen, die letzte zu bleiben, um Robineau ansprechen zu können, wenn sie wieder nach oben ging.

Als sie aber mit Jouve allein war, wurde ihr unbehaglich zumute; und widerstrebend stand sie schließlich vom Tisch auf. Doch als er sie auf die Tür zuschreiten sah, vertrat er ihr den Weg.

„Fräulein Baudu ..." Er stand vor ihr und lächelte väterlich. Sein dicker grauer Schnurrbart, sein kurzgeschnittenes Haar verliehen ihm ein würdevolles, militärisches Aussehen. Und er drückte die Brust heraus, auf der das rote Band der Ehrenlegion prangte.

„Was gibt's denn, Herr Jouve?" fragte sie, wieder beruhigt.

„Ich habe heute morgen abermals bemerkt, wie Sie da oben hinter den Teppichen plauderten. Sie wissen, daß das gegen die Hausordnung verstößt, und wenn ich es meldete ... Ihre Freundin Pauline hat Sie wohl sehr lieb?" Sein Schnurrbart zitterte, seine riesige Nase, eine hagere und gebogene, von Stiergelüsten zeugende Nase, erglühte. „Nun? Was haben Sie zwei, daß Sie einander so zugetan sind?"

Ohne zu verstehen, worauf er hinauswollte, wurde Denise erneut von Unbehagen ergriffen. Er kam ihr zu nahe, er sprach dicht an ihrem Gesicht.

„Es stimmt, wir haben geplaudert, Herr Jouve", stammelte sie, „aber ein wenig plaudern ist wohl kein großes Unrecht ... Sie sind sehr freundlich zu mir, auf jeden Fall danke ich Ihnen."

„Ich dürfte nicht freundlich sein", sagte er. „Ich kenne nur Gerechtigkeit ... Aber wenn jemand so hübsch ist ..." Und er kam noch näher.

Nun wurde ihr richtig angst. Paulines Worte fielen ihr wieder ein, sie erinnerte sich der Geschichten, die umliefen, der Verkäuferinnen, die, vom alten Jouve terrorisiert, sich sein Wohlwollen erkauften. Im Geschäftshaus nahm er sich übrigens nur kleine

Freiheiten heraus, tätschelte mit seinen geschwollenen Fingern sacht die Wangen der willfährigen Fräuleins, ergriff ihre Hände, behielt sie dann in den seinen, als habe er sie dort vergessen. Das blieb väterlich, und den Stier ließ er nur außerhalb heraus, wenn man sich bereit erklärte, auf ein Butterbrot zu ihm in die Rue des Moineaux zu kommen.

„Lassen Sie mich gehen“, murmelte das junge Mädchen zurückweichend.

„Nanu! Einem Freund gegenüber, der Sie immer schonend behandelt, werden Sie doch nicht die Zimperliche spielen ... Seien Sie nett, kommen Sie heute abend zu einem Butterbrot und einer Tasse Tee. Es ist gut gemeint.“

Jetzt sträubte sie sich.

„Nein! Nein!“

Der Speiseraum blieb leer, der Küchenjunge war nicht wieder erschienen. Jouve, der die Ohren spitzte, um etwaige Schritte zu hören, warf rasch einen Blick um sich; und in seiner großen Erregtheit ließ er seine Würde fahren, ging über die väterlichen Vertraulichkeiten hinaus, wollte Denise auf den Hals küssen.

„Kleine Böse, kleines Dummchen ... Kann man, wenn man solches Haar hat, so dumm sein? Kommen Sie doch heute abend, so zum Spaß.“

Sie aber wurde rasend in einer entsetzten Empörung, als dieses glühende Gesicht, dessen Atem sie spürte, ihr so nahe kam. Ganz plötzlich stieß sie ihn so heftig zurück, daß er taumelte und fast auf den Tisch gestürzt wäre. Glücklicherweise fing ihn ein Stuhl auf; durch den Stoß fiel jedoch eine Karaffe voll Wein um, der die weiße Krawatte bespritzte und das rote Band durchnäßte. Und so blieb er sitzen, ohne sich abzutrocknen, von Zorn gewürgt angesichts einer derartigen Roheit. Was fiel ihr ein, wo er doch auf nichts gefaßt gewesen war, keinerlei Gewalt gebraucht und lediglich seiner Gutherzigkeit nachgegeben hatte!

„Ah, Fräulein, das werden Sie weiß Gott bereuen!“

Denise war entflohen. Gerade läutete die Glocke, und verwirrt, noch immer zitternd, vergaß sie Robineau und ging in ihre Abteilung hinauf. Später traute sie sich nicht, nochmals nach unten zu gehen. Da die Sonne am Nachmittag heiß auf die Fassade am Place Gaillon schien, war es trotz der Vorhänge in den Räumen des Zwischenstocks zum Ersticken. Einige Kundinnen kamen, brachten die Fräuleins in Schweiß, ohne etwas zu kaufen. Der ganze Rayon gähnte unter den großen schläfrigen Augen Frau Aurélies. Gegen drei Uhr endlich schlich sich Denise weg, da sie sah, daß die Direktrice eingeschlummert war, und trat mit einer Miene, als sei sie sehr beschäftigt, wieder ihren Gang durch die Ladenräume an. Um die Neugierigen, die ihr etwa mit den Blicken folgten, irrezuführen, ging sie nicht geradeswegs in die Seidenabteilung hinunter; zunächst schien sie etwas bei den Spitzen zu tun zu haben, sie sprach Deloche an, erbat von ihm eine Auskunft; dann ging sie im Erdgeschoß durch die Abteilung mit den Baumwollwaren aus Rouen und hatte gerade die Krawattenabteilung betreten, als sie überrascht zusammenfuhr und jäh stehenblieb. Sie sah sich Jean gegenüber.

„Was? Du hier?“ murmelte sie, ganz blaß.

Er hatte noch seinen Arbeitskittel an und nichts auf dem Kopf mit seinem zerzausten Blondhaar, dessen Locken ihm in sein Mädchengesicht hingen. Vor einem Regal mit schmalen schwarzen Krawatten stehend, schien er tief nachzudenken.

„Was tust du da?“ fragte sie.

„Je nun“, erwiderte er, „ich habe auf dich gewartet ... Du verbietest mir herzukommen. Da bin ich zwar hereingekommen, habe aber niemandem etwas gesagt. Oh, du kannst ganz beruhigt sein. Wenn du willst, kannst du ja so tun, als kenntest du mich nicht.“

Einige Verkäufer sahen sie bereits mit erstaunten Mienen an. Jean dämpfte die Stimme. „Weißt du, sie wollte mich begleiten. Ja, sie steht auf dem Platz, am Springbrunnen ... Gib mir rasch die fünfzehn Francs, sonst sind wir hin, so wahr uns die Sonne bescheint!“

Da sah Denise plötzlich alles wie durch einen Schleier. Man begrinste und belauschte diesen Vorgang. Und da hinter dem Krawattenrayon eine Treppe ins Kellergeschoß führte, drängte sie ihren Bruder dorthin, veranlaßte ihn, schnell hinunterzugehen.

Unten erzählte er seine Geschichte weiter, war verlegen, versuchte den Sachverhalt darzustellen und fürchtete, keinen Glauben zu finden.

„Das Geld ist nicht für sie. Sie ist zu vornehm ... Und ihr Mann, ach, der macht sich nichts aus fünfzehn Francs! Nicht für eine Million würde er seiner Frau so etwas erlauben. Ein Kleisterfabrikant, hab ich dir das nicht schon erzählt? Leute in äußerst guten Verhältnissen ... Nein, es ist für einen Schurken, einen ihrer Bekannten, der uns gesehen hat; und du begreifst wohl, wenn ich ihm die fünfzehn Francs heute abend nicht gebe ..."

„Schweig!" murmelte Denise. „Sofort ... Geh bloß weg!"

Sie waren in die Versandabteilung gegangen. In der toten Zeit lag der weite Keller wie schlafend da im fahlen Licht der Luken. Es war kalt dort, Stille sank vom Gewölbe herab. Dennoch holte ein Ladendiener aus einem der Fächer die wenigen Pakete, die für das Quartier de la Madeleine bestimmt waren; und auf dem großen Sortiertisch saß Campion, der Abteilungsleiter, baumelte mit den Beinen und hielt die Augen offen.

Jean fing wieder an:

„Der Ehemann, der ein großes Messer hat ..."

„Geh doch!" wiederholte Denise, ihn fortwährend wegdrängend. Sie schritten einen der schmalen Flure entlang, wo unausgesetzt das Gas brannte. Rechts und links häuften in düsteren Nebenkellern die Reservewaren hinter den Holzgittern dichte Schatten an. Schließlich blieb sie bei einem dieser Verschläge stehen, gewiß würde niemand kommen; aber es war verboten, und ein Schauder überlief sie.

„Wenn dieser Schurke schwätzt", sagte Jean, „wird der Mann, der ein großes Messer hat ..."

„Wo soll ich denn die fünfzehn Francs hernehmen?" rief Denise verzweifelt aus. „Kannst du denn nicht vernünftig sein? Fortwährend passieren dir solche seltsamen Geschichten!"

Er schlug sich an die Brust. Bei seinen romanhaften Erfindungen wußte er selber nicht mehr, wieviel davon Wahrheit war. Er schuf um seine Geldbedürfnisse einfach ein Drama, in dem es stets irgendeine unverzügliche Notwendigkeit gab.

„Bei allem, was mir heilig ist, diesmal ist es wirklich wahr ... Ich hielt sie so, und sie küßte mich ..."

Wieder hieß sie ihn schweigen. Gepeinigt, ans Ende ihrer Geduld gebracht, wurde sie ärgerlich.

„Ich will es nicht wissen. Behalte deine schlechten Streiche für dich. Das ist zu gemein, hörst du! – Und du quälst mich jede Woche, ich mache mich kaputt, um dir mit Hundertsousstücken unter die Arme zu greifen. Ja, ich arbeite die Nächte hindurch ... ganz abgesehen davon, daß du deinem Bruder das Brot vor dem Munde wegnimmst."

Jean stand baß erstaunt und mit bleichem Gesicht da. Wie? Das war gemein? Und er begriff das Ganze nicht, er hatte von Kindheit an seine Schwester als Kameradin behandelt, er fand es durchaus natürlich, ihr sein Herz auszuschütten. Aber was ihm vor allem naheging, war die Mitteilung, daß sie die Nächte hindurch arbeitete. Der Gedanke, daß er sie kaputtmache und Pépés Teil aufbrauche, brachte ihn so außer Fassung, daß er zu weinen anfing.

„Du hast recht, ich bin ein Taugenichts", rief er. „Aber gemein ist das nicht, weiß Gott nicht, im Gegenteil, und deshalb tut man es immer wieder ... Sieh mal, diese ist schon zwanzig Jahre alt. Sie hielt es für einen Scherz, daß ich knapp siebzehn bin ... Mein Gott, was hab ich für eine Wut auf mich! Ich könnte mich ohrfeigen!" Er hatte ihre Hände gefaßt, küßte sie, benetzte sie mit seinen Tränen. „Gib mir die fünfzehn Francs, es soll das letztemal sein, ich schwöre es dir ... Oder nein, gib mir nichts, nichts, ich will lieber sterben. Wenn ihr Mann mich umbringt, bist du alle Sorgen los." Und da auch sie weinte, bekam er Gewissensbisse. „Ich sage das so, aber ich weiß nichts Genaues. Vielleicht will er niemanden töten ... Wir werden schon zurechtkommen, das verspreche ich dir, Schwesterchen. Also dann, leb wohl, ich gehe jetzt."

Aber ein Geräusch von Schritten am Ende des Flurs erschreckte sie. Sie zog ihn in eine dunkle Ecke neben dem Reservelager. Einen Augenblick lang hörten sie nur noch das Zischen einer Gasflamme neben ihnen. Dann näherten sich die Schritte;

und als sie den Kopf vorstreckte, erkannte sie den Inspektor Jouve, der soeben in seiner straffen Art in den Korridor eingebogen war. Kam er zufällig vorbei? Hatte ihn ein anderer Aufseher, der Dienst am Eingang gehabt hatte, verständigt? Eine solche Furcht befiel sie, daß sie den Kopf verlor; und sie stieß Jean aus dem finsteren Winkel hinaus, wo sie sich verborgen hatten, jagte ihn vor sich her und stammelte:

„Mach, daß du wegkommst! Mach, daß du wegkommst!"

Alle beide liefen im Galopp, hörten dabei unmittelbar hinter sich das Keuchen des alten Jouve, der sich gleichfalls in Trab gesetzt hatte. Abermals durchquerten sie die Warenausgangsabteilung und gelangten an den Fuß der Treppe, deren verglaster Vorbau auf die Rue de la Michodière führte.

„Mach, daß du wegkommst!" wiederholte Denise. „Mach, daß du wegkommst! — Wenn ich kann, werde ich dir die fünfzehn Francs dennoch schicken."

Ganz benommen machte sich Jean davon. Der außer Atem ankommende Inspektor sah nur noch einen Zipfel des weißen Kittels und die blonden Locken, die im Straßenwind flatterten. Einen Augenblick lang holte er tief Luft, um seine tadellose Haltung wiederzuerlangen. Er trug eine ganz neue weiße Krawatte, die er sich in der Wäscheabteilung besorgt hatte und deren sehr breite Schleife wie Schnee schimmerte.

„Ei, das ist ja sauber, Fräulein", sagte er mit bebenden Lippen. „Ja, das ist sauber, sehr sauber ist das ... Glauben Sie nur nicht, daß ich so saubere Geschichten im Kellergeschoß dulde." Und er verfolgte sie mit dieser Bemerkung, während sie wieder in die Verkaufsräume hinaufging und kein Wort zu ihrer Verteidigung fand.

Jetzt war sie untröstlich darüber, daß sie weggelaufen war. Weshalb hatte sie nicht alles erklärt, ihren Bruder vorgestellt? Man würde noch denken, es sei Häßliches geschehen, und sie könnte beteuern, soviel sie nur wollte, man würde ihr nicht glauben. Abermals vergaß sie Robineau, sie kehrte geradewegs in ihre Abteilung zurück.

Jouve begab sich unverzüglich in die Direktion, um Bericht zu erstatten. Aber der Ladendiener sagte ihm, der Chef habe Herrn Bourdoncle und Herrn Robineau bei sich: alle drei unterhielten sich seit einer Viertelstunde. Übrigens stand die Tür halb offen; man hörte, wie Mouret den Kommis gut gelaunt fragte, ob er seinen Urlaub angenehm verbracht habe; in keiner Weise war von einer Entlassung die Rede, das Gespräch wandte sich im Gegenteil gewissen im Rayon zu ergreifenden Maßnahmen zu.

„Wünschen Sie etwas, Herr Jouve?" rief Mouret. „Kommen Sie doch rein."

Aber ein Instinkt warnte den Inspektor. Da Bourdoncle herausgekommen war, zog es Jouve vor, alles diesem zu erzählen. Langsam gingen sie nebeneinander durch die Schalgalerie, der eine vorgebeugt und sehr leise sprechend, der andere zuhörend, ohne daß ein Zug seines strengen Gesichts seine Empfindungen widergespiegelt hätte.

„Es ist gut", sagte Bourdoncle schließlich. Und als sie vor der Konfektionsabteilung angekommen waren, trat er dort ein.

Frau Aurélie schalt gerade mit Denise. Wo sie denn jetzt wieder herkomme? Diesmal werde sie vermutlich nicht behaupten, sie sei im Atelier gewesen. Wirklich, dieses ständige Verschwinden könne nicht länger geduldet werden.

„Madame Aurélie!" rief Bourdoncle. Er entschloß sich zu einem Gewaltstreich, er wollte sich nicht mit Mouret beraten, aus Angst, er könne schwach werden.

Die Direktrice trat auf ihn zu, und von neuem wurde die Geschichte leise erzählt. Der ganze Rayon, der eine Katastrophe witterte, wartete. Endlich drehte sich Frau Aurélie mit feierlicher Miene um.

„Fräulein Baudu ..." Und ihre teigige Kaisermaske war von der unerbittlichen Reglosigkeit der Allmacht.

„Gehen Sie zur Kasse!"

Der schreckliche Satz schallte sehr laut durch den gerade von Kundinnen leeren Rayon.

Denise hatte bleich dagestanden, ohne einen Ton von sich zu geben. Dann stieß sie abgerissene Worte hervor:

„Ich! Ich ... Weshalb denn? Was habe ich denn getan?"

Bourdoncle entgegnete barsch, das wisse sie wohl, sie tue besser daran, keine Auseinandersetzung herbeizuführen; und er sprach von den Krawatten und sagte, es sei reizend, wenn sich alle Fräuleins im Kellergeschoß mit Männern treffen wollten.

„Aber das ist doch mein Bruder!“ rief sie mit dem schmerzlichen Zorn eines vergewaltigten reinen jungen Mädchens.

Marguerite und Clara fingen an zu lachen, während Frau Frédéric, die für gewöhnlich so zurückhaltend war, ebenfalls mit ungläubiger Miene den Kopf schüttelte. Immer wieder ihre Brüder! Das war doch schließlich zu dumm! Da sah Denise sie alle an: Bourdoncle, der von der ersten Stunde an nichts von ihr hatte wissen wollen; Jouve, der als Zeuge dageblieben war und von dem sie keinerlei Gerechtigkeit erwartete, dann diese Fräuleins, die sich durch die lächelnde Tapferkeit, die Denise neun Monate lang bewiesen, nicht hatten rühren lassen, diese Mädchen, die endlich so glücklich waren, sie hinausstoßen zu können. Weshalb sollte sie sich verteidigen, weshalb sich aufdrängen, wenn niemand sie gern hatte? Und ohne ein weiteres Wort ging sie fort; sie warf nicht einmal einen letzten Blick auf diesen Raum, wo sie so lange gekämpft hatte.

Doch sobald sie allein war, zog ihr angesichts der Treppe zur Halle ein heftigerer Schmerz das Herz zusammen. Niemand hatte sie lieb, und beim plötzlichen Gedanken an Mouret war es um ihre ganze Ergebung in ihr Schicksal geschehen. Nein, eine solche Entlassung konnte sie nicht hinnehmen! Vielleicht würde er diese schändliche Geschichte glauben, dieses Stelldichein mit einem Mann unten im Keller. Scham peinigte sie bei dieser Vorstellung, ein Gefühl tödlicher Angst, wie sie es noch nie so würgend verspürt hatte. Sie wollte ihn aufsuchen, sie würde ihm die Sache erklären, lediglich um ihn davon zu unterrichten; denn wenn er die Wahrheit wüßte, würde es ihr nichts mehr ausmachen, wegzugehen. Und ihre einstige Furcht, der Schauder, der sie vor ihm erstarren zu lassen pflegte, verwandelte sich auf einmal in ein brennendes Bedürfnis, ihn zu sehen, das Haus keinesfalls zu verlassen, ohne ihm zu beteuern, daß sie keinem anderen gehört habe.

Es war kurz vor fünf Uhr, in der frischeren Abendluft wurde es wieder etwas lebendiger in den Ladenräumen. Rasch begab sie sich zur Direktion. Doch als sie vor der Tür des Arbeitszimmers anlangte, wurde sie von neuem von einer verzweifelten Traurigkeit befallen. Die Zunge quoll ihr im Munde, die erdrückende Last der Existenzsorgen sank wieder auf sie herab. Er würde ihr nicht glauben, er würde lachen wie die anderen; und diese Befürchtung nahm ihr alle Kraft. Es war aus, sie wäre besser allein, verschwunden, tot. Da ging sie sofort zur Kasse, verständigte sogar weder Deloche noch Pauline.

„Fräulein", sagte der Angestellte, „es steht Ihnen Gehalt für zweiundzwanzig Tage zu, das macht achtzehn Francs siebzig, wozu noch sieben Francs Prozente und Provision kommen ... So stimmt die Rechnung wohl, nicht wahr?"

„Ja, mein Herr ... Danke."

Und als Denise mit ihrem Geld wegging, traf sie endlich Robineau. Er hatte bereits von ihrer Entlassung gehört und versprach ihr, die Krawattenhändlerin ausfindig zu machen. Ganz leise tröstete er sie, er ereiferte sich: was war das für ein Dasein, wenn man sich fortwährend auf Gnade oder Ungnade einer Laune ausgeliefert sah! Von einer Stunde auf die andere vor die Tür gesetzt wurde, ohne auch nur das Gehalt für den vollen Monat fordern zu können! Denise ging nach oben, um Frau Cabin zu benachrichtigen, daß sie sich bemühen würde, im Laufe des Abends ihren Koffer abzuholen. Es schlug fünf Uhr, als sie schwindlig, wie betäubt zwischen den Droschken und der Menschenmenge auf dem Pflaster des Place Gaillon stand.

Am selben Abend erhielt Robineau, als er nach Hause kam, einen Brief, in dem ihm die Direktion in vier Zeilen mitteilte, daß sie sich aus innerbetrieblichen Gründen gezwungen sehe, auf seine Dienste zu verzichten. Seit sieben Jahren war er in der Firma; noch an diesem Nachmittag hatte er mit den Herren geplaudert; das war ein Keulenschlag. Hutin und Favier sangen in der Seidenabteilung Siegeslieder, ebenso lauthals, wie Marguerite und Clara in der Konfektion jubelten. Das war ein gründliches Aufräumen! Dieses Auskehren schuf Platz! Nur Deloche und Pauline wechselten, als sie einander auf dem Wege durch die lärmenden Rayons begegneten, tieftraurige Worte, ihnen tat es leid um Denise, die so sanft, so rechtschaffen war.

„Ah“, sagte der junge Mann, „wenn sie es jemals anderswo zu Erfolg brächte, wünschte ich, daß sie wieder hier einträte, um dem ganzen Pack den Fuß auf die Kehle zu setzen!“

Und Bourdoncle mußte in dieser Angelegenheit einen heftigen Zusammenstoß mit Mouret über sich ergehen lassen. Als letzterer von Denises Entlassung erfuhr, geriet er in große Erregung. In der Regel befaßte er sich sehr wenig mit dem Personal; aber diesmal tat er so, als erblicke er hierin einen Machtübergriff, einen Versuch, sich seiner Oberherrschaft zu entziehen. Sei er etwa nicht mehr der Herr, daß man sich erlaube, Verfügungen zu treffen? Alles müsse ihm vorgelegt werden, absolut alles; und jeden, der sich widersetze, werde er wie einen Strohhalm zerknicken. Nachdem er dann, von einer Nervosität gequält, die er nicht zu verbergen vermochte, die Angelegenheit persönlich untersucht hatte, wurde er von neuem ärgerlich. Dieses arme Kind habe nicht gelogen: es sei wirklich ihr Bruder gewesen, Campion habe ihn zuverlässig erkannt. Weshalb also hatte man sie weggeschickt? Er sprach sogar davon, sie wieder einzustellen.

Bourdoncle jedoch, dessen Stärke im passiven Widerstand lag, beugte unter dem plötzlichen Unwetter den Nacken. Er beobachtete Mouret genau. Als er ihn endlich eines Tages ruhiger sah, wagte er in eigentümlichem Tonfall zu sagen:

„Es ist für alle besser, daß sie nicht mehr hier ist.“

Mouret wurde verlegen, das Blut stieg ihm ins Gesicht.

„Fürwahr“, erwiderte er lachend, „vielleicht haben Sie recht ... Gehen wir nach unten, um nach dem Verkauf zu sehen. Er zieht wieder an, gestern sind nahezu hunderttausend Francs eingekommen.“

## KAPITEL VII

Einen Augenblick lang war Denise wie betäubt in der noch brennend heißen Fünfuhrsonne auf der Straße stehengeblieben. Der Juli brachte die Rinnsteine zum Dampfen, Paris lag in seinem kreidigen Sommerlicht mit dem blendenden Widerschein. Und die Katastrophe war so plötzlich eingetreten, man hatte sie so rücksichtslos hinausgeworfen, daß sie die fünfundzwanzig Francs siebzig mechanisch in ihrer Tasche hin und her drehte, während sie sich fragte, wohin sie gehen und was sie tun solle.

Eine lange Reihe Droschken hinderte sie daran, den Bürgersteig vor dem „Paradies der Damen" zu verlassen. Als sie sich zwischen die Räder wagen konnte, überquerte sie den Place Gaillon, als wolle sie die Rue Louis-le-Grand erreichen; dann überlegte sie es sich anders, ging auf die Rue Saint-Roch zu. Aber sie hatte noch immer keinen festen Plan, denn sie blieb an der Ecke der Rue Neuve-des-Petits-Champs stehen, die sie schließlich entlangging, nachdem sie unentschlossen um sich geblickt hatte. Als sie die Passage Choiseul vor sich sah, bog sie dort ein, fand sich, ohne zu wissen, wie, in der Rue Monsigny und geriet wieder in die Rue Neuve-Saint-Augustin. Ihr Kopf dröhnte, beim Anblick eines Dienstmannes fiel ihr ihr Koffer ein; aber zu wem sollte sie ihn bringen lassen und wofür all diese Mühe, da sie eine Stunde zuvor noch ein Bett hatte, wo sie sich abends schlafen legen konnte?

Dann sah sie an den Häusern hinauf und fing an, aufmerksam die Fenster zu betrachten. Viele Zettel mit Zimmerangeboten zogen an ihrem Blick vorüber. Sie sah sie nur undeutlich, denn unaufhörlich wurde sie wieder von dem inneren Wirbel erfaßt, der ihr ganzes Wesen in Aufregung versetzte. War es denn möglich, von einer Minute auf die andere allein dazustehen in dieser großen unbekannten Stadt, ohne Stütze, ohne Mittel? Immerhin mußte man essen und schlafen. Die Straßen folgten einander, die

Rue des Moulins, die Rue Sainte-Anne. Sie klapperte das Stadtviertel ab, drehte sich um sich selber, gelangte immer wieder zu der einzigen Straßenkreuzung zurück, die ihr vertraut war. Plötzlich blieb sie verdutzt stehen, sie befand sich abermals vor dem „Paradies der Damen"; und um dieser quälenden Wiederholung zu entgehen, lief sie rasch in die Rue de la Michodière.

Glücklicherweise stand Baudu nicht in seiner Tür, das „Vieil Elbeuf" wirkte wie ausgestorben hinter seinen dunklen Schaufenstern. Nie hätte sie sich getraut, ihrem Onkel unter die Augen zu treten, denn der tat, als kenne er sie nicht mehr, und sie wollte ihm in dem Unglück, das er ihr vorausgesagt hatte, keinesfalls zur Last fallen. Doch ein gelber Anschlagzettel auf der anderen Straßenseite ließ sie stehenbleiben: „Möbliertes Zimmer zu vermieten". Das war der erste, der ihr keine Angst einjagte, so armselig wirkte das Haus. Dann erkannte sie es an seinen zwei niedrigen Stockwerken, seiner fleckigen Fassade, die zwischen dem „Paradies der Damen" und dem ehemaligen Hôtel Duvillard eingequetscht war. Auf der Schwelle des Schirmladens stehend, betrachtete der alte Bourras mit den Haaren und dem Bart eines Propheten, die Brille auf der Nase, eingehend einen aus Elfenbein geschnitzten Stockknauf. Er hatte das ganze Haus gemietet und vermietete die beiden Stockwerke möbliert weiter, um seine eigene Miete zu verringern.

„Haben Sie ein Zimmer frei, Herr Bourras?" fragte Denise, einem instinktiven Antrieb gehorchend.

Er hob seine großen Augen unter den buschigen Brauen, war überrascht, sie zu sehen. Alle die Fräuleins waren ihm bekannt. Und nachdem er ihr sauberes Kleidchen, ihr sittsames Aussehen zur Kenntnis genommen hatte, antwortete er:

„Das ist nichts für Sie."

„Was kostet es denn?" fragte Denise.

„Monatlich fünfzehn Francs."

Da wollte sie es besichtigen. In dem engen Laden erzählte sie, als er sie noch immer mit seiner erstaunten Miene musterte, daß sie das Modewarenhaus verlassen habe und ihren Onkel nicht belästigen möchte. Schließlich holte der Greis einen Schlüssel von einem Brett in der Ladenstube, einem dunklen Raum, wo er kochte und schlief; dahinter gewahrte man durch eine staubige Fensterscheibe das grünliche Licht eines kaum zwei Meter breiten Innenhofes.

„Ich gehe voraus, damit Sie nicht fallen“, sagte Bourras in dem feuchten Flur, der sich längs des Ladens erstreckte.

Er stieß gegen eine Stufe, und im Hinaufgehen warnte er immer häufiger. Aufgepaßt! Dieses Stück Treppe führe an der Mauer entlang, und an der Biegung sei ein Loch, zuweilen ließen die Mieter ihre Kehrichteimer stehen. Denise konnte in der völligen Dunkelheit nichts unterscheiden, fühlte nur die Kühle des alten, feuchten Gipsbewurfs. Im ersten Stock jedoch ermöglichte ihr ein Fenster, das auf den Hof ging, verschwommen, wie auf dem Grund eines stehenden Gewässers die windschiefe Treppe zu sehen, die von Schmutz schwarzen Mauern, die gesprungenen Türen, deren Anstrich abgeblättert war.

„Wenn noch eines dieser beiden Zimmer frei wäre!“ sagte Bourras. „Da wären Sie gut aufgehoben ... Aber die sind ständig von Damen besetzt.“

Im zweiten Stock drang mehr Tageslicht herein, beleuchtete mit hartem, bleichem Schein die Trostlosigkeit der Behausung. Das erste Zimmer bewohnte ein Bäckergeselle; und das andere, das hinten lag, war gerade frei. Als Bourras es geöffnet hatte, mußte er auf dem Treppenabsatz stehenbleiben, damit Denise es bequem anschauen konnte. Das Bett in der Ecke bei der Tür ließ gerade so viel Platz, daß eine Person vorbeigehen konnte. Am anderen Ende standen eine kleine Nußbaumkommode, ein Tisch aus dunkel gewordenem Tannenholz und zwei Stühle. Die Mieter, die sich selber ein bißchen Essen bereiteten, pflegten sich vor den Kamin zu knien, wo sich eine irdene Kochstelle befand.

„Mein Gott“, sagte der Alte, „üppig ist es hier nicht, aber die Aussicht ist freundlich, man sieht die Leute auf der Straße.“ Und da Denise verwundert die Ecke der Zimmerdecke oberhalb des Bettes betrachtete, wo eine Dame, die hier nur vorübergehend gewohnt, mit einer rauchenden Kerzenflamme ihren Namen, Ernestine, hingeschrieben hatte, fügte er gutmütig hinzu: „Wenn man die Zimmer instand setzen lassen wollte, würde man niemals zurechtkommen ... Kurz, etwas anderes habe ich nicht."

„Ich werde hier sehr gut aufgehoben sein", erklärte das junge Mädchen.

Sie bezahlte für einen Monat im voraus, bat um Wäsche, zwei Laken und zwei Handtücher, und machte unverzüglich ihr Bett, froh und erleichtert, weil sie nun wußte, wo sie sich diesen Abend schlafen legen konnte. Eine Stunde später hatte sie einen Dienstmann nach ihrem Koffer geschickt und war fertig eingerichtet.

Zunächst folgten zwei Monate entsetzlicher Not. Da sie die Pension für Pépé nicht mehr bezahlen konnte, hatte sie ihn wieder zu sich genommen und ihn auf einen alten gepolsterten Lehnstuhl gebettet, den sie sich von Bourras geliehen hatte. Sie brauchte einschließlich der Miete dreißig Sous täglich, wenn sie bereit war, selber von trocknem Brot zu leben, um dem Kind ein wenig Fleisch geben zu können. In den ersten vierzehn Tagen ging es noch gut: sie hatte ihren Hausstand mit zehn Francs begonnen, außerdem machte sie durch einen glücklichen Zufall die Krawattenhändlerin ausfindig, die ihr ihre achtzehn Francs dreißig bezahlte. Dann aber war sie von allen Mitteln entblößt. Vergebens stellte sie sich in den Geschäften vor, im „Place Clichy", im „Bon Marché", im „Louvre": die tote Zeit brachte überall Absatzstockungen mit sich, man vertröstete sie auf den Herbst, mehr als fünftausend Handlungsgehilfen, die ebenso wie sie entlassen worden waren, liefen stellungslos umher. Da versuchte sie, sich kleine Aufträge zu verschaffen: doch bei ihrer Unkenntnis von Paris wußte sie nicht, wo anklopfen, nahm undankbare Arbeiten an, erhielt nicht einmal immer ihr Geld. An manchen Abenden ließ sie Pépé ganz allein eine Suppe essen und redete ihm vor, sie habe außerhalb etwas zu sich genommen; und mit dröhnendem Kopf legte sie sich zu Bett, nichts im Leibe als das Fieber, von dem ihre Hände brannten. Als Jean sie in dieser Armut antraf, schalt er sich mit so verzweifelter Heftigkeit einen Schurken, daß sie gezwungen war zu lügen; oft fand sie noch die Möglichkeit, ihm ein Vierzigsousstück zuzustecken, um ihm zu beweisen, daß sie Ersparnisse habe. Nie weinte sie vor ihren Kindern. An den Sonntagen, an denen sie, auf dem Fußboden kniend, im Kamin ein Stück Kalbfleisch schmoren konnte, hallte das enge Zimmer von der Fröhlichkeit ausgelassener Rangen wider, die keine Existenzsorgen kennen. Wenn dann Jean zu seinem Arbeitgeber zurückgekehrt und Pépé eingeschlafen war, verbrachte sie eine furchtbare Nacht in tödlicher Angst vor dem kommenden Tag.

Noch andere Ängste hielten sie wach. Die beiden Damen im ersten Stock empfingen sehr späte Besucher; und zuweilen irrte sich ein Mann, kam herauf und schlug mit der Faust an ihre Tür. Da Bourras ihr in aller Ruhe gesagt hatte, sie solle nicht darauf reagieren, vergrub sie den Kopf unter dem Kissen, um die Flüche nicht zu hören. Ferner hatte ihr Nachbar, der Bäckergeselle, seinen Spaß haben wollen; er kam erst morgens nach Hause, lauerte ihr auf, wenn sie sich Wasser holen ging; er bohrte sogar Löcher in die Zwischenwand, sah zu, wie sie sich wusch, was sie nötigte, ihre Kleidungsstücke an der ganzen Wand entlang aufzuhängen. Aber mehr noch litt sie unter den Zudringlichkeiten auf der Straße, der fortgesetzten Belästigung durch Vorübergehende. Sie konnte auf diesen schmutzigen Straßen, wo die Lüsternheit der alten Stadtviertel umherstreifte, nicht eine Kerze kaufen gehen, ohne hinter sich einen glühenden Atem zu spüren, rohe, begehrliche Worte zu vernehmen; und ermutigt durch das üble Aussehen des Hauses, verfolgten die Männer sie bis in den finsteren Hausflur hinein. Weshalb nur hatte sie keinen Geliebten? Das verwunderte die Leute, erschien ihnen lächerlich. Eines Tages würde sie unausbleiblich der Verführung erliegen. Sie hätte selber nicht zu erklären vermocht, wieso sie widerstand bei dem drohenden Hunger und in dem Wirbel der Begierden, womit man die Luft um sie her erhitzte.

Eines Abends, als Denise nicht einmal Brot für Pépés Suppe hatte, war ihr ein Herr mit dem Band der Ehrenlegion nachgestiegen. Vor dem Hausflur wollte er handgreiflich werden, und angeekelt und empört schlug sie ihm die Tür vor der Nase zu. Oben saß sie dann mit zitternden Händen da. Der Kleine schlief. Was sollte sie antworten, wenn er aufwachte und etwas zu essen verlangte? Sie hätte immerhin nur einzuwilligen brauchen. Ihre Not hätte ein Ende, sie besäße Geld, Kleider, ein schönes Zimmer. Es war eine einfache Sache, man sagte, daß alle dorthin gelangten, weil in Paris eine Frau nicht von ihrer Arbeit leben könne. Doch ihr ganzes Wesen empörte sich dagegen, ohne Entrüstung über die anderen, bloß weil alles Beschmutzende und Vernunftwidrige sie anekelte. Ihrer Ansicht nach gehörten zum Leben Logik, Sittsamkeit und Mut.

Viele Male stellte sich Denise solche Fragen. Eine alte Romanze klang in ihrer Erinnerung auf, von der Matrosenbraut, die durch ihre Liebe vor den Gefahren des Wartens bewahrt blieb. In Valognes pflegte sie den sentimentalen Refrain zu trällern, wenn sie die öde Straße betrachtete. Trug also auch sie eine Liebe im Herzen, daß sie so standhaft war? Voller Unbehagen dachte sie noch an Hutin. Täglich sah sie ihn unter ihrem Fenster vorübergehen. Nun, da er Zweiter war, ging er allein, umgeben von der Hochachtung der einfachen Verkäufer. Niemals hob er den Kopf, sie glaubte unter der Selbstgefälligkeit dieses jungen Mannes zu leiden, folgte ihm mit den Blicken, ohne Furcht, dabei ertappt zu werden. Und sobald sie Mouret bemerkte, der gleichfalls jeden Abend vorüberkam, wurde sie von einem Zittern befallen, verbarg sich schnell, und das Herz klopfte ihr bis in den Hals. Er brauchte nicht zu erfahren, wo sie wohnte; zudem schämte sie sich des Hauses, sie litt bei der Vorstellung, was er von ihr denken könnte, obwohl sie gewiß einander nie wieder begegnen würden.

Übrigens lebte Denise noch immer im Wirbel des „Paradieses der Damen“. Nichts als eine Mauer schied ihr Zimmer von ihrem ehemaligen Rayon; und von morgens an begann sie dessen Tageslauf von neuem, sie spürte, wie die Menschenmenge und damit zugleich das vollere Dröhnen des Verkaufs zunahm. Die geringsten Geräusche erschütterten das baufällige, an die Flanke des Riesen geklebte Haus, auch in ihm pochte dessen ungeheures Pulsen. Überdies konnte Denise einige Begegnungen nicht vermeiden. Zweimal hatte sie plötzlich vor Pauline gestanden, die ihr ihren Beistand angeboten hatte, tief betrübt darüber, sie unglücklich zu wissen; sie hatte sogar lügen müssen, um es zu vermeiden, ihre Freundin bei sich zu empfangen oder sie an einem Sonntag bei Baugé zu besuchen. Viel schwieriger aber war es für sie, die verzweifelte Zuneigung Deloches abzuwehren; er belauerte sie, wußte um all ihre Sorgen, wartete auf sie unter den Toreingängen. Eines Abends hatte er ihr dreißig Francs leihen wollen, die Ersparnisse eines Bruders, wie er, über und über rot, sagte. Und diese Begegnungen ließen sie unaufhörlich das Modewarenhaus vermissen, beschäftigten sie so sehr mit dem Leben, das man dort führte, als gehöre sie noch dazu.

Niemand stieg zu Denise hinauf. Eines Nachmittags hörte sie zu ihrem Staunen jemanden anklopfen. Es war Colomban. Sie empfing ihn im Stehen. Er war sehr verlegen und fragte zunächst stammelnd nach ihrem Ergehen, sprach vom „Vieil Elbeuf". Vielleicht hatte Onkel Baudu ihn geschickt, weil es ihm leid tat, daß er so hart zu ihr war; denn nach wie vor grüßte er seine Nichte nicht einmal, obwohl ihm die Not, in der sie sich befand, nicht unbekannt sein konnte. Doch als sie den Kommis geradeheraus fragte, schien dieser noch verlegener zu werden: nein, nein, der Chef habe ihn nicht geschickt; und schließlich erwähnte er Clara, er wollte einfach von Clara sprechen. Nach und nach faßte er Mut, bat Denise um Rat, weil er dachte, daß sie ihm bei ihrer früheren Kollegin von Nutzen sein könne. Vergebens suchte sie ihm jede Hoffnung zu nehmen und warf ihm vor, daß er Geneviève um eines herzlosen Mädchens willen betrübe. An einem der nächsten Tage kam er wieder, er machte es sich zur Gewohnheit, sie zu besuchen. Das genügte seiner schüchternen Liebe, jedesmal begann er unwillkürlich wieder das gleiche Gespräch und zitterte dabei vor Freude darüber, bei einem weiblichen Wesen zu sein, das in Claras Nähe geweilt hatte. Und Denise lebte dann um so mehr im „Paradies der Damen".

In den letzten Septembertagen lernte das junge Mädchen die bitterste Not kennen. Pépé war an einer heftigen, besorgniserregenden Erkältung erkrankt. Man hätte ihn mit Fleischbrühe ernähren müssen, und sie hatte nicht einmal Brot. Als sie eines Abends, von ihrem Elend überwältigt, dasaß und in einem jener schwermutsvollen seelischen Zusammenbrüche, die junge Mädchen in die Gosse oder in die Seine treiben, schluchzte, klopfte leise der alte Bourras an. Er brachte ein Brot und eine Milchkanne voll Fleischbrühe.

„Da, das ist für den Kleinen", sagte er in seiner barschen Art. „Weinen Sie doch nicht so sehr, das stört meine Mieter." Und als sie sich, von neuem in Tränen ausbrechend, bei ihm bedankte, fuhr er fort: „Seien Sie doch still! – Kommen Sie morgen zu mir etwas besprechen. Ich habe Arbeit für Sie."

Seit dem furchtbaren Schlag, den das „Paradies der Damen" Bourras durch die Eröffnung eines Rayons für Regen- und Sonnenschirme versetzt hatte, beschäftigte er keine Arbeiter mehr. Um seine Unkosten zu senken, machte er alles selber: Reinigen, Ausbessern, Nähen. Seine Kundschaft verringerte sich übrigens so sehr, daß es ihm manchmal an Arbeit fehlte. Daher mußte er, als er tags darauf Denise in einer Ecke seines Ladens unterbrachte, eine Beschäftigung erfinden. Er konnte aber doch die Leute, die bei ihm wohnten, nicht verhungern lassen.

„Sie bekommen täglich vierzig Sous", sagte er. „Wenn Sie etwas Besseres finden, können Sie mich sofort im Stich lassen."

Sie fürchtete sich vor ihm, sie beeilte sich so sehr mit ihrer Arbeit, daß er nur mit Mühe eine andere für sie fand. Sie mußte Bahnen aus Seide zusammennähen, Spitzen ausbessern. In den ersten Tagen traute sie sich nicht, den Kopf zu heben, so befangen machte es sie, ihn mit seiner Mähne eines alten Löwen, seiner Hakennase und seinen stechenden Augen unter den starren Büscheln seiner Brauen in ihrer Nähe zu spüren. Er hatte eine rauhe Stimme, närrische Gebärden, und die Mütter des Stadtviertels schüchterten ihre Knirpse mit der Drohung ein, ihn holen zu lassen, wie man Gendarmen holen läßt. Die Gassenbuben aber gingen nie an seiner Tür vorüber, ohne ihm irgendein Schimpfwort zuzurufen, das er nicht einmal zu hören schien. Sein ganzer besessener Groll ergoß sich über die verächtlichen Kerle, die sein Handwerk entehrten, indem sie billiges Zeug verkauften, Schund, Artikel, deren sich, wie er behauptete, nicht einmal Hunde bedienen möchten.

Denise zitterte, als er ihr wütend zuschrie: „Hören Sie, das

Handwerk ist hin! – Es gibt keinen anständigen Griff mehr. Man macht Stöcke, aber mit den Griffen ist es aus! – Wenn Sie mir einen richtigen Griff auftreiben, schenke ich Ihnen zwanzig Francs!“

Das war sein Handwerkerstolz, kein anderer Handwerker in Paris war fähig, solche Griffe zu schaffen wie er, leicht und dabei haltbar. Er schnitzte vor allem den Knauf mit bezaubernder Phantasie, wählte dazu stets einen anderen Vorwurf: Blumen, Früchte, Tiere, Köpfe, die er in einer lebendigen und freien Art behandelte. Ein Taschenmesser genügte ihm, man sah ihn den ganzen Tag lang, die Brille auf der Nase, sorgfältig das Buchsbaum- oder Ebenholz bearbeiten.

„Ein Haufen Nichtskönner“, sagte er, „die sich damit zufriedengeben, Seide auf Fischbeinstäbe zu kleben! Sie kaufen ihre Griffe grosweise ein, lauter Massenware ... Und das mag verkaufen, wer will! Verstehen Sie, das Handwerk ist hin!“

Schließlich wurde Denise ruhiger. Auf Bourras' Wunsch kam Pépé nach unten und spielte im Laden, denn der Alte liebte Kinder zärtlich. Wenn der Kleine auf allen vieren herumkroch, sie hinten in ihrer Ecke Ausbesserungsarbeiten machte, Bourras am Schaufenster mit seinem Taschenmesser schnitzte, konnte man sich nicht mehr rühren.

Jetzt brachte jeder Tag die gleichen Aufgaben und die gleichen Gespräche. Bei der Arbeit kam er stets wieder auf das „Paradies der Damen“ zu sprechen, setzte ihr unaufhörlich auseinander, wie es mit seinem furchtbaren Zweikampf stand. Seit 1845 wohne er in diesem Haus, für das er einen Mietvertrag auf dreißig Jahre habe, bei einem Mietzins von achtzehnhundert Francs; und da er für seine vier möbliert vermieteten Zimmer tausend Francs davon zurückerhalte, zahle er achthundert Francs für seinen Laden. Das sei wenig, er habe keine Unkosten, er könne es noch lange aushalten. Wenn man ihn reden hörte, war an seinem Sieg nicht zu zweifeln, er würde das Ungeheuer schon zugrunde richten. Plötzlich unterbrach er sich: „Haben die etwa solche Hundeköpfe wie diesen?“

Und er zwinkerte hinter seiner Brille, um den Knauf zu begutachten, den er gerade schnitzte, den Kopf einer Dogge, die mit hochgezogenen Lefzen und entblößten Hakenzähnen höchst lebendig zu knurren schien.

Ganz entzückt von dem Hund, richtete sich Pépé auf und stützte sich mit beiden Ärmchen auf die Knie des Alten.

„Vorausgesetzt, daß ich mein Auskommen finde, ist mir alles andre gleichgültig", fing dieser wieder an, während er behutsam mit der Spitze seines Taschenmessers die Zunge bearbeitete. „Die Schufte haben mich um meinen Gewinn gebracht, aber wenn ich nichts mehr dabei verdiene, so verliere ich doch auch nichts oder wenigstens nicht viel. Und, sehen Sie, ich bin entschlossen, lieber meine Haut dabei zu lassen als nachzugeben." Er fuchtelte mit seinem Werkzeug in der Luft herum, seine weißen Haare flatterten im Winde seines Zorns.

„Wenn man Ihnen aber", wagte Denise leise zu bemerken, ohne den Blick von ihrer Nadel zu heben, „einen angemessenen Betrag böte, wäre es doch gescheiter, anzunehmen."

Da kam seine grimmige Halsstarrigkeit zum Ausbruch.

„Niemals! – Selbst mit dem Kopf unter dem Messer würde ich nein sagen, Himmeldonnerwetter! – Mein Vertrag läuft noch zehn Jahre; sie werden das Haus nicht vor zehn Jahren bekommen, und wenn ich zwischen den leeren vier Wänden Hungers sterben sollte ... Schon zweimal waren sie hier, um mich einzuwickeln. Sie haben mir zwölftausend Francs für mein Geschäft geboten, und für die Jahre, die der Vertrag noch läuft, achtzehntausend Francs, im ganzen dreißigtausend ... Nicht für fünfzigtausend! Ich habe sie in der Hand, ich will sie noch den Boden zu meinen Füßen lecken sehen!"

„Dreißigtausend Francs sind eine schöne Summe", sagte Denise. „Sie könnten in einer anderen Gegend ein Geschäft aufmachen ... Und wenn sie das Haus kauften?"

Bourras, der gerade die letzte Hand an die Zunge seiner Dogge legte, war einen Augenblick lang in seine Arbeit versunken, wobei sein vom Schnee der Haare eingerahmtes Gottvatergesicht ein verschwommenes kindliches Lächeln überzog. Dann legte er wieder los:

„Das Haus, damit hat es keine Gefahr! – Sie sprachen im vergangenen Jahr davon, es kaufen zu wollen, und waren bereit, achtzigtausend Francs dafür zu geben, das Doppelte dessen, was es heute wert ist. Aber der Eigentümer, ein ehemaliger Obsthändler, geradeso ein Lump wie sie, wollte noch mehr aus ihnen herauspressen. Und außerdem trauen sie mir nicht, sie wissen sehr gut, daß ich dann noch weniger nachgeben würde ... Nein, nein! Hier bin ich, und hier bleibe ich! Der Kaiser mit all seinen Kanonen könnte mich nicht vertreiben."

Denise wagte kein Sterbenswort mehr zu sagen, sie fuhr fort, ihre Nadel zu handhaben, während der Alte, jeweils zwischen zwei Schnitten mit seinem Taschenmesser, weiterhin abgebrochene Sätze ausstieß: die Sache habe gerade erst angefangen, man werde später außerordentliche Dinge erleben, er habe Pläne, die ihre Schirmabteilung wegfegen würden. Und auf dem Grunde seines Eigensinns grollte die Empörung des kleinen eigenhändigen Herstellers gegen die abgeschmackte Überflutung mit Stapelware.

Pépé war inzwischen auf Bourras' Knie geklettert. Er streckte verlangend die Hände nach dem Doggenkopf aus.

„Gib her, Onkel."

„Gleich, mein Kleiner", antwortete der Alte mit einer Stimme, die einen zärtlichen Klang bekam. „Er hat noch keine Augen, man muß ihm jetzt Augen machen." Und während er mit peinlicher Sorgfalt an einem Auge bosselte, wandte er sich gleichzeitig abermals an Denise. „Hören Sie sie? – Wie die da nebenan schnauben! Auf Ehrenwort, das bringt mich am meisten auf, daß sie mir ununterbrochen im Nacken sitzen mit ihrem verteufelten Lokomotivlärm." Sein Tischchen schüttere davon, behauptete er. Der ganze Laden werde geschüttelt, er verbringe seine Nachmittage ohne einen Kunden, indes alles zittere von der Menge, die sich im „Paradies der Damen" gegenseitig erdrücke. Das war ein Thema, auf das er immer wieder zurückkam. Dann gab es eines Tages ein großes Gepolter hinter der Mauer, wahrscheinlich hatte die Seidenabteilung zehntausend Francs eingenommen. Ein andermal frohlockte er, die Mauer war unbeteiligt geblieben, ein

Regenguß hatte die Tageseinnahme zunichte gemacht. Und die geringsten Geräusche, der schwächste Hauch boten ihm Anlaß zu endlosen Kommentaren. „Ha, jemand ist ausgerutscht! Ach, könnten sich doch alle die Knochen brechen! – Das, meine Liebe, sind Damen, die sich um etwas streiten. Um so besser! Um so besser! – Da! Hören Sie, wie die Pakete ins Kellergeschoß fallen? Das ist ja widerlich!"

Denise durfte auf seine Erklärungen nicht eingehen, sonst erinnerte er sie bitter an die nichtswürdige Art, in der man sie entlassen hatte. Dann mußte sie ihm zum hundertstenmal von der kurzen Zeit erzählen, die sie in der Konfektionsabteilung gearbeitet hatte, von den Leiden des Anfangs, den ungesunden Kämmerchen, der schlechten Ernährung, dem fortgesetzten Kampf der Verkäufer; und beide sprachen so von morgens bis abends nur von dem Modewarenhaus, sogen es zu jeder Stunde mit der Luft ein, die sie atmeten.

„Gib, Onkel", wiederholte Pépé inbrünstig, die Hände noch immer ausgestreckt.

Der Doggenkopf war fertig, mit lärmender Heiterkeit zog ihn Bourras abwechselnd zurück und hielt ihn dem Kind wieder hin.

„Paß auf, er wird dich beißen ... Da, vergnüge dich damit, zerbrich ihn aber möglichst nicht." Dann schwang er, wieder von seiner fixen Idee gepackt, die Faust in Richtung der Mauer. „Ihr mögt noch so sehr stoßen, damit das Häuschen umstürzt ... Ihr bekommt es nicht, und wenn ihr die ganze Straße an euch reißt!"

Denise hatte jetzt alle Tage zu essen. Dafür war sie dem alten Händler, dessen gutes Herz sie hinter all seinen heftigen Sonderbarkeiten spürte, sehr dankbar. Dennoch hatte sie den dringenden Wunsch, anderswo Arbeit zu finden, denn sie sah, daß er kleine Aufträge für sie erfand, sie begriff, daß er bei dem Niedergang seines Geschäfts keiner Arbeiterin bedurfte und sie aus reiner Barmherzigkeit beschäftigte. Sechs Monate waren vergangen, man war wieder bei der toten Zeit des Winters angelangt. Sie hatte keine Hoffnung, vor März eine Stelle zu finden, als eines Abends im Januar Deloche, der sie unter einer Tür abpaßte, ihr einen Rat gab. Weshalb stellte sie sich nicht bei Robineau vor, wo man vielleicht jemanden brauche?

Im September hatte sich Robineau trotz seiner Angst, die sechzigtausend Francs seiner Frau aufs Spiel zu setzen, entschlossen, das Geschäft von Vinçard zu kaufen. Vierzigtausend Francs hatte er für die Seidenfirma bezahlt, und mit den restlichen zwanzigtausend begann er. Das war wenig, aber er hatte Gaujean hinter sich, der ihn mit langfristigen Krediten unterstützen wollte. Seit seinem Zerwürfnis mit dem „Paradies der Damen" träumte letzterer davon, dem Riesenunternehmen Konkurrenten entstehen zu lassen. Er hielt den Sieg für sicher, wenn man in der näheren Umgebung mehrere Spezialgeschäfte schuf, wo die Kundinnen eine sehr reichhaltige Auswahl an Waren fänden. Nur die reichen Fabrikanten in Lyon, wie Dumonteil, konnten auf die Forderungen der großen Kaufhäuser eingehen; sie begnügten sich damit, mit deren Aufträgen ihre Webstühle in Gang zu halten, und mußten dann versuchen, Gewinne zu erzielen, indem sie an weniger bedeutende Häuser verkauften. Aber Gaujean war längst nicht so reich wie Dumonteil. Lange einfacher Kommissionär, hatte er erst seit fünf oder sechs Jahren eigene Webstühle, und noch beschäftigte er viele Heimarbeiter, denen er das Rohmaterial lieferte und ihnen soundso viel für den Meter bezahlte. Gerade dieses Verfahren war es, das ihm, da es seine Herstellungskosten erhöhte, nicht erlaubte, mit Dumonteil um die Lieferung des Paris-Paradies in Wettbewerb zu treten. Er hegte deswegen einen zähen Groll, er sah in Robineau das Werkzeug für eine entscheidende Schlacht gegen diese Modewarenbasare, die er beschuldigte, die französische Fabrikation zugrunde zu richten.

Als sich Denise vorstellte, traf sie Frau Robineau allein an. Tochter eines Bauaufsehers vom Straßenbauamt, gänzlich ahnungslos in allem, was den Handel betraf, war sie noch von der reizenden Unbeholfenheit eines in einem Kloster in Blois erzogenen Pensionsmädchens. Sie war sehr brünett, sehr hübsch, von einer heiteren Sanftheit, die ihr einen großen Liebreiz verlieh. Im übrigen betete sie ihren Gatten an und lebte einzig von dieser Liebe. Als Denise eben ihren Namen hinterlassen wollte, kam

Robineau nach Hause, und er nahm sie sofort, da eine seiner zwei Verkäuferinnen gerade tags zuvor weggegangen war, um beim „Paradies der Damen" anzufangen.

„Sie lassen uns keine gute Kraft", sagte er. „Kurz, was Sie betrifft, kann ich beruhigt sein, denn Sie sind in der gleichen Lage wie ich und werden jene wohl kaum lieben ... Kommen Sie morgen."

Am Abend fiel es Denise sehr schwer, Bourras mitzuteilen, daß sie von ihm weggehen werde. Er schalt sie in der Tat eine Undankbare, brauste auf; als sie sich dann mit Tränen in den Augen verteidigte und ihm zu verstehen gab, daß sie sich über seine Barmherzigkeit im klaren sei, wurde er seinerseits gerührt, stammelte, er habe sehr viel Arbeit, sie verlasse ihn gerade in einem Augenblick, da er im Begriff stehe, einen Schirm eigener Erfindung herauszubringen.

„Und Pépé?" fragte er.

Das Kind war Denises größte Sorge. Sie wagte nicht, es wieder zu Frau Gras zu schicken, und konnte es dennoch nicht allein, von morgens bis abends eingeschlossen, in ihrem Zimmer lassen.

„Schon recht, ich werde auf ihn aufpassen", sagte der Alte. „Der Kleine ist in meinem Laden gut aufgehoben ... Wir werden gemeinsam kochen." Und als sie das nicht annehmen wollte, weil sie fürchtete, ihm damit lästig zu fallen, fügte er hinzu: „Himmeldonnerwetter! Sie haben kein Vertrauen zu mir ... Ich werde Ihr Kind schon nicht auffressen!"

Bei Robineau fühlte Denise sich glücklicher. Er zahlte ihr wenig, sechzig Francs im Monat, und dazu kam nur die Kost, keine Beteiligung am Verkauf wie in den alten Firmen. Aber sie wurde mit viel Freundlichkeit behandelt, besonders von Frau Robineau, die stets lächelnd hinter ihrer Kasse saß. Er, nervös und von Sorgen geplagt, war zuweilen schroff. Nach Verlauf eines Monats gehörte Denise genauso zur Familie wie die andere Verkäuferin, eine schwindsüchtige und stille kleine Frau. Man tat sich vor ihnen keinen Zwang mehr an, man sprach bei Tisch in der Ladenstube, die auf einen großen Hof ging, von den geschäftlichen Angelegenheiten. Und dort wurde eines Abends beschlossen, den Feldzug gegen das „Paradies der Damen" zu eröffnen.

Gaujean war zum Essen gekommen. Schon beim Braten, einer auf Hausmannsart zubereiteten Hammelkeule, hatte er mit seiner farblosen, von den Nebeln der Rhône heiser gewordenen Stimme eines Lyonesers die Frage angeschnitten.

„Das wird nachgerade unmöglich", wiederholte er. „Sie kommen zu Dumonteil, wie Sie wissen, reservieren sich dort das Alleinrecht an einem Dessin, nehmen sofort dreihundert Stück davon mit, wobei sie eine Preisermäßigung von fünfzig Centimes je Meter fordern; und da sie bar bezahlen, haben sie noch den Vorteil, achtzehn Prozent Skonto zu bekommen ... Oft verdient Dumonteil dabei keine zwanzig Centimes. Er arbeitet, um Beschäftigung für seine Webstühle zu haben, denn jeder stillstehende Webstuhl ist ein sterbender Webstuhl ... Wie sollen denn da wir, bei unserer beschränkten Ausrüstung und vor allem mit unseren Heimarbeitern, den Kampf aushalten?"

Robineau saß grübelnd da und vergaß zu essen.

„Dreihundert Stücke", murmelte er. „Ich zittere schon, wenn ich ein Dutzend nehme, und zwar mit neunzig Tagen Zahlungsfrist ... Die da können um einen, um zwei Francs billiger ankündigen als wir. Ich habe ausgerechnet, daß die Artikel, die sie in ihrem Katalog anführen, verglichen mit unseren Preisen um mindestens fünfzehn Prozent wohlfeiler sind ... Das ist's, was den Kleinhandel kaputtmacht." Er war zur Zeit mutlos.

Seine Frau sah ihn besorgt und zärtlich an. Sie fand keinen Geschmack an geschäftlichen Angelegenheiten, der Kopf dröhnte ihr von all den Zahlen, sie verstand nicht, daß man sich soviel Sorgen machte, da es doch so mühelos war, zu lachen und einander zu lieben. Dennoch genügte es, daß ihr Mann zu siegen wünschte: sie nahm leidenschaftlich seine Partei, bereit, an seinem Kassenpult zu sterben.

„Aber warum verständigen sich nicht alle Fabrikanten untereinander?" sagte Robineau heftig. „Dann könnten sie jenen Vorschriften machen, statt sich ihnen zu unterwerfen."

Gaujean, der um eine neue Scheibe Hammelkeule gebeten hatte, kaute bedächtig.

„Ah, warum, warum ... Ich habe Ihnen doch schon gesagt, daß

die Webstühle arbeiten müssen. Wenn man fast überall Webereien hat, in der Umgebung von Lyon, im Departement Gard, im Departement Isère, kann man nicht einen einzigen Tag mit der Arbeit aussetzen, ohne ungeheure Verluste zu erleiden ... Zudem sind wir anderen, die wir zuweilen Heimarbeiter mit zehn oder fünfzehn Stühlen beschäftigen, in größerem Ausmaß Herren der Produktion, soweit es den Warenbestand betrifft, während die großen Fabrikanten sich gezwungen sehen, für einen ununterbrochenen Absatz zu sorgen, und zwar für einen so großen und schnellen wie nur möglich ... Daher liegen sie vor den großen Modewarenhäusern auf den Knien. Ich kenne drei oder vier, die sie sich einander streitig machen und bereit sind, mit Verlust zu liefern, um ihre Aufträge zu erhalten. Und dann halten sie sich an so kleinen Firmen wie der Ihren schadlos. Ja, wenn sie dank der anderen existieren können, so verdienen sie an Ihnen ... Gott weiß, wie diese Krise ausgehen wird!"

„Widerwärtig ist das!" erklärte Robineau, der sich durch diesen zornigen Aufschrei Erleichterung schaffte.

Denise hörte schweigend zu. In ihrer instinktiven Liebe zum Folgerichtigen und Lebensvollen stand sie insgeheim auf seiten der Kaufhäuser. Man verstummte, man aß eingemachte grüne Bohnen, und schließlich sagte sie mit heiterer Miene:

„Das Publikum beklagt sich nicht!"

Frau Robineau vermochte nicht, ein leises Lachen zurückzuhalten, das ihren Mann und Gaujean verdroß. Zweifellos sei der Kunde zufrieden, weil es ja zu guter Letzt der Kunde sei, der den Vorteil von Preissenkungen habe. Es müsse aber jeder leben können, wo gerate man hin, wenn man unter dem Vorwand der allgemeinen Wohlfahrt den Konsumenten zum Nachteil des Produzenten reich mache? Und es kam zu einer Auseinandersetzung.

Denise tat, als scherze sie, während sie gediegene Argumente beibrachte: die Mittelspersonen verschwänden, die Bevollmächtigten der Fabriken, Vertreter, Kommissionäre, was viel zur Verbilligung beitrage; im übrigen seien die Fabrikanten sogar ohne die Kaufhäuser nicht mehr lebensfähig, denn sobald einer von ihnen deren Kundschaft verlöre, würde der Bankrott unvermeidlich; kurz, das sei eine natürliche Entwicklung des Handels, man könne die Dinge nicht daran hindern, so zu laufen, wie sie laufen müßten, wenn alle Welt, mochte sie wollen oder nicht, dabei mitwirkte.

„Dann sind Sie also auf seiten derer, die Sie auf die Straße gesetzt haben?“ fragte Gaujean.

Denise wurde sehr rot. Sie war selber überrascht von der Heftigkeit ihrer Verteidigung. Was war nur mit ihrem Herzen, daß eine solche Glut in ihrer Brust entbrannte?

„Mein Gott, nein“, erwiderte sie. „Ich habe vielleicht unrecht, denn Sie sind viel zuständiger ... Ich sage nur, was ich denke. Die Preise werden heute, statt wie früher von etwa fünfzig Firmen gemacht zu werden, von vier oder fünf gemacht, die sie dank der Macht ihres Kapitals und der Stärke ihrer Kundschaft gesenkt haben ... Um so besser für die Allgemeinheit, sonst nichts!“

Robineau zürnte ihr nicht. Ernst geworden, blickte er auf das Tischtuch. Oft hatte er den Atem des neuen Handels verspürt, diese Entwicklung, von der das junge Mädchen sprach; und in den Stunden, da er die Dinge mit ungetrübten Augen ansah, fragte er sich, weshalb man einer Strömung von solcher Kraft widerstreben sollte, die alles mitreißen würde. Sogar Frau Robineau warf, als sie ihren Mann nachdenklich sah, Denise, die bescheiden in Schweigen zurückgesunken war, einen zustimmenden Blick zu.

„Nun“, sagte Gaujean, um rasch zu einem Ende zu kommen, „das alles sind Theorien ... Reden wir von unseren Angelegenheiten.“

Nach dem Käse hatte das Dienstmädchen Eingemachtes und Birnen aufgetragen. Er nahm Eingemachtes, aß es löffelweise mit der unbewußten Leckerhaftigkeit eines dicken Mannes, der alles Süße leidenschaftlich liebt.

„Sie müssen eine Bresche in ihr Paris-Paradies schießen, das denen in diesem Jahr den Erfolg gebracht hat ... Ich habe mich mit mehreren meiner Kollegen in Lyon ins Einvernehmen gesetzt und bringe Ihnen ein ganz besonderes Angebot mit, eine schwarze Seide, eine Faille, die Sie für fünf Francs fünfzig verkaufen können ... Jene verkaufen ihre fünf Francs sechzig, nicht wahr? Nun gut, dies wäre zwei Sous weniger, und das genügt, Sie werden sie aus dem Sattel heben."

Robineaus Augen waren wieder leuchtend geworden. In seiner fortwährenden nervösen Gequältheit wechselte er oft so plötzlich von Furcht zu Hoffnung.

„Haben Sie ein Muster da?" fragte er. Und nachdem Gaujean seiner Brieftasche ein kleines viereckiges Stück Seide entnommen hatte, wurde er vollends begeistert, er rief: „Aber die ist ja viel schöner als das Paris-Paradies! Auf jeden Fall ist sie wirkungsvoller, ist viel schwerer ... Sie haben recht, man muß den Streich wagen. Ah! Ich will sie mir zu Füßen liegen sehen, oder ich werde diesmal selber auf der Strecke bleiben!"

Frau Robineau, die seine Begeisterung teilte, erklärte, die Seide sei prächtig. Sogar Denise glaubte an einen Erfolg. Daher wurde die Mahlzeit sehr heiter beendet. Man redete große Töne, es hatte den Anschein, als läge das „Paradies der Damen" in den letzten Zügen. Gaujean, der die ganze Schüssel mit Eingemachtem leer aß, schilderte, welche riesigen Opfer er und seine Kollegen auf sich nähmen, um einen solchen Stoff so vorteilhaft zu liefern; aber selbst wenn sie sich dabei zugrunde richteten, sie hätten geschworen, die großen Warenhäuser zu vernichten. Als der Kaffee gebracht wurde, steigerte das Kommen Vinçards noch die Fröhlichkeit. Er schaue im Vorbeigehen herein, um seinem Nachfolger schnell mal guten Tag zu sagen.

„Großartig!" rief er, die Seide befühlend. „Sie werden sie aus dem Felde schlagen, dafür stehe ich Ihnen! — Ha, Sie werden noch eine Kerze für mich opfern. Ich habe Ihnen ja gesagt, daß das hier eine Goldgrube ist!"

Er selber hatte ein Restaurant in Vincennes übernommen. Das war ein alter Traum, den er heimlich gehegt hatte, solange er sich mit dem Seidenhandel herumschlug, davor zitterte, sein Geschäft nicht vor dem Zusammenbruch verkaufen zu können, und sich gelobte, sein weniges Geld in einem Gewerbe anzulegen, bei dem man nach Belieben betrügen könne. Der Einfall mit dem Restaurant war ihm nach der Hochzeit seines Vetters gekommen; Speisen gingen immer; sie hatten zehn Francs für Spülwasser bezahlen müssen, in dem ein paar Nudeln schwammen. Und angesichts der Robineaus wurde vor Freude darüber, daß er ihnen ein schlechtes Geschäft aufgeschwatzt hatte, das loszuwerden er schon alle Hoffnung aufgegeben, sein vor Gesundheit strotzendes Gesicht mit den runden Augen und dem großen biederen Mund noch breiter.

„Und was machen Ihre Schmerzen?" fragte Frau Robineau höflich.

„Wie? Meine Schmerzen?" murmelte er erstaunt.

„Ja, der Rheumatismus, der Sie hier plagte."

Er erinnerte sich und errötete ein wenig.

„Oh, daran leide ich noch immer ... Aber die Landluft, Sie verstehen wohl ... Nun, wenn auch, Sie haben ein blendendes Geschäft gemacht. Ohne meinen Rheumatismus würde ich mich vor Ablauf von zehn Jahren mit zehntausend Francs Rente zur Ruhe gesetzt haben ... Ehrenwort!"

Vierzehn Tage später begann der Kampf zwischen Robineau und dem „Paradies der Damen". Er erlangte Berühmtheit, er beschäftigte eine Weile die ganze Pariser Handelswelt. Robineau hatte sich der Waffen seines Gegners bedient und in den Zeitungen Reklame gemacht. Außerdem verwendete er viel Sorgfalt auf seine Auslage, häufte in seinen Schaufenstern riesige Stapel der großartigen Seide auf, machte durch große weiße Plakate auf sie aufmerksam, von denen sich in riesigen Ziffern der Preis von fünf Francs fünfzig abhob. Und diese Zahl führte bei den Frauen einen Umschwung herbei: zwei Sous billiger als im „Paradies der Damen", und dabei schien die Seide schwerer zu sein. Schon in den ersten Tagen kam ein Strom von Kundinnen: Frau Marty kaufte unter dem Vorwand, sich als sparsam zu erweisen, ein Kleid, das sie nicht benötigte; Frau Bourdelais fand den Stoff zwar schön, zog es aber vor zu warten, da sie zweifellos witterte, was vor sich gehen werde. In der folgenden Woche setzte Mouret tatsächlich das Paris-Paradies schlankweg um zwanzig Centimes herab, gab es für fünf Francs vierzig her: er hatte eine lebhafte Diskussion mit Bourdoncle und den Teilhabern gehabt, bevor er sie davon überzeugte, daß man den Kampf aufnehmen müsse auf die Gefahr hin, etwas zuzusetzen. Diese zwanzig Centimes waren ein glatter Verlust, weil man bereits zum Selbstkostenpreis verkaufte. Der Schlag traf Robineau hart, er hatte nicht geglaubt, daß sein Rivale mit dem Preis heruntergehen würde, denn solche Selbstmorde der Konkurrenz, solche Verkäufe mit Verlust hatte es bisher noch nicht gegeben; und der Strom der Kundinnen war, der Wohlfeilheit untertan, sofort nach der Rue Neuve-Saint-Augustin zurückgeflutet, während es in dem Laden in der Rue Neuve-des-Petits-Champs immer leerer wurde. Gaujean eilte von Lyon herbei, es gab bestürzte heimliche Besprechungen, schließlich faßte man einen heldenmütigen Entschluß: die Seide sollte herabgesetzt werden, man wollte sie für fünf Francs dreißig ablassen, ein Preis, den niemand unterbieten konnte, ohne ein Narr zu sein. Tags darauf zeichnete Mouret seinen Stoff mit fünf Francs zwanzig aus. Und von da an war der Teufel los. Robineau erwiderte mit fünf Francs fünfzehn, Mouret kündigte fünf Francs zehn an. Beide kämpften jeweils nur mit einem Sou, wobei sie jedesmal, wenn sie dem Publikum dieses Geschenk machten, beträchtliche Summen verloren. Die Kundinnen lachten, entzückt von diesem Zweikampf, erregt von den furchtbaren Hieben, die die beiden Firmen ihm zuliebe einander versetzten. Schließlich erkühnte sich Mouret, die Seide mit fünf Francs auszuzeichnen; sein Personal war bleich, schreckensstarr über eine solche Herausforderung des Schicksals. Robineau machte, niedergeschmettert und atemlos, ebenfalls bei fünf Francs halt, da er nicht den Mut aufbrachte, noch weiter herunterzugehen. Auge in Auge verharrten sie in ihren Stellungen, umgeben von dem unter ihren Waren angerichteten Massaker.

Aber wenn auch auf beiden Seiten die Ehre gerettet war, wurde die Lage für Robineau doch mörderisch. Das „Paradies der Damen“ hatte Rücklagen und eine Kundschaft, die es ihm ermöglichte, Gewinn und Verlust auszugleichen, während er, der einzig von Gaujean gestützt wurde und sich nicht an anderen Artikeln schadlos halten konnte, völlig ausgepumpt blieb und jeden Tag ein Stückchen weiter auf der abschüssigen Bahn zum Bankrott hinabglitt. Trotz der zahlreichen Kundschaft, die die plötzlichen Umschwünge des Kampfes ihm zugeführt hatten, ging er an dieser Tollkühnheit ein. Eine seiner geheimen Qualen war es, daß er sah, wie diese Kundschaft ihn nach und nach verließ und zum „Paradies“ zurückkehrte, nachdem das Geld verloren war und er so große Anstrengungen gemacht hatte, sie zu gewinnen.

Eines Tages riß ihm sogar die Geduld. Eine Kundin, Frau de Boves, war gekommen, um sich bei ihm Mäntel anzusehen, denn er hatte seinem Seidenspezialgeschäft eine Konfektionsabteilung angegliedert. Sie gelangte zu keinem Entschluß, beklagte sich über die Qualität der Stoffe. Schließlich sagte sie:

„Deren Paris-Paradies ist sehr viel schwerer.“

Robineau hielt an sich, versicherte ihr mit seiner Kaufmannshöflichkeit und um so ehrerbietiger, als er fürchtete, seinen inneren Aufruhr zum Ausbruch kommen zu lassen, daß sie sich irre.

„Aber sehen Sie sich doch die Seide dieses Radmantels an“, begann sie wieder, „man möchte schwören, es sei ein Spinngewebe... Sie können sagen, was Sie wollen, mein Herr, deren Seide zu fünf Francs ist im Vergleich zu dieser hier geradezu Leder.“

Mit feuerrotem Kopf und fest aufeinandergepreßten Lippen stand er da und antwortete nicht mehr. Gerade war er auf den geschickten Streich verfallen, die Seide für seine Konfektionswaren bei seinem Konkurrenten zu kaufen. Auf diese Weise war es Mouret und nicht er selber, der an dem Stoff verlor. Er schnitt einfach die Kante ab.

„Finden Sie wirklich das Paris-Paradies dichter?“ murmelte er.

„Oh, hundertmal!“ sagte Frau de Boves. „Es läßt sich gar nicht damit vergleichen.“

Diese Ungerechtigkeit der Kundin, die dennoch die Ware als minderwertig behandelte, brachte ihn auf. Und als sie noch immer mit widerwilliger Miene den Radmantel hin und her drehte, kam unter dem Futter ein kleines Stückchen der blau und silbernen Kante zum Vorschein, das der Schere entgangen war. Da vermochte er sich nicht länger zu beherrschen, er mußte damit herausrücken, hätte es ihn auch den Kopf gekostet.

„Nun wohl, gnädige Frau, diese Seide ist Paris-Paradies, ich habe sie selber gekauft, jawohl! – Sehen Sie hier die Kante."

Frau de Boves ging sehr verärgert fort. Viele der Damen wandten sich von ihm ab, die Geschichte hatte sich herumgesprochen. Und inmitten dieses Untergangs, vom Schrecken vor dem kommenden Tag gepackt, zitterte er nur um seine Frau, die, in glücklichem Frieden aufgewachsen, unfähig war, in Armut zu leben. Was sollte aus ihr werden, falls eine Katastrophe sie brotlos machte, noch dazu mit Schulden? Daran war er schuld, niemals hätte er die sechzigtausend Francs anrühren dürfen. Sie mußte ihn trösten. Gehörte dieses Geld nicht genauso ihm wie ihr? Er liebte sie sehr, mehr verlangte sie nicht, sie schenkte ihm alles, ihr Herz, ihr Leben. Man hörte, wie sie einander in der Ladenstube küßten. Nach und nach kam ein gewisses Gleichmaß in den Gang der Firma; jeden Monat erhöhten sich die Verluste in einem langsamen Ausmaß, das das unvermeidliche Ende hinausschob. Zähe Hoffnung hielt sie aufrecht, sie sagten noch immer die baldige Zahlungsunfähigkeit des „Paradieses der Damen" voraus.

„Pah", sagte er, „auch wir sind jung... Die Zukunft gehört uns."

„Und außerdem, was liegt daran, wenn du nur getan hast, was du tun wolltest", meinte sie. „Vorausgesetzt, daß du dich damit abfindest, bin ich es zufrieden, mein Schatz."

Denise gewann sie lieb, als sie ihre Zärtlichkeit sah. Sie zitterte, sie fühlte den unumgänglichen Ruin; aber sie wagte nicht mehr, sich einzumischen. Bei dieser Gelegenheit begriff sie vollends die Macht des neuen Handels und begeisterte sich endgültig für diese Kraft, die Paris umgestaltete. Ihre Ansichten wurden reifer, frauenhafte Anmut kam in ihr zum Durchbruch, in dem scheuen Kind, das aus Valognes gekommen war. Übrigens war ihr Leben recht angenehm, trotz seiner Beschwerlichkeit und dem wenigen Geld. Nachdem sie den ganzen Tag auf den Füßen gewesen, mußte sie rasch nach Hause gehen und sich um Pépé kümmern, den glücklicherweise der alte Bourras, der hartnäckig darauf bestanden hatte, verpflegte; aber es gab immer noch zu sorgen, ein Hemd zu stopfen, einen Kittel zu flicken, und dazu kam das Lärmen des Kleinen, wovon ihr der Kopf zu springen drohte. Nie ging sie vor Mitternacht zu Bett. Der Sonntag war für sie ein Tag schwerer Arbeit: sie putzte ihr Zimmer, brachte ihre eigenen Sachen in Ordnung, war so beschäftigt, daß sie sich oft erst um fünf Uhr frisierte. Manchmal jedoch ging sie aus Vernunft aus, nahm das Kind mit, ließ es einen langen Weg zu Fuß nach Neuilly machen; und ihr Festschmaus bestand darin, dort bei einem Viehzüchter, der ihnen erlaubte, sich in seinen Hof zu setzen, eine Tasse Milch zu trinken. Jean verachtete diese Ausflüge; er tauchte hin und wieder abends an Wochentagen auf, verschwand dann bald unter dem Vorwand, andere Besuche machen zu müssen; er bat nicht mehr um Geld, aber er kam mit einem so melancholischen Gebaren, daß seine besorgte Schwester stets ein Hundertsousstück für ihn beiseite gelegt hatte. Das war ihr Luxus.

„Hundert Sous!" rief Jean jedesmal. „Sackerlot, du bist furchtbar nett! – Gerade hat die Frau des Papierhändlers ..."

„Schweig!" schnitt ihm Denise das Wort ab. „Das interessiert mich nicht."

Er aber glaubte, sie beschuldige ihn der Großsprecherei.

„Wenn ich dir doch sage, daß sie die Frau eines Papierhändlers ist! – Oh, ein herrliches Geschöpf!"

Drei Monate vergingen. Es wurde wieder Frühling, Denise lehnte es ab, wieder mit Pauline und Baugé nach Joinville zu fahren. Sie traf sie mitunter auf dem Rückweg von Robineau in der Rue Saint-Roch. Bei einer dieser Begegnungen vertraute Pauline ihr an, daß sie ihren Geliebten vielleicht bald heiraten werde; sie sei es, die noch zögere, weil man im „Paradies der Damen" ungern verheiratete Verkäuferinnen sehe. Dieser Heiratsplan überraschte Denise, sie traute sich nicht, ihre Freundin zu beraten. Eines Tages, als Colomban sie in der Nähe der Fontäne anhielt, um ihr von Clara zu sprechen, kam diese gerade über den Platz; und das junge Mädchen mußte flüchten, denn er flehte sie an, ihre ehemalige Kollegin zu fragen, ob sie ihn nicht heiraten möchte. Was hatten sie nur alle? Weshalb quälten sie sich so? Sie schätzte sich sehr glücklich, weil sie niemanden liebte.

„Wissen Sie schon die Neuigkeit?" fragte sie eines Abends der Schirmhändler, als sie nach Hause kam.

„Nein, Herr Bourras."

„Nun denn, die Schufte haben das Hôtel Duvillard gekauft ... Jetzt bin ich umzingelt!" In einem Wutanfall, bei dem sich seine weiße Mähne sträubte, fuchtelte er mit seinen langen Armen herum. „Eine Fickfackerei, bei der man sich nicht auskennt!" fing er wieder an. „Es scheint, das Hotel gehörte dem Crédit Immobilier, dessen Präsident, der Baron Hartmann, es unserem famosen Mouret überlassen hat ... Jetzt halten sie mich von rechts, von links und von hinten besetzt, da, sehen Sie, so wie ich diesen Stockknauf in der Faust halte!"

Es stimmte, man hatte wohl tags zuvor die Abtretung unterzeichnet. Bourras' zwischen dem „Paradies der Damen" und dem Hôtel Duvillard eingequetschtes Häuschen, das sich dort festklammerte wie ein Schwalbennest in einer Mauerspalte, schien an dem Tage, an dem das Modewarenhaus das Hotel an sich reißen würde, unverzüglich zermalmt werden zu müssen, und dieser Tag war nun da, der Koloß kreiste das schwache Hindernis ein, umzingelte es mit seiner Warenanhäufung, drohte es zu verschlingen, es sich durch nichts als durch die Gewalt seines ungeheuren Sogs einzuverleiben. Bourras spürte sehr wohl die Umklammerung, von der sein Laden krachte. Er glaubte ihn kleiner werden zu sehen, er fürchtete selber aufgesogen zu werden, mitsamt seinen Schirmen und Stöcken in das Nebenhaus zu geraten, so sehr schnaubte die schreckliche Maschinerie zu dieser Stunde.

„Ha, hören Sie sie?" schrie er. „Sollte man nicht meinen, sie zerfressen die Mauern! Und in meinem Keller, auf meinem Boden, überall das gleiche Geräusch von Sägen, die ihre Zähne in den Gips schlagen ... Macht nichts! Vielleicht werden sie mich doch nicht platt drücken wie ein Blatt Papier. Ich werde dennoch bleiben, auch wenn sie mein Dach zertrümmern und der Regen eimerweise in mein Bett fließt!"

Gerade zu diesem Zeitpunkt geschah es, daß Mouret Bourras neue Vorschläge machen ließ: man wollte den Betrag erhöhen und ihm sein Geschäft und das Mietsrecht für fünfzigtausend Francs abkaufen. Dieses Angebot steigerte den Zorn des Greises noch, er lehnte es mit Schimpfworten ab. Mußte dieses Pack alle Welt bestehlen, um fünfzigtausend Francs für etwas zu bezahlen, das keine zehntausend wert war! Und er verteidigte seinen Laden, wie ein sittsames Mädchen seine Tugend verteidigt, im Namen der Ehre, aus Selbstachtung.

Denise sah Bourras vierzehn Tage lang gänzlich von etwas in Anspruch genommen. Er lief fieberhaft hin und her, maß die Mauern seines Hauses aus, betrachtete es wie ein Architekt von der Straßenmitte aus. Dann kamen eines Morgens Arbeiter. Es war die Entscheidungsschlacht, er hatte die tolle Absicht, das „Paradies der Damen“ auf dessen eigenem Gebiet zu schlagen, indem er Zugeständnisse an den neuzeitlichen Aufwand machte. Die Kunden, die ihm seinen düsteren Laden vorwarfen, würden gewiß wiederkommen, wenn sie ihn strahlend hell und völlig neu sähen. Zunächst wurden die Risse ausgebessert und die Fassade verputzt; dann wurde das Holzwerk der Schaufenster in lichtem Grün gestrichen; man trieb den Pomp sogar so weit, das Firmenschild zu vergolden. Das verschlang dreitausend Francs, die Bourras als letzten Notgroschen beiseite gelegt hatte. Übrigens geriet das Stadtviertel in Aufruhr; man kam und betrachtete ihn, wie er inmitten dieser Üppigkeit den Kopf verlor, nicht zu seiner natürlichen Haltung zurückfand. Mit seinem großen Bart, seinen Haaren und gänzlich verstört, schien er in diesem glänzenden Rahmen, auf diesem zarten Hintergrund nicht mehr zu Hause zu sein. Jetzt sahen vom gegenüberliegenden Bürgersteig aus die Vorübergehenden ihn erstaunt an, wie er lebhaft die Arme bewegte und seine Schirmgriffe schnitzte. Und er war wie von Fieber gejagt, er hatte Angst, etwas zu beschmutzen, er stürzte sich immer tiefer ins Verderben bei diesem luxuriösen Handel, von dem er nichts verstand.

Indessen hatte Bourras ebenso wie Robineau den Feldzug gegen das „Paradies der Damen“ eröffnet. Er hatte gerade seine Erfindung herausgebracht, den Paragonstangenschirm, den Schirm, der sich später allgemeiner Beliebtheit erfreuen sollte. Übrigens vervollkommnete das „Paradies der Damen“ unverzüglich diese Erfindung. Dann entspann sich das Ringen auf dem Gebiet der

Preise. Er führte einen Artikel für einen Franc fünfundneunzig, aus Zanella mit einem Stahlgestell, unverwüstlich, wie das Etikett behauptete. Aber vor allem wollte er seinen Konkurrenten mit seinen Griffen schlagen, Griffen aus Bambus, aus Hartriegel, Oliven- und Myrtenholz, spanischem Rohr, allen nur vorstellbaren Spielarten von Griffen. Das „Paradies", weniger auf das Künstlerische bedacht, legte besonderen Wert auf den Stoff, pries seinen Alpaka und seinen Mohair an, seine Serge und seinen linden Taft. Und der Sieg verblieb ihm, der verzweifelte Greis sagte immer wieder, daß das Handwerk hin sei und er darauf angewiesen, seine Griffe nur zum Vergnügen zu schnitzen, ohne Hoffnung, sie zu verkaufen.

„Daran bin ich selber schuld!" schrie er Denise zu. „Hatte ich es nötig, Schund für einen Franc fünfundneunzig zu führen? — Da sieht man, wohin die neuen Ideen einen bringen können. Ich wollte dem Beispiel dieser Räuber folgen, geschieht mir ganz recht, wenn ich dabei krepiere!"

Der Juli wurde sehr heiß. Denise litt in ihrem engen Stübchen unter dem Schieferdach. Daher holte sie, wenn sie aus dem Geschäft kam, Pépé bei Bourras ab, und statt sich sofort nach oben zu begeben, ging sie, um ein wenig Luft zu schöpfen, in den Jardin des Tuileries, bis die Gittertore geschlossen wurden. Als sie eines Abends den Weg zu den Kastanienbäumen eingeschlagen hatte, blieb sie überrascht stehen: in ein paar Schritt Entfernung kam jemand gerade auf sie zu, und es schien ihr, als sei es Hutin. Dann bekam sie starkes Herzklopfen. Es war Mouret, der auf dem linken Ufer diniert hatte und sich nun eilig zu Fuß zu Frau Desforges begab. Bei der jähen Bewegung, die das junge Mädchen machte, um ihm zu entrinnen, sah er sie an. Es dunkelte schon, dennoch erkannte er sie.

„Sie sind es, Fräulein!"

Bestürzt darüber, daß er geruht hatte stehenzubleiben, antwortete sie nicht.

Er lächelte und verbarg seine Befangenheit unter der Miene liebenswürdigen Beschützertums.

„Sie sind noch immer in Paris?"

„Ja, Herr Mouret", sagte sie endlich. Langsam wich sie zurück, wollte sich verbeugen und ihren Spaziergang fortsetzen.

Aber er machte selber kehrt, begleitete sie in dem tiefen Schatten der großen Edelkastanien. Hier war es kühl, in der Ferne lachten Kinder, die Reifen trieben.

„Das ist Ihr Bruder, nicht wahr?" fragte er weiter, den Blick auf Pépé gerichtet.

Eingeschüchtert durch die ungewohnte Anwesenheit eines Herrn, ging das Kind gesetzt neben seiner Schwester her und hielt sie an der Hand.

„Ja, Herr Mouret", erwiderte sie abermals. Sie war errötet, sie dachte an Marguerites und Claras abscheuliche Erdichtungen.

Zweifellos war sich Mouret über die Ursache ihres Errötens im klaren, denn er fügte lebhaft hinzu:

„Hören Sie, Fräulein, ich muß mich bei Ihnen entschuldigen ... Ja, ich wäre froh gewesen, wenn ich Ihnen schon früher hätte sagen können, wie sehr ich den Fehler bedaure, den man begangen hat. Man hat Sie allzu leichtfertig eines Vergehens bezichtigt ... Kurz, das Unrecht ist nun mal geschehen, ich möchte Sie nur wissen lassen, daß heute jedermann bei uns Ihre zärtliche Zuneigung zu Ihren Brüdern kennt ..." Er sprach immer weiter, war von einer achtungsvollen Höflichkeit, die die Verkäuferinnen im „Paradies der Damen" von seiner Seite durchaus nicht gewohnt waren.

Denises Verwirrung war noch größer geworden; aber Freude überflutete ihr Herz. Er wußte also, daß sie sich niemandem hingegeben hatte!

Beide schwiegen, er hielt sich neben ihr und richtete seine Schritte nach den Schrittchen des Kindes. Und der ferne Lärm von Paris erstarb unter dem tiefen Schatten der großen Bäume.

„Ich kann Ihnen nur eine Rehabilitierung anbieten, Fräulein", fing er wieder an. „Natürlich, falls Sie den Wunsch haben sollten, wieder zu uns zu kommen ..."

Sie unterbrach ihn, sie lehnte mit fieberhafter Hast ab.

„Ich kann nicht, Herr Mouret ... Ich bin Ihnen zwar dankbar, aber ich habe anderswo etwas gefunden."

Er wußte es, man hatte ihm vor kurzem erzählt, daß sie bei Robineau sei. Und ruhig und sich bezauberndervweise auf gleichen Fuß mit ihr stellend, sprach er zu ihr von jenem, dem er Gerechtigkeit widerfahren ließ: ein Bursche von regem Verstand, nur allzu reizbar. Er gehe einer Katastrophe entgegen, Gaujean habe ihn mit einem argen Geschäft, bei dem beide auf der Strecke bleiben würden, übermäßig belastet.

Da ließ Denise, durch seine Offenheit gewonnen, durchblicken, daß sie in der Schlacht, die zwischen den großen Kaufhäusern und den kleinen Geschäftsleuten stattfand, auf seiten der ersteren stehe; sie wurde lebhafter, führte Beispiele an, ließ erkennen, daß sie in dieser Sache auf dem laufenden, sogar von großzügigen und neuen Ideen erfüllt war.

Er war entzückt, hörte sie mit Staunen an. Er wandte sich ihr zu, versuchte, in der zunehmenden Dunkelheit ihre Gesichtszüge zu erkennen. Sie schien noch immer dieselbe zu sein, mit ihrem einfachen Kleid, dem sanften Gesicht, aber dieser schlichten Unscheinbarkeit entströmte ein durchdringender Duft, dessen Macht er sich nicht zu entziehen vermochte. Diese Kleine hatte sich zweifellos an die Pariser Luft gewöhnt, jetzt wurde sie zum Weib, und sie war erregend, war so vernünftig und hatte dabei so schönes, liebesschweres Haar.

„Wenn Sie auf unserer Seite stehen", sagte er lachend, „weshalb bleiben Sie dann bei unseren Gegnern? — Hat man mir nicht auch erzählt, daß Sie bei diesem Bourras wohnen?"

„Das ist ein sehr ehrenwerter Mann", murmelte sie.

„Nein, hören Sie mir auf! Ein alter Rappelkopf, ein Narr, der mich zwingen wird, ihn an den Bettelstab zu bringen, während ich ihm gern ein Vermögen dafür zahlen würde, ihn mir vom Halse zu schaffen! — Zunächst einmal ist das nicht der rechte Ort für Sie, sein Haus steht in schlechtem Ruf, er vermietet an Personen . . ." Aber er spürte die Bestürzung des jungen Mädchens und beeilte sich hinzuzufügen: „Man kann überall anständig sein, und es ist sogar verdienstvoller, es zu sein, wenn man nicht wohlhabend ist."

Wieder gingen sie einige Schritte schweigend dahin. Pépé

schien mit der aufmerksamen Miene eines frühreifen Kindes zuzuhören. Mitunter sah er zu seiner Schwester auf, über deren glühendheiße, von leichten Schauern durchzuckte Hand er sich wunderte.

„Hören Sie", fing Mouret heiter wieder an, „wollen Sie mein Abgesandter sein? Ich hatte die Absicht, mein Angebot morgen noch zu erhöhen, Bourras achtzigtausend Francs anbieten zu lassen ... Sprechen Sie ihm als erste davon, sagen Sie ihm doch, daß er Selbstmord begeht. Auf Sie wird er vielleicht hören, weil er Ihnen freundschaftlich zugetan ist, und Sie würden ihm wirklich einen Dienst erweisen."

„Gut denn!" erwiderte Denise, ebenfalls lächelnd. „Ich werde den Auftrag übernehmen, aber ich bezweifle, daß ich Erfolg damit haben werde."

Und abermals verfielen sie in Schweigen. Keiner von beiden hatte dem anderen mehr etwas zu sagen. Einen Augenblick lang versuchte er, von Onkel Baudu zu sprechen, mußte aber abbrechen, da er das Unbehagen des jungen Mädchens bemerkte. Indes gingen sie nebeneinander weiter, schließlich gelangten sie auf eine zur Rue de Rivoli führende Allee, wo es noch hell war. Als sie aus dem Dunkel der Bäume hinaustraten, war es wie ein jähes Erwachen. Er sah ein, daß er sie nicht länger zurückhalten könne.

„Guten Abend, Fräulein."

„Guten Abend, Herr Mouret."

Doch er ging nicht fort. Beim Aufschauen hatte er soeben flüchtig an der Ecke der Rue d'Alger die erleuchteten Fenster von Frau Desforges wahrgenommen, die ihn erwartete. Und er hatte den Blick wieder Denise zugewandt, er sah sie deutlich in der fahlen Dämmerung: sie war im Vergleich zu Henriette ein ganz armseliges Geschöpf, weshalb machte sie ihm dann das Herz so warm? Eine blöde Laune war das.

„Das Bürschchen wird müde", fing er wieder an, um noch irgend etwas zu sagen. „Und nicht wahr, Sie vergessen nicht, daß unser Haus Ihnen offensteht? Sie brauchen nur anzuklopfen, ich werde Ihnen jede wünschenswerte Genugtuung verschaffen ... Guten Abend, Fräulein."

„Guten Abend, Herr Mouret."

Nachdem Mouret sie verlassen hatte, kehrte Denise in den tiefen Schatten unter den Katanienbäumen zurück. Lange ging sie ziellos zwischen den riesigen Stämmen dahin, das Blut war ihr in die Wangen gestiegen, in ihrem Kopf schwirrte es von verworrenen Gedanken. Pépé, der noch immer an ihrer Hand hing, machte mit seinen kurzen Beinen lange Schritte, um mitzukommen. Sie hatte ihn vergessen. Schließlich sagte er:

„Du gehst zu schnell, Mütterchen."

Da setzte sie sich auf eine Bank; und weil das Kind müde war, schlief es ein, quer über ihrem Schoß liegend. Sie hielt es fest, drückte es an ihre jungfräuliche Brust, während ihr Blick verloren in die Finsternis schweifte. Als sie eine Stunde später langsam mit ihm in die Rue de la Michodière zurückkam, hatte sie wieder das ihr eigene ruhige Gesicht eines vernünftigen Mädchens.

„Himmeldonnerwetter!" schrie ihr Bourras entgegen, sobald er sie bemerkte. „Der Schlag ist gefallen ... Diese Kanaille Mouret hat mein Haus gekauft." Er war außer sich und schlug, ganz allein mitten im Laden stehend, mit so ausfahrenden Bewegungen um sich, daß er die Schaufenster zu zertrümmern drohte. „Ah, das Lumpenpack! — Der Obsthändler hat mir geschrieben. Und wissen Sie, für wieviel er mein Haus verkauft hat? Für hundertfünfzigtausend Francs, viermal soviel, als es wert ist! Das ist auch ein schöner Räuber! — Stellen Sie sich vor, daß er meine Verschönerungen zum Vorwand genommen hat; ja, er hat geltend gemacht, daß das Haus gerade neu hergerichtet worden sei ... Werden die nicht bald aufhören, sich über mich lustig zu machen?" Der Gedanke, daß sein für Verputz und Anstrich ausgegebenes Geld dem Obsthändler zustatten gekommen war, brachte ihn furchtbar auf. Und nun werde Mouret sein Hauswirt: an ihn müsse er zahlen, bei ihm, dem verabscheuten Konkurrenten, wohne er von jetzt an! Bei dieser Vorstellung geriet er vollends in Harnisch. „Ich habe deutlich gehört, wie sie die Mauer durchgestoßen haben ... Jetzt sind sie hier, es ist, als äßen sie von meinem Teller!" Und er hieb die Faust auf den Ladentisch, daß der ganze Laden wakkelte, die Stöcke und die Schirme nur so tanzten. Denise, die völlig benommen war, hatte kein Wort anbringen können. Sie blieb regungslos stehen, wartete auf das Ende des Anfalls, indes Pépé vor Müdigkeit auf einem Stuhl einschlief. Als Bourras sich endlich ein wenig beruhigte, beschloß sie, Mourets Auftrag auszurichten; gewiß war der Alte böse, aber gerade das Übermaß seines Zorns, die Sackgasse, in der er sich befand, konnten ihn zu einem plötzlichen Annehmen bestimmen.

„Soeben habe ich jemanden getroffen", fing sie an. „Ja, jemanden vom ‚Paradies', und zwar einen sehr gut Unterrichteten... Es scheint, man wird Ihnen morgen achtzigtausend Francs anbieten..."

Er fiel ihr mit einem schrecklichen Gebrüll ins Wort:

„Achtzigtausend Francs! Achtzigtausend Francs! – Jetzt nicht für eine Million!"

Sie wollte ihm vernünftig zureden, aber die Ladentür ging auf, und sofort wich sie stumm und bleich zurück. Es war Onkel Baudu mit seinem gelben Gesicht, er sah gealtert aus. Bourras packte die Knöpfe am Überrock seines Freundes, schrie ihm, ohne ihn zu Wort kommen zu lassen, von seiner Anwesenheit aufgestachelt, ins Gesicht:

„Wissen Sie, was die die Unverfrorenheit gehabt haben, mir anzubieten? Achtzigtausend Francs! Soweit ist es mit ihnen gekommen, mit diesen Banditen! Sie glauben, ich werde mich wie eine Dirne verkaufen . . . Ah, sie haben das Haus gekauft und denken, jetzt hätten sie mich! Nun, jetzt ist Schluß, sie werden es nicht bekommen! Ich hätte vielleicht nachgegeben, aber da es jetzt ihnen gehört, sollen sie doch versuchen, es sich zu nehmen!"

„Dann stimmt die Nachricht also?" sagte Baudu mit seiner schleppenden Stimme. „Man hatte es mir versichert, ich bin gekommen, um Genaues zu erfahren."

„Achtzigtausend Francs!" wiederholte Bourras. „Weshalb nicht hunderttausend? Das viele Geld ist es, was mich so empört. Glauben sie etwa, sie werden mich dahin bringen, mit ihrem Geld einen Schurkenstreich zu begehen? – Sie werden es nicht bekommen, Himmeldonnerwetter! Nie! Nie! Verstehen Sie!"

Denise schwieg nicht länger, sondern sagte in ihrer ruhigen Art:

„In neun Jahren, wenn Ihr Mietvertrag abgelaufen ist, werden sie es ja doch haben." Und trotz der Anwesenheit ihres Onkels beschwor sie den Greis, anzunehmen. Der Kampf sei unmöglich geworden, er streite gegen eine überlegene Macht, es sei Wahnsinn, das Vermögen, das sich ihm biete, auszuschlagen.

Aber er erwiderte immer nein. In neun Jahren hoffe er tot zu sein, um das nicht zu erleben.

„Haben Sie gehört, Herr Baudu?" sagte er. „Ihre Nichte steht auf deren Seite, sie haben sie beauftragt, mich zu bestechen ... Sie hält es wahrhaftig mit den Räubern!"

Bis dahin schien der Onkel Denise nicht gesehen zu haben. Mit der mürrischen Bewegung, die er jedesmal ostentativ machte, wenn sie vorüberging und er auf der Schwelle seines Ladens stand, hob er den Kopf. Aber langsam drehte er sich um und sah sie an. Seine dicken Lippen zitterten.

„Das weiß ich", antwortete er halblaut. Und er fuhr fort, sie anzusehen.

Denise, bis zu Tränen gerührt, fand ihn sehr verändert durch seinen Kummer.

Er, von dumpfen Gewissensbissen befallen, daß er ihr nicht beigestanden hatte, dachte vielleicht an die Elendszeit, die sie durchgemacht hatte. Zudem schien ihn der Anblick Pépés, der inmitten der schallenden Ausbrüche der Auseinandersetzung auf dem Stuhl eingeschlafen war, weich zu stimmen.

„Denise", sagte er einfach, „komm doch morgen mit dem Kleinen auf einen Teller Suppe zu uns ... Meine Frau und Geneviève haben mich gebeten, dich einzuladen, falls ich dich träfe."

Sie errötete tief und umarmte ihn.

Und als er fortging, rief ihm Bourras, glücklich über diese Versöhnung, noch nach:

„Bringen Sie sie zur Vernunft, es steckt Gutes in ihr ... Was mich betrifft, so mag das Haus einstürzen, dann wird man mich unter seinen Trümmern finden."

„Unsere Häuser stürzen bereits ein, Nachbar", sagte Baudu düster. „Wir alle werden dabei draufgehen."

## KAPITEL VIII

Unterdessen sprach das ganze Stadtviertel von der großen Straße, die man unter dem Namen Rue du Dix-Décembre von der neuen Oper bis zur Börse anlegen wollte. Die Enteignungsbescheide waren zugestellt, zwei Rotten Abrißarbeiter begannen bereits von den beiden Enden her mit dem Durchbruch, indem die eine die Patrizierhäuser der Rue Louis-le-Grand niederriß, die andere die leichten Mauern des ehemaligen Théâtre du Vaudeville umlegte; und man hörte, wie die Spitzhacken immer näher rückten, die Rue de Choiseul und die Rue de la Michodière nahmen leidenschaftlich Partei für ihre zum Fallen verurteilten Häuser. Vor Ablauf von vierzehn Tagen sollte der Durchbruch sie durch einen breiten, von Lärm und Sonne erfüllten Einschnitt beseitigen.

Was aber das Stadtviertel noch mehr bewegte, waren die Arbeiten, die am „Paradies der Damen" vorgenommen wurden. Man sprach von beträchtlichen Vergrößerungen, von gigantischen Verkaufsräumen, die die drei Fronten an der Rue de la Michodière, der Rue Neuve-Saint-Augustin und der Rue Monsigny einnehmen sollten. Mouret, hieß es, habe mit Baron Hartmann, dem Präsidenten des Crédit Immobilier, unterhandelt und werde den ganzen Häuserblock in Besitz nehmen, ausgenommen die künftige Front an der Rue du Dix-Décembre, wo der Baron ein Konkurrenzunternehmen zum Grand-Hôtel errichten wolle. Überall zahlte das „Paradies" Entschädigungen für die Mietverträge; die Läden wurden geschlossen, die Mieter zogen aus; und in den leeren Gebäuden begann ein Heer von Arbeitern unter Wolken von Gips mit den neuen Umbauten. Als einziges inmitten dieser Umwälzung hing regungslos und unberührt des alten Bourras schmales baufälliges Haus eigensinnig zwischen den hohen, mit Bauarbeitern übersäten Mauern.

Als Denise am nächsten Tag mit Pépé zu Onkel Baudu ging, war die Straße gerade durch eine Reihe von Kippwagen versperrt, die vor dem ehemaligen Hôtel Duvillard Ziegelsteine abluden. Auf der Schwelle seines Ladens stand der Onkel und sah mit trübem Blick zu. In demselben Maße, in dem das „Paradies der Damen" sich vergrößerte, schien das „Vieil Elbeuf" kleiner zu werden. Das junge Mädchen fand die Schaufenster noch dunkler, noch zusammengedrückter unter dem niedrigen Zwischenstock mit den runden Gefängnisfenstern. Die Feuchtigkeit hatte das grüne Firmenschild noch mehr entfärbt, tödliche Angst sank von der ganzen bleifarbenen und gleichsam ausgemergelten Fassade herab.

„Da seid ihr ja", sagte Baudu. „Nehmt euch in acht, sie werden euch noch überfahren!"

Im Laden empfand Denise die gleiche Herzbeklemmung. Er erschien ihr noch trauriger geworden, noch stärker von der schlaffen Atmosphäre des Untergangs erfaßt. Leere Ecken schufen finstere Höhlen, der Staub hatte von den Ladentischen und den Regalen Besitz ergriffen, während aus den Tuchballen, die nicht mehr von der Stelle gerückt wurden, der Geruch eines von Salpeter überzogenen Kellers aufstieg. An der Kasse saßen stumm und regungslos Frau Baudu und Geneviève, wie in einem einsamen Winkel, wohin niemand kam, um sie zu stören. Die Mutter säumte Geschirrtücher. Die Tochter schaute, die Hände im Schoß, vor sich ins Leere.

„Guten Abend, Tante", sagte Denise. „Ich freue mich sehr, Sie wiederzusehen, und bitte Sie um Verzeihung, wenn ich Ihnen Kummer gemacht habe."

Frau Baudu umarmte sie sehr gerührt.

„Mein armes Kind", sagte sie, „wenn ich keinen anderen Kummer hätte, würdest du mich heiterer finden."

„Guten Abend, Kusine", sagte Denise und küßte Geneviève als erste auf die Wangen.

Diese fuhr gleichsam aus dem Schlaf empor. Sie erwiderte ihre Küsse, ohne ein Wort zu finden. Dann zogen die beiden Frauen Pépé an sich, der ihnen die Ärmchen entgegenstreckte. Und die Versöhnung war vollkommen.

„Los! Es ist sechs Uhr, setzen wir uns zu Tisch", sagte Baudu. „Weshalb hast du Jean nicht mitgebracht?"

„Er sollte doch kommen", murmelte Denise verlegen. „Gerade heute morgen habe ich ihn gesehen, er hat es mir fest versprochen ... Oh, man braucht nicht auf ihn zu warten, sein Chef wird ihn aufgehalten haben." Sie vermutete irgendeine seltsame Geschichte, wollte ihn im voraus entschuldigen.

„Also, setzen wir uns zu Tisch", wiederholte der Onkel. Dann wandte er sich dem dunklen Hintergrund des Ladens zu. „Colomban, Sie können gleichzeitig mit uns essen. Es wird niemand kommen."

Denise hatte den Kommis nicht bemerkt. Die Tante erklärte ihr, daß sie den andern Verkäufer und das Fräulein hatten entlassen müssen. Das Geschäft gehe so schlecht, daß Colomban genüge; und dabei verbringe er noch ganze Stunden unbeschäftigt, betäubt, mit offenen Augen in den Schlaf hinübergleitend.

Im Speisezimmer brannte das Gas, obgleich man sich in den langen Sommertagen befand. Denise überlief beim Eintreten ein leichter Schauer, als die Kühle, die von den Wänden ausging, ihre Schultern traf. Sie fand den runden Tisch wieder vor, die Gedecke auf einem Wachstuch, das Fenster, das Luft und Licht aus dem stinkenden Schacht des kleinen Hofes bezog. Und diese Dinge schienen ihr ebenso wie der Laden noch düsterer geworden zu sein und tränenvoll.

„Vater", sagte Geneviève, der es Denises wegen peinlich war, „soll ich das Fenster schließen? Es riecht hier nicht gut."

Er roch nichts. Er war erstaunt.

„Mach das Fenster zu, wenn es dir Spaß macht", antwortete er schließlich. „Bloß werden wir dann keine Luft kriegen."

In der Tat erstickte man fast. Es war eine ganz einfache Familienmahlzeit. Sobald das Dienstmädchen nach der Suppe das gekochte Rindfleisch aufgetragen hatte, kam der Onkel unausbleiblich auf die Leute von gegenüber zu sprechen. Zunächst zeigte er sich sehr duldsam, er gestattete seiner Nichte, anderer Ansicht zu sein.

„Mein Gott, es steht dir durchaus frei, diese großen protzigen Häuser zu verteidigen ... Jeder nach seiner Meinung, mein Kind ... Da es dich nicht angewidert hat, auf so schmutzige

Weise vor die Tür gesetzt worden zu sein, mußt du wohl stichhaltige Gründe haben, jene zu schätzen; und, siehst du, wenn du wieder dort eintreten wolltest, würde ich es dir nicht übelnehmen ... Nicht wahr, keiner hier würde es ihr übelnehmen?"

„O nein", murmelte Frau Baudu.

Denise nannte in aller Ruhe ihre Gründe, so wie sie sie bei Robineau sagte: die folgerichtige Entwicklung des Handels, die Erfordernisse der modernen Zeit, die Großartigkeit dieser neuen Schöpfungen, schließlich der wachsende Wohlstand des Publikums.

Die Augen weit aufgerissen, den Mund fest geschlossen, hörte ihr Baudu mit sichtbarer geistiger Anspannung zu. Als sie geendet hatte, schüttelte er den Kopf.

„Das alles sind Hirngespinste. Handel ist Handel, soviel steht fest ... Oh, ich gebe zu, daß sie Erfolg haben, aber das ist auch alles. Lange habe ich geglaubt, sie würden sich das Genick brechen. Ja, ich habe darauf gewartet, ich faßte mich in Geduld; du erinnerst dich wohl? Weit gefehlt! Es scheint so, als machten heute die Diebe ihr Glück, während die ehrlichen Leute auf dem Stroh sterben ... Soweit ist es jetzt mit uns gekommen, ich bin gezwungen, mich den Tatsachen zu beugen. Und ich beuge mich, mein Gott, ich beuge mich ..." Nach und nach brachte ihn ein heimlicher Groll in Harnisch. Plötzlich schwang er seine Gabel. „Aber das ‚Vieil Elbeuf' wird niemals Zugeständnisse machen! – Weißt du, ich habe zu Bourras gesagt: ‚Nachbar, Sie paktieren mit den Scharlatanen, Ihre Pinseleien sind eine Schande!'"

„Iß doch", unterbrach ihn Frau Baudu, die es beunruhigte, daß er sich so in Hitze redete.

„Warte, ich will, daß meine Nichte meinen Wahlspruch genau kennt ... Höre, mein Kind: ich bin wie diese Karaffe, ich rühre mich nicht. Sie haben Erfolg, da kann man eben nichts bei machen! Was mich betrifft, ich bin dagegen, das ist alles!"

Das Dienstmädchen brachte einen Kalbsbraten. Mit zitternden Händen schnitt er Scheiben davon ab; und er hatte nicht mehr das zuverlässige Augenmaß, war nicht mehr imstande, die Stücke abzuwägen. Das Bewußtsein seiner Niederlage hatte ihn um die frühere Sicherheit eines geachteten Meisters gebracht. Pépé hatte sich eingebildet, der Onkel sei böse geworden: man hatte ihn beruhigen müssen, indem man ihm sofort etwas vom Nachtisch gab, Biskuits, die zufällig vor seinem Teller standen. Dann dämpfte der Onkel die Stimme und versuchte, von anderen Dingen zu reden. Ein Weilchen sprach er über die Abrißarbeiten, er hieß die Rue du Dix-Décembre gut, deren Durchbruch sicher den Handel des Stadtviertels steigern werde. Aber an diesem Punkt kam er abermals auf das „Paradies der Damen“ zu sprechen; alles führte ihn darauf zurück, es war eine krankhafte Besessenheit. Man verkomme in Gips, man verkaufe nichts mehr, seit die Wagen mit dem Baumaterial die Straße versperrten. So groß zu sein sei außerdem lächerlich; die Kunden würden sich verirren, warum dann nicht gleich die Markthallen? Und ungeachtet der flehenden Blicke seiner Frau, ging er trotz ihres Bemühens von den Arbeiten an dem Modewarenhaus zu dessen Umsatz über. Es sei doch wohl ungehörig, daß sie in weniger als vier Jahren die Umsatzziffer verfünffacht hätten: ihre jährliche Einnahme, die früher acht Millionen betragen habe, habe laut der letzten Bilanz die Summe von vierzig erreicht. Kurz, ein Wahnsinn, etwas, was es bisher nie gegeben habe und wogegen man nicht mehr kämpfen könne. Sie würden immer reicher, jetzt seien es tausend Angestellte, achtundzwanzig Rayons hätten sie angekündigt. Besonders die Zahl von achtundzwanzig Rayons brachte ihn außer sich. Zweifellos mußte man einige geteilt haben, aber andere waren vollständig neu, zum Beispiel ein Möbelrayon und einer für Pariser Spezialartikel. Pariser Spezialartikel! War das zu verstehen? Wahrhaftig, diese Leute besäßen keinen Stolz, schließlich würden sie auch noch Fisch verkaufen. Während der Onkel so tat, als respektiere er Denises Ansichten, brachte er es gleichzeitig fertig, sie zu belehren.

„Offen gesagt, du kannst sie nicht verteidigen. Siehst du mich etwa eine Abteilung für Kochtöpfe mit meinem Stoffhandel verbinden? Nicht wahr, du würdest sagen, ich sei verrückt geworden? – Gib wenigstens zu, daß du sie nicht achtest.“

Da das junge Mädchen einsah, daß es nutzlos sein würde, triftige Gründe anzuführen, begnügte es sich mit einem verlegenen Lächeln.

Er fing wieder an: „Kurz, du stehst auf ihrer Seite. Wir werden nicht mehr darüber sprechen, denn es ist nicht nötig, daß sie uns noch entzweien. Das wäre die Höhe, wenn ich erleben sollte, daß sie sich zwischen meine Angehörigen und mich stellen! – Tritt wieder bei ihnen ein, wenn es dir Vergnügen macht, aber ich verbiete dir, mir weiter die Ohren mit Geschichten über sie voll zu schwätzen!"

Eine Weile herrschte Schweigen. Seine frühere Heftigkeit war zu dieser fieberhaften Resignation geworden. Da man in dem engen, durch die Gasflamme erhitzten Raum nahezu erstickte, mußte das Dienstmädchen das Fenster wieder öffnen, und der feuchte Gestank des Hofes wehte über den Tisch. In Butter geschwenkte Kartoffeln waren aufgetragen worden. Man bediente sich langsam, ohne ein Wort zu sprechen.

„Sieh dir die zwei dort an", begann Baudu wieder, mit seinem Messer auf Geneviève und Colomban deutend. „Frag sie, ob sie dein ‚Paradies der Damen' lieben!"

Colomban und Geneviève saßen auf dem gewohnten Platz, wo sie sich seit zwölf Jahren zweimal täglich zusammenfanden, und aßen gemessen. Sie hatten kein einziges Wort von sich gegeben. Er war bemüht, den Ausdruck schwerfälliger Gutmütigkeit auf seinem Gesicht noch zu steigern und schien dabei hinter den gesenkten Lidern die innere Flamme, die ihn versengte, zu verbergen, während sich Geneviève, den Kopf mit dem zu schweren Haar noch tiefer geneigt, wie von einem geheimen Leiden verheert, völlig aufgab.

„Das letzte Jahr war ein unseliges", erklärte der Onkel. „Wir mußten unbedingt ihre Hochzeit hinausschieben ... Nein, frag sie zum Spaß ein wenig, was sie von deinen Freunden halten."

Um ihn zufriedenzustellen, erkundigte sich Denise bei den jungen Leuten.

„Ich kann sie schwerlich lieben, Kusine", antwortete Geneviève. „Doch seien Sie beruhigt, nicht alle verabscheuen sie." Und sie sah Colomban an, der mit abwesender Miene ein Stück Brotkrume rollte.

Als er die Augen des jungen Mädchens auf sich ruhen fühlte, stieß er heftige Worte aus.

„Eine schmutzige Bude! – Die einen sind dort noch größere Schurken als die anderen! – Kurz, eine wahre Pest für das Stadtviertel!"

„Da hört ihr's! Da hört ihr's!" rief Baudu entzückt. „Das ist einer, den sie nie einfangen werden! – Wahrlich, du bist der letzte, solche wie du werden nicht mehr geboren!"

Aber Geneviève, aus deren Gesicht Strenge und Schmerz sprachen, ließ den Blick nicht von Colomban. Sie schaute ihm bis ins Herz, und er wurde verwirrt, er schimpfte immer ärger.

Frau Baudu, die ihnen gegenübersaß, sah beunruhigt und stumm von einem zum anderen, als ahne sie hier ein neues Unglück. Seit einiger Zeit erschreckte sie die Traurigkeit ihrer Tochter, sie spürte, daß sie dem Tode nahe war.

„Es ist niemand im Laden", sagte sie schließlich und stand vom Tisch auf in dem Bestreben, diesem Auftritt ein Ende zu machen. „Sehen Sie mal nach, Colomban, mir war so, als hätte ich jemanden gehört."

Man war fertig, man erhob sich. Baudu und Colomban gingen hinaus, um sich mit einem Makler zu unterhalten, der Aufträge einholen wollte. Frau Baudu nahm Pépé mit sich, um ihm Bilder zu zeigen. Das Dienstmädchen hatte flink abgedeckt, und Denise, die, von dem kleinen Hof angezogen, selbstvergessen am Fenster stand, bemerkte, als sie sich umwandte, daß Geneviève noch immer auf ihrem Platz saß, den Blick auf das Wachstuch geheftet, das noch feucht war vom Abwischen mit dem Schwamm.

„Fehlt Ihnen etwas, Kusine?" fragte sie jene.

Das junge Mädchen antwortete nicht, sondern betrachtete hartnäckig einen Riß in dem Wachstuch, als sei sie ganz in Anspruch genommen von den Überlegungen, die in ihr weitergingen. Dann hob sie mühsam den Kopf, schaute in das teilnahmsvolle Gesicht, das sich dem ihren zuneigte. Die anderen waren also fortgegangen? Was tat sie hier auf dem Stuhl? Und ganz plötzlich erstickte sie ein Schluchzen, ihr Kopf sank auf die Tischkante. Sie weinte, sie durchnäßte ihren Ärmel mit Tränen.

„Mein Gott, was haben Sie?“ stieß Denise fassungslos hervor. „Soll ich jemanden rufen?“

Geneviève hatte sie krampfhaft am Arm gepackt. Sie hielt sie zurück, sie stammelte:

„Nein, nein, bleiben Sie hier ... Oh, Mama darf es nicht wissen! – Bei Ihnen macht es mir nichts aus, aber nicht die anderen, nicht die anderen! – Ich schwöre Ihnen, ich kann nichts dafür. Das kommt, weil ich sehe, daß ich ganz verlassen bin ... Warten Sie, es geht mir schon besser, ich weine nicht mehr.“ Und neue Anfälle kamen, schüttelten ihren gebrechlichen Körper in heftigen Schauern. Es war, als erdrücke die Masse ihres schwarzen Haares ihren Nacken. Als sie den schmerzenden Kopf auf den verschränkten Armen hin und her bewegte, löste sich eine Haarnadel, die Haare fielen ihr über den Hals herab, begruben sie in ihrer Finsternis.

Indessen versuchte Denise geräuschlos, da sie befürchtete, irgend jemandes Aufmerksamkeit zu erregen, ihrer Kusine Erleichterung zu verschaffen. Sie hakte ihr das Kleid auf, und das Herz blutete ihr beim Anblick dieser leidvollen Abgezehrtheit: die Arme hatte die flache Brust eines Kindes, das Nichts eines unberührten, von Blutarmut verzehrten Mädchens. Mit beiden Händen faßte Denise ihr Haar, dieses herrliche Haar, das ihr die Lebenskraft auszusaugen schien; dann wickelte sie es fest zusammen, um Geneviève davon zu befreien und ihr zu ein wenig Luft zu verhelfen.

„Danke, Sie sind gut“, sagte Geneviève. „Ach, an mir ist nicht viel dran, nicht wahr? Früher war ich stärker, aber alles ist geschwunden ... Machen Sie mein Kleid wieder zu, Mama würde sonst vielleicht meine Schultern sehen. Ich verberge sie, wie ich nur kann ... Mein Gott, es geht mir nicht gut, es geht mir nicht gut.“ Doch der Anfall legte sich. Sie saß völlig erschöpft auf ihrem Stuhl und blickte ihre Kusine fest an. Und nach kurzem Schweigen fragte sie: „Sagen Sie mir die Wahrheit, liebt er sie?“

Denise fühlte, wie ihr das Blut in die Wangen stieg. Sie hatte vollkommen verstanden, daß es sich um Colomban und Clara handelte. Aber sie tat erstaunt.

„Wen denn, meine Liebe?"

Geneviève schüttelte mit ungläubiger Miene den Kopf.

„Ich bitte Sie, lügen Sie nicht. Erweisen Sie mir den Dienst, mir endlich Gewißheit zu verschaffen ... Sie wissen es bestimmt, das spüre ich. Ja, Sie waren die Kollegin dieser Frau, und ich habe gesehen, wie Colomban Ihnen nachgegangen ist und mit Ihnen geflüstert hat. Er hat Sie beauftragt, ihr etwas auszurichten, nicht wahr? – Oh, haben Sie Erbarmen, sagen Sie mir die Wahrheit, ich versichere Ihnen, daß es gut für mich sein wird."

Noch nie hatte Denise eine solche Verlegenheit empfunden. Sie schlug die Augen nieder vor diesem Kind, das stets schwieg, aber alles erriet. Indessen fand sie die Kraft, sie erneut zu täuschen.

„Aber er liebt doch Sie!"

Da machte Geneviève eine Gebärde der Verzweiflung.

„Schon gut, Sie wollen nichts sagen ... Übrigens ist mir das einerlei, ich habe sie gesehen. Er geht fortwährend auf die Straße hinaus, um sie anzuschauen. Sie steht oben und lacht wie ein gemeines Geschöpf ... Ganz gewiß treffen sie sich draußen."

„Das nicht, ich schwöre es Ihnen!" rief Denise, die sich vergaß, fortgerissen von dem Wunsch, ihr wenigstens diesen Trost zu spenden.

Das junge Mädchen atmete tief, sie lächelte matt. Dann sagte sie mit der kraftlos gewordenen Stimme einer Genesenden:

„Ich hätte gern ein Glas Wasser ... Entschuldigen Sie, daß ich Sie bemühe. Dort, im Büfett." Und sobald sie die Karaffe hatte, leerte sie auf einen Zug ein großes Glas. Mit der Hand schob sie Denise beiseite, die befürchtete, sie könne sich schaden. „Nein, nein, lassen Sie nur, ich habe immer Durst ... Nachts stehe ich auf, um zu trinken."

Abermals entstand eine Pause. Leise fing Geneviève wieder an:

„Wenn Sie nur wüßten, seit zehn Jahren bin ich an den Gedanken dieser Heirat gewöhnt. Ich trug noch kurze Kleider, als

Colomban bereits für mich bestimmt war... Ich erinnere mich nicht mehr, wie alles gekommen ist. Dadurch, daß wir immer zusammen gelebt haben, hier eingeschlossen dicht nebeneinander blieben, ohne daß es jemals eine Trennung zwischen uns gegeben hätte, mußte ich in ihm schließlich vor der Zeit meinen Gatten sehen. Ich wußte nicht, ob ich ihn liebte, ich war seine Frau, weiter nichts... Und jetzt will er mit einer anderen davongehen! O mein Gott, das zerreißt mir das Herz! Sehen Sie, das ist ein Leiden, das ich nicht kannte. Es befällt meine Brust, meinen Kopf, dann breitet es sich überallhin aus, das bringt mich um." Wieder stiegen ihr Tränen in die Augen.

Denise, der vor Mitleid ebenfalls die Wimpern feucht wurden, fragte sie:

„Ahnt meine Tante irgend etwas?"

„Ja, ich glaube, Mama ahnt etwas... Was Papa betrifft, so hat er zuviel Sorgen, er weiß nicht, welche Qual er mir durch das Hinausschieben der Hochzeit bereitet... Mehrmals hat Mama mich auszufragen versucht. Es beunruhigt sie, daß sie mich immer schwächer werden sieht. Sie ist selber niemals kräftig gewesen, oft hat sie zu mir gesagt: ‚Mein armes Kind, ich habe dir nicht viel Kraft mitgegeben.' Und zudem gedeiht man schwerlich in diesen Läden. Aber schließlich muß sie doch finden, daß ich zu sehr abmagere... Schauen Sie meine Arme an, das geht doch so nicht mehr!" Mit zitternder Hand hatte sie wieder die Karaffe ergriffen.

Ihre Kusine wollte sie am Trinken hindern.

„Nein, lassen Sie mich, ich habe zu großen Durst."

Plötzlich erklang laut Baudus Stimme. Da gab Denise dem Drang ihres Herzens nach, kniete nieder und umschlang Geneviève in einer schwesterlichen Umarmung. Sie küßte sie, sie versicherte ihr, daß alles gut gehen werde, daß sie Colomban heiraten und genesen und glücklich sein werde.

Rasch stand sie auf. Der Onkel hatte sie gerufen.

„Jean ist hier, komm doch mal."

Es war tatsächlich Jean, ein verstörter Jean, der zum Essen kam. Als man ihm sagte, daß es schon acht Uhr geschlagen habe, war er ganz baff. Nicht möglich, er komme soeben von seinem Meister.

Man neckte ihn, zweifellos habe er einen Umweg durch den Bois de Vincennes gemacht.

Aber sobald er dicht an seine Schwester herankommen konnte, flüsterte er ihr ganz leise zu: „Es ist eine kleine Wäscherin, die ihre Wäsche austrug ... Ich habe draußen einen Wagen auf Zeit ... Gib mir hundert Sous." Er ging für einen Augenblick hinaus und kehrte zurück, um zu essen, weil Frau Baudu durchaus nicht zulassen wollte, daß er wieder fortging, ohne wenigstens einen Teller Suppe zu sich genommen zu haben.

Geneviève war in der ihr eigenen Schweigsamkeit und Unaufdringlichkeit wieder zum Vorschein gekommen. Colomban saß im Halbschlaf hinter einem Ladentisch. Der Abend verging trübe und schleppend, einzig belebt durch die Schritte des Onkels, der von einem Ende des leeren Ladens zum anderen hin und her wanderte. Eine einsame Gasflamme brannte, von der niedrigen Decke fiel das Dunkel herab, als würde mit vollen Schaufeln schwarze Erde in ein Grab geworfen.

Monate vergingen. Denise kam fast täglich, um Geneviève ein Weilchen aufzuheitern. Doch bei den Baudus nahm die Niedergeschlagenheit immer mehr zu. Die Bauarbeiten gegenüber waren eine unausgesetzte Qual, die sie ihr Unglück noch lebhafter empfinden ließ. Selbst wenn sie eine Stunde der Hoffnung, eine unerwartete Freude hatten, genügte der Lärm eines Karrens, der seine Ziegel auskippte, die Säge eines Steinmetzen oder einfach der Ruf eines Maurers, um sie ihnen sogleich zu verderben. Das ganze Stadtviertel war übrigens davon in Mitleidenschaft gezogen. Aus dem Plankenzaun, der sich längs der drei Straßen erstreckte und sie versperrte, drang ein Schwall fieberhafter Tätigkeit. Obwohl der Architekt vorhandene Gebäude benutzte, riß er sie überall auf, um sie entsprechend umzubauen; und in der Mitte, im Durchbruch der Höfe, errichtete er eine zentrale Galerie, weiträumig wie eine Kirche, die durch eine Ehrenpforte mitten in der Vorderfront auf die Rue Neuve-Saint-Augustin münden sollte. Man hatte anfangs große Schwierigkeiten bei der Anlage der

Räume im Kellergeschoß gehabt, denn man war auf Stellen gestoßen, wo der Boden naß war von Sickerwasser aus der Kanalisation, und auf Erdaufschüttungen voll menschlicher Gebeine. Sodann hatte das Bohren des Brunnens heftig die benachbarten Häuser beschäftigt, eines hundert Meter tiefen Brunnens, der in der Minute fünfhundert Liter Wasser liefern sollte. Jetzt erhoben sich die Mauern bis zum ersten Stock; Standgerüste und Rollgerüste umgaben den ganzen Häuserblock; unaufhörlich hörte man das Knirschen der Winden, mit denen Quadersteine hinaufbefördert wurden, das polternde Abladen der eisernen Deckenbalken, das vom Geräusch der Hacken und Hämmer begleitete Geschrei der Arbeitermenge. Mehr als alles andere jedoch betäubte die Menschen das Vibrieren der Maschinen; alles ging mit Volldampf, und gellende Pfiffe zerrissen die Luft. Beim geringsten Windstoß aber flog ein Gewölk von Gips auf und schlug sich wie ein Schneefall auf den umliegenden Dächern nieder. Die verzweifelten Baudus sahen, wie dieser unerbittliche Staub sich überall einnistete, das dichteste Holzwerk durchdrang, die Stoffe im Laden beschmutzte, sich bis in ihre Betten schlich; und der Gedanke, daß sie ihn unumgänglich einatmeten, daß sie schließlich daran sterben würden, vergiftete ihr Dasein.

Der Zustand verschlimmerte sich übrigens noch. In der Befürchtung, nicht rechtzeitig fertig zu werden, entschloß sich der Architekt im September, auch nachts arbeiten zu lassen. Mächtige elektrische Lampen wurden installiert, und das aufgeregte Hin und Her hörte überhaupt nicht mehr auf: eine Rotte löste die andere ab, das Gehämmer setzte nicht mehr aus, die Maschinen pfiffen fortwährend, das ständig gleich starke Getöse schien den Gips aufzuwirbeln und umherzustreuen. Da mußten die Baudus voll Erbitterung sogar darauf verzichten, die Augen zuzutun; sie wurden in ihrem Alkoven gerüttelt, und sobald sie vor Erschöpfung einschliefen, verwandelten sich die Geräusche in Alpträume. Standen sie dann mit bloßen Füßen auf, um ihre Erregung abklingen zu lassen, und hoben den Vorhang an, so waren sie von Entsetzen erfüllt beim Anblick des „Paradieses der Damen“, das in der Finsternis loderte wie eine riesige Schmiede, in der ihr Untergang geschmiedet wurde. Inmitten der bis zur halben Höhe gediehenen, von leeren Fensterhöhlen durchlöcherten Mauern warfen die elektrischen Lampen breite blaue Strahlen blendend starken Lichts. Es schlug zwei Uhr morgens, dann drei Uhr, dann vier. Und während das Stadtviertel in immer wieder gestörtem Schlaf lag, wimmelte die in dieser mondscheinhaften Helle noch größer erscheinende, riesig und phantastisch gewordene Baustelle von schwarzen Schatten, von lärmenden Arbeitern, deren undeutliche Umrisse sich lebhaft vor dem grellen Weiß der neuen Mauern bewegten.

Wie Onkel Baudu vorausgesagt hatte, erlitt der Kleinhandel der angrenzenden Straßen abermals einen furchtbaren Schlag. Sooft das „Paradies der Damen“ neue Rayons schuf, gab es bei den Ladeninhabern der Umgegend neue Zusammenbrüche. Das Unheil breitete sich immer mehr aus, man hörte die ältesten Firmen krachen. Fräulein Tatin, die Wäschehändlerin in der Passage Choiseul, war soeben bankrott erklärt worden; Quinette, der Handschuhhändler, konnte sich höchstens noch sechs Monate behaupten; die Pelzhändler Vanpouille waren genötigt, einen Teil ihres Ladens abzuvermieten; wenn Geschwister Bédoré, die Wirkwarenhändler in der Rue Gaillon, sich noch immer hielten, so verzehrten sie offensichtlich die früher angehäuften Zinsen. Und nun kamen andere Zusammenbrüche zu den seit langem vorausgesehenen hinzu: der Rayon für Pariser Spezialartikel bedrohte einen Galanteriewarenhändler in der Rue Saint-Roch, Deslignières, einen dicken, sanguinischen Mann, während der Möbelrayon die Firma Piot & Rivoire traf, deren Ladenräume im Schatten der Passage Sainte-Anne schlummerten. Für den Galanteriewarenhändler befürchtete man sogar einen Schlaganfall, denn als er sah, daß das „Paradies“ die Portemonnaies mit dreißig Prozent Rabatt anzeigte, kam er nicht mehr aus der Wut heraus. Die Möbelhändler, die gelassener waren, taten so, als machten sie sich über diese Ellenritter lustig, die sich mit dem Verkauf von Tischen und Schränken befaßten; aber schon wurden ihnen Kunden untreu, der Erfolg des Rayons machte sich erschreckend bemerkbar. Es war aus, man mußte den Nacken unter das Joch beugen: nach jenen würden noch andere hinweggefegt werden, und es gab keinen Grund mehr, weshalb nicht alle Firmen, eine nach der anderen, aus ihren Läden verjagt werden sollten. Eines Tages würde das „Paradies" allein das ganze Stadtviertel mit seinem Dach bedecken.

Wenn jetzt morgens und abends die tausend Angestellten kamen und gingen, bildeten sie auf dem Place Gaillon eine so lange Schlange, daß die Leute stehenblieben, um sich das anzusehen, wie man sich ein vorbeimarschierendes Regiment ansieht. Zehn Minuten lang waren die Gehsteige gedrängt voll; und die Ladeninhaber standen an ihren Türen und dachten an den einzigen Kommis, den sie schon nicht mehr zu ernähren wußten. Der letzte Jahresabschluß des großen Warenhauses, diese Umsatzziffer von vierzig Millionen, hatte auch die Nachbarschaft in Aufruhr versetzt. Begleitet von Ausrufen des Staunens und des Zorns, verbreitete sie sich von Haus zu Haus. Vierzig Millionen! Konnte man sich so etwas vorstellen? Gewiß, der Reingewinn betrug bei ihren beträchtlichen Allgemeinkosten und ihrem System billiger Verkäufer höchstens vier Prozent. Aber sechzehnhunderttausend Francs Gewinn, das war noch immer eine schöne Summe, man konnte sich mit den vier Prozent zufriedengeben, wenn man mit solchen Kapitalien arbeitete. Man erzählte, Mourets ursprüngliches Kapital, die fünfhunderttausend Francs, die jedes Jahr um den Gesamtgewinn vermehrt worden waren, ein Kapital, das sich zu diesem Zeitpunkt auf vier Millionen belaufen mußte, sei also zehnmal in den Abteilungen in Ware verwandelt worden. Als sich Robineau nach der Mahlzeit Denise gegenüber dieser Berechnung hingab, saß er einen Augenblick lang überwältigt da, den Blick auf seinen leeren Teller gerichtet: sie habe recht, was die unüberwindliche Stärke des neuen Handels ausmache, sei dieses unaufhörliche Umsetzen des Kapitals. Nur Bourras stellte die Tatsachen in Abrede, wollte, stolz und dumm wie ein Prellstein, nichts begreifen. Ein Haufen Diebe sei das, nichts weiter! Lügenpack! Scharlatane, die man eines schönen Morgens aus der Gosse auflesen werde!

Die Baudus jedoch versuchten, obwohl sie entschlossen waren, nichts an den Gepflogenheiten des „Vieil Elbeuf" zu ändern, den Konkurrenzkampf weiterzuführen. Da die Kundschaft nicht mehr zu ihnen kam, bemühten sie sich, sie durch die Vermittlung von Maklern aufzusuchen. Es gab damals auf dem Pariser Markt einen Makler, der mit allen großen Schneidern in Verbindung stand und die kleinen Firmen für Tuche und Flanelle rettete, sofern er bereit war, sie zu vertreten. Selbstverständlich machte man sich ihn gegenseitig streitig; er wurde zu einer wichtigen Persönlichkeit; und Baudu, der mit ihm gefeilscht hatte, mußte zu seinem Kummer sehen, daß jener mit den Matignons in der Rue Croix-des-Petits-Champs abschloß. Schlag auf Schlag wurde er von zwei anderen Maklern bestohlen, ein dritter, ein rechtschaffener Mann, brachte keine Aufträge herein. Es war ein langsames Hinsterben, ohne jähe Erschütterung, ein fortgesetztes Nachlassen des Geschäfts, ein Kunde nach dem anderen ging verloren. Der Tag kam, an dem die Verbindlichkeiten drückend wurden. Bis dahin hatte man von früheren Ersparnissen gelebt; jetzt begann das Schuldenmachen. Im Dezember entschloß sich Baudu, erschreckt von der Summe der ausgeschriebenen Wechsel, schließlich zu dem schmerzlichen Opfer: er verkaufte sein Landhaus in Rambouillet, ein Haus, das ihn soviel Geld für fortgesetzte Reparaturen kostete und dessen Mieter ihn nicht einmal bezahlt hatten, nachdem er sich entschlossen hatte, Nutzen daraus zu ziehen. Dieser Verkauf machte den einzigen Traum seines Lebens zunichte, das Herz blutete ihm wie beim Verlust eines geliebten Menschen. Und er mußte für siebzigtausend Francs hergeben, was ihn mehr als zweihunderttausend gekostet hatte. Dabei war er noch glücklich, in den Lhommes, seinen Nachbarn, Leute zu finden, die der Wunsch, ihren Landbesitz zu vergrößern, zu dem Kauf bewog. Mit den siebzigtausend Francs würde sich die Firma noch eine Zeitlang halten lassen. Trotz aller Niederlagen lebte der Gedanke an den Kampf wieder auf: nachdem nun Ordnung geschaffen war, konnte man vielleicht doch siegen.

Die Lhommes hatten sich bereit gefunden, an dem Sonntag, an dem sie das Geld brachten, im „Vieil Elbeuf" zu speisen. Frau Aurélie traf als erste ein; man mußte auf den Kassierer warten, der sich, geradezu verstört durch einen ganzen mit Musizieren verbrachten Nachmittag, verspätete; was den jungen Albert betraf, so hatte er die Einladung zwar angenommen, erschien aber nicht. Es wurde übrigens ein peinlicher Abend. Die Baudus, die so luftlos in ihrem engen Speisezimmer lebten, litten unter dem Windstoß, den die Lhommes aus ihrer ungeordneten Häuslichkeit und ihrer Neigung zu einem unabhängigen Dasein mit sich brachten. Geneviève, durch Frau Aurélies Herrscherallüren verletzt, hatte den Mund nicht aufgetan, wohingegen Colomban die Direktrice bewunderte und bei dem Gedanken, daß sie Claras Vorgesetzte war, von Schauern überrieselt wurde.

Bevor Baudu an diesem Abend schlafen ging, wanderte er, während seine Frau bereits im Bett lag, lange im Schlafzimmer auf und ab. Die Luft war milde, feuchtes Tauwetter herrschte. Von draußen hörte man trotz der geschlossenen Fenster und der zugezogenen Vorhänge das Schnauben der arbeitenden Maschinen gegenüber.

„Weißt du, woran ich denke, Elisabeth", sagte er schließlich. „Nun, diese Lhommes mögen noch soviel Geld verdienen, ich stecke doch lieber in meiner Haut als in ihrer ... Sie bringen es zu etwas, das stimmt. Die Frau hat ja wohl erzählt, daß sie in diesem Jahr nahezu zwanzigtausend Francs verdient habe, und das hat ihr ermöglicht, mir mein armes Haus abzunehmen. Wenn ich nun auch das Haus nicht mehr habe, so laufe ich doch nirgendwo hin und mache Musik, während du anderswo herumbummelst ... Nein, wirklich, sie können nicht glücklich sein."

Er war noch von tiefem Schmerz über sein Opfer erfüllt, hegte Groll gegen jene Leute, die ihm seinen Traum abgekauft hatten. Wenn er an das Bett kam, beugte er sich gestikulierend zu seiner Frau hinab; stand er dann wieder am Fenster, so schwieg er eine Weile und lauschte auf den Lärm der Baustelle. Und er stimmte wieder seine alten Beschuldigungen an, seine verzweifelten Klagelieder über die neue Zeit: so etwas habe man doch noch nie gesehen, Kommis verdienten heute mehr als Kaufleute, die Kassierer kauften die Liegenschaften der Chefs auf. Deswegen kam alles zum Krachen, ein Familienleben gab es nicht mehr, man lebte im

Hotel, statt seine Mahlzeiten ehrbar zu Hause einzunehmen. Schließlich endete er mit der Prophezeiung, der junge Albert werde später die Besitzung in Rambouillet mit Schauspielerinnen durchbringen.

Frau Baudu hörte ihm zu, den Kopf flach auf das Kissen gebettet, so bleich, daß ihr Gesicht die Farbe des Leinens hatte.

„Sie haben dir gezahlt", sagte sie schließlich leise.

Sofort schwieg Baudu. Einige Sekunden lang ging er, die Augen zu Boden gerichtet, auf und ab. Dann fing er wieder an:

„Sie haben mir gezahlt, das stimmt; und schließlich ist ihr Geld nicht schlechter als anderes ... Es wäre seltsam, wenn man die Firma mit diesem Geld wieder in die Höhe brächte. Ach, wenn ich nur nicht so alt, so müde wäre!"

Lange herrschte Schweigen. Den Tuchhändler überkamen unbestimmte Pläne.

Plötzlich begann seine Frau zu sprechen, den Blick auf die Decke geheftet, ohne den Kopf zu bewegen.

„Hast du in der letzten Zeit deine Tochter beobachtet?"

„Nein", erwiderte er.

„Nun, ich mache mir ein bißchen Sorgen um sie ... Sie wird immer blasser, sie scheint sich der Verzweiflung hinzugeben."

Ganz überrascht blieb er vor dem Bett stehen.

„Nanu, weshalb denn? – Wenn sie krank ist, hätte sie es sagen sollen. Man muß morgen den Arzt kommen lassen."

Frau Baudu rührte sich noch immer nicht. Nach einer langen Minute erklärte sie nur in ihrer besinnlichen Art:

„Diese Heirat mit Colomban, ich glaube, es wäre besser, wenn sie endlich zustande käme."

Er sah sie an, dann begann er aufs neue hin und her zu gehen. Tatsachen fielen ihm wieder ein. War es möglich, daß seine Tochter wegen des Kommis krank wurde? Sie liebte ihn also so sehr, daß sie nicht mehr warten konnte? So kam von dieser Seite ein weiteres Unglück! Das regte ihn furchtbar auf, um so mehr, als er selber bestimmte Ansichten in bezug auf diese Eheschließung hatte. Niemals hätte er sie unter den obwaltenden Umständen geschehen lassen wollen. Dennoch stimmte ihn die Besorgnis weich.

„Nun gut“, sagte er schließlich, „ich werde mit Colomban sprechen.“ Und ohne ein weiteres Wort setzte er sein Umherwandern fort.

Bald schlossen sich die Augen seiner Frau, weiß wie eine Tote lag sie da und schlief.

Er ging noch immer hin und her. Bevor er sich niederlegte, schob er die Vorhänge zurück, warf einen Blick hinaus: auf der anderen Seite der Straße konnte man durch die gähnenden Fensterlöcher des ehemaligen Hôtel Duvillard auf die Baustelle sehen, wo sich die Arbeiter im blendenden Schein der elektrischen Lampen tummelten.

Schon am Morgen des nächsten Tages führte Baudu Colomban in einen engen Lagerraum im Zwischenstock. Am Abend zuvor hatte er sich überlegt, was er sagen wollte.

„Mein Junge“, fing er an, „wie du weißt, habe ich meinen Besitz in Rambouillet verkauft. Das wird uns erlauben, uns tüchtig ins Zeug zu legen ... Aber vor allem möchte ich mich gern ein wenig mit dir unterhalten.“

Der junge Mann, der die Unterredung zu fürchten schien, wartete befangen. Die kleinen Augen in seinem breiten Gesicht blinzelten, und er stand mit offenem Munde da, was bei ihm ein Zeichen höchster Verwirrung war.

„Hör mir gut zu“, fing der Tuchhändler wieder an. „Als Vater Hauchecorne mir das ‚Vieil Elbeuf‘ übergab, war es eine blühende Firma; er selber hatte sie dereinst in gutem Zustand vom alten Finet bekommen ... Du kennst meine Denkungsart: ich würde glauben, eine schlechte Tat zu begehen, wenn ich diesen Familienbesitz geschmälert an meine Kinder weitergeben würde, und deshalb habe ich deine Heirat mit Geneviève immer wieder hinausgeschoben ... Ja, ich war eigensinnig, ich hatte gehofft, die Firma wieder auf ihre einstige Höhe zu bringen, ich wollte dir die Bücher vorlegen und sagen: ‚Sieh, in dem Jahr, als ich eintrat, hat man soundso viel Stoff verkauft, und in diesem Jahr, dem Jahr, in dem ich ausscheide, hat man für zehntausend oder zwanzigtausend Francs mehr verkauft ...‘ Kurz, du verstehst wohl, ein Gelübde, das ich mir selber abgelegt habe, der sehr natürliche

Wunsch, mir zu beweisen, daß das Geschäft in meinen Händen nicht an Wert verloren hat. Sonst käme es mir so vor, als bestähle ich euch." Vor Bewegung versagte ihm die Stimme. Er schneuzte sich, um sich wieder zu fassen, und fragte: „Du sagst nichts?"

Aber Colomban wußte nichts zu sagen. Er schüttelte den Kopf, er wartete, wurde immer beunruhigter, denn er glaubte zu erraten, worauf sein Chef hinauswollte. Die Heirat sollte in nächster Zeit stattfinden. Wie sollte er sich weigern? Niemals würde er dazu die Kraft haben. Und die andere, jene, von der er des Nachts träumte, das Fleisch von einer solchen Flamme versengt, daß er sich völlig nackt auf den Fliesenboden warf, aus Angst, daran zu sterben!

„Heute", fuhr Baudu fort, „ist Geld da, das uns retten kann. Die Lage wird täglich schlechter, aber wenn man eine äußerste Anstrengung macht, wird vielleicht ... Kurz, es lag mir daran, dir das mitzuteilen. Wir werden alles aufs Spiel setzen. Werden wir geschlagen, nun gut, so wird uns das in die Grube bringen ... Nur muß, mein armer Junge, eure Heirat im Augenblick nochmals hinausgeschoben werden, denn ich will euch nicht ganz allein in den Strudel werfen. Das wäre denn doch zu feige, nicht wahr?"

Colomban hatte sich erleichtert auf ein paar Moltonballen gesetzt. Die Beine zitterten ihm noch. Er fürchtete, man könne ihm seine Freude anmerken, er senkte den Kopf, verkrampfte die Finger auf den Knien.

„Du sagst nichts?" wiederholte Baudu.

Nein, er sagte nichts, er fand nichts zu sagen.

Da fing der Tuchhändler zögernd wieder an:

„Ich war mir klar darüber, daß dir das Kummer bereiten würde ... Du mußt Mut fassen. Gib dir einen Ruck, sei nicht so erschlagen ... Vor allen Dingen, verstehe meine Lage richtig. Kann ich euch einen solchen Mühlstein an den Hals hängen? Statt eines guten Geschäfts würde ich euch vielleicht einen Bankrott übergeben. Nein, solche Streiche gestatten sich nur Schurken ... Ich wünsche gewiß nur euer Glück, aber niemals wird man mich dahin bringen, gegen mein Gewissen zu handeln." Und lange sprach er in dieser Art, verteidigte sich mit einander widersprechenden Sätzen als ein Mensch, der gern aus halben Worten verstanden und zum Handeln gezwungen worden wäre. Da er seine Tochter und das Geschäft versprochen hatte, zwang ihn seine strenge Rechtschaffenheit, beide in gutem Zustand zu übergeben, ohne Makel oder Schulden. Allein, er war müde, die Bürde schien ihm zu schwer, flehentliches Bitten klang aus seinem Gestammel. Immer verworrener kamen ihm die Worte über die Lippen, er wartete, daß Colomban in Feuer geraten, sein Herz sprechen lassen würde, aber nichts erfolgte. „Ich weiß wohl", murmelte er, „daß es den Alten an Leidenschaft gebricht . . . Bei jungen Leuten gewinnt alles neues Leben, sie haben das Feuer in sich, das ist natürlich . . . Aber nein, nein, auf Ehre, ich kann nicht! Wenn ich euch nachgäbe, würdet ihr es mir später vorwerfen." Zitternd verstummte er; und da der junge Mann noch immer mit gesenktem Kopf dasaß, fragte er ihn nach einer qualvollen Pause zum drittenmal: „Du sagst nichts?"

Endlich erwiderte Colomban, ohne ihn anzusehen:

„Dazu gibt's nichts zu sagen . . . Sie sind der Herr, Sie sind klüger als wir alle. Da Sie es für erforderlich halten, werden wir warten, werden uns Mühe geben, vernünftig zu sein."

Es war aus, Baudu hoffte zwar noch, er werde sich in seine Arme stürzen und rufen: Vater, gönnen Sie sich Ruhe, wir werden nun unsererseits den Kampf führen, übergeben Sie uns das Geschäft so, wie es liegt und steht, damit wir das Wunder vollbringen, es zu retten! Dann aber sah er ihn an und wurde von Scham ergriffen, er bezichtigte sich heimlich, er habe seine Kinder überlisten wollen. Die alte besessene Ehrbarkeit des Kleinhändlers regte sich wieder in ihm; dieser vorsichtige Bursche hatte recht, denn im Handel gab es keine Gefühle, da gab es nur Zahlen.

„Umarme mich, mein Junge", sagte er abschließend. „Es ist entschieden, wir werden erst in einem Jahr wieder von der Hochzeit reden. Vor allem muß man an das Wesentliche denken."

Als Frau Baudu abends im Schlafzimmer ihren Mann nach dem Ergebnis der Unterredung fragte, war dieser wieder hartnäkkig entschlossen, persönlich bis zum Ende zu kämpfen. Er sang ein großes Loblied auf Colomban: ein solider Bursche sei das, mit gefestigten Ansichten, zudem nach guten Grundsätzen erzogen, ihm würde es zum Beispiel nie einfallen, mit den Kundinnen zu scherzen wie die Süßholzraspler vom „Paradies der Damen". Nein, der sei anständig, der gehöre zur Familie; der spekuliere nicht mit dem Verkaufen wie mit einem Börsenpapier.

„Wann soll also die Hochzeit stattfinden?" fragte Frau Baudu.

„Später", erwiderte er, „sobald ich imstande bin, meine Versprechungen zu halten."

Sie verzog keine Miene, sagte nur:

„Unsere Tochter wird daran sterben."

Baudu, in dem der Zorn aufstieg, hielt an sich. Er selber werde daran sterben, wenn man ihn fortgesetzt so aufrege! Sei es etwa seine Schuld! Er liebe seine Tochter, er sei bereit, sein Leben für sie zu lassen; aber er könne dennoch nicht erzwingen, daß es mit der Firma aufwärtsgehe, wenn es nun einmal nicht mehr aufwärtsgehen wolle. Geneviève müsse ein wenig Vernunft aufbringen und sich bis zu einem besseren Jahresabschluß gedulden. Zum Teufel, Colomban bleibe ja da, niemand werde ihn ihr rauben!

„Es ist unglaublich", wiederholte er, „ein so wohlerzogenes Mädchen!"

Frau Baudu sagte nichts mehr. Zweifellos hatte sie Genevièves Eifersuchtsqualen erraten; aber das wagte sie ihrem Mann nicht anzuvertrauen. Eine seltsame weibliche Schamhaftigkeit hatte sie stets daran gehindert, mit ihm über gewisse Themen gefühlvoller Liebe zu sprechen.

Als ihm ihr Schweigen bewußt wurde, wandte er seinen Zorn gegen die Leute von gegenüber, er reckte die Fäuste ins Leere, in Richtung der Baustelle, wo man in dieser Nacht mit gewaltigen Hammerschlägen eiserne Gerüste errichtete.

Denise stand im Begriff, wieder im „Paradies der Damen" anzufangen. Sie hatte erkannt, daß die Robineaus genötigt waren, ihr Personal zu verringern, und nicht wußten, wie sie sie entlassen sollten. Wenn sie sich noch halten wollten, mußten sie alles selber tun; Gaujean verlängerte ihnen in seinem zähen Groll die Kredite, versprach sogar, ihnen Gelder zu beschaffen; doch sie hatten es mit der Angst bekommen, sie wollten es mit Sparsamkeit und Ordnung versuchen. Seit vierzehn Tagen spürte Denise, daß sie vor ihr befangen waren; und sie mußte als erste sprechen, mußte mitteilen, daß sie anderswo eine Stellung gefunden habe. Alle fühlten sich erleichtert, Frau Robineau umarmte sie ganz gerührt und versicherte, daß sie ihr stets nachtrauern werde. Als das junge Mädchen dann auf ihre Fragen antwortete, sie kehre zu Mouret zurück, wurde Robineau bleich.

„Sie tun recht daran!“ rief er ungestüm aus.

Nicht so einfach war es, den alten Bourras davon in Kenntnis zu setzen. Dennoch mußte Denise bei ihm kündigen, und sie zitterte davor, denn sie war ihm tief dankbar. Gerade jetzt, rings umgeben vom Radau der angrenzenden Baustelle, kam Bourras gar nicht mehr aus der Wut heraus. Die Wagen mit Material versperrten den Zugang zu seinem Laden; die Hacken schlugen in seine Wände; alles bei ihm, die Schirme und die Stöcke, tanzte zum Lärm der Hämmer. Es schien, als werde das baufällige Haus, das sich inmitten dieser Zerstörung hartnäckig behauptete, auseinanderbrechen. Das schlimmste aber war, daß der Architekt, um die bestehenden Abteilungen des Warenhauses mit denen, die man in dem ehemaligen Hôtel Duvillard einrichtete, zu verbinden, auf den Gedanken gekommen war, unter dem kleinen Haus, das jene voneinander trennte, einen Gang anzulegen. Da dieses Haus der Gesellschaft Mouret & Co. gehörte und der Mietvertrag dahin lautete, daß der Mieter die Reparaturarbeiten dulden müsse, erschienen eines Morgens Arbeiter. Bourras hätte fast der Schlag getroffen. Genügte es denn nicht, daß man ihn von allen Seiten, von rechts, von links und von hinten, abdrosselte? Mußte man ihn noch bei den Füßen packen, den Boden unter ihm wegfressen? Und er hatte die Maurer hinausgejagt, er brachte die Sache vors Gericht. Reparaturarbeiten, einverstanden! Aber das waren Verschönerungsarbeiten. Das Stadtviertel meinte, er werde gewinnen, ohne jedoch für etwas einstehen zu wollen. Auf jeden Fall drohte der Prozeß lange zu dauern, man nahm leidenschaftlich an diesem endlosen Zweikampf teil.

An dem Tag, da sich Denise endlich entschloß, bei Bourras

zu kündigen, kehrte dieser gerade von seinem Rechtsanwalt zurück.

„Soll man es für möglich halten!" schrie er. „Jetzt sagen sie, das Haus sei baufällig, sie wollen beweisen, daß man seine Fundamente erneuern müsse ... Bei Gott, sie sind es müde geworden, mit ihren verfluchten Maschinen daran zu rütteln. Kein Wunder, wenn es verfällt!"

Als ihm das junge Mädchen dann mitgeteilt hatte, daß sie weggehe und mit tausend Francs festem Gehalt wieder beim „Paradies" zu arbeiten beginne, war er so erschüttert, daß er nur seine alten zitternden Hände gen Himmel hob. Vor Erregung war er auf einen Stuhl gesunken.

„Sie! Sie!" stammelte er. „Kurz, nur ich bin noch da, nur ich bleibe übrig!" Nach einer Pause fragte er: „Und der Kleine?"

„Er wird wieder zu Frau Gras gehen", antwortete Denise. „Sie hatte ihn sehr gern."

Von neuem schwiegen sie. Sie hätte es lieber gesehen, wenn er wütend geworden wäre, geflucht und mit der Faust auf den Tisch geschlagen hätte. Der Anblick dieses niedergeschmetterten Greises, dem ihre Mitteilung den Atem verschlug, zerriß ihr das Herz.

Aber nach und nach erholte er sich, fing wieder an zu schreien.

„Tausend Francs, so etwas schlägt man nicht aus ... Alle werdet ihr hingehen. Gehen Sie also, lassen Sie mich allein. Ja, allein, verstehen Sie! Einer aber wird sich nie beugen ... Und sagen Sie ihnen, daß ich meinen Prozeß gewinnen werde, und wenn es mich mein letztes Hemd kostet!"

Denise sollte erst am Ende des Monats von Robineau weggehen. Sie hatte Mouret wiedergesehen, alles war geregelt. Eines Abends war sie gerade im Begriff, in ihr Zimmer hinaufzusteigen, als Deloche, der unter einem Torweg auf sie gewartet hatte, sie im Vorübergehen anhielt.

Er sei sehr glücklich, er habe soeben die große Neuigkeit erfahren, die ganze Firma spreche davon, sagte er. Und er erzählte ihr fröhlich allerlei von dem Klatsch in den Abteilungen.

„Sie können sich wohl vorstellen, was für ein Gesicht die Damen von der Konfektion machen!" Er brach ab, fuhr dann fort:

„Da fällt mir ein, Sie erinnern sich doch noch an Clara Prunaire. Nun, es scheint, als würde der Chef sie bald haben . . . Sie verstehen wohl?“ Er war rot geworden.

Totenbleich rief sie aus:

„Herr Mouret!“

„Ein seltsamer Geschmack, nicht wahr?“ sagte er. „Eine Frau, die wie ein Pferd aussieht . . . Die kleine Wäscheverkäuferin, die er im vorigen Jahr zweimal hatte, war wenigstens hübsch. Nun, das ist schließlich seine Sache.“

Nach Hause zurückgekehrt, fühlte sich Denise einer Ohnmacht nahe. Das kam sicher davon, daß sie zu schnell nach oben gelaufen war. Die Ellbogen aufs Fensterbrett gestützt, sah sie plötzlich Valognes vor sich, die menschenleere Straße mit dem moosbewachsenen Pflaster, die sie als Kind von ihrem Schlafzimmer aus gesehen hatte; und sie empfand ein dringendes Verlangen, wieder dort zu leben, Zuflucht im Vergessen und im Frieden der Provinz zu suchen. Paris beunruhigte sie, sie haßte das „Paradies der Damen“, sie wußte nicht mehr, weshalb sie sich bereit gefunden hatte, wieder dorthin zu gehen. Bestimmt erwarteten sie dort neue Leiden, sie litt schon jetzt, seit den Geschichten, die Deloche ihr erzählt hatte, an einem fremden Unbehagen. Dann nötigte sie ein grundloser Tränenausbruch, vom Fenster zurückzutreten. Sie weinte lange und fand wieder ein wenig Lebensmut.

Um die Mittagszeit des nächsten Tages, als Robineau sie zu einigen Gängen weggeschickt hatte, die sie am „Vieil Elbeuf“ vorbeiführten, öffnete sie dort die Tür, da sie Colomban allein im Laden sah. Die Baudus saßen beim Essen, man hörte das Geräusch der Gabeln aus dem kleinen Speisezimmer.

„Kommen Sie herein“, sagte der Kommis, „sie sind bei Tisch.“

Doch sie gebot ihm Schweigen und zog ihn in einen Winkel.

„Ich wollte mit Ihnen sprechen“, sagte sie leise. „Haben Sie denn kein Herz? Sehen Sie denn nicht, daß Geneviève Sie liebt und daß das ihr Tod sein wird?“ Sie zitterte am ganzen Leibe, die fieberhafte Erregung vom Tag zuvor schüttelte sie von neuem.

Er war so verstört, so überrascht durch diesen plötzlichen Angriff, daß er kein Wort herausbrachte.

„Hören Sie“, fuhr sie fort, „Geneviève weiß, daß Sie eine andere lieben. Sie hat es mir gesagt, sie hat geschluchzt wie eine Verzweifelte ... Ach, das arme Kind! Sie hat nicht mehr viel zuzusetzen, das sage ich Ihnen! Hätten Sie nur ihre dünnen Arme gesehen! Es ist zum Weinen ... Hören Sie, Sie können sie nicht so zugrunde gehen lassen.“

Völlig fassungslos sprach er endlich:

„Aber sie ist ja gar nicht krank, Sie übertreiben ... Ich sehe nichts davon ... Und außerdem ist ihr Vater derjenige, der die Hochzeit hinausschiebt.“

Denise enthüllte diese Lüge rücksichtslos. Sie hatte gespürt, daß das geringste Drängen von seiten des jungen Mannes den Onkel umgestimmt haben würde. Was Colombans Erstaunen anlangte, so war es nicht geheuchelt: er hatte tatsächlich nie etwas von Genevièves langsamem Dahinsiechen bemerkt. Für ihn war das eine sehr unangenehme Enthüllung. Solange er nichts davon wußte, brauchte er sich keine allzu großen Vorwürfe zu machen.

„Und für wen?“ fing Denise wieder an. „Für eine Nichtswürdige! – Aber Sie wissen wohl nicht, wen Sie lieben? Ich habe Sie bis jetzt nicht betrüben wollen und bin Ihren ständigen Fragen oft ausgewichen ... Nun gut, sie geht mit jedem, sie hält Sie zum besten, nie werden Sie sie besitzen, oder höchstens so wie die anderen, ein einziges flüchtiges Mal.“

Sehr bleich hörte er ihr zu; und bei jedem Satz, den sie ihm zwischen zusammengebissenen Zähnen hervor ins Gesicht schleuderte, zitterten ihm ein wenig die Lippen.

In einer plötzlichen Grausamkeit ließ sie sich unbewußt hinreißen.

„Kurz und gut“, sagte sie in einem letzten Aufschrei, „sie geht mit Herrn Mouret, wenn Sie es wissen wollen!“ Die Stimme versagte ihr, sie wurde noch bleicher als er. Die beiden sahen einander an.

Dann stammelte er:

„Ich liebe sie.“

Da schämte sich Denise. Weshalb sprach sie so zu diesem Burschen, und was war mit ihr, daß sie sich so erregte? Sie verstummte, das einfache Wort, das er ihr soeben zur Antwort gegeben hatte, hallte in ihrem Herzen wider wie fernes Glockenläuten, das sie betäubte. „Ich liebe sie, ich liebe sie“, und es schwoll immer stärker an: er hatte recht, dann konnte er keine andere heiraten. Als sie sich umwandte, bemerkte sie Geneviève auf der Schwelle des Eßzimmers.

„Seien Sie still“, sagte sie schnell.

Doch es war bereits zu spät, Geneviève mußte alles gehört haben. Sie hatte keinen Tropfen Blut mehr im Gesicht.

Gerade machte eine Kundin die Tür auf, Frau Bourdelais, eine der letzten Getreuen des „Vieil Elbeuf“, wo sie dauerhafte Ware zu finden pflegte; schon lange war Frau de Boves der Mode gefolgt und zum „Paradies“ übergegangen, selbst Frau Marty kam nicht mehr, so völlig hatten die Verlockungen der Auslagen gegenüber sie erobert.

Und Geneviève war gezwungen, auf die Kundin zuzutreten und mit ihrer tonlosen Stimme zu fragen:

„Was wünschen gnädige Frau?“

Frau Bourdelais wollte Flanell sehen.

Colomban holte ein Stück aus einem Regal herunter, Geneviève legte den Stoff vor; und mit kalten Händen standen die beiden wieder dicht nebeneinander hinter dem Ladentisch. Unterdessen kam aus dem kleinen Speisezimmer Baudu als letzter hinter seiner Frau her, die sich auf die Bank an der Kasse gesetzt hatte. Doch zunächst kümmerte er sich nicht um den Verkauf, er hatte Denise zugelächelt und stand nun da und sah Frau Bourdelais an.

„Der ist nicht besonders schön“, sagte diese. „Zeigen Sie mir, was Sie an stärkerem dahaben.“

Colomban holte ein anderes Stück herunter. Einen Augenblick lang herrschte Schweigen.

Frau Bourdelais prüfte den Stoff.

„Und was kostet er?“

„Sechs Francs, gnädige Frau“, antwortete Geneviève.

Die Kundin wurde plötzlich erregt.

„Sechs Francs! Aber die drüben haben den gleichen für fünf Francs!“

Ein leichtes Zucken lief über Baudus Gesicht. Er konnte sich nicht enthalten, sich, allerdings sehr höflich, einzumischen. Die gnädige Frau irre sich gewiß, diese Ware hier müßte eigentlich zu sechs Francs fünfzig verkauft werden, es sei unmöglich, daß jemand sie für fünf Francs hergebe. Bestimmt handele es sich um eine andere Sorte.

„Nein, nein“, sagte sie wiederholt mit der Halsstarrigkeit einer Spießbürgerin, die sich etwas darauf einbildet, sich auszukennen. „Der Stoff ist der gleiche. Vielleicht ist der andere sogar noch kräftiger.“

Und es kam zu einer gereizten Auseinandersetzung. Baudu, dessen Gesicht von Zorn gerötet war, bemühte sich sehr, eine lächelnde Miene zu wahren. Die Erbitterung über das „Paradies“ stieg ihm in die Kehle.

„Man muß mich wahrhaftig besser bedienen“, sagte Frau Bourdelais schließlich, „sonst werde ich so wie die anderen nach drüben gehen.“

Da verlor er den Kopf, von unterdrückter Wut geschüttelt, rief er:

„Nun gut, gehen Sie nach drüben!“

Sehr beleidigt, stand sie sofort auf, und ohne sich noch einmal umzudrehen, ging sie weg mit den Worten:

„Genau das werde ich tun, mein Herr.“

Alle waren bestürzt. Die Heftigkeit des Chefs hatte sie tief erregt. Er selber stand verstört da, erbebend über das, was er soeben gesagt hatte. Beim Ausbruch eines lange angesammelten Grolls war ihm jener Satz wider Willen entfahren. Und nun sahen die Baudus regungslos, mit hängenden Armen Frau Bourdelais nach, die die Straße überquerte. Es war ihnen, als nähme sie ihr Glück mit sich. Als sie mit ihrem gelassenen Gang durch die hohe Eingangstür des „Paradieses“ trat, als sie sahen, wie sich ihre Gestalt in der Menge verlor, empfanden sie es so, als habe man ihnen etwas entrissen.

„Wieder eine, die sie uns wegnehmen!“ murmelte der Tuchhändler. Dann wandte er sich an Denise, von deren erneuter Anstellung er wußte. „Auch dich haben sie zurückgeholt ... Nun, ich verarge es dir nicht. Sie sind die Stärkeren, denn sie haben das Geld."

Gerade flüsterte Denise, die noch immer hoffte, Geneviève habe Colombans Worte nicht verstehen können, dieser ins Ohr:

„Er liebt Sie, seien Sie doch heiterer."

Aber das junge Mädchen antwortete ihr ganz leise mit schmerzerfüllter Stimme:

„Weshalb lügen Sie? – Sehen Sie doch, er kann es sich nicht versagen, er schaut hinauf ... Ich weiß genau, daß sie ihn mir geraubt haben, wie sie uns alles rauben." Und sie setzte sich zu ihrer Mutter auf die Bank an der Kasse.

Frau Baudu hatte zweifellos den neuen Schlag erraten, der das junge Mädchen getroffen hatte, denn ihr trauriger Blick glitt von der Tochter zu Colomban und schweifte dann wieder zum „Paradies" hinüber. Wahrlich, es raubte ihnen alles: dem Vater das Vermögen, der Mutter ihr dahinsterbendes Kind, der Tochter einen Gatten, auf den sie seit zehn Jahren gewartet hatte.

Angesichts dieser zum Untergang verurteilten Familie befürchtete Denise, deren Herz von Mitleid überquoll, einen Augenblick lang, ein schlechter Mensch zu sein. War sie nicht im Begriff, ihre Hand wieder der Maschine zur Verfügung zu stellen, die die Armen zermalmte? Doch sie wurde gleichsam von einer fremden Kraft mitgerissen, sie fühlte, daß sie nichts Böses tat.

„Ach was!" fing Baudu wieder an, um sich Mut zu machen. „Daran werden wir nicht sterben. Wenn man eine Kundin verliert, bekommt man dafür zwei neue ... Versteh, Denise, ich habe hier siebzigtausend Francs, die deinem Mouret schlaflose Nächte bereiten werden ... Und ihr anderen macht doch bitte keine Gesichter wie bei einem Begräbnis!"

Es gelang ihm nicht, sie aufzuheitern, er selber versank wieder in bleiche Niedergeschlagenheit; und alle hingen gefesselt und wie besessen mit den Blicken an dem Ungeheuer, sogen sich mit ihrem Unglück voll. Die Bauarbeiten gingen ihrem Ende entgegen, man hatte die Fassade von den Gerüsten befreit, ein großer Teil des riesigen Gebäudes kam mit seinen weißen, von breiten, hellen Schaufenstern durchbrochenen Mauern zum Vorschein.

Gerade reihten sich am Bürgersteig entlang, der endlich wieder für den Verkehr freigegeben worden war, vor der Versandabteilung acht Wagen, die einer nach dem anderen von Ladendienern vollgepackt wurden. In der Sonne, von der ein Strahl in die Straße fiel, glänzten die grünen Flächen mit ihren roten und gelben Zierleisten wie Spiegel, warfen blendende Reflexe bis tief in das „Vieil Elbeuf" hinein. Die schwarzgekleideten Kutscher hielten in tadelloser Haltung die Pferde kurz, prächtige Gespanne, die ihre versilberten Gebisse schüttelten. Und jedesmal, wenn ein Wagen voll war, ertönte auf dem Pflaster ein hallendes Rollen, von dem die kleinen Geschäfte in der Nachbarschaft erzitterten.

Der Anblick dieses Triumphzuges, den sie nun täglich zweimal erdulden sollten, zerriß den Baudus das Herz. Der Vater, der sich fragte, wohin dieser ununterbrochene Warenstrom wohl gehen könne, sah verfallen aus, während die Mutter, krank von der Qual ihrer Tochter, mit von schweren Tränen überfluteten Augen immer wieder hinüberblickte, ohne etwas zu sehen.

## KAPITEL IX

An einem Montag, am 14. März, eröffnete das „Paradies der Damen“ seine neuen Verkaufsräume mit einer großen Ausstellung von Sommerneuheiten, die drei Tage dauern sollte. Draußen blies ein scharfer Nordwind, die Leute auf der Straße eilten, von dieser Wiederkehr des Winters überrascht, schnell dahin und knöpften ihre Paletots zu. In den Läden der Nachbarschaft aber gärte eine heftige Erregung; und man sah, wie die kleinen Kaufleute ihre bleichen Gesichter an die Scheiben drückten und die ersten Wagen zählten, die vor der neuen Ehrenpforte in der Rue Neuve-Saint-Augustin haltmachten. Dieser Eingang, hoch und tief wie ein Kirchenportal, überragt von einer Gruppe – Industrie und Handel, die, umgeben von einer Vielfalt von Emblemen, einander die Hand reichten –, war durch eine breite Markise geschützt, deren frische Vergoldung die Bürgersteige mit einem Sonnenstrahl zu erhellen schien. Nach rechts und links erstreckten sich die Fassaden in einem noch grellen Weiß, zogen sich dann die Rue Monsigny und die Rue de la Michodière entlang, nahmen den ganzen Häuserblock ein, außer an der Rue du Dix-Décembre, wo der Crédit Immobilier zu bauen beabsichtigte. Wenn die kleinen Kaufleute den Kopf hoben, gewahrten sie durch die Spiegelglasscheiben, die vom Erdgeschoß bis zum zweiten Stock freien Einblick in das Haus gestatteten, den ganzen wie eine Kaserne großen Bau entlang die Anhäufung von Waren. Und der riesige Würfel, dieser kolossale Basar, versperrte ihnen den Himmel, schien ihnen mit schuld zu sein an der Kälte, die sie in ihren eisigen Läden mit den Zähnen klappern ließ.

Mouret jedoch war schon um sechs Uhr zur Stelle und erteilte seine letzten Anweisungen. Mitten durch das Haus verlief, von der Ehrenpforte ausgehend, von einem Ende des Gebäudes bis zum andern eine breite Galerie, an die sich rechts und links zwei schmalere Galerien anschlossen, die Galerie Monsigny und die

Galerie Michodière. Man hatte die in Hallen verwandelten Höfe mit Glasdächern versehen, und aus dem Erdgeschoß führten eiserne Treppen nach oben, eiserne Brücken waren in beiden Etagen von einer Seite zur anderen geschlagen worden. Der Architekt, ein glücklicherweise intelligenter junger Mann, der auf alles Neuzeitliche versessen war, hatte Steine nur für die Untergeschosse und die Eckpfeiler verwendet und dann das ganze Gerippe aus Eisen errichtet, die Verbundstellen der Giebel- und Deckenbalken stützten Säulen. Die Vouten an den Decken und die inneren Zwischenwände bestanden aus Ziegelsteinen. Überall hatte man Platz gewonnen, Luft und Licht hatten freien Zutritt, das Publikum bewegte sich unbehindert unter dem kühnen Wurf der nur in weiten Abständen abgestützten Dachkonstruktion. Es war die Kathedrale des neuzeitlichen Handels, fest und leicht zugleich, für ein ganzes Volk von Kunden geschaffen. Unten in der Hauptgalerie befanden sich, anschließend an die Preisschlager am Eingang, die Krawatten, die Handschuhabteilung, die Seide; die Galerie Monsigny wurde von den Weißwaren und den Baumwollstoffen aus Rouen eingenommen, die Galerie Michodière von den Kurzwaren, den Wirkwaren, den Tuchen und den Wollstoffen. Im ersten Stock lagen dann die Konfektionsabteilung, der Wäscherayon, die Schals, die Spitzen und andere neue Rayons, während man die Bettenabteilung, die Teppiche, die Möbelstoffe, alle sperrigen und schwer zu handhabenden Artikel in den zweiten Stock verwiesen hatte. Zu diesem Zeitpunkt betrug die Anzahl der Rayons neununddreißig, und man zählte achtzehnhundert Angestellte, darunter zweihundert weibliche. Eine ganze Welt sproß dort in dem hallenden Leben der hohen metallenen Kirchenschiffe hervor.

Mouret hatte nur eine einzige Leidenschaft: sich die Frau zu unterwerfen. Er wollte, daß sie in seinem Hause Herrscherin sei, er hatte ihr diesen Tempel erbaut, um sie dort in seiner Gewalt zu haben. Seine ganze Taktik bestand darin, sie mit galanten Aufmerksamkeiten zu benebeln, einen schimpflichen Handel mit ihren Begierden zu treiben, die Verwirrung ihrer Sinne auszunutzen. Daher zerbrach er sich Tag und Nacht den Kopf bei der

Suche nach neuen Einfällen. Schon hatte er, um den zarten Damen die Mühe, in die Stockwerke hinaufzusteigen, zu ersparen, zwei mit Samt ausgepolsterte Aufzüge einbauen lassen. Ferner hatte er gerade ein Büfett eröffnet, wo unentgeltlich Fruchtsäfte und Biskuits verabreicht wurden, und einen Lesesaal, einen monumentale, mit allzu üppigem Aufwand ausgeschmückte Galerie, in der er sogar Gemäldeausstellungen zu veranstalten wagte. Doch sein scharfsinnigster Einfall war, wenn es sich um Frauen ohne Gefallsucht handelte, die Mutter durch das Kind zu gewinnen; er ließ nichts außer acht, was wirksam sein konnte, spekulierte auf alle Gefühle, schuf Abteilungen für kleine Jungen und Mädchen, hielt die vorübergehenden Mamas an, indem er den Kleinen Bilder und Ballons anbot. Eine geniale Idee, diese Ballonzugabe, die an jede Käuferin ausgeteilt wurde, rote Ballons aus einer dünnen Gummihaut, die in großen Lettern den Namen der Firma trugen und, an einer Schnur gehalten in der Luft schwebend, eine auffallende Reklame durch die Straßen umherführten.

Das Allerwirksamste war das Reklamewesen. Mouret gab schließlich dreihunderttausend Francs im Jahr für Kataloge, Anzeigen und Plakate aus. Für seine Verkaufsausstellung von Sommerneuheiten hatte er zweihunderttausend Kataloge verschickt, davon fünfzigtausend in alle Sprachen übersetzte ins Ausland. Jetzt ließ er sie mit Gravüren bebildern, er fügte ihnen sogar Stoffproben bei, die auf die Blätter geklebt waren. Es war geradezu eine Überschwemmung mit Warenanpreisungen, das „Paradies der Damen" sprang der ganzen Welt in die Augen, riß die Mauern, die Zeitungen, ja selbst die Theatervorhänge an sich. Er sprach öffentlich aus, daß die Frau der Reklame gegenüber machtlos sei, daß sie schließlich zwangsläufig dem Lärm nachlaufe. Zudem legte er ihr noch kunstvollere Schlingen, er analysierte sie wie ein großer Moralist. Auf diese Weise hatte er entdeckt, daß sie der Gelegenheit zu billigen Einkäufen nicht zu widerstehen vermochte, daß sie, wenn sie einen vorteilhaften Handel abzuschließen meinte, Dinge kaufte, die sie gar nicht brauchte; und auf diese Beobachtungen gründete er sein System der Preissenkungen, er setzte die Preise der nicht verkauften Artikel immer weiter herab, da er sie, getreu seinem Grundsatz von der schnellen Erneuerung der Waren, lieber mit Verlust verkaufte. Dann hatte er das Herz der Frau noch tiefer ergründet und war auf den Einfall mit dem „Zurückgeben“ gekommen, ein Meisterstück jesuitischer Verführungskunst. „Nehmen Sie es nur, gnädige Frau: Sie werden uns den Artikel zurückbringen, wenn er Ihnen nicht mehr gefällt.“ Und die Frau, die bis dahin widerstanden hatte, fand hierin eine endgültige Entschuldigung, die Möglichkeit, eine Torheit gutzumachen: sie kaufte mit beruhigtem Gewissen. Fortan gehörten das Rückgaberecht und die Preissenkung zum vorbildlichen Betrieb des neuen Handels.

Als unvergleichlicher Meister aber erwies sich Mouret bei der inneren Ausgestaltung der Ladenräume. Er erhob es zum Gesetz, daß kein einziger Winkel des „Paradieses der Damen“ verödet bleiben dürfe. Überall sollte Geräusch, Gedränge, Leben herrschen; denn Leben, sagte er, zieht Leben an, gebiert neues Leben und vermehrt sich rasch. Dieses Gesetz brachte er auf jegliche Weise zur Anwendung. Zunächst sollte man beim Hereinkommen fast erdrückt werden, man mußte von der Straße her den Eindruck gewinnen, als sei hier ein Aufstand ausgebrochen; und dieses Gedränge erzielte er dadurch, daß er im Eingang die Preisschlager unterbrachte, Kästen und Körbe, die von spottbilligen Artikeln überquollen, mit dem Erfolg, daß sich hier die kleinen Leute ansammelten, den Zugang versperrten und die Vorstellung erweckten, als seien die Ladenräume zum Bersten voll, während sie oft halbleer waren. Sodann verstand er sich auf die Kunst, längs der Galerien die brachliegenden Rayons, zum Beispiel im Sommer die Schals und im Winter die Indienne, unauffällig zu machen; er umgab sie mit belebten Rayons, sorgte dafür, daß sie im Trubel verschwanden. Er allein war auch auf den Gedanken gekommen, die Teppich- und Möbelabteilungen, Abteilungen, in denen die Kunden dünner gesät waren und die im Erdgeschoß leere und kalte Stellen geschaffen haben würden, in der zweiten Etage unterzubringen. Hätte er eine Möglichkeit dazu gefunden, er würde die Straße mitten durch sein Haus haben verlaufen lassen.

Gerade jetzt fühlte sich Mouret an einem quälenden Wendepunkt seiner Eingebungen. Als er am Samstagabend einen letzten Blick auf die Vorbereitungen für den großen Saisonverkauf am Montag warf, mit dem man sich bereits seit einem Monat beschäftigte, war ihm plötzlich bewußt geworden, daß die von ihm für gut befundene Anordnung der Rayons ungeschickt sei. Gleichwohl war es eine vollkommen logische Anordnung, die Gewebe auf der einen Seite, die Konfektion auf der anderen, eine gescheite Einteilung, die es der Kundschaft ermöglichen sollte, sich selber zurechtzufinden. Er hatte einst in dem Wirrwarr des Ladens der Frau Hédouin von solcher Einteilung geträumt, und nun, an dem Tage, da er sie verwirklicht hatte, wurde er schwankend. Plötzlich hatte er geschrien, man müsse „das alles umreißen". Man hatte achtundvierzig Stunden Zeit, es galt, mit einem Teil der Rayons umzuziehen. Das verstörte und herumgehetzte Personal hatte die zwei Nächte und den ganzen Sonntag in einem entsetzlichen Durcheinander verbringen müssen. Sogar am Montagmorgen, eine Stunde vor der Eröffnung, waren manche Waren noch nicht an ihrem Platz. Der Chef war bestimmt verrückt geworden, niemand sah den Sinn der Sache ein, es herrschte allgemeine Bestürzung.

„Los, beeilen wir uns!" rief Mouret mit der ruhigen Sicherheit seiner Genialität. „Hier sind noch Kostüme, die nach oben gebracht werden müssen ... Und ist das japanische Porzellan auf dem Absatz der Haupttreppe aufgestellt worden? – Strengt euch noch ein letztes Mal an, Kinder, dann werdet ihr gleich sehen, wie sich der Verkauf macht!"

Auch Bourdoncle war seit dem frühen Morgen zugegen. Er begriff von dem allen nicht mehr als die anderen, und mit besorgtem Ausdruck folgten seine Blicke dem Direktor. Er wagte nicht, ihm Fragen zu stellen, da er wußte, wie das in solchen kritischen Momenten aufgenommen wurde. Dennoch entschloß er sich, er fragte behutsam:

„War es denn wirklich nötig, am Tag vor unserer Ausstellung alles so umzukrempeln?"

Zuerst zuckte Mouret mit den Schultern, ohne zu antworten. Als aber der andere sich erlaubte, weiter in ihn zu dringen, brauste er auf:

„Die Kundinnen sollen sich wohl alle in derselben Ecke zusammendrängen, was? Einen schönen Mathematikereinfall habe ich da gehabt! Darüber wäre ich ewig untröstlich gewesen . . . Begreifen Sie doch, daß ich die Menge an einer Stelle festgehalten hätte. Eine Frau wäre hereingekommen, hätte sich geradewegs dorthin gewandt, wohin sie gehen wollte, wäre vom Unterrock zum Kleid weitergegangen, vom Kleid zum Mantel und hätte sich dann davongemacht, ohne sich auch nur ein wenig verlaufen zu haben! – Keine einzige hätte alle unsere Ladenräume auch nur gesehen!"

„Aber", gab Bourdoncle zu bedenken, „jetzt, da Sie alles durcheinandergemengt und alles nach allen Ecken und Enden verstreut haben, werden die Angestellten sich die Beine ablaufen, um die Käuferinnen von Rayon zu Rayon zu führen."

Mouret machte eine großartige Geste.

„Was kümmert das mich! Die sind jung, sie werden dabei wachsen . . . Und um so besser, wenn sie umherlaufen! Dann wirken sie zahlreicher, vergrößern die Menschenmenge noch. Mag man einander totdrücken, alles wird gut gehen!" Er lachte, er geruhte mit leiserer Stimme seine Ansicht darzulegen: „Passen Sie auf, Bourdoncle, hören Sie sich an, wozu das führt . . . Erstens verstreut das fortgesetzte Hin und Her der Kunden sie ein wenig überallhin, vervielfacht sie scheinbar und macht sie kopflos; zweitens wird ihnen, da man sie von einem Ende der Verkäufsräume zum anderen führen muß, zum Beispiel wenn sie das Futter erstehen wollen, nachdem sie den Kleiderstoff gekauft haben, durch diese Wanderungen in alle Richtungen das Haus dreimal so groß vorkommen; drittens sind sie genötigt, durch Rayons zu gehen, in die sie sonst nie den Fuß gesetzt hätten, dort werden sie im Vorüberkommen von dieser und jener Verlockung gefesselt und erliegen ihr; viertens . . ."

Bourdoncle stimmte in sein Lachen ein.

Da hielt Mouret hocherfreut inne und rief den Ladendienern zu: „Sehr gut, meine Kinder! Jetzt rasch ausgefegt, und dann ist es schön!"

Doch als er sich umwandte, bemerkte er Denise. Er und Bourdoncle standen vor dem Konfektionsrayon, den er gerade aufgeteilt hatte, indem er die Kleider und die Kostüme in den zweiten Stock hinaufschaffen ließ, an das entgegengesetzte Ende des Hauses. Denise, die als erste nach unten gekommen war, machte große Augen, da sie sich in der neuen Einteilung nicht zurechtfand.

„Was ist denn los?“ murmelte sie. „Wird hier umgezogen?“

Dieses Erstaunen schien Mouret, der solche effektvollen Überraschungen sehr liebte, Spaß zu machen.

Seit Anfang Februar war Denise wieder im „Paradies“, wo sie zu ihrer frohen Verwunderung das Personal höflich, fast respektvoll vorgefunden hatte. Besonders Frau Aurélie erzeigte sich wohlwollend; Marguerite und Clara schienen sich mit ihrer Wiederkehr abgefunden zu haben; selbst der alte Jouve fügte sich darein, mit einem verlegenen Gesicht, als verlange ihn danach, die häßliche Erinnerung an früher auszulöschen. Es genügte, daß Mouret ein Wort sprach, und schon munkelte alle Welt und folgte ihr mit den Blicken. Und bei dieser allgemeinen Liebenswürdigkeit fühlte sie sich nur etwas verletzt durch Deloches seltsame Traurigkeit und das unerklärliche Lächeln Paulines.

Inzwischen sah Mouret sie noch immer mit entzückter Miene an.

„Was suchen Sie denn, Fräulein?“ fragte er schließlich.

Denise hatte ihn nicht bemerkt. Sie errötete ein wenig. Seit ihrem Wiedereintritt erhielt sie von ihm Zeichen der Anteilnahme, die sie sehr rührten. Ohne daß sie wußte, weshalb, hatte ihr Pauline mit allen Einzelheiten von der Liebschaft zwischen dem Chef und Clara erzählt, wo er sie treffe, was er ihr bezahle; und sie fing oft wieder davon an, sie fügte sogar hinzu, daß er noch eine andere Geliebte habe, jene Frau Desforges, die in der ganzen Firma wohlbekannt war. Solche Geschichten wühlten Denise auf, sie wurde bei seinem Anblick von ihren früheren Ängsten befallen, von einem Unbehagen, in dem ihre Dankbarkeit mit einem Gefühl von Zorn kämpfte.

„Hier ist ja alles umgeräumt“, murmelte sie.

Da trat Mouret auf sie zu, um mit leiser Stimme zu ihr zu sagen:

„Kommen Sie bitte heute abend nach Geschäftsschluß in mein Arbeitszimmer. Ich möchte mit Ihnen sprechen."

Verwirrt neigte sie den Kopf, ohne ein Wot hervorzubringen. Dann ging sie in ihre Abteilung, wo jetzt die anderen Verkäuferinnen eintrafen.

Aber Bourdoncle hatte Mouret verstanden und betrachtete ihn lächelnd. Als sie allein waren, wagte er sogar zu ihm zu sagen:

„Auch die noch! Nehmen Sie sich in acht, das könnte am Ende Ernst werden."

Mouret verteidigte sich lebhaft, wobei er seine Erregung unter der Miene überlegener Unbekümmertheit verbarg.

„Lassen Sie doch, das ist ja nur ein Scherz! Die Frau, die mich einfangen wird, ist noch nicht geboren, mein Lieber!" Und da das Geschäft endlich geöffnet wurde, eilte er davon, um einen letzten Blick auf die verschiedenen Abteilungen zu werfen.

Bourdoncle schüttelte den Kopf. Diese schlichte und sanfte Denise begann ihn zu beunruhigen. Ein erstes Mal hatte er durch eine rücksichtslose Entlassung gesiegt. Aber sie war wieder aufgetaucht, und er sah in ihr eine ernst zu nehmende Feindin, der gegenüber er schwieg, während er abermals abwartete.

Mouret, den er wieder eingeholt hatte, schrie gerade unten in der Halle Saint-Augustin gegenüber der Eingangstür:

„Man macht sich wohl über mich lustig! Ich hatte angeordnet, daß die blauen Sonnenschirme als Einfassung verwendet werden sollten ... Reißen Sie das alles herunter, und zwar schleunigst!"

Er wollte keine Einwände hören, eine Schar Ladendiener mußte die Sonnenschirmausstellung umändern. Da er die Kundinnen kommen sah, ließ er sogar für einen Augenblick die Türen schließen; und er sagte wiederholt, er würde lieber nicht wieder aufmachen als die blauen Sonnenschirme in der Mitte lassen. Das mache seine ganze kunstvolle Anordnung zuschanden. Die berühmten Dekorateure, Hutin, Mignot und noch weitere, kamen herbei und sahen sich die Sache an; da sie aber einer anderen Schule angehörten, taten sie so, als verständen sie es nicht.

Schließlich wurden die Türen wieder aufgemacht, und die Menge flutete herein. Bereits in der ersten Stunde, noch bevor die

Ladenräume sich gefüllt hatten, entstand im Vestibül ein solches Gedränge, daß man die Schutzleute zu Hilfe rufen mußte, um den Verkehr auf der Straße wieder in Gang zu bringen. Mouret hatte richtig gerechnet: alle Hausfrauen, eine dichtgedrängte Schar von Kleinbürgerinnen und Frauen in Hauben, machten einen Sturmangriff auf die billigen Artikel, die Preisschlager und die Reste, die bis auf den Bürgersteig hinaus ausgestellt waren. Hände fuhren durch die Luft und betasteten unaufhörlich die „Aufgehängten“ am Eingang, einen Kattun zu sieben Sous, einen Mischstoff aus Wolle und Baumwolle zu neun Sous, besonders einen Orléans zu achtunddreißig Centimes, der Unheil in den bescheidenen Geldbörsen anrichtete. Rings um die Kästen und Körbe, wo die Artikel zu herabgesetzten Preisen, Spitzen zu zehn Centimes, Bänder zu fünf Sous, Strumpfbänder zu drei Sous, Handschuhe, Unterröcke, Krawatten, baumwollene Socken und Strümpfe zusammenschmolzen und verschwanden, als habe die gierige Menge sie verschlungen, stießen die Leute einander mit den Schultern weg, schubsten sich in fieberhafter Aufregung. Trotz des kalten Wetters konnten die Kommis, die im Freien auf der Straße verkauften, den Anforderungen nicht genügen. Eine schwangere Frau stieß Schreie aus. Zwei kleine Mädchen wurden fast erstickt.

Den ganzen Vormittag hindurch nahm dieses Gedränge noch zu. Gegen ein Uhr bildeten sich Schlangen, die Straße war versperrt wie zur Zeit eines Aufstandes. Gerade als Frau de Boves und ihre Tochter Blanche noch unentschlossen auf dem gegenüberliegenden Bürgersteig standen, wurden sie von Frau Marty angesprochen, die ebenfalls von ihrer Tochter, Valentine, begleitet war.

„Das ist eine Menschenmenge, nicht?“ sagte erstere. „Man drückt einander da drin tot ... Ich wollte eigentlich nicht kommen, ich lag zu Bett, dann bin ich aufgestanden, um ein wenig frische Luft zu schöpfen.“

„Genauso ist's mit mir“, erklärte die andere. „Ich habe meinem Mann versprochen, seine Schwester am Montmartre zu besuchen ... Als ich nun hier vorbeikam, fiel mir ein, daß ich ein

Stück Schnürband benötigte. Das kann ich ebensogut hier kaufen wie anderswo, nicht wahr? Oh, ich werde nicht einen Sou ausgeben! Ich brauche übrigens gar nichts."

Unterdessen ließen sie die Tür nicht aus den Augen, sie wurden vom Wirbel der Menschenmenge ergriffen und mitgerissen.

„Nein, nein, ich gehe nicht hinein, ich habe Angst", murmelte Frau de Boves. „Laß uns weitergehen, Blanche, sonst werden wir erdrückt." Doch ihre Stimme wurde kraftlos, nach und nach gab sie dem Verlangen nach, dort hineinzugehen, wo alle hingingen; und in der unwiderstehlichen Anziehungskraft des Gedränges schwand ihre Furcht dahin.

Auch Frau Marty hatte sich treiben lassen. Sie wiederholte mehrmals:

„Halt dich an meinem Kleid fest, Valentine ... So was habe ich, weiß Gott, noch nie gesehen. Man wird förmlich getragen. Wie wird das erst drinnen sein!"

Von der Strömung erfaßt, konnten die Damen nicht mehr zurück. Gleich den Flüssen, die die schweifenden Gewässer eines Tales an sich ziehen, schien die Flut der Kundinnen, die sich in die Vorhalle ergoß, die Straßenpassanten aufzuschlucken, die Bevölkerung von allen Ecken und Enden von Paris einzusaugen. Sie kamen nur sehr langsam weiter, so eingezwängt, daß sie kaum noch Atem holen konnten, aufrecht gehalten von Schultern und Bäuchen, deren weiche Wärme sie spürten; und ihr befriedigtes Verlangen freute sich dieser bedrängenden Nähe, die ihre Neugier noch stärker anstachelte. Es war ein buntes Gemisch von in Seide gehüllten Damen, Kleinbürgerinnen in ärmlichen Kleidern, Mädchen mit bloßem Haar, alle von der gleichen Leidenschaft getrieben und fieberhaft aufgeregt. Einige Männer, die unter der Unmenge von Taillen faßt verschwanden, warfen besorgte Blicke um sich. Mitten im dichtesten Gewühl hob eine Amme ihr pausbäckiges Kleines, das vor Vergnügen lachte, hoch empor. Und einzig eine magere Frau wurde ärgerlich, brach in Schimpfworte aus, beschuldigte eine neben ihr stehende, sie zerquetsche sie.

„Ich glaube bestimmt, mein Rock geht dabei drauf", sagte Frau de Boves wiederholt.

Stumm, das Gesicht noch rosig von der frischen Luft, hob sich Frau Marty auf die Zehen, um über die Köpfe hinweg früher als die anderen zu sehen, wie weit sich die Ladenräume ausdehnten. Die Pupillen ihrer grauen Augen waren schmal wie die einer Katze, die aus dem hellen Tageslicht kommt; und sie hatte den ausgeruhten Körper, den klaren Blick eines Menschen, der gerade wach geworden ist.

„Ah, endlich!“ sagte sie aufseufzend.

Die Damen konnten sich nun freier bewegen. Sie waren in der Halle Saint-Augustin. Zu ihrem großen Staunen fanden sie diese fast leer. Aber ein Gefühl des Wohlbehagens überflutete sie, es war ihnen, als seien sie von der winterlichen Straße in den Frühling gekommen. Während draußen der eisige Wind Graupelschauer vor sich her jagte, erfüllte die laue Luft der schönen Jahreszeit die Galerien des „Paradieses“ mit den leichten Stoffen, dem Blütenschimmer der zarten Farbtöne, der ländlichen Heiterkeit der Sommermoden und Sonnenschirme.

„Sehen Sie doch!“ rief Frau de Boves, die wie erstarrt stehenblieb, den Blick emporgerichtet.

Es war die Ausstellung der Sonnenschirme. Weit geöffnet, rund wie Schilde bedeckten sie die Halle von dem verglasten Dach bis zum oberen Rand des Getäfels aus gefirnißtem Eichenholz. Als Festons schmückten sie die bogenförmigen Öffnungen der oberen Stockwerke; an den Säulen hingen sie als Girlanden herab; in dichtgeschlossenen Reihen zogen sie sich an den Balustraden der Galerien und sogar an den Treppengeländern entlang; und überall in symmetrischer Anordnung die Wände buntscheckig mit Rot, Grün und Gelb bemalend, wirkten sie wie große venezianische Laternen, die man für ein riesiges Fest angezündet hatte. In den Ecken gab es komplizierte Motive, Sterne aus Sonnenschirmen zu neununddreißig Sous, deren helle Tönungen, Mattblau, Cremefarben, Zartrosa, mit dem sanften Schein eines Nachtlichts brannten, während weiter oben ungeheuer große japanische Schirme, auf denen goldfarbene Kraniche durch einen Purpurhimmel flogen, loderten wie der Widerschein einer Feuersbrunst.

Frau Marty suchte nach einer Wendung, um ihrem Entzücken Ausdruck zu verleihen, fand aber nichts als den Ausruf:

„Das ist feenhaft!“ Dann fügte sie beim Versuch, sich zurechtzufinden, hinzu: „Aha, Schnürband bekommt man bei den Kurzwaren ... Ich kaufe mein Schnürband, und dann mache ich mich schleunigst davon.“

„Ich begleite Sie“, sagte Frau de Boves. „Nicht wahr, Blanche, wir gehen nur einmal durch die Ladenräume, sonst nichts.“

Aber schon vom Eingang an war es um die Damen geschehen. Sie wandten sich nach links, und da man die Kurzwarenabteilung verlegt hatte, gerieten sie zu den Rüschen, dann zu den Zierkragen und -manschetten. Unter den gedeckten Galerien war es sehr warm, eine etwas feuchte und stickige, vom faden Geruch der Gewebe schwere Treibhauswärme, die die Schritte der Menge dämpfte. Dann gelangten sie wieder zur Tür, wo sich ein Strom Zurückflutender gebildet hatte, ein endloser Zug von Frauen und Kindern, über dem eine Wolke roter Ballons schwebte. Vierzigtausend Ballons hatte man bereitgehalten, etliche Ladendiener waren eigens mit der Verteilung beauftragt. Beim Anblick der sich dem Ausgang zuwendenden Käuferinnen hätte man meinen können, ein Schwarm riesiger Seifenblasen an unsichtbaren Fäden spiegele in der Luft die Feuersbrunst der Sonnenschirme wider. Das ganze Geschäft war davon festlich erhellt.

„Ist das ein Betrieb!“ erklärte Frau de Boves. „Man kennt sich gar nicht mehr aus.“

Dennoch konnten die Damen nicht in dem Gewühl am Eingang bleiben, mitten im Schieben und Stoßen des Kommens und Gehens. Glücklicherweise kam ihnen Inspektor Jouve zu Hilfe. Er hielt sich würdevoll und aufmerksam im Vestibül auf und faßte jede vorüberkommende Frau scharf ins Auge. Insbesondere mit der inneren Überwachung beauftragt, spürte er die Diebinnen auf und folgte vor allem den schwangeren Frauen, wenn ihre fiebrigen Blicke ihn beunruhigten.

„Die Kurzwaren, meine Damen?“ sagte er verbindlich. „Gehen Sie nach links, sehen Sie, dort hinter der Strumpfabteilung.“

Frau de Boves dankte ihm. Frau Marty aber hatte, als sie sich umwandte, ihre Tochter Valentine nicht mehr neben sich gefunden. Sie erschrak, als sie diese, schon weit weg, am Ende der Halle Saint-Augustin entdeckte, wo sie tief versunken vor einem Auslagetisch stand, auf dem sich Damenkrawatten zu neunzehn Sous häuften. Mouret verfuhr nach der Methode, die Kunden durch Anbieten, durch lautes Ausrufen der Artikel zu fesseln und auszuplündern; denn er bediente sich jeglicher Art von Reklame und spottete über die Zurückhaltung einiger Kollegen, die der Meinung waren, die Waren müßten für sich selber sprechen. Spezialverkäufer, Pariser Nichtstuer und Prahlhänse, setzten so beträchtliche Mengen kleiner Schundartikel ab.

„O Mama“, murmelte Valentine, „sieh doch diese Krawatten ... Sie haben im Zipfel einen gestickten Vogel.“

Der Kommis pries seine Ware an, beteuerte, es sei reine Seide, der Fabrikant habe Bankrott gemacht und man werde nie wieder so einen Gelegenheitskauf finden.

„Neunzehn Sous, ist denn so was möglich!“ sagte Frau Marty, die dadurch ebenso verlockt war wie ihre Tochter. „Pah, zwei Stück kann ich schon nehmen, das wird uns nicht zugrunde richten.“

Frau de Boves bezeigte Verachtung. Sie verabscheute dieses Anbieten, ein Kommis, der sie anrief, jagte sie in die Flucht. Frau Marty wunderte sich darüber, sie begriff diesen nervösen Schauder vor der prahlerischen Anpreisung nicht, weil sie anders geartet war, sie gehörte zu den Frauen, denen es Freude macht, sich Gewalt antun, sich von den Schmeichelworten des öffentlichen Angebots einhüllen zu lassen und dabei den Genuß zu haben, alles anzufassen und ihre Zeit mit überflüssigen Reden zu verlieren.

„Jetzt“, fing sie wieder an, „schnell zu meinem Schnürband ... Ich will nicht einmal mehr etwas sehen.“

Doch als sie durch die Abteilung für seidene Tücher und den Handschuhrayon kam, wurde sie wieder schwach. Dort gab es unter dem diffusen Licht eine Auslage in lebhaften und heiteren Farben, die entzückend wirkte. Die symmetrisch angeordneten Ladentische schienen Rabatten zu sein, verwandelten die Halle in ein französisches Blumenparterre, auf dem die zarte Skala der

Blüten lächelte. Den entleerten Schachteln, den überfüllten Fächern entnommen, breiteten Schwaden von Seidentüchern das lebhafte Rot der Geranien, das milchige Weiß der Petunien, das Goldgelb der Chrysanthemen, das Himmelblau der Verbenen offen auf dem Holz aus; und weiter oben zog sich an Messingstangen ein Gewinde anderer Blüten hin, locker geschlungene Seidentücher, entrollte Bänder, eine funkelnde Kette, die sich in großer Länge um die Säulen aufwärts wand, sich in den Spiegeln vervielfältigte. Am stärksten aber rottete sich die Menge in der Handschuhabteilung um ein ganz aus Handschuhen verfertigtes Schweizerhäuschen zusammen: ein Meisterwerk Mignots, das zwei Tage Arbeit erfordert hatte. Zunächst bildeten schwarze Handschuhe das Erdgeschoß; dann waren strohgelbe Handschuhe, resedagrüne, ochsenblutfarbene in der Dekoration verteilt, umrahmten die Fenster, deuteten die Balkons an, waren an die Stelle der Dachziegel getreten.

„Was wünschen gnädige Frau?“ fragte Mignot, als er Frau Marty vor dem Schweizerhaus stehen sah. „Hier sind schwedische Handschuhe zu ein Franc fünfundsiebzig, erste Qualität ...“ Er betrieb das Anbieten auf eine hartnäckige Weise, rief aus dem Hintergrund seiner Abteilung die Vorübergehenden an, belästigte sie mit seiner Artigkeit. Als Frau Marty den Kopf schüttelte, fuhr er fort: „Tiroler Handschuhe zu ein Franc fünfundzwanzig ... Turiner Handschuhe für Kinder, in allen Farben gestickte Handschuhe ...“

„Nein, danke, ich brauche nichts“, erklärte Frau Marty.

Aber er spürte, wie ihre Stimme unsicher wurde, er setzte ihr energischer zu, indem er ihr die gestickten Handschuhe unter die Augen hielt; und da war es mit ihrer Widerstandskraft aus, sie kaufte ein Paar. Als Frau de Boves sie dann mit Lächeln ansah, errötete sie.

„Nicht wahr, ich bin ein Kind? – Wenn ich nicht rasch mein Schnürband kaufe und mich davonmache, bin ich verloren.“

Leider herrschte in der Kurzwarenabteilung ein solches Gedränge, daß sie nicht gleich bedient werden konnte. Die beiden warteten bereits zehn Minuten und fingen gerade an, ärgerlich zu werden, als die Begegnung mit Frau Bourdelais und ihren drei Kindern sie ablenkte. Diese erklärte in ihrer ruhigen Art einer hübschen, praktischen Frau, sie wolle dies hier ihren Kleinen zeigen. Madeleine war zehn Jahre alt, Edmond acht, Lucien vier; und sie lachten vor Vergnügen, es war ein billiger, ihnen seit langem versprochener Ausflug.

„Die Sonnenschirme sind lustig, ich werde einen roten kaufen", sagte plötzlich Frau Marty, die vor Ungeduld auf der Stelle trippelte, weil sie hier herumstand, ohne etwas unternehmen zu können. Sie wählte einen zu vierzehn Francs fünfzig.

Nachdem Frau Bourdelais diesen Kauf mit einem tadelnden Blick begleitet hatte, sagte sie in freundschaftlichem Ton:

„Sie tun sehr unrecht daran, sich so zu beeilen. In einem Monat würden Sie ihn für zehn Francs bekommen ... Ich lasse mich nicht fangen!" Und sie entwickelte eine vollständige Theorie einer guten Hausfrau. Da die Läden die Preise zu senken pflegten, brauche man nur zu warten. Sie wolle nicht von ihnen ausgebeutet werden, vielmehr ziehe sie selber Nutzen aus den wirklich billigen Gelegenheiten. Sie verband damit sogar einen arglistigen Kampf und rühmte sich, sie habe jene noch nie einen Sou verdienen lassen. „Nun", sagte sie schließlich, „ich habe meiner kleinen Schar versprochen, ihr Bilder zu zeigen, oben, im Salon ... Kommen Sie doch mit, Sie haben ja Zeit."

Da war das Schnürband vergessen. Frau Marty willigte sofort ein, während Frau de Boves ablehnte, da sie lieber erst einen Rundgang durchs Erdgeschoß machen wolle. Übrigens hofften die Damen, sich oben wieder zu treffen. Als Frau Bourdelais sich nach einer Treppe umsah, bemerkte sie einen der Aufzüge, und um die Freuden dieses Ausflugs vollständig zu machen, schob sie die Kinder hinein. Auch Frau Marty und Valentine traten in das enge Gehäuse, in dem man sehr zusammengedrängt wurde; aber die Spiegel, die Samtbänke, die reichverzierte Messingtür nahmen sie so in Anspruch, daß sie in der ersten Etage anlangten, ohne das sanfte Gleiten des Apparates gespürt zu haben. Zudem erwartete sie gleich hinter der Spitzengalerie ein neues Vergnügen. Als man am Büfett vorbeikam, versäumte Frau Bourdelais nicht, ihre kleine Gesellschaft nach Herzenslust Fruchtsaft trinken zu lassen. Es war ein viereckiger Saal mit einem breiten marmornen Schanktisch; an beiden Enden lief aus versilberten Springbrunnen ein dünner Wasserstrahl; dahinter waren auf schmalen Gestellen Flaschen aufgereiht. Drei Ladendiener spülten ununterbrochen Gläser und füllten sie wieder. Um die lechzende Kundschaft im Zaum zu halten, hatte man, so wie an den Theatertüren, mit Hilfe einer samtbezogenen Schranke eine Sperre einrichten müssen. Dort erdrückte sich die Menge fast. Einige Leute, die angesichts dieser unentgeltlich dargebotenen Leckereien alle Bedenken fahrenließen, aßen und tranken sich krank.

„Nun, wo stecken Sie denn?" rief Frau Bourdelais, als sie sich aus dem lärmenden Haufen frei gemacht und mit ihrem Taschentuch die Kinder gesäubert hatte.

Doch sie erblickte Frau Marty und Valentine sehr weit entfernt in einer anderen Galerie. Die beiden ertranken geradezu in einem Haufen von Unterröcken, die sie sich vorlegen ließen, und kauften schon wieder. Jetzt war es aus mit ihnen, Mutter und Tochter waren dem Fieber des Geldausgebens verfallen, das sie fortriß.

Als Frau Bourdelais endlich in den Lese- und Schreibsalon gelangt war, brachte sie Madeleine, Edmond und Lucien an dem großen Tisch unter; dann entnahm sie selber einem Büchergestell Alben mit Photographien, die sie ihnen gab. Das Deckengewölbe des langen Raumes war reich vergoldet; an den beiden Enden stand je ein mächtiger Kamin; mittelmäßige Gemälde in sehr kostbaren Rahmen bedeckten die Wände; und zwischen den Säulen standen vor jedem der Bogenfenster, die auf die Verkaufsräume gingen, hohe Blattpflanzen in Majolikagefäßen. Eine ganze Versammlung schweigender Leute saß rings um den Tisch, der mit Zeitungen und Zeitschriften überladen, mit Briefpapier und Schreibzeug versehen war. Einige Damen streiften ihre Handschuhe ab, schrieben Briefe auf Bogen mit dem Namenszeichen der Firma, strichen mit einem Federzug den Briefkopf aus. Ein paar Herren lasen, tief in ihre Sessel zurückgelehnt, Zeitungen. Aber viele hielten sich dort auf, ohne etwas zu tun: Gatten, die auf ihre alle Rayons abklappernden Frauen warteten, zurückhaltende junge Damen, die heimlich auf das Erscheinen ihres Geliebten harrten, alte Eltern, die man hier wie in einer Kleiderablage deponiert hatte, um sie beim Weggehen wieder abzuholen. Und diese ganze behaglich dasitzende Gesellschaft ruhte sich aus, schaute durch die Fensteröffnungen in die Galerien und Hallen hinab, deren fernes Stimmengeräusch hier heraufklang in das leise Kratzen der Federn und das Rascheln der Zeitungen.

„Nanu, Sie sind hier!" sagte Frau Bourdelais. „Ich habe Sie gar nicht erkannt."

Neben den Kindern saß, von den Seiten einer Zeitschrift verdeckt, eine Dame. Es war Frau Guibal. Diese Begegnung schien ihr wenig zu behagen. Aber sie faßte sich sofort, erzählte, sie sei heraufgekommen, um sich ein wenig hinzusetzen und dem Gedränge zu entgehen. Und als Frau Bourdelais sie fragte, ob sie Einkäufe halber gekommen sei, erwiderte sie in ihrer lässigen Art, die selbstsüchtige Gier ihres Blickes unter den Lidern verbergend:

„O nein! – Im Gegenteil, ich bin zum Zurückgeben gekommen. Ja, Portieren, die mir nicht gefallen. Aber es herrscht ja eine solche Fülle, daß ich warten will, bis man an den Rayon herankommen kann." Sie plauderte, sagte, daß dies Rückgabeverfahren sehr bequem sei; früher habe sie nie etwas gekauft, während sie sich jetzt zuweilen dazu verführen lasse. Allerdings gab sie von fünf Gegenständen vier zurück, allmählich war sie schon in allen Abteilungen bekannt wegen der seltsamen Geschäfte, die man hinter der ewigen Unzufriedenheit witterte, aus der heraus sie einen Artikel nach dem anderen zurückbrachte, nachdem sie ihn mehrere Tage lang behalten hatte. Aber während sie sprach, ließ sie die Türen des Salons nicht aus den Augen; und sie schien erleichtert zu sein, als Frau Bourdelais sich wieder ihren Kindern zuwandte, um ihnen die Photographien zu erklären. Fast im selben Augenblick kamen Herr de Boves und Paul de Vallagnosc herein. Der Graf, der sich den Anschein gab, als wolle er den jungen Mann durch die neuen Ladenräume führen, wechselte einen raschen Blick mit ihr; danach versenkte sie sich wieder in ihre Lektüre, als habe sie ihn nicht bemerkt.

„Sieh da, Paul!“ sagte eine Stimme hinter den Herren. Es war Mouret, der wie gewöhnlich einen Blick in die verschiedenen Abteilungen werfen wollte. Man reichte einander die Hand, und er fragte sofort: „Hat uns Madame de Boves die Ehre ihres Besuchs erwiesen?“

„Mein Gott, nein“, erwiderte der Graf, „und zwar zu ihrem großen Bedauern nicht. Sie fühlt sich nicht wohl. Oh, nichts Gefährliches.“

Aber plötzlich tat er so, als entdecke er Frau Guibal. Er entzog sich den Herren, näherte sich ihr, den Hut in der Hand, während die beiden anderen sich damit begnügten, sie von weitem zu grüßen. Auch sie heuchelte Überraschung. Paul hatte gelächelt; er begriff nun endlich, ganz leise erzählte er Mouret, wie der Graf, den er in der Rue Richelieu getroffen, sich bemüht habe, ihm zu entkommen, und auf den Ausweg verfallen sei, ihn unter dem Vorwand, man müsse das unbedingt sehen, ins „Paradies“ mitzuschleppen. Seit einem Jahr hole die Dame so viel Geld und Vergnügen, wie sie nur könne, aus dem Grafen heraus, sie schreibe ihm nie, sondern gewähre ihm, um sich mit ihm zu verständigen, Zusammenkünfte an öffentlichen Orten, in Kirchen, Museen, Läden. „Ich glaube, er wechselt bei jedem Rendezvous das Hotelzimmer“, flüsterte der junge Mann. „Vorigen Monat war er auf einer Inspektionsreise, jeden zweiten Tag schrieb er an seine Frau, aus Blois, aus Libourne, aus Tarbes; und trotzdem bin ich fest überzeugt, ihn in eine bürgerliche Pension in Les Batignolles hineingehen gesehen zu haben ... Aber schauen Sie ihn doch an! Wie schön er da vor ihr steht mit seiner Beamtenkorrektheit! Das alte Frankreich, mein Freund, das alte Frankreich!“

„Und deine Heirat?“ fragte Mouret.

Ohne den Grafen aus den Augen zu lassen, antwortete Paul, daß man noch immer auf den Tod der Tante warte. Dann sagte er mit triumphierender Miene:

„Ha! Hast du gesehen: Er hat sich gebückt, er hat ihr eine Adresse zugesteckt. Und sie nimmt das mit ihrem tugendhaftesten Gesicht hin: eine schreckliche Frau, diese delikate Rothaarige mit ihren unbekümmerten Allüren ... Nun wohl, es gehen nette Dinge hier bei dir vor!"

„Oh", sagte Mouret lächelnd, „die Damen sind hier nicht bei mir, sie sind hier zu Hause." Dann scherzte er. Die Liebe bringe wie die Schwalben den Häusern Glück. Gewiß, er kenne sie, die Dirnen, die durch alle Abteilungen strolchten, die Damen, die sich hier von ungefähr mit einem Freund träfen; aber wenn sie auch nichts kauften, so machten sie doch die Zahl voll, verliehen den Räumen Wärme. Während sie so plauderten, führte er seinen ehemaligen Mitschüler fort, stellte ihn an den Eingang des Salons, gegenüber der großen Mittelgalerie, deren aufeinanderfolgende Hallen sich zu ihren Füßen ausbreiteten.

Im Salon hinter ihnen herrschte weiter andächtige Stille, das leise Geräusch eiliger Federn und knitternder Zeitungen. Ein alter Herr war über dem „Moniteur" eingeschlafen. In der offenbaren Absicht, seinen künftigen Schwiegersohn im Gedränge zu verlieren, betrachtete Herr de Boves eingehend die Gemälde. Und inmitten dieser Stille unterhielt sich nur Frau Bourdelais ganz laut, wie in einem eroberten Land, lustig mit ihren Kindern.

„Da siehst du's, sie sind hier zu Hause", wiederholte Mouret, der mit einer ausladenden Gebärde auf die Unmenge Frauen zeigte, davon die Rayons zu bersten drohten.

Gerade trat Frau Desforges, nachdem sie in der Menschenmenge fast ihren Mantel eingebüßt hätte, endlich ein und durchquerte die erste Halle. Als sie dann bei der großen Galerie angekommen war, blickte sie in die Höhe. Weit wie eine Bahnhofshalle war diese Galerie, umgeben von den Balustraden der beiden Stockwerke, durchschnitten von freitragenden Treppen, überspannt von schwebenden Brücken. Die doppelarmigen eisernen Treppen zeigten kühne Kurven, schufen vermehrte Podeste; die über die Leere geworfenen eisernen Brücken zogen sich in großer Höhe schnurgerade dahin; und all dieses Eisen bildete unter dem weißen Licht der Glasdächer eine schwerelose Architektur, ein dem Tageslicht Zugang gewährendes Spitzengewebe, die moderne Verwirklichung eines Traumschlosses, eines Babel, das Etagen aufeinandertürmte, Raum für große Säle schuf und bis ins unendliche Ausblick auf andere Etagen und andere Säle auftat. Übrigens herrschte das Eisen überall vor, der junge Architekt war ehrlich und mutig genug gewesen, es nicht unter einer Stein oder Holz imitierenden Mörtelschicht zu verbergen. Unten hatte man, um nicht der Wirkung der Waren Abbruch zu tun, die Ausschmückung nüchtern, in großen einheitlichen Flächen von einem neutralen Farbton gehalten; mit der zunehmenden Höhe des metallenen Gerüstes aber wurden die Kapitäle der Säulen reicher, die Niete entfalteten sich zu Blumen, die Konsolen und die Kragsteine waren mit Skulpturen geschmückt; oben schließlich funkelte es von Farben, von Grün und Rot zwischen freigebig verwendetem Gold, ganze Fluten von Gold, Schwaden von Gold, bis zu den Verglasungen, deren Scheiben in Gold emailliert und nielliert waren. Unter den gedeckten Galerien waren die sichtbaren Mauersteine der Vouten ebenfalls in leuchtenden Farben glasiert. Ein Teil der Ausschmückung bestand aus Mosaiken und Fayencen, die die Friese heiterer machten, mit ihren frischen Tönen die strenge Note des Ganzen aufhellten, indes die Treppen, deren Geländer mit rotem Samt bezogen war, eine Leiste von ausgeschnittenem und poliertem Eisen zierte, das schimmerte wie der Stahl einer Rüstung.

Obwohl Frau Desforges die neue Einrichtung bereits kannte, war sie stehengeblieben, gepackt von dem glühenden Leben, das an diesem Tage das unermeßlich große Kirchenschiff durchpulste; hier unten umgab sie noch immer das Gewirbel der Menge, deren Hinundherströmen kommender und weggehender Kundinnen sich bis in den Seidenrayon spürbar machte: eine auch jetzt noch sehr uneinheitliche Menge, in die jedoch der Nachmittag mehr Damen unter die Kleinbürgerinnen und einfachen Hausfrauen mischte; viele Frauen in Trauer mit ihren großen Schleiern; immer wieder Ammen, die sich hierher verirrt hatten und mit abgespreizten Ellbogen ihre pausbäckigen Kleinen schützten. Und dieses Meer, diese buntscheckigen Hüte, diese blonden oder dunklen unbedeckten Köpfe, durchwogte die Galerie von einem Ende bis zum anderen und wirkte inmitten der schimmernden Pracht der Stoffe verworren und farblos. Frau

Desforges sah überall nur die großen Anschlagzettel mit riesigen Zahlen, deren grelle Flecke sich von der starkfarbigen Indienne, der leuchtenden Seide, den matten Wollstoffen abhoben. Die Köpfe verschwanden fast hinter Stapeln von Bändern, eine Mauer aus Flanell sprang vor wie ein Kap, überall ließen die Spiegel die Ladenräume noch tiefer erscheinen, spiegelten Auslagen und Teile des Publikums wider, zurückgebogene Gesichter, halbe Schultern und Arme, während rechts und links die Seitengalerien Durchblicke auf die schneeigen Buchten des Weißzeugs, die gesprenkelten Tiefen der Wirkwaren gestatteten, auf entlegene Weiten, die ein durch irgendein Glasdach einfallender Lichtstrahl erhellte und wo die Menge nur noch menschlicher Staub war. Als Frau Desforges dann den Blick hob, sah sie auf den Treppen, auf den schwebenden Brücken, rings um die Brüstungen jeder Etage ein ununterbrochenes und brausendes Hinansteigen, ein ganzes sich durch die Luft bewegendes Volk, das durch die Ausschnitte der riesigen Metallgerüste dahinzog und sich schwarz von der diffusen Helligkeit abhob, die durch die emaillierten Scheiben drang. Große vergoldete Kronleuchter hingen unter der Decke; ein Fahnenmeer von Teppichen, bestickter Seide, golddurchwirkten Stoffen fiel von oben herab, behängte die Balustraden mit leuchtenden Bannern; von einem Ende bis zum anderen schwangen sich Spitzen dahin, wogte Musselin, flatterten Siegeswimpel aus seidenen Geweben, standen Apotheosen aus halbbekleideten Modepuppen; und über diesem bunten Durcheinander zeigte der gleichsam schwebende Bettenrayon kleine, mit ihren Matratzen ausgestattete, mit weißen Vorhängen drapierte eiserne Betten, einen Schlafsaal für Pensionatszöglinge, schlummernd beim Getrappel der Kundschaft, die um so seltener wurde, je höher die Rayons lagen.

„Wünschen gnädige Frau billige Strumpfbänder?“ fragte ein Verkäufer Frau Desforges, als er sie regungslos dastehen sah. „Reine Seide, neunundzwanzig Sous.“

Sie würdigte ihn keiner Antwort. Rings um sie her kläffte es von Angeboten, die immer aufgeregter wurden. Dennoch wollte sie sich einen Überblick verschaffen. Die Kasse von Albert

Lhomme befand sich zu ihrer Linken; er kannte sie von Ansehen und erlaubte sich ein liebenswürdiges Lächeln, bewahrte völlige Ruhe inmitten der Flut von Rechnungen, die auf ihn einstürmten, während sich hinter ihm Joseph mit der Bindfadendose herumschlug und das Verpacken der Waren nicht zu bewältigen vermochte. Nun kannte sie sich wieder aus, die Seidenabteilung mußte vor ihr liegen. Aber sie brauchte zehn Minuten, um sich dorthin zu begeben, so sehr schwoll die Menschenmenge an. Oben in der Luft hatten sich die roten Ballons an ihren unsichtbaren Schnüren vervielfacht; sie ballten sich zu purpurfarbenen Wolken zusammen, glitten langsam auf die Türen zu, ergossen sich ununterbrochen über Paris; und sie mußte unter dem Schwarm der Ballons den Kopf neigen, weil sie von ganz kleinen Kindern gehalten wurden, die die Schnur um ihre Händchen gewickelt hatten.

„Wie, gnädige Frau, Sie haben sich hergewagt?" rief Bouthemont fröhlich, sobald er Frau Desforges bemerkte.

Der Abteilungsvorsteher, den Mouret selber bei ihr eingeführt hatte, ging jetzt zuweilen zum Tee zu ihr. Sie fand ihn gewöhnlich, aber sehr liebenswürdig, von heiterem sanguinischem Temperament, das sie in Erstaunen setzte und belustigte. Übrigens hatte er ihr vor zwei Tagen ganz unumwunden von der Liebschaft zwischen Mouret und Clara erzählt, nicht aus irgendwelcher Berechnung, sondern in der Dummheit eines plumpen Burschen, der gern lacht; und sie verbarg, von Eifersucht zernagt, ihre Gekränktheit hinter einer geringschätzigen Haltung und wollte nun versuchen, dieses Mädchen zu entdecken; ein Fräulein von der Konfektion, hatte er nur gesagt und sich geweigert, ihren Namen zu nennen.

„Suchen Sie etwas bei uns?"

„Aber gewiß doch, sonst wäre ich nicht gekommen ... Haben Sie Foulard für Morgenröcke?" Sie hoffte, von ihm den Namen des Fräuleins zu erfahren, verspürte den dringenden Wunsch, sie zu sehen.

Er hatte sogleich nach Favier gerufen und fing wieder an, mit ihr zu plaudern, während sie auf den Verkäufer warteten, der noch eine Kundin fertigbediente, gerade die „hübsche Dame", diese schöne blonde Person, von der mitunter der ganze Rayon sprach, ohne etwas von ihrem Leben, ja auch nur ihren Namen zu wissen. Diesmal war die hübsche Dame in tiefer Trauer. Sieh da, wen hatte sie denn verloren, ihren Gatten oder ihren Vater? Zweifellos nicht ihren Vater, denn dann würde sie trauriger ausgesehen haben. Was sagte man nun? Das war keine Kokotte, sie hatte einen richtigen Ehemann gehabt. Zumindest, wenn sie nicht etwa ihrer Mutter wegen Trauer trug. Einige Minuten lang tauschte der Rayon, trotz der Hochflut der Arbeit, Vermutungen aus.

„Beeilen Sie sich, das ist ja unerträglich!" rief Hutin Favier zu, als dieser zurückkam, nachdem er seine Kundin zu einer Kasse begleitet hatte. „Wenn diese Dame hier ist, finden Sie nie ein Ende ... Die macht sich schön über Sie lustig!"

„Nicht mehr als ich mich über sie", erwiderte der Verkäufer verdrossen.

Aber Hutin drohte ihm, ihn bei der Direktion anzuzeigen, wenn er sich der Kundschaft gegenüber nicht ehrerbietiger verhalte. Seit ihm der Rayon mit vereinten Kräften die Stellung Robineaus verschafft hatte, wurde er abscheulich, kehrte eine bissige Strenge hervor. Nach den Versprechungen guter Kameradschaft, mit denen er früher seinen Kollegen eingeheizt hatte, erwies er sich jetzt sogar als so unausstehlich, daß sie von nun an heimlich Favier gegen ihn beistanden.

„Los, geben Sie keine Widerworte", fing Hutin in strengem Ton wieder an. „Herr Bouthemont verlangt Foulard von Ihnen, die hellsten Dessins."

Eine Ausstellung sommerlicher Seidenwaren in der Mitte des Rayons erhellte die Halle mit dem Schimmer der Morgenröte, gleich einem Sonnenaufgang in den zartesten Tönungen des Lichts, dem bleichen Rosa, dem matten Gelb, dem reinen Blau, der ganzen flatternden Schärpe der Iris. Da gab es Foulards, zart wie Wolkengebilde, Surahs, leichter als von den Bäumen herabgeflogene Flaumfedern, Pekingseiden, glatt wie die Haut junger Chinesinnen. Und dann noch Pongéeseide aus Japan, Tussah und

Corah aus Indien, ungerechnet unsere leichten Seiden, die Milleraies, die kleinkarierten, die geblümten, alles Erdenkliche an Phantasiemustern, wobei man an geputzte Damen denken mußte, die an Maivormittagen unter den hohen Bäumen eines Parks spazierengehen.

„Diesen hier werde ich nehmen, den Louis-Quatorze mit den Rosensträußchen", sagte Frau Desforges endlich. Und während Favier die Seide abmaß, machte sie einen letzten Versuch, etwas aus Bouthemont herauszuholen, der an ihrer Seite geblieben war. „Ich gehe jetzt in die Konfektion hinauf, die Reisemäntel ansehen . . . Ist das Fräulein, von dem Sie erzählt haben, blond?"

Der Rayonchef, den ihre Beharrlichkeit zu beunruhigen begann, beschränkte sich darauf, zu lächeln.

Aber in diesem Augenblick kam Denise vorbei. Sie hatte gerade Frau Boutarel, jene Provinzdame, die zweimal im Jahr in Paris abstieg, um an allen Ecken und Enden des „Paradieses" das Geld zu vertun, das sie ihrem Haushalt abgezwackt hatte, zu Liénard geführt, der bei den Merinostoffen bediente. Und als Favier schon den Foulard für Frau Desforges ergriff, hielt ihn Hutin, der ihn damit zu ärgern glaubte, zurück.

„Das ist nicht nötig, das Fräulein wird so freundlich sein, die gnädige Frau zu begleiten."

Denise geriet in Verwirrung, war aber gern bereit, sich des Pakets und des Kassenzettels anzunehmen. Sooft sie sich dem jungen Mann gegenübersah, empfand sie Scham, als erinnere er sie an ein weit zurückliegendes Vergehen. Dabei hatte nur ihre Phantasie gesündigt.

„Sagen Sie mal", fragte Frau Desforges ganz leise Bouthemont, „ist das nicht dieses so sehr ungeschickte Mädchen? Er hat sie also wieder eingestellt? – Demnach ist sie die Heldin des Liebesromans!"

„Vielleicht", antwortete der Rayonchef, der noch immer lächelte und fest entschlossen war, nicht die Wahrheit zu sagen.

Dann stieg Frau Desforges, der Denise voranging, langsam die Treppe hinauf. Sie mußte alle drei Sekunden stehenbleiben, um nicht vom Strom der Hinabgehenden mitgerissen zu werden. Das bebende Leben des ganzen Hauses übertrug sich als spürbare Schwingung auf die eiserne Treppe unter ihren Füßen, als zittere sie von den Atemstößen der Menge. Auf jeder Stufe war mittels einer sicher befestigten Modepuppe ein regungsloses Kleidungsstück postiert, Kostüme, Paletots, Hauskleider; und trotz des kleinen, einem Dolchgriff ähnelnden Holzpflocks, der in den roten, gleichsam blutgetränkten Molton an der frischen Schnittfläche des Halses gesteckt war, hätte man meinen können, hier sei für einen Triumphzug ein Spalier von Soldaten aufgestellt.

Endlich war Frau Desforges in den ersten Stock gelangt, als ein noch rücksichtsloseres Gedränge sie einen Augenblick lang an jeder Bewegung hinderte. Unter ihr lagen jetzt die Rayons des Erdgeschosses, breitete sich das ganze Volk von Kundinnen, durch das sie soeben hindurchgegangen war. Das war ein neues Schauspiel, ein Ozean in verkleinertem Maßstab gesehener Köpfe, die wie ein aufgestörter Ameisenhaufen wimmelten und unter denen die Körper verschwanden. Die großen weißen Preisschilder waren nur noch ganz dünne Striche, die Stapel von Bändern wie zusammengedrückt, das Kap aus Flanell zog sich als schmale Mauer durch die Galerie, während die Teppiche und die bestickten Seiden, mit denen die Geländer beflaggt waren, jetzt zu ihren Füßen dahingen wie Prozessionsbanner unter der Empore einer Kirche. In der Ferne erblickte sie Winkel von Seitengalerien, wie man hoch vom Gebälk eines Glockenturms herab benachbarte Straßenecken erkennt, wo sich die Passanten als schwarze Flecke bewegen. Vor allem aber setzte es sie in Erstaunen, daß sie, als sie in der Müdigkeit ihrer vom leuchtenden Durcheinander der Farben geblendeten Augen die Lider schloß, die Menge durch den dumpfen Lärm einer steigenden Flut, den sie erzeugte, und die menschliche Wärme, die ihr entströmte, noch deutlicher fühlte. Von den Fußböden stieg ein feiner Staub auf, getränkt mit dem Geruch der Frau, dem Geruch ihrer Wäsche und ihres Nackens, ihrer Röcke und ihres Haars, ein alles durchdringender, von allem Besitz ergreifender Geruch, der der Weihrauch dieses für den Kult ihres Körpers errichteten Tempels zu sein schien.

Unterdessen sog Mouret, der noch immer mit Vallagnosc am Eingang zum Lesesalon stand, diesen Geruch tief ein, berauschte sich daran und wiederholte:

„Sie sind hier zu Hause, ich kenne welche, die den ganzen Tag hier mit Kuchenessen und Briefeschreiben verbringen ... Das einzige, was ich noch tun kann, ist, sie hier übernachten zu lassen.“

Paul, der es in seinem trübseligen Pessimismus nach wie vor albern fand, daß Putz und Tand für diese Menschheit Anlaß zu so lärmendem Gebaren waren, mußte bei diesem Scherz lächeln. Nachdem er seinem ehemaligen Mitschüler die Hand gedrückt hatte, ging er fast verärgert darüber fort, jenen so voll bebender Lebendigkeit inmitten seines Volks von Gefallsüchtigen zu sehen. Würde ihn denn keine all dieser Frauen mit leerem Hirn und Herzen die Dummheit und Nutzlosigkeit des Daseins erkennen lehren?

Gerade an diesem Tage schien Octave seine schöne Ausgelassenheit zu verlieren; er, der für gewöhnlich mit der gelassenen Grazie eines Taschenspielers das Fieber seiner Kundinnen schürte, war nun selber gleichsam der jähen Leidenschaft verfallen, von der allmählich die Verkaufsräume glühten. Seit er Denise und Frau Desforges die große Trepe hatte heraufkommen sehen, sprach er unwillkürlich lauter und gestikulierte; und während er so tat, als wende er nicht den Kopf nach ihnen, wurde er immer lebhafter, je näher er sie kommen fühlte. Sein Gesicht rötete sich, in seine Augen trat etwas von dem grenzenlosen Entzücken, von dem mit der Zeit die Augen der Käuferinnen flackerten.

„Man muß Sie gewaltig bestehlen“, murmelte Vallagnosc, der fand, daß es in der Menge verbrecherische Mienen gebe.

Mouret hatte die Arme weit ausgebreitet.

„Mein Lieber, das übertrifft jede Vorstellung.“ Und entzückt, einen Gesprächsstoff zu haben, schilderte er höchst angeregt eine unversiegliche Fülle von Einzelheiten, erzählte Tatsachen, leitete daraus eine Einteilung nach Klassen ab. Als erstes erwähnte er die Berufsdiebinnen, sie seien das geringste Übel, weil die Polizei sie fast alle kenne. Dann folgten die an krankhafter Stehlsucht

Leidenden, einer Entartung der Begierde, einer neuen Nervenkrankheit, die ein Irrenarzt klassifiziert und daran die akute Auswirkung der von den großen Warenhäusern ausgeübten Verlokkung dargetan habe. Schließlich gebe es noch die schwangeren Frauen, die es beim Stehlen auf etwas Besonderes abgesehen hätten: so habe bei einer von ihnen der Polizeikommissar zweihundertachtundvierzig Paar rosa Handschuhe entdeckt, die in allen Läden von Paris zusammengestohlen waren.

„Deshalb also haben die Frauen hier so seltsame Augen!" murmelte Vallagnosc. „Ich habe sie mir genau angesehen, mit ihren zugleich leckerhaften und verschämten Gesichtern irrer Geschöpfe ... Eine nette Schule der Ehrbarkeit!"

„Ach ja!" erwiderte Mouret, „man mag es ihnen hier noch so heimisch machen, deshalb kann man doch nicht zulassen, daß sie die Waren unter ihrem Mantel davontragen ... Und zwar sehr vornehme Leute. In der vergangenen Woche haben wir die Schwester eines Apothekers und die Frau eines Parlamentsrats gefaßt. So etwas bemüht man sich gütlich beizulegen." Er unterbrach sich, um auf Inspektor Jouve zu deuten, der unten bei den Tischen mit den Bändern einer schwangeren Frau nachging.

Diese Frau, deren riesiger Leib sehr viel unter den Püffen des Publikums zu leiden hatte, wurde von einer Freundin begleitet, die offensichtlich die Aufgabe hatte, sie vor zu harten Stößen zu bewahren; und jedesmal, wenn sie vor einem Rayon stehenblieb, ließ Jouve sie nicht aus den Augen, während die Freundin neben ihr nach Herzenslust tief in den Kästen wühlte.

„Oh, er wird sie schon schnappen", sagte Mouret, „er kennt all ihre Schliche." Aber seine Stimme bebte, er lachte gezwungen.

Denise und Henriette, die er unausgesetzt beobachtet hatte, kamen endlich hinter ihm vorbei, nachdem sie sich mit großer Mühe aus dem Gedränge befreit hatten. Und er drehte sich um und grüßte seine Kundin mit der gemessenen Verbeugung eines Freundes, der eine Frau nicht dadurch bloßstellen will, daß er sie vor aller Welt anhält.

Allein Frau Desforges hatte, argwöhnisch gemacht, sehr wohl den Blick bemerkt, mit dem er zunächst Denise umfing. Dieses

Mädchen mußte bestimmt die Nebenbuhlerin sein, die zu sehen die Neugier sie hergetrieben hatte.

In der Konfektionsabteilung verloren die Verkäuferinnen den Kopf. Zwei Fräuleins waren krank, und Frau Frédéric, die Zweite, hatte tags zuvor in aller Ruhe gekündigt, war zur Kasse gegangen, um ihre Abrechnung in Ordnung bringen zu lassen, und hatte genauso von einer Minute auf die andere dem „Paradies" aufgesagt, wie das „Paradies" seinen Angestellten aufzusagen pflegte. Seit dem Morgen sprach man in der Hitze des Verkaufs nur von diesem Ereignis. Clara, die durch Mourets Marotte noch immer in diesem Rayon war, fand das „sehr schick"; Marguerite erzählte, wie sehr Bourdoncle außer sich sei, indes Frau Aurélie ärgerlich erklärte, Frau Frédéric hätte sie wenigstens vorher verständigen müssen, denn man könne doch gar nicht auf den Gedanken kommen, daß jemand sich so verstelle. Obgleich Frau Frédéric sich nie jemandem anvertraut hatte, vermutete man dennoch, sie sei aus dem Modewarenhaus ausgeschieden, um den Besitzer einer Badeanstalt bei den Markthallen zu heiraten.

„Gnädige Frau wünschen einen Reisemantel?" fragte Denise Frau Desforges, nachdem sie ihr einen Stuhl angeboten hatte.

„Ja", erwiderte letztere trocken, sie hatte sich vorgenommen, unhöflich zu sein.

Die neue Einrichtung des Rayons war streng und kostbar zugleich: hohe Schränke aus geschnitztem Eichenholz, Spiegel, die die ganze Breite der Türfüllungen einnahmen, ein roter Moquetteteppich, der das ununterbrochene Getrappel der Kundinnen dämpfte. Während Denise Reisemäntel holte, erblickte Frau Desforges, die sich umsah, sich selber in einem Spiegel; und sie betrachtete sich eine Weile. Sie wurde also alt, daß man sie des erstbesten Mädchens wegen hinterging? Der Spiegel gab den ganzen Rayon mit seinem turbulenten Betrieb wieder; sie aber sah nur ihr bleiches Gesicht, sie hörte nicht, daß in ihrem Rücken Clara Marguerite einen der kleinen Verschleierungsversuche Frau Frédérics erzählte, wie diese nämlich morgens und abends einen Umweg durch die Passage Choiseul gemacht habe, um die Vorstellung zu erwecken, sie wohne möglicherweise am linken Ufer.

„Dies sind unsere neuesten Modelle", sagte Denise. „Wir haben sie in verschiedenen Farben da." Sie legte vier oder fünf Mäntel vor.

Frau Desforges betrachtete sie mit geringschätziger Miene, und bei jedem wurde sie schroffer. Wozu diese Falten, die das Kleidungsstück zu knapp machten? Und sollte man nicht meinen, dieser hier mit den breiten Schultern sei mit der Axt zugehauen? Wenn man auf die Reise gehe, wolle man doch nicht aussehen wie ein Schilderhaus.

„Zeigen Sie mir was anderes, Fräulein."

Denise faltete die Kleidungsstücke auseinander und faltete sie wieder zusammen, ohne sich ein Anzeichen schlechter Laune zu gestatten. Und daß sie so ruhig und geduldig blieb, brachte Frau Desforges noch mehr auf. Fortwährend kehrten ihre Blicke zu dem Spiegel ihr gegenüber zurück. Jetzt sah sie sich dort neben Denise, sie stellte Vergleiche an. War es möglich, daß man ihr dieses unbedeutende Geschöpf vorgezogen hatte? Sie erinnerte sich, daß dieses Geschöpf dasselbe war, das sie damals als Anfängerin eine so dumme Figur hatte machen sehen, ungeschickt wie ein Gänseliesel, das soeben aus seinem Dorf kommt. Gewiß, heute hatte sie eine bessere Haltung, sah adrett und korrekt aus in ihrem seidenen Kleid. Doch von welcher Armseligkeit, welcher Durchschnittlichkeit war sie!

„Ich werde der gnädigen Frau weitere Modelle vorlegen", sagte Denise ruhig.

Als sie wiederkam, fing das Theater von neuem an. Nun waren die Stoffe zu schwer und taugten nichts. Frau Desforges drehte sich um, erhob die Stimme, versuchte in der Hoffnung, daß das junge Mädchen gescholten würde, Frau Aurélies Aufmerksamkeit auf sich zu lenken.

Denise aber hatte seit ihrem Wiedereintritt nach und nach den Rayon erobert. Jetzt war sie hier zu Hause; und die Direktrice entdeckte sogar seltene Verkäuferqualitäten an ihr, die unerschütterliche Sanftmut, die Fähigkeit zu lächelnder Überredung. Daher zuckte Frau Aurélie nur leicht mit den Schultern und hütete sich einzugreifen.

„Würden mir gnädige Frau bitte die gewünschte Art näher bezeichnen?“ fragte Denise abermals mit ihrer höflichen, durch nichts zu entmutigenden Beharrlichkeit.

„Aber wenn Sie doch nichts dahaben!“ rief Frau Desforges. Sie brach ab, da sie überrascht fühlte, wie sich ihr eine Hand auf die Schulter legte.

Es war Frau Marty, die von ihrem Anfall von Verschwendungssucht durch alle Verkaufsräume getrieben wurde. Ihre Einkäufe waren, seit sie die Krawatten, die gestickten Handschuhe und den roten Sonnenschirm erstanden hatte, dermaßen angewachsen, daß sich der letzte Verkäufer entschlossen hatte, die Last, die ihm fast die Arme brach, auf einen Stuhl zu legen; und diesen Stuhl, auf dem sich Unterwäsche, Servietten, Vorhänge, eine Lampe und drei Fußmatten häuften, hinter sich herziehend, schritt er ihr voran.

„Ah“, sagte sie, „Sie kaufen einen Reisemantel?“

„O mein Gott, nein“, erwiderte Frau Desforges. „Die sind schauderhaft.“

Aber Frau Marty war auf einen gestreiften Mantel gestoßen, den sie dennoch nicht übel fand. Ihre Tochter Valentine unterzog ihn bereits einer aufmerksamen Prüfung.

Da rief Denise Marguerite herbei, um den Rayon von diesem Artikel zu befreien, einem Modell aus dem Vorjahr, den jene auf einen Blick ihrer Kollegin hin als eine außerordentlich günstige Gelegenheit hinstellte. Als sie beteuert hatte, daß man ihn zweimal im Preis herabgesetzt, ihn von hundertfünfzig auf hundertdreißig Francs gesenkt habe und daß er jetzt hundertzehn koste, vermochte Frau Marty der Verlockung der Billigkeit nicht zu widerstehen. Sie kaufte ihn, der Verkäufer, der sie begleitet hatte, ließ den Stuhl und das ganze Bündel Kassenzettel, das den Waren beigefügt war, zurück.

Unterdessen ging im Rücken der Damen, inmitten des Trubels der kaufenden Menge, der Klatsch des Rayons über Frau Frédéric weiter.

„Hatte sie wirklich einen?“ fragte eine kleine Verkäuferin, die erst seit kurzem in der Abteilung war.

„Den Mann von der Badeanstalt, bei Gott!“ antwortete Clara. „Solchen stillen Witwen ist nicht zu trauen.“

Da wandte Frau Marty, indes Marguerite die Rechnung für den Mantel ausschrieb, den Kopf; und mit einem leichten Heben der Augenlider auf Clara deutend, sagte sie ganz leise zu Frau Desforges:

„Sie wissen wohl, die ist Herrn Mourets Marotte.“

Die andere sah überrascht Clara an, ließ den Blick dann wieder zu Denise gleiten und entgegnete:

„Nicht doch, nicht die Große, die Kleine!“

Und da Frau Marty nichts mehr zu behaupten wagte, fügte Frau Desforges mit der Verachtung, die eine Dame für Zofen hegt, lauter hinzu:

„Vielleicht die Kleine und die Große, alle, die dazu bereit sind!“

Denise hatte es gehört. Sie hob ihre großen, reinen Augen zu dieser Dame auf, die sie so beleidigte und ihr unbekannt war. Zweifellos war das die Person, von der man ihr erzählt hatte, jene Freundin, die der Chef außerhalb traf. Aus dem Blick, den sie tauschten, sprach bei Denise eine so traurige Würde, eine so unschuldsvolle Offenheit, daß Henriette verlegen wurde.

„Da Sie mir nichts Brauchbares vorlegen können“, sagte sie plötzlich, „bringen Sie mich zu den Kleidern und Kostümen.“

„Ach ja“, rief Frau Marty, „da komme ich mit ... Ich wollte mich nach einem Kostüm für Valentine umsehen.“

Marguerite packte den Stuhl bei der Rückenlehne, kippte ihn halb hintenüber und zog ihn auf seinen Hinterbeinen mit, die eine solche Fracht mit der Zeit abnutzte. Denise trug nur die wenigen Meter Foulard, die Frau Desforges gekauft hatte. Da die Kleider und Kostüme sich jetzt im zweiten Stock und am anderen Ende der Ladenräume befanden, war es geradezu eine Reise.

Und die große Wanderung die überfüllten Galerien entlang begann. An der Spitze schritt Marguerite, zog den Stuhl wie einen kleinen Wagen hinter sich her und bahnte sich langsam einen Weg. Schon in der Wäscheabteilung beklagte sich Frau Desforges: wie lächerlich seien diese Basare, wo man zwei Meilen zurücklegen müsse, um des kleinsten Artikels habhaft zu werden. Auch Frau Marty erklärte, sie sei todmüde; aber das hinderte sie nicht daran, diese Müdigkeit, das langsame Schwinden ihrer Kräfte inmitten der unerschöpflichen Menge der zum Verkauf ausgestellten Waren zu genießen. Mourets genialer Streich hatte sie völlig gefangengenommen. In jedem Rayon, durch den sie kam, blieb sie stehen. Zum erstenmal machte sie bei den Brautausstattungen halt, verlockt von Hemden, die Pauline ihr verkaufte, und Marguerite sah sich von dem Stuhl erlöst, den nun Pauline übernehmen mußte. Frau Desforges hätte ihren Weg fortsetzen können, um Denise schneller freizugeben; aber es schien ihr Freude zu machen, sie reglos und geduldig hinter sich zu spüren, während sie ebenfalls stehenblieb, um ihre Freundin zu beraten. Bei der Babywäsche gerieten die Damen in Begeisterung, kauften jedoch nichts. Dann wurde Frau Marty wieder schwach: sie erlag nacheinander dem Reiz eines Korsetts aus schwarzem Atlas, Pelzmanschetten, die der Jahreszeit wegen zu herabgesetztem Preis verkauft wurden, russischen Spitzen, mit denen man damals die Tischwäsche zu verzieren pflegte. All das wurde auf dem Stuhl aufgehäuft, die Pakete türmten sich immer höher, so daß das Holz darunter knackte; und für die Verkäufer, die einander ablösten, wurde mit der wachsenden Last das Ziehen immer mühsamer.

„Hier lang, gnädige Frau", sagte Denise unverdrossen nach jedem Aufenthalt.

„Aber das ist doch blödsinnig!" rief Frau Desforges. „Wir kommen ja nie ans Ziel. Weshalb hat man die Abteilung für Kleider und Kostüme nicht neben den Mantelrayon gelegt? — Das ist ein schönes Durcheinander!"

Frau Martys Augen weiteten sich, und berauscht von so vielen kostbaren Dingen, die wie im Tanz an ihr vorüberzogen, wiederholte sie halblaut mehrmals:

„Mein Gott, was wird mein Mann sagen! — Sie haben recht, in diesem Geschäft herrscht keine Ordnung. Man verläuft sich und macht Dummheiten."

Auf dem großen mittleren Treppenabsatz konnte der Stuhl kaum durchkommen. Mouret hatte den Treppenabsatz gerade mit einer Ausstellung von Pariser Spezialartikeln vollstellen lassen, Schalen auf vergoldeten Zinkfüßen, schundigen Necessaires und Likörschränkchen, denn er fand, daß man sich dort zu frei bewegen könne, daß sich die Menge dort nicht staue. Und einen seiner Verkäufer hatte er ermächtigt, dort auf einem Tischchen Raritäten aus China und Japan auszustellen, billige Kleinigkeiten, um die sich die Kunden rissen. Das war ein unerwarteter Erfolg, schon träumte er davon, diesen Geschäftszweig auszubauen. Während zwei Ladendiener den Stuhl in den zweiten Stock hinaufbeförderten, kaufte Frau Marty sechs Elfenbeinknöpfe, seidene Mäuschen und eine Streichholzdose in Cloisonné.

In der zweiten Etage begann der Streifzug von neuem. Denise, die seit dem Morgen auf diese Weise Kundinnen herumführte, war zum Umfallen müde; aber sie blieb mustergültig mit ihrer höflichen Sanftmut. Auch bei den Möbelstoffen mußte sie auf die Damen warten, weil dort ein entzückender Kretonne Frau Marty gefesselt hatte. In der Möbelabteilung trug Frau Marty dann Verlangen nach einem Nähtisch. Ihre Hände zitterten, gerade flehte sie lachend Frau Desforges an, sie an weiteren Ausgaben zu hindern, als die Begegnung mit Frau Guibal ihr zu einer Entschuldigung verhalf. Es war im Teppichrayon, in den Frau Guibal endlich hinaufgestiegen war, um einen beträchtlichen Einkauf an orientalischen Portieren zurückzugeben, den sie vor fünf Tagen gemacht hatte; und nun stand sie da und unterhielt sich mit dem Verkäufer, einem großen munteren Burschen, dessen Ringkämpferarme von morgens bis abends Lasten bewegten, die einen Ochsen hätten umbringen können.

Selbstverständlich war er bestürzt über die „Rückgabe“, die ihn um seine Prozente brachte. Deshalb versuchte er, die Kundin in Verlegenheit zu setzen, denn er witterte irgendeine schiefe Sache, zweifellos waren diese Portieren, die man aus dem „Paradies“ geholt und dann zurückgeschickt hatte, anläßlich eines Hausballs benutzt worden, um die Leihgebühr bei einem Tapezierer zu umgehen: er wußte, daß so etwas zuweilen bei sparsamen Bürgern vorkam. Die gnädige Frau müsse doch einen Grund haben, sie zurückzugeben; wenn der gnädigen Frau die Muster oder die Farben nicht paßten, werde er ihr etwas anderes zeigen, er habe eine sehr reiche Auswahl.

Auf all diese gewandt vorgebrachten Reden antwortete Frau Guibal gelassen in der ihr eigenen sicheren Art einer überlegenen Frau, daß ihr die Portieren nicht mehr gefielen, geruhte aber nicht, eine Erklärung hinzuzufügen. Sie lehnte es ab, andere anzusehen, und er mußte sich fügen, denn die Verkäufer hatten Anweisung, die Waren selbst dann zurückzunehmen, wenn sie merkten, daß sie benutzt worden waren.

Als sich die drei Damen gemeinsam entfernten und Frau Marty mit Bedauern auf den Nähtisch zurückkam, den sie gar nicht benötigte, sagte Frau Guibal mit ihrer ruhigen Stimme zu ihr:

„Nun, dann geben Sie ihn eben zurück . . . Haben Sie nicht gesehen, daß nichts einfacher ist als das? – Lassen Sie sich ihn immerhin schicken. Man stellt ihn sich in den Salon und schaut ihn sich an; wenn Sie ihn dann leid sind, geben Sie ihn zurück."

„Das ist eine Idee!" rief Frau Marty. „Sollte mein Mann allzu böse werden, bringe ich ihnen alles zurück." Und das wurde für sie zu einer endgültigen Entschuldigung, sie rechnete nicht mehr, sie kaufte weiter und hegte dabei heimlich den dringenden Wunsch, alles zu behalten, denn sie gehörte nicht zu den Frauen, die zurückgeben.

Endlich gelangte man zu den Kleidern und Kostümen. Aber als Denise gerade im Begriff war, einem der Verkäufer den von Frau Desforges gekauften Foulard zu übergeben, schien diese es sich anders zu überlegen und erklärte, sie werde bestimmt einen der Reisemäntel nehmen, und zwar den hellgrauen; und Denise mußte bereitwillig warten, um sie wieder in die Konfektionsabteilung zurückzuführen. Das junge Mädchen spürte aus diesen Launen einer hochfahrenden Kundin deutlich die Absicht heraus, sie wie einen Dienstboten zu behandeln; doch sie hatte sich gelobt, getreulich ihre Pflicht zu tun, sie wahrte ihre ruhige Haltung, obwohl ihr Herz stürmisch klopfte und ihr Stolz sich empörte. Frau Desforges kaufte bei den Kleidern und Kostümen nichts.

„O Mama", sagte Valentine, „wenn dies Kostümchen dort meine Größe wäre!"

Ganz leise setzte Frau Guibal Frau Marty ihre Taktik auseinander. Wenn ihr ein Kleid in einem Geschäft gefalle, lasse sie es sich schicken, benutze es als Schnittmuster, gebe es dann zurück.

Und Frau Marty murmelte:

„Eine gute Idee! Sie sind wirklich praktisch, liebe Madame Guibal.“ Und sie kaufte das Kostüm für ihre Tochter.

Man hatte den Stuhl zurücklassen müssen. In beklagenswertem Zustand war er im Möbelrayon neben dem Nähtisch stehengeblieben. Die Last war zu schwer geworden, die Hinterbeine drohten abzubrechen; und man war dahin übereingekommen, daß alle Einkäufe zu einer bestimmten Kasse getragen und später von dort in die Warenausgangsabteilung hinunterbefördert werden sollten.

Dann schlenderten die Damen, noch immer von Denise geführt, umher. Abermals sah man sie in allen Rayons. Sie waren nicht die einzigen, die sich über die Treppen und durch die Galerien bewegten. Jeden Augenblick wurden sie durch eine Begegnung aufgehalten. So trafen sie in der Nähe des Lesesaals wieder auf Frau Bourdelais und ihre drei Kinder. Die Kleinen waren mit Paketen beladen: Madeleine hatte ein Kleid für sich unter dem Arm; Edmond trug eine ganze Sammlung kleiner Schuhe, während der Jüngste, Lucien, ein neues Käppi aufgesetzt hatte.

„Du auch!“ sagte Frau Desforges lachend zu ihrer Pensionatsfreundin.

„Reden wir nicht davon!“ rief Frau Bourdelais entrüstet. „Ich bin wütend ... Jetzt fangen sie uns durch diese Geschöpfchen! Du weißt, daß ich für mich selber keine Torheiten begehe! Aber wie soll man kleinen Kindern widerstehen, die alles haben möchten? Ich war in der Absicht hergekommen, sie herumzuführen, und nun plündre ich den ganzen Laden aus!“

Mouret, der dort noch immer mit Vallagnosc und Herrn de Boves zusammen stand, hörte ihr mit lächelnder Miene zu. Sie bemerkte ihn und beklagte sich heiter, doch mit einem Unterton wirklicher Gereiztheit über diese Schlingen, die man der Mutterliebe lege; der Gedanke, daß sie sich von der betörenden Reklame hatte überwältigen lassen, brachte sie in Harnisch; und er lächelte noch immer, verneigte sich, genoß diesen Triumph. Herr de Boves hatte es auf geschickte Weise erreicht, sich Frau Guibal zu nähern, die er, ein zweites Mal bestrebt, Vallagnosc loszuwerden, schließlich begleitete; dieser aber, der das lärmende Treiben satt hatte, beeilte sich, den Grafen einzuholen. Denise war abermals stehengeblieben, um auf die Damen zu warten, sie hatte sich abgewandt, Mouret selber tat so, als sähe er sie nicht. Von diesem Augenblick an zweifelte Frau Desforges nicht mehr. Während er sie begrüßte und als liebenswürdiger Hausherr ein paar Schritte neben ihr herging, überlegte sie, fragte sich, wie sie ihn seines Verrats überführen könne.

Unterdessen gelangten Herr de Boves und Vallagnosc, die mit Frau Guibal weitergingen, in den Spitzenrayon. Es war ein prächtig ausgestatteter Salon in der Nähe der Konfektion, mit Fachschränken versehen, deren Schubladen aus geschnitztem Eichenholz sich herunterklappen ließen. Rings um mit rotem Samt überzogene Säulen wanden sich Spiralen weißer Spitzen empor; und von einem Ende des Raumes bis zum anderen zogen sich wallende Gipüren hin, während die Ladentische mit Bergen von dick mit Valenciennesspitzen, Brabanter und Nadelspitzen bewikkelten Pappkarten überschüttet waren. Im Hintergrund saßen zwei Damen vor einem auf einen Rahmen gespannten Stück malvenfarbener Seide, über das Deloche Chantillyspitzen warf; und sie betrachteten sie schweigend, ohne zu einem Entschluß zu kommen.

„Sieh mal an!" sagte Vallagnosc sehr überrascht. „Sie sagten doch, Madame de Boves fühle sich nicht wohl ... Aber dort steht sie ja mit Mademoiselle Blanche."

Der Graf konnte nicht verhindern, daß er zusammenzuckte, und er warf Frau Guibal einen verstohlenen Blick zu.

„Das ist tatsächlich wahr", sagte er.

Es war sehr heiß in dem Salon. Die Kundinnen, die sich dort drängten, hatten bleiche Gesichter und leuchtende Augen. Man hätte meinen können, daß die Verführungskünste sämtlicher Ladenräume in dieser äußersten Versuchung gipfelten, daß dies hier der entlegene Alkoven des Sündenfalls sei, der Winkel der Verdammnis, wo auch die Stärksten unterlagen. Die Hände tauchten in die überquellenden Spitzenstücke und bchielten davon ein trunkenes Beben.

„Ich glaube, die Damen richten Sie zugrunde“, fing Vallagnosc wieder an, den das Zusammentreffen belustigte.

Herr de Boves winkte ab, mit der Geste eines Ehemannes, der der Vernunft seiner Frau um so gewisser ist, als er ihr keinen Sou gibt. Diese war, nachdem sie mit ihrer Tochter sämtliche Rayons abgeklappert hatte, ohne etwas zu kaufen, soeben mit der Sucht ungestillter Begierde bei den Spitzen gelandet. Obwohl sie sich wie gerädert fühlte, stand sie doch vor einem der Ladentische. Sie wühlte in dem Haufen, ihre Hände wurden feucht, Hitzewellen stiegen ihr in die Schultern. Als dann ihre Tochter den Kopf wegwandte und der Verkäufer sich entfernte, wollte sie schnell ein Stück Point d'Alençon unter ihrem Mantel verschwinden lassen. Doch sie wurde von einem Zittern befallen und ließ das Stück los, als sie Vallagnoscs Stimme hörte, der heiter sagte: „Wir überraschen Sie, gnädige Frau.“

Einige Sekunden lang stand sie stumm, kreidebleich da. Dann erklärte sie, da sie sich sehr viel wohler gefühlt, habe sie den Wunsch gehabt, ein wenig an die frische Luft zu gehen. Und als sie endlich bemerkte, daß ihr Gatte Frau Guibal bei sich hatte, faßte sie sich vollständig und betrachtete die beiden mit einer so würdevollen Miene, daß jene sagen zu müssen glaubte: „Ich war mit Frau Desforges zusammen, da sind uns die Herren begegnet.“

Gerade kamen die anderen Damen. Mouret hatte sie begleitet und hielt sie noch einen Augenblick lang zurück, um ihnen Inspektor Jouve zu zeigen, der noch immer der schwangeren Frau und ihrer Freundin nachging. Es sei höchst merkwürdig, man könne sich gar nicht vorstellen, wie viele Diebinnen bei den Spitzen festgenommen würden. Frau de Boves, die seine Worte hörte, sah sich schon zwischen zwei Gendarmen, und das bei ihren fünfundvierzig Jahren, ihrem Luxus, der hohen Stellung ihres Gatten; und sie empfand keine Gewissensbisse, sondern überlegte, daß sie den Kupon in ihren Ärmel hätte stecken sollen. Jouve hatte sich inzwischen entschlossen, sich der Schwangeren zu bemächtigen, da er die Hoffnung aufgab, sie auf frischer Tat zu ertappen, und sie zudem im Verdacht hatte, sich mit so geschickten Griffen die Taschen vollgestopft zu haben, daß es ihm entgangen sei. Doch als er sie beiseite geführt und durchsucht hatte, fand er zu seiner Beschämung nichts bei ihr, nicht eine Krawatte, nicht einen Knopf. Die Freundin war verschwunden. Plötzlich begriff er: die schwangere Frau war nur da, um ihn abzulenken, das Stehlen besorgte die Freundin.

Der Vorgang amüsierte die Damen.

Mouret beschränkte sich darauf, ein wenig verstimmt zu sagen:

„Diesmal ist der alte Jouve geprellt worden ... Er wird die Scharte schon auswetzen."

„Oh", meinte Vallagnosc, „ich glaube, dazu ist er nicht der rechte Mann ... Übrigens, weshalb breiten Sie soviel Ware aus? Es geschieht Ihnen recht, wenn man Sie bestiehlt. Man darf arme wehrlose Frauen nicht in solchem Maße in Versuchung führen."

Das war das letzte Wort, das in der zunehmenden Erregung, die in den Verkäufsräumen herrschte, wie der grellste Ton des ganzen Tages klang. Die Damen trennten sich, durchschritten ein letztes Mal die überfüllten Abteilungen. Es war vier Uhr, die Strahlen der sinkenden Sonne fielen schräg durch die breiten Fenster der Fassade, erleuchteten von unten her die Glasdächer der Hallen, und in diesem Schein, der rot war wie der einer Feuersbrunst, stieg goldenem Dampf gleich der nun dichte Staub auf, den die Füße der Menge vom Morgen an aufgewirbelt hatten. Ein breiter Lichtstreifen zog sich durch die große Mittelgalerie, ließ auf einem flammenden Hintergrund die Treppen, die schwebenden Brücken, dieses ganze Spitzengewebe aus Eisen scharf hervortreten. Die Mosaiken und Fayencen der Friese schillerten, das Grün und Rot der Malereien entzündete sich am Feuer des verschwenderisch angebrachten Goldes. Wie eine heftige Kohlenglut brannten jetzt die Auslagen, die aus Handschuhen und Krawatten zusammengefügten Paläste, die Gehänge aus Bändern und Spitzen, die hohen Pfeiler aus Wollstoffen und Kattun, die vielfarbigen, von den leichten Seiden und Foulards überblühten Beete. Spiegel funkelten. Die Ausstellung der Sonnenschirme, die runden Schilden glichen, warf metallische Reflexe. Weit hinten, jenseits von Schattenströmen, gab es entlegene Abteilungen, in denen es von einer durch die Sonne vergoldeten Menschenmenge wimmelte und hallte.

Und in dieser letzten Stunde, in dieser überheizten Luft beherrschten die Frauen das Feld. Sie hatten die Verkaufsräume im Sturm genommen, schlugen ihr Lager auf wie in einem eroberten Land, als hätte sich eine siegreiche Horde in dem Wirrwarr der Waren niedergelassen. Die benommenen, völlig erschöpften Verkäufer waren für die Frauen nur noch Gegenstände, über die sie mit despotischer Willkür verfügten. Dicke Damen pufften sich durch die vielen Menschen. Die Schmächtigsten beanspruchten Platz, wurden anmaßend. Alle trugen den Kopf hoch, gebärdeten sich rücksichtslos, fühlten sich wie zu Hause, bezeigten einander keinerlei Höflichkeit, machten sich das Haus so sehr zunutze, wie sie nur konnten, ja nahmen sogar den Staub von den Wänden mit. Frau Bourdelais, die sich gern für ihre Ausgaben schadlos halten wollte, hatte von neuem ihre drei Kinder zum Büfett geführt; jetzt stürzte sich die Kundschaft mit einer wahren Gier darüber her, sogar die Mütter tranken sich an Malaga satt; seit der Eröffnung waren achtzig Liter Fruchtsaft und siebzig Flaschen Wein getrunken worden. Nachdem Frau Desforges ihren Reisemantel gekauft hatte, ließ sie sich an der Kasse noch Bilder anbieten; und im Fortgehen dachte sie über eine Möglichkeit nach, Denise zu sich kommen zu lassen, wo sie sie in Gegenwart von Mouret demütigen wollte, um die Gesichter der beiden zu sehen und sich so Gewißheit zu verschaffen. Während es Herrn de Boves gelungen war, sich in der Menge zu verlieren und mit Frau Guibal zu verschwinden, war Frau de Boves, die sich in Begleitung von Blanche und Vallagnosc befand, darauf verfallen, um einen roten Ballon zu bitten, obgleich sie nichts gekauft hatte. Immerhin würde sie so nicht mit leeren Händen weggehen, sie würde sich damit das Töchterchen ihres Concierge zur Freundin machen. An dem Tisch, wo die Ballons ausgegeben wurden, nahm man gerade das vierzigste Tausend in Angriff: vierzigtausend Ballons, die ihren Flug in der heißen Luft der Ladenräume begonnen hatten, eine ganze Wolke roter Ballons, die zu dieser Stunde von einem

Ende von Paris bis zum anderen schwebten und den Namen „Paradies der Damen“ bis in den Himmel trugen!

Es schlug fünf Uhr. Von all diesen Damen blieben nur Frau Marty und ihre Tochter in dem turbulenten Ende des Verkaufs. Obwohl sie todmüde war, vermochte sie sich nicht loszureißen, durch so starke Bande zurückgehalten, daß sie immer wieder umkehrte und ohne jede Notwendigkeit in ungestillter Neugier die Rayons durchstreifte. Es war die Stunde, da die Menge, von der Reklame aufgepeitscht, vollends den Verstand verlor; nachdem die sechzigtausend Francs, die man für Anzeigen an die Zeitungen gezahlt, die zehntausend Plakate, die man an die Mauern geklebt, die zweihunderttausend Kataloge, die man versandt hatte, die Geldbörsen geleert hatten, ließen sie die Nerven der Frauen in der Zerrüttung des von ihnen erzeugten Rausches zurück; und noch immer zuckten sie von alldem, was Mouret ersonnen hatte, von der Senkung der Preise, dem Rückgaberecht, den unaufhörlich neu vorgebrachten Galanterien. Frau Marty vergaß die Zeit angesichts der Auslagetische, bei den heiseren Rufen der Verkäufer, dem Klirren des Goldes an den Kassen und dem Poltern der Pakete, die in den Keller hinabglitten; noch einmal ging sie durch das ganze Erdgeschoß, die Abteilungen für Weißzeug, für Seide, Handschuhe, Wollwaren; dann stieg sie wieder nach oben, genoß das metallische Schwingen der freitragenden Treppen und der schwebenden Brücken, kehrte in die Konfektion zurück, in die Wäscheabteilung, zu den Spitzen, drang bis in den zweiten Stock vor, bis hinauf zur Bettenabteilung und zu den Möbeln; und überall machten die Kommis, Hutin und Favier, Mignot und Liénard, Deloche, Pauline und Denise, die kaum noch die Füße heben konnten, eine letzte Anstrengung, errangen Siege über die in höchstem Maße fiebernden Kundinnen. Diese Erregung hatte seit dem Morgen nach und nach ebenso zugenommen wie der leichte Rausch, der aus den hin und her bewegten Stoffen aufstieg. Die Menge erglühte unter dem Feuerbrand der Fünfuhrsonne, Frau Marty hatte jetzt das angeregte und nervöse Gesicht eines Kindes, das unvermischten Wein getrunken hat. Mit klaren Augen, die Haut kühl und frisch von der Kälte, die auf der Straße herrschte, war sie hereingekommen, dann aber hatte sie sich allmählich die Augen und den Teint versengt am Schauspiel dieses Luxus, dieser starken Farben, deren ununterbrochener, rasch vorüberziehender Reigen ihre Leidenschaft aufstachelte. Als sie endlich fortging, nachdem sie, entsetzt über den Rechnungsbetrag, gesagt hatte, sie werde zu Hause bezahlen, hatte sie die verzerrten Züge, die geweiteten Augen einer Kranken. Es kostete sie große Mühe, durch das hartnäckige Gedränge an der Tür zu gelangen; man brachte einander dort fast um beim Ansturm auf die Ladenhüter, die verschleudert wurden. Als sie dann auf der Straße ihre Tochter wiedergefunden hatte, die ihr abhanden gekommen war, fröstelte sie in der scharfen Luft, war noch ganz verstört, zerrüttet durch die nervöse Überreiztheit, die diese großen Basare hervorriefen.

Als Denise abends vom Essen zurückkam, rief sie ein Ladendiener an.

„Fräulein, Sie werden in der Direktion verlangt."

Sie hatte vergessen, daß Mouret ihr am Morgen befohlen hatte, nach Schluß des Verkaufs in sein Arbeitszimmer zu kommen. Er erwartete sie stehend. Beim Hineingehen machte sie die Tür nicht hinter sich zu, die also offenblieb.

„Wir sind mit Ihnen zufrieden, Fräulein", sagte er, „und wir beabsichtigen, Ihnen unsere Zufriedenheit zu beweisen . . . Sie wissen, in welch unwürdiger Weise uns Madame Frédéric verlassen hat. Von morgen an werden Sie ihren Posten als Zweite einnehmen."

Starr vor Überraschung, hörte Denise ihm zu. Mit bebender Stimme murmelte sie:

„Aber, Herr Mouret, es gibt im Rayon Verkäuferinnen, die viel länger da sind als ich."

„Nun und? Was macht das?" meinte er. „Sie sind die Fähigste, die Ernsthafteste. So ist es ganz selbstverständlich, daß ich Sie gewählt habe . . . Sind Sie damit nicht zufrieden?"

Da errötete sie. Glück und eine köstliche Verwirrung, darin ihr erster Schreck verging, erfüllten sie. Weshalb hatte sie nur zunächst an die Unterstellungen gedacht, mit denen man diese unerwartete Gunst aufnehmen würde? Und obwohl Dankbarkeit heiß in ihr aufwallte, blieb sie betreten.

Er sah sie lächelnd an, wie sie da in ihrem ganz schlichten Seidenkleid vor ihm stand, ohne einen anderen Schmuck als die Pracht ihrer königlichen blonden Haarmasse. Sie hatte sich verfeinert, ihre Haut war weiß, das Gesicht zart und ernst. Ihre frühere armselige Unbedeutendheit hatte sich zu einem Liebreiz von ergreifender Bescheidenheit entwickelt.

„Sie sind sehr gütig, Herr Mouret", stammelte sie. „Ich weiß nicht, wie ich Ihnen sagen soll ..." Doch sie wurde unterbrochen.

Im Türrahmen stand Lhomme. Mit seiner gesunden Hand hielt er einen großen ledernen Geldsack, und mit dem verstümmelten Arm preßte er sich ein riesiges Portefeuille gegen die Brust, während sein ihm folgender Sohn Albert mit so schweren Säcken beladen war, daß er fast darunter zusammenbrach.

„Fünfhundertsiebenundachtzigtausendzweihundertundzehn Francs und dreißig Centimes!" rief der Kassierer, dessen schlaffes und abgekämpftes Gesicht vom Widerschein dieser Summe wie von einem Sonnenstrahl erhellt zu sein schien. Das war die Tageseinnahme, die höchste, die das „Paradies" je gehabt hatte. Aus der Ferne, von weit hinten aus den Verkaufsräumen her, die Lhomme soeben langsam mit dem mühsamen Schritt eines zu schwer beladenen Ochsen durchquert hatte, drang das lärmende Geschrei, der Wirbel von Staunen und Freude, den diese riesige Tageseinnahme auf ihrem Wege zurückgelassen hatte.

„Aber das ist ja prächtig", sagte Mouret entzückt. „Mein guter Lhomme, legen Sie es dorthin, ruhen Sie sich aus, Sie können ja schon gar nicht mehr. Ich werde das Geld zur Hauptkasse bringen lassen ... Ja, ja, alles auf meinen Schreibtisch. Ich will den Haufen vor Augen haben." Er war von kindlicher Fröhlichkeit.

Der Kassierer und sein Sohn luden ihre Last ab. Der lange Geldbeutel gab einen hellen Goldklang von sich, zwei der Säcke platzten auf, und Silber- und Kupfermünzen rollten aus ihnen heraus, während aus dem Portefeuille Ecken von Banknoten hervorsahen. Ein gutes Stück des großen Schreibtisches wurde davon bedeckt, einer Lawine gleich ergoß sich hier binnen zehn Stunden zusammengerafftes Vermögen.

Nachdem Lhomme und Albert, die sich den Schweiß vom Gesicht wischten, gegangen waren, verharrte Mouret einen Augenblick lang regungslos, in Gedanken versunken, den Blick auf das Geld geheftet. Als er dann den Kopf hob, bemerkte er Denise, die beiseite getreten war. Da begann er wieder zu lächeln, er nötigte sie, näher zu kommen, sagte schließlich, er wolle ihr so viel schenken, wie sie mit einer Hand fassen könne; und im Grunde genommen war sein Scherz ein Liebeshandel.

„Los, aus dem Geldsack, ich wette, es werden nicht einmal tausend Francs, Ihre Hand ist ja so klein!"

Aber sie wich noch weiter zurück. Er liebte sie also? Plötzlich begriff sie, sie spürte die wachsende Glut des heftigen Begehrens, womit er sie einhüllte, seit sie wieder in der Konfektionsabteilung war. Noch mehr aber verwirrte es sie, daß sie ihr Herz so heftig klopfen fühlte, als wolle es zerspringen. Weshalb kränkte er sie mit all dem Geld, wo sie doch von Dankbarkeit überströmte und er sie mit einem einzigen freundlichen Wort hätte schwach machen können?

Noch immer scherzend, näherte er sich ihr gerade, als zu seinem großen Mißvergnügen Bourdoncle unter dem Vorwand erschien, ihm die Zahl derer mitzuteilen, die heute dieses Haus betreten, die ungeheuer große Zahl von siebzigtausend Kundinnen, die an diesem Tag ins „Paradies" gekommen waren. Und nachdem sie sich nochmals bedankt hatte, ging sie rasch hinaus.

## KAPITEL X

Am ersten Sonntag im August wurde Inventur gemacht, die bis zum Abend beendet sein mußte. Wie an einem Wochentag waren vom Morgen an alle Angestellten auf ihrem Posten, und die Arbeit hatte bei geschlossenen Türen in den von Kunden leeren Räumen begonnen.

Denise war nicht mit den anderen Verkäuferinnen um acht Uhr nach unten gegangen. Infolge einer Verstauchung, die sie sich beim Hinaufsteigen in die Ateliers zugezogen, hatte sie seit Donnerstag in ihrer Kammer bleiben müssen, nun aber ging es ihr wesentlich besser; da jedoch Frau Aurélie sehr freundlich zu ihr war, beeilte sie sich nicht, zog sich mühsam ihre Stiefelchen an, war aber immerhin entschlossen, sich im Rayon zu zeigen. Jetzt befanden sich die Kammern der Fräuleins im fünften Stock der neuen Gebäude an der Rue Monsigny; im ganzen sechzig, lagen sie zu beiden Seiten des Korridors und waren behaglicher, wenn auch noch immer mit dem eisernen Bett, dem großen Schrank und dem kleinen Nußbaumtoilettentisch möbliert. Die persönliche Lebensweise der Verkäuferinnen nahm dabei Gepflegtheit und Eleganz an, einen Hang zu kostspieliger Seife und feiner Wäsche, und führte in dem Maße, wie sich ihr Los besserte, ganz selbstverständlich zu einem Aufstieg ins Bürgertum, obwohl man in der heftigen Zugluft, die hier wie in einem Stundenhotel herrschte und sie morgens und abends davonwehte, noch grobe Worte umherfliegen und die Türen knallen hörte. Übrigens hatte Denise, da sie nun Zweite war, eine der größten Stuben, deren zwei Mansardenfenster nach der Straße gingen. Da sie im Augenblick reich war, gönnte sie sich einen gewissen Aufwand, ein rotes Daunendeckbett, über dem eine Gipüredecke lag, einen kleinen Teppich vor dem Schrank, auf dem Toilettentisch zwei blaue Glasvasen, in denen Rosen welkten.

Nachdem sie ihre Stiefel angezogen hatte, machte sie im Zimmer einen Gehversuch. Sie mußte sich an den Möbeln festhalten, denn sie hinkte noch. Aber sie würde sich schon einlaufen. Dennoch hatte sie recht daran getan, daß sie eine Einladung für diesen Abend zum Essen bei Onkel Baudu abgelehnt und ihre Tante gebeten hatte, Pépé spazierenzuführen, den sie wieder zu Frau Gras in Pension gegeben hatte. Jean, der sie tags zuvor besucht hatte, aß ebenfalls bei dem Onkel zu Abend. Behutsam versuchte sie weiter, ob sie gehen könne, und hatte sich gerade vorgenommen, sich früh hinzulegen, um ihr Bein auszuruhen, als die Aufseherin, Frau Cabin, klopfte und ihr mit geheimnisvoller Miene einen Brief gab.

Sobald sich die Tür wieder geschlossen hatte, öffnete Denise, über das diskrete Lächeln jener Frau verwundert, den Brief. Sie ließ sich auf einen Stuhl fallen: der Brief war von Mouret, der ihr schrieb, er freue sich sehr, daß sie wiederhergestellt sei, und bitte sie, abends zum Essen zu ihm hinunterzukommen, da sie ja nicht ausgehen könne. Der halb vertrauliche, halb väterliche Ton dieser Einladung hatte nichts Verletzendes; aber sie konnte ihn unmöglich falsch verstehen, das ganze „Paradies" kannte die wahre Bedeutung solcher Aufforderungen genau, darum spann sich eine ganze Legende: Clara war zum Essen gewesen, andere ebenfalls, alle, denen der Chef Beachtung schenkte. Auf das Essen folgte, wie die Spaßmacher unter den Kommis zu sagen pflegten, der Nachtisch. Und nach und nach überströmte die bleichen Wangen des jungen Mädchens eine Woge von Blut.

Dann saß Denise, der der Brief auf den Schoß gesunken war, mit heftig klopfendem Herzen da, sah starr in das blendende Licht, das durch eines der Fenster fiel. Sie hatte sich in eben diesem Zimmer in schlaflosen Stunden etwas eingestehen müssen: wenn sie noch immer zitterte, sobald er vorüberging, wußte sie jetzt, daß es nicht aus Furcht geschah, und ihr einstiges Unbehagen, ihre frühere Angst konnten bei ihrer kindlichen Scheu die verstörte Unkenntnis, die Verwirrung ihrer emporkeimenden Neigung sein. Sie stellte keine Überlegungen an, sie fühlte nur, daß sie ihn von der Stunde an, da sie bebend und stammelnd vor ihm gestanden, immer geliebt hatte. Sie hatte ihn geliebt, als sie ihn als einen mitleidlosen Herrn fürchtete, hatte ihn geliebt, als ihr bestürztes, seiner selbst noch nicht bewußtes Herz, einem Bedürfnis nach Zuneigung nachgebend, von Hutin träumte. Vielleicht hätte sie sich an einen anderen verschenkt, aber geliebt hatte sie immer nur diesen Mann, von dem ein einziger Blick genügte, sie in Schrecken zu setzen. Und alles Vergangene wurde wieder lebendig, lief im hellen Licht des Fensters vor ihr ab: die harte Anfangszeit, der so friedliche Spaziergang im dunklen Schatten der Tuilerien, schließlich das Begehren, womit er sie von dem Augenblick an, da sie wieder im „Paradies" angefangen hatte, leise streifte. Der Brief glitt auf den Fußboden, Denise schaute noch immer zu dem Fenster hin, dessen volle Sonne sie blendete. Plötzlich wurde angeklopft, und sie hob eilig den Brief auf und ließ ihn in ihrer Tasche verschwinden.

Es war Pauline, die unter irgendeinem Vorwand aus ihrem Rayon entwischt war, um ein wenig zu plaudern.

„Sind Sie wiederhergestellt, meine Liebe? Man sieht sich gar nicht mehr."

Da es aber verboten war, wieder in die Schlafkammern hinaufzugehen, und vor allem, sich dort zu zweit einzuschließen, führte Denise sie an das Ende des Flurs, wo sich das Gemeinschaftszimmer befand, ein liebenswürdiges Geschenk des Direktors an die Fräuleins, die hier plaudern oder arbeiten konnten, bis es elf Uhr schlug. Der in Weiß und Gold gehaltene Raum, kahl und banal wie das Gesellschaftszimmer eines Hotels, war möbliert mit einem Klavier, einem runden Mitteltisch, Sesseln und Kanapees, die mit weißen Schonbezügen versehen waren. Nach einigen in der ersten Begeisterung gemeinsam verbrachten Abenden trafen die Verkäuferinnen dort übrigens nicht mehr zusammen, ohne daß es sogleich zu unerquicklichen Worten gekommen wäre. Sie mußten erst erzogen werden, es fehlte der kleinen Phalanstère-Gemeinde an Eintracht. Und einstweilen saß dort abends nur die Zweite von der Korsettabteilung, Miss Powell, die auf dem Klavier gefühllos Chopin klimperte und deren neiderregendes Talent schließlich alle anderen in die Flucht trieb.

„Wie Sie sehen, geht es besser mit meinem Fuß", sagte Denise. „Ich wollte hinuntergehen."

„O wirklich", rief die Wäscheverkäuferin, „das nenne ich Eifer! – Ich würde bleiben und es mir behaglich machen, wenn ich einen Vorwand dafür hätte!"

Die beiden hatten sich auf ein Kanapee gesetzt.

Paulines Verhalten hatte sich geändert, seit ihre Freundin Zweite in der Konfektion geworden war. In ihrer Herzlichkeit eines seelenguten Mädchens schwang jetzt ein Anflug von Hochachtung mit, ein Staunen darüber, die armselige kleine Verkäuferin von einst auf dem Wege zum Glück zu sehen.

Denise jedoch hatte sie sehr gern und vertraute sich in dem unausgesetzten Hasten der zweihundert weiblichen Wesen, die das Haus jetzt beschäftigte, nur ihr an.

„Was haben Sie denn?" fragte Pauline lebhaft, als sie die Verwirrung des jungen Mädchens bemerkte.

„Gar nichts", versicherte diese mit einem befangenen Lächeln.

„Doch, doch, Sie haben was ... Mißtrauen Sie mir denn, daß Sie mir nichts mehr von Ihren Kümmernissen erzählen?"

Da gab sich Denise in der Erregung, die ihr die Brust bedrückte und sich nicht legen wollte, nach. Sie reichte ihrer Freundin den Brief und stammelte dabei:

„Hier, er hat mir geschrieben."

Sie hatten noch nie offen zueinander über Mouret gesprochen. Aber gerade dieses Schweigen war wie ein Geständnis, daß sie sich heimlich viel damit beschäftigten.

Pauline wußte genau Bescheid. Nachdem sie den Brief gelesen hatte, schmiegte sie sich an Denise, legte ihr den Arm um die Taille und sagte sanft und leise:

„Wenn ich aufrichtig sein soll, meine Liebe, ich glaubte, das sei bereits geschehen ... Entrüsten Sie sich doch nicht, ich versichere Ihnen, daß wahrscheinlich die ganze Firma das ebenso glaubt wie ich. Mein Gott, er hat Sie so schnell zur Zweiten ernannt, außerdem ist er immer hinter Ihnen her, so was springt doch in die Augen." Sie drückte ihr einen langen Kuß auf die

Wange. Dann nahm sie sie ins Gebet. „Sie gehen doch selbstverständlich heute abend hin?“

Denise sah sie an, ohne zu antworten. Und plötzlich brach sie in Schluchzen aus, den Kopf auf die Schulter der Freundin gelehnt.

Diese war höchst erstaunt.

„Nun, nun, beruhigen Sie sich. Dabei ist nichts, was Sie so aus der Fassung bringen dürfte.“

„Nein, nein, lassen Sie mich“, stammelte Denise. „Wenn Sie wüßten, wie groß mein Kummer ist! Seit ich diesen Brief erhalten habe, werde ich meines Lebens nicht mehr froh . . . Lassen Sie mich nur weinen, dann wird mir leichter.“

Von tiefem Mitleid erfüllt, suchte die Wäscheverkäuferin nach Tröstlichem, obwohl sie Denise nicht begriff. Vor allem, er komme nicht mehr mit Clara zusammen. Es heiße zwar, er besuche eine Dame in der Stadt, aber das sei nicht erwiesen. Sodann erklärte sie, daß man bei einem Mann in solcher Stellung nicht eifersüchtig sein dürfe. Er habe zuviel Geld, er sei alles in allem der Herr.

Denise hörte ihr zu, und wäre ihr ihre Liebe noch nicht zum Bewußtsein gekommen, so hätte sie bei dem Schmerz, der ihr beim Erwähnen Claras und bei der Anspielung auf Frau Desforges das Herz zerriß, nicht länger gezweifelt. Sie hörte Claras böse Stimme, sah wieder vor sich, wie Frau Desforges sie mit der Nichtachtung einer reichen Dame durch die Ladenräume schleppte.

„Sie würden also hingehen?“ fragte sie.

Ohne lange zu überlegen, rief Pauline:

„Gewiß, man kann doch gar nicht anders!“ Dann besann sie sich und fügte hinzu: „Früher hätte ich es getan, jetzt nicht, denn jetzt werde ich mich mit Baugé verheiraten, und da wäre es trotz allem von Übel.“

Tatsächlich wollte Baugé, der vor kurzem das „Bon Marché“ verlassen hatte, um beim „Paradies der Damen“ anzufangen, sie gegen Mitte des Monats zu seiner Frau machen. Bourdoncle war sehr gegen Ehepaare, die beiden hatten jedoch die Erlaubnis erhalten, sie hofften sogar, vierzehn Tage Urlaub zu bekommen.

„Da sehen Sie es ja", erklärte Denise. „Wenn ein Mann Sie liebt, heiratet er Sie ... Baugé heiratet Sie."

Pauline lachte herzlich.

„Aber meine Liebe, das ist doch nicht das gleiche. Baugé heiratet mich, weil er Baugé ist. Er ist meinesgleichen, da versteht sich das von selbst ... Herr Mouret hingegen! Kann denn Herr Mouret seine Verkäuferinnen heiraten?"

„O nein, o nein!" rief das junge Mädchen, empört über diese unsinnige Frage. „Und deshalb hätte er mir nicht schreiben dürfen."

Diese Schlußfolgerung setzte die Wäscheverkäuferin vollends in Erstaunen. In ihr plumpes Gesicht mit den kleinen zärtlichen Augen trat ein Ausdruck mütterlichen Erbarmens. Dann stand sie auf, öffnete das Klavier und spielte mit nur einem Finger leise das Lied vom König Dagobert, zweifellos, um der Stimmung ein wenig aufzuhelfen. In die Kahlheit des Gemeinschaftszimmers, wo die weißen Schonbezüge die Leere noch spürbarer zu machen schienen, drang der Lärm der Straße herauf, der ferne Sprechgesang eines Händlers, der grüne Erbsen ausrief. Denise, die sich so tief in das Kanapee zurückgelehnt hatte, daß ihr Kopf auf dem Holz der Lehne lag, wurde abermals von Schluchzen geschüttelt, daß sie in ihrem Taschentuch erstickte.

„Schon wieder!" sagte Pauline, sich umwendend. „Sie sind wirklich unvernünftig ... Weshalb haben Sie mich hierhergeführt? Wir wären besser in Ihrer Stube geblieben." Sie kniete vor ihr nieder, begann von neuem, ihr eine Strafpredigt zu halten. Manche andere würde gern an ihrer Stelle sein! Wenn es ihr nicht gefalle, sei die Sache übrigens sehr einfach: sie brauche nur nein zu sagen, ohne sich so zu grämen. Aber sie werde es sich schon noch überlegen, ehe sie ihre Stellung durch eine Weigerung aufs Spiel setze, die durch nichts verständlich zu machen sei, da sie ja keine anderweitige Bindung habe. Ob denn das so schrecklich sei? Und gerade endete ihre Ermahnung in heiter geflüsterten Neckereien, als aus dem Korridor das Geräusch von

Schritten kam. Pauline lief an die Tür, um einen Blick hinauszuwerfen. „Pst! Madame Aurélie!“ murmelte sie. „Ich verdrück mich ... Und Sie trocknen sich die Augen. Es ist nicht nötig, daß man es erfährt.“

Sobald Denise allein war, erhob sie sich und schluckte ihre Tränen herunter; und mit Händen, die noch zitterten, weil sie Angst hatte, in diesem Zustand überrascht zu werden, schloß sie das Klavier, das ihre Freundin offengelassen hatte. Aber sie hörte Frau Aurélie an ihre Tür klopfen. Da verließ sie das Gemeinschaftszimmer.

„Nanu, Sie sind aufgestanden!“ rief die Direktrice. „Das ist leichtsinnig, liebes Kind. Ich bin eigens heraufgekommen, um mich nach Ihrem Ergehen zu erkundigen und Ihnen zu sagen, daß wir Sie unten nicht benötigen.“

Denise versicherte, daß es ihr besser gehe, daß es ihr guttun werde, sich zu beschäftigen, sich abzulenken.

„Ich werde mich nicht anstrengen, Madame Aurélie. Sie werden mir einen Stuhl geben, und ich werde Buchungsarbeiten machen.“

Die beiden gingen hinunter. Sehr zuvorkommend veranlaßte Frau Aurélie sie, sich auf ihre Schulter zu stützen. Sie hatte wohl die geröteten Augen des jungen Mädchens bemerkt, denn sie schaute sie heimlich prüfend an. Zweifellos wußte sie sehr vieles.

Denise hatte einen unverhofften Sieg errungen: sie hatte endlich den Rayon erobert. Nachdem sie einst zehn Monate lang bei allen Qualen ihrer Stellung als Sündenbock hatte kämpfen müssen, ohne es dahin zu bringen, daß ihre Kolleginnen der eigenen Böswilligkeit überdrüssig geworden wären, hatte sie es nun in ein paar Wochen fertiggebracht, sie zu beherrschen, sie rings um sich fügsam und respektvoll zu sehen. Frau Aurélies plötzliche Zuneigung war ihr bei dieser undankbaren Aufgabe, die Herzen zu gewinnen, sehr zu Hilfe gekommen: ganz leise erzählte man sich, die Direktrice sei Mourets Kupplerin, sie erweise ihm heikle Dienste; und sie nahm das junge Mädchen mit solchem Eifer in ihren Schutz, daß Denise ihr tatsächlich auf besondere Weise empfohlen sein mußte. Aber diese hatte auch ihren ganzen Charme aufgeboten, um ihre Feindinnen zu entwaffnen. Das war eine um so schwierigere Aufgabe gewesen, als sie erreichen mußte, daß man sie ihre Ernennung zur Zweiten nicht entgelten ließ. Die Fräuleins entrüsteten sich laut über die Ungerechtigkeit, bezichtigten Denise, das beim Nachtisch mit dem Chef durchgesetzt zu haben; sie dichteten sogar abscheuliche Einzelheiten hinzu. Trotz ihrer Empörung machte der Titel einer Zweiten Abteilungsvorsteherin dennoch Eindruck auf sie. Denise gelangte zu solchem Ansehen, daß es auch die Feindseligsten in Erstaunen setzte und sie veranlaßte, sich zu fügen. Bald fand sie unter den Zuletztgekommenen Schmeichlerinnen. Ihre Sanftmut und ihre Bescheidenheit machten ihren Sieg vollkommen. Marguerite trat auf ihre Seite. Und nur Clara erwies sich noch immer als boshaft, wagte sich noch immer mit dem alten Schimpfwort von der „schlecht Frisierten" heraus, das jetzt niemanden mehr belustigte. Sie hatte Mourets flüchtige Verliebtheit dazu mißbraucht, in geschwätzigem und eitlem Müßiggang die Arbeit zu vernachlässigen; als er ihrer dann müde geworden war, beschwerte sie sich nicht einmal, da sie bei dem galanten Durcheinander ihres Daseins zur Eifersucht unfähig war und es ihr einfach genügte, durch jenes Verhältnis den Vorteil zu genießen, daß man ihren Müßiggang duldete. Sie zog lediglich in Betracht, daß Denise sie darum gebracht habe, Frau Frédérics Nachfolgerin zu werden. Niemals würde sie diese Stellung angenommen haben, dazu war zuviel Plackerei damit verbunden, aber sie war ärgerlich über den Mangel an Rücksicht, denn sie hatte die gleichen Anrechte wie die andere, und zwar ältere Anrechte.

„Sieh mal an, man führt die Wöchnerin aus", murmelte sie, als sie Frau Aurélie erblickte, die Denise am Arm hereinführte.

Marguerite zuckte mit den Achseln und sagte:

„Wenn Sie das für witzig halten!"

Es schlug neun Uhr. Draußen erwärmte ein Himmel von brennendem Blau die Straßen, Droschken fuhren zu den Bahnhöfen, die ganze sonntäglich herausgeputzte Bevölkerung strebte in langen Reihen den Wäldern in der Umgebung zu. In dem Modewarengeschäft, in das durch die weit offenen Fenster der Sonnenschein flutete, hatte das eingesperrte Personal soeben mit der Inventur begonnen. Man hatte die Türen verriegelt, Leute blieben auf dem Bürgersteig stehen, blickten durch die Scheiben und wunderten sich darüber, daß alles so fest verschlossen war, da man doch im Innern eine ungewöhnliche Tätigkeit wahrnahm. Von einem Ende der Galerien bis zum anderen, vom obersten bis zum untersten Geschoß rannten die Angestellten umher, wurden Arme emporgereckt, flogen Pakete über die Köpfe hinweg; und das alles bei einem wahren Orkan von Geschrei, von ausgerufenen Zahlen, deren Durcheinander immer schlimmer wurde und mit ohrenbetäubendem Lärm aufbrandete. Jeder der neununddreißig Rayons tat seine Arbeit für sich, ohne sich um die benachbarten Rayons zu kümmern. Übrigens hatte man die Regale noch kaum in Angriff genommen, erst wenige Stoffballen lagen auf dem Fußboden. Die Maschine mußte sich warm laufen, wenn man bis zum Abend fertig werden wollte.

„Weshalb kommen Sie herunter?" wandte sich Marguerite verbindlich an Denise. „Sie werden sich schaden, und wir haben ja Leute genug."

„Das habe ich ihr auch gesagt", erklärte Frau Aurélie. „Aber sie wollte uns dennoch helfen."

Alle Fräuleins umdrängten Denise. Dadurch wurde die Arbeit unterbrochen. Man sagte ihr Liebenswürdigkeiten, hörte sich unter mitfühlenden Ausrufen die Geschichte ihrer Verstauchung an. Schließlich veranlaßte Frau Aurélie sie, sich an einen Tisch zu setzen, und es wurde vereinbart, daß sie sich darauf beschränken solle, die ausgerufenen Artikel einzutragen. Übrigens wurden an dem Inventursonntag alle Angestellten herangezogen, die eine Feder zu handhaben vermochten; die Inspektoren, die Kassierer, die Buchhalter, ja sogar die Ladendiener; dann teilten die verschiedenen Rayons diese Eintagshilfen unter sich auf, um die Arbeit hinter sich zu bringen. So kam es, daß sich Denise neben dem Kassierer Lhomme und dem Ladendiener Joseph untergebracht fand, die sich beide über große Papierbogen beugten.

„Fünf Mäntel, Tuch, Pelzbesatz, Größe drei, zu zweihundertvierzig!" rief Marguerite. „Vier dito, Größe eins, zu zweihundertzwanzig!"

Die Arbeit fing wieder an. Hinter Marguerite leerten drei Verkäuferinnen die Schränke, sortierten die Artikel, übergaben sie ihr in ganzen Packen; und wenn sie sie ausgerufen hatte, warf sie sie auf die Tische, wo sie sich nach und nach zu riesigen Stößen häuften. Lhomme trug ein, Joseph führte zur Kontrolle eine zweite Liste. Unterdessen zählte Frau Aurélie selber mit Hilfe von drei weiteren Verkäuferinnen die seidenen Kleidungsstücke auf, die Denise auf Blätter eintrug. Clara war beauftragt, die Haufen zu überwachen, sie zu ordnen und so auf den Tischen aufzusetzen, daß sie möglichst wenig Platz einnahmen. Aber sie war gar nicht bei der Sache, einige Stapel stürzten bereits zusammen.

„Sagen Sie mal", fragte sie eine kleine Verkäuferin, die in diesem Winter angefangen hatte, „erhöht man Ihr Gehalt? – Sie wissen wohl, daß die Zweite zweitausend Francs bekommen soll, da wird sie dann mit ihrer Umsatzbeteiligung auf fast siebentausend kommen."

Ohne sich im Zureichen der Radmäntel zu unterbrechen, erwiderte die kleine Verkäuferin, wenn man ihr nicht achthundert Francs gäbe, werde sie die Bude verlassen.

Die Gehaltserhöhungen pflegten am Tage nach der Inventur stattzufinden; das war zugleich der Zeitpunkt, zu dem die Rayonchefs, da nun die während des abgelaufenen Jahres erzielten Umsatzbeträge bekannt waren, ihre Beteiligung an der Summe erhielten, um die sich der Umsatz im Vergleich zum Vorjahr erhöht hatte. Daher war trotz des Lärms und Trubels der Arbeit das leidenschaftliche Geschwätz in vollem Gang. Zwischen zwei aufgerufenen Artikeln wurde nur von Geld gesprochen. Es ging das Gerücht, Frau Aurélie werde auf mehr als fünfundzwanzigtausend Francs kommen; und eine solche Summe regte die Fräuleins sehr auf. Marguerite, nach Denise die beste Verkäuferin, hatte es auf viertausendfünfhundert Francs gebracht, fünfzehnhundert Francs Fixum und ungefähr dreitausend Francs an Prozenten, während Clara alles in allem nicht auf zweitausendfünfhundert gekommen war.

„Ich pfeife auf ihre Erhöhungen“, fing diese wieder an, sich an die kleine Verkäuferin wendend. „Wenn Papa tot wäre, würde ich sie hier schön aufsitzen lassen! – Aber was mich schrecklich ärgert, sind die siebentausend Francs, die diese halbe Portion bekommt. Na, und Sie?“

Frau Aurélie machte der Unterhaltung energisch ein Ende. Mit der ihr eigenen hochmütigen Art drehte sie sich um.

„Seien Sie doch still, meine Damen! Man versteht wahrhaftig sein eigenes Wort nicht!“ Dann fing sie wieder an zu rufen: „Sieben Umhänge à la Vieille, Sizilienne, Größe eins, zu hundertdreißig! – Drei Pelissen, Surah, Größe zwei, zu hundertfünfzig! Haben Sie das, Mademoiselle Baudu?“

„Ja, Madame Aurélie.“

Dann sollte sich Clara um die Kleidungsstücke kümmern, die man in so große Haufen, wie man gerade noch umfassen konnte, auf den Tischen aufgestapelt hatte. Sie schubste sie herum, gewann Platz. Aber bald gab sie das wieder auf, um mit einem Verkäufer zu sprechen, der sie suchte. Es war der Handschuhverkäufer Mignot, der aus seinem Rayon entwischt war. Flüsternd brachte er die Bitte um zwanzig Francs vor; er schuldete ihr bereits dreißig, die er sich am Tage nach einem Rennen geborgt, nachdem er seine Wocheneinnahme an einem Pferd verloren hatte; diesmal hatte er seine tags zuvor erhaltene Provision zu früh aufgebraucht, es blieben ihm keine zehn Sous mehr für sein Sonntagsvergnügen. Clara hatte nur zehn Francs bei sich, die sie ihm ziemlich bereitwillig lieh. Und sie plauderten, sie sprachen von einem Ausflug zu sechst, den sie nach einem Gasthof in Bougival gemacht hatten, wo die Frauen ihre Zeche selber bezahlten: so sei es besser, jeder habe sich wohl gefühlt. Dann beugte sich Mignot, der seine zwanzig Francs zusammenbringen wollte, zu Lhommes Ohr hinab. Diesen schien große Verwirrung zu überkommen, als er in seinen Buchungen aufgehalten wurde. Er wagte jedoch nicht, dem Handschuhverkäufer die Bitte abzuschlagen, und suchte gerade ein Zehnfrancsstück aus seinem Portemonnaie hervor, als Frau Aurélie, erstaunt darüber, die Stimme Marguerites, die das Ausrufen hatte unterbrechen müssen, nicht mehr zu hören, Mignot bemerkte und begriff, was vor sich ging. Sie schickte ihn schroff in seinen Rayon zurück; sie könne es nicht brauchen, daß jemand komme und die Fräuleins ablenke. Die Wahrheit war, daß sie den jungen Mann fürchtete, den dicken Freund ihres Sohnes Albert, den Mitverschworenen zweideutiger Streiche, und sie zitterte bei dem Gedanken, das alles eines Tages ein böses Ende nehmen zu sehen. Daher konnte sie es sich, als Mignot seine zehn Francs erhalten und sich davongemacht hatte, nicht verkneifen, zu ihrem Mann zu sagen:

„Na hör mal! Wie kann man sich so zum Narren machen lassen!"

„Aber, meine Beste, ich konnte dem Jungen wirklich nicht abschlagen . . ."

Durch ein Zucken mit ihren starken Schultern schloß sie ihm den Mund. Da die Verkäuferinnen sich heimlich über diese Familienauseinandersetzung belustigten, sagte sie dann streng:

„Los, Fräulein Vadon, wir wollen nicht einschlafen."

„Zwanzig Paletots, Kaschmir double, Größe vier, zu achtzehn Francs fünfzig!" rief Marguerite mit ihrer singenden Stimme.

Lhomme schrieb wieder, den Kopf tief gesenkt. Nach und nach hatte man seine Bezüge auf neuntausend Francs erhöht, und er begegnete Frau Aurélie, die stets fast das Dreifache zum Haushalt beisteuerte, noch immer mit der gleichen Unterwürfigkeit.

Eine Weile lief die Arbeit glatt weiter. Die Zahlen schwirrten durch die Luft, die Kleiderpacken regneten dicht auf die Tische. Aber Clara war auf eine andere Zerstreuung verfallen: sie neckte den Ladendiener Joseph mit der Liebe, die er, wie man behauptete, für ein in der Stoffmusterabteilung angestelltes Fräulein gefaßt hatte. Dieses Fräulein, bereits achtundzwanzig Jahre alt, mager und bleich, war ein Schützling von Frau Desforges, die Mouret eine rührende Geschichte erzählt hatte, um ihn zu veranlassen, jene als Verkäuferin einzustellen: sie sei eine Waise, die Letzte der Fontenailles, eines alten Adelsgeschlechts aus dem Poitou, die mit einem dem Trunk ergebenen Vater auf dem Pflaster von Paris gelandet und bei dieser Heruntergekommenheit ehrbar geblieben sei, aber leider eine zu unvollständige Erziehung erhalten habe, als daß sie Lehrerin werden oder Klavierunterricht erteilen könnte. Mouret brauste für gewöhnlich auf, wenn man ihm arme Mädchen aus der guten Gesellschaft empfahl; es gebe, sagte er, keine unfähigeren Geschöpfe, keine unerträglicheren, keine urteilsloseren, und außerdem könne man nicht mir nichts, dir nichts Verkäuferin werden, dazu gehöre eine Lehrzeit, es sei ein schwieriger und heikler Beruf. Immerhin nahm er Frau Desforges' Schützling auf, nur daß er ihn in die Stoffmusterabteilung steckte, so wie er schon, um Freunden gefällig zu sein, zwei Gräfinnen und eine Baronin im Reklamebüro untergebracht hatte, wo sie Streifbänder und Umschläge verfertigten. Fräulein de Fontenailles verdiente drei Francs am Tag, was ihr gerade dazu reichte, in einer kleinen Stube in der Rue d'Argenteuil ihr Leben zu fristen. Als Joseph, der unter der wortkargen Steifheit eines ehemaligen Soldaten ein weiches Gemüt verbarg, ihr begegnete, als er ihre traurige Miene, ihre armselige Kleidung sah, wurde sein Herz schließlich gerührt. Er gab das zwar nicht zu, wurde aber rot, wenn die Fräuleins von der Konfektion ihn aufzogen; denn die Stoffmusterabteilung befand sich in einem an den Rayon angrenzenden Saal, und sie hatten bemerkt, daß er unaufhörlich an der Tür vorbeistrich.

„Joseph ist zerstreut", murmelte Clara. „Seine Nase wendet sich der Wäscheabteilung zu."

Man hatte Fräulein de Fontenailles angefordert, die bei der Inventur in der Abteilung für Brautausstattungen half. Und da der Ladendiener in der Tat fortgesetzt Blicke in Richtung dieser Abteilung warf, begannen die Verkäuferinnen zu lachen. Er wurde verwirrt, versenkte sich in seine Papiere, während Marguerite, um den Heiterkeitsausbruch, der ihr die Kehle kitzelte, zu ersticken, lauter rief:

„Vierzehn Jacketts, englisches Tuch, Größe zwei, zu fünfzehn Francs!"

Sofort war Frau Aurélie, die gerade Radmäntel ausrief, kaum noch zu hören. Mit gekränkter Miene und majestätischer Langsamkeit sagte sie:

„Etwas leiser, Fräulein, wir befinden uns nicht in der Markthalle ... Und Sie alle miteinander sind recht unvernünftig, daß Sie sich mit Dummejungenstreichen amüsieren, wenn unsere Zeit so kostbar ist."

In diesem Augenblick trat, da Clara nicht mehr auf die Stapel achtete, eine Katastrophe ein. Einige Mäntel kamen ins Rutschen, sämtliche Haufen, die auf dem Tisch lagen, wurden mitgerissen, und fielen einer auf den anderen. Der Teppich war damit übersät.

„Da, habe ich es nicht gesagt!" rief die Direktrice außer sich. „Passen Sie doch ein wenig auf, Fräulein Prunaire, das ist ja nachgerade unerträglich!"

Jetzt aber überlief alle ein Schauder: Mouret und Bourdoncle erschienen, die ihren Inspektionsgang machten. Die Stimmen setzten wieder ein, die Federn kratzten, indes Clara schleunigst die Kleidungsstücke aufsammelte. Der Chef unterbrach die Arbeit nicht. Schweigend und lächelnd verweilte er ein paar Minuten, und in dem heiteren Siegergesicht, mit dem er an den Inventurtagen herumzugehen pflegte, zitterten nur die Lippen vor Erregung. Als er Denise erblicke, hätte er sich fast seine Überraschtheit anmerken lassen. Sie war also nach unten gekommen? Seine Augen begegneten denen Frau Aurélies. Nach kurzem Zögern entfernte er sich jedoch und ging zu den Brautausstattungen.

Denise aber hatte, durch die leise Unruhe aufmerksam geworden, den Kopf gehoben. Und nachdem sie Mouret erkannt hatte, hatte sie sich einfach von neuem über ihre Blätter gebeugt. Seit sie bei dem regelmäßigen Ausrufen der Artikel ganz automatisch schrieb, wurde sie innerlich ruhiger. Stets hatte sie so dem ersten Übermaß ihrer Empfindlichkeit nachgegeben: Tränen erstickten sie, ihr leidenschaftliches Gefühl verdoppelte ihre Qualen; dann wurde sie wieder vernünftig, fand ihren guten gelassenen Mut wieder, ihre ruhige und unnachgiebige Willenskraft. Mit klaren Augen, unverfärbtem Gesicht und ohne Zittern war sie jetzt ganz bei ihrer Arbeit, entschlossen, ihr Herz zu unterjochen und nur ihrem Wollen gemäß zu handeln.

Die Uhr schlug zehn, der Lärm der Inventur in den völlig auf den Kopf gestellten Rayons schwoll immer mehr an. Und bei den pausenlos ausgestoßenen Rufen, die sich von überallher überkreuzten, machte mit erstaunlicher Geschwindigkeit ein und dieselbe Neuigkeit die Runde: Jeder Verkäufer wußte bereits, daß Mouret diesen Morgen an Denise geschrieben hatte, um sie zum Essen einzuladen. Das hatte Pauline ausgeplaudert. Als sie, noch ganz erschüttert, wieder hinuntergegangen war, hatte sie bei den Spitzen Deloche getroffen, und ohne zu bemerken, daß Liénard mit dem jungen Mann sprach, hatte sie ihm ihr Herz ausgeschüttet.

„Es ist geschehen, mein Lieber ... Sie hat soeben den Brief bekommen. Er lädt sie zu heute abend ein."

Deloche war blaß geworden. Er hatte verstanden, denn er erkundigte sich oft bei Pauline, die beiden sprachen täglich von ihrer gemeinsamen Freundin, von Mourets plötzlicher Zuneigung, von der berüchtigten Einladung, die schließlich diesen Roman beenden würde. Übrigens schalt sie ihn, weil er Denise, bei der er niemals etwas erreichen würde, heimlich liebte, und sie zuckte mit den Schultern, als er es richtig fand, daß das junge Mädchen dem Chef Widerstand entgegensetzte.

„Mit ihrem Fuß geht es besser, sie kommt herunter", fuhr sie fort. „Machen Sie doch nicht solche Leichenbittermiene ... Für sie ist das, was jetzt kommt, ein Glücksfall." Und sie beeilte sich, in ihren Rayon zurückzukehren.

„Ah, ausgezeichnet!" murmelte Liénard, der zugehört hatte. „Es handelt sich um das Fräulein mit der Verstauchung ... Nun, Sie hatten allen Grund, sich zu beeilen, Sie, der sie gestern abend im Café verteidigt hat!"

Auch er machte sich rasch davon; aber als er wieder in der Wollwarenabteilung anlangte, hatte er die Geschichte von dem Brief bereits vier oder fünf Verkäufern erzählt. Und binnen weniger als zehn Minuten hatte sie die Runde durch alle Ladenräume gemacht.

Der letzte Satz Liénards bezog sich auf eine Szene, die sich tags zuvor im Café Saint-Roch abgespielt hatte. Deloche und er waren jetzt ständig beisammen. Ersterer war in das Zimmer Hutins im Hôtel de Smyrne gezogen, als dieser sich nach seiner Ernennung zum Zweiten eine kleine Dreizimmerwohnung gemietet hatte: und die beiden Kommis kamen morgens zusammen ins „Paradies", warteten abends aufeinander, um gemeinsam fortzugehen. Ihre Stuben, die nebeneinanderlagen, gingen auf denselben dunklen Hof, einen engen Schacht, dessen Gerüche das Hotel verpesteten. Trotz ihrer Verschiedenheit kamen sie gut miteinander aus; mochte auch der eine unbekümmert das Geld verzehren, das er seinem Vater aus der Tasche zog, und der andere ohne einen Sou, von Sparsamkeitsideen gequält, leben, so waren die beiden sich dennoch in einem Punkt gleich, in ihrer Ungeschicklichkeit als Verkäufer, derzufolge sie in ihren Abteilungen ein elendes Dasein ohne Gehaltserhöhungen führten. Nach dem Verlassen des Geschäftshauses verbrachten sie die meiste Zeit im Café Saint-Roch. Dieses Café, das tagsüber kaum Gäste sah, füllte sich gegen achteinhalb Uhr mit einem überquellenden Strom kaufmännischer Angestellter, dem Strom, der sich aus der hohen Tür am Place Gaillon auf die Straße ergoß. Von da an erschallte im dicken Rauch der Pfeifen ein betäubender Lärm von Dominosteinen, Gelächter und kreischenden Stimmen. Bier und Kaffee flossen in Strömen. In der linken Ecke bestellte Liénard teure Dinge, indes sich Deloche mit einem Glas Bockbier begnügte, an dem er vier Stunden lang trank. Dort hatte er gehört, wie Favier an einem benachbarten Tisch Abscheulichkeiten über Denise erzählte, wie sie den Chef „angekobert" habe, indem sie ihr Kleid hochgehoben, als sie vor ihm eine Treppe hinaufging. Deloche hatte sich Zwang antun müssen, um ihn nicht zu ohrfeigen. Als dann der andere weitersprach, behauptete, die Kleine gehe jede Nacht hinunter, um sich mit ihrem Liebhaber zu treffen, hatte er ihn, toll vor Zorn, einen Lügner genannt.

„Was für ein schmutziger Kerl! — Er lügt, er lügt, müssen Sie wissen!" Und in der Erregung, die ihn schüttelte, stieß er mit stotternder Stimme Geständnisse hervor, schüttete sein Herz aus. „Ich kenne sie, ich weiß es genau ... Sie hat nur für einen einzigen Mann Zuneigung empfunden: ja, für Herrn Hutin, und der hat es noch dazu nicht bemerkt, er kann sich nicht einmal rühmen, sie auch nur mit der Fingerspitze berührt zu haben."

Der Bericht über diesen Streit, den man aufgebauscht und entstellt hatte, belustigte bereits die ganze Firma, als die Geschichte mit Mourets Brief die Runde machte. Ausgerechnet einem Verkäufer in der Seidenabteilung hatte Liénard die Neuigkeit als erstem anvertraut. Bei den Seidenleuten ging die Inventur rasch vonstatten. Favier und zwei Kommis leerten, auf Hockern stehend, die Regale, reichten die Stücke in der Reihenfolge, in der sie sie herausnahmen, Hutin, der mitten auf einem Tisch stand und die Zahlen ausrief, nachdem er sich das Etikett angesehen hatte; und dann warf er die Stücke auf den Boden, sie häuften sich nach und nach auf dem Parkett, stiegen an wie die Flut zur Herbst-Tagundnachtgleiche. Andere Angestellte schrieben. Albert Lhomme, dessen Gesichtshaut fleckig und welk war von einer durchwachten Nacht, die er in einer Kneipe in La Chapelle zugebracht hatte, half den Herren. Eine breite Sonnenbahn fiel vom Glasdach der Halle herab, durch das man das brennende Blau des Himmels sah.

„Ziehen Sie doch die Vorhänge zu!" rief Bouthemont, der vollauf damit beschäftigt war, die Arbeit zu überwachen. „Die Sonne ist ja unerträglich!"

Favier, der sich gerade auf die Zehen stellte, um ein Stück zu erreichen, schalt heimlich:

„Wie kann man nur die Leute bei solch herrlichem Wetter einsperren! Nie besteht Gefahr, daß es an einem Inventurtag regnen könnte ... Und man hält einen wie Sträflinge hinter Schloß und Riegel, während ganz Paris spazierengeht!" Er reichte das Stück an Hutin weiter.

Auf dem Etikett war die Meterzahl vermerkt, und bei jedem Verkauf wurde die abgesetzte Menge abgezogen, was die Arbeit sehr vereinfachte.

Der Zweite rief:

„Phantasieseide, kleinkariert, einundzwanzig Meter, zu sechs Francs fünfzig!"

Und die Seide vergrößerte den Haufen auf dem Fußboden.

Dann setzte er ein vorher begonnenes Gespräch fort, indem er zu Favier sagte:

„Also er hat Sie schlagen wollen?"

„Gewiß doch. Ich trank ruhig mein Bockbier ... Das lohnt sich gerade der Mühe, mich Lügen zu strafen, die Kleine hat vorhin einen Brief vom Chef bekommen, der sie zum Essen einlädt ... Die ganze Bude spricht darüber."

„Nanu, war das nicht schon geschehen?"

Favier hielt ihm ein neues Stück hin.

„Nicht wahr, man hätte die Hand dafür ins Feuer gelegt. Es schien schon ein altes Verhältnis zu sein."

„Dito fünfundzwanzig Meter!" sagte Hutin an. Man hörte das dumpfe Aufschlagen des Stückes, während er leiser hinzufügte: „Sie wissen ja, daß sie bei diesem alten Rappelkopf Bourras ein liederliches Leben geführt hat."

Jetzt machte sich der ganze Rayon lustig, doch ohne daß die Arbeit dadurch unterbrochen wurde. Man flüsterte sich den Namen des jungen Mädchens zu, blähte sich auf, witterte etwas Leckeres. Bouthemont selber, den die leichtfertigen Geschichten aufheiterten, konnte sich nicht enthalten, einen Scherz loszulassen, über dessen Geschmacklosigkeit er vor Entzücken herausplatzte. Albert, der inzwischen munter geworden war, behauptete fest und steif, die Zweite von der Konfektion zwischen zwei Soldaten im Gros-Caillou gesehen zu haben. Gerade da war Mignot mit den zwanzig Francs, die er sich geliehen hatte, von oben gekommen: und er blieb stehen, er ließ zehn Francs in Alberts Hand gleiten und verabredete sich dabei mit ihm für den Abend zu einem geplanten, bisher aber durch Geldmangel verhinderten Gelage, das nun trotz der mäßigen Summe endlich möglich geworden war. Doch der hübsche Mignot machte, als er von der Übersendung des Briefes erfuhr, eine so gemeine Bemerkung über Hühnchen und Hähnchen, daß sich Bouthemont gezwungen sah einzugreifen.

„Genug davon, meine Herren. Das geht uns nichts an ... Los, los, Herr Hutin."

„Phantasieseide, kleinkariert, zweiunddreißig Meter, zu sechs Francs fünfzig", rief dieser.

Die Federn setzten sich von neuem in Bewegung, die Packen fielen regelmäßig. Immer höher stieg die Stofflache, als ergössen sich die Wasser eines Flusses in sie. Und das Ausrufen von Phantasieseide nahm kein Ende.

Da machte Favier mit gedämpfter Stimme darauf aufmerksam, daß das ein reizender Vorrat sei: die Geschäftsleitung werde zufrieden sein, dieser große Dummkopf Bouthemont sei möglicherweise der beste Einkäufer von ganz Paris, aber als Verkäufer habe man noch nie einen ähnlichen Klotz gesehen.

Hutin lächelte entzückt, stimmte ihm mit einem freundschaftlichen Blick zu; denn nachdem er selber dereinst Bouthemont beim „Paradies der Damen“ eingeführt hatte, um Robineau daraus zu vertreiben, untergrub er nun Bouthemonts Stellung, mit dem hartnäckig verfolgten Ziel, ihm seinen Platz wegzunehmen. Es war der gleiche Krieg wie damals, perfide Andeutungen, die dem Chef eingeflüstert wurden, übertriebener Eifer, um sich selber zur Geltung zu bringen, ein wahrer mit leutseliger Tücke geführter Feldzug.

Favier jedoch, dem Hutin eine unerwartete Nachgiebigkeit bezeigte, beobachtete ihn versteckt; dürr und kalt, mit zorniger Miene, als zähle er die Bissen an diesem kleinen untersetzten Mann, sah er so aus, als warte er darauf, daß sein Kollege Bouthemont verspeist habe, damit er selber dann ihn auffressen könne. Er hoffte, den Platz des Zweiten zu erhalten, wenn der andere den des Rayonchefs bekam. Dann würde man schon sehen.

Und von der fieberhaften Erregung gepackt, die die Ladenräume von einem Ende bis zum anderen durchpulste, unterhielten sich die beiden über die vermutlichen Gehaltserhöhungen, riefen dabei aber immer weiter den Bestand an Phantasieseiden aus: man vermutete, daß Bouthemont es dieses Jahr auf dreißigtausend Francs bringen werde; Favier schätzte sein Fixum und seine Prozente auf fünftausendfünfhundert. Mit jeder Saison erhöhte sich der Umsatz der Abteilung, die Verkäufer erreichten eine höhere Stufe und verdoppelten, wie Offiziere in Kriegszeiten, ihre Besoldung.

„Nanu, sind Sie denn noch immer nicht mit den leichten Seiden fertig?“ fragte plötzlich Bouthemont mit gereizter Miene.

„Was war das auch für ein abscheuliches Frühjahr, immer nasses Wetter! Es wurde nur schwarze Seide gekauft."

Sein dickes, lachlustiges Gesicht verdüsterte sich, er betrachtete den Haufen auf dem Fußboden, der größer und größer wurde, während Hutin lauter, mit hallender Stimme, in der Triumph mitschwang, wiederholte:

„Phantasieseide, kleinkariert, achtundzwanzig Meter, zu sechs Francs fünfzig!"

Es war noch ein ganzes Regal voll vorhanden.

Favier, dessen Arme bereits völlig lahm waren, arbeitete jetzt langsam. Als er dennoch Hutin die letzten Stücke zugereicht hatte, sagte er leise:

„Hören Sie mal, ich vergaß ... Hat man Ihnen erzählt, daß die Zweite von der Konfektion mal in Sie verschossen war?"

Der junge Mann schien sehr erstaunt.

„Nanu, wieso das?"

„Ja, das hat uns dieser Einfaltspinsel Deloche anvertraut ... Ich erinnere mich, wie sie Sie früher mit lüsternen Augen angeschaut hat."

Seit er Zweiter war, hatte Hutin die Chansonetten der Konzertcafés aufgegeben und prahlte nun mit Lehrerinnen. Im Grunde genommen sehr geschmeichelt, antwortete er mit geringschätziger Miene:

„Ich habe lieber welche, an denen mehr dran ist, mein Bester, und außerdem macht man's nicht wie der Hahn auf dem Hühnerhof und geht wie der Chef mit jeder." Er brach ab und rief: „Weiße Poult de Soie, fünfunddreißig Meter, zu acht Francs fünfundsiebzig!"

„Ah, endlich!" murmelte Bouthemont erleichtert.

Aber da läutete eine Glocke, sie rief zum zweiten Mittagstisch, zu dem Favier gehörte. Er stieg von dem Hocker herunter, ein anderer Verkäufer nahm seinen Platz ein; und er mußte über das wilde Durcheinander der Stoffstücke springen, das noch höher auf dem Parkett angewachsen war. Jetzt bedeckten in allen Rayons ähnliche unordentliche Massen den Fußboden; die Regale, die Kartons, die Schränke leerten sich allmählich, während die

Waren in ununterbrochenem Anschwellen überall unter den Füßen, zwischen den Tischen hervorquollen. In der Weißwarenabteilung hörte man das schwere Fallen der Kattunballen; bei den Kurzwaren war es ein leises Klappern von Schachteln, und aus der Möbelabteilung tönte es wie fernes Donnergrollen. Alle Stimmen klangen zusammen, helle Stimmen, belegte Stimmen, Zahlen schwirrten durch die Luft, ein aufreibender Lärm durchtrommelte das riesige Kirchenschiff, das Tosen der Wälder im Januar, wenn der Wind durch die Äste braust.

Favier bahnte sich endlich einen Weg und ging die Treppe zu den Speiseräumen hinauf. Seit der Vergrößerung des „Paradieses der Damen" befanden sich diese im vierten Stock der neuen Gebäude. Da er sich beeilte, holte er Deloche und Liénard ein, die vor ihm hinaufgegangen waren; dann wandte er sich plötzlich Mignot zu, der hinter ihm ging.

„Hol's der Teufel!" sagte er im Gang an der Küche, angesichts der schwarzen Tafel, auf der das Menü geschrieben stand. „Man sieht, daß Inventur ist. Komplettes Festessen! Hähnchen oder Hammelkeulenscheiben und Artischocken in Öl! – Deren Hammelkeule wird gründlich durchfallen!"

Mignot grinste und murmelte:

„Ist etwa eine Leidenschaft für Geflügel ausgebrochen?"

Inzwischen hatten sich Deloche und Liénard ihre Portionen geholt und waren weitergegangen.

Da sagte Favier, der gebückt am Schalter stand, mit lauter Stimme: „Hähnchen."

Doch er mußte warten, einer der Burschen, die tranchierten, hatte sich gerade in den Finger geschnitten, und dadurch entstand eine Störung. Favier schaute weiter durch den Schalter, betrachtete die ungeheuer große Küche mit dem Herd in der Mitte, auf den zwei an der Decke befestigte Schienen mittels eines Systems von Rollen und Ketten die riesigen Töpfe beförderten, die vier Mann nicht hätten heben können. Blütenweiß in dem düsteren Rot dieses Schmelzofens standen einige Köche, mit Schaumlöffeln am Ende langer Stöcke bewaffnet, auf eisernen Leitern und überwachten den abendlichen Bouillontopf. Ferner gab es an der

Wand Bratroste, groß genug, um Märtyrer darauf zu rösten, Kasserollen, in denen man Frikassee von einem ganzen Hammel bereiten konnte, einen monumentalen Wärmschrank für Teller, ein großes flaches Marmorbecken, das durch einen unaufhörlich fließenden Wasserstrahl gefüllt wurde. Und zur Linken gewahrte man noch eine Spülvorrichtung, steinerne Ausgüsse, groß wie Fischteiche, während sich auf der anderen Seite, der rechten, ein Fliegenschrank befand, in dem man undeutlich rotes Fleisch an Stahlhaken erblickte. Eine Kartoffelschälmaschine lief mit dem Klipp-Klapp einer Mühle. Zwei kleine Wagen, mit verlesenem Salat gefüllt, rollten vorbei, von Gehilfen gezogen, die ihn unter einer Wasserleitung kühl stellen wollten.

„Hähnchen", wiederholte Favier, ungeduldig geworden. Dann wandte er sich um und fügte leiser hinzu: „Einer hat sich geschnitten ... Das ist widerlich, es läuft in die Speisen."

Mignot wollte das sehen. Eine ganze Schlange von Kommis bildete sich, es gab Gelächter und Drängelei. Und nun teilten die beiden jungen Leute, den Kopf am Schalter, angesichts dieser Phalanstère-Küche, wo die geringsten Geräte, selbst die Bratspieße und die Spicknadeln, gigantische Ausmaße hatten, einander ihre Überlegungen mit. Zweitausend Mittagessen und zweitausend Abendessen mußten hier ausgegeben werden, wobei nicht mitgerechnet war, daß die Zahl der Angestellten von Woche zu Woche zunahm. Es war ein Abgrund, der an einem Tag sechzehn Doppelzentner Kartoffeln, hundertzwanzig Pfund Butter, sechshundert Kilo Fleisch verschlang, und bei jeder Mahlzeit mußte man dreimal ein frisches Faß anstechen, nahezu siebenhundert Liter flossen über die Theke des Schankraums.

„Ah, endlich!" murmelte Favier, als der leitende Koch mit einer Wanne wiedererschien, aus der er einen Schenkel herauspickte, um ihn Favier zu geben.

„Hähnchen", sagte hinter ihm Mignot.

Und ihre Teller festhaltend, traten beide, nachdem sie sich am Schanktisch den ihnen zustehenden Wein geholt hatten, in den Speiseraum, während in ihrem Rücken unablässig und regelmäßig das Wort „Hähnchen" fiel und man die Gabel des Kochs mit einem leisen eiligen und rhythmischen Geräusch die Stücke aufstechen hörte.

Jetzt war der Speiseraum der Kommis ein unermeßlich großer Saal, wo die fünfhundert Gedecke für jede der drei Schichten bequem Platz fanden. Diese Gedecke waren auf langen Mahagonitischen aufgereiht, die der Breite nach parallel zueinander standen; an den beiden Enden des Saales waren ähnliche Tische den Inspektoren und den Rayonchefs vorbehalten; und in der Mitte gab es einen Verkaufstisch für die zusätzlichen Privatbestellungen. Durch große Fenster zur Rechten und zur Linken fiel weiße Helligkeit in diesen langen Saal, dessen Decke trotz seiner vier Meter Höhe, durch die übermäßige Ausdehnung der anderen Dimensionen erdrückt, niedrig wirkte. An den Wänden, die mit hellgelber Ölfarbe gestrichen waren, bildeten die Serviettenschränke den einzigen Schmuck. An diesen ersten Speiseraum schloß sich der für die Ladendiener und die Kutscher an, wo die Mahlzeiten nicht zu bestimmten Zeiten, sondern jeweils nach den Erfordernissen des Dienstes ausgegeben wurden.

„Nanu, Mignot, auch Sie haben einen Schenkel!“ sagte Favier, als er sich seinem Kollegen gegenüber an einen der Tische gesetzt hatte.

Andere Kommis ließen sich um sie her nieder. Es gab kein Tischtuch, die Teller machten auf dem Mahagoniholz ein klagendes Geräusch; und alle in dieser Ecke ergingen sich in verwunderten Ausrufen, denn die Anzahl von Schenkeln war wahrhaft erstaunlich.

„Schon wieder Geflügel, das nur Beine hat!“ bemerkte Mignot.

Wer ein Stück vom Gerippe bekommen hatte, ärgerte sich. Dennoch war seit der Neuorganisation die Ernährung sehr viel besser geworden. Mouret schloß nicht mehr einen Vertrag mit einem Unternehmer gegen eine feste Summe ab; ihm unterstand jetzt auch die Küche, er hatte daraus eine Abteilung gemacht, die ebenso eingerichtet war wie ein Rayon, einen Vorsteher hatte, stellvertretende Vorsteher, einen Inspektor; und wenn er mehr ausgab, so erzielte er von einem besser ernährten Personal auch größere Leistungen, darauf war die praktische angebliche Humanität berechnet, die Bourdoncle lange in Bestürzung versetzt hatte.

„Nun denn, meiner ist wenigstens zart", fing Hutin wieder an. „Reichen Sie doch mal das Brot weiter!"

Das große Brot machte die Runde, und als sich der letzte eine Scheibe abgeschnitten hatte, steckte er das Messer wieder in die Kruste. Einer nach dem anderen kamen Nachzügler angelaufen, eine grimmige, durch die Vormittagsarbeit noch verschärfte Gier wehte über die langen Tische von einem Ende des Speiseraums bis zum andern. Immer lauteres Gabelklirren ertönte, das Glucksen von Flaschen, die geleert wurden, das Aufstoßen zu heftig hingestellter Gläser, das Geräusch eines Mahlwerks von fünfhundert kräftigen Kinnladen, die mit Energie die Speisen zermalmten. Und die noch spärlichen Worte kamen dumpf aus den vollen Mündern.

Deloche, der zwischen Baugé und Liénard saß, befand sich jetzt fast gegenüber von Favier, nur wenige Plätze entfernt. Die beiden hatten einander einen grollenden Blick zugeworfen. Einige, die in ihrer Nähe saßen und über den Streit vom Abend zuvor unterrichtet waren, tuschelten. Zudem hatte man über Deloches Pech gelacht, der, stets ausgehungert, durch so etwas wie ein verwünschtes Verhängnis immer das schlechteste Stück am ganzen Tisch erwischte. Diesmal hatte er einen Hühnerhals und ein Stückchen Gerippe angebracht. Schweigend ließ er die anderen scherzen, verschlang dicke Brotbissen und knabberte mit der ungeheuren Geschicklichkeit eines jungen Burschen, für den Fleisch eine mit Ehrfurcht zu behandelnde Sache ist, den Hühnerhals ab.

„Weshalb beschweren Sie sich nicht?" fragte ihn Baugé.

Aber er zuckte mit den Schultern. Was sollte das nützen, für ihn würde es niemals besser werden. Wenn er sich nicht dreinschickte, wurde alles nur schlimmer.

„Sie wissen wohl, daß die Spuler jetzt einen eigenen Klub haben", erzählte plötzlich Mignot. „Tatsächlich, den Spul-Klub ... Sie treffen sich in der Rue Saint-Honoré, bei einem Weinhändler, der ihnen sonnabends einen Saal vermietet." Er sprach von den Verkäufern der Kurzwarenabteilung.

Das erheiterte die ganze Tischgesellschaft. Jeder stieß zwischen zwei Bissen mit behinderter Stimme einen Satz hervor, fügte eine Einzelheit hinzu; und nur die hartnäckigen Leser blieben stumm und versunken, die Nase tief in eine Zeitung gesteckt. Über eins war man sich einig: jedes Jahr eigneten sich die Handlungsgehilfen eine gehobenere Lebensart an. Nahezu die Hälfte sprach gegenwärtig Deutsch oder Englisch. Es galt nicht mehr als schick, im „Bullier" zu randalieren, sich in den Konzertcafés herumzutreiben, um die häßlichen Chansonetten auszupfeifen. Nein, man tat sich zu etwa zwanzig zusammen und gründete einen Klub.

„Haben sie ein Klavier wie die Leinwandhändler?" fragte Liénard.

„Und ob der Spul-Klub ein Klavier hat, das will ich meinen!" rief Mignot. „Da wird gespielt und gesungen! – Einer von ihnen, der kleine Bavoux, trägt sogar Gedichte vor."

Die Heiterkeit steigerte sich noch, man machte sich über den kleinen Bavoux lustig; doch hinter dem Gelächter verbarg sich große Anerkennung. Dann sprach man von einem Stück, das im Théâtre du Vaudeville gegeben wurde und in dem ein Ladenschwengel eine üble Rolle spielte; mehrere ärgerten sich darüber, während andere mit Sorge daran dachten, wann man sie an diesem Abend laufenlassen werde, weil sie zu Abndgesellschaften in Bürgerfamilien geladen waren. Und von allen Ecken und Enden des ungeheuer großen Saales setzten inmitten des zunehmenden Geschirrgeklappers ähnliche Unterhaltungen ein. Um den Speisengeruch zu vertreiben, den warmen Dunst, der von den fünfhundert nun völlig in Unordnung geratenen Gedecken aufstieg, hatte man die Fenster geöffnet, deren herabgelassene Stores von der drükkenden Augustsonne brennend heiß waren. Glühende Luftstöße kamen von der Straße herein, goldener Widerschein färbte die Decke gelb, übergoß die schweißtriefenden Tischgenossen mit einem rotgelben Schimmer.

„Unerhört, einen an einem Sonntag bei solchem Wetter einzusperren!" wiederholte Favier.

Diese Bemerkung führte die Herren auf die Inventur zurück.

Es war ein großartiges Jahr gewesen. Und nun kam man wieder auf die Ernennungen, auf die Gehaltserhöhungen zu sprechen, das ewige Thema, die aufwühlende Frage, die sie alle erregte. Es war immer das gleiche an den Geflügeltagen, eine allgemeine Überreiztheit brach aus, der Lärm wurde schließlich unerträglich. Als die Kellner die Artischocken in Öl brachten, verstand man sein eigenes Wort nicht mehr. Der Inspektor, der hier seinen Dienst tat, hatte die Anweisung, nachsichtig zu sein.

„Ja so", rief Favier, „kennen Sie schon den Liebesroman?" Aber seine Stimme wurde übertönt.

Mignot fragte:

„Mag jemand keine Artischocken? Ich verkaufe meine Nachspeise für eine Artischocke."

Niemand antwortete. Artischocken aß jeder gern. Dieses Essen mußte man zu den guten rechnen, denn man hatte gesehen, daß es als Nachspeise Pfirsiche gab.

„Er hat sie zum Abendessen eingeladen", beendete Favier, zu seinem Nachbarn zur Rechten gewandt, seinen Bericht. „Nanu, das wußten Sie nicht?"

Der ganze Tisch wußte es, man hatte seit dem Morgen mehr als genug darüber geredet, und immer die gleichen Scherze gingen von Mund zu Mund. Deloche bebte, seine Augen hefteten sich schließlich starr auf Favier, der beharrlich wiederholte:

„Wenn er sie nicht schon gehabt hat, wird er sie jetzt haben ... Und er wird nicht der erste sein, o nein! Er wird nicht der erste sein." Auch er sah Deloche an. Mit herausfordernder Miene fügte er hinzu: „Wer Knochen liebt, kann sie für hundert Sous kriegen." Plötzlich senkte er den Kopf.

Einer unbezwingbaren Regung nachgebend, hatte ihm Deloche sein letztes Glas Wein ins Gesicht geschleudert und dabei gestammelt:

„Da, du schmutziger Lügner, ich hätte es dir schon gestern geben sollen!"

Das war ein ärgerlicher Zwischenfall. Einige Tropfen hatten Faviers Nachbarn bespritzt, während ihm selber nur das Haar ein wenig naß geworden war: der mit allzu jäher Hand geschleuderte

Wein war jenseits des Tisches niedergegangen. Aber man wurde böse. Wenn er sie so verteidige, schlafe er wohl mit ihr? Was für ein Grobian, er habe ein paar Ohrfeigen verdient, um Benehmen zu lernen. Doch die Stimmen wurden leiser, jemand signalisierte das Nahen des Inspektors, und es war nicht nötig, die Geschäftsleitung mit diesem Streit zu befassen.

Favier beschränkte sich darauf, zu sagen:

„Wenn er mich getroffen hätte, hätten Sie einen schönen Tanz erlebt!"

Dann endete das Ganze mit Spöttereien. Als der noch zitternde Deloche trinken wollte, um seine Verwirrung zu verbergen, und automatisch nach seinem leeren Glas griff, wurde allerseits gelacht. Linkisch stellte er sein Glas wieder hin und begann an den Blattschuppen der Artischocke zu lutschen, die er bereits ausgesaugt hatte.

„Geben Sie doch Deloche die Karaffe", sagte Mignot ruhig. „Er hat Durst."

Das Gelächter schwoll noch mehr an. Die Herren nahmen saubere Teller von den Stapeln, die in Abständen auf dem Tisch standen, während die Küchenburschen die Nachspeise, Körbe mit Pfirsichen, herumreichten. Und alle hielten sich die Seiten, als Mignot hinzufügte:

„Jeder nach seinem Geschmack, Deloche ist für Pfirsich in Wein."

Dieser rührte sich nicht. Den Kopf gesenkt, saß er wie taub da, schien die Scherze nicht zu hören und empfand ein verzweifeltes Bedauern über das, was er soeben getan hatte. Die Leute hatten recht, in welcher Eigenschaft verteidigte er Denise? Man würde allerlei häßliche Dinge glauben, er hätte sich am liebsten selber geprügelt, daß er sie so ins Gerede gebracht hatte, während er doch ihre Unschuld beweisen wollte. Das war sein übliches Mißgeschick, er hätte besser daran getan, sofort zu krepieren, denn er durfte sich nicht einmal von seinem Herzen überwältigen lassen, ohne Dummheiten zu begehen. Tränen stiegen ihm in die Augen. War es nicht ebenfalls seine Schuld, daß die ganze Firma von dem Brief sprach, den der Chef geschrieben hatte? Deutlich hörte er ihr höhnisches Lachen, ihre rohen Äußerungen über diese Einladung, von der einzig Liénard Kenntnis erhalten hatte; und er klagte sich an, er hätte Pauline nicht vor jenem reden lassen dürfen, er machte sich selber für die begangene Indiskretion verantwortlich.

„Weshalb haben Sie das erzählt?“ murmelte er schließlich mit schmerzerfüllter Stimme. „Das ist sehr schlimm.“

„Ich?“ erwiderte Liénard. „Aber ich habe es doch nur einem oder zweien gesagt und dabei Verschwiegenheit gefordert. Als ob man wissen könnte, wie sich die Dinge herumsprechen!“

Als sich Deloche entschloß, ein Glas Wasser zu trinken, brach die Tischgesellschaft von neuem in Gelächter aus. Man war mit dem Essen fertig, auf ihren Stühlen zurückgelehnt, warteten die Angestellten auf den Glockenschlag, riefen einander in der durch die Mahlzeit hervorgerufenen Ungezwungenheit von weitem Fragen zu. An dem großen Verkaufstisch in der Mitte hatte man wenig Zusätzliches verlangt, zumal an diesem Tag die Firma den Kaffee bezahlte. Die Tassen dampften, schweißnasse Gesichter glänzten unter dem leichten Dunst, der wie blaue Zigarettenwölkchen dahintrieb. An den Fenstern hingen regungslos die herabgelassenen Stores, ohne auch nur einmal zu flattern. Einer von ihnen schnellte hinauf, eine breite Sonnenbahn fiel quer durch den Saal, ließ die Decke aufglühen. Das Stimmengewirr schlug mit einem solchen Getöse an die Wände, daß der Glockenschlag zunächst nur an den Tischen in der Nähe der Tür gehört wurde. Man erhob sich, lange erfüllte das Durcheinander des Aufbruchs die Gänge.

Deloche jedoch war zurückgeblieben, um den Witzen, die noch immer nicht aufhörten, zu entgehen. Sogar Baugé ging früher fort als er; und dabei verließ Baugé gewöhnlich als letzter den Saal, machte einen Umweg und traf Pauline in dem Augenblick, da diese sich in den Speiseraum für die Damen begab: das war ein zwischen ihnen ausgemachter Trick, die einzige Möglichkeit, sich innerhalb der Arbeitszeit eine Minute zu sehen. Doch als sie sich an diesem Tage gerade herzhaft in einem Winkel des Korridors küßten, überraschte sie Denise, die ebenfalls zum Mittagessen hinaufging. Ihres Fußes wegen fiel ihr das Gehen schwer.

„Oh, meine Liebe", stammelte Pauline hochrot. „Sie verraten doch nichts, nicht wahr?"

Baugé mit seinen plumpen Gliedern und der Schulterbreite eines Riesen zitterte wie ein kleiner Junge. Er murmelte:

„Die würden uns nämlich schön hinauswerfen. Es nützt nichts, daß unsere Heirat angekündigt ist, diese Biester haben kein Verständnis dafür, daß man sich küßt!"

Denise, die das sehr rührte, tat, als habe sie die beiden nicht gesehen. Und Baugé machte sich rasch davon, als Deloche erschien, der den längsten Weg gewählt hatte. Er wollte sich entschuldigen, er stammelte Sätze, die Denise zunächst nicht verstand. Als er dann Pauline vorwarf, daß sie vor Liénard gesprochen habe, und diese verlegen wurde, hatte das junge Mädchen endlich die Erklärung für die Worte, die man seit dem Morgen hinter ihrem Rücken flüsterte. Die Geschichte mit dem Brief machte also die Runde. Von neuem wurde sie von dem Schauder ergriffen, der sie beim Lesen dieses Briefes geschüttelt hatte, sie kam sich vor, als zögen all diese Männer sie nackt aus.

„Ich wußte es nicht", wiederholte Pauline. „Übrigens ist daran nichts Schlechtes ... Man läßt sie reden, bei Gott, sie toben alle!"

„Meine Liebe", sagte Denise endlich in ihrer vernünftigen Art, „ich nehme es Ihnen gar nicht übel ... Sie haben nur die Wahrheit erzählt. Ich habe einen Brief bekommen, und es ist meine Sache, ihn zu beantworten."

Deloche ging tiefunglücklich fort, denn er hatte daraus entnommen, das junge Mädchen füge sich in die Situation und werde am Abend zu dem Stelldichein gehen. Nachdem die beiden Verkäuferinnen in einem kleinen, an den großen anstoßenden Saal, wo die Frauen etwas komfortabler bedient wurden, zu Mittag gegessen hatten, mußte Pauline Denise beim Hinuntergehen stützen, weil deren Fuß überanstrengt war.

Unten schwoll in der Nachmittagshitze das Dröhnen der Inventur noch stärker an. Die Stunde äußerster Anstrengung war gekommen, weil man angesichts der am Vormittag nur wenig vorgeschrittenen Arbeit alle Kräfte anspannte, um am Abend fertig zu sein. Die Stimmen ertönten noch lauter, man sah nur die Bewegungen der Arme, die noch immer die Fächer leerten und die Waren hinwarfen, und man wußte nicht mehr, wohin treten, die Hochflut der Stapel und Ballen auf dem Parkett stieg bis zu den Platten der Ladentische an. Ein wildes Gewoge von Köpfen, geschwungenen Händen, flatternden Gliedern schien sich in der Tiefe der Rayons in einem verworrenen, fernen Aufruhr zu verlieren. Die durch das Durcheinander hervorgerufene Erregung hatte den höchsten Grad erreicht, die Maschine war nahe am Zerspringen, während rings um das geschlossene Geschäftshaus noch immer vereinzelte Spaziergänger, fahl von der erstickenden Langeweile des Sonntags, an den Spiegelscheiben vorübergingen. Auf dem Bürgersteig der Rue Neuve-Saint-Augustin hatten sich drei bloßköpfige erwachsene Mädchen von schlampigem Aussehen aufgepflanzt, preßten frech das Gesicht an die Scheiben und versuchten zu sehen, was da drinnen Seltsames vor sich ging.

Als Denise wieder in die Konfektionsabteilung kam, ließ Frau Aurélie Marguerite das Ausrufen der Kleidungsstücke beenden. Es mußte noch eine Kontrollarbeit vorgenommen werden, für welche sie sich, nach Stille verlangend, in den Saal der Stoffmusterabteilung zurückzog und das junge Mädchen mit sich nahm.

„Kommen Sie mit, wir wollen kollationieren ... Dann werden Sie zusammenrechnen."

Doch als sie die Tür offenlassen wollte, um ein Auge auf die Fräuleins zu haben, schlug der Lärm herein, man konnte einander im Saal kaum noch verstehen. Es war ein weiter quadratischer Raum, nur mit Stühlen und drei langen Tischen ausgestattet. In einer Ecke befand sich die große Schneidemaschine für die Muster. Ganze Stücke gingen dafür drauf, man verschickte im Jahr für mehr als sechzigtausend Francs Stoffe, die zu schmalen Streifen zerstückelt waren. Von morgens bis abends zerhackten die Messer mit dem Geräusch von Sicheln Seide, Wolle, Leinen. Dann mußten die Hefte zusammengestellt, geklebt und genäht werden. Und zwischen den beiden Fenstern gab es noch eine kleine Druckerei für die Etiketten.

„Seien Sie doch leiser!“ rief von Zeit zu Zeit Frau Aurélie, die Denise nicht beim Vorlesen der Artikel verstehen konnte.

Als das Kollationieren der ersten Listen beendet war, ließ sie das junge Mädchen allein an einem der Tische, ins Zusammenzählen vertieft, zurück. Dann erschien sie fast sofort wieder, sie brachte Fräulein de Fontenailles mit, die bei den Brautausstattungen nicht mehr gebraucht wurde und die man ihr abgetreten hatte. Auch diese sollte zusammenrechnen, so würde man Zeit gewinnen. Aber das Erscheinen der Marquise, wie Clara sie boshaft nannte, hatte den Rayon in Aufregung versetzt. Man lachte, man neckte Joseph, grausame Worte drangen durch die Tür.

„Rücken Sie nicht weiter weg, Sie stören mich durchaus nicht“, sagte Denise, von tiefem Mitleid ergriffen. „Hier, mein Tintenfaß genügt, tauchen Sie nur mit mir zusammen ein.“

Fräulein de Fontenailles war durch ihre Standeserniedrigung so abgestumpft, daß sie nicht einmal ein Dankwort fand. Sie trank wohl, ihr hageres Gesicht hatte einen bleifahlen Ton, und nur ihre weißen und schmalen Hände zeugten noch von der Vornehmheit ihrer Abstammung.

Doch plötzlich verstummte das Gelächter, man hörte wieder das gleichmäßige Dröhnen der Arbeit. Mouret machte abermals einen Rundgang durch die Rayons. Aber er blieb stehen, er suchte Denise und war erstaunt, sie nicht zu sehen. Durch einen Wink hatte er Frau Aurélie herbeigerufen, und die beiden traten beiseite, unterhielten sich ein Weilchen leise. Er mußte sie wohl befragt haben. Sie wies mit den Augen auf den Stoffmustersaal, schien dann Bericht zu erstatten. Gewiß teilte sie ihm mit, daß das junge Mädchen am Morgen geweint hatte.

„Vortrefflich!“ sagte Mouret ganz laut und kam wieder näher. „Zeigen Sie mir die Listen.“

„Hier, Herr Mouret“, erwiderte die Direktrice. „Wir sind vor dem Lärm geflüchtet.“

Er folgte ihr in den angrenzenden Raum. Clara ließ sich durch dieses Manöver nicht täuschen: sie murmelte, man würde besser gleich ein Bett holen lassen. Doch Marguerite warf ihr mit noch flinkerer Hand Kleidungsstücke zu, um sie zu beschäftigen und ihr den Mund zu stopfen. War die Zweite nicht eine gute Kameradin? Ihre Privatangelegenheiten gingen niemanden etwas an. Der Rayon wurde zum Mitverschworenen, die Verkäuferinnen regten sich eifriger, die Rücken von Lhomme und Joseph beugten sich wieder, wurden gleichsam taub. Und Inspektor Jouve, der von weitem Frau Aurélies Schliche bemerkt hatte, ging mit dem regelmäßigen Schritt eines Wachpostens, der das Vergnügen eines Vorgesetzten beschützt, vor der Tür der Stoffmusterabteilung auf und ab.

„Geben Sie Herrn Mouret die Listen", sagte die Direktrice beim Hereinkommen.

Denise reichte sie ihm und hielt dann die Augen zu ihm erhoben. Sie war leicht zusammengezuckt, hatte sich aber beherrscht und wahrte nun mit bleichen Wangen eine schöne Gelassenheit. Einen Moment schien sich Mouret in das Verzeichnis der Artikel zu vertiefen, ohne einen Blick für das junge Mädchen zu haben. Es herrschte Schweigen. Frau Aurélie hatte sich Fräulein de Fontenailles, die nicht einmal den Kopf gewandt hatte, genähert und war anscheinend mit deren Addition nicht zufrieden, sie sagte halblaut zu ihr: „Gehen Sie und helfen Sie bei den Paketen. Sie sind im Rechnen ungeübt!"

Diese stand auf und kehrte in den Rayon zurück, wo sie mit Gezischel empfangen wurde. Joseph verschrieb sich unter den lachlustigen Augen der Fräuleins. Clara war zwar entzückt, daß sie eine Gehilfin bekam, stieß sie aber in dem Widerwillen, den sie gegen alle weiblichen Wesen in der Firma hegte, dennoch herum. Wie idiotisch, Gegenstand der Liebe eines Hausknechts zu sein, wenn man eine Marquise war! Und dabei neidete sie ihr diese Liebe.

„Sehr gut! Sehr gut!" sagte Mouret wiederholt, indem er immer noch so tat, als läse er.

Frau Aurélie aber wußte nicht, wie sie ihrerseits auf schickliche Art verschwinden könnte. Sie trippelte hin und her, betrachtete die Schneidemaschine und war wütend, daß ihr Mann keinen Anlaß fand, sie zu rufen; aber der war bei ernsthaften Angelegenheiten nie zu brauchen; er wäre neben einem Teich verdurstet. Marguerite jedoch war so gescheit, eine Auskunft von ihr zu erbitten.

„Ich komme", erwiderte die Direktrice.

Und da ihre Würde nun gerettet war und sie in den Augen der Fräuleins, die sie belauerten, einen Vorwand hatte, ließ sie endlich Mouret und Denise, der sie sich wieder genähert hatte, allein und ging mit majestätischem Schritt und einer so hoheitsvollen Miene hinaus, daß die Verkäuferinnen sich nicht einmal ein Lächeln erlaubten.

Langsam hatte Mouret die Listen wieder auf den Tisch gelegt. Er sah das junge Mädchen an, das, die Feder in der Hand, sitzen geblieben war. Sie wandte den Blick nicht ab, sie war nur noch bleicher geworden.

„Werden Sie heute abend kommen?" fragte er halblaut.

„Nein, Herr Mouret", entgegnete sie, „ich kann nicht. Meine Brüder werden bei meinem Onkel sein, und ich habe versprochen, mit ihnen zu Abend zu essen."

„Aber Ihr Fuß! Das Gehen macht Ihnen noch große Mühe."

„Oh, bis dort kann ich gut gehen, ich fühle mich seit heute morgen viel besser."

Bei dieser ruhigen Absage war auch er bleich geworden. Seine Lippen zuckten vom Aufruhr seiner Nerven. Dennoch faßte er sich und sagte mit der Miene eines freundlichen Chefs, der sich lediglich für eines seiner Fräuleins interessiert:

„Wenn ich Sie nun aber bitten würde . . . Sie wissen, wie sehr ich Sie schätze."

Denise wahrte ihre ehrerbietige Haltung.

„Ihre Güte mir gegenüber, Herr Mouret, rührt mich sehr, und ich danke Ihnen für die Einladung. Aber ich wiederhole, es ist unmöglich, meine Brüder erwarten mich heute abend." Sie tat hartnäckig so, als verstehe sie seine Absicht nicht. Die Tür war offengeblieben, und dennoch spürte sie deutlich, wie die ganze Firma sie schloß. Pauline hatte sie freundschaftlich ein großes Dummchen genannt, die anderen würden sich über sie lustig machen, wenn sie die Einladung nicht annahm. Frau Aurélie, die hinausgegangen war, Marguerite, deren Stimme sie lauter werden hörte,

Lhommes Rücken, der ihr, wie sie sah, regungslos und verschwiegen zugekehrt war, alle wollten sie ihren Fall, alle warfen sie dem Gebieter hin. Und das entfernte Dröhnen der Inventur, diese Millionen von Waren, die so eilig ausgerufen, mit ausgestreckten Armen hin und her bewegt wurden, waren wie ein heißer Wind, der ihr die Leidenschaft zuwehte.

Schweigen trat ein. Manchmal wurden Mourets Worte von den Geräuschen übertönt, die ihn mit dem überwältigenden Getöse eines königlichen, in den Schlachten gewonnenen Reichtums begleiteten.

„Wann werden Sie also kommen?" fragte er erneut. „Morgen?"

Diese einfache Frage verwirrte Denise. Sie verlor einen Augenblick lang die Ruhe, stammelte:

„Ich weiß nicht ... Ich kann nicht ..."

Er lächelte und versuchte, ihre Hand zu fassen, die sie ihm entzog.

„Wovor fürchten Sie sich denn?"

Aber schon hob sie wieder den Kopf und sagte, in ihrer sanften und tapferen Art lächelnd:

„Ich fürchte mich vor nichts, Herr Mouret ... Man tut nur, was man tun will, nicht wahr? Ich will nicht, das ist alles." Als sie verstummte, überraschte sie ein Knacken. Sie drehte sich um und sah, wie sich langsam die Tür schloß.

Inspektor Jouve hatte es auf sich genommen, sie zuzumachen. Die Türen gehörten in sein Ressort, keine durfte offenbleiben. Und wieder bezog er würdevoll seinen Posten. Niemand schien von dieser auf so einfache Weise geschlossenen Tür Notiz zu nehmen. Nur Clara flüsterte Fräulein de Fontenailles, die bleich und mit ausdruckslosem Gesicht dastand, eine derbe Bemerkung ins Ohr.

Denise jedoch war aufgestanden.

Mouret sagte mit leiser und bebender Stimme zu ihr:

„Hören Sie mich an, ich liebe Sie ... Sie wissen es schon lange, treiben Sie nicht das grausame Spiel mit mir, sich unwissend zu stellen ... Und fürchten Sie nichts. Schon zwanzigmal hätte ich Sie gern in mein Arbeitszimmer gerufen. Wir wären dort allein gewesen, ich hätte nur den Riegel vorzuschieben brauchen. Aber das wollte ich nicht, Sie sehen ja, daß ich hier mit Ihnen spreche, wo jeder Zutritt hat ... Ich liebe Sie, Denise ..."

Kreidebleich stand sie da und hörte ihm zu, sah ihn noch immer fest an.

„Sagen Sie doch, weshalb weigern Sie sich? – Haben Sie denn keine Bedürfnisse? Ihre Brüder sind eine schwere Last. Alles, um das Sie bitten, alles, was Sie von mir fordern würden ..."

Sie fiel ihm ins Wort:

„Danke, ich verdiene jetzt mehr, als ich brauche."

„Aber ich biete Ihnen die Freiheit, ein Dasein voll Vergnügen und Luxus ... Ich würde Ihnen eine Wohnung einrichten, ein kleines Vermögen für Sie sicherstellen."

„Nein, danke, ich würde mich langweilen, nichts zu tun. Ich war noch nicht einmal zehn Jahre alt, da verdiente ich meinen Lebensunterhalt schon selbst."

Er machte eine rasende Gebärde. Sie war die erste, die nicht nachgab. Er hatte sich nur zu bücken brauchen, um die anderen zu nehmen, alle warteten als ergebene Dienerinnen auf seine Liebeslaunen; und diese sagte nein, ohne auch nur einen vernünftigen Vorwand anzuführen. Seine lange zurückgehaltene, durch den Widerstand aufgepeitschte Begierde wurde aufs höchste gereizt. Vielleicht hatte er ihr nicht genug geboten; und er verdoppelte seine Angebote, bat sie noch inständiger.

„Nein, nein, danke", erwiderte sie jedesmal, ohne schwach zu werden.

Da ließ er sich aus tiefster Brust den Schrei entfahren:

„Sehen Sie denn nicht, daß ich leide? – Ja, es ist einfältig, aber ich leide wie ein Kind!"

Tränen feuchteten seine Augen. Abermals herrschte Schweigen. Man hörte noch das durch die geschlossene Tür gedämpfte Dröhnen der Inventur. Es war wie ein abebbender Siegeslärm, die Musikbegleitung hielt sich bei dieser Niederlage des Gebieters taktvoll zurück.

„Wenn ich aber dennoch wollte!" sagte er mit glühender Stimme und griff nach ihren Händen.

Sie überließ sie ihm, ihre Augen wurden glanzlos, ihre ganze Kraft schwand dahin. Aus den feuchtheißen Händen dieses Mannes strömte Wärme in sie über, erfüllte sie mit einer süßen Nachgiebigkeit. Mein Gott, wie sie ihn liebte! Und welche Wonne wäre es für sie gewesen, ihm um den Hals zu fallen, um an seiner Brust zu ruhen!

„Ich will es, ich will!" wiederholte er außer sich. „Ich erwarte Sie heute abend, oder ich werde Maßnahmen ergreifen ..." Er wurde brutal.

Sie stieß einen leisen Schrei aus, der Schmerz, den sie an den Handgelenken verspürte, gab ihr ihren Mut zurück. Mit einem Ruck machte sie sich frei. Dann sagte sie, hoch aufgerichtet und als sei sie in ihrer Schwäche gewachsen:

„Nein, lassen Sie mich ... Ich bin keine Clara, der man morgen den Laufpaß gibt. Und außerdem, Herr Mouret, lieben Sie ja jemanden, diese Dame, die hierherzukommen pflegt ... Bleiben Sie bei ihr. Ich teile nicht."

Die Überraschung machte ihn starr. Was sagte sie bloß und was wollte sie? Noch nie hatten die Mädchen, die er in den Rayons auflas, sich Gedanken darüber gemacht, ob sie geliebt würden. Er hätte darüber lachen sollen, und statt dessen richtete der feinfühlige Stolz, der aus ihrem Verhalten sprach, eine völlige Verwirrung in seinem Herzen an.

„Herr Mouret", begann sie wieder, „machen Sie die Tür auf. Es gehört sich nicht, daß wir so zusammen sind."

Mouret gehorchte, und mit pochenden Schläfen, vergebens bemüht, seine Qual zu verbergen, rief er Frau Aurélie zurück, ereiferte sich über den Bestand an Radmänteln, sagte, man müsse die Preise herabsetzen, und zwar so lange herabsetzen, wie noch ein einziger vorhanden sei. Das war in dieser Firma so üblich, jedes Jahr wurde Auskehr gehalten, man verkaufte lieber mit sechzig Prozent Verlust, als daß man ein altes Modell oder einen nicht mehr ganz neuen Stoff behielt. Seit einem Weilchen wartete gerade Bourdoncle, der sich auf die Suche nach dem Direktor begeben hatte, auf Mouret; Jouve hatte ihn vor der geschlossenen Tür angehalten und ihm mit ernster Miene etwas zugeflüstert. Er wurde ungeduldig, brachte jedoch nicht den Mut auf, das Tête-à-tête zu stören. Sollte man so etwas für möglich halten? An einem solchen Tag, und dabei dieses armselige Geschöpf! Und als sich die Tür endlich wieder auftat, sprach Bourdoncle von den Phantasieseiden, deren Bestand ungeheuer groß sei.

Das war eine Erleichterung für Mouret, der jetzt nach Herzenslust toben konnte. Was dachte sich Bouthemont denn? Im Weggehen erklärte er, er könne es nicht dulden, daß es einem Einkäufer so sehr an Spürsinn fehle und er sich einen Vorrat hinlege, der über das für den Verkauf Notwendige hinausgehe.

„Was hat er nur?" murmelte Frau Aurélie, ganz verstört durch seine Vorwürfe.

Und die Fräuleins sahen einander erstaunt an. Um sechs Uhr war die Inventur beendet. Die Sonne schien noch, eine helle Sommersonne, deren goldner Widerschein durch die Glasdächer der Hallen fiel. In der drückend gewordenen Luft in den Straßen kehrten bereits, mit Blumensträußen beladen und Kinder hinter sich herziehend, müde Familien aus der Umgebung von Paris zurück. Einer nach dem anderen waren die Rayons zur Ruhe gekommen. Man hörte in den Galerien nur noch die verspäteten Rufe einiger Kommis, die ein letztes Fach leerten. Dann verstummten selbst diese Stimmen, von dem Getöse des Tages blieb nichts mehr, nur ein heftiger Schauder schien über dem furchtbaren Durcheinander der Waren zu schweben. Jetzt waren die Regale, die Schränke, die Kartons, die Kästen leer: kein Meter Stoff, kein Gegenstand, welcher Art auch immer, war an seinem Platz geblieben. Die weiten Ladenräume boten wie an dem Tage, da sie eingerichtet worden waren, nur noch das Gerippe ihrer Einrichtung dar, die bloße Tischlerarbeit. Diese Kahlheit war der sichtbare Beweis für die vollständige und genaue Inventuraufnahme. Und auf dem Boden häuften sich für sechzehn Millionen Waren, ein steigendes Meer, das schließlich die Tische und die ganzen Abteilungen überschwemmt hatte. Bis an die Schultern darin versunken, begannen die Kommis, jeden Artikel wieder einzuräumen. Man hoffte, gegen zehn Uhr fertig zu sein.

Als Frau Aurélie, die zum ersten Tisch gehörte, wieder aus

dem Speiseraum herunterkam, teilte sie die Jahresumsatzziffer mit, eine Ziffer, die sich unverzüglich aus den Additionen der verschiedenen Rayons ergab. Der Gesamtbetrag belief sich auf achtzig Millionen, zehn Millionen mehr als im Jahr zuvor. Einen tatsächlichen Rückgang hatte es nur bei der Phantasieseide gegeben.

„Wenn Herr Mouret nicht zufrieden ist, weiß ich nicht, was er will“, fügte die Direktrice hinzu. „Sehen Sie doch, er steht dort oben auf der großen Treppe und macht ein wütendes Gesicht.“

Die Fräuleins gingen und sahen sich das an. Er stand allein mit finsterer Miene über den zu seinen Füßen übereinandergestürzten Millionen.

„Frau Aurélie“, fragte in diesem Augenblick Denise, „würden Sie so freundlich sein, mir zu erlauben, mich zurückzuziehen? Ich bin wegen meines Beins zu nichts mehr zu gebrauchen, und da ich mit meinen Brüdern bei meinem Onkel zu Abend essen soll . . .“

Alle waren erstaunt. Sie hatte also nicht nachgegeben? Frau Aurélie zögerte, schien im Begriff, ihr mit barscher und unzufriedener Stimme das Ausgehen zu verbieten, indes Clara ungläubig mit den Schultern zuckte: man solle doch aufhören, das sei ganz einfach, er habe bereits genug von ihr! Als Pauline von dieser Lösung erfuhr, befand sie sich gerade mit Deloche bei den Babyausstattungen. Die jähe Freude des jungen Mannes brachte sie auf: glaube er etwa, daß ihm das viel nützen werde? Er freue sich wohl, daß seine Freundin so dumm sei, an ihrem Glück vorüberzugehen? Und Bourdoncle, der nicht wagte, Mouret in seiner grimmigen Abgesondertheit zu stören, lief inmitten der Gerüchte selber trostlos und von Unruhe ergriffen umher.

Inzwischen ging Denise nach unten. Als sie langsam, sich auf das Geländer stützend, zum Fuß der kleinen Treppe zur Linken gelangt war, stieß sie auf eine Gruppe grinsender Verkäufer. Ihr Name fiel, sie spürte, daß man noch von ihrem Roman sprach. Man hatte sie nicht bemerkt.

„Ach, gehen Sie doch, das ist nichts als Ziererei!“ sagte Favier. „Ein durch und durch lasterhaftes Geschöpf . . . Ja, ich kenne jemanden, den sie mit Gewalt erobern wollte.“

Und er sah Hutin an, der sich, um seine Würde als Zweiter zu wahren, in vier Schritt Entfernung hielt und sich nicht an diesen Späßen beteiligte. Aber er fühlte sich durch die neidische Miene, mit der die anderen ihn betrachteten, so geschmeichelt, daß er sich herbeiließ zu murmeln:

„Wie die mich belästigt hat!"

Bis ins Herz getroffen, hielt sich Denise am Geländer fest. Man hatte sie wohl gesehen, alle gingen lachend auseinander. Er hatte recht, sie warf sich ihre damalige Ahnungslosigkeit vor, als sie sich in Gedanken mit ihm befaßt hatte. Aber wie feige er war und wie sie ihn jetzt verachtete! Eine große Verwirrung war über sie gekommen: war es nicht seltsam, daß sie soeben die Kraft gefunden, einen leidenschaftlich geliebten Mann abzuweisen, wenn sie sich einstmals diesem elenden Kerl gegenüber, dessen Liebe sie nur erträumte, so schwach gefühlt hatte? Ihr Verstand und ihre Tapferkeit scheiterten an diesen Widersprüchen ihres Wesens, darin sie sich nicht mehr auskannte. Sie beeilte sich, die Halle zu durchqueren.

Während ein Inspektor die seit dem Morgen verschlossene Tür öffnete, hob sie instinktiv den Kopf. Und da bemerkte sie Mouret. Er stand noch immer oben auf der Treppe, auf dem großen Mittelabsatz, von dem aus man die Galerien übersah. Aber er hatte die Inventur vergessen, er sah sein Reich, diese von Schätzen berstenden Ladenräume, nicht. Alles war versunken, die lärmenden Siege von gestern ebenso wie das ungeheure Vermögen von morgen. Mit einem verzweifelten Blick folgte er Denise, und als sie die Tür durchschritten hatte, gab es hier nichts mehr für ihn, das Haus wurde finster.

## KAPITEL XI

An diesem Tage fand sich Bouthemont als erster zum Vieruhrtee bei Frau Desforges ein. Noch allein in ihrem großen Louis-Seize-Salon, dessen Metallbeschläge und Brokatellbezüge eine lichte Heiterkeit ausstrahlten, erhob sie sich mit offensichtlicher Ungeduld und sagte:

„Nun und?"

„Nun denn", erwiderte der junge Mann, „als ich ihm sagte, daß ich zweifellos bei Ihnen hereinschauen würde, hat er mir fest versprochen zu kommen."

„Haben Sie ihm zu verstehen gegeben, daß ich heute auf den Baron zähle?"

„Gewiß doch... Gerade das scheint ihn bewogen zu haben."

Sie sprachen von Mouret. Im vergangenen Jahr hatte dieser plötzlich eine solche Zuneigung zu Bouthemont gefaßt, daß er ihn zu seinen Vergnügungen zuzog; und er hatte ihn sogar bei Henriette eingeführt, froh darüber, einen stets Willfährigen zu haben, der in eine Liaison, deren er selber allmählich müde wurde, ein wenig Munterkeit brachte. Auf diese Weise war der Vorsteher der Seidenabteilung schließlich zum Vertrauten seines Chefs und der hübschen Witwe geworden: er übernahm kleine Aufträge für sie, plauderte mit dem einen über den anderen, söhnte sie zuweilen miteinander aus. Henriette überließ sich in ihren Eifersuchtsanfällen einer Vertraulichkeit, die ihn in Erstaunen und Verlegenheit setzte, denn sie ließ dabei die Klugheit einer Frau von Welt, die mit aller Geschicklichkeit den Schein zu wahren sucht, außer acht.

Jetzt rief sie heftig aus:

„Sie hätten ihn mitbringen müssen. Dann wäre ich sicher gewesen."

„Du lieber Himmel", sagte er mit gutmütigem Lachen, „es ist nicht meine Schuld, wenn er jetzt immer entwischt . . . Oh, er hat mich dennoch sehr gern. Ohne ihn ginge es mir dort schlecht."

In der Tat war seine Stellung im „Paradies der Damen“ seit der letzten Inventur gefährdet. Er mochte noch so sehr die regnerische Jahreszeit ins Treffen führen, man verzieh ihm den beträchtlichen Bestand an Phantasieseiden dennoch nicht; und da Hutin diesen Zufall ausnutzte, ihm mit vermehrter tückischer Wut bei den Vorgesetzten zu schaden suchte, fühlte er deutlich, wie der Boden unter seinen Füßen wankte. Mouret hatte ihm bereits das Urteil gesprochen, und zweifellos empfand er jetzt diesen Zeugen, der ihn daran hinderte, ein Verhältnis zu lösen, als lästig und war einer Vertraulichkeit überdrüssig, die ihm keinen Vorteil brachte. Aber seiner gewohnten Taktik entsprechend, schob er Bourdoncle vor: Bourdoncle und die anderen Teilhaber forderten bei jeder Beratung, man müsse ihn wegschicken, während er selber, wie er sagte, standhaft bleibe und seinen Freund, auf die Gefahr der ärgsten Schwierigkeiten hin, energisch verteidigte.

„Ich werde also warten“, sagte Frau Desforges. „Sie wissen, daß um fünf Uhr dieses Mädchen hiersein soll ... Ich will die beiden einander gegenüberstellen. Ich muß hinter ihr Geheimnis kommen.“ Und sie kam auf den sorgfältig überlegten Plan zurück, sie wiederholte in ihrer Aufgeregtheit, daß sie Frau Aurélie habe bitten lassen, ihr Denise zu schicken, um einen Mantel anzusehen, der nicht gut sitze. Wenn sie das junge Mädchen erst in ihrem Schlafzimmer habe, werde sie gewiß eine Möglichkeit finden, Mouret dazuzurufen: und dann werde sie handeln.

Bouthemont, der ihr vis-à-vis saß, sah sie mit seinen schönen, lachlustigen Augen an, bemüht, ihnen einen ernsten Ausdruck zu geben. Dieser fröhliche Bursche mit dem tintenschwarzen Bart, dieser großmäulige lustige Bruder, dessen heißes Gascognerblut sein Gesicht purpurn färbte, dachte, daß die Frauen von Welt keineswegs gut seien und daß etwas Schönes dabei herauskäme, wenn die sich trauten, ihren Sack auszuschütten. Bestimmt erlaubten sich die Geliebten seiner Bekannten, Ladenmädchen, keine unbegrenztere Offenherzigkeit. „Nun“, wagte er schließlich zu sagen, „was kann Ihnen das ausmachen, wenn ich Ihnen schwöre, daß nichts zwischen den beiden vorgefallen ist?“

„Das ist es ja gerade!“ rief sie. „Er liebt sie, diese Person! –

Die anderen, die Zufallsbegegnungen, das Eintagsglück, sind mir gleichgültig!" Von Clara sprach sie mit Verachtung. Man hatte ihr zwar erzählt, daß sich Mouret nach Denises Weigerung von neuem auf diese große Rothaarige mit dem Pferdekopf gestürzt habe, zweifelsohne aus Berechnung; denn er behalte sie im Rayon, um sie ins Gerede zu bringen, indem er sie mit Geschenken überschütte. Zudem führe er seit fast drei Monaten ein schrecklich vergnügungssüchtiges Leben, werfe so verschwenderisch mit Geld um sich, daß allgemein darüber gesprochen werde; einer höchst zweifelhaften Dame vom Theater habe er ein vornehmes Haus gekauft, und gleichzeitig werde er von zwei oder drei anderen liederlichen Weibern ausgebeutet, die an kostspieligen und albernen Launen zu wetteifern schienen. „Daran ist dieses Geschöpf schuld!" wiederholte Henriette mehrmals. „Ich fühle es, daß er sich mit anderen zugrunde richtet, weil sie ihn abweist ... Übrigens, was bedeutet mir sein Geld! Mir wäre es lieber, er wäre arm. Sie, der Sie unser Freund geworden sind, wissen, wie sehr ich ihn liebe." Die Kehle zugeschnürt, nahe daran, in Tränen auszubrechen, hielt sie inne; und mit einer hilflosen Bewegung streckte sie ihm beide Hände hin. Es stimmte, sie liebte Mouret leidenschaftlich um seiner Jugend und seiner Erfolge willen; noch nie hatte ein Mann sie so ganz und gar gefesselt, daß ihre Sinne und ihr Stolz erschauerten; aber bei dem Gedanken, ihn zu verlieren, hörte sie auch die Totenglocke der Frau von vierzig schlagen, sie fragte sich mit Entsetzen, was an die Stelle dieser großen Liebe treten könne.

„Oh, ich werde mich rächen", murmelte sie, „ich werde mich rächen, wenn er sich schlecht aufführt."

Bouthemont hielt noch immer ihre Hände. Sie war noch schön. Nur würde sie eine unbequeme Geliebte sein, und diese Sorte mochte er nicht. Dennoch war die Sache der Überlegung wert, vielleicht würde es sich lohnen, sich der Gefahr von Verdrießlichkeiten auszusetzen.

„Weshalb machen Sie sich nicht selbständig?" fragte sie plötzlich und zog ihre Hände aus den seinen.

Er sah sie erstaunt an. Dann erwiderte er:

„Aber dazu braucht man doch ein beträchtliches Kapital ... Im letzten Jahr ist mir eine Idee immer wieder im Kopf herumgegangen. Ich bin überzeugt, es fände sich in Paris noch Kundschaft genug für ein oder zwei große Modewarengeschäfte; man müßte nur die richtige Stadtgegend wählen. Das ‚Bon Marché' hat das linke Ufer; dem ‚Louvre' gehört das Zentrum; wir im ‚Paradies' reißen die reichen Westviertel an uns. Bleibt der Norden, wo man eine Konkurrenz zum ‚Place Clichy' schaffen könnte. Und ich hatte einen prächtigen Platz entdeckt, nahe bei der Grand-Opéra ..."

„Nun und?"

Er brach in lautes Gelächter aus.

„Stellen Sie sich vor, daß ich so einfältig war, davon mit meinem Vater zu sprechen ... Ja, ich war naiv genug, ihn zu bitten, sich in Toulouse nach Aktionären umzusehen." Und er erzählte heiter von dem Zorn des Biedermannes, der dahinten in seinem kleinen Provinzstadtladen wütend auf die großen Pariser Basare sei. Der alte Bouthemont, dem bei den dreißigtausend Francs, die sein Sohn verdiente, die Luft wegblieb, hatte geantwortet, er würde sein Geld und das seiner Freunde eher den Spitälern schenken, als auch nur einen Centime zu einem dieser Warenhäuser beizutragen, die die Bordelle des Handels seien. „Übrigens", schloß der junge Mann, „würde man Millionen benötigen."

„Und wenn man sie fände?" fragte Frau Desforges einfach.

Er sah sie an, plötzlich ernst geworden. War das nicht nur der Ausspruch einer eifersüchtigen Frau?

Aber sie ließ ihm keine Zeit, irgendwelche Fragen zu stellen, sondern fügte hinzu. „Kurzum, Sie wissen ja, wie sehr ich mich für Sie interessiere ... Wir werden noch mal darüber reden."

Die Schelle im Vorzimmer hatte geklingelt. Sie erhob sich, und er selber schob mit einer instinktiven Bewegung seinen Stuhl weiter zurück, als hätte man sie schon jetzt ertappen können. Schweigen herrschte in dem Salon mit der heiteren Wandbespannung, der mit einer solchen Fülle von Blattpflanzen geschmückt war, daß zwischen den beiden Fenstern gleichsam ein kleiner Wald wuchs.

Gespannt nach der Tür hin lauschend, wartete sie stehend. „Er ist es", murmelte sie.

Der Diener meldete:

„Herr Mouret, Herr de Vallagnosc."

Sie vermochte nicht, eine zornige Gebärde zurückzuhalten. Weshalb kam er nicht allein? Er mußte seinen Freund aus Angst vor einem etwaigen Tête-à-tête abgeholt haben. Dann lächelte sie und reichte den beiden Herren die Hand.

„Wie rar Sie sich machen! – Das gilt auch für Sie, Herr de Vallagnosc." Zu ihrer Verzweiflung wurde sie dicker. Sie zwängte sich in Toiletten aus schwarzer Seide, um die zunehmende Wohlbeleibtheit zu verbergen. Dennoch behielt ihr hübscher Kopf mit dem dunklen Haar seine liebenswerte Feinheit.

Und Mouret konnte, sie mit einem Blick umfangend, ungezwungen sagen:

„Man braucht Sie nicht zu fragen, wie es Ihnen geht. Sie sind frisch wie eine Rose."

„Oh, es geht mir nur zu gut", erwiderte sie. „Übrigens hätte ich sterben können, ohne daß Sie etwas davon gewußt hätten." Sie sah ihn ebenfalls prüfend an, fand ihn nervös und abgespannt, mit den blauen Rändern unter den Augen und einer bleifahlen Gesichtsfarbe. „Nun", fing sie in einem Ton, dem sie einen scherzenden Klang zu geben versuchte, wieder an, „ich werde Ihnen Ihre Schmeichelei nicht zurückgeben, Sie sehen heute nachmittag gar nicht gut aus."

„Das kommt von der Arbeit", sagte Vallagnosc.

Mouret machte eine unbestimmte Gebärde, ohne zu antworten. Er hatte soeben Bouthemont bemerkt und nickte ihm freundschaftlich zu. Zu der Zeit, als sie sich sehr nahestanden, hatte er selber ihn während des starken Nachmittagsbetriebs aus dem Rayon geholt und zu Henriette mitgenommen. Aber die Zeiten hatten sich geändert, er sagte halblaut zu ihm:

„Sie haben sich recht früh verdrückt ... Sie wissen wohl, daß man Ihr Weggehen bemerkt hat und wütend auf Sie ist." Er meinte damit Bourdoncle und die anderen Teilhaber, als sei er nicht der Chef.

„Oh!“ murmelte Bouthemont beunruhigt.

„Ja, ich habe mit Ihnen zu reden ... Warten Sie auf mich, wir werden gemeinsam fortgehen.“

Inzwischen hatte sich Henriette wieder hingesetzt, und während sie Vallagnosc zuhörte, der ihr ankündigte, daß wahrscheinlich Frau de Boves kommen werde, ließ sie Mouret nicht aus den Augen.

Dieser war wieder schweigsam geworden, betrachtete die Möbel, schien etwas an der Decke zu suchen. Als sie sich dann lachend beklagte, es erschienen nur noch Herren zu ihrem Vieruhrtee, vergaß er sich so weit, daß ihm die Äußerung entschlüpfte:

„Ich glaubte Baron Hartmann hier zu finden.“

Henriette war bleich geworden. Zweifellos wußte sie, daß er einzig zu dem Zweck zu ihr kam, sich hier mit dem Baron zu treffen; aber er hätte ihr seine Gleichgültigkeit nicht so ins Gesicht zu schleudern brauchen.

Gerade da hatte sich die Tür geöffnet, und der Diener stellte sich hinter Frau Desforges. Nachdem sie ihn durch eine Kopfbewegung befragt hatte, was vorliege, beugte er sich herab und sagte sehr leise:

„Es ist wegen des Mantels. Gnädige Frau haben mir befohlen, Sie zu benachrichtigen ... Das Fräulein ist da.“

Da hob sie die Stimme so, daß man sie verstehen mußte. Der ganze Schmerz ihrer Eifersucht verschaffte sich Erleichterung in den mit geringschätziger Schroffheit gesprochenen Worten:

„Mag sie warten!“

„Soll sie in das Ankleidezimmer der gnädigen Frau geführt werden?“

„Nein, nein, sie soll im Vorzimmer bleiben!“ Und als der Diener hinausgegangen war, nahm sie ruhig ihre Unterhaltung mit Vallagnosc wieder auf.

Mouret, der abermals in eine lustlose Stimmung zurückgesunken war, hatte nur mit halbem Ohr hingehört, ohne etwas zu verstehen. Bouthemont, den der Vorfall beschäftigte, überlegte. Aber fast unmittelbar danach ging die Tür abermals auf, zwei Damen wurden hereingeführt.

„Stellen Sie sich vor", sagte Frau Marty, „ich stieg gerade aus dem Wagen, als ich Madame de Boves unter den Arkaden daherkommen sah."

„Ja", erklärte diese, „es ist schönes Wetter, und da mein Arzt immer wünscht, daß ich mir Bewegung mache . . ."

Nach einem allgemeinen Händeschütteln fragte sie dann Henriette: „Nehmen Sie sich denn eine neue Zofe?"

„Nein", erwiderte diese erstaunt. „Wieso?"

„Weil ich soeben im Vorzimmer ein junges Mädchen gesehen habe . . ."

Henriette unterbrach sie lachend:

„Nicht wahr, alle diese Ladenmädchen sehen wie Zofen aus . . . Ja, es ist ein Fräulein, das wegen einer Manteländerung kommt."

Von einem leisen Verdacht gestreift, sah Mouret sie starr an. Sie sprach mit gezwungener Heiterkeit weiter und erzählte, daß sie dieses fertige Stück in der Woche zuvor im „Paradies der Damen" gekauft habe.

„Sieh da", sagte Frau Marty, „Sie lassen sich also nicht mehr von der Sauveur anziehen?"

„Doch, meine Liebe. Ich wollte nur einmal einen Versuch machen. Und übrigens war ich mit meinem ersten Kauf, einem Reisemantel, recht zufrieden . . . Aber diesmal klappt es ganz und gar nicht. Sie mögen sagen, was Sie wollen, man bekommt in Ihren Läden nur geschmackloses Zeug. Oh, ich geniere mich nicht, ich spreche es offen vor Herrn Mouret aus . . . Niemals wird es Ihnen gelingen, eine auch nur einigermaßen vornehme Dame zu kleiden."

Mouret verteidigte seine Firma nicht, er hielt noch immer den Blick auf Frau Desforges geheftet, beruhigte sich wieder, sagte sich, das würde sie wohl nicht gewagt haben.

Und Bouthemont blieb es überlassen, sich zum Anwalt für das „Paradies der Damen" zu machen.

„Wenn alle Frauen der vornehmen Welt, die sich bei uns einkleiden, sich dessen rühmen wollten", entgegnete er heiter, „würden Sie sehr erstaunt über unsere Kundschaft sein . . . Bestellen Sie bei uns ein Kleidungsstück nach Maß, so wird es ebenso gut sein wie eins von der Sauveur, und Sie würden es um die Hälfte billiger haben. Aber gerade weil es weniger teuer ist, halten Sie es für weniger gut."

„Also paßt der fertige Mantel nicht?" fragte Frau de Boves. „Jetzt weiß ich, wer das Fräulein ist... In Ihrem Vorzimmer ist es ein bißchen dunkel."

„Ja", fügte Frau Marty hinzu, „ich überlegte schon, wo ich diese Gestalt bereits gesehen hätte... Nun wohl, gehen Sie, meine Liebe, lassen Sie sich nicht durch uns stören."

Henriette machte eine Geste geringschätziger Unbekümmertheit.

„Oh, gleich, es eilt nicht."

Die Damen setzten die Unterhaltung über die Kleidungsstücke in den großen Modewarenhäusern fort. Dann sprach Frau de Boves von ihrem Gatten, der sich, wie sie sagte, auf eine Inspektionsreise begeben habe, um die Hengste im Gestüt von Saint-Lô zu besichtigen, und gerade da erzählte Henriette, daß die Erkrankung einer Tante tags zuvor Frau Guibal in die Franche-Comté gerufen habe. Übrigens rechne sie heute nicht mehr auf Frau Bourdelais, die sich jeweils am Monatsende mit einer Näherin einschließe, um die Wäsche ihrer kleinen Schar durchzusehen. Frau Marty jedoch schien von einer geheimen Sorge beunruhigt zu sein. Herrn Martys Stellung am Lycée Bonaparte war bedroht, da der arme Mann in den verdächtigen Anstalten, in denen mit den Abiturientenzeugnissen geradezu Handel getrieben wurde, Stunden gegeben hatte; er war fieberhaft bemüht, sich, wo er nur konnte, Geld zu beschaffen, um der Verschwendungssucht zu genügen, die seinen Haushalt zugrunde richtete; und als sie ihn eines Abends aus Angst vor einer Kündigung weinen sah, war sie darauf verfallen, ihre Freundin Henriette zu bitten, sich bei einem Direktor im Unterrichtsministerium, den diese kannte, für ihren Mann zu verwenden. Henriette beruhigte sie schließlich mit ein paar Worten. Im übrigen wollte Herr Marty selber kommen, um sein Schicksal zu erfahren und seinen Dank auszusprechen.

„Sie sehen nicht wohl aus, Herr Mouret", bemerkte Frau de Boves.

„Das kommt von der Arbeit", wiederholte Vallagnosc mit seiner ironischen Lässigkeit.

Wie ein Mann, der untröstlich darüber ist, sich so vergessen zu haben, war Mouret lebhaft aufgestanden. Er nahm seinen üblichen Platz inmitten der Damen ein und entfaltete wieder seine ganze Liebenswürdigkeit. Die Winterneuheiten beschäftigten ihn, er sprach von einem beträchtlichen Eingang an Spitzen, und Frau de Boves fragte ihn nach dem Preis von Points d'Alençon: sie werde vielleicht welche kaufen. Im Augenblick sah sie sich gezwungen, die dreißig Sous für einen Wagen zu sparen, sie kehrte krank davon zurück, daß sie vor den Auslagen stehengeblieben war. In einen Mantel gehüllt, der bereits zwei Jahre alt war, probierte sie im Traum auf ihren königlichen Schultern alle teuren Stoffe, die sie sah; wenn sie dann erwachte und sich in ihren aufgearbeiteten Kleidern fand, ohne Hoffnung, jemals ihre Leidenschaft zu befriedigen, war es, als risse man ihr jene kostbaren Gewebe von der Haut.

„Herr Baron Hartmann", meldete der Diener.

Henriette gewahrte, mit welch erfreutem Händedruck Mouret den neuen Gast empfing. Dieser begrüßte die Damen, betrachtete den jungen Mann mit dem verschmitzten Ausdruck, der zuweilen sein dickes Elsässergesicht aufhellte.

„Immer mit dem Putz beschäftigt!" murmelte er lächelnd. Als vertrauter Freund des Hauses erlaubte er sich dann hinzuzufügen: „Im Vorzimmer ist ein sehr reizendes junges Mädchen ... Wer ist das?"

„Oh, niemand", erwiderte Frau Desforges mit ihrer bösen Stimme. „Ein wartendes Ladenfräulein."

Aber die Tür blieb einen Spaltbreit offen, da der Diener den Tee servierte. Er ging hinaus, kam abermals herein, stellte das chinesische Service auf das runde Tischchen, dann Platten mit Sandwiches und Biskuits. Das helle Licht, das, durch die Blattpflanzen gedämpft, den Salon erfüllte, ließ die Messingbeschläge aufleuchten, verlieh der Seide der Möbelbezüge eine zarte Fröhlichkeit; und jedesmal wenn die Tür aufging, erblickte man einen düsteren Winkel des Vorzimmers, das nur durch Mattglasscheiben Licht empfing. In der Finsternis dort wurde eine dunkle, regungslose und geduldige Erscheinung sichtbar. Denise hatte sich nicht gesetzt; es war zwar eine mit Leder bezogene Bank vorhanden, aber ihr Stolz hielt sie davon fern. Sie spürte die beabsichtigte Kränkung. Schon eine halbe Stunde lang wartete sie hier, ohne eine Bewegung, ohne ein Wort. Die Damen und der Baron hatten sie im Vorübergehen gemustert. Jetzt drangen wie leichte Windstöße die Stimmen aus dem Salon zu ihr, dieser ganze liebenswürdige Aufwand war in seiner Gleichgültigkeit für sie ein Schlag ins Gesicht; und sie rührte sich noch immer nicht. Plötzlich erkannte sie durch den Türspalt Mouret. Er war endlich dahintergekommen, daß sie es war.

„Ist das eine Ihrer Verkäuferinnen?“ fragte Baron Hartmann.

Es war Mouret gelungen, seine große Verwirrung zu verbergen. Nur seine Stimme zitterte vor Erregung.

„Zweifellos, aber ich weiß nicht, welche.“

„Es ist die kleine Blonde von der Konfektion“, beeilte sich Frau Marty zu antworten, „die stellvertretende Vorsteherin, glaube ich.“

Jetzt sah Henriette ihn an.

„Ach so“, sagte er nur. Und er bemühte sich, von den Festen zu sprechen, die man dem König von Preußen gab, der seit dem Vortag in Paris weilte.

Doch der Baron kam boshafterweise auf die Fräuleins der großen Warenhäuser zurück. Er tat so, als wolle er sich unterrichten, er stellte Fragen: Woher kamen sie in der Regel? Hatten sie so schlechte Sitten, wie man zu behaupten pflegte? Eine lebhafte Diskussion entspann sich.

„Was Sie nicht sagen!“ wiederholte er mehrmals. „Sie halten sie für brav?“

Mouret verteidigte ihre Tugend mit einer Überzeugtheit, die Vallagnosc zum Lachen brachte.

Da mischte sich Bouthemont ein, um seinem Chef beizuspringen. Mein Gott, es gebe unter ihnen welche von jeder Sorte, liederliche sowohl wie anständige Mädchen. Ihr sittliches Niveau hebe sich übrigens. Früher habe man fast nur die Heruntergekommenen aus dem Kaufmannsstand gehabt, die dirnenhaften und armen Mädchen seien in den Modewarenhäusern gelandet, während jetzt zum Beispiel Familien aus der Rue de Sèvres ihre Sprößlinge ausdrücklich für das „Bon Marché“ erzögen. Kurz und gut, wenn sie bereit seien, sich gut zu führen, so könnten sie es auch; denn sie seien nicht wie die Arbeiterinnen in den Straßen von Paris gezwungen, für Nahrung und Wohnung aufzukommen: sie hätten Tisch und Bett, ihre Existenz sei gesichert, zweifellos freilich eine sehr harte Existenz. Das schlimmste sei, daß sie nirgends richtig hingehörten, irgendwo zwischen Krämerin und Dame ständen. So plötzlich mitten in all den Luxus versetzt, oft ohne die notwendige Vorbildung, bildeten sie eine noch unbenannte besondere Klasse. Das sei die Urache ihrer Nöte und ihrer Fehler.

„Ich“, sagte Frau de Boves, „kenne keine unausstehlicheren Geschöpfe ... Manchmal möchte man sie ohrfeigen.“

Und die Damen machten ihrem Groll Luft. Man zerfleische einander an den Ladentischen, in einem hitzigen Wettbewerb von Geld und Schönheit richte dort die Frau die Frau zugrunde. Die Verkäuferinnen betrachteten die gutgekleideten Kundinnen, die Damen, deren Benehmen sie nachzuahmen versuchten, mit mürrischem Neid, und noch ärger sei der Neid der ärmlich gekleideten Kundinnen, der Kleinbürgerinnen, auf die Verkäuferinnen, diese in Seide gehüllten Mädchen, von denen sie wegen eines Einkaufs von zehn Sous Dienstbotenunterwürfigkeit verlangten.

„Hören Sie auf“, beendete Henriette das Gespräch, „sie alle sind elende Geschöpfe, genauso käuflich wie ihre Waren!“

Mouret brachte die Kraft auf, zu lächeln.

Der Baron beobachtete ihn scharf, beeindruckt von dem Anstand, mit dem jener sich beherrschte. Daher gab er der Unterhaltung eine andere Wendung, indem er wieder von den Festen sprach, die für den König von Preußen gegeben wurden: sie seien großartig, der ganze Pariser Handel werde davon profitieren. Henriette schwieg, sie schien nachdenklich geworden zu sein und schwankte zwischen dem Wunsch, Denise noch länger im Vorzimmer zu lassen, und der Befürchtung, Mouret, der nun Bescheid wußte, könnte fortgehen. Deshalb erhob sie sich schließlich aus ihrem Sessel.

„Sie gestatten wohl?"

„Aber selbstverständlich, meine Liebe", sagte Frau Marty. „Ich werde an Ihrer Stelle die Hausfrau spielen." Sie stand auf, ergriff die Teekanne, füllte die Tassen.

Henriette hatte sich Baron Hartmann zugewandt.

„Sie bleiben wohl noch ein Weilchen?"

„Ja, ich habe mit Herrn Mouret zu sprechen. Wir werden uns Ihres kleinen Salons bemächtigen."

Da ging sie hinaus, und als ihr schwarzes Seidenkleid die Tür streifte, raschelte es wie eine Natter, die ins Gebüsch schlüpft.

Sogleich traf der Baron Anstalten, Mouret zu entführen und die Damen Bouthemont und Vallagnosc zu überlassen. Dann stellten sich die beiden an das Fenster des anstoßenden Salons und unterhielten sich mit gedämpfter Stimme. Es ging um eine völlig neue Angelegenheit. Schon lange hegte Mouret den Traum, seinen alten Plan zu verwirklichen, sich des ganzen Häuserblocks von der Rue Monsigny bis zur Rue de la Michodière und von der Rue Neuve-Saint-Augustin bis zur Rue du Dix-Décembre für das „Paradies der Damen" zu bemächtigen. In dem riesigen Komplex gab es auf dieser letzten Straße ein ausgedehntes Randgrundstück, das nicht ihm gehörte; und das genügte, ihm seinen Triumph zu verderben, ihn quälte der dringende Wunsch, seine Eroberung zu vervollständigen, dort, gleichsam als Apotheose, eine monumentale Fassade zu errichten. Solange sich der Haupteingang in der Rue Neuve-Saint-Augustin, einer düsteren Straße des alten Paris, befand, blieb sein Werk Stumperei, war es nicht folgerichtig durchgeführt; er wollte vor dem neuen Paris damit prahlen, an einer dieser frischangelegten Avenuen, wo in der vollen Sonne die lärmende Menge der zweiten Hälfte des Jahrhunderts vorüberzog; er sah es schon alles überragen, sich allem aufdrängen als der gigantische Palast des Handels und einen größeren Schatten auf die Stadt werfen als der alte Louvre. Aber bisher hatte ihm die Hartnäckigkeit des Crédit Immobilier im Wege gestanden, der an seiner ursprünglichen Absicht festhielt, auf diesem an der Straße gelegenen Grundstück ein Konkurrenzunternehmen zum Grand-Hôtel zu erbauen. Die Pläne lagen bereit, man wartete nur noch auf die Freilegung der Rue du Dix-Décembre, um mit dem Ausschachten zu beginnen. Schließlich hatte Mouret einen letzten Anlauf genommen und Baron Hartmann beinahe überzeugt.

„Nun“, fing dieser an, „wir hatten gestern eine Sitzung, und ich bin hergekommen, weil ich Sie hier zu treffen dachte und Sie auf dem laufenden zu halten wünschte ... Die Herren sind noch immer dagegen.“

Der junge Mann vermochte nicht, eine erregte Gebärde zurückzuhalten.

„Das ist doch unsinnig ... Was sagen sie denn?“

„Mein Gott, sie sagen, was ich selber Ihnen gesagt habe und was auch jetzt noch ein wenig meine Meinung ist ... Ihre Fassade ist lediglich eine Verschönerung, die neuen Baulichkeiten würden Ihre Geschäftsräume nur um ein Zehntel der Fläche vergrößern, und das hieße äußerst hohe Beträge für nichts als Reklame hinauswerfen.“

Sofort brauste Mouret auf:

„Reklame! Reklame! Auf jeden Fall wird sie aus Stein bestehen und uns alle überdauern. Begreifen Sie doch, daß das unseren Umsatz verzehnfacht. In zwei Jahren werden wir das Geld wieder eingebracht haben. Mögen Sie es immerhin ein verlorenes Grundstück nennen, was liegt daran, wenn dieses Grundstück Ihnen ungeheure Zinsen bringt? – Sie werden sehen, welche Menschenmenge kommt, wenn sich unsre Kundschaft nicht mehr in der Rue Neuve-Saint-Augustin staut, sondern sich frei durch die breite Straße bewegen kann, auf der bequem sechs Wagen nebeneinander fahren werden.“

„Gewiß“, meinte der Baron lachend. „Aber Sie sind ein Dichter, das habe ich Ihnen schon einmal gesagt. Jene Herren sind der Ansicht, daß es gefährlich wäre, Ihr Geschäft noch mehr zu vergrößern. Sie wollen um Ihretwillen vorsichtig sein.“

„Wieso vorsichtig? Das verstehe ich nicht ... Liegen denn nicht die Zahlen vor und beweisen das ständige Ansteigen unseres Verkaufs? Zu Anfang habe ich mit einem Kapital von fünfhunderttausend Francs zwei Millionen Umsatz gemacht. Dieses Kapital ist viermal durchgelaufen. Dann ist es zu vier Millionen geworden und zehnmal durchgelaufen und hat für vierzig Millionen Umsatz gebracht. Nachdem der sich ununterbrochen gesteigert hat, habe ich schließlich soeben nach der letzten Inventur festgestellt, daß die Umsatzziffer heute die Höhe von achtzig Millionen erreicht; und das Kapital, das kaum erhöht wurde – es beträgt nämlich nur sechs Millionen –, ist demnach mehr als zwölfmal in Waren auf unseren Ladentischen durchgelaufen." Er hob die Stimme, schlug mit den Fingern seiner rechten Hand in die Fläche der linken, hieb gleichsam auf die Millionen ein, als knacke er Haselnüsse.

Der Baron unterbrach ihn.

„Ich weiß, ich weiß ... Aber Sie erwarten doch wohl nicht, daß es immer weiter so aufwärtsgeht?"

„Warum nicht?" sagte Mouret naiv. „Es ist keinerlei Grund vorhanden, weshalb das aufhören sollte. Das Kapital kann fünfzehnmal durchlaufen, das habe ich schon lange vorausgesagt. In einigen Rayons wird es sogar fünfundzwanzig- und dreißigmal durchlaufen ... Später, je nun, später werden wir schon einen Dreh finden, damit es noch öfter durchläuft."

„Dann werden Sie schließlich das ganze Geld von Paris aufschlucken, so wie man ein Glas Wasser schluckt?"

„Zweifellos. Gehört Paris nicht den Frauen, und gehören die Frauen nicht uns?"

Der Baron legte ihm beide Hände auf die Schultern, sah ihn mit einem väterlichen Blick an.

„Wahrlich, Sie sind ein netter junger Mann, ich hab Sie gern ... Man kann Ihnen nicht widerstehen. Wir werden den Gedanken ernstlich erwägen, und ich hoffe, die anderen zur Einsicht zu bringen. Bis jetzt können wir mit Ihnen nur zufrieden sein. An der Börse ist man über die Dividenden verblüfft ... Sie haben sicher recht, es ist besser, noch mehr Geld in Ihren Betrieb zu stekken, als die Konkurrenz mit dem Grand-Hôtel zu riskieren, die ein gewagtes Spiel ist."

Mourets Erregung flaute ab, zwar dankte er dem Baron, doch ohne die sonst bei ihm übliche schwungvolle Begeisterung; und dieser sah, wie er, aufs neue von der heimlichen Unruhe, die er verbarg, befallen, den Blick der Tür zum Nebenzimmer zuwandte.

Inzwischen hatte sich ihnen Vallagnosc genähert, der merkte, daß sie nicht mehr von Geschäften sprachen. Er blieb neben ihnen stehen und hörte, wie der Baron in seiner liebenswürdigen Art eines einstigen Lebemannes murmelte:

„Hören Sie mal, ich glaube, sie werden sich rächen."

„Wer denn?" fragte Mouret verwirrt.

„Die Frauen natürlich ... Sie werden es leid, Ihnen zu gehören, und dann gehören Sie ihnen: ein gerechter Rückschlag!" Er scherzte, er war auf dem laufenden über die Liebschaften des jungen Mannes. Das vornehme Haus, das dieser für die zweifelhafte Theaterdame gekauft hatte, die ungeheuren Summen, die er mit den in den Séparées aufgelesenen Mädchen durchbrachte, stimmten ihn heiter, als wäre das eine Entschuldigung für die Torheiten, die er selber dereinst begangen. Seiner alten Erfahrenheit machte das Spaß.

„Wirklich, ich verstehe nicht", meinte Mouret wiederholt.

„Ha, Sie verstehen sehr gut. Die Frauen haben immer das letzte Wort ... Daher dachte ich: es ist nicht möglich, er schneidet auf, so stark ist er nicht! Und nun sind Sie es doch! Holen Sie also alles aus der Frau heraus, beuten Sie sie aus wie ein Kohlenbergwerk, damit sie dann Sie ausbeutet und Sie zwingt, alles wieder rauszurücken! — Seien Sie auf der Hut, denn sie wird Ihnen mehr Geld und Blut abzapfen, als Sie ihr ausgesogen haben." Er lachte noch lauter, und der neben ihm stehende Vallagnosc grinste, ohne ein Wort zu sagen.

„Mein Gott, man muß gewiß alles mal kennenlernen", bekannte schließlich Mouret, der so tat, als erheitere das auch ihn. „Geld ist etwas Dummes, wenn man es nicht ausgibt."

„Darin stimme ich Ihnen zu", sagte der Baron. „Amüsieren Sie sich, mein Bester. Ich werde Ihnen weder Moral predigen noch um die hohen Anteile zittern, die wir Ihnen anvertraut haben.

Man muß sich die Hörner ablaufen, nachher hat man einen freieren Kopf ... Und zudem ist es nicht schlimm, sich zugrunde zu richten, wenn man der Mann dazu ist, sein Glück wieder neu zu zimmern ... Aber wenn auch das Geld nichts bedeutet, so gibt es doch Leiden ..." Er hielt inne, sein Lachen wurde traurig, einstige Schmerzen klangen in der Ironie seines Skeptizismus auf. Als ein Wißbegieriger, den die Schlachten, die die Herzen anderer einander lieferten, noch immer leidenschaftlich erregten, hatte er den Zweikampf zwischen Henriette und Mouret verfolgt. Und er spürte deutlich, daß die Krise eingetreten war, und da er über die Geschichte dieser Denise, die er im Vorzimmer gesehen hatte, unterrichtet war, ahnte er das Drama voraus.

„Oh, was Leiden betrifft, das schlägt nicht in mein Fach", sagte Mouret in herausforderndem Ton. „Bezahlen ist schon angenehm genug."

Der Baron sah ihn ein paar Sekunden lang schweigend an. Ohne weiter in ihn dringen zu wollen, fügte er langsam hinzu:

„Machen Sie sich nicht schlechter, als Sie sind ... Sie werden dabei anderes lassen als Ihr Geld. Ja, Sie werden ein Stück Ihrer selbst dabei lassen, mein Freund." Er unterbrach sich, um von neuem scherzend zu fragen: „Nicht wahr, Herr de Vallagnosc, so etwas kommt vor?"

„Man sagt so, Herr Baron", erklärte jener nur.

Und in eben diesem Augenblick öffnete sich die Tür zum Nebenzimmer. Mouret, der gerade antworten wollte, fuhr leicht zusammen. Die drei Herren wandten sich um.

Es war Frau Desforges, die mit sehr heiterer Miene nur den Kopf hereinsteckte und in dringendem Ton rief:

„Herr Mouret! Herr Mouret!" Als sie die anderen bemerkte, fügte sie hinzu: „Oh, meine Herren, erlauben Sie, daß ich Ihnen Herrn Mouret für eine Minute entführe. Da er mir einen abscheulichen Mantel verkauft hat, ist es das wenigste, was er tun kann, daß er mir seine Kenntnisse zur Verfügung stellt. Dieses Mädchen ist eine dumme Gans, die keine Ahnung hat ... Nun, ich warte auf Sie."

Er zögerte, war unschlüssig, denn er schreckte vor dem Auftritt zurück, den er kommen sah. Doch er mußte sich fügen.

Der Baron sagte mit seiner väterlichen und zugleich spöttischen Miene zu ihm:

„Gehen Sie, gehen Sie nur, mein Bester. Die gnädige Frau bedarf Ihrer."

Da folgte ihr Mouret. Die Tür schloß sich wieder, und er vermeinte das höhnische, durch die Wandbespannung gedämpfte Lachen Vallagnoscs zu hören. Im übrigen war es mit seinem Mut zu Ende. Seit Henriette den Salon verlassen hatte und er Denise hinten in der Wohnung zwischen eifersüchtigen Händen wußte, empfand er wachsende Angst, eine nervöse Qual, in der er die Ohren spitzte, als zittere er vor dem Geräusch eines fernen Weinens. Auf was mochte diese Frau verfallen, um das junge Mädchen zu peinigen? Und seine ganze Liebe, die Liebe, über die er sich noch immer wunderte, wandte sich wie eine Stütze und ein Trost Denise zu. Noch nie hatte er so geliebt, war bei allem Leid so bezaubert gewesen. Seine zärtlichen Beziehungen eines vielbeschäftigten Mannes, sogar Henriette, die so vornehm, so hübsch war und die zu besitzen seinem Stolz schmeichelte, waren nur ein angenehmer Zeitvertreib, manchmal eine Berechnung, darin er einzig ein einträgliches Vergnügen suchte. Völlig ruhig verließ er die Wohnung seiner Geliebten, kam nach Hause, um sich schlafen zu legen, war seiner Junggesellenfreiheit froh, und weder Bedauern noch Sorge bedrückten sein Herz. Jetzt hingegen hatte er Herzklopfen vor Bangigkeit, sein Leben gehörte nicht mehr ihm, und der Schlaf in seinem einsamen Bett schenkte ihm kein Vergessen mehr. Fortwährend war er von Denise besessen. Selbst in diesem Augenblick gab es nur sie, und während er voll Angst vor einem ärgerlichen Auftritt der anderen folgte, überlegte er, daß er lieber dabeisein wolle, um jene zu beschützen.

Zunächst durchschritten sie das Schlafzimmer, das schweigend und leer dalag. Dann öffnete Frau Desforges eine Tür und ging in das Ankleidezimmer, und Mouret trat hinter ihr ein. Es war ein ziemlich großer Raum, mit roter Seide bespannt und mit einem marmornen Toilettentisch und einem dreiteiligen Schrank mit hohen Spiegeln möbliert. Da das Fenster auf den Hof ging, war es hier bereits dunkel, und man hatte zwei Gasflammen angesteckt, deren vernickelte Arme sich rechts und links vom Schrank vorstreckten.

„Nun", sagte Henriette, „jetzt werden wir vielleicht beser weiterkommen."

Bei Mourets Eintreten hatte Denise hoch aufgerichtet in dem starken Licht gestanden. Sie war sehr bleich; bescheiden in ein Jackett aus Kaschmir gezwängt, trug sie einen schwarzen Hut, und auf einem Arm hielt sie den im „Paradies" gekauften Mantel. Ihre Hände zitterten ein wenig, als sie den jungen Mann erblickte.

„Ich wünsche, daß Herr Mouret sein Urteil abgibt", fing Henriette an. „Helfen Sie mir, Fräulein."

Denise trat näher und mußte ihr den Mantel wieder anziehen. Bei einer ersten Anprobe hatte sie an den Schultern, die nicht saßen, Stecknadeln gesteckt.

Henriette drehte sich um, betrachtete sich eingehend im Spiegel.

„Ist so etwas möglich? Sagen Sie offen Ihre Meinung."

„Er ist in der Tat verpfuscht, gnädige Frau", sagte Mouret, um der Sache rasch ein Ende zu machen. „Das ist ganz einfach, das Fräulein wird Ihnen Maß nehmen, und wir fertigen Ihnen einen anderen an."

„Nein, ich will diesen, ich brauche ihn sofort", sagte sie heftig. „Nur ist er über der Brust zu eng, während er dort zwischen den Schultern Falten wirft." Dann fuhr sie in schroffem Ton fort: „Davon, daß Sie mich ansehen, Fräulein, wird dem Fehler nicht abgeholfen! – Geben Sie sich Mühe, finden Sie einen Ausweg. Dafür sind Sie da."

Ohne ein Wort zu sagen, fing Denise abermals an, Nadeln zu stecken. Das dauerte lange: sie mußte erst die eine, dann die andere Schulter vornehmen, mußte sich sogar einen Augenblick lang tief bücken, sich fast hinknien, um den Mantel vorn herunterzuziehen.

Frau Desforges, die sich Denises Bemühungen überließ, sah von oben mit dem harten Gesicht einer schwer zu befriedigenden

Herrin auf sie herab. Glücklich darüber, das junge Mädchen zu solcher Dienstbotenarbeit erniedrigen zu können, erteilte sie ihr kurze Befehle und achtete dabei auf das geringste nervöse Zukken in Mourets Gesicht.

„Stecken Sie hierher eine Nadel. Ach nein, nicht dort, hier, neben dem Ärmel. Begreifen Sie das denn nicht? – So ist es nicht richtig, da kommt schon wieder eine Falte zum Vorschein ... Und geben Sie acht, Sie stechen mich jetzt!"

Noch zweimal versuchte Mouret vergebens, einzugreifen, um diese Szene zu beenden. Sein Herz zersprang fast bei dieser Demütigung seiner Liebe; und er liebte Denise nur um so mehr, mit ergriffener Zärtlichkeit angesichts der großen Ruhe, die sie bewahrte. Wenn auch die Hände des jungen Mädchens noch immer ein wenig zitterten, weil sie in seiner Gegenwart so behandelt wurde, so nahm sie doch die unvermeidlichen Härten ihres Berufes mit der stolzen Ergebenheit eines tapferen Mädchens hin.

Als Frau Desforges einsah, daß die beiden sich nicht verraten würden, suchte sie nach einem anderen Mittel; sie verfiel darauf, Mouret zuzulächeln, ihn als ihren Liebhaber herauszustellen. Als es dann an Stecknadeln fehlte, sagte sie:

„Bitte, mein Freund, sehen Sie doch in der Elfenbeindose auf dem Toilettentisch nach ... Wahrhaftig, ist sie leer? – Seien Sie so liebenswürdig, auf dem Kamin in meinem Schlafzimmer nachzuschauen: Sie wissen ja, an der Ecke beim Spiegel." Und sie tat, als sei er bei ihr zu Hause, stellte ihn als einen Mann hin, der weiß, wo die Kämme und Bürsten liegen. Als er ihr ein paar Stecknadeln brachte, nahm sie sie ihm einzeln ab, zwang ihn, neben ihr stehenzubleiben, sah ihn an und sprach leise mit ihm. „Habe ich etwa einen Buckel? – Geben Sie mal Ihre Hand her, fühlen Sie zum Scherz die Schultern ab. Bin ich etwa so gebaut?"

Denise, die noch bleicher geworden war, hatte langsam den Blick gehoben und sich wieder darangemacht, schweigend Nadeln zu stecken.

Mouret sah nichts als ihr schweres blondes Haar, das auf ihrem zarten Nacken zusammengewunden war; aber an dem Erschauern, das es durchlief, glaubte er ihr Unbehagen und die Scham auf ihrem Gesicht zu erkennen. Nun würde sie ihn wieder von sich stoßen, würde ihn wieder zu dieser Frau schicken, die ihr Verhältnis nicht einmal vor Fremden verbarg. Und es verlangte seine Hände nach Gewalttätigkeit, er hätte Henriette schlagen mögen. Wie sollte er sie zum Schweigen bringen, wie Denise sagen, daß er sie anbete, daß zu dieser Stunde nur sie für ihn vorhanden sei, daß er ihr all seine ehemaligen Eintagslieben zum Opfer bringe? Keine Dirne würde sich die zweideutigen Vertraulichkeiten dieser Frau aus der besitzenden Klasse erlaubt haben. Er zog seine Hand zurück, er wiederholte mehrmals:

„Sie sollten sich nicht versteifen, gnädige Frau, denn ich sehe selber, daß dieses Kleidungsstück verpfuscht ist."

Eine der Gasflammen zischte, und in der stickigen und feuchten Luft des Zimmers vernahm man nur noch dieses heiße Zischen. Die Spiegel am Schrank warfen breite Bahnen leuchtender Helligkeit auf die rotseidene Wandbespannung, über die die Schatten der beiden Frauen tanzten. Ein Flakon Verbenenparfüm, den zuzupfropfen man vergessen hatte, strömte den unbestimmten und verlorenen Duft eines welkenden Blumenstraußes aus.

„Mehr kann ich nicht tun, gnädige Frau", sagte schließlich Denise und richtete sich auf. Sie fühlte sich am Ende ihrer Kraft. Wie geblendet, den Blick getrübt, hatte sie sich zweimal tief in die Hände gestochen. Hatte er sich mit der anderen gegen sie verschworen? Hatte er sie herkommen lassen, um sich dadurch für ihre Weigerung zu rächen, daß er ihr zeigte, andere Frauen liebten ihn? Und dieser Gedanke ließ sie erstarren, sie entsann sich nicht, daß sie jemals soviel Mut hätte aufbringen müssen, nicht einmal in jenen schrecklichen Stunden ihres Daseins, als es ihr an Brot gefehlt hatte. So gedemütigt zu werden bedeutete noch nichts, aber ihn fast in den Armen einer anderen zu sehen, so als sei sie selber gar nicht vorhanden!

Henriette betrachtete sich prüfend im Spiegel. Von neuem brach sie in harte Worte aus.

„Das ist der reine Spott, Fräulein. Er sitzt schlechter als vorher ... Sehen Sie doch, wie er sich über der Brust spannt. Wie eine Amme sehe ich aus."

Da entfuhr der zum Äußersten getriebenen Denise eine gereizte Bemerkung:

„Gnädige Frau sind ein wenig stark ... Wir können beim besten Willen nicht erreichen, daß gnädige Frau weniger stark sind."

„Stark, stark", wiederholte Henriette, die nun ihrerseits erbleichte. „Sie werden unverschämt, Fräulein ... Wahrhaftig, ich rate Ihnen, über andere zu Gericht zu sitzen!"

Auge in Auge standen die beiden einander zitternd gegenüber und sahen sich an. Von nun an gab es weder Dame noch Ladenfräulein. Sie waren nur noch Frauen, gewissermaßen einander gleichgestellt durch ihre Nebenbuhlerschaft. Die eine hatte ungestüm den Mantel ausgezogen und ihn auf einen Stuhl geschleudert, indes die andere die wenigen Stecknadeln, die sie noch in der Hand hielt, aufs Geratewohl auf den Toilettentisch warf.

„Was mich wundert", fing Henriette wieder an, „ist, daß Herr Mouret eine solche Frechheit duldet ... Ich glaubte, mein Herr, Sie seien anspruchsvoller in bezug auf Ihr Personal."

Denise hatte ihre tapfere Ruhe zurückgewonnen. Sie erwiderte sanft:

„Wenn Herr Mouret mich behält, so deshalb, weil er mir nichts vorzuwerfen hat ... Ich bin bereit, mich bei Ihnen zu entschuldigen, wenn er es verlangt."

Mouret, von diesem Streit tief erschüttert, hörte zu und fand nicht das rechte Wort, ihm ein Ende zu machen. Solche Auseinandersetzungen zwischen Frauen, deren Schärfe sein ständiges Bedürfnis nach Anmut verletzte, waren ihm ein Greuel.

Henriette wollte ihm eine Äußerung erpressen, die das junge Mädchen verdammte; und da er, noch schwankend, stumm blieb, versetzte sie ihm wie einen Peitschenhieb eine höchste Beleidigung.

„Das ist ja schön, Herr Mouret, wenn ich mir in meinem eigenen Hause die Unverschämtheiten Ihrer Geliebten gefallen lassen muß! – Einer in irgendeiner Gosse aufgelesenen Dirne!"

Zwei schwere Tränen stürzten aus Denises Augen. Sie hatte sie schon lange zurückgehalten; aber bei dieser Beschimpfung schwand ihre ganze Kraft.

Als Mouret sie so weinen sah, ohne daß sie ein heftiges Wort erwidert hätte, in stummer und verzweifelter Würde, zögerte er nicht mehr, sein Herz zog ihn in unermeßlicher Zärtlichkeit zu ihr. Er ergriff ihre Hände, er stammelte:

„Gehen Sie schnell fort, mein Kind, vergessen Sie dieses Haus."

Völlig verblüfft, fast erstickt vor Zorn, betrachtete Henriette die beiden.

„Warten Sie", fuhr er fort, selber den Mantel zusammenlegend, „nehmen Sie dies Kleidungsstück wieder mit. Die gnädige Frau wird sich anderswo etwas anderes kaufen ... Und ich bitte Sie, weinen Sie nicht mehr. Sie wissen, wie sehr ich Sie achte." Er begleitete sie bis an die Tür, die er dann wieder schloß.

Sie hatte kein einziges Wort von sich gegeben; nur eine rosige Glut war ihr in die Wangen gestiegen, während sich ihre Augen von neuen Tränen feuchteten, die von köstlicher Süße waren.

Henriette, die vor Zorn barst, hatte ihr Taschentuch gezogen und preßte es sich fest gegen den Mund. All ihre Berechnungen waren über den Haufen geworfen, sie selber war in der Falle gefangen, die sie gestellt hatte. Sie war untröstlich darüber, daß sie, von Eifersucht geplagt, zu weit gegangen war. Um einer solchen Kreatur willen verlassen zu werden! Sich vor ihr verschmäht zu sehen! Ihr Stolz litt ärger als ihre Liebe.

„Das also ist das Mädchen, das Sie lieben?" fragte sie mühsam, als sie allein waren.

Mouret antwortete nicht sofort, er ging vom Fenster zur Tür und versuchte, seiner heftigen Gemütsbewegung Herr zu werden. Endlich blieb er stehen und sagte sehr höflich mit einer Stimme, der er einen kühlen Ton zu geben versuchte, ganz schlicht:

„Ja, gnädige Frau."

Die Gasflamme zischte noch immer in der stickigen Luft des Ankleideraums. Jetzt wurden die Reflexe, die die Spiegel warfen, nicht mehr von tanzenden Schatten durchquert, das Zimmer schien kahl, drückender Trauer verfallen. Und plötzlich ließ sich

Henriette auf einen Stuhl sinken, wand ihr Taschentuch zwischen den fiebrigen Fingern und wiederholte unter Schluchzen:

„Mein Gott, wie unglücklich ich bin!“

Ein paar Sekunden lang betrachtete er sie regungslos. Dann ging er ruhig fort.

Ganz verlassen saß sie da und weinte in der Stille angesichts der auf dem Toilettentisch und dem Parkett verstreuten Stecknadeln.

Als Mouret wieder in den kleinen Salon trat, fand er dort nur noch Vallagnosc vor, weil der Baron zu den Damen gegangen war. Da er sich noch sehr mitgenommen fühlte, setzte er sich im Hintergrund des Zimmers auf ein Kanapee; und sein Freund, der ihn einer Ohnmacht nahe sah, kam herzu und stellte sich voller Mitgefühl vor ihn, um ihn neugierigen Blicken zu verbergen. Zunächst sahen sie einander an, ohne ein Wort zu wechseln.

Dann fragte Vallagnosc, den Mourets Verwirrung innerlich zu erheitern schien, schließlich mit seiner spöttisch-scherzhaften Stimme:

„Amüsierst du dich?“

Mouret schien nicht sofort zu verstehen. Doch als er sich ihres früheren Gesprächs über die leere Dummheit und die überflüssige Qual des Daseins erinnert hatte, antwortete er:

„Gewiß, noch nie habe ich so intensiv gelebt ... Ah, mein Alter, mach dich nicht lustig, die Stunden, in denen man vor Leid vergeht, verstreichen am schnellsten!“ Er dämpfte die Stimme, und während seine Augen noch von Tränen feucht waren, fuhr er heiter fort: „Ja, du weißt alles, nicht wahr? Sie haben mir soeben zu zweit das Herz zerrissen. Aber sieh, selbst die Wunden, die sie einem schlagen, tun noch wohl, fast ebenso wohl wie Liebkosungen ... Ich bin völlig erschöpft, ich kann nicht mehr; das hat nichts zu sagen, du kannst dir nicht vorstellen, wie sehr ich das Leben liebe! – Oh, schließlich werde ich dieses Kind, das nicht will, doch besitzen!“

Vallagnosc sagte nur:

„Und dann?“

„Dann? – Nun, ich werde sie besitzen! Ist das nicht genug? –

Magst du dich auch für stark halten, weil du dich weigerst, einfältig zu sein und zu leiden! Du bist nur ein armer Tropf, nichts sonst! – Mach mal den Versuch, eine zu begehren und sie schließlich zu haben: das entschädigt in einem Augenblick für alle Qualen."

Aber Vallagnosc war pessimistischer denn je. Was nütze es denn, soviel zu arbeiten, wenn man für Geld nicht alles haben könne? Er selber würde an dem Tage, an dem er erkannt hätte, daß man mit Millionen nicht einmal die begehrte Frau kaufen könne, den Laden zugemacht, sich hingelegt und keinen Finger mehr gerührt haben.

Als Mouret ihn so reden hörte, wurde er ernst. Dann entgegnete er heftig, er vertraue auf die Allmacht seines Willens.

„Ich will sie, und ich werde sie besitzen! – Und wenn sie mir entgeht, wirst du sehen, was ich unternehmen werde, um mich zu heilen. Das wird dann trotz allem prächtig sein ... Du verstehst diese Sprache nicht, mein Alter: sonst wüßtest du, daß Tätigsein seinen Lohn in sich trägt. Handeln, Neues schaffen, sich mit den Tatsachen herumschlagen, sie besiegen oder von ihnen besiegt werden, darin liegt die ganze Freude und Gesundheit des Menschen beschlossen!"

„Das ist lediglich eine Art, sich zu betäuben", murmelte der andere.

„Nun denn, ich ziehe es vor, mich zu betäuben ... Wenn man schon mal krepieren muß, will ich lieber an Leidenschaft krepieren als an Langeweile!"

Sie lachten beide, denn das rief ihnen ihre ehemaligen Diskussionen im Gymnasium ins Gedächtnis. Dann gefiel sich Vallagnosc darin, mit lässiger Stimme die Schalheit aller Dinge darzutun. Er prahlte gewissermaßen mit der Trägheit und dem Nichts seines Daseins. Ja, er werde sich morgen im Ministerium genauso langweilen, wie er sich gestern dort gelangweilt habe; im Verlaufe von drei Jahren habe man sein Gehalt um sechshundert Francs erhöht, jetzt habe er dreitausendsechshundert, nicht einmal genug, um anständige Zigarren zu rauchen; das werde immer alberner, und wenn man nicht Selbstmord begehe, so lediglich aus

Faulheit, um sich die Mühe zu sparen. Als Mouret etwas über seine Heirat mit Fräulein de Boves sagte, erwiderte er, die Sache werde zum Abschluß kommen, obwohl die Tante sich hartnäckig weigere zu sterben; wenigstens glaube er das, die beiderseitigen Eltern seien einverstanden, er selber, behauptete er, habe keinen Willen. Wozu wollen oder nicht wollen, wenn es doch nie so komme, wie man wünsche? Als Beispiel führte er seinen künftigen Schwiegervater an, der darauf gerechnet hatte, mit Frau Guibal, einer indolenten Blondine, ein flüchtiges Liebesverhältnis zu genießen, und den diese Dame nun mit Peitschenhieben lenke wie einen alten Gaul, dessen letzte Kräfte man verbraucht. Während man annehme, er sei damit beschäftigt, die Hengste in Saint-Lô zu besichtigen, ruiniere sie ihn vollends in einem kleinen Haus, das er in Versailles gemietet habe.

„Er ist glücklicher als du", sagte Mouret und stand auf.

„Oh, er ganz gewiß!" erklärte Vallagnosc. „Vielleicht ist einzig das Böse ein bißchen lustig."

Mouret hatte sich wieder erholt. Er dachte daran, sich aus dem Staube zu machen; aber er wollte nicht, daß sein Fortgehen wie eine Flucht aussähe. So trat er, entschlossen, eine Tasse Tee zu trinken, in scherzendem Gespräch mit seinem Freund in den großen Salon. Baron Hartmann fragte ihn, ob der Mantel nun endlich sitze; und ohne in Verlegenheit zu geraten, antwortete er, daß er es, was ihn betreffe, aufgegeben habe. Erstaunte Ausrufe ertönten. Während sich Frau Marty beeilte, ihn zu bedienen, beschuldigte Frau de Boves die Warenhäuser, sie machten die Kleidungsstücke immer zu knapp. Endlich konnte er sich neben Bouthemont setzen, der sich nicht vom Fleck gerührt hatte. Man vergaß sie, und auf die beunruhigten Fragen Bouthemonts hin, der begierig war, etwas über sein Los zu erfahren, wartete Mouret nicht, bis sie auf der Straße waren, sondern teilte ihm mit, daß die Herren des Vorstandes sich entschlossen hätten, auf seine Dienste zu verzichten. Nach jedem Satz trank er ein Schlückchen Tee und beteuerte, daß er untröstlich darüber sei. Oh, es sei ein Streit gewesen, von dem er sich noch kaum erholt habe, denn er habe den Saal ganz außer sich verlassen. Nur, was sollte er machen? Er könne es nicht einer einfachen Personalfrage wegen zu einem Bruch mit diesen Herren kommen lassen.

Bouthemont, der ganz blaß geworden war, mußte sich noch bei ihm bedanken.

„Das ist ja ein gräßlicher Mantel", bemerkte Frau Marty. „Henriette wird ja gar nicht damit fertig."

In der Tat setzte diese lange Abwesenheit allmählich alle in Verlegenheit. Aber gerade in diesem Augenblick erschien Frau Desforges wieder.

„Haben auch Sie es aufgegeben?" rief Frau de Boves aufgeräumt.

„Wieso?"

„Ja, Herr Mouret hat uns gesagt, Sie kämen nicht damit zurecht."

Henriette tat höchst erstaunt.

„Herr Mouret hat gescherzt. Der Mantel wird tadellos passen."

Sie wirkte sehr ruhig und lächelte. Zweifellos hatte sie sich die Lider gekühlt, denn sie waren frisch und nicht gerötet. Während ihr ganzes Wesen noch zitterte und blutete, fand sie die Kraft, ihre Qual unter der Maske des vornehmen Anstandes der Weltdame zu verbergen. Mit ihrem gewohnten Lachen bot sie Vallagnosc Sandwiches an.

Nur der Baron, der sie genau kannte, bemerkte das leichte Zukken ihrer Lippen und das düstere Feuer ihrer Augen, das sie nicht zu löschen vermocht hatte. Er erriet den ganzen Auftritt.

„Mein Gott, jeder nach seinem Geschmack!" sagte Frau de Boves, die sich gleichfalls ein Sandwich genehmigte. „Ich kenne Frauen, die nicht mal ein Stückchen Band woanders als im ‚Louvre' kaufen würden. Andere schwören nur auf das ‚Bon Marché' ... Das hängt zweifellos vom Naturell ab."

„Das ‚Bon Marché' ist sehr provinziell", murmelte Frau Marty, „und im ‚Louvre' wird man so herumgeschubst."

Die Damen waren wieder bei den großen Modewarenhäusern angelangt.

Mouret sollte seine Meinung äußern, er kehrte wieder in ihren Kreis zurück und spielte den Gerechten. Das „Bon Marché" sei eine ausgezeichnete Firma, solide, reell; aber das „Louvre“ habe sicher eine glänzendere Kundschaft.

„Kurz, Sie ziehen das ‚Paradies der Damen‘ vor“, sagte der Baron lächelnd.

„Ja“, erwiderte Mouret gelassen. „Bei uns bringt man den Kundinnen Liebe entgegen.“

Alle anwesenden Frauen waren seiner Ansicht. Genauso sei es, im „Paradies“ befänden sie sich gleichsam auf einer geheimen Lustpartie, fühlten sich dort ununterbrochen durch Schmeichelei geliebkost, von einer Verehrung umgeben, die auch die Züchtigsten fessele. Der ungeheure Erfolg der Firma komme von dieser galanten Verführungskunst.

„Dabei fällt mir ein“, fragte Henriette, die dartun wollte, daß sie völlig unbefangen sei, „was machen Sie mit meinem Schützling, Herr Mouret? – Sie wissen, Mademoiselle de Fontenailles.“ Und sich an Frau Marty wendend, fuhr sie fort: „Eine Marquise, meine Liebe, ein armes, in eine bedrängte Lage geratenes Mädchen.“

„Mein Gott“, sagte Mouret, „sie verdient sich täglich drei Francs damit, daß sie Stoffmusterhefte zusammennäht, und ich werde sie wohl mit einem meiner Ladendiener verheiraten.“

„Pfui, wie abscheulich!“ rief Frau de Boves.

Er sah sie an und sagte mit seiner ruhigen Stimme:

„Weshalb denn, gnädige Frau? Ist es nicht besser für sie, einen braven Burschen, einen tüchtigen Arbeiter, zu heiraten als Gefahr zu laufen, daß Nichtsnutze sie vom Pflaster auflesen?“

Vallagnosc wollte durch einen Scherz vermittelnd eingreifen.

„Reizen Sie ihn nicht, gnädige Frau. Er wird Ihnen sagen, daß alle alten Familien Frankreichs sich damit befassen sollten, Kattun zu verkaufen.“

„Nun“, erklärte Mouret, „für viele von ihnen wäre das wenigstens ein ehrenvolles Ende.“

Man lachte schließlich, diese Ansicht erschien doch reichlich paradox. Er fuhr fort, das zu preisen, was er die Aristokratie der Arbeit nannte. Eine schwache Röte hatte die Wangen Frau de

Boves' gefärbt, die es rasend machte, daß sie durch ihre Geldknappheit auf verzweifelte Auswege angewiesen war; Frau Marty hingegen, von Gewissensbissen geplagt beim Gedanken an ihren armen Gatten, stimmte zu. Gerade da führte der Diener den Oberlehrer herein, der kam, um sie abzuholen. In seinem dünnen, blankgetragenen Gehrock wirkte er noch dürrer, noch abgezehrter von seiner mühevollen Arbeit. Als er Frau Desforges dafür gedankt, daß sie sich für ihn im Ministerium verwendet hatte, warf er Mouret den furchtsamen Blick eines Menschen zu, der dem Übel begegnet, an dem er sterben soll. Und er war ganz überrascht, als er hörte, wie jener das Wort an ihn richtete:

„Nicht wahr, Herr Marty, durch Arbeit erreicht man alles?"

„Durch Arbeit und Sparsamkeit", erwiderte er mit einem leichten Schlottern seines ganzen Körpers. „Fügen Sie Sparsamkeit hinzu, Herr Mouret."

Bouthemont war inzwischen reglos in seinem Sessel sitzen geblieben. Mourets Worte klangen ihm noch in den Ohren. Endlich stand er auf und sagte ganz leise zu Henriette:

„Wissen Sie, daß er mir meine Entlassung angekündigt hat? Oh, auf eine reizende Weise ... Aber es müßte mit dem Teufel zugehen, wenn er es nicht bereut! Ich habe soeben meinen Firmennamen gefunden: ‚Aux Quatre Saisons', und ich werde mich in der Nähe der Grand-Opéra niederlassen."

Sie sah ihn an, ihre Augen verfinsterten sich.

„Verlassen Sie sich auf mich, ich mache mit ... Warten Sie!" Und sie zog den Baron Hartmann in eine Fensternische. Unverzüglich empfahl sie ihm Bouthemont, schilderte ihn als einen kühnen jungen Mann, der nun, indem er sich selbständig mache, seinerseits ganz Paris in Aufregung versetzen werde. Als sie von einer Kommanditgesellschaft für ihren neuen Schützling sprach, vermochte der Baron, obwohl er sich über nichts mehr wunderte, doch nicht, eine Gebärde des Erschreckens zurückzuhalten. Das war das vierte junge Genie, das sie ihm ans Herz legte, er kam sich nachgerade lächerlich vor. Aber er lehnte nicht glattweg ab, der Gedanke, einem Konkurrenzunternehmen zum „Paradies der Damen" ins Dasein zu verhelfen, gefiel ihm sogar recht gut; denn er hatte bereits im Bankfach den erfinderischen Einfall gehabt, sich auf solche Weise Konkurrenzunternehmen zu schaffen, um anderen die Lust dazu zu nehmen. Zudem amüsierte ihn die Geschichte. Er versprach, die Sache gründlich zu überlegen.

„Wir müssen heute abend miteinander sprechen", flüsterte Henriette, die wieder zu Bouthemont getreten war, diesem ins Ohr. „Gegen neun Uhr, seien Sie pünktlich ... Der Baron ist gewonnen."

In diesem Augenblick füllte sich der weite Raum mit Stimmen. Mouret, der noch immer zwischen den Damen stand, hatte zu seinem gefälligen Ton zurückgefunden: heiter verwahrte er sich dagegen, daß er sie durch weiblichen Putz zugrunde richte, er bot an, ihnen an Hand von Zahlen zu beweisen, daß er ihnen dazu verhelfe, dreißig Prozent bei ihren Einkäufen zu sparen.

Baron Hartmann, aufs neue von der brüderlichen Bewunderung eines ehemaligen Nachtschwärmers ergriffen, beobachtete ihn. Nun gut, der Zweikampf war beendet, Henriette lag am Boden, sie würde bestimmt nicht die Frau sein, die kommen mußte. Und er glaubte wieder die bescheidene Gestalt des jungen Mädchens vor sich zu sehen, die er beim Durchschreiten des Vorzimmers erblickt hatte. Das war sie, voller Geduld, und das einzig Furchteinflößende an ihr war ihre Sanftmut.

## KAPITEL XII

Am 25. September begannen die Arbeiten für die neue Fassade des „Paradieses der Damen“. Baron Hartmann hatte, seinem Versprechen gemäß, auf der letzten Generalversammlung des Crédit Immobilier die Sache flott durchgesetzt. Und endlich stand Mouret vor der Verwirklichung seines Traums: mit dieser Fassade, die an der Rue du Dix-Décembre emporwachsen sollte, würde sein Glück gleichsam voll erblühen. Deshalb wollte er die Grundsteinlegung festlich begehen. Er gestaltete sie zu einer feierlichen Handlung, verteilte Gratifikationen an seine Verkäufer, bewirtete sie am Abend mit Wildbret und Champagner. Auf dem Bauplatz fiel seine frohe Stimmung auf, die Siegergeste, mit der er mittels einer Kelle voll Zement den Stein befestigte. Seit Wochen war er unruhig, von einer nervösen Angst umgetrieben, die zu verbergen ihm nicht immer gelang; und sein Triumph verschaffte ihm für einen Augenblick Ruhe, eine Ablenkung von seinem Leid. Den ganzen Nachmittag schien er seine frühere Heiterkeit, die Heiterkeit eines Mannes, dem es wohl ergeht, zurückgewonnen zu haben. Doch als er nach dem Abendessen durch den Speiseraum schritt, um mit seinem Personal ein Glas Champagner zu trinken, wirkte er wieder fiebrig, lächelte mühsam, und der uneingestandene Schmerz, der an ihm nagte, machte sein Gesicht eingefallen und müde.

Es hatte ihn wieder gepackt.

In der Konfektionsabteilung war tags darauf Clara Prunaire bestrebt, Denise Verdruß zu bereiten. Sie hatte die zaghafte Liebe Colombans bemerkt und wollte nun den Baudus einen Streich spielen. Als Marguerite in Erwartung der Kundinnen ihren Bleistift anspitzte, sagte Clara mit lauter Stimme zu ihr:

„Sie wissen ja von meinem Verehrer von gegenüber ... Nachgerade ärgert es mich, daß er in einem so finstren Laden steckt, in den nie jemand geht.“

„Der ist nicht so unglücklich", antwortete Marguerite, „er soll die Tochter des Inhabers heiraten."

„Sieh da!" sagte Clara. „Da wäre es lustig, ihn wegzulotsen! – Den Schabernack werde ich ihnen spielen, auf Ehre!" Und in dieser Art sprach sie weiter und freute sich, zu spüren, daß Denise empört war.

Diese pflegte ihr alles hingehen zu lassen; aber der Gedanke, daß ihre dahinsiechende Kusine Geneviève durch diese Grausamkeit den letzten Stoß erhalten würde, brachte sie außer sich. Gerade trat eine Kundin ein, und da Frau Aurélie soeben ins Kellergeschoß hinuntergegangen war, übernahm das junge Mädchen die Leitung der Abteilung und rief Clara herbei.

„Fräulein Prunaire, es wäre besser, Sie kümmerten sich um diese Dame, statt zu plaudern."

„Ich habe nicht geplaudert."

„Schweigen Sie bitte. Und kümmern Sie sich unverzüglich um die gnädige Frau."

Clara fügte sich, sie war bezwungen.

Wenn Denise, ohne den Ton zu heben, ein Machtwort sprach, widerstrebte niemand. Gerade durch ihre Sanftmut hatte sie sofort eine unumschränkte Autorität errungen. Einen Augenblick lang ging sie schweigend zwischen den ernst gewordenen Fräuleins umher.

Marguerite hatte wieder angefangen, ihren Bleistift anzuspitzen, dessen Mine ständig abbrach. Sie war die einzige, die es noch immer guthieß, daß die Zweite Mouret widerstanden hatte, sie wiegte den Kopf, gestand zwar ihr Zufallskind nicht ein, erklärte aber, wenn man eine Ahnung von den Ungelegenheiten hätte, in die man durch eine Dummheit geraten könne, würde man es vorziehen, sich gut zu führen.

„Ärgern Sie sich?" fragte eine Stimme hinter Denise. Es war Pauline, die durch den Rayon kam. Sie hatte den Auftritt gesehen, sie sprach leise und lächelte dabei.

„Das muß ich wohl", erwiderte Denise. „Ich werde nicht fertig mit meinen Leutchen."

Die Wäscheverkäuferin zuckte mit den Schultern.

„Ach was, Sie brauchen nur zu wollen, dann sind Sie unser aller Herrscherin." Sie begriff die Weigerung ihrer Freundin noch immer nicht. Schon Ende August hatte sie Baugé geheiratet, eine richtige Torheit, wie sie heiter sagte. Der schreckliche Bourdoncle behandle sie jetzt, als tauge sie nichts, als sei sie eine für den Handel verlorene Frau. Sie hatte Angst, man könnte sie und ihren Mann eines schönen Morgens wegschicken, damit sie sich anderswo liebten, denn die Herren von der Geschäftsleitung erklärten die Liebe für etwas Abscheuliches und dem Verkauf höchst Abträgliches. Das ging so weit, daß sie, wenn sie Baugé in den Galerien begegnete, so tat, als kenne sie ihn nicht. Gerade eben hatte sie einen Schreck bekommen, der alte Jouve hätte sie fast dabei ertappt, als sie hinter einem Stapel Geschirrtücher mit ihrem Mann sprach. „Sieh einer an, er ist mir nachgegangen", fügte sie hinzu, nachdem sie Denise schnell den Vorfall berichtet hatte. „Da sehen Sie, wie er mir mit seiner großen Nase nachspürt!"

In der Tat kam Jouve in tadelloser weißer Krawatte aus der Spitzenabteilung, seine Nase witterte irgendein Vergehen. Doch als er Denise erblickte, machte er eine tiefe Verbeugung und ging mit liebenswürdiger Miene vorüber.

„Gerettet!" murmelte Pauline. „Meine Liebe, Sie haben ihn gezwungen, seine böse Absicht aufzugeben ... Sagen Sie, würden Sie sich für mich verwenden, wenn mir ein Unglück zustoßen sollte? Ja, ja, setzen Sie nicht Ihre erstaunte Miene auf, man weiß, daß ein Wort von Ihnen die ganze Firma umkrempeln würde." Und eilig kehrte sie an ihren Ladentisch zurück.

Von diesen freundschaftlichen Anspielungen verwirrt, war Denise errötet. Übrigens verhielt es sich wirklich so. Bei den Schmeicheleien, die ihr von allen Seiten zuteil wurden, empfand sie undeutlich ihre Macht. Als Frau Aurélie wieder hinaufkam und den Rayon unter der Aufsicht der Zweiten ruhig und eifrig beschäftigt fand, lächelte sie ihr freundschaftlich zu. Sie ließ sogar Mouret im Stich, ihre Liebenswürdigkeit gegenüber einer Person, die eines schönen Morgens den Ehrgeiz haben konnte, ihre Stellung als Direktrice anzustreben, nahm täglich zu. Denises Herrschaft begann. Nur Bourdoncle streckte nicht die Waffen. Dem heimlichen Krieg, den er fortwährend gegen das junge Mädchen führte, lag vor allem eine naturbedingte Abneigung zugrunde. Er verabscheute ihre Sanftmut und ihren Liebreiz. Sodann bekämpfte er sie wie einen unheilvollen Einfluß, der an dem Tage, da ihm Mouret erläge, die Firma in Gefahr bringen könnte. Die kaufmännischen Fähigkeiten des Chefs schienen ihm in dieser albernen Liebe Schiffbruch erleiden zu müssen: was man an den Frauen verdient hatte, würde durch diese eine Frau zerrinnen. Alle ließen ihn kalt, er behandelte sie mit der Geringschätzung eines leidenschaftslosen Mannes, dessen Geschäft es war, von ihnen zu leben, und der seine letzten Illusionen dadurch verloren hatte, daß er sie in den Nöten, die sein Gewerbe ihnen schuf, nackt sah. Statt ihn zu berauschen, verursachte ihm der Geruch der siebzigtausend Kundinnen unerträgliche Migränen; er prügelte seine Geliebten, sobald er wieder nach Hause kam. Und vor allem beunruhigte ihn an dieser ihm nach und nach immer mehr Furcht einflößenden kleinen Verkäuferin, daß er nicht an ihre Gleichgültigkeit, an die Ehrlichkeit ihrer Weigerung glaubte. In seinen Augen spielte sie eine Rolle, die geschickteste aller Rollen; denn wenn sie sich am ersten Tag hingegeben hätte, würde Mouret sie zweifellos schon tags darauf vergessen haben, während sie dadurch, daß sie sich ihm versagte, seine Begierde aufgepeitscht hatte, ihn toll und jeder Dummheit fähig machte. Ein durchtriebenes Weib, eine im Laster erfahrene Dirne hätte nicht anders gehandelt als dieses Unschuldslamm. Daher konnte Bourdoncle sie mit ihren klaren Augen, ihrem sanften Gesicht, ihrem ganzen schlichten Verhalten jetzt nicht sehen, ohne von einer wahren Angst gepackt zu werden, als habe er eine verkleidete Menschenfresserin vor sich, das dunkle Rätsel der Frau, den hinter dem Antlitz einer Jungfrau lauernden Tod. Auf welche Weise konnte man die Taktik dieser falschen Naiven unschädlich machen? Er suchte nur noch hinter ihre Schliche zu kommen, da er hoffte, sie in aller Öffentlichkeit aufzudecken: sicher würde sie irgendeinen Fehler begehen, er würde sie mit einem ihrer Liebhaber erwischen, und sie würde abermals davongejagt werden. Dann würde die Firma endlich wieder wie eine gutgeölte Maschine funktionieren.

„Passen Sie gut auf, Herr Jouve", sagte Bourdoncle wiederholt zu dem Inspektor. „Ich werde Sie dafür belohnen."

Aber Jouve war in diesem Punkt äußerst nachsichtig, denn er hatte genug Erfahrungen mit Frauen gemacht und gedachte sich auf die Seite dieses Kindes zu stellen, das schon morgen die unumschränkte Gebieterin sein konnte. Wenn er sich auch nicht mehr getraute, sie anzurühren, fand er sie doch verteufelt hübsch. Sein Hauptmann hatte sich einst eines solchen Mädchens wegen das Leben genommen, eine unbedeutende Erscheinung war sie gewesen, zart und bescheiden, die aber mit einem einzigen Blick die Herzen herumkriegte.

„Ich passe auf, ich passe auf", erwiderte er. „Aber, auf Ehre, ich entdecke nichts."

Bei allen Schmeicheleien und aller Ehrerbietung, von der sich Denise umgeben fühlte, liefen dennoch Geschichten um, ein Strom abscheulicher Klatschereien. Augenblicklich erzählte man sich im ganzen Hause, sie habe früher Hutin zum Liebhaber gehabt. Man wagte nicht, in Abrede zu stellen, daß die Liebschaft noch fortbestehe, man verdächtigte sie lediglich, einander von Zeit zu Zeit zu treffen. Und auch Deloche schlafe mit ihr, sie kämen unaufhörlich in den dunklen Winkeln zusammen, führten stundenlange Gespräche. Ein wahrer Skandal!

„Also nichts vom Vorsteher bei der Seide, nichts von dem jungen Mann bei den Spitzen?" fragte Bourdoncle wiederholt.

„Nein, mein Herr, noch nichts", bestätigte der Inspektor.

Vor allem rechnete Bourdoncle darauf, Denise mit Deloche zu ertappen. Eines Morgens hatte er selber bemerkt, wie sie im Kellergeschoß zusammen lachten. Einstweilen behandelte er das junge Mädchen wie seinesgleichen, denn er verachtete sie nicht mehr, er fürchtete, daß sie stark genug sei, ihn selber trotz seiner zehn Dienstjahre zu stürzen, falls er die Partie verlöre.

„Haben Sie vor allem ein Auge auf den jungen Mann bei den Spitzen", schloß er jedesmal. „Die zwei stecken immer zusammen. Wenn Sie sie schnappen, rufen Sie mich, dann übernehme ich alles Weitere."

Mouret jedoch lebte in Angst und Bangen. War denn so etwas

möglich, daß dieses Kind ihn so quälte! Immer wieder sah er sie vor sich, wie sie zuerst ins „Paradies“ gekommen war, mit ihren groben Schuhen, ihrem ärmlichen schwarzen Kleid, ihrem scheuen Wesen. Sie stotterte, alle machten sich über sie lustig, er selber hatte sie anfangs häßlich gefunden. Häßlich! Und jetzt hätte sie ihn mit einem Blick in die Knie zwingen können, er sah sie nur noch in einem Strahlenkranz. Dann war sie die Mißachtete der Firma geblieben, zurückgestoßen, verspottet, selbst von ihm wie ein seltsames Tier behandelt. Monatelang hatte er beobachten wollen, wie sich ein Mädchen entwickelte, er hatte sich mit dieser Beobachtung angenehm zerstreut, ohne zu begreifen, daß er dabei sein Herz aufs Spiel setzte. Sie wuchs nach und nach, wurde furchteinflößend. Vielleicht hatte er sie vom ersten Augenblick an geliebt, selbst zu der Zeit, da er nur Mitleid zu empfinden glaubte. Und dennoch war ihm erst an jenem Abend bei ihrem Spaziergang unter den Kastanienbäumen der Tuilerien sein Gefühl für sie bewußt geworden. Da erwachte er zum eigentlichen Leben, während sie in dem warmen Dunkel schweigend neben ihm dahinging, hörte er das Lachen einer Schar kleiner Mädchen, das entfernte Rauschen eines Wasserfalls. Später – er wußte nicht mehr, wann – hatte seine Erregung von Stunde zu Stunde zugenommen, sein ganzes Blut, sein ganzes Wesen war davon erfaßt worden. Ein solches Kind, war das möglich? Wenn sie jetzt an ihm vorüberging, erschien ihm das leichte Wehen ihres Kleides so stark, daß er taumelte.

Lange hatte er sich aufgelehnt, und zuweilen entrüstete er sich noch jetzt, wollte sich von dieser albernen Besessenheit befreien. Was war denn an ihr, was ihn so band? Hatte er sie nicht in schlechtestem Schuhzeug gesehen? War sie nicht fast aus Barmherzigkeit angestellt worden? Hätte es sich wenigstens noch um eines jener prächtigen Geschöpfe gehandelt, die den Pöbel in Aufruhr versetzen! Aber dieses kleine Mädchen, dieses Nichts! Sie hatte im ganzen genommen eines jener Durchschnittsgesichter, von denen man nicht spricht. Sie war wohl sogar nicht einmal geistig rege, denn er erinnerte sich, wie unbrauchbar sie anfangs als Verkäuferin gewesen war. Nach jedem seiner Zornausbrüche flammte dann seine Leidenschaft erneut auf, wie in heiligem Schreck darüber, daß er sein Idol beleidigt hatte. Sie brachte alles mit, was man bei der Frau an Gutem findet, Mut, Heiterkeit, Schlichtheit; und von ihrer Sanftmut ging ein Zauber aus, der so zart und rührend war wie ein Duft. Man durfte sie nicht ansehen, nicht wie bei der erstbesten ganz nahe an sie herantreten; bald wirkte der Zauber mit einer langsamen, unwiderstehlichen Gewalt; wenn sie zu lächeln geruhte, gehörte man ihr für immer. Dann lächelte alles in ihrem blassen Gesicht, ihre Augen, die blau waren wie die Blüten des Immergrüns, ihre Wangen und ihr Kinn mit den tiefen Grübchen, während auch ihr schweres blondes Haar von einer königlichen und verführerischen Schönheit zu leuchten schien. Er gestand sich ein, daß er besiegt war, sie war ebenso klug wie schön, ihre Klugheit entstammte dem Besten ihres Wesens. Während seine anderen Verkäuferinnen nur eine oberflächliche Bildung hatten, den Firnis, der bei den heruntergekommenen Mädchen abblättert, bewahrte sie ohne falsche Eleganz ihre Anmut, ihren ursprünglichen Liebreiz. Hinter der niedrigen Stirn, deren reine Linien von Willen und Liebe zur Ordnung kündeten, wurden aus der praktischen Erfahrung heraus die kühnsten kaufmännischen Ideen geboren. Und er hätte sie mit gefalteten Händen dafür um Verzeihung bitten mögen, daß er in Stunden der Empörung lästerte.

Warum auch weigerte sie sich so hartnäckig? Zwanzigmal hatte er sie angefleht, hatte seine Angebote erhöht, ihr Geld geboten, viel Geld. Später hatte er sich gesagt, sie müsse wohl ehrgeizig sein, er hatte ihr versprochen, sie zur Direktrice zu ernennen, sobald ein Rayon frei würde. Und sie weigerte sich, weigerte sich noch immer! Er war völlig bestürzt, führte einen Kampf, bei dem seine Begierde rasend wurde. Er hielt den Fall für unmöglich, dieses Kind würde schließlich doch nachgeben, denn er hatte die Sittsamkeit der Frau stets als etwas Relatives angesehen. Er kannte kein anderes Ziel mehr, nichts war mehr vorhanden, nur dieses eine Bedürfnis: sie endlich bei sich zu haben, sie auf seine Knie zu setzen und auf den Mund zu küssen; und bei dieser Vision pochte das Blut in seinen Adern, er zitterte, fassungslos über seine Ohnmacht.

Hinfort verliefen seine Tage in der gleichen schmerzlichen Besessenheit. Das Bild Denises stand morgens mit ihm auf. Er hatte in der Nacht von ihr geträumt, sie begleitete ihn an den großen Schreibtisch in seinem Arbeitszimmer, wo er von neun bis zehn Uhr die Tratten und die Zahlungsanweisungen unterschrieb: eine Arbeit, die er mechanisch vollführte und bei der er ständig spürte, daß sie anwesend war und in ihrer ruhigen Art noch immer nein sagte. Um zehn Uhr fand dann die Beratung statt, ein wahrer Ministerrat, eine Versammlung von zwölf Teilhabern, bei der er den Vorsitz führen mußte: man besprach, was im Hause zu regeln war, prüfte die Einkäufe, setzte fest, welche Waren ausgelegt werden sollten; und sie war noch immer da, er hörte zwischen den Zahlen ihre sanfte Stimme, sah in der verzwicktesten finanziellen Lage ihr heiteres Lächeln. Nach der Beratung begleitete sie ihn, machte mit ihm den täglichen Inspektionsgang durch die Abteilungen, kam am Nachmittag wieder in das Direktionszimmer, harrte von zwei bis vier neben seinem Sessel aus, während er eine Menge Menschen empfing, die Fabrikanten aus ganz Frankreich, hohe Industrielle, Bankiers, Erfinder: ein unausgesetztes Kommen und Gehen des Reichtums und der Intelligenz, ein toller Tanz der Millionen, eilige Unterhaltungen, bei denen die ertragreichsten Geschäfte des Pariser Marktes ausgeheckt wurden. Wenn er sie, während er über den Ruin oder das Gedeihen eines Industriezweiges entschied, einen Augenblick lang vergessen hatte, sah er sie wieder neben sich stehen, und ein stechender Schmerz durchfuhr sein Herz; die Stimme versagte ihm, er fragte sich, was sein ganzer Reichtum für einen Sinn habe, da sie nicht wollte. Schlug es schließlich fünf Uhr, so mußte er die Post unterschreiben, abermals begann die mechanische Beschäftigung seiner Hand, indes sie sich gebieterischer aufrichtete und völlig von ihm Besitz ergriff, damit er in den einsamen und glühenden Stunden der Nacht einzig ihr gehöre. Und am nächsten Morgen begann der gleiche Tag, einer dieser Tage, die so voll Tätigkeit waren, so ausgefüllt mit einer ungeheuren schweren Arbeit, die durch Herzeleid zu verheeren der hauchhafte Schatten eines Kindes genügte.

Vor allem aber empfand er seinen kläglichen Zustand während seiner täglichen Inspektion der Ladenräume. Diesen riesigen Apparat aufgebaut zu haben, über eine solche Welt zu herrschen und dabei vor Schmerz zu vergehen, weil ein kleines Mädchen nichts von einem wissen will! Er verachtete sich selber, er schleppte das Fieber und die Scham seines Übels mit sich. An manchen Tagen packte ihn Widerwille gegen seine Macht, von einem Ende der Galerien bis zum anderen kam ihn nur immer wieder Ekel an. Ein andermal hätte er sein Reich gern noch weiter ausgebreitet, es so groß gemacht, daß sie sich ihm vielleicht aus Bewunderung und Furcht ergeben hätte.

Zunächst blieb er unten im Kellergeschoß bei der Gleitbahn stehen. Sie befand sich noch immer an der Rue Neuve-Saint-Augustin; aber man hatte sie verbreitern müssen, sie glich jetzt einem Flußbett, in dem der ununterbrochene Strom der Waren mit der lauten Stimme großer Gewässer dahinrollte; aus der ganzen Welt trafen Güter ein, Reihen von Rollwagen kamen von allen Bahnhöfen, pausenlos wurde entladen, rollten Kisten und Ballen unter die Erde hinab, aufgesogen von dem unersättlichen Haus. Er sah zu, wie dieser Sturzbach bei ihm mündete, er bedachte, daß er einer der Herren des Volkswohlstands sei, daß er das Schicksal der französischen Fabrikation in seinen Händen halte und nicht den Kuß einer seiner Verkäuferinnen kaufen könne.

Dann ging er in die Wareneingangsabteilung hinüber, die nun den an der Rue Monsigny gelegenen Teil des Kellergeschosses einnahm. Dort standen im bleichen Licht der Luken zwanzig lange Tische, ein ganzes Volk von Kommis drängte sich hier, leerte die Kisten, kontrollierte die Waren, zeichnete sie mit nichtchiffrierten Preisen aus; und fortwährend hörte man das nahe Dröhnen der Gleitbahn, das die Stimmen übertönte. Rayonchefs hielten ihn an, er mußte eine Lösung für Schwierigkeiten finden, Anordnungen bestätigen. Dieser tiefe Keller war erfüllt von dem zarten Glanz der Atlasgewebe, dem Weiß des Leinens, von einem gewaltigen Auspacken, bei dem sich die Felle mit den Spitzen und die Pariser Spezialartikel mit den Portieren aus dem Orient mischten. Langsam schritt er zwischen diesen ordnungslos hingeschütteten, gleichsam im Rohzustand aufgehäuften Reichtümern dahin. Oben ausgelegt, würden sie Leuchtkraft gewinnen, den galoppierenden Reigen des Geldes durch alle Abteilungen entfesseln, würden von dem tosenden Strom des Verkaufs, der durch das Haus brauste, ebenso schnell davongetragen werden, wie sie hinaufgeschafft wurden. Er dachte daran, daß er dem jungen Mädchen angeboten hatte, aus diesem riesigen Haufen mit vollen Händen Seide, Samt, alles, was sie nur begehre, zu nehmen, und daß sie es mit einer kleinen Bewegung ihres blonden Hauptes abgelehnt hatte.

Danach begab er sich an das andere Ende des Kellergeschosses, um wie üblich einen Blick in die Warenausgangsabteilung zu werfen. Nicht endende Korridore erstreckten sich hier, von Gasflammen erhellt; rechts und links schufen vergitterte Reservelager gleichsam unterirdische Läden, ein ganzes Handelsviertel, Kurzwaren, Wäsche, Handschuhe, Galanteriewaren, die hier im Dunkel schlummerten; ein Stück weiter befand sich einer der Heizkessel, noch ein Stück weiter bewachte ein Feuerwehrposten den in seinen Metallkäfig eingeschlossenen Hauptzähler. In der Warenausgangsabteilung fand er die Sortiertische bereits gehäuft voll mit ganzen Ladungen von Paketen, Kartons und Kästen, die fortgesetzt in Körben nach unten geschafft wurden; und Campion, der Abteilungsvorsteher, gab ihm Auskunft über die laufende Arbeit, während die zwanzig seinem Befehl unterstellten Leute die Pakete in die Fächer verteilten, deren jedes den Namen eines der Stadtviertel von Paris trug und von wo die Ladendiener sie dann zu den Wagen hinaufbrachten, die längs des Bürgersteiges aufgereiht standen. Zurufe erklangen, Straßennamen flogen durch die Luft, mit schreiender Stimme wurden Ermahnungen erteilt, es herrschte ein solcher Höllenlärm, ein so lebhaftes Treiben wie auf einem Postdampfer, der im Begriff ist, den Anker zu lichten. Und er blieb einen Augenblick lang reglos stehen, sah zu, wie das Haus die Waren ausspie, die es soeben am entgegengesetzten Ende des Kellergeschosses gierig in sich hineingeschluckt hatte:

hier mündete der riesige Strom, floß, nachdem er Gold in den Kassen zurückgelassen hatte, von hier auf die Straße hinaus. Sein Blick umflorte sich, dieser kolossale Versand bedeutete ihm nichts mehr, er dachte nur noch daran, zu reisen, dachte daran in ferne Länder fortzuziehen, alles im Stich zu lassen, wenn sie eigensinnig dabei beharrte, nein zu sagen.

Dann stieg er wieder nach oben, er setzte seinen Rundgang fort, führte Gespräche und wurde noch aufgeregter, vermochte sich dadurch jedoch nicht abzulenken. Im zweiten Stock ging er in die Versandabteilung, hätte gern Anlaß zu Streitigkeiten gefunden, war heimlich verzweifelt über den vollkommen gleichmäßigen Gang des Apparats, den er selber eingerichtet hatte. Diese Abteilung wurde von Tag zu Tag mehr von allergrößter Wichtigkeit: sie beschäftigte zur Zeit zweihundert Angestellte, von denen die einen die aus der Provinz und dem Ausland eingelaufenen Briefe öffneten, lasen und einordneten, indes andere die von den Unterzeichnern erbetenen Waren in Fächer sammelten. Und die Anzahl der Briefe nahm derart zu, daß man sie nicht mehr zählte; man wog sie, es trafen bis zu hundert Pfund an einem Tag ein. In fieberhafter Erregung ging er durch die drei Säle der Abteilung, befragte Levasseur, den Vorsteher, nach dem Gewicht der Post: achtzig Pfund, manchmal neunzig, am Montag hundert. Die Zahl wurde immer größer, er hätte entzückt sein müssen. Aber er stand da und fröstelte in dem Lärm, den nebenan die Rotte der Packer beim Zunageln von Kisten machte. Vergebens lief er durch das ganze Haus: überall starrte ihn nur seine fixe Idee an, und im gleichen Maße, wie seine Macht sich entfaltete, wie das Räderwerk der Abteilungen und das Heer seines Personals an ihm vorüberzogen, empfand er die Schmach seiner Machtlosigkeit tiefer. Aus ganz Europa strömten die Bestellungen herbei, es bedurfte eines besonderen Postwagens, um die Briefschaften heranzubringen; und sie sagte nein, noch immer nein.

Er ging wieder nach unten, suchte die Hauptkasse auf, wo vier Kassierer die zwei riesigen Geldschränke hüteten, durch die im letzten Jahr achtundzwanzig Millionen gegangen waren. Er warf einen Blick in das Büro für die Rechnungsprüfung, das fünfundzwanzig Angestellte beschäftigte, die man unter den gesetztesten ausgewählt hatte. Er betrat das Büro für die Abzüge, eine Abteilung von fünfunddreißig jungen Leuten, Buchhaltungsanfängern, die beauftragt waren, die Kassenzettel zu kontrollieren und die Prozente für die Verkäufer zu berechnen. Er kehrte in die Hauptkasse zurück, ärgerte sich beim Anblick der Geldschränke, lief zwischen seinen Millionen herum, deren Nutzlosigkeit ihn rasend machte. Sie sagte nein, noch immer nein.

Noch immer nein, in allen Abteilungen, in den Verkaufsgalerien, in den Sälen, im ganzen Hause! Er ging von der Seide zu den Tuchen, von den Weißwaren zu den Spitzen; er stieg in die Stockwerke hinauf, blieb auf den schwebenden Brücken stehen, zog seinen Inspektionsgang mit maniakischer und quälender Genauigkeit in die Länge. Die Firma hatte sich maßlos vergrößert; er hatte bald den einen, bald den anderen Rayon geschaffen, er beherrschte diesen neuen Bereich, er hatte sein Reich bis zu diesem Großbetrieb, dem zuletzt eroberten, ausgedehnt: und dennoch hieß es nein, noch immer nein. Heute hätte sein Personal eine kleine Stadt bevölkert: da waren fünfzehnhundert Verkäufer, tausend andere Angestellte aller Art, darunter vierzig Inspektoren und siebzig Kassierer; allein die Küchen beschäftigten zweiunddreißig Menschen; man zählte zehn Kommis für die Reklame, dreihundertfünfzig livrierte Ladendiener, vierundzwanzig ständig anwesende Feuerwehrleute. Und in den Ställen, königlichen Ställen, die in der Rue Monsigny gegenüber den Verkaufsräumen eingerichtet worden waren, standen hundertfünfundvierzig Pferde, eine wahre Pracht bereits berühmter Gespanne. Aus den ersten vier Wagen, über die sich einst, als noch die Firma nur die Ecke am Place Gaillon innehatte, alle Handelsleute des Stadtviertels aufregten, waren nach und nach zweiundsechzig geworden: kleine Handwagen, Einspänner, schwere Fuhrwerke für zwei Pferde. Von schwarzgekleideten Kutschern mustergültig gelenkt, durchstreiften sie unausgesetzt Paris und ließen überall das gold- und purpurfarbene Firmenschild „Paradies der Damen“ sehen. Sie drangen sogar über den Festungsgürtel hinaus, rollten durch die Bannmeile; man begegnete ihnen in den Hohlwegen von Bicêtre, an den Ufern der Marne, ja sogar im Schatten des Waldes von Saint-Germain; zuweilen sah man einen dieser Wagen aus einer besonnten Allee, die völlig leer, in völliger Stille dalag, auftauchen, im Trab seiner stolzen Tiere vorüberrollen und dem geheimnisvollen Frieden der erhabenen Natur die laute Reklame seiner lackierten Flächen zuschleudern. Er träumte davon, sie noch weiter hinauszuschicken, in die benachbarten Departements, er hätte sie gern über alle Straßen Frankreichs rollen hören, von einer Grenze bis zur anderen. Aber er ging nicht einmal mehr hinunter, um seine Pferde zu besuchen, die er leidenschaftlich liebte. Was nützte diese Eroberung der Welt, wenn es nein hieß, noch immer nein?

Kam er jetzt gegen Abend zu Lhommes Kasse, so sah er sich noch aus Gewohnheit die Gesamtsumme der Tageseinnahme an, die auf eine Karte geschrieben und vom Kassierer auf einen neben ihm angebrachten eisernen Stift gesteckt war: nur selten sank die Summe unter hunderttausend Francs, an den Tagen großer Ausstellungen stieg sie manchmal auf acht- oder neunhunderttausend; und diese Summe klang nicht mehr wie ein Trompetenstoß an sein Ohr, er bedauerte, sie angesehen zu haben, Bitterkeit blieb ihm davon, Haß auf das Geld und Verachtung des Geldes.

Aber Mourets Leiden sollten noch größer werden. Er wurde eifersüchtig. Eines Morgens vor der Ratssitzung wagte es Bourdoncle, ihm im Arbeitszimmer zu verstehen zu geben, daß ihn dieses kleine Mädchen aus der Konfektion zum besten halte.

„Wie das?“ fragte er, sehr bleich.

„Nun ja, sie hat sogar hier im Hause Liebhaber!“

Mouret hatte die Kraft zu lächeln.

„Ich denke nicht mehr an sie, mein Lieber. Sie können ruhig reden ... Wer sind denn diese Liebhaber?“

„Hutin, behauptet man, und außerdem ein Spitzenverkäufer, Deloche, dieser einfältige große Bursche ... Ich kann's nicht beschwören, ich habe sie nicht gesehen. Aber es scheint ganz augenfällig zu sein.“

Einen Moment lang herrschte Schweigen. Um das Zittern seiner Hände zu verbergen, tat Mouret so, als ordne er Papiere auf seinem Schreibtisch. Schließlich sagte er, ohne den Kopf zu heben:

„Man müßte Beweise haben, versuchen Sie, mir Beweise zu verschaffen ... Oh, was mich betrifft, so wiederhole ich Ihnen, mir macht es nichts aus, denn sie geht mir nachgerade auf die Nerven. Aber solche Dinge können wir in unserem Hause nicht dulden."

Bourdoncle erwiderte nur:

„Seien Sie unbesorgt, an einem der nächsten Tage werden Sie Beweise erhalten. Ich passe auf."

Das ließ Mouret vollends seine Ruhe verlieren. Er hatte nicht mehr den Mut, auf dieses Gespräch zurückzukommen, er lebte in dauernder Erwartung einer Katastrophe, von der sein Herz zermalmt werden würde. Und in seiner Qual wurde er furchtbar, das ganze Haus bebte. Er verschmähte es, sich hinter Bourdoncle zu verstecken, aus einem nervösen Rachebedürfnis vollzog er selber die Strafgerichte, verschaffte sich Erleichterung, indem er seine Macht mißbrauchte, diese Macht, die nicht imstande war, ihm seinen einzigen Wunsch zu erfüllen. Jeder seiner Inspektionsgänge wurde zu einem Massaker, sobald er auftauchte, verbreitete sich ein Schauder panischen Schreckens von Abteilung zu Abteilung. Gerade begann die tote Zeit des Winters, und er hielt Auskehr in den Rayons, er häufte die Opfer, setzte alle auf die Straße. Sein erster Gedanke war gewesen, Hutin und Deloche rauszuwerfen; dann hatte er überlegt, daß er, wenn er sie nicht behielt, nie etwas erfahren würde; und die anderen mußten es ausbaden, das gesamte Personal geriet aus den Fugen. Fand er sich dann am Abend wieder allein, schwellten Tränen seine Augenlider.

An einem Tag vor allem herrschte Schrecken. Ein Inspektor glaubte bemerkt zu haben, daß der Handschuhverkäufer Mignot stahl. Immerzu trieben sich vor seinem Ladentisch Mädchen mit seltsamem Benehmen herum; und kürzlich hatte man eine von ihnen festgenommen, die sich mit sechzig Paar Handschuhen die Hüften behängt und den Busen ausgestopft hatte. Von da ab wurde eine Überwachung organisiert, der Inspektor ertappte Mignot auf frischer Tat, als er einer großen Blondine, einer früheren Verkäuferin aus dem „Louvre", die auf der Straße geendet hatte, das Zugreifen erleichterte: das Verfahren war einfach, er tat so, als probiere er ihr Handschuhe an, wartete ab, bis sie sich eingedeckt hatte, und brachte sie dann zu einer Kasse, wo sie ein Paar bezahlte. Mouret war gerade anwesend. Für gewöhnlich zog er es vor, sich in solche Vorfälle, die sich häufig ereigneten, nicht einzumischen; denn obwohl alles wie eine gutregulierte Maschine funktionierte, herrschte in einigen Rayons des „Paradieses der Damen" große Unordnung, und es verging keine Woche, ohne daß ein Angestellter wegen Diebstahls fortgejagt worden wäre. Die Geschäftsleitung hüllte solche Diebstähle sogar am liebsten möglichst in Stillschweigen, da sie es unnötig fand, die Polizei auf die Beine zu bringen, was eine der unseligen wunden Stellen der großen Kaufhäuser aufgedeckt haben würde. An diesem Tage jedoch empfand Mouret das Bedürfnis, böse zu werden, und er verfuhr arg mit dem hübschen Mignot, der mit bleichem und verzerrtem Gesicht vor Angst zitterte.

„Eigentlich müßte ich einen Schutzmann herbeirufen", schrie er inmitten der anderen Verkäufer. „Wer ist dieses Weib? Antworten Sie! — Ich versichere Ihnen, daß ich den Kommissar holen lasse, wenn Sie mir nicht die Wahrheit sagen."

Man hatte die Frau fortgeführt, zwei Verkäuferinnen entkleideten sie.

Mignot stammelte:

„Herr Mouret, ich kenne sie nicht näher . . . Sie ist von selber gekommen . . ."

„Lügen Sie doch nicht!" unterbrach ihn Mouret mit verdoppelter Heftigkeit. „Und niemand hier verständigt uns! Sie stecken alle unter einer Decke, wahrhaftig! Wir sind hier ja geradezu im Wald von Bondy, bestohlen, beraubt, ausgeplündert! Man sollte keinen einzigen mehr fortgehen lassen, ohne seine Taschen zu durchsuchen!"

Gemurmel wurde laut, die drei oder vier Kundinnen, die gerade Handschuhe kauften, standen verstört da.

„Ruhe!" fing er wütend wieder an. „Oder ich jage alle aus dem Hause!"

Bourdoncle aber war, beunruhigt vom Gedanken an das ärgerliche Aufsehen, herbeigeeilt. Er flüsterte Mouret ein paar Worte ins Ohr, die Angelegenheit sei ungewöhnlich ernst, und er veranlaßte ihn, mit Mignot in das Büro der Inspektoren zu kommen, einen im Erdgeschoß, in der Nähe des Eingangs am Place Gaillon gelegenen Raum. Dort befand sich jene Frau, die gerade im Begriff war, in aller Ruhe ihr Korsett wieder anzuziehen. Sie hatte soeben Albert Lhomme namhaft gemacht. Aufs neue befragt, verlor Mignot den Kopf, schluchzte: er habe keine Schuld, Albert schicke seine Geliebten zu ihm; anfangs habe er sie nur begünstigt, sie von billigen Gelegenheiten profitieren lassen; wenn sie dann schließlich gestohlen hätten, sei er bereits zu gefährdet gewesen, um die Herren zu verständigen. Und diese erfuhren nun von einer ganzen Reihe außergewöhnlicher Diebstähle: Mädchen hatten Waren entwendet und sie in den luxuriösen Toiletten, die in der Nähe des Büfetts zwischen Blattpflanzen eingerichtet waren, unter ihren Röcken befestigt; ein Verkäufer unterließ es, Einkäufe an der Kasse anzugeben, wenn er eine Kundin dorthin begleitete, und teilte sich den Preis mit dem Kassierer; bis zu gefälschten „Rückgaben", Artikeln, von denen man meldete, sie seien wieder an die Firma gelangt, um das angeblich zurückgezahlte Geld in die eigene Tasche zu stecken; ungerechnet den althergebrachten Diebstahl, Packen, die abends, um die Taille gebunden, manchmal sogar an den Schenkeln herabhängend, unter dem Mantel mit hinausgenommen wurden. Seit vierzehn Monaten vollzog sich so, dank Mignots und zweifellos auch anderer Verkäufer, die zu nennen sie sich weigerten, an Alberts Kasse ein übler Schwindel, ein schamloser Schlamassel, wobei Summen draufgingen, deren genauen Betrag man nie erfuhr.

Unterdessen hatte sich die Neuigkeit in den Rayons herumgesprochen. Wer kein reines Gewissen hatte, zitterte, die sich ihrer Redlichkeit am sichersten fühlen konnten, fürchteten das allgemeine Auskehren. Man hatte Albert ins Inspektorenbüro verschwinden sehen. Dann war, dem Ersticken nahe, Lhomme vorübergekommen, mit hochrotem Gesicht, den Hals schon zugeschnürt von einem drohenden Schlaganfall. Später hatte man sogar Frau Aurélie gerufen; und trotz der Schande trug sie den Kopf hoch, sah aber fett und bleich und aufgedunsen aus wie eine Wachsmaske. Die Auseinandersetzung dauerte lange, niemand wußte genaue Einzelheiten: man erzählte, die Direktrice von der Konfektion habe ihren Sohn so geohrfeigt, daß es ihm das Gesicht nach hinten gedreht habe, und der alte brave Mann, der Vater, habe geweint, indes der Chef, von all seiner üblichen Anmut verlassen, geflucht habe wie ein Rollkutscher und die Schuldigen unbedingt den Gerichten übergeben wollte. Man vertuschte jedoch den Skandal. Nur Mignot wurde auf der Stelle weggejagt. Albert verschwand erst zwei Tage später; zweifellos hatte seine Mutter es erwirkt, daß man die Familie nicht durch ein unverzügliches Strafgericht in Schande brachte. Aber die Panik herrschte noch mehrere Tage, denn nach jenem Auftritt war Mouret mit schrecklichen Blicken von einem Ende der Ladenräume bis zum andern gewandert und hatte alle vor sich niedergesäbelt, die nur die Augen zu erheben wagten.

„Was machen Sie da, Herr, die Fliegen betrachten? – Gehen Sie zur Kasse!"

Schließlich brach das Unwetter eines Tages auch über Hutin herein. Favier, zum Zweiten ernannt, pflegte den Ersten schlechtzumachen, um ihn von seinem Platz zu vertreiben. Er bediente sich der ewig gleichen Taktik, gab heimtückische Berichte an die Adresse der Direktion, nutzte jede Gelegenheit aus, um den Rayonchef bei einer Verfehlung ertappen zu lassen.

Eines Morgens also blieb Mouret, als er durch die Seidenabteilung ging, stehen, weil er zu seinem Erstaunen sah, daß Favier damit beschäftigt war, die Etiketten eines ganzen Restbestandes an schwarzem Samt zu ändern.

„Weshalb setzen Sie die Preise herunter?" fragte er. „Wer hat Ihnen die Anweisung gegeben?"

Der Zweite, der diese Arbeit so auffällig betrieb, als habe er die Aufmerksamkeit des vorüberkommenden Direktors auf sich lenken wollen, da er den Auftritt voraussah, erwiderte mit dem Ausdruck naiven Staunens:

„Aber Herr Hutin doch, Herr Mouret!"

„Herr Hutin? – Wo ist Herr Hutin?"

Und als dieser aus der Wareneingangsabteilung, von wo ihn ein Verkäufer geholt hatte, wieder heraufgekommen war, entspann sich eine lebhafte Auseinandersetzung.

Nanu, er senke jetzt wohl von sich aus die Preise!

Aber nun schien Hutin sehr erstaunt zu sein, er habe lediglich mit Favier von dieser Herabsetzung gesprochen, ohne eine bestimmte Anweisung zu erteilen.

Daraufhin setzte letzterer die bekümmerte Miene eines Angestellten auf, der sich gezwungen sieht, seinem Vorgesetzten zu widersprechen. Dennoch wolle er die Schuld gern auf sich nehmen, wenn es sich darum handle, jenem aus einer mißlichen Lage zu helfen. Sofort nahmen die Dinge eine schlimme Wendung.

„Hören Sie, Herr Hutin", schrie Mouret, „ich habe solche Versuche zur Selbständigkeit nie geduldet ... Wir allein bestimmen über die Auszeichnung."

In scharfem Ton sprach er weiter, mit dem Vorsatz, zu kränken, was die Verkäufer überraschte, denn für gewöhnlich fanden Auseinandersetzungen dieser Art an einem entlegenen Ort statt, und zudem konnte die Sache tatsächlich auf einem Mißverständnis beruhen. Man hatte den Eindruck, er wolle einen uneingestandenen Groll befriedigen.

Endlich hatte er ihn also bei einem Fehler getroffen, diesen Hutin, den man als Denises Liebhaber ausgab! Er konnte sich also ein wenig Erleichterung verschaffen, indem er ihn hart fühlen ließ, daß er der Herr war! Und er übertrieb die Dinge, er deutete schließlich an, daß sich hinter der Preisherabsetzung wenig redliche Absichten versteckten.

„Herr Mouret", wiederholte Hutin, „ich hatte vor, Ihnen diese Herabsetzung vorzuschlagen ... Sie ist, wie Sie wissen, notwendig, weil diese Samte nicht eingeschlagen haben."

Mouret wollte durch äußerste Schroffheit rasch zu Ende kommen.

„Schon gut, Herr, wir werden die Angelegenheit untersuchen ... Und fangen Sie nicht wieder an, falls Sie Wert darauf legen, hier zu bleiben." Er wandte den Rücken.

Hutin, der bestürzt und wütend war und niemand als Favier fand, dem er sein Herz ausschütten konnte, schwor diesem, er werde dem rohen Kerl seine Kündigung an den Kopf werfen. Später sprach er nicht mehr von Fortgehen, er rührte nur all die abscheulichen Beschuldigungen wieder auf, die unter den Verkäufern gegen die Chefs umgingen.

Und Favier verteidigte sich leuchtenden Auges mit großen Sympathiebezeigungen. Er habe doch antworten müssen, nicht wahr? Und hätte man außerdem wegen Dummheiten auf eine solche Geschichte gefaßt sein können? Weshalb war denn der Chef seit einiger Zeit so schlechter Laune, daß gar nichts mehr mit ihm anzufangen war?

„Oh, weshalb er so schlechter Laune ist, weiß man", sagte Hutin. „Kann ich dafür, wenn diese Nutte aus der Konfektion ihn rein verrückt macht? – Sehen Sie, mein Lieber, von daher bläst der Wind. Er weiß, daß ich mit ihr geschlafen habe, und das ist ihm nicht angenehm; oder vielleicht will sie, daß man mich vor die Tür setzt, weil ich ihr im Wege bin ... Ich schwöre Ihnen, sie wird was von mir zu hören kriegen, wenn sie mir jemals in die Klauen gerät."

Als Hutin zwei Tage danach in das unter dem Dach gelegene Atelier für die Konfektionswaren hinaufgegangen war, um selber eine Näherin zu empfehlen, fuhr er leicht zusammen, als er am Ende eines Korridors Denise und Deloche bemerkte, die, mit den Ellbogen auf die Brüstung eines offenen Fensters gestützt, so sehr in ein vertrauliches Gespräch vertieft waren, daß sie nicht den Kopf wandten. Der Gedanke, die beiden auf frischer Tat ertappen zu lassen, kam ihm ganz plötzlich, als er mit Staunen wahrnahm, daß Deloche weinte. Da zog er sich geräuschlos zurück; und als er im Treppenhaus Bourdoncle und Jouve traf, erzählte er ihnen etwas von einem Feuerlöschapparat, dessen Tür abgerissen zu sein scheine: daraufhin würden sie wohl hinaufgehen und auf die beiden anderen stoßen.

Bourdoncle entdeckte sie als erster. Er blieb sofort stehen, sagte zu Jouve, dieser solle den Direktor holen, während er hier warten werde. Der Inspektor mußte sich fügen, sehr verdrießlich darüber, sich in einer solchen Angelegenheit Unannehmlichkeiten auszusetzen.

Es war ein entlegener Winkel der ausgedehnten Welt, in der sich das Volk vom „Paradies der Damen“ tummelte. Man gelangte dorthin über ein Gewirr von Treppen und Gängen. Die Ateliers nahmen das Dachgeschoß ein, eine Flucht niedriger Säle mit schräger Außenwand, die durch breite, in das Zinkdach geschnittene Fenster erhellt wurden und nur mit langen Tischen und großen gußeisernen Öfen ausgestattet waren; dort waren Wäschenäherinnen, Spitzenklöpplerinnen, Tapezierer und Schneiderinnen untergebracht, die sommers und winters in einer erstickenden Hitze und dem ihrem Gewerbe eigentümlichen Geruch lebten; und man mußte den ganzen Flügel entlanggehen, hinter den Schneiderinnen links abbiegen, fünf Stufen hinaufsteigen, bevor man dieses ferne Ende des Korridors erreichte. Die wenigen Kundinnen, die ein Verkäufer zuweilen wegen einer Bestellung hierherführte, schnappten nach Luft, waren erschöpft und außer sich, hatten das Gefühl, sich seit Stunden um sich selber zu drehen und sich hundert Meilen weit von der Straße zu befinden.

Schon mehrmals war Denise hier auf Deloche gestoßen, der auf sie wartete. Als Zweiter oblag ihr die Verbindung des Rayons mit dem Atelier, wo man übrigens nur die Modelle anfertigte und die Änderungen vornahm; und jederzeit stieg sie hinauf, um Anweisungen zu geben. Er lauerte ihr auf, erfand einen Vorwand, ging ihr nach; wenn er sie dann an der Tür zu den Schneiderinnen traf, spielte er den Überraschten. Schließlich hatte sie darüber gelacht; es war, als gewähre sie ihm ein Stelldichein. Der Korridor führte am Reservoir vorbei, einem riesigen Blechwürfel, der sechzigtausend Liter Wasser faßte, und auf dem Dach gab es einen zweiten von der gleichen Größe, zu dem man über eine eiserne Leiter gelangte.

Deloche plauderte eine Weile, in der dauernden Hilflosigkeit seines großen, von Müdigkeit gebeugten Körpers mit einer Schulter gegen das Reservoir gelehnt. Wassergeräusche sangen, geheimnisvolle Geräusche, die das Blech in eine ständige musikalische Schwingung versetzten. Trotz der tiefen Stille drehte sich

Denise beunruhigt um, denn sie hatte gemeint, auf den kahlen, hellgelb gestrichenen Wänden einen Schatten vorübergleiten zu sehen. Doch bald zog das Fenster die beiden an, sie stützten sich dort mit den Ellbogen auf, vergaßen sich in lustigem Schwatzen, in nicht endenden Erinnerungen an das Land ihrer Kindheit. Unter ihnen breitete sich das ungeheuer große Glasdach der Hauptgalerie, ein gläserner See, von den entfernten Dächern wie von felsigen Ufern gesäumt. Und darüber hinaus sahen sie nichts als Himmel, einen weiten Himmelsraum, der den Flug seiner Wolken und das zarte Blau seines Azurs in dem stehenden Gewässer der Glasscheiben spiegelte.

Gerade an diesem Tag sprach Deloche von Valognes.

„Ich war sechs Jahre alt, meine Mutter nahm mich in einem Karriol zum Markt in die Stadt mit. Sie wissen, es sind gut dreizehn Kilometer, man mußte um fünf Uhr von Briquebec abfahren ... Sehr schön ist es bei uns. Kennen Sie die Gegend?"

„Ja, ja", erwiderte Denise langsam, den Blick in die Ferne gerichtet. „Ich bin einmal dort gewesen, aber ich war noch sehr klein ... Wege mit Grasflächen rechts und links, nicht wahr? Und hier und da Schafe, die man paarweise aneinandergebunden zum Weiden schickt und die ihren Spannstrick nachschleifen ..." Sie schwieg, fing dann mit einem unbestimmten Lächeln wieder an: „Bei uns laufen die Wege meilenweit ganz gerade zwischen schattenspendenden Bäumen dahin ... Unsere Weideplätze sind von Hecken umgeben, die höher sind als ich, und Pferde und Kühe grasen dort ... Wir haben einen kleinen Fluß, und an einer Stelle unter dem Gebüsch, die ich gut kenne, ist das Wasser sehr kalt."

„Ganz wie bei uns!" rief Deloche entzückt. „Es gibt nur Gras, jeder umpflanzt sein Stück mit Weißdorn und Ulmen, und man fühlt sich dort zu Hause, und alles ist ganz grün, oh, von einem Grün, das sie in Paris nicht haben ... Mein Gott, wie habe ich in dem Hohlweg gespielt, links, wenn man von der Mühle hinuntergeht."

Und die Stimme versagte ihnen, die Augen starr und verloren auf den besonnten See des Glasdachs geheftet, standen sie da. Eine Luftspiegelung stieg für sie aus diesem blendenden Wasser auf, sie sahen unendliche Weideflächen, das Cotentin, vom Atem des Ozeans durchfeuchtet, in einen leuchtenden Dunst getaucht, der den Horizont im zarten Grau eines Aquarells verschwimmen ließ. In der Tiefe dröhnte unter dem riesigen Eisengerippe die Seidenhalle vom Lärm des Verkaufs, von der Erschütterung durch die auf vollen Touren laufende Maschine; das ganze Haus zitterte von den Tritten der Menge, der Hast der Verkäufer, dem Treiben der dreißigtausend Menschen, die sich dort drängten; und sie, von ihrem Traum entführt, glaubten unter dem Eindruck dieses dunklen und dumpfen Lärms, von dem die Dächer bebten, zu hören, wie der Wind vom offenen Meer über die Wiesen dahinbrauste und die hohen Bäume schüttelte.

„Mein Gott, Fräulein Denise“, stammelte Deloche, „weshalb sind Sie nicht freundlicher zu mir ... Ich liebe Sie doch so sehr!“ Tränen waren ihm in die Augen gestiegen, und als sie ihn mit einer Handbewegung unterbrechen wollte, fuhr er lebhaft fort: „Nein, lassen Sie es mich Ihnen noch einmal sagen ... Wir würden so gut miteinander auskommen! Man hat sich immer was mitzuteilen, wenn man aus derselben Gegend ist!“

Die Erregung verschlug ihm den Atem; sie konnte endlich behutsam sagen:

„Sie sind unvernünftig, Sie hatten mir versprochen, nicht mehr davon zu reden ... Es ist unmöglich. Ich bin Ihnen sehr gut, weil Sie ein braver junger Mann sind; aber ich will ungebunden bleiben.“

„Ja, ja, ich weiß“, antwortete er mit stockender Stimme, „Sie lieben mich nicht. Oh, Sie können es ruhig sagen, ich verstehe das, an mir ist nichts, weshalb Sie mich lieben könnten ... Sehen Sie, es hat in meinem Leben nur eine einzige gute Stunde gegeben, an jenem Abend, als ich Sie in Joinville traf, Sie erinnern sich doch? Dort unter den Bäumen, wo es so finster war, habe ich einen Augenblick lang geglaubt, Ihr Arm zittere, ich war dumm genug, mir einzubilden ...“

Doch sie fiel ihm abermals ins Wort. Ihr scharfes Ohr hatte soeben Bourdoncles und Jouves Schritte am Ende des Korridors aufgefangen.

„Hören Sie doch, da ist jemand gegangen."

„Nein", sagte er und hinderte sie daran, vom Fenster wegzutreten. „Das ist in diesem Reservoir, aus dem kommen immer merkwürdige Geräusche, man könnte meinen, es seien Leute darin." Und er setzte seine schüchternen und schmeichelnden Klagen fort.

Sie hörte ihm nicht mehr zu, wie eingewiegt von seiner Liebe, war sie wieder in Träumerei verfallen und ließ den Blick über die Dächer des „Paradieses der Damen" schweifen. Rechts und links von der verglasten Galerie schimmerten zwischen von Fenstern durchbrochenen Dachstühlen andere Hallen, andere Galerien in der Sonne, lang und symmetrisch wie die Flügel eines Kasernenbaus. Metallgerippe ragten auf, Leitern, Brücken, deren Spitzengewebe sich von dem Blau des Himmels abhob, während der Küchenschornstein einen dicken Fabrikrauch ausstieß und das große viereckige Reservoir, das auf gußeisernen Pfeilern mitten im Himmel stand, das seltsame Aussehen eines barbarischen Bauwerks annahm, das eines Menschen Hochmut dort oben hingestellt hatte. In der Ferne grollte Paris.

Als Denise aus diesen weiten Räumen, aus dieser Ausdehnung des „Paradieses" zurückkehrte, wo ihre Gedanken dahintrieben wie in einer Einöde, bemerkte sie, daß sich Deloche ihrer Hand bemächtigt hatte; und sein Gesicht sah so fassungslos aus, daß sie sie nicht zurückzog.

„Verzeihen Sie", murmelte er. „Es ist jetzt vorüber. Ich wäre tiefunglücklich, wenn Sie mich dadurch bestrafen wollten, daß Sie mir Ihre Freundschaft entzögen ... Ich schwöre Ihnen, daß ich Ihnen etwas anderes zu sagen vorhatte. Ja, ich hatte mir fest vorgenommen, die Lage richtig zu verstehen, sehr vernünftig zu sein." Seine Tränen flossen von neuem, er bemühte sich, seiner Stimme Festigkeit zu verleihen. „Denn, kurz gesagt, ich weiß, was mein Los im Dasein ist. Das Blatt kann sich jetzt nicht wenden. Zu Hause geschlagen, in Paris geschlagen, überall geschlagen. Nun bin ich vier Jahre hier, und noch immer der Letzte im Rayon ... Ich wollte Ihnen also sagen, Sie sollen sich um mich keinen Kummer machen. Ich werde Sie nicht mehr belästigen.

Versuchen Sie, glücklich zu sein, lieben Sie einen anderen; ja, das würde mich freuen. Wenn Sie glücklich sind, werde auch ich glücklich sein ... Das wird dann mein Glück sein!" Er vermochte nicht, weiterzusprechen. Wie um sein Versprechen zu besiegeln, hatte er die Lippen auf die Hand des jungen Mädchens gedrückt und küßte sie mit der Demut eines Sklaven.

Sie war sehr ergriffen und sagte nur in einem gerührten schwesterlichen Ton, der das Mitleidige der Worte abschwächte:

„Mein armer Junge!"

Aber sie fuhren zusammen und wandten sich um. Vor ihnen stand Mouret.

Seit zehn Minuten hatte Jouve den Direktor in den Verkaufsräumen gesucht. Dieser befand sich auf dem Bauplatz der neuen Fassade an der Rue du Dix-Décembre. Dort verbrachte er täglich lange Stunden, bemüht, für diese Arbeiten, von denen er so lange geträumt hatte, Interesse aufzubringen. Inmitten der Maurer, die die Eckpfeiler aus Hausteinen errichteten, und der Schlosser, die die Eisenteile für die großen Gerippe zusammenfügten, fand er Zuflucht vor seinen Qualen. Schon zeichneten sich an der Fassade, die bereits aus dem Boden herausgewachsen war, der geräumige Eingang und die Fensteröffnungen des ersten Stockwerkes ab, die noch skizzenhafte Weitläufigkeit eines Palastes. Er kletterte auf die Leitern, besprach mit dem Architekten die Ausschmückung, die völlig neuartig sein sollte, stieg über Eisenteile und Ziegelsteine hinweg, ging sogar in die Keller hinunter; und das Schnauben der Dampfmaschine, das Rasseln der Winden, der Lärm der Hämmer, das Getöse dieses Volks von Arbeitern überall in diesem großen, von dröhnenden Planken umgebenen Käfig brachte es fertig, ihn für eine Weile zu betäuben. Wenn er, weiß vom Gips, schwarz vom Feilstaub des Eisens, die Füße kotbespritzt von den Hähnen der Wasserstellen, herauskam, war er so wenig von seinem Leid geheilt, daß die Angst wiederkehrte und sein Herz mit noch hallenderen Schlägen klopfen machte, je mehr der Lärm der Baustelle hinter ihm abnahm. Gerade an diesem Tage hatte ihm eine Ablenkung seine Heiterkeit zurückgegeben, er betrachtete soeben ein Album mit Entwürfen für die Mosaiken und glasierten Terrakotten, welche die Friese schmücken sollten, als Jouve atemlos und sehr ärgerlich darüber, daß er zwischen all diesem Baumaterial seinen Gehrock beschmutzte, ihn holen gekommen war. Zunächst hatte Mouret geschrien, man könne wohl auf ihn warten; doch auf ein Wort des Inspektors hin war er diesem gefolgt, schaudernd, wieder völlig von seiner Qual gepackt. Nichts existierte mehr, die Fassade stürzte ein, bevor sie stand: was nützte ihm dieser höchste Triumph seines Stolzes, wenn ihn schon der nur ganz leise gemurmelte Name einer Frau derart marterte!

Als sie oben angelangt waren, hielten Bourdoncle und Jouve es für geraten zu verschwinden. Deloche hatte sich aus dem Staube gemacht. Einzig Denise stand Mouret gegenüber, bleicher als gewöhnlich, aber den Blick offen zu ihm erhoben.

„Kommen Sie bitte mit, Fräulein", sagte er barsch.

Sie folgte ihm, wortlos stiegen sie zwei Stockwerke hinunter, durchschritten die Rayons für Möbel und für Teppiche. Als sie zu seinem Arbeitszimmer kamen, machte er die Tür sperrangelweit auf.

„Treten Sie ein, Fräulein." Und er schloß die Tür wieder, er ging bis zu seinem Schreibtisch. Das neue Arbeitszimmer des Direktors war prächtiger als das frühere, eine Wandbespannung aus grünem Samt war an Stelle der aus Rips getreten; ein Bücherschrank mit Einlegearbeiten aus Elfenbein nahm ein ganzes Wandfeld ein; aber an den Wänden sah man noch immer nur das Porträt der Frau Hédouin, einer jungen Frau mit einem schönen, ruhigen Gesicht, die aus ihrem Goldrahmen lächelte.

„Fräulein", sagte er schließlich, bemüht, kühle Strenge zu wahren, „es gibt Dinge, die wir nicht dulden können ... Es ist unerläßlich, sich hier gut zu führen ..." Er hielt inne, suchte nach Worten, um sich nicht von dem Zorn hinreißen zu lassen, der in ihm aufstieg. Wie, diesen Burschen liebte sie, diesen elenden Verkäufer, über den die ganze Abteilung lachte! Sie zog also ihm, dem Herrn, den Geringsten und Unbeholfensten von allen vor! Denn er hatte genau gesehen, wie sie jenem die Hand überließ und er diese Hand mit Küssen bedeckte. „Ich bin sehr gut zu Ihnen gewesen, Fräulein", fuhr er, einen neuen Anlauf nehmend, fort. „Ich habe nicht erwartet, auf diese Weise belohnt zu werden.“

Denises Augen waren, seit sie durch die Tür getreten, von Frau Hédouins Porträt angezogen worden, und trotz ihrer großen Bestürzung beschäftigte es sie auch diesmal. Sooft sie in die Direktion kam, kreuzte sich ihr Blick mit dem der gemalten Dame. Sie hatte ein wenig Angst vor ihr, dennoch empfand sie sie als sehr gütig. Diesmal sah sie in ihr gleichsam einen Schutz.

„In der Tat, Herr Mouret“, entgegnete sie sanft, „es war nicht recht von mir, mich mit Plaudern aufzuhalten, und ich bitte Sie, diese Verfehlung zu verzeihen ... Der junge Mann ist aus meiner Heimat ...“

„Ich jage ihn davon!“ schrie Mouret, der seinen ganzen Schmerz in diesen wütenden Schrei legte. Und völlig außer Fassung geraten, fiel er aus der Rolle eines Direktors, der einer Verkäuferin, die sich eines Verstoßes gegen die Hausordnung schuldig gemacht hat, eine Strafpredigt hält, und erging sich in heftigen Äußerungen. Habe sie denn kein Schamgefühl? Wie könne sich ein junges Mädchen wie sie so einem Kerl hingeben! Und von da ging er zu wüsten Beschuldigungen über; mit einem solchen Wortschwall, daß sie sich nicht einmal verteidigen konnte, warf er ihr Hutin und noch andere vor. Aber er werde reinen Tisch machen, mit Fußtritten werde er sie alle hinausbefördern. Die strenge Auseinandersetzung, die er sich fest vorgenommen hatte, als er Jouve folgte, sank zu den brutalen Ausbrüchen einer Eifersuchtsszene herab. „Jawohl, Ihre Liebhaber! — Man hat es mir deutlich gesagt, und ich war dumm genug, es zu bezweifeln ... Nur mich gab es, nur mich!“

Atemlos und benommen hatte Denise diese abscheulichen Vorwürfe angehört. Zunächst hatte sie nichts begriffen. Mein Gott, er hielt sie also für eine Verlorene? Bei einem noch roheren Wort ging sie schweigend zur Tür. Und als er sie mit einer Gebärde zurückhalten wollte, sagte sie:

„Genug, Herr Mouret, ich gehe ... Wenn Sie glauben, daß ich so bin, wie Sie sagen, will ich keine Sekunde länger im Hause bleiben.“

Aber er stürzte an die Tür.

„Verteidigen Sie sich wenigstens! – Sagen Sie etwas!“

Sie blieb hochaufgerichtet stehen, in eisigem Schweigen.

In wachsender Angst bedrängte er sie lange mit Fragen; und die stumme Würde dieses keuschen Mädchens wirkte wieder einmal wie die kluge Berechnung einer in der Taktik der Liebesleidenschaft wohlbewanderten Frau. Sie hätte kein Spiel treiben können, durch das sie ihn sich, noch mehr von Zweifeln zerrissen, noch begieriger, überzeugt zu werden, hätte zu Füßen werfen können.

„Nun, Sie sagen, er sei aus Ihrer Heimat . . . Sie haben sich vielleicht dort kennengelernt . . . Schwören Sie mir, daß nichts zwischen Ihnen vorgefallen ist.“ Da sie weiterhin hartnäckig schwieg und noch immer die Tür öffnen und fortgehen wollte, verlor er schließlich völlig den Kopf und ließ seinen Schmerz uneingeschränkt zum Ausbruch kommen. „Mein Gott, ich liebe Sie, ich liebe Sie . . . Weshalb macht es Ihnen Vergnügen, mich so zu quälen? Sie sehen doch, daß nichts mehr für mich existiert, daß die Leute, von denen ich zu Ihnen rede, mich nur im Zusammenhang mit Ihnen interessieren, da Sie allein mir jetzt in der Welt von Bedeutung sind . . . Ich habe Sie für eifersüchtig gehalten, und ich habe Ihnen meine Vergnügungen geopfert. Man hat Ihnen erzählt, daß ich Geliebte hatte; nun gut, ich habe keine mehr, ich gehe kaum noch aus. Habe ich Ihnen nicht im Hause jener Dame den Vorzug gegeben? Habe ich nicht mit ihr gebrochen, um allein Ihnen zu gehören? Ich warte noch auf Ihre Erkenntlichkeit, auf ein wenig Dank . . . Und wenn Sie befürchten, ich könnte zu ihr zurückkehren, so dürfen Sie beruhigt sein: sie rächt sich, indem sie einem unserer ehemaligen Kommis behilflich ist, ein Konkurrenzunternehmen zu gründen . . . Sagen Sie, muß ich mich auf die Knie werfen, um Ihr Herz zu rühren?“ Soweit war es mit ihm gekommen. Er, der seinen Verkäuferinnen nicht den kleinsten Fehler durchgehen ließ, der sie aus dem geringsten plötzlichen Einfall heraus auf die Straße warf, fand sich gezwungen, eine von ihnen anzuflehen, nicht fortzugehen, ihn nicht in seinem Elend allein zu lassen. Er stellte sich zwischen sie und die

Tür, er war bereit, ihr zu verzeihen, sich blind zu stellen, wenn sie sich zu einer Lüge herbeiließ. Und er sprach die Wahrheit, es ekelte ihn jetzt vor den in den Kulissen der kleinen Theater und in den Nachtlokalen aufgelesenen Mädchen; er traf sich nicht mehr mit Clara, er hatte den Fuß nicht wieder in Frau Desforges' Wohnung gesetzt, wo jetzt Bouthemont herrschte und auf die Eröffnung des neuen Warenhauses „Les Quatre Saisons" wartete, das bereits die Zeitungen mit Anzeigen füllte.

„Sagen Sie, muß ich mich auf die Knie werfen?" wiederholte er, die Kehle von zurückgehaltenen Tränen zugeschnürt.

Sie hielt ihn mit der Hand davon zurück, selber nicht mehr imstande, ihre Bestürzung zu verbergen, tief bewegt von dieser leidvollen Liebe.

„Sie grämen sich zu Unrecht, Herr Mouret", antwortete sie endlich. „Ich versichere Ihnen, daß diese häßlichen Geschichten erlogen sind . . . Dieser arme junge Mann von vorhin ist ebensowenig schuldig wie ich."

Und sie war dabei von ihrer schönen Offenheit, ihre klaren Augen blickten nicht zur Seite.

„Gut, ich glaube Ihnen", murmelte er, „ich werde keinen Ihrer Kollegen fortschicken, da Sie all diese Leute in Schutz nehmen . . . Aber weshalb stoßen Sie dann mich zurück, wenn Sie niemanden lieben?"

Plötzliche Verlegenheit, eine schamhafte Unruhe bemächtigten sich des jungen Mädchens.

„Sie lieben jemanden, nicht wahr?" sagte er mit bebender Stimme. „Oh, Sie können es ruhig sagen, ich habe keinerlei Anrecht auf Ihre Zuneigung . . . Sie lieben jemanden."

Sie errötete tief, war nahe daran, die Wahrheit zu bekennen, und fühlte, daß ihr in dem erregten Zustand, der sie verriet, bei ihrem Abscheu vor Lügen, der ohnehin die Wahrheit auf ihr Gesicht schrieb, eine Lüge unmöglich sei.

„Ja", gestand sie schließlich mit schwacher Stimme. „Ich bitte Sie, Herr Mouret, lassen Sie mich, Sie quälen mich." Auch sie litt nun. War es nicht schon genug, daß sie sich gegen ihn zur Wehr setzen mußte? Mußte sie sich auch noch gegen sich selber zur

Wehr setzen, gegen die Aufwallungen zärtlicher Gefühle, die ihr in manchen Augenblicken allen Mut nahmen? Wenn er so zu ihr sprach, wenn sie ihn so ergriffen, so fassungslos sah, wußte sie nicht mehr, weshalb sie sich ihm entzog; und erst nachher fand sie in der Tiefe ihrer gesunden Mädchennatur den Stolz und die Vernunft wieder, die sie in der ihrer Keuschheit entspringenden Hartnäckigkeit aufrechterhielten. Es geschah aus einem Glücksinstinkt heraus, daß sie so hartnäckig war, um ihr Verlangen nach einem ruhigen Leben zu befriedigen, und nicht, um einer Tugendvorstellung zu gehorchen. Mit verführtem Herzen und ergriffenen Sinnen wäre sie in die Arme dieses Mannes gesunken, hätte sie nicht Empörung, fast Abscheu davor verspürt, ihr ganzes Wesen endgültig hinzugeben, es dem unbekannten Morgen auszuliefern. Der Liebhaber jagte ihr Angst ein, jene närrische Angst, die die Frau bei der Annäherung des Mannes erbleichen läßt.

Mouret hatte inzwischen eine Gebärde trübseliger Verzagtheit gemacht. Er begriff nicht. Er wandte sich wieder seinem Schreibtisch zu, wo er in Papieren blätterte, legte sie aber sogleich wieder hin und sagte:

„Ich halte Sie nicht mehr zurück, Fräulein, ich kann Sie nicht gegen Ihren Willen hierbehalten."

„Aber es verlangt mich ja gar nicht danach, fortzugehen", erwiderte sie lächelnd. „Wenn Sie mich für einen anständigen Menschen halten, bleibe ich ... Man soll die Frauen immer für anständig halten, Herr Mouret. Sehr viele sind es, das versichere ich Ihnen." Denise hatte die Augen unwillkürlich zu dem Porträt der Frau Hédouin erhoben, jener so schönen und klugen Dame, deren Blut der Firma Glück gebracht hatte, wie es hieß.

Zitternd folgte Mouret dem Blick des jungen Mädchens, denn es war ihm gewesen, als habe seine tote Frau den Ausspruch getan, einen ihr eigenen Ausspruch, den er wiedererkannte. Und das war wie eine Wiederauferstehung, er fand bei Denise den gesunden Menschenverstand, die gerechte Ausgeglichenheit der Verlorenen wieder, sogar die sanfte Stimme, die mit überflüssigen Worten geizte. Er war davon betroffen, wurde noch trauriger.

„Sie wissen, daß ich Ihnen gehöre", murmelte er abschließend. „Machen Sie aus mir, was Sie wollen."

Da erwiderte sie heiter:

„Recht so, Herr Mouret, es ist immer nützlich, die Ansicht einer Frau zu hören, mag diese auch noch so unbedeutend sein, wenn sie nur ein wenig Verstand hat ... Ich werde nichts anderes aus Ihnen machen als einen rechtschaffenen Menschen, wenn Sie sich meinen Händen anvertrauen." Sie scherzte in ihrer schlichten Art, die soviel Liebreiz hatte.

Nun mußte auch er ein wenig lächeln, er geleitete sie wie eine Dame bis zur Tür.

Tags darauf wurde sie zur Direktrice ernannt. Die Geschäftsleitung hatte den Rayon für Kleider und Kostüme aufgeteilt und eigens zu Denises Gunsten einen Rayon für Kinderkleidung geschaffen, der in der Nähe der Konfektionsabteilung untergebracht wurde. Seit man Frau Aurélies Sohn davongejagt hatte, zitterte diese, denn sie fühlte, daß die Herren kühl wurden, und sah, wie die Macht des jungen Mädchens von Tag zu Tag zunahm. Würde man sich nicht irgendeinen Vorwand zunutze machen, um sie Denise zu opfern? Ihre von Fett aufgedunsene Kaisermaske schien abgemagert zu sein durch die Schande, die nun die Dynastie Lhomme befleckte; und sie ging ostentativ jeden Abend am Arm ihres Mannes fort; die beiden waren einander durch das Unglück nähergebracht worden, hatten eingesehen, daß all ihr Kummer die Folge des mangelnden Zusammenhalts in ihrem Familienleben war; der arme Mann indessen, den all das schwerer mitgenommen hatte als sie, zählte, in der krankhaften Furcht, man könnte ihn selber eines Diebstahls verdächtigen, die Tageseinnahme zweimal laut nach, wobei er mit seinem unbrauchbaren Arm wahre Wunder vollführte. Daher empfand Frau Aurélie, als sie Denise Erste bei der Abteilung für Kinderkleidung werden sah, eine so lebhafte Freude, daß sie die herzlichsten Gefühle für sie an den Tag legte. Es war wirklich schön, daß sie ihr nicht ihre Stellung weggenommen hatte. Und sie überhäufte Denise mit Freundschaftsbeweisen, behandelte sie hinfort als Gleichgestellte, ging oft, um sich mit ihr zu unterhalten, in den benachbarten Rayon, und zwar in einer so feierlichen Weise wie eine Königinmutter, die einer jungen Königin einen Besuch abstattet.

Im übrigen war Denise jetzt auf dem Gipfel angelangt. Ihre Ernennung zur Direktrice hatte den letzten Widerstand um sie her niedergeschlagen. Wenn man auch infolge jenes unbändigen Gelüsts der Zunge, das sich in jeder Gemeinschaft von Männern und Frauen verheerend auswirkt, noch immer lästerte, so verneigte man sich doch sehr tief, bis zur Erde. Marguerite, die Zweite in der Konfektion geworden war, floß über von Lobsprüchen. Selbst Clara, von heimlicher Eifersucht geplagt angesichts dieses Glücks, das zu erreichen sie außerstande war, hatte sich ergeben. Noch vollständiger aber war Denises Sieg über die Herren, über Jouve, der jetzt wie ein Taschenmesser zusammenklappte, wenn er mit ihr sprach, über Hutin, der in Ängsten schwebte, weil er fühlte, daß es um seinen Posten wacklig bestellt war, über Bourdoncle, der sich endlich zur Machtlosigkeit verurteilt sah. Als dieser sie lächelnd in ihrer ruhigen Art aus dem Zimmer der Geschäftsleitung hatte herauskommen sehen und als am nächsten Tag der Chef bei der Ratssitzung die Einrichtung der neuen Abteilung gefordert, hatte er sich gebeugt, besiegt von dem heiligen Schrecken vor der Frau. Immer war er so dem einnehmenden Wesen Mourets erlegen, er erkannte ihn als seinen Herrn an trotz des zeitweisen Entweichens seines Genius und seiner einfältigen Herzensangelegenheiten. Diesmal war die Frau die Stärkere, und er erwartete, in die Katastrophe hineingerissen zu werden.

Denise jedoch blieb bei diesem Sieg ruhig und reizend. Sie war gerührt von diesen Achtungsbezeigungen und wollte darin Mitgefühl mit dem Elend ihrer Anfangszeit und dem endlichen Erfolg ihrer beharrlichen Tapferkeit erblicken. Daher nahm sie auch die geringsten Freundschaftsbeweise mit lachender Freude auf, weshalb einige sie aufrichtig liebgewannen, denn sie war so sanft und entgegenkommend, stets bereit, ihr Herz zu verschenken. Eine unüberwindliche Abneigung zeigte sie nur gegen Clara, weil sie erfahren hatte, daß sich dieses Mädchen den Spaß gemacht, eines Abends Colomban mit sich zu nehmen, welches Vorhaben sie spöttisch verkündet hatte; und der Kommis, von seiner endlich befriedigten Liebesleidenschaft fortgerissen, schlief jetzt nicht mehr zu Hause, während die traurige Geneviève im Sterben lag. Man sprach darüber im „Paradies", man fand den Roman zum Lachen.

Aber dieser Kummer, der einzige, den Denise außerhalb des Hauses hatte, verdarb ihre gleichmäßige Stimmung nicht. Man mußte sie vor allem in ihrem Rayon sehen, inmitten ihres Völkchens kleiner Kinder jeden Alters. Sie schwärmte für Kinder, man hätte ihr keine bessere Stellung geben können. Manchmal zählte man dort etwa fünfzig kleine Mädchen und ebenso viele Buben, ein ganzes ausgelassenes Pensionat, das sich in den Begierden beginnender Gefallsucht erging. Die Mütter verloren den Kopf. Die verträgliche Denise sorgte lächelnd dafür, daß diese kleine Gesellschaft sich reihenweise auf Stühle setzte, und wenn es in dem Haufen ein rosiges Mädchen gab, dessen hübsches Schnütchen sie lockte, wollte sie es selber bedienen, holte selber das Kleid, zog es mit der liebevollen Behutsamkeit einer großen Schwester zur Anprobe über die molligen Schultern. Helles Lachen klang auf, leise Rufe des Entzückens ertönten inmitten scheltender Stimmen. Zuweilen betrachtete ein kleines Mädchen, mit neun oder zehn Jahren bereits eine Erwachsene, einen Tuchmantel, den es anprobierte, eingehend vor einem Spiegel, wand und drehte sich mit ganz versunkener Miene, die Augen leuchtend von dem dringenden Wunsch zu gefallen. Und die hervorgeholten Waren häuften sich auf den Ladentischen, Kleider aus rosa oder blauem Toile d'Asie für Kinder von ein bis fünf Jahren, Matrosenanzüge aus Zephir, plissierte Röcke und mit Applikationen aus Perkal verzierte Blusen, Kostüme im Louis-Quinze-Stil, Mäntel, Jacketts, ein buntes Durcheinander kleiner, in ihrer kindlichen Anmut erstarrter Kleidungsstücke, gleichsam die Garderobe einer Schar großer Puppen, die man aus den Schränken geholt und der Plünderung preisgegeben hatte. Denise hatte stets einige Näschereien in den Taschen, stillte die Tränen eines Knirpschens, das tiefunglücklich war, weil es keine roten Kniehosen bekam, lebte dort zwischen den Kleinen, als sei es ihre eigene Familie, wurde selber davon verjüngt, daß diese Unschuld und Jugend sich unaufhörlich aufs neue an ihre Röcke schmiegte.

Jetzt kam es vor, daß sie lange freundschaftliche Gespräche mit Mouret führte. Wenn sie sich in die Direktion begeben mußte, um Anordnungen entgegenzunehmen oder eine Auskunft zu erteilen, behielt er sie zum Plaudern da, er liebte es, ihr zuzuhören. Das war das, was sie lachend „einen rechtschaffenen Menschen aus ihm machen“ nannte. In ihrem verständigen und klugen Normannenkopf gediehen allerlei Pläne, jene Gedanken über den neuen Handel, die sie schon bei Robineau zu streifen gewagt hatte und wovon sie einige an jenem schönen Abend ihres Spaziergangs in den Tuilerien zum Ausdruck gebracht hatte. Sie konnte sich nicht mit einer Sache beschäftigen, konnte keine Arbeit vor sich gehen sehen, ohne daß sie der Wunsch plagte, Ordnung zu schaffen, das Verfahren zu verbessern. So hatte sie bereits bei ihrem Eintritt ins „Paradies der Damen“ vor allem das unsichere Los der Kommis bekümmert; die plötzlichen Entlassungen empörten sie, sie fand sie ungeschickt und höchst ungerecht, nachteilig für alle, für die Firma ebensosehr wie für das Personal. Die Leiden ihrer Anfangszeit schmerzten sie noch jetzt, Mitleid bewegte ihr Herz bei jeder Neuen, die ihr in den Rayons begegnete und unter ihrem seidenen Kleid, mit wunden Füßen und von Tränen geschwollenen Augen, inmitten der erbitterten Verfolgung durch die Älteren ihren Jammer mitschleppte. Dieses Dasein, das dem eines geprügelten Hundes glich, machte die Besten schlecht; und ihre traurige Bedrängnis begann: alle waren von ihrem vierzigsten Jahr von ihrem Beruf aufgebraucht, verschwanden, landeten wer weiß wo, viele zu Tode gearbeitet, schwindsüchtig oder blutarm durch Erschöpfung und schlechte Luft; einige gingen auf den Strich, die Glücklichsten heirateten und waren dann in einem kleinen Laden in der Provinz begraben. War es menschlich, war es gerecht, daß die großen Kaufhäuser jedes Jahr eine so entsetzliche Menge lebendes Fleisch konsumierten? Und sie machte sich nicht mit sentimentalen Gründen zum Anwalt der Räder der Maschine, sondern mit Argumenten, die sogar dem Interesse der Chefs entsprangen. Wenn man eine zuverlässige Maschine haben will, verwendet man gutes Eisen; wenn das Eisen bricht oder wenn man es zerbricht, gibt es eine Arbeitsstockung, wiederholte Instandsetzungskosten, einen beträchtlichen Verlust an Kraft. Manchmal geriet sie geradezu in Hitze, sie sah das ungeheuer große ideale Kaufhaus vor sich, die Phalanstère des Handels, wo jeder, entsprechend seinen Verdiensten, seinen gerechten Anteil am Gewinn haben würde, dazu die vertraglich gewährleistete Sicherheit für das Morgen. Dann erheiterte sich Mouret trotz seines aufgeregten Zustandes.

Er beschuldigte sie des Sozialismus, setzte sie in Verlegenheit, indem er ihr Schwierigkeiten bei der Durchführung zeigte; denn sie sprach aus der Einfalt ihrer Seele heraus und stellte es tapfer der Zukunft anheim, wenn sie am Ende ihres von einem weichen Herzen eingegebenen Vorgehens einer gefährlichen Lücke inne wurde. Er wurde dennoch schwankend, verführt von dieser jungen Stimme, die noch von den ausgestandenen Qualen zitterte und so überzeugt klang, wenn sie auf Verbesserungsmöglichkeiten hinwies, die die Firma festigen sollten; und er hörte sie an und zog sie auf, aber das Los der Verkäufer besserte sich nach und nach, an die Stelle der Massenentlassungen trat die Gewährung regelmäßigen Urlaubs während der toten Zeit, schließlich schuf man eine Kasse der gegenseitigen Hilfe, welche die Angestellten bei unfreiwilliger Arbeitslosigkeit schützen und ihnen eine Altersversorgung sichern sollte. Das war die Keimzelle der großen Arbeitervereinigungen des zwanzigsten Jahrhunderts.

Im übrigen beschränkte sich Denise nicht darauf, die frischen Wunden zu verbinden, aus denen sie einst selber geblutet hatte: zarte weibliche Einfälle, die sie Mouret einflüsterte, entzückten die Kundschaft. Sie war auch Lhommes ganze Freude, weil sie einen Plan unterstützte, den er schon lange hegte, nämlich ein Orchester zusammenzustellen, dessen Musikanten sämtlich unter dem Personal ausgewählt werden sollten. Drei Monate später dirigierte Lhomme hundertzwanzig Musiker, der Traum seines Lebens war Wirklichkeit geworden. Und ein großes Fest wurde in den Ladenräumen gegeben, ein Konzert mit Ball, um der Kundschaft, der ganzen Welt die Kapelle des „Paradieses" vorzuführen. Die Zeitungen befaßten sich damit, sogar Bourdoncle, den diese Neuerungen völlig außer sich brachten, mußte sich angesichts der riesigen Reklame beugen. Dann richtete man einen Spielsaal für die Kommis ein, mit zwei Billards und Tricktrack- und Schachbrettern. Abends wurden im Hause Kurse abgehalten, Kurse für Englisch und Deutsch, Kurse für Grammatik, Rechnen und Geographie; man ging sogar bis zu Reit- und Fechtstunden. Eine Bibliothek wurde geschaffen, zehntausend Bände standen den Angestellten zur Verfügung. Und zu dem allen kam noch ein ständiger Arzt hinzu, der kostenfreie Sprechstunden abhielt, ferner Bäder, Restaurationsräume, ein Friseursalon. Für alle Lebensbedürfnisse war gesorgt, man fand alles vor, ohne das Haus verlassen zu müssen, Unterricht, Tisch, Bett, Kleidung. Mitten in dem großen Paris, das beunruhigt war von dem Höllenspektakel, dieser Hochburg der Arbeit, die, endlich dem vollen Sonnenlicht aufgetan, so weiträumig aus dem Mist der alten Straßen hervorwuchs, genügte das „Paradies der Damen“ sich selber, mochte es nun um Vergnügungen oder um notwendige Dinge gehen.

Dann vollzog sich ein neuer Meinungsumschwung zugunsten Denises. Da der besiegte Bourdoncle seinen Vertrauten verzweifelt wiederholte, daß er viel dafür gegeben haben würde, das junge Mädchen selber in Mourets Bett zu legen, stand es nun fest, daß sie nicht nachgegeben hatte, daß ihre Allmacht die Folge ihrer Weigerung war. Und von diesem Augenblick an wurde sie allgemein beliebt. Man wußte sehr wohl, welche Annehmlichkeiten man ihr verdankte; man bewunderte ihre Willenskraft. Da war doch wenigstens eine, die dem Chef den Fuß auf den Nacken setzte, sie alle rächte und anderes von ihm zu erlangen wußte als leere Versprechungen! Sie war also gekommen, diejenige, die den armen Teufeln ein wenig Achtung verschaffte! Wenn sie mit ihrem klugen und eigensinnigen Kopf, ihrem zarten und unwiderstehlichen Wesen durch die Abteilungen ging, lächelten die Verkäufer ihr zu, waren stolz auf sie, hätten sie gern der Menge gezeigt. Diese war glücklich darüber und ließ sich von dieser wachsenden Zuneigung tragen. Mein Gott, war es denn möglich? Sie sah sich in ihrem armseligen Röckchen ankommen, verstört, verloren in dem Räderwerk der schrecklichen Maschine; lange hatte sie das Gefühl gehabt, ein Nichts zu sein, kaum ein Hirsekorn unter den Mahlsteinen, die eine Welt zermalmten; und heute war sie die eigentliche Seele dieser Welt, sie allein war von Bedeutung. Mit einem Wort konnte sie den Koloß, der besiegt zu ihren kleinen Füßen lag, zu rascherem oder langsamerem Gang bestimmen. Doch hatte sie dies alles nicht gewollt, sie war einfach mit dem unvergleichlichen Zauber der Sanftmut erschienen, ohne Berechnung. Ihre unumschränkte Herrschaft rief zuweilen ein unruhiges Staunen in ihr hervor: was für einen Grund hatten denn alle, sich ihr zu unterwerfen? Sie war doch gar nicht hübsch, sie tat das Schlimme doch gar nicht. Dann lächelte sie beruhigten Herzens, einzig erfüllt von Güte und Vernunft, Liebe zur Wahrheit und zu folgerichtigem Denken, das ihre ganze Stärke war.

Eine der großen Freuden Denises bei ihrer Beliebtheit war, daß sie Pauline nützlich sein konnte. Diese war schwanger und zitterte, weil innerhalb von vierzehn Tagen zwei Verkäuferinnen im siebten Monat ihrer Schwangerschaft hatten gehen müssen. Die Geschäftsleitung duldete solche Vorkommnisse nicht, die Mutterschaft wurde als hinderlich und unanständig unterdrückt; notfalls gestattete man die Eheschließung, aber Kinder zu bekommen verbot man. Pauline hatte freilich einen Ehemann im Hause. Trotzdem sah sie sich vor, denn dadurch war sie in der Abteilung nicht weniger unmöglich; und um eine etwaige Entlassung hinauszuzögern, schnürte sie sich bis zum Ersticken, entschlossen, ihren Zustand, solange sie konnte, zu verbergen. Eine der zwei entlassenen Verkäuferinnen war gerade mit einem toten Kind niedergekommen, weil sie ihren Körper so mißhandelt hatte; es schien kaum Hoffnung zu bestehen, sie selber am Leben zu erhalten. Bourdoncle jedoch sah Paulines Gesichtsfarbe bleifahl werden und bemerkte zugleich, daß sie steif und mühsam ging. Eines Morgens befand er sich gerade in ihrer Nähe, bei den Brautausstattungen, als ein Ladendiener, der ein Paket wegtrug, ihr damit einen solchen Stoß versetzte, daß sie beide Hände an den Leib hob und einen Schrei ausstieß. Unverzüglich führte er sie weg, verhörte sie, unterbreitete dem Rat die Frage ihrer Entlassung unter dem Vorwand, sie brauche frische Landluft: die Geschichte mit dem Stoß werde sich sofort herumsprechen, die Wirkung auf das Publikum würde unheilvoll sein, falls sie eine Fehlgeburt hätte, wie es bereits im vergangenen Jahr einer bei den Babyausstattungen ergangen sei. Mouret, der diesmal der Besprechung nicht beiwohnte, konnte seine Meinung erst am Abend äußern. Aber Denise hatte Zeit gehabt einzugreifen, und er gebot Bourdoncle im Interesse der Firma Schweigen. Wolle man etwa die Mütter aufwiegeln, die jungen Wöchnerinnen unter den Kundinnen kränken? Mit großer Feierlichkeit wurde der Beschluß gefaßt, daß jede verheiratete Verkäuferin, die schwanger wurde, zu einer ausgebildeten Hebamme gebracht werden sollte, sobald ihre Anwesenheit im Rayon gegen die gute Sitte verstoße. Als Denise tags darauf in die Krankenstube hinaufging, um Pauline zu besuchen, die sich infolge des Stoßes, den sie abbekommen, hatte zu Bett legen müssen, küßte diese sie ungestüm auf beide Wangen.

„Wie lieb Sie sind! Ohne Sie hätte man mich hinausgeworfen ... Und seien Sie unbesorgt, der Arzt versichert, daß es nichts schaden wird."

Baugé, der sich aus seinem Rayon weggestohlen hatte, stand an der anderen Seite des Bettes. Auch er stammelte Dankesworte, fühlte sich vor Denise befangen, die er jetzt als eine arrivierte und einer höheren Klasse angehörende Persönlichkeit behandelte. Ah, wenn er noch irgend etwas Schmutziges in bezug auf sie höre, werde er den Neidern schon den Mund stopfen!

Aber Pauline schickte ihn achselzuckend weg.

„Mein armer Schatz, du redest nur dummes Zeug ... Geh, laß uns plaudern."

Die Krankenstube war ein langer, heller Raum, wo zwölf Betten mit weißen Vorhängen in einer Reihe standen. Dort wurden die im Hause wohnenden Angestellten gepflegt, wenn sie kein Verlangen bekundeten, in ihre Familie zurückzukehren. Aber an diesem Tage lag hier nur Pauline, nahe bei einem der großen Fenster, die auf die Rue Neuve-Saint-Augustin gingen. Und inmitten dieser reinlichen Leintücher, in dieser linden Luft, die mit einem vagen Lavendelduft parfümiert war, begannen sofort die vertraulichen Gespräche, die zärtlichen und geflüsterten Worte.

„Er tut also dennoch, was Sie wollen? – Wie hart Sie sind, daß Sie ihm so viel Kummer bereiten! Nun wohl, erklären Sie mir das, da ich nun einmal dieses Thema anzuschneiden wage. Sie können ihn also nicht leiden?"

Sie hatte die Hand Denises, die, auf das Kopfkissen gestützt, neben ihrem Bett saß, in der ihren behalten, und Denise, von einer plötzlichen Gefühlsaufwallung ergriffen, die Wangen von Röte überflutet, wurde bei dieser direkten und unerwarteten Frage schwach. Ihr Geheimnis entfuhr ihr, sie verbarg den Kopf im Kissen und murmelte:

„Ich liebe ihn!"

Pauline war verblüfft.

„Wie? Sie lieben ihn? Aber dann ist es doch ganz einfach: sagen Sie ja."

Denise, das Gesicht noch immer versteckt, verneinte durch lebhaftes Kopfschütteln. Und gerade, weil sie ihn liebe, sage sie nein, aber sie ließ sich nicht näher darüber aus. Gewiß, es sei lächerlich; aber sie empfinde nun einmal so und könne sich nicht umschaffen.

Die Verwunderung ihrer Freundin wurde immer größer, schließlich fragte sie:

„Also geschieht das alles, um zu erreichen, daß er Sie heiratet?"

Da richtete sich das junge Mädchen jäh auf, sie war ganz fassungslos.

„Er mich heiraten! O nein! Oh, ich schwöre Ihnen, daß ich etwas Derartiges nie gewollt habe ... Nein, nie ist mir ein solcher Plan in den Sinn gekommen, und Sie wissen, daß ich Lügen verabscheue!"

„Ei, meine Liebe", sagte Pauline sanft, „wenn Sie den Gedanken hätten, sich heiraten zu lassen, könnten Sie sich nicht anders benehmen ... Es wird wirklich nötig, daß das ein Ende findet, und da bleibt nur Heiraten übrig, da Sie ja von der anderen Sache nichts wissen wollen ... Hören Sie, ich muß Ihnen sagen, daß alle

Welt das gleiche denkt: ja, man ist überzeugt, daß Sie ihn so lange zappeln lassen, um ihn schließlich aufs Standesamt zu führen ... Mein Gott, was sind Sie doch für ein komisches Wesen!"

Und sie mußte Denise trösten, deren Kopf wieder aufs Kissen gesunken war und die schluchzend wiederholte, daß sie noch weggehen werde, weil man ihr unaufhörlich allerlei Dinge zuschreibe, die ihr überhaupt nicht in den Sinn kommen könnten. Gewiß, wenn ein Mann eine Frau liebe, solle er sie heiraten. Aber sie verlange nichts, sie bezwecke nichts, sie bitte nur flehentlich, man möge sie wie alle andern mit ihren Kümmernissen und ihren Freuden in Ruhe leben lassen. Sonst würde sie fortgehen.

Im selben Augenblick durchschritt unten Mouret die Ladenräume. Er hatte sich betäuben wollen, indem er wieder einmal die Bauarbeiten besichtigte. Monate waren vergangen, die Fassade reckte jetzt ihre monumentalen Linien hinter der ausgedehnten Bretterverkleidung empor, die sie den Blicken des Publikums verbarg. Ein ganzes Heer von Verschönerungshandwerkern machte sich ans Werk: Marmorschneider, Fayencearbeiter, Mosaikleger; man vergoldete die Mittelgruppe über dem Portal, während man auf der Giebelzinne bereits Sockel, die die Standbilder der Fabrikstädte Frankreichs tragen sollten, mittels eingegossener Klammern befestigte. Von morgens bis abends stand längs der seit kurzem dem Verkehr übergebenen Rue du Dix-Décembre eine Menge von Gaffern, reckte die Nase in die Luft, sah zwar nichts, war aber vollauf mit den Wunderdingen beschäftigt, die man sich von dieser Fassade erzählte, deren Enthüllung ganz Paris in Aufruhr versetzen werde. Und auf diesem von Arbeit fiebernden Bauplatz, inmitten der Künstler, die die von den Maurern begonnene Verwirklichung seines Traums vollendeten, hatte Mouret soeben bitterer denn je empfunden, daß all sein Reichtum eitel war. Der Gedanke an Denise hatte ihm plötzlich die Brust zusammengeschnürt, dieser Gedanke, der ihn unablässig brennend durchzuckte wie der stechende Schmerz einer unheilbaren Krankheit. Ohne ein Wort der Anerkennung zu finden, war er, in der Befürchtung, man könne seine Tränen sehen, vor dem Ekel an diesem glänzenden Erfolg geflohen.

Diese Fassade, die nun endlich stand, schien ihm klein, einer der Mauern aus Sand vergleichbar, die die Gassenjungen bauen; und hätte man sie auch von einem Vorort der Stadt bis zum andern verlängert, sie bis zu den Sternen erhöht, so würde sie doch nicht die Leere seines Herzens ausgefüllt haben, das nur das „Ja" eines Kindes ganz zu füllen vermochte.

Als Mouret in sein Arbeitszimmer zurückkehrte, erstickte er fast an unterdrücktem Schluchzen. Was wollte sie denn? Er wagte es nicht mehr, ihr Geld anzubieten, dunkel tauchte der Gedanke an Heirat in ihm auf, obwohl er sich als junger Witwer dagegen sträubte. Und da seine Machtlosigkeit seine Kraft aufgezehrt hatte, flossen seine Tränen. Ihm war elend zumute.

## KAPITEL XIII

An einem Novembermorgen erteilte Denise gerade die ersten Anweisungen in ihrem Rayon, als das Dienstmädchen der Baudus kam, um ihr zu sagen, daß Fräulein Geneviève eine sehr schlechte Nacht gehabt habe und ihre Kusine unverzüglich zu sehen wünsche. Seit einiger Zeit werde das junge Mädchen von Tag zu Tag schwächer, und vorgestern habe es sich zu Bett legen müssen.

„Sagen Sie, ich käme sofort", erwiderte Denise sehr beunruhigt.

Der Schlag, der Geneviève den Rest gegeben hatte, war das plötzliche Verschwinden Colombans. Zunächst hatte er, von Clara zum besten gehalten, auswärts geschlafen; später hatte er der törichten Begierde duckmäuserischer und keuscher junger Männer nachgegeben, war zum gehorsamen Hund dieser Dirne geworden und eines Montags nicht mehr zurückgekehrt, er hatte lediglich in den gewählten Redensarten eines Menschen, der sich das Leben nehmen will, einen Abschiedsbrief an seinen Chef geschrieben. Vielleicht hätte sich auf dem Grunde dieser Liebesleidenschaft auch die schlaue Berechnung eines Burschen entdekken lassen, der froh ist, eine unheilvolle Heirat aufzugeben; um die Tuchhandlung stand es ebenso schlecht wie um seine Zukünftige, es war der rechte Augenblick, die Verbindung durch einen dummen Streich abzubrechen. Und alle Welt führte ihn als ein bejammernswürdiges Opfer der Liebe an.

Als Denise in das „Vieil Elbeuf" kam, befand sich Frau Baudu dort allein. Mit ihrem kleinen weißen, von Blutarmut entstellten Gesicht saß sie regungslos hinter der Kasse, das Schweigen und die Leere des Ladens bewachend. Es gab keinen Kommis mehr; das Dienstmädchen fegte mit dem Flederwisch die Regale ab, und man dachte sogar daran, sie durch eine Aufwartefrau zu ersetzen. Finstere Kälte sank von der Decke herab; Stunden vergingen, ohne daß eine Kundin kam und diese Schattenwelt störte; und der Waren, die unangerührt auf der gleichen Stelle liegenblieben, bemächtigte sich mehr und mehr der Salpeter der Mauern.

„Was ist denn?“ fragte Denise lebhaft. „Besteht Gefahr für Geneviève?“

Frau Baudu antwortete nicht sogleich. Ihre Augen füllten sich mit Tränen. Dann stammelte sie:

„Ich weiß nichts, man sagt mir nichts . . . Ach, es ist zu Ende, es ist zu Ende . . .“ Und sie ließ ihren in Tränen schwimmenden Blick durch den düsteren Laden schweifen, als fühle sie das Haus zugleich mit ihrer Tochter entschwinden. Die siebzigtausend Francs, die der Verkauf des Besitzes in Rambouillet eingebracht hatte, waren in weniger als zwei Jahren im Strudel des Konkurrenzkampfes dahingeschmolzen. Um gegen das „Paradies“ anzukämpfen, das nun auch die Tuche für Herrenanzüge, den Samt für Jäger und die Livreen führte, hatte der Tuchhändler beträchtliche Opfer gebracht. Schließlich war er von den Moltons und Flanellen seines Rivalen, einer so reichhaltigen Auswahl, wie es sie auf dem Platz Paris noch nicht gegeben hatte, endgültig zu Boden gedrückt worden. Nach und nach war die Schuld angewachsen; er hatte sich entschlossen, als letztes Hilfsmittel eine Hypothek auf das uralte Haus in der Rue de la Michodière aufzunehmen, wo der alte Finet, der Vorfahr, die Firma gegründet hatte; und jetzt war es nur noch eine Frage von Tagen, alles zerfiel mehr und mehr, sogar die Decken würden einstürzen und als Staub davonfliegen, genauso wie ein barbarischer und von Würmern zernagter Bau, den der Wind davonträgt.

„Der Vater ist oben“, sagte Frau Baudu mit stockender Stimme. „Wir wechseln uns alle zwei Stunden ab; einer muß unbedingt hier achtgeben, oh, nur vorsichtshalber, denn in Wahrheit . . .“ Ihre Handbewegung vollendete den Satz.

Sie würden die Fensterläden vorgehängt haben, hätte nicht ihr alter Kaufmannsstolz sie noch vor dem Stadtviertel standhalten lassen.

„Dann gehe ich jetzt hinauf, Tante“, sagte Denise, der sich bei dieser schicksalsergebenen Hoffnungslosigkeit, die selbst die

Tuchballen auszuströmen schienen, das Herz zusammenkrampfte.

„Ja, geh hinauf, geh schnell hinauf, meine Tochter ... Sie wartet auf dich, sie hat die ganze Nacht nach dir verlangt. Sie will dir irgend etwas sagen."

Doch gerade in diesem Augenblick kam Baudu herunter. Die Galle war ihm übergelaufen und hatte sein gelbes Gesicht mit den blutig gesprenkelten Augen grünlich gefärbt. Er ging noch mit dem leisen Schritt, mit dem er soeben das Schlafzimmer verlassen hatte, er flüsterte, als könne man ihn oben hören:

„Sie schläft." Und da ihm die Beine zitterten, setzte er sich auf einen Stuhl. Mit einer mechanischen Gebärde trocknete er sich die Stirn, keuchend wie jemand, der von einer schweren Arbeit kommt. Schweigen herrschte. Schließlich sagte er zu Denise: „Du wirst sie gleich sehen ... Wenn sie schläft, kommt es uns so vor, als sei sie genesen."

Wieder begann das Schweigen. Vater und Mutter saßen sich gegenüber und sahen einander an.

Dann kaute er mit gedämpfter Stimme seinen bitteren Kummer wieder, ohne jemanden zu nennen, ohne sich an jemanden zu wenden.

„Meinen Kopf hätte ich zum Pfand gegeben, das hätte ich nicht geglaubt! – Er war der letzte, ich hatte ihn erzogen wie meinen Sohn. Wenn einer gekommen wäre und mir gesagt hätte: ‚Sie werden dir auch ihn nehmen, du wirst ihn umkippen sehen', so hätte ich geantwortet: ‚Dann gibt es keinen Gott mehr!' Und er ist dennoch umgekippt! – Ach, der Unselige, der so genau wußte, was echter Handel ist, der in allem die gleichen Ansichten hatte wie ich! Um eines häßlichen Weibsbilds willen, für eine dieser Puppen, die hinter den Schaufensterscheiben zweideutiger Firmen paradieren! – Nein, sehen Sie, darüber kann man verrückt werden!" Er schüttelte den Kopf, hatte die trüben Augen gesenkt und betrachtete die feuchten, durch Generationen von Kunden abgenutzten Fliesen. „Wollen Sie es wissen?" fuhr er leiser fort. „Nun wohl, es gibt Augenblicke, da ich das Gefühl habe, die größte Schuld an unserem Unglück zu tragen. Ja, ich bin schuld daran, wenn unsere arme Tochter vom Fieber verzehrt da oben liegt. Hätte ich nicht die beiden sofort verheiraten müssen, ohne meinem dummen Stolz nachzugeben, dem eigensinnigen Wunsch, ihnen das Geschäft ebenso blühend zu übergeben, wie es früher war? Jetzt würde sie den haben, den sie liebt; und vielleicht hätte ihrer beider Jugend hier das Wunder vollbracht, das ich nicht verwirklichen konnte... Aber ich bin ein alter Narr, ich habe nichts davon verstanden, ich glaubte nicht, daß man solcher Dinge wegen krank werden könnte... Wirklich, dieser junge Mann war außergewöhnlich; er hatte Verkaufsbegabung und war so rechtschaffen, so schlicht in seiner Lebensweise, so ordentlich in jeglicher Art, kurz, mein Schüler..." Er hob wieder den Kopf und rechtfertigte weiter seine Ansichten über diesen Kommis, der ihn verraten hatte.

Denise konnte seine Selbstbezichtigungen nicht mit anhören, und sie erzählte ihm alles, fortgerissen von Ergriffenheit, weil sie ihn so demütig sah, die Augen voller Tränen, ihn, der früher hier als ein mürrischer und unumschränkter Gebieter geherrscht hatte.

„Lieber Onkel, entschuldigen Sie ihn bitte nicht . . . Er hat Geneviève nie geliebt, hätten Sie die Heirat beschleunigen wollen, so wäre er früher davongegangen. Ich habe selber mit ihm darüber gesprochen; er wußte ganz genau, daß meine arme Kusine um seinetwillen litt; und Sie sehen ja, daß ihn das nicht daran gehindert hat wegzugehen . . . Fragen Sie die Tante."

Ohne den Mund aufzutun, bestätigte Frau Baudu diese Worte durch eine Kopfbewegung.

Da wurde der Tuchhändler noch bleicher, während die Tränen ihn vollends blind machten. Er stotterte:

„Das muß im Blut liegen, sein Vater ist letzten Sommer daran gestorben, daß er zu sehr hinter den Schürzen her war." Und mechanisch schweifte sein Blick durch die dunklen Winkel, glitt von den leeren Ladentischen zu den gefüllten Regalen, heftete sich dann wieder auf seine Frau, die in vergeblichem Warten auf die entschwundene Kundschaft noch immer aufrecht an der Kasse saß. „Wahrlich, das ist das Ende!" sagte er. „Sie haben unseren Handel umgebracht, und nun bringt eine ihrer Dirnen unsere Tochter um."

Niemand sprach mehr. Das Rollen der Wagen, das zuweilen die Fliesen erschütterte, klang, durch die niedrige Decke gedämpft, in der muffigen Luft, als schlügen Trommler einen Trauermarsch. Und in der düsteren Traurigkeit der in den letzten Zügen liegenden alten Läden hörte man dumpfe Schläge, die irgendwo im Hause fielen. Es war Geneviève, die aufgewacht war und mit einem Stock klopfte, den man ihr ans Bett gestellt hatte.

„Laß uns rasch hinaufgehen", sagte Baudu, sich mit einem Ruck erhebend. „Versuche, lustig zu sein, sie darf es nicht erfahren."

Er selber rieb sich im Treppenhaus kräftig die Augen, um die Spuren seiner Tränen zu verwischen. Sobald er die Tür zum ersten Stock aufgemacht hatte, hörte man eine schwache Stimme, eine von Angst entstellte Stimme rufen:

„Oh, ich will nicht allein sein ... Oh, laßt mich nicht allein ... Oh, ich fürchte mich vor dem Alleinsein ..." Als Geneviève dann Denise bemerkte, beruhigte sie sich, lächelte froh. „Da sind Sie also! – Wie sehr habe ich seit gestern auf Sie gewartet! Ich glaubte schon, auch Sie hätten mich verlassen!"

Es war ein Jammer. Das Zimmer des jungen Mädchens lag nach dem Hof zu, ein kleines Zimmer, in das ein fahles Licht drang. Erst hatten die Eltern die Kranke in ihrem eigenen Schlafzimmer gebettet, das auf die Straße ging; aber der Anblick des gegenüberliegenden „Paradieses der Damen" regte Geneviève furchtbar auf, und sie hatten sie wieder in ihr Mädchenzimmer bringen müssen. Dort lag sie nun so schmächtig unter den Dekken, daß man nicht einmal die Form und das Vorhandensein eines Körpers wahrnahm. Ihre mageren Arme, vom glühenden Fieber der Schwindsüchtigen versengt, bewegten sich unaufhörlich in einem ängstlichen und unbewußten Suchen, während ihr schwarzes, von Leidenschaft schweres Haar noch dichter geworden zu sein schien und mit seinem gierigen Leben das arme Gesicht verzehrte, auf dem sich der Todeskampf der äußersten Degeneriertheit einer durch viele Generationen im Dunkel dieser Höhle des alten Pariser Handels aufgewachsenen Familie spiegelte.

Denise betrachtete sie, das Herz von Mitleid zerrissen. Aus

Angst, in Tränen auszubrechen, sprach sie nicht. Schließlich sagte sie leise:

„Ich bin sofort gekommen . . . Kann ich vielleicht irgend etwas für Sie tun? – Sie haben nach mir verlangt . . . Soll ich hierbleiben?“

Geneviève, deren Atem rasch ging und deren Hände noch immer in den Falten der Decke umherirrten, ließ den Blick nicht von ihr.

„Nein, danke, ich brauche nichts . . . Ich wollte Sie nur umarmen.“ Tränen schwellten ihre Lider.

Da beugte sich Denise schnell zu ihr hinab, küßte sie auf die Wangen und fühlte erschauernd die Glut dieser eingefallenen Wangen an ihren Lippen.

Aber die Kranke hatte sie gefaßt und umschlang sie und hielt sie in einer verzweifelten Umarmung fest. Dann glitt ihr Blick zu ihrem Vater hinüber.

„Soll ich hierbleiben?“ wiederholte Denise. „Kann ich irgend etwas für Sie tun?“

„Nein, nein.“

Genevièves Blicke wandten sich hartnäckig ihrem Vater zu, der mit stumpfsinniger Miene und zugeschnürter Kehle stehengeblieben war. Schließlich begriff er, er zog sich wortlos zurück, und man hörte seinen Schritt, wie er schwer die Stufen hinabstieg.

„Sagen Sie mir, ist er bei jener Frau?“ fragte die Kranke sofort, ergriff die Hand ihrer Kusine und veranlaßte diese, sich auf den Bettrand zu setzen. „Ja, ich wollte Sie sehen, nur Sie können es mir sagen . . . Nicht wahr, sie leben zusammen?“

Denise kamen diese Fragen so überraschend, daß sie stammelte und die Wahrheit gestehen mußte, die Gerüchte, die in der Firma umliefen. Ärgerlich über diesen jungen Mann, der immer unverhofft bei ihr auftauchte, habe Clara ihm bereits ihre Tür verschlossen; und Colomban, der darüber untröstlich sei, verfolge sie überall, versuche mit der Demut eines geprügelten Hundes dann und wann eine Zusammenkunft mit ihr zu erreichen. Man behauptete, er werde eine Stellung im „Louvre“ annehmen.

„Wenn Sie ihn so sehr lieben, kann er noch zu Ihnen zurückkehren", fuhr das junge Mädchen fort, um die Sterbende in diese letzte Hoffnung einzulullen. „Werden Sie schnell gesund, er wird sein Unrecht einsehen und Sie heiraten."

Geneviève fiel ihr ins Wort. Sie hatte mit ihrem ganzen Wesen zugehört, mit einer stummen Leidenschaft, die sie veranlaßte, sich aufzusetzen. Aber sie sank sogleich wieder zurück.

„Nein, lassen Sie nur, ich weiß genau, daß es aus ist . . . Ich sage nichts, weil ich Papa weinen höre und Mama nicht noch kränker machen will. Nur gehe ich, wie Sie sehen, nun hinüber, und wenn ich heute nacht nach Ihnen gerufen habe, so geschah es aus Angst, vor Tagesanbruch zu verscheiden . . . Mein Gott, zu denken, daß er nicht einmal glücklich ist!" Und als Denise Einspruch erhob und ihr versicherte, daß ihr Zustand nicht so ernst sei, schnitt sie ihr ein zweites Mal das Wort ab; mit der keuschen Gebärde einer Jungfrau, die in ihrer Todesstunde nichts mehr zu verbergen braucht, warf sie plötzlich die Decke zurück. Bis an den Bauch aufgedeckt, murmelte sie: „Sehen Sie mich doch an! – Ist es nicht zu Ende?"

Zitternd erhob sich Denise vom Bettrand, als fürchte sie, durch einen Atemhauch diese jammervolle entblößte Gestalt zu zerstören. Das war das Ende des Fleisches, der Körper einer vom Warten verbrauchten Braut, die wieder zu dem schmalen Kind der ersten Jahre geworden war.

Langsam zog Geneviève die Decke wieder über sich, und sie wiederholte: „Sie sehen ja, ich bin keine Frau mehr . . . Es wäre schlecht von mir, wenn ich ihn noch begehrte."

Beide schwiegen. Sie sahen einander abermals an, fanden aber keine Worte mehr.

Dann sagte Geneviève:

„Nun, bleiben Sie nicht hier, Sie haben zu tun. Und seien Sie bedankt, mich quälte das Bedürfnis, Bescheid zu wissen; jetzt bin ich zufrieden. Wenn Sie ihn wiedersehen, sagen Sie ihm, daß ich ihm verzeihe . . . Leben Sie wohl, meine gute Denise. Umarmen Sie mich fest, es ist das letzte Mal."

Das junge Mädchen umarmte sie, widersprach ihr aber:

„Nein, nein, überlassen Sie sich nur keinen trüben Ahnungen, Sie brauchen Pflege, sonst nichts."

Aber die Kranke schüttelte nachdrücklich den Kopf. Sie lächelte, sie wußte es mit Bestimmtheit. Und als ihre Kusine schließlich auf die Tür zuging, sagte sie: „Warten Sie, klopfen Sie mit diesem Stock, damit Papa heraufkommt ... Allein habe ich zuviel Angst." Als dann Baudu in diesem kleinen düsteren Zimmer erschien, wo er die Stunden auf einem Stuhl verbrachte, nahm sie eine heitere Miene an und rief Denise zu: „Kommen Sie morgen nicht, das ist nicht nötig. Aber Sonntag erwarte ich Sie, da müssen Sie den Nachmittag über bei mir bleiben."

Am nächsten Tag um sechs Uhr in der Frühe tat Geneviève nach vier Stunden furchtbaren Röchelns den letzten Atemzug. Das Begräbnis fiel auf einen Sonnabend mit düsterem Wetter und einem rußfarbenen Himmel, der auf der erschauernden Stadt lastete. Das ganz mit weißem Tuch ausgeschlagene „Vieil Elbeuf" erhellte die Straßen mit einem weißen Fleck; und die brennenden Kerzen wirkten in dem trüben Tageslicht wie in der Dämmerung ertrunkene Sterne. Perlenkränze und ein großer Strauß weißer Rosen bedeckten den Sarg, einen schmalen Kleinmädchensarg, der im dunklen Hausflur stand, in gleicher Höhe mit dem Gehsteig und so nahe am Rinnstein, daß die Wagen bereits die Behänge bespritzt hatten. Das ganze alte Stadtviertel schwitzte Feuchtigkeit aus, verströmte seinen schimmligen Kellergeruch, während auf seinem schmutzigen Pflaster ein ununterbrochenes Gedränge von Vorübergehenden herrschte.

Schon um neun Uhr war Denise gekommen, um bei ihrer Tante zu bleiben. Diese, die Augen wund von Tränen, weinte nicht mehr, aber als der Leichenzug aufbrechen sollte, bat sie Denise, dem Sarg zu folgen und auf den Onkel achtzugeben, der die Familie durch seine stumme Niedergeschlagenheit, seinen an Stumpfsinn grenzenden Schmerz beunruhigte. Unten fand das junge Mädchen die Straße voll von Leuten. Der Kleinhandel des Stadtviertels wollte Baudu seine Teilnahme bezeigen; und hinter diesem Eifer verbarg sich auch so etwas wie eine Kundgebung gegen das „Paradies der Damen", dem man die Schuld an dem langsamen Dahinsterben Genevièves gab. Alle Opfer des Ungetüms waren zur Stelle, Geschwister Bédoré, die Mützen- und Strumpfhändler aus der Rue Gaillon, die Pelzhändler Gebrüder Vampouille und Deslignières, der Galanteriewarenhändler, ebenso wie Piot & Rivoire, die Möbelhändler; sogar Fräulein Tatin, die Wäschehändlerin, und der Handschuhhändler Quinette, die der Konkurs schon lange hinweggefegt hatte, hatten es für ihre Pflicht gehalten zu kommen, die eine aus Les Batignolles, der andere von der Bastille, wo sie bei Fremden hatten Arbeit aufnehmen müssen. Während man auf den Leichenwagen wartete, der sich infolge eines Irrtums verspätete, hoben all diese in Schwarz gekleideten, im Schmutz umherstampfenden Leute haßerfüllt den Blick zum „Paradies“, dessen helle Schaufenster und von Heiterkeit strahlende Auslagen ihnen wie eine Beleidigung erschienen angesichts des „Vieil Elbeuf“, das die andere Straßenseite mit seiner Trauer verdüsterte. Einige Köpfe neugieriger Kommis zeigten sich hinter den Scheiben, aber der Koloß wahrte seine Gleichgültigkeit einer mit Volldampf losgelassenen Maschine, die nichts von den Todesfällen weiß, die sie unterwegs verursachen kann.

Denise hielt Ausschau nach ihrem Bruder Jean. Schließlich entdeckte sie ihn vor Bourras' Laden und trat zu ihm, um ihm aufzutragen, sich neben dem Onkel zu halten und ihn zu stützen, falls diesem das Gehen schwerfallen sollte. Seit einigen Wochen war Jean ernst, als quäle ihn etwas, was ihn vollauf beschäftigte. An diesem Tage wirkte er, der jetzt ein erwachsener Mensch war und an manchen Tagen zwanzig Francs verdiente, in einen schwarzen Gehrock gezwängt, so würdig und so betrübt, daß seine Schwester davon betroffen war, denn sie hatte nicht vermutet, daß er seine Kusine so sehr liebte. In dem Wunsch, Pépé nutzlose Trauer zu ersparen, hatte sie ihn bei Frau Gras gelassen, sich aber fest vorgenommen, ihn am Nachmittag abzuholen, damit er Onkel und Tante umarmen könne.

Indessen kam der Leichenwagen noch immer nicht, und Denise sah gerade tiefbewegt zu, wie die Kerzen herabbrannten, als sie bei dem bekannten Klang einer Stimme, die hinter ihr sprach, zusammenzuckte. Es war Bourras. Er hatte durch einen Wink einen Maronenverkäufer herbeigerufen, der gegenüber in einer engen, vom Laden eines Weinhändlers abgeschlagenen Bude seinen Stand hatte, und sagte zu ihm:

„Nicht wahr, Vigoureux, Sie tun mir den Gefallen ... Sie sehen, ich habe zugesperrt ... Im Fall, daß jemand kommt, sagen Sie ihm bitte, er möge wieder vorbeikommen. Aber das wird keine Störung für Sie sein, niemand wird kommen."

Dann blieb er an der Kante des Gehsteigs stehen und wartete wie die anderen. Denise hatte einen verlegenen Blick auf seinen Laden geworfen. Jetzt vernachlässigte ihn Bourras, man sah in der Auslage nur noch ein klägliches Durcheinander verschossener Schirme und vom Gas geschwärzter Spazierstöcke. Die Verschönerungen, die er vorgenommen hatte, der zartgrüne Anstrich, die Spiegelscheiben, das vergoldete Firmenschild, alles geriet bereits aus den Fugen, verschmutzte, bot den Anblick des schnellen und kläglichen Verfalls der falschen Pracht übertünchter Ruinen. Doch wenn auch die alten Risse wieder zum Vorschein kamen, wenn auch die feuchten Stellen unter der Vergoldung wieder ausgeschlagen waren, hielt doch das Haus noch immer eigensinnig stand, klebte an der Flanke des „Paradieses der Damen" wie eine entstellende Warze, die sich, obgleich aufgeplatzt und verschrumpelt, weigerte, von ihm abzufallen.

„Ah, die Elenden!" schalt Bourras. „Sie wollen nicht einmal zulassen, daß man sie fortträgt!"

Der Leichenwagen, der endlich kam, war durch ein Fuhrwerk des „Paradieses" aufgehalten worden, dessen lackierte Flächen im flinken Trab der zwei prächtigen Pferde schnell dahinglitten und ihr sternengleiches Strahlen in den Nebel aussandten. Und der alte Kaufmann warf Denise einen schiefen Blick zu, der unter dem Gestrüpp seiner Brauen aufflammte.

Langsam setzte sich der Leichenzug in Bewegung und patschte in der Stille, die eintrat, als die Kutschen und Omnibusse jäh zum Halten gebracht wurden, durch die Lachen. Als der weißdrapierte Sarg den Place Gaillon überquerte, bohrten sich die düsteren Blicke des Geleits noch einmal in die Scheiben des großen Modemagazins, wo nur zwei Verkäuferinnen herbeigeeilt waren und, froh über diese Zerstreuung, zusahen. Baudu ging mit schweren, mechanischen Schritten hinter dem Leichenwagen her und hatte mit einem Wink den Arm Jeans, der neben ihm ging, abgelehnt. Dem langen Zug zu Fuß gehender Leute folgten drei Trauerkutschen. Als man die Rue Neuve-des-Petits-Champs passierte, kam Robineau eilig herbei und schloß sich dem Zug an; er war sehr bleich, sein Gesicht gealtert.

In der Kirche Saint-Roch warteten viele Frauen, die Kleinhändlerinnen des Stadtviertels, die das Gedränge vor dem Trauerhaus gescheut hatten. Die Beileidskundgebung glich fast einem Aufruhr; und als sich der Zug nach der Seelenmesse wieder auf den Weg machte, folgten alle Leute von neuem, obwohl es weit war von der Rue Saint-Honoré bis zum Montmartre-Friedhof. Man mußte wieder die Rue Saint-Roch hinauf und ein zweites Mal am „Paradies der Damen" vorbei. Man kam davon nicht los, diese arme Jungmädchenleiche wurde gleichsam als das erste unter den Kugeln einer Revolution gefallene Opfer rings um das große Geschäftshaus gefahren. Am Eingang knatterte wie Fahnen roter Flanell im Wind, eine Teppichauslage erstrahlte in einem blutroten Flor riesiger Rosen und weitaufgeblühter Päonien.

Denise war indes in einen Wagen gestiegen, denn sie war von so quälenden Zweifeln erregt, ihre Brust von solcher Trauer zusammengepreßt, daß sie keine Kraft zum Gehen mehr hatte. In der Rue du Dix-Décembre gab es gerade vor den Baugerüsten der neuen Fassade, die noch immer den Verkehr behinderten, einen Aufenthalt. Und das junge Mädchen bemerkte unmittelbar neben den Rädern des Wagens, in dem sie nur allein saß, den alten Bourras, der, das eine Bein nachschleppend, zurückgeblieben war. Nie würde er den Friedhof erreichen. Er hatte den Kopf gehoben, er sah sie an. Dann stieg er ein.

„Das kommt von meinen verwünschten Knien", knurrte er. „Rücken Sie doch nicht beiseite! — Der Abscheu gilt doch nicht Ihnen!"

Sie fand ihn ebenso freundschaftlich und wütend wie ehemals. Er brummte, erklärte, dieser verteufelte Baudu sei doch recht kräftig, daß er trotz allem zu Fuß gehe, nachdem er solche

Schläge über den Schädel bekommen habe. Der Zug hatte sich langsam wieder in Bewegung gesetzt; und als sich Denise vorbeugte, sah sie in der Tat, wie sich der Onkel mit seinem schwerfälligen Schritt, der dem dumpfen und mühsamen Gang des Zuges den Takt anzugeben schien, hartnäckig hinter dem Leichenwagen hielt. Dann lehnte sie sich in ihre Ecke zurück und lauschte bei dem langsamen, melancholischen Wiegen des Wagens den endlosen Worten des alten Schirmhändlers.

„Als ob die Polizei eine öffentliche Straße nicht frei halten müßte! – Seit mehr als achtzehn Monaten versperren sie uns den Weg mit ihrer Fassade, wo dieser Tage schon wieder jemand umgekommen ist. Es macht nichts, wenn sie sich noch weiter vergrößern wollen, werden sie Brücken über die Straßen schlagen müssen ... Es heißt, ihr seid zweitausendsiebenhundert Angestellte und der Umsatz werde dieses Jahr hundert Millionen erreichen ... Hundert Millionen! Mein Gott, hundert Millionen!"

Denise wußte nichts zu erwidern. Der Zug war soeben in die Rue de la Chaussée-d'Antin eingebogen, wo ihn ein Gedränge von Wagen aufhielt.

Ins Leere blickend, sprach Bourras weiter, gleichsam als träumte er jetzt laut. Den glänzenden Erfolg des „Paradieses der Damen" begriff er noch immer nicht, aber die Niederlage des alten Handels gab er zu.

„Mit dem armen Robineau ist's aus, er hat ein Gesicht wie ein Mann, der ins Wasser geht ... Und die Bédorés und die Vampouilles können sich auch nicht mehr halten, denen geht es wie mir, die Beine tragen sie nicht mehr. Deslignières wird an einem Schlaganfall krepieren, Piot & Rivoire hatten die Gelbsucht. Ach, wir sind alle hübsch dran, wir bilden ein schönes Trauergefolge von Knochengestellen für das liebe Kind! Es muß ein sonderbarer Anblick für die Menschen sein, diesen Zug von Bankrotteuren vorüberziehen zu sehen ... Übrigens scheint es so, als sollte das Aufräumen weitergehen. Die Schurken schaffen Rayons für Blumen, für Hüte, für Parfümeriewaren, für Schuhzeug, was weiß ich noch! Grognet, der Parfümeriehändler aus der Rue de Grammont, kann ausziehen, und für den Schuhladen von Naud in der

Rue d'Antin würde ich keine zehn Francs geben. Die Pest hat sich bis in die Rue Sainte-Anne ausgedehnt, wo Lacassagne, der Blumen und Federn führt, und Fräulein Chadeuil, deren Hüte überall bekannt sind, vor Ablauf von zwei Jahren weggefegt sein werden ... Nach diesen andere und immer wieder andere! Alle Geschäfte des Stadtviertels werden drankommen. Wenn Ellenritter anfangen, Seife und Galoschen zu verkaufen, können sie wohl auch den Ehrgeiz haben, Bratkartoffeln zu verkaufen. Auf mein Wort, die Welt geht aus den Fugen!"

Der Leichenwagen überquerte nun den Place de la Trinité, und aus der Ecke des dunklen Wagens, wo Denise, vom Trauerrhythmus des Zuges gewiegt, der ununterbrochenen Klage des alten Kaufmanns lauschte, konnte sie, als sie aus der Rue de la Chaussée-d'Antin herauskamen, den Sarg sehen, der schon die steile Rue Blanche hinauffuhr. Hinter dem Onkel, der blind und stumm wie ein durch einen Schlag betäubter Ochse dahintappte, vermeinte sie das Stampfen einer Herde wahrzunehmen, die zum Schlachthaus geführt wird, den ganzen Verfall der Läden eines Stadtviertels, den Kleinhandel, der mit dem feuchten Geräusch abgetragener Schuhe seinen Ruin durch den schwarzen Schmutz von Paris mitschleppte.

Unterdessen redete Bourras mit dumpfer, wie durch das mühsame Erklimmen der Rue Blanche verlangsamter Stimme:

„Mir ist's schlecht genug gegangen ... Aber ich habe ihn trotzdem in den Klauen, und ich lasse ihn nicht los. Seine Berufung ist wieder abgewiesen worden. Oh, das hat mich viel gekostet: nahezu zwei Jahre Prozeß, und die Anwälte und die Verteidiger! Macht nichts, er wird nicht unter meinem Laden hindurchkommen, die Richter haben entschieden, daß eine solche Arbeit nicht als begründete Reparatur angesehen werden kann. Wenn man bedenkt, daß er davon gesprochen hat, darunter einen Lichtraum zu bauen, um die Farbe der Stoffe bei Gasbeleuchtung zu beurteilen, einen unterirdischen Raum, der die Wirkwarenabteilung mit den Tuchwaren verbinden sollte! Und er kommt gar nicht mehr aus der Wut heraus, er kann es nicht schlucken, daß so ein altes Wrack wie ich ihm den Weg versperrt, wenn alle Welt vor seinem

Geld auf den Knien liegt ... Niemals, ich will nicht! Das versteht sich! Möglich, daß ich auf der Strecke bleibe. Seit ich mich mit den Gerichtsvollziehern herumschlagen muß, weiß ich, daß der Schuft den Schuldforderungen an mich nachspürt, zweifellos, um mir einen gemeinen Streich zu spielen. Das tut nichts, er sagt ja, ich sage nein, und ich werde immer nein sagen, Himmeldonnerwetter, selbst wenn ich zwischen vier Brettern eingenagelt sein werde wie die Kleine, die dort von uns geht."

Als man auf dem Boulevard de Clichy angekommen war, fuhr der Wagen schneller, man hörte das Keuchen der vielen Menschen, die unbewußte Hast des Geleits, das die Sache rasch hinter sich bringen wollte ... Worüber sich Bourras nicht offen aussprach, war die tiefe Not, in die er geraten war, daß er den Kopf verloren hatte bei all den Verdrießlichkeiten des kleinen Ladeninhabers, der Schiffbruch erleidet und sich darauf versteift, unter dem Hagel der Wechselproteste auszuhalten.

Denise, die über seine Lage Bescheid wußte, brach schließlich das Schweigen und murmelte in inständig bittendem Ton:

„Herr Bourras, spielen Sie doch nicht länger den Bösen ... Lassen Sie mich die Dinge ordnen."

Er unterbrach sie mit einer heftigen Gebärde:

„Schweigen Sie, das geht niemanden was an ... Sie sind ein gutes kleines Mädchen, ich weiß, daß Sie ihm das Leben sauer machen, diesem Mann, der Sie ebenso für käuflich hielt wie mein Haus. Aber was würden Sie antworten, wenn ich Ihnen riete, ja zu sagen? He? Sie würden mich zum Teufel jagen ... Nun gut, da ich nein sage, stecken Sie nicht Ihre Nase in die Sache." Und da der Wagen soeben am Friedhofstor hielt, stieg er mit dem jungen Mädchen aus.

Die Begräbnisstätte der Baudus befand sich in der ersten Allee zur Linken. In wenigen Minuten war die Zeremonie beendet. Jean hatte den Onkel, der mit offenem Mund starr die Gruft betrachtete, beiseite geführt. Das Ende des Trauergefolges stand zwischen den benachbarten Gräbern; all die Gesichter dieser Kaufleute, die in ihren ungesunden Erdgeschossen blutarm geworden waren, wirkten unter dem schmutziggrauen Himmel häßlich vor Leid. Als der Sarg langsam herabsank, wurden vom Kupferausschlag rauhe Backen bleich, senkten sich von Blutarmut spitz gewordene Nasen, wandten sich von Galle gelbgefärbte, von den Zahlen wunde Augen ab.

„Wir alle sollten uns in diese Grube legen", sagte Bourras zu Denise, die an seiner Seite geblieben war. „In dieser Kleinen wird das ganze Stadtviertel begraben ... Oh, ich nehme mich nicht aus, man kann den alten Handel zu diesen weißen Rosen werfen, die man mit ihr versenkt."

Denise brachte ihren Onkel und ihren Bruder in einer Trauerkutsche nach Hause. Der ganze Tag wurde für sie tieftraurig. Zunächst begann sie, sich über Jeans Blässe zu beunruhigen; und als sie begriffen hatte, daß es sich um eine neue Geschichte mit einer Frau handelte, wollte sie ihn dadurch zum Schweigen bringen, daß sie ihm ihre Börse öffnete; aber er schüttelte den Kopf, er lehnte ab, diesmal sei es eine ernste Sache, die Nichte eines sehr reichen Konditors, die nicht einmal Veilchensträußchen annehme. Als Denise dann am Nachmittag zu Frau Gras ging, um Pépé abzuholen, erklärte diese ihr, er sei nun zu groß geworden, sie könne ihn nicht länger behalten; noch ein Verdruß, sie mußte sich nach einem Internat umsehen, das Kind vielleicht weit weggeben. Und als sie Pépé mitnahm, damit er die Baudus umarme, zerriß ihr schließlich die düstere Trauer im „Vieil Elbeuf" das Herz. Der Laden war geschlossen, Onkel und Tante hielten sich in dem kleinen Eßzimmer auf, dessen Gasflammen anzuzünden sie vergessen hatten, obwohl es dort an diesem Wintertag stockdunkel war. Jetzt waren nur noch sie beide vorhanden, sie saßen einander in dem langsam durch den Ruin geleerten Hause gegenüber; und der Tod ihrer Tochter ließ die finsteren Winkel noch hohler erscheinen, war gleichsam das letzte Krachen, das die alten, von Feuchtigkeit zerfressenen Balken zusammenbrechen lassen würde. In dieser niederdrückenden Atmosphäre ging der Onkel, der keine Ruhe finden konnte, mit dem gleichen Schritt wie im Trauerzug, blind und stumm immerzu rings um den Tisch, während die Tante, die mit dem bleichen Gesicht einer Verwundeten, deren Blut Tropfen auf Tropfen ausrinnt, auf einen Stuhl gesunken war und ebenfalls nichts sagte. Sie weinten nicht einmal, als Pépé ihnen heftige Küsse auf die kalten Wangen drückte. Denise erstickte fast vor Tränen.

Gerade an diesem Abend ließ Mouret das junge Mädchen rufen, um über einen Kinderanzug zu sprechen, den er herausbringen wollte, eine Mischung aus Schottisch und Zuavisch. Und vor Mitgefühl bebend, aufgewühlt von soviel Leid, vermochte sie sich nicht zu beherrschen; zunächst wagte sie von Bourras zu sprechen, diesem armen, am Boden liegenden Mann, den man abwürgen wolle.

Aber beim Namen des Schirmhändlers brauste Mouret auf. Der alte Rappelkopf, wie er ihn nannte, verbittere ihm das Leben, verderbe ihm den Triumph durch die idiotische Halsstarrigkeit, mit der er sich weigere, ihm sein Haus abzutreten, dieses elende baufällige Gemäuer, dessen Gipsbewurf das „Paradies der Damen" besudele, das einzige Stückchen des ausgedehnten Häuserblocks, das der Eroberung entgangen sei. Die Sache war für ihn zu einem Alpdruck geworden, jeder andere als das junge Mädchen wäre, wenn er zugunsten von Bourras gesprochen hätte, Gefahr gelaufen, hinausgeworfen zu werden, so sehr quälte Mouret der krankhafte Wunsch, das alte Gemäuer mit Fußtritten zu zerschmettern. Kurz, was verlangte man denn von ihm? Könne er diesen Schutthaufen in der Flanke des „Paradieses" bestehen lassen? Er mußte unbedingt verschwinden, das Geschäftshaus müsse durchgehen. Da war dem alten Narren nicht zu helfen! Und er zählte wieder seine Angebote auf, er habe ihm bis zu hunderttausend Francs geboten. Sei das nicht anständig? Gewiß, er feilsche nicht, er gebe so viel Geld, wie gefordert werde; aber man könne doch wenigstens ein bißchen Verstand haben, könne ihn sein Werk zu Ende führen lassen! Lasse es sich etwa jemand einfallen, die Lokomotiven auf den Schienen aufzuhalten?

Mit niedergeschlagenen Augen hörte sie ihm zu, fand nichts anderes als Gefühlsmomente. Der biedere Mann sei so alt, man hätte sein Hinscheiden abwarten können, ein Bankrott würde ihn töten.

Da setzte Mouret ihr auseinander, daß es nicht einmal mehr in seiner Macht stehe, die Dinge zu verhindern, Bourdoncle befasse sich damit, denn der Rat habe beschlossen, der Sache ein Ende zu machen.

Sie hatte nichts hinzuzufügen, trotz des schmerzlichen Mitleidens ihrer zärtlichen Seele.

Nach einem peinlichen Schweigen sprach Mouret selber von den Baudus. Er begann damit, sie sehr wegen des Verlustes ihrer Tochter zu bedauern. Es seien sehr gute Leute, sehr rechtschaffen, und dabei hartnäckig von Mißgeschick verfolgt. Dann fing er wieder mit seinen Argumenten an: im Grunde genommen hätten sie selber ihr Unglück gewollt, man dürfe nicht auf solche Weise halsstarrig in der wurmstichigen Baracke des alten Handels bleiben; kein Wunder, daß ihnen das Haus über dem Kopf zusammenfalle. Zwanzigmal habe er das vorausgesagt; sie selber müsse sich doch erinnern, daß er sie beauftragt habe, ihren Onkel zu warnen, daß es unausweichlich zum Zusammenbruch kommen müsse, wenn er weiter bei lächerlichen überlebten Ansichten beharre. Und nun sei die Katastrophe eingetreten, niemand auf der Welt vermöge sie jetzt zu verhindern. Man könne billigerweise nicht verlangen, daß er sich zugrunde richte, um das Stadtviertel zu schonen. Übrigens würde, falls er so irrsinnig gewesen wäre, das „Paradies“ zu schließen, ganz von selber ein anderes großes Warenhaus daneben entstanden sein, denn die Idee liege überall in der Luft; der Windstoß des Jahrhunderts, der den bröckligen Bau der alten Zeiten davonblase, habe den Sieg der Arbeiter- und Industriestädte ausgesät. Nach und nach geriet Mouret in Hitze, verteidigte sich in beredter Erregung gegen den Haß seiner unbeabsichtigten Opfer, das Entrüstungsgeschrei der todkranken kleinen Geschäfte, das er rings um sich aufsteigen hörte. Man bewahre seine Toten nicht auf, man müsse sie notwendigerweise begraben; und mit einer Handbewegung beförderte er den Kadaver des alten Handels, dessen verweste und stinkende Überbleibsel den von Sonne überfluteten Straßen von Paris zur Schande gereichten, unter die Erde, fegte ihn hinweg und warf ihn ins Massengrab. Nein, nein, er empfinde keine Gewissensbisse, er verrichte nur die Arbeit seines Zeitalters, und sie wisse das genau, sie, die das Leben liebe und eine Leidenschaft für die großen, im hellen Licht der Öffentlichkeit abgeschlossenen Geschäfte habe.

Zum Schweigen gebracht, hörte sie ihm lange zu, und als sie sich zurückzog, war ihre Seele von Unruhe erfüllt.

In dieser Nacht schlief Denise fast gar nicht. Eine von Alpträumen unterbrochene Schlaflosigkeit ließ sie sich unter der Decke hin und her wälzen. Es kam ihr so vor, als sei sie ganz klein und breche in ihrem Garten in Valognes in Tränen aus, weil sie sah, wie die Grasmücken die Spinnen fraßen, die ihrerseits die Fliegen verzehrten. War es also wahr, daß der Tod notwendig war, um die Welt fett zu machen, ließ der Kampf ums Dasein die Geschöpfe aus dem Leichenacker der ewigen Vernichtung wachsen? Dann sah sie sich wieder vor der Gruft, in die man Geneviève hinabließ, erblickte ihren Onkel und ihre Tante allein in ihrem dunklen Eßzimmer. In der tiefen Stille durchschnitt das dumpfe Geräusch eines Einsturzes die tote Luft: das war Bourras' Haus, das, wie von Hochwasser unterspült, in sich zusammenstürzte. Wieder trat Stille ein, eine noch unheilverkündendere, und ein neuer Einsturz dröhnte, dann ein anderer: Robineaus, Geschwister Bédoré, Vampouilles krachten nacheinander zusammen und wurden zermalmt, der Kleinhandel des Quartier Saint-Roch verendete mit dem jähen Donnergetöse von Karren, die man auskippt, unter einer unsichtbaren Spitzhacke. Dann ließ ein unermeßlicher Kummer sie mit einem Ruck aus dem Schlaf auffahren. Mein Gott, welche Qualen! Weinende Familien, auf die Straße gesetzte Greise, all die ergreifenden Dramen des Untergangs! Und sie konnte niemanden retten, und es war ihr bewußt, daß das alles gut war, daß dieser Dunghaufen von Elend nötig war für das Wohlergehen des künftigen Paris. Als es tagte, wurde sie ruhiger, in tiefer, aber gefaßter Trauer lag sie da, die offenen Augen dem Fenster zugewandt, dessen Scheiben sich erhellten. Ja, das war der Blutzoll, jede Revolution forderte Märtyrer, nur über Leichen schritt man vorwärts. Ihre Befürchtung, ein schlechter Mensch zu sein, gewissermaßen an der Ermordung ihrer Verwandten mitgewirkt zu haben, löste sich jetzt, angesichts dieser unheilbaren Leiden, die die schmerzvollen Geburtswehen jeder Generation sind, in herzzerreißendes Mitleid auf. Schließlich suchte sie nach den möglichen Erleichterungen, sann in ihrer Güte lange darüber nach, zu welchen Mitteln sie greifen könne, um wenigstens die Ihrigen vor der endgültigen Vernichtung zu bewahren.

Nun stieg das Bild Mourets vor ihr auf, mit seinem leidenschaftlichen Kopf, den zärtlichen Augen. Er würde ihr gewiß nichts abschlagen, sie war sicher, daß er alle angemessenen Entschädigungen bewilligen würde. Und ihre Gedanken schweiften ab, versuchten, sich ein Urteil über ihn zu bilden. Sie kannte sein Leben, wußte, wie berechnend seine früheren Liebesbeziehungen gewesen waren, wußte von seiner fortgesetzten Ausbeutung der Frau, daß er sich Mätressen genommen hatte, um vorwärtszukommen, und daß sein Verhältnis mit Frau Desforges einzig dem Zweck gedient hatte, des Barons Hartmann habhaft zu werden, wußte von all den anderen, den gelegentlichen Claras, dem gekauften, bezahlten und wieder auf die Straße geworfenen Vergnügen. Doch diese Anfänge eines Abenteurers der Liebe, über die die ganze Firma witzelte, verschwanden schließlich angesichts des Genialen in diesem Menschen, seines bezwingenden Charmes. Er war die Verführung selbst. Was sie nie an ihm entschuldigt hätte, war seine einstige Lüge, seine Kälte als Liebhaber unter der galanten Komödie seiner Zuvorkommenheit. Aber heute, da er um ihretwillen litt, trug sie ihm nichts nach. Durch dieses Leid war er größer geworden. Wenn sie sah, wie er sich quälte, wie schwer er seine Verachtung der Frau büßte, schienen ihr seine Vergehen gesühnt.

Schon am selben Morgen sagte Mouret Denise zu, daß er zu allen Entschädigungen bereit sein werde, die sie an dem Tage, an dem die Baudus oder der alte Bourras erlägen, als gerechtfertigt erachten würde. Wochen vergingen, fast jeden Nachmittag stahl sie sich für ein paar Minuten weg und besuchte ihren Onkel, um mit ihrem Lachen, ihrem Mut eines tapferen Mädchens den düsteren Laden zu erhellen. Vor allem machte sie sich Sorgen um ihre Tante, die seit Genevièves Tod wie erloschen und betäubt war; ihre Lebenskraft schien stündlich um ein weniges geringer zu werden, und wenn man sie fragte, erwiderte sie mit erstaunter

Miene, sie sei nicht leidend, nur immer schläfrig. Im Stadtviertel schüttelte man den Kopf: die arme Dame werde sich wohl nicht lange um ihre Tochter grämen.

Eines Tages vernahm Denise, als sie gerade aus Baudus Haus trat, an der Ecke des Place Gaillon einen lauten Schrei. Die Menschenmenge stürzte dorthin, Panik brach aus, jene aus Angst und Mitleid geborene Erregung, die plötzlich einen Straßenauflauf verursacht. Die Räder eines Omnibusses mit braunem Wagenkasten, eines der Fahrzeuge, die die Strecke von der Bastille nach Les Batignolles befuhren, waren dort, wo vor der Fontäne die Rue Neuve-Saint-Augustin auf den Platz mündet, über den Körper eines Menschen hinweggerollt. Auf dem Bock stehend, hielt der Kutscher mit einer wütenden Bewegung seine zwei Rappen zurück, die sich bäumten; und er fluchte, ereiferte sich in groben Worten.

„Himmeldonnerwetter! Himmeldonnerwetter! – Passen Sie doch auf, verfluchter Tolpatsch!"

Jetzt war der Wagen zum Stehen gekommen. Die Menschenmenge umringte den Verwundeten, zufällig war ein Schutzmann zugegen. Noch immer stehend, rief der Kutscher die Fahrgäste auf dem Verdeck, die sich vorbeugten, um das Blut zu sehen, zu Zeugen auf und ließ sich mit verzweifelten Gebärden, die Kehle von wachsendem Zorn zugeschnürt, über den Vorfall aus.

„Unvorstellbar ... Wer hat mir bloß so jemanden über den Weg geschickt? Er tat, als wäre er zu Hause. Ich habe ihn angeschrien, und schon wirft er sich unter die Räder."

Da lief ein Arbeiter, ein beim Bau beschäftigter Anstreicher, mit seinem Pinsel von einer nahen Fassade herbei, sagte inmitten des Getöses mit heller Stimme:

„Reg dich doch nicht auf! Ich habe ihn gesehen, er hat sich druntergeschmissen, bei Gott! – Seht, so hat er sich kopfüber fallen lassen. Anscheinend wieder einer, dem's schlecht ging!"

Andere Stimmen wurden laut, man einigte sich dahin, daß ein Selbstmordversuch vorliege, während der Schutzmann ein Protokoll aufnahm. Leichenblasse Damen stiegen eilig aus, trugen, ohne sich umzuwenden, das Entsetzen des weichen Stoßes mit sich fort, mit dem der Omnibus ihre Eingeweide erschüttert hatte, als er den Körper überfuhr. Denise war inzwischen näher getreten, angezogen durch das tätige Mitleid, aus dem heraus sie sich um alle Unglücksfälle kümmerte, zermalmte Hunde, gestürzte Pferde, von den Dächern gefallene Dachdecker. Und sie erkannte den Unglücklichen, der bewußtlos, den Überzieher mit Straßenkot beschmutzt, auf dem Pflaster lag.

„Das ist ja Herr Robineau!" rief sie in schmerzlicher Überraschung.

Sofort befragte der Schutzmann dieses junge Mädchen. Sie gab den Namen an, den Beruf, die Adresse. Dank der Tatkraft des Kutschers war der Omnibus ausgebogen, und so waren nur Robineaus Beine unter die Räder geraten. Bloß stand zu befürchten, daß beide gebrochen sein könnten. Vier Gutwillige trugen den Verletzten zu einem Apotheker in der Rue Gaillon, indes sich der Omnibus langsam wieder in Bewegung setzte.

„Zum Donnerwetter!" sagte der Kutscher, während er seinen Pferden einen Peitschenhieb versetzte. „Mir langt's für heute!"

Denise war Robineau zu dem Apotheker gefolgt. Dieser erklärte, während man auf einen Arzt wartete, der nicht aufzutreiben war, daß keine unmittelbare Gefahr bestehe und es das beste wäre, den Verletzten nach Hause zu bringen, da er ja in der Nähe wohne. Ein Mann war zur Polizeiwache gegangen, um eine Tragbahre anzufordern. Da kam dem jungen Mädchen der gute Gedanke, vorauszugehen und Frau Robineau auf diesen entsetzlichen Schlag vorzubereiten. Aber sie gelangte nur mit der größten Mühe durch die Menschenmenge, die sich vor der Tür drängte, auf die Straße. Diese auf Tote gierige Menge wurde von Minute zu Minute größer; Kinder, Frauen stellten sich auf die Zehen, hielten in dem rohen Gedränge aus; und jeder neu Hinzukommende gestaltete den Unfall auf seine Weise aus, jetzt war es ein Ehemann, den der Geliebte seiner Frau aus dem Fenster geworfen hatte.

In der Rue Neuve-des-Petits-Champs erblickte Denise schon von weitem Frau Robineau in der Tür des Seidenwarengeschäfts. Das gab ihr einen Vorwand stehenzubleiben, und sie plauderte einen Augenblick lang mit ihr und überlegte dabei, wie sie die furchtbare Nachricht abschwächen könnte. Dem Laden merkte man die Unordnung und Öde an, die das letzte Ringen eines sterbenden Handelsunternehmens mit sich bringt. Es war der vorauszusehende Ausgang der großen Schlacht der zwei im Wettstreit liegenden Seidensorten, das Paris-Paradies hatte die Konkurrenz durch eine erneute Preissenkung um fünf Centimes zerschmettert: es wurde für nur noch vier Francs fünfundneunzig verkauft, die Seide von Gaujean hatte ihr Waterloo erlebt. Seit zwei Monaten führte Robineau, auf verzweifelte Auswege angewiesen, ein Höllendasein, um eine Bankrotterklärung zu vermeiden.

„Ich sah Ihren Mann über den Place Gaillon gehen", murmelte Denise, die schließlich in den Laden getreten war.

Frau Robineau, deren Blick anscheinend von einer geheimen Sorge immer wieder zur Straße zurückgelenkt wurde, sagte lebhaft:

„Ah, soeben, nicht wahr? – Ich warte auf ihn, er müßte schon hiersein. Heute morgen kam Herr Gaujean, und sie sind zusammen weggegangen." Sie war noch immer reizend, zart und heiter; aber eine vorgeschrittene Schwangerschaft machte sie bereits müde, und sie war noch bestürzter über die Geschäftsangelegenheiten, an denen ihre zärtliche Natur keinen Geschmack fand und die sich zum Schlimmen wandten, fühlte sich weniger darin zu Hause denn je. Wie sie oft wiederholte: Wozu denn das alles? Wäre es nicht hübscher, ruhig in einer kleinen Wohnung zu leben, wo man nur trocken Brot äße? „Mein liebes Kind", sagte sie mit ihrem traurig gewordenen Lächeln, „wir brauchen vor Ihnen nichts zu verbergen ... Es steht nicht gut, mein armer Mann schläft deshalb nicht mehr. Noch heute hat dieser Gaujean ihn gequält, weil er mit Wechseln in Rückstand ist ... Ich bin fast umgekommen vor Angst, als ich so ganz allein war."

Und sie wollte wieder auf die Tür zugehen, als Denise sie zurückhielt. Diese hatte soeben von weitem den verworrenen Lärm einer Menschenmenge gehört. Sie erriet, daß man die Bahre brachte, daß der Strom der Neugierigen nahte, die sich von dem Unfall nicht hatten trennen mögen. Da mußte sie, mit trockener

Kehle und ohne die beabsichtigten tröstlichen Worte zu finden, sprechen.

„Beunruhigen Sie sich nicht, es besteht keine unmittelbare Gefahr ... Ja, ich habe Herrn Robineau gesehen, es ist ihm ein Unglück zugestoßen ... Man bringt ihn her, ich bitte Sie, beunruhigen Sie sich nicht."

Totenbleich, ohne noch richtig zu begreifen, hörte die junge Frau sie an.

Die Straße hatte sich mit Leuten gefüllt, aufgehaltene Droschkenkutscher fluchten, einige Männer hatten die Bahre vor der Ladentür abgesetzt, um die beiden verglasten Flügel zu öffnen.

„Es ist ein Unfall", fuhr Denise fort, entschlossen, den Selbstmordversuch zu verheimlichen. „Er war auf der Fahrbahn, ist ausgeglitten und unter die Räder eines Omnibusses geraten ... Oh, nur die Füße. Man holt schon einen Arzt. Beunruhigen Sie sich nicht."

Ein heftiges Zittern schüttelte Frau Robineau. Sie stieß zwei oder drei unartikulierte Schreie aus; dann sprach sie nicht mehr, sie warf sich neben der Tragbahre zu Boden und entfernte mit bebenden Händen die Tücher. Die Männer, die die Bahre hergetragen hatten, warteten vor dem Hause, um sie wieder mitzunehmen, wenn man endlich einen Arzt gefunden hätte. Man wagte nicht mehr, Robineau anzurühren, der das Bewußtsein wiedererlangt und bei der geringsten Bewegung furchtbare Schmerzen hatte. Als er seine Frau erblickte, rollten ihm zwei große Tränen über die Backen. Sie hatte ihn umarmt, weinte und sah ihn dabei mit starren Augen an. Auf der Straße ging es noch immer lärmend zu, mit glänzenden Augen drängten sich die vielen Gesichter wie vor der Bühne zusammen; einige Arbeiter, die sich aus der Werkstatt weggestohlen hatten, drohten die Schaufensterscheiben einzudrücken, um besser zu sehen. Um dieser fieberhaften Neugier zu entgehen und weil sie es zudem als nicht schicklich erachtete, das Geschäft geöffnet zu lassen, kam Denise auf den Gedanken, den Metallrolladen herunterzulassen. Sie ging selber hin und drehte die Kurbel, die Zahnräder gaben einen klagenden Schrei von sich, die Blechstreifen kamen langsam herab, so wie nach dem Ende des fünften Aktes ein schwerer Vorhang fällt. Und als sie wieder eintrat und hinter sich die kleine glatte Tür geschlossen hatte, sah sie in dem trüben Dämmerlicht, das durch die zwei aus dem Blech herausgeschnittenen Sterne fiel, daß Frau Robineau ihren Gatten noch immer verzweifelt umschlungen hielt. Der ruinierte Laden schien ins Nichts zu versinken, einzig die beiden Sterne leuchteten über dieser raschen und rohen Katastrophe des Pariser Pflasters.

Endlich vermochte Frau Robineau wieder zu sprechen.

„O mein Liebling ... o mein Liebling ... o mein Liebling ..."

Sie fand nichts anderes als diese Worte, und als er sie so dort knien sah, ganz gebrochen, mit ihrem mütterlichen Leib, der gegen die Bahre gedrückt wurde, erstickte er fast, beichtete in einem Anfall von Gewissensbissen alles. Solange er sich nicht rührte, spürte er nichts als seine glühenden bleischweren Beine.

„Vergib mir, ich muß irrsinnig gewesen sein ... Als Gaujeans Anwalt sagte, daß morgen die Anschläge angebracht würden, war mir, als tanzten überall Flammen, als seien die Mauern niedergebrannt ... Und an alles Weitere erinnere ich mich nicht mehr genau: ich ging die Rue de la Michodière hinunter, ich glaubte, die Leute vom ‚Paradies' machten sich über mich lustig, diese große Hure von Firma zermalmte mich ... Als dann der Omnibus um die Ecke bog, habe ich an Lhomme und seinen Arm gedacht und mich daruntergeworfen ..."

Entsetzt über diese Geständnisse, sank Frau Robineau langsam zu Boden. Mein Gott, er hatte sterben wollen! Sie ergriff die Hand Denises, die sich, tiefaufgewühlt von dieser Szene, zu ihr hinabgebeugt hatte. Der Verletzte hatte, von seiner Erregung erschöpft, abermals das Bewußtsein verloren. Und dabei kam der Arzt noch immer nicht! Zwei Männer hatten bereits das Stadtviertel abgeklappert, auch der Concierge des Hauses hatte sich auf die Beine gemacht.

„Beunruhigen Sie sich nicht", wiederholte mechanisch Denise, die selber schluchzte.

Da schüttete Frau Robineau, auf dem Boden sitzend, den

Kopf in gleicher Höhe mit der Tragbahre, die Wange an die Gurte gelehnt, darauf ihr Gatte lag, ihr Herz aus.

„Oh, wenn ich Ihnen alles erzählen wollte ... Um meinetwillen hat er sterben wollen. Immer wieder hat er zu mir gesagt: Ich habe dich bestohlen, es war dein Geld. Und nachts träumte er von diesen sechzigtausend Francs, er erwachte in Schweiß gebadet, schalt sich einen unfähigen Menschen. Wenn man nicht mehr Verstand habe, dürfe man nicht das Vermögen anderer aufs Spiel setzen ... Sie wissen ja, daß er immer nervös war, sich den Kopf zermarterte. Schließlich sah er Dinge, die mir angst machten, er sah mich auf der Straße, in Lumpen, bettelnd, mich, die er so sehr liebte, die er gern reich und glücklich machen wollte ..." Doch als sie den Kopf wandte, gewahrte sie, daß er die Augen wieder geöffnet hatte; und stammelnd fuhr sie fort: „O mein Liebling, weshalb hast du das getan? – Du hältst mich also für sehr schlecht? Geh, es ist mir gleichgültig, daß wir ruiniert sind. Wenn man nur zusammen ist, ist man nicht unglücklich ... Sollen sie nur alles nehmen. Laß uns irgendwo hingehen, wo du nichts mehr von ihnen hörst. Du wirst trotz allem arbeiten und wirst sehen, wie gut es noch werden wird."

Ihre Stirn war dicht neben das blasse Gesicht ihres Mannes gesunken, beide schwiegen jetzt, von ihrer Herzensangst erschöpft. Stille trat ein, der Laden schien zu schlafen, erschlafft von der fahlen Dämmerung, darin er versank; während man hinter dem dünnen Blech des herabgelassenen Rolladens den Lärm der Straße hörte, das Leben des hellen Tages, das mit dem Rasseln der Wagen und dem Stoßen und Drängen auf den Bürgersteigen vorübertrieb.

Endlich kam Denise, die alle paar Minuten einen Blick durch die kleine zum Vorplatz führende Tür warf, zurück und rief: „Der Arzt!"

Der Concierge führte einen jungen Mann mit wachen Augen herein. Er zog es vor, den Verletzten zu untersuchen, ehe man ihn zu Bett brachte. Es stellte sich heraus, daß nur eins der Beine, das linke, gebrochen war, und zwar oberhalb des Knöchels. Es war ein einfacher Bruch, eine Komplikation brauchte man wohl nicht zu befürchten. Und man schickte sich gerade an, die Bahre nach hinten ins Schlafzimmer zu bringen, als Gaujean erschien. Er kam, um Bericht über einen letzten Schritt zu erstatten, der fehlgeschlagen war: der Bankrott war endgültig erklärt worden.

„Nanu?" murmelte er. „Was ist denn passiert?"

Mit wenigen Worten unterrichtete ihn Denise.

Da wurde er verlegen. Robineau sagte mit schwacher Stimme zu ihm:

„Ich bin Ihnen nicht böse, aber das alles ist ein wenig Ihre Schuld."

„Wahrlich, mein Lieber", erwiderte Gaujean, „dazu gehören stärkere Schultern als unsere ... Sie wissen, daß ich nicht viel besser daran bin als Sie."

Man hob die Tragbahre an.

Der Verletzte fand noch die Kraft, zu sagen:

„Nein, nein, auch stärkere Schultern wären zusammengebrochen ... Ich verstehe, daß die eigensinnigen Alten wie Bourras und Baudu dabei draufgehen; aber wir andern, die jung waren, die den neuen Gang der Dinge billigten! – Nein, sehen Sie, Gaujean, das ist das Ende einer Welt."

Man trug ihn weg. Frau Robineau umarmte Denise in einer Gefühlsaufwallung, in die sich beinahe Freude mischte, endlich die Plackerei mit dem Geschäft los zu sein. Und als sich Gaujean mit dem jungen Mädchen zurückzog, gestand er ihr, daß dieser arme Teufel Robineau recht habe. Es sei töricht, gegen das „Paradies der Damen" kämpfen zu wollen. Er selber fühle, daß er verloren sei, falls er nicht wieder in Gnaden aufgenommen würde. Schon tags zuvor habe er einen heimlichen Schritt bei Hutin getan, der gerade nach Lyon reise. Aber seine Hoffnung war gering, und er versuchte, Denise für sich zu interessieren, über deren Macht er zweifellos gut unterrichtet war.

„Meiner Treu", wiederholte er, „der Fabrikation ist nicht zu helfen! Man würde sich über mich lustig machen, wollte ich mich damit zugrunde richten, weiterhin für die Interessen anderer zu kämpfen, während die Kerle miteinander wetteifern, wer am billigsten herstellen wird ... Mein Gott, es ist so, wie Sie damals sagten, die Fabrikation braucht nur durch eine bessere Organisation und neue Verfahren dem Fortschritt zu folgen. Dann wird alles in Ordnung kommen, Hauptsache, daß das Publikum zufrieden ist."

Denise lächelte. Sie erwiderte:

„Sagen Sie das doch Herrn Mouret selber ... Ihr Besuch wird ihm Vergnügen machen, und er ist nicht der Mann danach, Ihnen etwas nachzutragen, sobald Sie ihm auch nur einen Vorteil von einem Centime auf den Meter bieten."

An einem klaren, sonnigen Nachmittag im Januar verschied Frau Baudu. Schon vierzehn Tage lang hatte sie nicht mehr in den Laden hinuntergehen können, den eine im Tagelohn stehende Frau beaufsichtigte. Sie saß in ihrem Bett, den Rücken durch Kopfkissen gestützt. Das einzige Lebendige in ihrem weißen Gesicht waren die Augen; und diese wandte sie mit hochgerecktem Kopf beharrlich dem gegenüberliegenden „Paradies der Damen" zu, das sie durch die kleinen Gardinen vor den Fenstern sah. Baudu, der selber unter dieser Besessenheit, unter der verzweifelten Starrheit dieser Blicke litt, wollte zuweilen die großen Vorhänge vorziehen. Aber mit einer flehenden Gebärde hielt sie ihn davon zurück, eigensinnig bestand sie darauf, bis zu ihrem letzten Atemzug das Ungeheuer vor Augen zu haben. Nun hatte es ihr alles genommen, ihr Haus, ihre Tochter; sie selber war nach und nach zusammen mit dem „Vieil Elbeuf" dahingeschwunden, hatte in dem gleichen Maße an Lebenskraft verloren, wie die Firma an Kundschaft verlor; an dem Tage, an dem es verröchelte, versagte auch ihr der Atem. Als sie den Tod kommen fühlte, hatte sie noch die Kraft, von ihrem Mann zu fordern, er solle beide Fenster öffnen. Es war mildes Wetter, ein breiter Strahl heiteren Sonnenlichts vergoldete das „Paradies", indes das Schlafzimmer der alten Behausung im Schatten fröstelte. Frau Baudus starrer Blick war angefüllt mit dem Bild dieses triumphalen Gebäudes, dieser durchsichtigen Scheiben, hinter denen Millionen im Galopp vorüberzogen. Langsam wurden ihre Augen glanzlos, von Finsternis überschwemmt, und als sie im Tode erloschen, blieben sie weit offen und schauten noch immer, in großen Tränen ertrunken.

Noch einmal zog der ganze zugrunde gerichtete Kleinhandel des Stadtviertels im Trauergeleit dahin. Man sah dort die Brüder Vampouille, noch bleich vom Verfallstag ihrer Wechsel im Dezember, die sie nur mit einer äußersten Anstrengung, zu der sie nicht noch einmal imstande sein würden, einzulösen vermochten. Bédoré, von Geschwister Bédoré, stützte sich auf einen Stock, von solchen Sorgen gequält, daß sein Magenleiden sich verschlimmert hatte. Deslignières hatte einen Schlaganfall gehabt, Piot & Rivoire schritten schweigend dahin, den Kopf tief gesenkt, erledigte Leute. Und man wagte nicht, sich nach den Fehlenden zu erkundigen, nach Quinette, Fräulein Tatin und anderen, die von morgens bis abends Schiffbruch erlitten, herumgewirbelt und davongetragen in der Flut der Zusammenbrüche; nicht zu reden von Robineau, der mit gebrochenem Bein auf seinem Bett lag. Vor allem aber zeigte man einander mit teilnahmsvoller Miene die neuerdings von der Pest ereilten Kaufleute: den Parfümeriewarenhändler Grognet, die Modistin Frau Chadeuil sowie Lacassagne, den Blumenhändler, und den Schuhmacher Naud, die zwar noch ihre Existenz hatten, aber von der Angst vor dem Übel gepackt waren, das auch sie hinwegfegen mußte. Hinter dem Leichenwagen ging Baudu mit dem gleichen Schritt eines betäubten Ochsen, mit dem er seine Tochter begleitet hatte, während man in der ersten Trauerkutsche Bourras' funkelnde Augen unter dem Gestrüpp seiner Brauen und seines schneeweißen Haars wahrnahm.

Denise hatte großen Kummer. Seit vierzehn Tagen brach sie fast zusammen unter Sorgen und Mühen. Sie hatte Pépé ins Internat geben müssen, und Jean hielt sie auf dem Trab, denn er war so sehr in die Nichte des Konditors verliebt, daß er seine Schwester angefleht hatte, für ihn um deren Hand zu bitten. Dann starb die Tante, diesen gehäuften Katastrophen war das junge Mädchen erlegen. Mouret hatte sich ihr abermals zur Verfügung gestellt: was sie für ihren Onkel und die anderen tun wolle, solle wohlgetan sein. Eines Morgens hatte sie wieder eine Unterredung mit ihm, nachdem sie erfahren, daß Bourras auf die Straße gesetzt worden war und Baudu seinen Laden schließen werde. Dann ging sie nach dem Mittagessen fort, in der Hoffnung, wenigstens diesen beiden helfen zu können.

In der Rue de la Michodière stand Bourras wie angewurzelt auf dem Bürgersteig, seinem Hause gegenüber, aus dem man ihn tags zuvor vertrieben hatte, und zwar auf Grund eines sauberen Streichs, einer findigen Idee des Anwalts: da Mouret Schuldforderungen in der Hand hatte, war es ihm nicht schwergefallen, den Regenschirmhändler bankrott erklären zu lassen, dann hatte er bei dem durch den Konkursverwalter vorgenommenen Verkauf für fünfhundert Francs das Mietsrecht erworben: auf solche Weise hatte sich der eigensinnige Greis für fünfhundert Francs nehmen lassen, was er für hunderttausend nicht hatte hergeben wollen. Übrigens hatte der Architekt, der mit seiner Rotte Abrißarbeiter kam, den Polizeikommissar holen lassen müssen, um den Alten hinauszusetzen. Die Waren waren verkauft, die Zimmer ausgeräumt; er blieb hartnäckig in dem Winkel, wo er zu schlafen pflegte und aus dem man ihn in einer letzten Mitleidsregung nicht zu vertreiben wagte. Die Abrißarbeiter nahmen das Dach sogar über seinem Kopf in Angriff. Man hatte die verrotteten Schieferplatten entfernt, die Decken stürzten ein, die Mauern krachten, und er blieb dort unter dem alten bloßgelegten Gebälk, mitten im Schutt. Angesichts der Polizei war er endlich gegangen. Aber schon am nächsten Morgen war er wieder auf dem Bürgersteig gegenüber erschienen, nachdem er die Nacht in einem nahe gelegenen Logierhaus zugebracht hatte.

„Herr Bourras", sagte Denise leise.

Er hörte sie nicht, seine Flammenblicke verschlangen die Abrißarbeiter, deren Hacke die Fassade des baufälligen Hauses in Angriff nahm. Jetzt sah man durch die leeren Fensterhöhlen das Innere, die elenden Zimmer, das finstere Treppenhaus, in das seit zweihundert Jahren kein Sonnenstrahl gedrungen war.

„Ah, Sie sind es", antwortete er endlich, als er sie erkannt hatte. „Nicht wahr, die machen ganze Arbeit, diese Diebe!"

Erschüttert von dem jammervoll traurigen Anblick der alten Behausung, wagte sie nichts weiter zu sagen, konnte auch selber die Augen nicht von den mit Schimmel bedeckten Steinen abwenden. Oben in einer Ecke der Decke ihres ehemaligen Zimmers entdeckte sie noch den Namen in schwarzen und zittrigen Buchstaben: Ernestine, mit einer Kerzenflamme hingeschrieben; und die Erinnerung an jene Elendstage stieg wieder in ihr auf, erfüllte sie mit Mitgefühl für alles Leid. Und die Arbeiter waren, um ein ganzes Stück Mauer auf einen Schlag umzulegen, auf den Gedanken gekommen, sie unten in Angriff zu nehmen. Sie wankte.

„Wenn sie sie doch alle erschlüge!" knurrte Bourras wild.

Man hörte ein furchtbares Krachen. Die erschrockenen Arbeiter flüchteten auf die Straße. Im Niederstürzen erschütterte die Mauer die ganze Ruine und riß sie mit. Zweifellos hielt der alte Bau, der sich gesenkt und Risse bekommen hatte, nichts mehr aus: Ein heftiger Stoß hatte genügt, ihn von oben bis unten zu spalten. Es wurde ein kläglicher Einsturz, gleich dem eines aus Lehm gebauten Hauses, das der Regen aufgeweicht hat. Keine einzige Zwischenwand blieb stehen, da lag nur noch ein Schutthaufen auf der Erde, der auf die Straße geschüttete Dunghaufen der Vergangenheit.

„Mein Gott!" hatte der Greis geschrien, als sei ihm der Schlag durch Mark und Bein gegangen.

Wie erstarrt stand er da, nie hatte er geglaubt, daß es so rasch zu Ende sein würde. Und er betrachtete die klaffende Wunde, die endlich frei gewordene Stelle in der Flanke des „Paradieses der Damen", das nun die Warze, die es verunziert hatte, los war. Nun war die Mücke zerquetscht, der letzte Triumph über die heftig schmerzende Hartnäckigkeit des unendlich Kleinen errungen, der ganze Häuserblock war eingenommen und unterworfen. Straßenpassanten hatten sich angesammelt und unterhielten sich ganz laut mit den Abrißarbeitern, die, über solche alten Bauten ärgerlich, behaupteten, sie taugten nur dazu, Menschen totzuschlagen.

„Herr Bourras", fing Denise wieder an, während sie versuchte, ihn wegzuführen, „Sie wissen, daß man Sie nicht im Stich lassen wird. Es wird für all Ihre Bedürfnisse gesorgt werden . . ."

Er richtete sich auf.

„Ich habe keine Bedürfnisse . . . Jene haben Sie geschickt, nicht wahr? Nun wohl, sagen Sie ihnen, daß der alte Bourras noch arbeiten kann und daß er Arbeit finden wird, wo er will ... Es wäre wahrlich allzu bequem, Leuten, die man umbringt, Almosen zu geben!"

Da verlegte sie sich auf inständiges Bitten.

„Ich bitte Sie, nehmen Sie es an, ersparen Sie mir diesen Kummer."

Aber er schüttelte seine Mähne.

„Nein, nein, es ist vorbei, guten Abend ... Leben Sie denn glücklich, Sie, die Sie jung sind, und hindern Sie die Alten nicht daran, mit ihren Ideen hinzuscheiden." Er warf einen letzten Blick auf den Trümmerhaufen, dann ging er mühsam weg.

Sie verfolgte seinen Rücken in dem Gedränge auf dem Bürgersteig. Der Rücken bog um die Ecke des Place Gaillon, und das war alles.

Einen Augenblick lang blieb Denise regungslos stehen und starrte ins Leere. Schließlich trat sie bei ihrem Onkel ein. Der Tuchhändler war allein in dem dunklen Laden des „Vieil Elbeuf". Die Aufwartefrau kam nur morgens und abends, um ein wenig zu kochen und beim Abnehmen und Vorhängen der Fensterläden behilflich zu sein. Er verbrachte den ganzen Tag in dieser Einsamkeit, oft ohne daß ihn jemand störte; und wenn sich noch eine Kundin zu ihm wagte, war er bestürzt und fand die Waren nicht mehr. Und in dieser Stille, diesem Dämmerlicht wanderte er mit dem von seinen Gängen zum Friedhof schwerfällig gewordenen Schritt ständig auf und ab, übermannt von einem krankhaften Bedürfnis, von wahren Gewaltmarschanfällen, als wolle er seinen Schmerz einlullen und betäuben.

„Geht es Ihnen besser, Onkel?" fragte Denise.

Er blieb nur eine Sekunde lang stehen, fing gleich wieder an zu wandern und ging von der Kasse zu einem dunklen Winkel.

„Ja, ja, sehr gut ... Danke."

Sie suchte nach einem tröstlichen Gesprächsstoff, nach heiteren Worten und fand nichts.

„Haben Sie vorhin das Geräusch gehört? Das Haus ist eingestürzt."

„Ach ja", murmelte er mit erstaunter Miene, „das muß das

Haus gewesen sein ... Ich spürte, wie der Boden zitterte ... Als ich sie heute morgen auf dem Dach sah, habe ich meine Tür geschlossen." Und er machte eine unbestimmte Handbewegung, die besagen sollte, daß diese Dinge ihn nicht mehr interessierten. Jedesmal wenn er wieder bei der Kasse anlangte, betrachtete er das leere Bänkchen, dieses mit abgenutztem Samt überzogene Bänkchen, auf dem seine Frau und seine Tochter schon als Kind gesessen hatten. Brachte ihn dann sein unaufhörliches Hinundherlaufen wieder ans andere Ende, so betrachtete er die im Schatten versinkenden Regale, auf denen einige Stücke Tuch schon fast verschimmelt waren. Das Haus war verwaist; die er geliebt hatte, waren dahingegangen, sein Geschäft stand vor einem schimpflichen Ende, er allein ging noch mit seinem erstorbenen Herzen und seinem in diesen Katastrophen gebrochenen Stolz umher. Er hob den Blick zu der geschwärzten Decke, er lauschte auf das Schweigen, das aus dem Dunkel des kleinen Eßzimmers kam, dem vertrauten Winkel, an dem er einst alles, sogar den muffigen Geruch, geliebt hatte. Kein Hauch rührte sich mehr in der altväterischen Wohnung, die alten Mauern hallten von seinem regelmäßigen und schweren Schritt, als ginge er über das Grab seiner Liebe.

Schließlich kam Denise auf das zu sprechen, was sie hergeführt hatte.

„Onkel, so kann es nicht mit Ihnen weitergehen. Sie müßten einen Entschluß fassen."

Ohne stehenzubleiben, erwiderte er:

„Gewiß, aber was soll ich denn tun? Ich habe versucht zu verkaufen, niemand ist gekommen ... Mein Gott, eines Morgens werde ich den Laden schließen und auf und davon gehen."

Sie wußte, daß ein Bankrott nicht mehr zu befürchten war. Angesichts so furchtbarer Schicksalsschläge hatten die Gläubiger es vorgezogen, sich zu vergleichen. Wenn alles bezahlt war, lag der Onkel einfach auf der Straße.

„Aber was werden Sie dann tun?" murmelte sie, während sie nach einem Übergang suchte, um zu dem Angebot zu kommen, das sie nicht auszusprechen wagte.

„Ich weiß nicht", erwiderte er. „Man wird mich wohl irgendwie auflesen." Er hatte seinen Weg geändert, jetzt wanderte er vom Eßzimmer bis zu den Schaufenstern und betrachtete nun jedesmal mit trübem Blick diese kläglichen Schaufenster mit ihrer vernachlässigten Auslage. Er hob nicht einmal die Augen zu der strahlenden Fassade des „Paradieses der Damen" auf, deren architektonische Linien sich rechts und links an beiden Enden der Straße verloren. Es war ein Zustand äußerster Erschöpfung, er fand nicht mehr die Kraft, sich zu ärgern.

„Hören Sie, Onkel", brachte Denise schließlich verlegen heraus, „es gäbe vielleicht eine Stellung für Sie ..." Sie setzte nochmals an, sie stammelte: „Ja, ich bin beauftragt, Ihnen einen Posten als Inspektor anzubieten."

„Wo denn?" fragte Baudu.

„Mein Gott, dort gegenüber ... Bei uns ... Sechstausend Francs, keine anstrengende Tätigkeit."

Er war jäh vor ihr stehengeblieben, aber statt aufzubrausen, wie sie befürchtet hatte, wurde er sehr blaß, eine schmerzliche Erregung voll bitterer Resignation überwältigte ihn.

„Gegenüber, gegenüber", stammelte er mehrmals. „Du willst, daß ich dort gegenüber eintrete?"

Seine Erregung hatte sich auf Denise übertragen. Der lange Kampf der beiden Firmen stand wieder vor ihr, sie sah sich im Trauergeleit für Geneviève und für Frau Baudu, hatte das vernichtete „Vieil Elbeuf" vor Augen, das vom „Paradies der Damen" abgewürgt worden war. Und die Vorstellung, ihr Onkel könnte gegenüber eintreten und dort mit einer weißen Krawatte umhergehen, ließ ihr Herz stürmisch klopfen vor Mitleid und Empörung.

„Sag selbst, Denise, mein Kind, ist so etwas möglich?" fragte er nur, während er seine armen zitternden Hände ineinanderlegte.

„Nein, nein, Onkel!" rief sie in einer Aufwallung ihres ganzen gerechten und gütigen Wesens. „Das wäre nicht gut ... Verzeihen Sie mir, ich bitte Sie inständig."

Er hatte seine Wanderung wiederaufgenommen, sein Schritt erschütterte aufs neue die Grabesstille des Hauses. Und nachdem sie ihn verlassen hatte, ging er wieder hin und her, ging immerzu, in jenem hartnäckigen Drang nach ständiger Platzveränderung, in dem völlige Verzweiflung sich um sich selber dreht, ohne je aus diesem Kreisen herauszukommen.

Denise hatte abermals eine schlaflose Nacht. Sie war sich ihrer Machtlosigkeit bewußt geworden. Nicht einmal zugunsten der Ihrigen fand sie eine Erleichterungsmöglichkeit. Bis zum Ende mußte sie Zeuge des unwiderstehlichen Werks des Lebens sein, das den Tod verlangt, um fortwährend neues Leben zu säen. Sie wehrte sich nicht mehr dagegen, sie nahm dieses Gesetz des Kampfes an; aber beim Gedanken an die leidende Menschheit wurde ihre Frauenseele von weinender Güte, von geschwisterlicher Liebe erfüllt. Seit Jahren war sie selber vom Räderwerk der Maschine erfaßt. Hatte sie nicht davon geblutet? Hatte man sie nicht gequält, fortgejagt, mit Schmutz beworfen? Noch heute erschrak sie zuweilen, wenn sie sich durch den folgerichtigen Ablauf der Dinge auserwählt fühlte. Weshalb gerade sie, die so armselig war? Weshalb war ihre kleine Hand auf einmal von solchem Gewicht beim Werk des Ungeheuers geworden? Und die Kraft, die alles wegfegte, riß auch sie mit, sie, deren Kommen eine Vergeltung sein sollte. Mouret hatte diesen Mechanismus zum Zermalmen der Welt erfunden, dessen rücksichtsloses Funktionieren ihre Entrüstung hervorrief; er hatte im Stadtviertel den Ruin ausgesät, hatte die einen ausgeplündert, die andern ums Leben gebracht; und sie liebte ihn dennoch um der Großartigkeit seines Werkes willen, sie liebte ihn nur mehr bei jedem Gewaltakt seiner Macht, ungeachtet der Flut von Tränen, die angesichts des heiligen Elends der Besiegten in ihr aufstieg.

## KAPITEL XIV

Völlig neu lag die Rue du Dix-Décembre mit ihren kreideweißen Häusern und den letzten Gerüsten einiger nicht rechtzeitig fertig gewordener Gebäude im hellen Februarsonnenschein; ein Strom von Wagen fuhr wie ein großer Eroberungszug durch diesen von Licht erfüllten Durchbruch, der das feuchte Dunkel des alten Saint-Roch-Viertels durchschnitt; und zwischen der Rue de la Michodière und der Rue de Choiseul gab es einen wahren Volksauflauf, das Gedränge einer durch einen Monat voll unausgesetzter Reklame erhitzten Menge, die mit hochblickenden Augen vor der monumentalen Fassade des „Paradieses der Damen“ gaffte, deren Einweihung an diesem Montag anläßlich der großen Weißwarenausstellung stattfand.

In ihrer strahlenden Frische bot sie eine breite Entfaltung polychromer, durch Gold betonter Architektur, die den Lärm und Glanz des Handels im Inneren ankündigte und wie eine riesige, in den lebhaftesten Farben flammende Auslage die Blicke fesselte. Im Erdgeschoß war, um nicht die Stoffe in den Schaufenstern um ihre Wirkung zu bringen, die Dekoration nüchtern gehalten: ein Sockel aus meergrünem Marmor; die Pilaster und die Stützpfeiler mit schwarzem Marmor verkleidet, dessen Ernst vergoldete Zierleisten aufhellten; und alles übrige bestand aus Spiegelglas in eisernen Fassungen, nichts als Glasscheiben, die die Tiefen der Galerien und Hallen dem vollen, von der Straße hereindringenden Tageslicht aufzutun schienen. Doch je höher die Stockwerke emporstiegen, um so leuchtendere Farben glühten auf. Der Fries des Erdgeschosses, der sich endlos, rings um den ganzen Koloß, hinzog, zeigte Mosaiken, ein Gewinde roter und blauer Blumen, in regelmäßigen Abständen von Marmorplatten unterbrochen, auf denen Warenbezeichnungen eingeschnitten waren. Dann stützte der aus glasierten Ziegeln gefügte Sockel des ersten Stockwerks die hohen Fenster, die bis zum Fries reichten, einem Fries aus vergoldeten Schilden mit den Wappen der Städte Frankreichs und Terrakottamotiven, in deren Glasur die hellen Farben des Sockels wiederkehrten. Ganz oben schließlich entfaltete sich das Gesims gleich einem feurigen Erblühen der gesamten Fassade; die Mosaiken und Fayencen hatten hier wärmere Farben, das Zink der Dachrinnen war ausgezackt und vergoldet, die Giebelzinne entlang stand eine Fülle von Statuen, die großen Industrie- und Manufakturstädte, deren zarte Umrisse sich hoch droben vom Himmel abhoben. Und vor allem bestaunten die Neugierigen den Haupteingang, der, hoch wie ein Triumphbogen, ebenfalls verschwenderisch mit Mosaiken, Fayencen, Terrakotten verziert war und von einer allegorischen Gruppe überragt wurde, deren frische Vergoldung funkelte: *die Frau*, die von einem lachenden Schwarm kleiner Liebesgötter angekleidet und geküßt wurde.

Gegen zwei Uhr mußte eine Wachmannschaft den Verkehr der Menge regeln und darauf achten, daß die haltenden Wagen nicht die Straße versperrten. Der Palast war erbaut, der Tempel für den Verschwendungswahnsinn der Mode. Er überragte ein ganzes Stadtviertel und bedeckte es mit seinem Schatten. Schon war die Wunde, die der Abriß des baufälligen Hauses von Bourras hinterlassen hatte, so gut verheilt, daß man vergeblich die Stelle gesucht hätte, wo einst diese Warze saß; die vier Fronten zogen sich in ihrer hochmütigen Abgesondertheit ohne eine Lücke an den vier Straßen entlang. Auf der anderen Straßenseite aber war, seit Baudu in ein Altersheim gegangen, das „Vieil Elbeuf" geschlossen, lag vermauert wie ein Grab hinter den Fensterläden, die nicht mehr abgenommen wurden; nach und nach wurden sie von den Rädern der Droschken mit Kot bespritzt, von Plakaten überschwemmt und verklebt, der steigenden Flut der Reklame, gleichsam der letzten Schaufel Erde, die auf das Grab des alten Handels geworfen wurde; und mitten auf dieser toten, vom Auswurf der Straße beschmutzten, vom Plunder des lärmenden Pariser Lebens buntscheckig gefärbten Fassade prangte wie eine in einem eroberten Reich aufgepflanzte Fahne ein ungeheures gelbes, ganz neues Plakat, das in zwei Fuß hohen Buchstaben die große Verkaufsausstellung im „Paradies der Damen" ankündigte. Es sah so aus, als schäme sich der Koloß, nachdem er sich nach und nach immer mehr vergrößert hatte, des finsteren Stadtviertels, in dem er bescheiden ins Leben getreten war und das er später abgewürgt hatte, und wende ihm nun, von Widerwillen ergriffen, den Rücken, lasse den Schmutz der engen Straßen hinter sich und präsentiere sein Emporkömmlingsgesicht der lärmerfüllten und sonnenbeschienenen Straße des neuen Paris. Nun hatte er sich, wie der Reklamestich zeigte, dick und fett gefressen wie der Oger im Märchen, dessen Schultern die Wolken zum Krachen zu bringen drohen. Zunächst sah man im Vordergrund dieses Stiches die Rue du Dix-Décembre, die Rue de la Michodière und die Rue Monsigny, erfüllt von kleinen schwarzen Figuren und unverhältnismäßig verbreitert, als sollten sie der Kundschaft der ganzen Welt Durchlaß gewähren. Dann kamen die Gebäude selber, in übertrieben riesiger Ausdehnung, aus der Vogelperspektive gesehen, mit ihren festen Dächern, die die Galerien andeuteten, den Glasdächern der Höfe, darunter man die Hallen ahnte, der ganzen Unendlichkeit dieses Sees aus in der Sonne schimmerndem Glas und Zink. Jenseits davon breitete sich Paris aus, aber ein klein gewordenes, von dem Ungeheuer halbverzehrtes Paris: die Häuser, in seiner Nähe nur bescheidene Hütten, waren weiter weg als ein Staub undeutlicher Schornsteine verstreut; die großen Gebäude schienen zusammenzuschmelzen, links zwei Striche für Notre-Dame, rechts ein Accent circonflexe für den Invalidendom, im Hintergrund das Panthéon, verschämt und verloren, kleiner als eine Linse. Der Horizont war zu nichts geworden, diente nur als geringgeschätzter Rahmen, bis zu den Höhen von Châtillon, bis zu dem weiten flachen Land, dessen verwischte Fernen Knechtschaft andeuteten.

Seit dem Morgen nahm der lärmende Volkshaufen ständig zu. Noch nie hatte eine Firma die Stadt mit einem solchen Reklamegetöse in Aufregung versetzt. Jetzt gab das „Paradies“ jährlich fast sechshunderttausend Francs für Plakate, Annoncen und Ankündigungen aller Art aus; die Zahl der verschickten Kataloge belief sich auf vierhunderttausend; für mehr als hunderttausend Francs Stoffe wurden für die Muster zerstückelt. Man hatte sich endgültig der Zeitungen, der Mauern, der Ohren des Publikums bemächtigt, es war, als tue eine ungeheure Trompete aus Erz allen Enden der Welt mit Höllenlärm die großen Verkaufsausstellungen kund. Und von nun an wurde diese Fassade, vor der man einander fast erdrückte, zur lebenden Reklame mit ihrer buntscheckigen und vergoldeten, an einen Basar erinnernden Pracht, ihren Schaufenstern, die so geräumig waren, daß man die gesamte Dichtung der Frauenkleidung darin ausstellen konnte, ihrer Menge gemalter, gravierter, geschnitzter Schilder, angefangen bei den Marmortafeln des Erdgeschosses bis zu den geschwungenen Blechstreifen, die über den Dächern das Gold ihrer Spruchbänder entrollten, darauf man den Namen der Firma in Buchstaben von der Farbe des Himmels lesen konnte, ausgeschnitten auf dem Blau der Luft. Zur Feier der Einweihung hatte man noch zusätzliche Trophäen und Fahnen angebracht; jedes Stockwerk war beflaggt mit Bannern und Standarten mit den Wappen der Hauptstädte Frankreichs, während ganz oben die Flaggen der fremden Völker, an Masten aufgezogen, im Himmelswind flatterten. Unten schließlich leuchtete mit blendender Intensität die Weißwarenausstellung in den Schaufenstern. Nichts als Weiß, eine vollständige Brautausstattung und ein Gebirge von Bettüchern zur Linken, eine Kapelle aus Vorhängen und Pyramiden von Taschentüchern zur Rechten ermüdeten den Blick; und zwischen den „Aufgehängten" am Eingang, Stücken von Leinwand, von Kattun und Musseline, die in breiten Bahnen herabfielen und Schneelawinen glichen, waren angekleidete Modekupfer aufgestellt, bläuliche Kartonbogen, auf denen eine Braut und eine Dame in Balltoilette – beide in Lebensgröße –, in echte Stoffe, Spitzen und Seide gekleidet, mit ihren gemalten Gesichtern lächelten. Unaufhörlich bildete sich ein neuer Kreis von Gaffern, Begehrlichkeit stieg aus dem Staunen der Menge auf.

Was die Neugierigen so um das „Paradies der Damen" zusammenrottete, war ein Unglück, von dem ganz Paris sprach, der Brand der „Quatre Saisons", des großen Geschäftshauses, das Bouthemont vor kaum drei Wochen in der Nähe der Grand-Opéra eröffnet hatte. Die Zeitungen brachten eine Fülle von Einzelheiten: die Entstehung des Feuers durch eine in der Nacht erfolgte Gasexplosion, die Flucht der erschrockenen Verkäuferinnen im Hemd, das heldenhafte Verhalten Bouthemonts, der fünf von ihnen auf den Schultern hinausgetragen und so gerettet hatte. Übrigens war der riesige Schaden gedeckt, und das Publikum begann mit den Achseln zu zucken und sagte, das sei eine großartige Reklame. Für den Augenblick aber wandte sich die Aufmerksamkeit wieder dem „Paradies" zu, zur Fieberhitze gesteigert durch die umlaufenden Gerüchte, bis zur Besessenheit mit diesen Basaren beschäftigt, deren Bedeutung einen so großen Raum im öffentlichen Leben einnahm. Dieser Mouret hatte immer Glück! Paris jauchzte seinem Stern zu, eilte herbei, um zu sehen, wie er aufrecht dastand, während es jetzt die Flammen übernahmen, ihm die Konkurrenz vor die Füße zu fegen; und man rechnete bereits aus, was er in dieser Saison verdienen würde, man versuchte, den verbreiterten tosenden Strom der Menschenmenge abzuschätzen, der zufolge der zwangsläufigen Schließung der rivalisierenden Firma durch seine Tür fließen mußte. Einen Augenblick lang war er beunruhigt gewesen, geängstigt in dem Gefühl, daß eine Frau gegen ihn war, diese Frau Desforges, der er ein wenig sein Glück verdankte. Auch regte ihn das dilettantische Finanzgebaren Baron Hartmanns auf, der in beide Unternehmungen Geld gesteckt hatte. Zudem war er vor allem darüber ganz außer sich, daß nicht er selber auf die geniale Idee Bouthemonts verfallen war: hatte nicht dieser Lebemann seine Verkaufsräume vom Pfarrer der Madeleine-Kirche weihen lassen, begleitet von seiner ganzen Geistlichkeit! Eine erstaunliche Zeremonie, ein religiöser Pomp, der sich von der Seidenabteilung zur Handschuhabteilung bewegte, Gott zwischen die Frauenhosen und die Korsetts geraten; was zwar nicht verhindert hatte, daß das Ganze abbrannte, aber eine Million für Inserate aufwog, so sehr hatte dieser Streich seinen Zweck bei der mondänen Kundschaft erreicht. Von der Zeit ab träumte Mouret davon, zu sich den Erzbischof kommen zu lassen.

Indessen schlug die Uhr über dem Eingang drei. Es herrschte das nachmittägliche Gedränge, nahezu hunderttausend Kundinnen erdrückten einander fast in den Galerien und den Hallen. Draußen waren von einem Ende der Rue du Dix-Décembre bis zum anderen Wagen aufgefahren, und nach der Grand-Opéra zu füllte eine weitere dichte Menge die Sackgasse, bei der der Durchbruch für die künftige Avenue beginnen sollte. Einfache Droschken mischten sich mit herrschaftlichen Coupés, die Kutscher standen wartend zwischen den Rädern, die Pferde wieherten und schüttelten ihre Kinnketten, die in der Sonne Funken sprühten. Unaufhörlich änderten sich, sobald die Ladendiener einen Namen ausriefen, die Reihen durch das Nachdrängen der Tiere, die von selber aufschlossen, während sich fortwährend neue Wagen den anderen anfügten. Die Fußgänger flüchteten sich in aufgescheuchten Scharen auf die Rettungsinseln; die Bürgersteige waren, so weit man die breite und gerade Straße hinunter sehen konnte, schwarz von Menschen. Und lauter Lärm stieg zwischen den weißen Häusern auf, dieser Menschenstrom wälzte sich dahin unter der weitgespannten Seele von Paris, einem unermeßlichen und sanften Hauch, dessen gigantische Liebkosung man fühlte.

Vor einem Schaufenster betrachtete Frau de Boves, die von ihrer Tochter Blanche begleitet war, mit Frau Guibal eine Auslage mit halbfertigen Kostümen.

„Oh, schauen Sie doch mal, hier gibt es Leinenkostüme zu neunzehn Francs fünfundsiebzig!" sagte sie.

In ihren viereckigen Kartons waren die mit einem schmalen Seidenband zusammengebundenen Kostüme so gefaltet, daß nur die in Blau und Rot gestickte Garnierung sichtbar war; und in der Ecke eines jeden Kartons zeigte ein Modekupfer das fertige Kleidungsstück an einem jungen Geschöpf, das wie eine Prinzessin aussah.

„Mein Gott, mehr ist das auch nicht wert", murmelte Frau Guibal. „Wenn man es erst in der Hand hat, ist es nur ein Fetzen!"

Sie waren jetzt sehr vertraut miteinander, seit Herr de Boves, von Gichtanfällen festgenagelt, nicht mehr seinen Sessel verlassen konnte. Die Ehefrau duldete die Geliebte, es war ihr sogar angenehmer, daß dies in ihrem Hause vor sich ging, denn dadurch kam sie zu ein wenig Taschengeld. Beträgen, die ihr Gatte sich entwenden ließ, weil er selber der Nachsicht bedurfte.

„Nun gut, gehen wir hinein", sagte Frau Guibal. „Man muß sich ihre Ausstellung ansehen ... Hat Ihr Schwiegersohn sich nicht dort mit Ihnen verabredet?"

Frau de Boves antwortete nicht, sie hatte den Blick abgewandt und war scheinbar völlig von den vielen Wagen in Anspruch genommen, die einer nach dem anderen geöffnet wurden und denen noch immer Kundinnen entstiegen.

„Gewiß", sagte schließlich Blanche mit ihrer gleichgültigen Stimme. „Paul soll uns gegen vier Uhr im Lesesaal abholen, wenn er aus dem Ministerium kommt."

Sie waren seit einem Monat verheiratet, und Vallagnosc war nach einem dreiwöchigen Urlaub, den sie im Süden verbracht hatten, gerade auf seinen Posten zurückgekehrt. Die junge Frau hatte bereits den Umfang ihrer Mutter, das gedunsene und gleichsam durch die Ehe kompakter gewordene Fleisch.

„Aber da ist ja Madame Desforges!" rief die Gräfin aus, den Blick auf ein Coupé geheftet, das gerade anhielt.

„Oh, glauben Sie?" murmelte Frau Guibal. „Nach allem, was vorgefallen ist ... Sie wird wohl noch über den Brand der ‚Quatre Saisons' trauern."

Es war dennoch Henriette. Sie bemerkte die Damen und kam mit heiterer Miene auf sie zu, verbarg ihre Niederlage unter dem ungezwungenen Benehmen einer Frau von Welt.

„Mein Gott, ja, ich wollte mir selber ein Urteil bilden. Es ist besser, man sieht mit eigenen Augen, nicht wahr? – Oh, ich bin noch immer gut Freund mit Herrn Mouret, obwohl es heißt, er sei wütend, seit ich mich jener Konkurrenzfirma angenommen habe... Nur eins verzeihe ich ihm nicht, nämlich daß er sie zu dieser Heirat verleitet hat, Sie wissen wohl, diesen Joseph und meinen Schützling, Mademoiselle de Fontenailles."

„Wie, es ist also geschehen?" unterbrach Frau de Boves sie. „Wie abscheulich!"

„Ja, meine Liebe, und zwar lediglich, um uns einen Tritt zu versetzen. Ich kenne ihn, er hat zum Ausdruck bringen wollen, daß unsere jungen Mädchen aus den vornehmen Kreisen einzig dazu taugen, seine Ladendiener zu heiraten." Sie ereiferte sich.

Alle vier blieben auf dem Bürgersteig stehen, mitten in dem Gedränge am Eingang. Allmählich wurden sie jedoch von der Menschenflut erfaßt; und sie brauchten sich nur der Strömung zu überlassen, wie emporgetragen, gelangten sie durch die Tür, ohne sich dessen bewußt zu werden, und lauter redend, um einander verstehen zu können. Jetzt fragten sie sich gegenseitig nach Neuigkeiten über Frau Marty. Man erzählte, der arme Herr Marty leide infolge heftiger ehelicher Auftritte seit kurzem an Größenwahn: er schöpfe mit vollen Händen aus den Schätzen der Erde, leere Goldminen, belade Karren mit Diamanten und Edelsteinen.

„Der arme gutmütige Tropf!" sagte Frau Guibal. „Immer in so abgetragenem Zeug und so demütig, weil er zu den heimlich erteilten Stunden lief! – Und die Frau?"

„Augenblicklich beutet sie einen Onkel aus", erwiderte Henriette, „einen biederen alten Onkel, der sich, als er Witwer wurde, zu ihr zurückgezogen hat ... Übrigens muß sie hier sein, wir werden sie sehen."

Plötzlich blieben die Damen starr vor Überraschung stehen. Vor ihnen breiteten sich die Ladenräume aus, die größten Ladenräume der Welt, wie die Reklame behauptete. Jetzt ging die große Mittelgalerie von einem Ende bis zum anderen, mit einem Ausgang nach der Rue du Dix-Décembre und einem nach der Rue Neuve-Saint-Augustin, während sich rechts und links, den Seitenschiffen einer Kirche gleich, die schmaleren Galerien Monsigny und Michodière ebenfalls ohne eine Unterbrechung an den Straßen entlangzogen. Hier und da schufen die Hallen breite Wegkreuzungen inmitten des Metallgerippes der freitragenden Treppen und der schwebenden Brücken. Man hatte die Einteilung im Hause geändert; die alten billigen Ladenbestände waren jetzt an der Rue du Dix-Décembre untergebracht, die Seidenabteilung lag in der Mitte, die Handschuhabteilung nahm hinten die Saint-Augustin-Halle ein, und von der neuen Empfangshalle aus erblickte man, wenn man die Augen hob, noch immer die Bettenabteilung, mit der man von dem einen äußersten Ende des zweiten Stocks zum anderen umgezogen war. Die riesige Anzahl der Rayons belief sich auf fünfzig; mehrere völlig neue waren an diesem Tage eröffnet worden; andere, die zu wichtig geworden waren, hatte man einfach teilen müssen, um den Verkauf zu erleichtern. Und angesichts dieser ständigen Vergrößerung der Geschäfte war selbst das Personal für die neue Saison auf dreitausendfünfundvierzig Angestellte vermehrt worden.

Was die Damen am Weitergehen hinderte, war der wundervolle Anblick der großen Weißwarenausstellung. Zunächst umgab sie das Vestibül, eine mit einem Mosaikpflaster versehene Halle aus Spiegelglasscheiben, wo die ausgelegten billigen Waren die gierige Menge fesselten. Dahinter dehnten sich in strahlendem Weiß die Galerien, ein Ausblick in den hohen Norden, eine wahre Schneelandschaft, die die Unendlichkeit mit Hermelin bespannter Steppen und in der Sonne leuchtende Gletschermassen zeigte. Hier fand man das Weißzeug wieder, das man von draußen in den Schaufenstern gesehen hatte, aber zum Leben gebracht, riesenhaft, brennend von einem Ende des ungeheuer großen Raumes bis zum anderen mit dem weißen Lodern einer in vollen Flammen stehenden Feuersbrunst. Nichts als Weiß, alle weißen Artikel aus sämtlichen Rayons, eine Schwelgerei in Weiß, ein weißes Gestirn, dessen stetiges Strahlen zunächst blendete, so daß man in diesem unvergleichlichen Weiß keine Einzelheiten unterscheiden konnte. Bald gewöhnten sich die Augen daran: zur Linken zeigte die Galerie Monsigny in langer Reihe die weißen Vorgebirge der Leinen- und Kattunsorten, die weißen Felsen der Bettlaken, Servietten und Taschentücher, während zur Rechten die Galerie Michodière, die von den Kurzwaren, den Wirkwaren und den Wollsachen eingenommen wurde, weiße Bauten aus Perlmutterknöpfen, eine große, aus kurzen weißen Strümpfen zusammengesetzte Dekoration, einen ganz mit weißem Molton ausgeschlagenen, von einem fernen Lichtstrahl erhellten Saal zur Schau stellte. Aber die leuchtendste Helligkeit ging vor allem von der Mittelgalerie aus, bei den Bändern und den Halstüchern, den Handschuhen und der Seide. Die Ladentische verschwanden unter dem Weiß der Seiden und der Bänder, der Handschuhe und der Tücher. Um dünne eiserne Säulen wallte, hier und dort durch weißen Foulard gerafft, weißer Musselin, die Treppen waren mit weißen Behängen geschmückt, einander abwechselnden Draperien aus Piqué und geköpertem Barchent, die sich die Geländer entlangzogen und die Hallen bis zum zweiten Stockwerk hinauf umgaben; und dieses aufsteigende Weiß bekam Flügel, drängte sich zusammen und verlor sich wie eine Schar ziehender Schwäne. Dann fiel das Weiß von den Wölbungen herab, Daunen ergossen sich, eine breite schneeige Bahn aus großen Flocken: weiße Bettdecken, weiße Plumeaubezüge flatterten, wie Kirchenbanner aufgehängt, in der Luft; lange Gipürestreifen waren durch den ganzen Raum gespannt, wirkten wie Schwärme weißer Schmetterlinge, die mit unbeweglichem Schwirren in der Luft hingen; überall fielen Spitzenschauer herab, schwebten dahin wie Mariengarn an einem Sommerhimmel, erfüllten die Luft mit ihrem weißen Hauch. Und das Wunderbarste, der Altar für diesen Kult des Weiß, befand sich über der Seidenabteilung in der großen Halle: ein Zelt aus weißen Vorhängen, die von dem Glasdach herniederhingen. Die Musseline, die Gazestoffe, die kunstvollen Gipüren flossen als ein leichtes Gewoge herab, während sehr reich gestickter Tüll und Stücke orientalischer, mit Silber durchwirkter Seide den Hintergrund dieser riesigen Dekoration bildeten, die etwas von einem Tabernakel und zugleich von einem Alkoven hatte. Man hätte meinen können, ein großes weißes Bett harre hier wie im Märchen in seiner jungfräulich unberührten Riesenhaftigkeit auf die weiße Prinzessin, die eines Tages allmächtig im weißen Brautschleier daherkommen sollte.

„Oh, ganz außerordentlich!" sagten die Damen immer wieder. „Unerhört!"

Sie wurden dieses Gesanges vom Weiß, den die Stoffe des ganzen Hauses sangen, nicht müde. Mouret hatte noch nie etwas so Großartiges vollbracht, es war das genialste Werk seiner Ausstellungskunst. Unter der Lawine all dieses Weißen, in der scheinbaren Unordnung der Gewebe, die zufällig aus den geleerten Regalen gefallen zu sein schienen, verbarg sich ein harmonischer Tonsatz, das Weiß, weiter ausgesponnen und abgewandelt in all seinen Tönen, die entstanden, wuchsen, sich entfalteten mit der komplizierten Orchestration einer meisterlichen Fuge, deren unausgesetzte Abwandlung die Seelen zu immer weiterem Fluge davonträgt. Nichts als Weiß, und niemals dasselbe Weiß, alle Tönungen von Weiß, deren jede sich von den anderen abhob, einen Gegensatz zu ihnen bildete, sie ergänzte und die alle zusammen zu einem schallenden Ausbruch von Licht gelangten. Mit dem matten Weiß von Kattun und Leinen begann es, dem stumpfen Weiß von Flanell und Tuch; dann kamen in einer ansteigenden Tonskala Samt, Seide und Atlas, das nur leise schimmernde Weiß, das an den Faltenbrüchen schließlich zu kleinen Flammen wurde; und mit der Durchsichtigkeit der Vorhänge flog das Weiß gleichsam auf, wurde zu freier Helligkeit in den Musselinen, den Gipüren, den Spitzen, vor allem im Tüll, der so zart war, als sei er der höchste, verhallende Ton, während das Silber der orientalischen Stoffe im Hintergrund des riesigen Alkovens am lautesten sang.

Unterdessen hatten sich die Ladenräume mit Leben gefüllt, viele Menschen umlagerten die Aufzüge, am Büfett und im Lesesaal erdrückte man sich fast, ein ganzes Volk wanderte in diesen schneebedeckten Weiten umher. Und die Menge wirkte schwarz, man hätte sie für Schlittschuhläufer auf einem See in Polen im Dezember halten können. Im Erdgeschoß wogte eine dunkle, von einer Gegenströmung lebhaft bewegte Dünung, darin man nur die zarten und entzückten Gesichter der Frauen unterschied. Im Gezack der Eisengerippe, die Treppen entlang, auf den schwebenden Brücken stiegen ohne Ende kleine schwarze Gestalten empor, wie verirrt zwischen schneebedeckten steilen Bergen. Eine erstickende Treibhauswärme wirkte angesichts dieser eisigen Höhen überraschend. Das Stimmengewirr schwoll zu dem ungeheuren Lärm eines mit Eis gehenden Flusses an. Die verschwenderischen Vergoldungen an der Decke, die mit Gold verzierten Glasdächer und die goldenen Rosetten glichen Sonnenstrahlen, die leuchtend auf die Alpen der großartigen Weißwarenausstellung fielen.

„Nun", sagte Frau de Boves, „wir müssen dennoch weitergehen. Hier können wir nicht bleiben."

Seit sie eingetreten war, ließ der Inspektor Jouve, der in der Nähe des Eingangs stand, sie nicht aus den Augen. Als sie sich umwandte, trafen sich ihre Blicke. Nachdem sie sich dann wieder in Bewegung gesetzt hatte, gönnte er ihr einen kleinen Vorsprung und folgte ihr von weitem, scheinbar ohne sich noch um sie zu kümmern.

„Schaun Sie doch, die Veilchen!" sagte Frau Guibal, die bei der ersten Kasse wieder mitten im Gedränge stehenblieb. „Das ist ein netter Einfall!"

Sie sprach von der neuen Zugabe des „Paradieses", einem Einfall Mourets, von dem dieser in den Zeitungen viel Aufhebens gemacht hatte, kleine Sträuße weißer Veilchen, die er zu Tausenden in Nizza gekauft hatte und die jede Kundin bekam, die auch nur den geringsten Einkauf machte. Neben jeder Kasse teilten livrierte Ladendiener unter Aufsicht eines Inspektors diese Zugabe aus. Und nach und nach war die Kundschaft mit Blumen geschmückt, füllten sich die Verkaufsräume mit diesem hochzeitlichen Weiß, verbreiteten alle Frauen einen durchdringenden Blütenduft.

„Ja", murmelte Frau Desforges mit einer Stimme, aus der Eifersucht klang, „der Einfall ist gut!"

Aber in dem Augenblick, da sich die Damen zum Weitergehen anschickten, hörten sie zwei Verkäufer über die Veilchen scherzen.

Ein größerer Magerer verwunderte sich: die Heirat des Chefs mit der Ersten von der Kinderbekleidung komme also doch zustande?

Und ein kleiner Dicker antwortete, daß man bisher noch nichts davon wisse, die Blumen aber doch gekauft worden seien.

„Nanu", sagte Frau de Boves, „Herr Mouret heiratet?"

„Das ist das erste, was ich davon höre", erwiderte Henriette, die die Gleichgültige spielte. „Übrigens muß es ja so ausgehen."

Die Gräfin hatte ihrer neuen Freundin einen raschen Blick zugeworfen. Jetzt verstanden beide, weshalb Frau Desforges trotz der Zwistigkeiten, die zum Bruch geführt hatten, ins „Paradies der

Damen“ gekommen war. Zweifellos gab sie dem unwiderstehlichen Bedürfnis nach, zu sehen und zu leiden.

„Ich bleibe bei Ihnen“, sagte Frau Guibal, deren Neugier erwachte, zu ihr. „Wir werden Madame de Boves im Lesesaal wiedertreffen.“

„Nun gut, mir ist es recht“, erklärte diese. „Ich habe im ersten Stock zu tun ... Kommst du, Blanche?“

Und von ihrer Tochter begleitet, ging sie hinauf, während Inspektor Jouve, der ihr noch immer folgte, eine nahe Treppe benutzte, um nicht ihre Aufmerksamkeit auf sich zu lenken. Die beiden anderen verloren sich in der dichten Menge im Erdgeschoß.

In allen Abteilungen sprach man mitten in dem lebhaften Verkaufstreiben wieder einmal von nichts anderem als von den Liebesangelegenheiten des Chefs. Dieser Roman, der seit Monaten die von Denises langem Widerstehen entzückten Kommis beschäftigte, war gerade ganz plötzlich an einem entscheidenden Punkt angelangt: man hatte tags zuvor erfahren, daß das junge Mädchen trotz Mourets inständiger Bitten das „Paradies der Damen“ unter dem Vorwand verlasse, sich unbedingt erholen zu müssen. Und nun war man Wetten eingegangen: Würde sie weggehen? Würde sie nicht weggehen? Von Rayon zu Rayon wettete man um hundert Sous für den nächsten Sonntag. Die Schlauköpfe setzten ein Mittagessen auf die Karte einer schließlich doch stattfindenden Heirat; dennoch wagten auch die anderen, jene, die an das Weggehen glaubten, ihr Geld nicht ohne guten Grund. Fraglos verfügte das Fräulein über die Macht einer angebeteten Frau, die sich versagt; aber auch der Chef war stark, und zwar vermöge seines Reichtums, seines fröhlichen Witwerstandes, seines Stolzes, den eine Überforderung zum Äußersten treiben konnte. Im übrigen waren sich die einen wie die anderen darüber einig, daß diese kleine Verkäuferin die Angelegenheit mit der Kundigkeit eines genialen gerissenen Weibsbilds betrieben habe und daß sie die entscheidende Partie spiele, indem sie ihm so die Pistole auf die Brust setze. Entweder du heiratest mich, oder ich gehe.

Denise dachte indessen gar nicht an diese Dinge. Sie hatte nie etwas gefordert, war nie berechnend gewesen. Und die Situation, die sie zum Weggehen bewog, war gerade durch die Urteile entstanden, die man zu ihrem fortgesetzten Erstaunen über ihr Verhalten fällte. Hatte sie das alles gewollt? Hatte sie sich als verschlagen, kokett, ehrsüchtig gezeigt? Sie war ganz einfach gekommen, sie war die erste, die sich darüber wunderte, daß man sie so lieben könne. Weshalb sah man noch heute immer einen geschickten Zug in ihrem Entschluß, das „Paradies“ zu verlassen? Es war doch so natürlich! Bei diesem immer wieder neu auflebenden Gewäsch in der Firma, Mourets beharrlichem, glühendem Drängen, den Kämpfen, die sie mit sich selber führen mußte, geriet sie schließlich in einen Zustand nervösen Unbehagens, unerträglicher Ängste, und von der Furcht ergriffen, eines Tages nachzugeben und es dann ihr ganzes Leben lang zu bereuen, wollte sie lieber fortgehen. Wenn das eine schlaue Taktik war, so wußte sie selber nichts davon, sie fragte sich verzweifelt, wie sie es anstellen solle, nicht den Anschein zu erwecken, Jagd auf einen Ehemann zu machen. Der Gedanke an eine Heirat brachte sie jetzt auf, sie war entschlossen, abermals nein zu sagen, immer nein, falls er die Torheit so weit treiben würde. Nur sie sollte leiden. Die Notwendigkeit der Trennung erpreßte ihr Tränen, aber in ihrer großen Tapferkeit wiederholte sie sich, daß es unerläßlich sei, daß sie keine Ruhe und keine Freude mehr finden würde, wenn sie anders handle.

Als Mouret ihre Kündigung erhielt, blieb er stumm und gleichsam kalt bei der Anstrengung, sich zu beherrschen. Dann hatte er mit dürren Worten erklärt, er gebe ihr acht Tage Bedenkzeit, bevor er sie eine solche Dummheit machen lasse. Als sie nach Verlauf der acht Tage auf das Thema zurückkam und den festen Willen äußerte, nach der großen Verkaufsausstellung zu gehen, brauste er auch nicht auf, sondern tat so, als wolle er ihr vernünftig zureden: sie bringe sich um ihr Glück; nirgends werde sie wieder eine solche Stellung finden, wie sie sie bei ihm einnehme. Ob sie denn etwas anderes in Aussicht habe? Er sei durchaus bereit, ihr die Vorteile zu gewähren, die sie anderswo zu erhalten hoffe. Und als das junge Mädchen geantwortet hatte, daß sie sich nicht nach einer Stellung umgesehen habe und daß sie beabsichtige, sich dank ihrer bereits gemachten Ersparnisse zunächst einen Monat lang in Valognes zu erholen, fragte er sie, was sie denn hindere, nachher ins „Paradies" zurückzukehren, wenn einzig die Sorge um ihre Gesundheit sie zum Weggehen veranlasse. Sie schwieg, gequält von diesem Verhör. Da bildete er sich ein, sie wolle sich mit einem Geliebten, vielleicht einem Gatten treffen. Hatte sie ihm nicht eines Abends gestanden, daß sie jemanden liebe? Seit jenem Augenblick saß ihm dieses Geständnis, das eine Stunde der Verwirrung ihr entrissen hatte, wie ein Messer im Herzen. Und wenn dieser Mann sie heiratete, würde sie alles verlassen, um ihm zu folgen; das erklärte ihre Hartnäckigkeit. Es war also aus, er fügte nur noch mit eisiger Stimme hinzu, daß er sie nicht länger zurückhalte, da sie ihm die wahren Gründe ihres Weggehens nicht anvertrauen könne. Dieses kühle, ohne Zorn geführte Gespräch brachte sie noch mehr aus der Fassung, als es der heftige Auftritt vermocht hätte, vor dem sie sich gefürchtet hatte.

Während der Woche, die Denise noch im Geschäft verbringen mußte, blieb Mouret starr und bleich. Wenn er durch die Rayons schritt, tat er, als sähe er sie nicht; er wirkte so gleichgültig, so in die Arbeit vertieft wie noch nie; und wieder fing man an zu wetten, nur die Tapferen wagten es, ein Mittagessen auf die Karte der Heirat zu setzen. Indessen verbarg Mouret unter dieser an ihm so ungewohnten Kälte einen furchtbaren Anfall von Unentschlossenheit und Leid. Wutausbrüche trieben ihm das Blut in pochenden Strömen ins Gehirn: er sah rot, er träumte davon, Denise gewaltsam zu nehmen, sie festzuhalten, ihre Schreie zu ersticken. Dann wieder wollte er vernünftig überlegen, suchte nach tauglichen Mitteln, sie daran zu hindern, die Schwelle zu überschreiten; aber immer wieder stolperte er über seine Machtlosigkeit, wütend darüber, daß seine Kraft und sein Geld ihm nichts nützten. Ein Gedanke jedoch wuchs inmitten toller Pläne, setzte sich trotz seines Aufbegehrens nach und nach in ihm fest. Nach Frau Hédouins Tod hatte er geschworen, sich nicht wieder zu verheiraten, und war, da er sein erstes Glück einer Frau verdankte, entschlossen, sich künftig an allen Frauen zu bereichern. Er hegte ebenso wie Bourdoncle den Aberglauben, daß der Leiter eines großen Modewarenhauses ledig sein müsse, wenn er sich seine königliche Würde als Mann über die weitgehenden Begierden seines Volks von Kundinnen erhalten wolle: eine Frau in der Firma verändere die Atmosphäre, verscheuche die anderen, indem sie ihren eigenen Geruch mitbringe. Und er sträubte sich gegen die unüberwindliche Folgerichtigkeit des Geschehens, er wollte, von plötzlichem Zorn auf Denise gepackt, lieber daran sterben als nachgeben, da er genau fühlte, daß sie die Vergeltung war, und befürchtete, an dem Tag, an dem er sie heiraten würde, besiegt auf seine Millionen zu sinken, zerbrochen wie ein Strohhalm durch das Ewigweibliche. Dann wurde er allmählich wieder schwach und unterzog seinen Widerwillen einer gründlichen Prüfung: wovor sollte er zittern? Sie war so sanft, so vernünftig, daß er sich ihr ohne Angst überlassen konnte. Zwanzigmal in der Stunde fing der Kampf in seinem verheerten Innern von neuem an. Der Stolz reizte die Wunde, es brachte ihn vollends um sein bißchen Vernunft, wenn er dachte, daß Denise sogar nach dieser äußersten Unterwerfung nein sagen könnte, noch immer nein, falls sie jemanden liebte. Am Morgen der großen Verkaufsausstellung hatte er noch keinen Entschluß gefaßt, und tags darauf wollte sie fortgehen.

Als Bourdoncle an diesem Tage seiner Gewohnheit gemäß gegen drei Uhr in Mourets Arbeitszimmer kam, überraschte er ihn gerade, wie er, die Ellbogen auf den Schreibtisch gestützt, die Fäuste an die Augen gepreßt, so versunken dasaß, daß er ihn an der Schulter berühren mußte. Mouret hob sein von Tränen nasses Gesicht, sie blickten einander an, ihre Hände streckten sich aus, und plötzlich umarmten sich diese beiden Männer, die gemeinsam so viele Handelsschlachten geschlagen hatten. Bourdoncles Verhalten hatte sich übrigens seit einem Monat vollständig geändert; er beugte sich vor Denise, er drängte sogar den Chef insgeheim zur Heirat. Zweifellos ging er so vor, um nicht von einer Macht hinweggefegt zu werden, die er jetzt als überlegen erkannte. Aber außerdem hätte man, wenn man diesem Wandel auf den Grund gegangen wäre, das Erwachen eines alten Ehrgeizes entdeckt, die Hoffnung, seinerseits Mouret zugrunde zu richten, vor dem er so lange den Rücken krumm gemacht hatte, eine Hoffnung, die sich lange nicht hervorgewagt hatte, nach und nach aber doch gewachsen war. Das lag in der Luft dieses Hauses, in diesem Kampf ums Dasein, der mit seinem immerwährenden Gemetzel den Verkauf um ihn her anfeuerte. Er wurde vom Gang der Maschine mitgerissen, war von der gleichen Gier wie die anderen erfaßt, der Gefräßigkeit, die von unten bis oben die Mageren zur Ausrottung der Fetten aufhetzte. Nur eine Art fromme Scheu, die Ehrfurcht vor dem Erfolg, hatte ihn bisher daran gehindert zuzuschnappen. Und der Chef wurde wieder zum Kind, schlitterte in eine törichte Heirat hinein, war im Begriff, sein Glück zu vernichten, den Zauber, den er auf die Kundschaft ausübte, zu zerstören. Wozu sollte er ihn davon abhalten, wenn er sich nachher so leicht zum Nachfolger dieses erledigten Mannes machen konnte, der in die Arme einer Frau gesunken war. Daher drückte er gerührt wie bei einem Abschied die Hände seines Chefs und sagte dabei wiederholt:

„Nun, Mut, zum Teufel! – Heiraten Sie sie, damit das ein Ende nimmt."

Mouret schämte sich bereits, daß er sich einen Augenblick lang hatte gehenlassen. Er stand auf, er widersprach:

„Nein, nein, das ist zu dumm ... Kommen Sie, wir wollen unsere Runde durch die Ladenräume machen. Es läßt sich gut an, nicht wahr? Ich glaube, es wird ein prächtiger Tag."

Sie gingen hinaus und begannen ihren nachmittäglichen Inspektionsgang durch die von einer Menschenmenge überfüllten Rayons. Bourdoncle warf ihm, von dieser außerordentlichen Spannkraft beunruhigt, heimliche Blicke zu, betrachtete aufmerksam seinen Mund, um sich auch nicht die geringsten Schmerzensfalten entgehen zu lassen.

Der Verkauf versprühte tatsächlich sein Feuer in einem höllischen Tempo, wovon das Haus zitterte wie ein großes, mit Volldampf fahrendes Schiff. In Denises Abteilung drängte sich ein lärmender Haufe von Müttern, die Scharen kleiner Mädchen und Knaben mitschleppten; die Kinder verschwanden fast unter den

Sachen, die man ihnen anprobierte. Der Rayon hatte seine sämtlichen weißen Artikel hervorgeholt, und hier wie überall war ein solches Schwelgen in Weiß, daß man damit einen Schwarm fröstelnder Liebesgötter hätte in Weiß kleiden können: Paletots aus weißem Tuch, Kleider aus Piqué, aus Nainsook, aus weißem Kaschmir, weiße Matrosenanzüge und sogar weiße Zuavenjäckchen. In der Mitte hatte man als Dekoration, obwohl die Jahreszeit dafür noch nicht gekommen war, eine Erstkommunionsausstattung ausgestellt, Kleid und Schleier aus weißem Musselin, die Schuhe aus weißer Seide, ein leichter, strahlender Blütenflor, der dort gleich einem riesigen Strauß von Unschuld und reinem Entzükken stand.

Vor ihren drei Kindern stehend, die der Größe nach — Madeleine, Edmond, Lucien — saßen, ärgerte sich Frau Bourdelais über den Kleinsten, weil er zappelte, während sich Denise bemühte, ihm das Jäckchen aus Wollmusselin anzuziehen.

„Halt doch still! — Meinen Sie nicht, Fräulein, daß es ein bißchen eng ist?" Und mit dem hellen Blick einer Frau, die sich nicht täuschen läßt, prüfte sie den Stoff, beurteilte den Schnitt, betrachtete von allen Seiten die Nähte. „Nein, es paßt gut", fing sie wieder an. „Es ist eine schwierige Sache, diese kleine Welt zu kleiden ... Nun brauchte ich noch einen Mantel für das große Mädchen."

Denise hatte sich am Verkaufen beteiligen müssen, da der Rayon geradezu gestürmt wurde. Sie holte soeben den verlangten Mantel, als sie einen leichten Schrei der Überraschung ausstieß.

„Nanu, du bist es? Was gibt's denn?"

Mit beiden Händen ein großes Paket haltend, stand ihr Bruder Jean vor ihr. Er war seit acht Tagen verheiratet, und am Sonnabend hatte seine Frau, eine kleine Brünette mit einem ängstlichen und reizenden Gesicht, dem „Paradies der Damen" einen langen Besuch abgestattet, um Einkäufe zu machen. Das junge Paar sollte Denise nach Valognes begleiten: eine richtige Hochzeitsreise, ein Monat Ferien voller Erinnerungen an einst.

„Stell dir vor", erwiderte er, „daß Thérèse eine Menge Dinge vergessen hat. Einiges ist umzutauschen, anderes muß ich kaufen ... Da sie sehr beschäftigt ist, hat sie mich mit dem Paket hergeschickt ... Ich werde dir erklären ..."

Doch sie unterbrach ihn, denn sie erblickte Pépé.

„Sieh da! Pépé auch! Und das Internat?"

„Meiner Treu", sagte Jean, „nach dem Essen am gestrigen Sonntag habe ich nicht den Mut gehabt, ihn zurückzubringen. Heute abend wird er wieder hingehen ... Es ist traurig genug für den armen Jungen, daß er in Paris eingesperrt bleibt, während wir dort umherstreifen werden."

Trotz ihres Kummers lächelte Denise ihnen zu. Sie vertraute Frau Bourdelais einer ihrer Verkäuferinnen an und kehrte zu den Brüdern in eine Ecke des Rayons zurück, der sich glücklicherweise leerte. Die Kleinen, wie sie sie noch immer nannte, waren jetzt schon große Burschen. Pépé, zwölf Jahre alt, war schon größer und stärker als sie, aber noch immer schweigsam und voll Zärtlichkeit und in seiner Internatsuniform von einschmeichelnder Anmut, während Jean, der breitschultrig war und sie um einen Kopf überragte, seine frauenhafte Schönheit behalten hatte, mit seiner blonden Mähne, die seine Kunsthandwerkernatur wie unter einem Windstoß flattern ließ. Und sie, die noch immer schmächtig war, nicht dicker als eine fette Lerche, wie sie zu sagen pflegte, wahrte ihnen gegenüber ihre besorgte mütterliche Autorität, behandelte sie als kleine Jungen, die man betreuen muß, knöpfte Jeans Überrock wieder zu, damit er nicht aussähe wie ein Herumtreiber, vergewisserte sich, daß Pépé ein sauberes Taschentuch bei sich hatte. Als sie an diesem Tage sah, wie die Augen des letzteren voll Tränen standen, hielt sie ihm eine sanfte Strafpredigt.

„Sei vernünftig, mein Kleiner. Man kann den Unterricht nicht unterbrechen. Ich werde in den Ferien mit dir wegfahren ... Hast du auf irgend etwas Lust, wie? Vielleicht möchtest du lieber, daß ich dir ein paar Sous hierlasse?" Dann wandte sie sich wieder dem anderen zu. „Auch du, Kleiner, setzt ihm was in den Kopf, bringst ihn dahin, zu glauben, wir machten eine Vergnügungsfahrt! — Versucht doch, ein bißchen verständig zu sein."

Sie hatte dem Älteren viertausend Francs gegeben, die Hälfte ihrer Ersparnisse, damit er seinen Hausstand einrichten konnte. Der Jüngere kostete ihr viel im Internat, ihr ganzes Geld ging wie früher für die beiden drauf. Sie lebte und arbeitete nur für sie, da sie sich von neuem geschworen hatte, niemals zu heiraten.

„Kurz, die Sache ist die", sagte Jean, „vor allem ist in dem Paket der havannabraune Paletot, den Thérèse . . ."

Aber er hielt inne, und als sich Denise umdrehte, um zu sehen, was ihn einschüchtere, bemerkte sie, daß Mouret hinter ihnen stand.

Seit einem Weilchen sah er zu, wie sie wie eine kleine Mutter mit den beiden Burschen umging, sie bald ausschalt, bald umarmte, sie um und um drehte wie Säuglinge, die man frisch wickelt. Bourdoncle hatte sich abseits gehalten, so als interessiere er sich für den Verkauf; und er ließ die Szene nicht aus den Augen.

„Das sind Ihre Brüder, nicht wahr?" fragte Mouret nach kurzem Stillschweigen. Er sagte es mit der eisigen Stimme, in der starren Haltung, wie er zur Zeit mit ihr zu sprechen pflegte.

Denise selber gab sich einen Ruck, um kühl zu bleiben. Ihr Lächeln erlosch, sie erwiderte:

„Ja, Herr Mouret . . . Ich habe den älteren verheiratet, und seine Frau schickt ihn wegen einiger Einkäufe zu mir."

Mouret betrachtete die drei noch immer. Schließlich antwortete er:

„Der jüngere ist sehr gewachsen. Ich erkenne ihn wieder, ich entsinne mich, ihn eines Abends mit Ihnen im Jardin des Tuileries gesehen zu haben." Und seine nun gedämpfte Stimme bebte ein wenig.

Mit zugeschnürter Kehle bückte sie sich, unter dem Vorwand, Pépés Gürtel zurechtzurücken. Die beiden Brüder, die leicht errötet waren, lächelten den Chef ihrer Schwester an.

„Sie haben Ähnlichkeit mit Ihnen", sagte dieser noch.

„Oh", rief sie, „sie sind viel hübscher als ich!"

Einen Augenblick lang schien er die Gesichter zu vergleichen. Aber er war am Ende seiner Kraft. Wie lieb sie sie hatte! Und er ging ein paar Schritte weiter, dann kam er zurück und sagte ihr ins Ohr:

„Kommen Sie nach dem Verkauf in mein Arbeitszimmer. Ich möchte vor Ihrer Abreise noch mit Ihnen reden." Diesmal ging Mouret wirklich fort und nahm seinen Inspektionsgang wieder auf. Von neuem begann der innere Kampf, denn jetzt erregte ihn die getroffene Verabredung. Welchem Drang hatte er nachgegeben, als er sie mit ihren Brüdern sah? Es war töricht, weil er ja nicht mehr die Kraft aufbrachte, etwas zu wollen. Schließlich brauchte er ihr ja nur ein paar Abschiedsworte zu sagen.

Bourdoncle, der sich wieder zu ihm gesellt hatte, schien weniger beunruhigt zu sein, musterte ihn aber nach wie vor mit raschen Blicken.

Denise war unterdessen zu Frau Bourdelais zurückgekehrt.

„Nun, paßt dieser Mantel?"

„Ja, ja, sehr gut ... Für heute langt das. Diese kleinen Geschöpfe richten einen zugrunde!"

Da hörte sich Denise, die nun abkommen konnte, Jeans Erklärungen an, begleitete ihn dann in die Abteilungen, wo er bestimmt den Kopf verloren hätte. Da war zunächst der havannabraune Paletot, den Thérèse nach gründlicher Überlegung gegen einen Paletot aus weißem Tuch eintauschen wollte, von der gleichen Größe, dem gleichen Schnitt. Und Denise, die das Paket an sich genommen hatte, begab sich, von ihren beiden Brüdern begleitet, zur Konfektion.

Der Rayon hatte seine zartfarbigen Kleidungsstücke ausgestellt, sommerliche Jacketts und Mantillen aus leichter Seide oder aus wollenen Phantasiestoffen. Aber hier wurde nicht viel verkauft, die Kundinnen waren verhältnismäßig dünn gesät. Fast alle Verkäuferinnen waren neu. Clara war seit einem Monat verschwunden, nach Aussage einiger vom Gatten einer Käuferin entführt, nach der anderer zur Straßendirne herabgesunken. Was Marguerite betraf, so wollte sie endlich nach Grenoble zurückkehren, wo ihr Vetter auf sie wartete, und dort die Leitung des kleinen Geschäfts übernehmen. Und einzig Frau Aurélie blieb da, unwandelbar, in dem glatten Panzer ihres Seidenkleides, mit ihrer Kaisermaske, die noch immer gelblich und gedunsen aussah wie ein antikes Marmorbild. Dennoch quälte die schlechte Aufführung ihres Sohnes Albert sie furchtbar, und sie würde sich aufs Land zurückgezogen haben, wenn dieser Taugenichts, dessen furchtbare Zähne sogar drohten, Bissen für Bissen den Besitz in Les Rigolles zu vertilgen, nicht große Lücken in die Familienersparnisse gerissen hätte. Es war, als räche sich das zerstörte Heim, während die Mutter ihre geheimen Lustpartien, an denen nur Frauen teilnahmen, wiederaufgenommen hatte und der Vater fortfuhr, Horn zu blasen. Schon betrachtete Bourdoncle Frau Aurélie mit unzufriedener Miene, erstaunt darüber, daß sie nicht über genug Takt verfüge, um sich pensionieren zu lassen! Zu alt für den Verkauf! Diese Stunde würde bald schlagen und die Dynastie Lhomme auslöschen.

„Sieh da, Sie sind es!" sagte sie mit übertriebener Liebenswürdigkeit zu Denise. „So, Sie möchten diesen Paletot umtauschen? Aber sofort . . . Ah, da sind ja Ihre Brüder! Das sind jetzt ja schon richtige Männer!" Ungeachtet ihres Stolzes, hätte sie sich auf die Knie geworfen, um Denise den Hof zu machen. In der Konfektion sprach man ebenso wie in allen anderen Abteilungen nur von Denises Weggehen, und das machte die Direktrice ganz krank, denn sie rechnete auf die Protektion ihrer ehemaligen Verkäuferin. Sie dämpfte die Stimme. „Es heißt, Sie wollen uns verlassen . . . Das ist doch wohl nicht möglich?"

„Gewiß doch", erwiderte das junge Mädchen.

Marguerite hörte zu. Seit ihre Heirat festgesetzt war, lief sie mit einem noch überdrüssigeren Ausdruck auf ihrem an sauer gewordene Milch erinnernden Gesicht umher. Sie trat näher und sagte:

„Sie haben völlig recht. Selbstachtung über alles, nicht wahr? So leben Sie denn wohl, meine Liebe."

Es kamen Kundinnen. Frau Aurélie ersuchte Marguerite in strengem Ton, sich um den Verkauf zu kümmern. Als dann Denise den Paletot ergriff, um selber die „Rückgabe" vorzunehmen, erhob sie Einspruch und rief eine Aushelferin herbei. Das war gerade eine der Neuerungen, zu denen das junge Mädchen Mouret veranlaßt hatte, daß jetzt Botinnen damit beauftragt waren, die

Artikel wegzubringen und zu holen, was die Mühen der Verkäuferinnen verringerte.

„Begleiten Sie das Fräulein“, sagte die Direktrice und gab ihr das Paket. Und sich wieder an Denise wendend: „Ich bitte Sie, überlegen Sie es sich noch ... Wir sind alle untröstlich über Ihr Fortgehen.“

Jean und Pépé, die lächelnd zwischen diesen in Menge herbeiströmenden Frauen gewartet hatten, folgten nun wieder ihrer Schwester. Jetzt handelte es sich darum, zu den Brautausstattungen zu gehen, um noch sechs Hemden zu erstehen, so wie das halbe Dutzend, das Thérèse am Sonnabend gekauft hatte. Aber in der Wäscheabteilung, wo die Weißwarenausstellung aus allen Regalen schneite, war es zum Ersticken voll, es wurde sehr schwierig, vorwärts zu kommen.

Zunächst einmal hatte sich bei den Korsetts die Menschenmenge zu einem kleinen Auflauf zusammengerottet. Frau Boutarel, diesmal mit Mann und Tochter aus dem Süden gekommen, durchstreifte seit dem Morgen die Galerien, um eine Brautausstattung für ihre Tochter auszusuchen, die heiraten sollte. Der Vater wurde zu Rate gezogen, man fand kein Ende. Schließlich war die Familie in der Wäscheabteilung gelandet; und während sich die junge Dame in ein eingehendes Studium der Hosen versenkte, war die Mutter verschwunden, da ihr plötzlich der Einfall gekommen war, sie selber brauche ein Korsett. Als Herr Boutarel, ein dicker, sanguinischer Mann, seine Tochter sich selbst überließ und sich bestürzt auf die Suche nach seiner Gattin begab, fand er diese schließlich in einem Probiersalon wieder, vor dem man ihm höflich anbot, Platz zu nehmen. Diese Salons bestanden aus engen, mit Türen aus Mattglasscheiben versehenen Zellen, und Herren, ja sogar Ehemännern war hier durch ein übertriebenes Schicklichkeitsgefühl der Geschäftsleitung der Zutritt verwehrt. Verkäuferinnen kamen heraus, gingen flink wieder hinein und ließen beim raschen Schlagen der Türen jedesmal das Bild von Damen in Hemd und Unterrock, mit nacktem Hals und nackten Armen erahnen, von üppigen, deren Fleisch glatt und weiß war, von mageren mit dem Ton alten Elfenbeins. Eine Reihe von Herren saß mit gelangweilter Miene wartend da. Und als Herr Boutarel begriffen hatte, daß auch er warten mußte, war er glattweg böse geworden und hatte geschrien, er verlange seine Frau, er wolle wissen, was man mit ihr vorhabe, er werde keineswegs dulden, daß sie sich ausziehe, ohne daß er dabei sei. Vergebens versuchte man, ihn zu beruhigen: er schien zu glauben, daß dort drinnen unziemliche Dinge geschähen. Frau Boutarel mußte herauskommen, während die Menge lachend den Vorfall besprach.

Dann konnte Denise mit ihren Brüdern vorbeigelangen. Die ganze Wäsche der Frau, die weißen Dessous, die sie den Blicken entzog, war in einer Flucht großer, in verschiedene Rayons aufgeteilter Säle ausgelegt. Eine Abteilung nahmen die Korsetts und die Tournüren ein; die genähten Korsetts, die Korsetts mit langer Taille, die Panzerkorsetts, vor allem die farbig abgesteppten Korsetts aus weißer Seide, wovon man an diesem Tage eine Sonderausstellung veranstaltet hatte; ein ganzes Heer ohne Kopf und ohne Beine reihte nichts als seine Rümpfe aneinander, unter der Seide abgeflachte Busen von Modepuppen in der erregenden Geilheit siecher Frauen; und daneben ließen auf anderen Ständern die Tournüren aus Roßhaar und Brillanté diese Besenstiele zu riesigen und vorgereckten Hinterteilen anschwellen, deren Umrisse etwas von einer anstößigen Karikatur an sich hatten. Dann aber begann die galante Entkleidung, eine Entkleidung, die die weiten Räume besäte. Als habe eine Schar hübscher Mädchen sich von Rayon zu Rayon weiterentkleidet bis auf den bloßen Atlas ihrer Haut. Hier die Lingerieartikel, die weißen Manschetten und Krawatten, die weißen Fichus und Kragen, leichter Flitterstaat in unendlicher Abwandlung, ein weißer Schaum, der aus den Schachteln quoll und sich als Schnee häufte. Da gab es Unterjacken, kleine Leibchen, Morgenkleider, Frisiermäntel, aus Leinen, aus Nainsook, aus Spitzen, lange weiße Gewänder, weit fallend und dünn, bei denen man an die in wohligem Sichdehnen müßig verbrachten Vormittage nach Abenden voll Zärtlichkeit denken mußte. Und dann kamen die Dessous zum Vorschein, fielen eins nach dem anderen: die weißen Unterröcke von jeglicher Länge, der Rock, der eng die Knie umspannt, und der Schlepprock, dessen Volant über den Boden schleift, ein steigendes Meer von Unterröcken, darin die Beine versanken; die Hosen aus Perkal, aus Leinen, aus Piqué, die weiten weißen Hosen, in denen die Lenden eines Mannes tanzen könnten; die Hemden schließlich für die Nacht bis zum Hals zugeknöpft, für den Tag solche, die die Brust unbedeckt ließen und nur noch von schmalen Achselstreifen gehalten wurden, Hemden aus einfachem Kattun, aus irischem Leinen, aus Batist, der letzte weiße Schleier, der vom Busen aus an den Hüften hinabgleitet. Ein indiskretes Auspacken war das hier bei den Brautausstattungen, die Frau – von der Kleinbürgerin in schlichter Leinwand bis zur reichen, sich in Spitzen versteckenden Dame –, gewendet und von der Unterseite gesehen, ein jedermann zugänglicher Alkoven, dessen sonst verborgener Luxus, die Plissées, die Stickereien, die Valenciennesspitzen, je mehr er in kostspieligen Phantasien überströmte, gleichsam zu sinnlicher Verderbtheit wurde. Die Frau kleidete sich wieder an, die weiße Flut dieses Wäschefalls kehrte unter die geheimnisvoll erschauernden Unterröcke zurück, das noch starr aus den Händen der Näherin gekommene Hemd, die kühle, noch die Falten des Kartons bewahrende Hose, all dieser tote Perkal und Batist, der, auf den Ladentischen verstreut, hingeworfen, aufgehäuft war, sog Leben aus dem Leben des Fleisches, wurde wohlriechend und warm vom Duft der Liebe, ein geweihtes, weißes, nun in Nacht getauchtes Nebelgebilde, dessen leichtestes Auffliegen, das rosige Aufglänzen eines tief in all dem Weiß erschauten Knies die Welt verwüstet. Dann folgte ein weiterer Saal, die Babyausstattungen, wo das wollüstige Weiß der Frau in das reine Weiß des Kindes überging: Unschuld, Freude, die Geliebte, die plötzlich als Mutter erwacht, Jäckchen aus molligem Piqué, Häubchen aus Flanell, Hemden und Mützen, so groß wie Spielzeug, und Taufkleider und Kaschmirumhänge, der weiße Flaum des Anbeginns, einem Sprühregen weißer Federn gleich.

„Du weißt doch, das sind Stillhemden", sagte Jean, der bei dieser Entkleidung, dieser Ansammlung von weiblichem Putz, darin er fast versank, vor Entzücken außer sich geriet.

Bei den Brautausstattungen kam sofort Pauline herbeigeeilt, als sie Denise bemerkte. Und sogar bevor sie wußte, was diese wünschte, redete sie leise auf sie ein, sehr bewegt von den Gerüchten, von denen man in der ganzen Firma sprach. In ihrem Rayon hatten sich sogar zwei Verkäuferinnen gezankt, weil die eine behauptete, Denise gehe fort, die andere es hingegen bestritt.

„Sie bleiben bei uns, ich habe meinen Kopf verwettet ... Was sollte aus mir werden?" Und da Denise antwortete, daß sie am folgenden Tag abreisen werde, fügte sie hinzu: „Nein, nein, das glauben Sie, aber ich weiß vom Gegenteil ... Du meine Güte, jetzt, wo ich ein Kleines habe, müssen Sie mich zur Zweiten ernennen. Baugé rechnet darauf, meine Liebe." Pauline lächelte mit überzeugter Miene. Dann gab sie ihr die sechs Hemden; und da Jean gesagt hatte, sie gingen jetzt zu den Taschentüchern, rief auch sie eine Aushelferin herbei, damit diese Denise die Hemden nachtrug und den Paletot, den die Aushelferin aus der Konfektion zurückgelassen hatte.

Das Wesen, das auf Paulines Ruf hin erschien, war das seit kurzem mit Joseph verheiratete Fräulein de Fontenailles. Sie hatte diesen Dienerinnenposten aus Gefälligkeit erhalten, sie trug einen weiten schwarzen Kittel, der auf der Achsel mit einer Nummer in gelber Wolle gekennzeichnet war.

„Begleiten Sie das Fräulein", sagte Pauline. Dann wandte sie sich wieder Denise zu und sagte, abermals die Stimme dämpfend: „Nicht wahr? Ich werde Zweite, das ist abgemacht!"

Denise versprach es lächelnd, um auf den scherzenden Ton einzugehen, und sie ging fort, begab sich mit Pépé und Jean nach unten, alle drei von der Aushelferin begleitet. Im Erdgeschoß landeten sie bei den Wollwaren, einem Teil der Galerie, der ganz mit weißem Molton und weißem Flanell ausgeschlagen war. Liénard, den sein Vater vergebens nach Angers zurückrief, unterhielt sich dort mit dem hübschen Mignot, der Makler geworden war und sich erdreistete, sich in herausfordernder Weise wieder im „Paradies der Damen" sehen zu lassen. Zweifellos sprachen sie von Denise, denn beide verstummten und grüßten sie mit dienstfertiger Miene. Übrigens gerieten in allen Rayons, durch die sie kam, die

Verkäufer, in der Ungewißheit darüber, was sie am folgenden Tag sein werde, in Erregung und verneigten sich. Man flüsterte, man fand, sie sehe frohlockend aus; und das wirkte belebend auf die Wetten, man fing wieder an, Wein aus Argenteuil und Braten auf ihren Sieg zu wagen. Sie hatte sich in die Weißwarengalerie gewandt, um zu den Taschentüchern zu gelangen, die am äußersten Ende untergebracht waren. Die Weißwaren zogen vorüber: das Weiß der Baumwolle, Madapolam, geköperter Barchent, Piqué, Kattun; das Weiß der duftigen Gewebe, Nainsook, Musselin, Tarlatan; dann folgten die Leinenstoffe, zu riesigen Blöcken aus regelmäßig wechselnden Stücken, die Quadersteinen glichen, aufgebaut, starkes Leinen, feines Leinen, Leinen in allen Breiten, weiß oder naturfarben, aus reinem Flachs, auf der Wiese gebleicht; dann fing es wieder von vorn an, Abteilungen für jede Wäscheart folgten einander, Haushaltswäsche, Tischwäsche, Bedientenwäsche, eine ununterbrochene Lawine von Weiß, Bettücher, Kopfkissenbezüge, unzählige Sorten von Servietten, Tischtüchern, Schürzen und Geschirrtüchern. Und die Verbeugungen nahmen kein Ende, man reihte sich an Denises Weg auf, Baugé war in die Leinenabteilung gestürzt, um ihr zuzulächeln wie der guten Königin des Hauses. Nachdem sie den Deckenrayon durchschritten hatte, einen mit weißen Bannern beflaggten Saal, kam sie endlich in die Taschentücherabteilung, deren kunstvolle Dekoration die Menge vor Wonne vergehen ließ: da sah man nichts als weiße Säulen, weiße Pyramiden, weiße Schlösser, eine vielgestaltige, ausschließlich aus Taschentüchern errichtete Architektur, Taschentücher aus Linon, aus Cambrai-Batist, irischem Leinen, chinesischer Seide, mit Initialen, mit Federstickerei, Spitzenbesatz, Hohlsäumen und eingewebten Zierrändern, eine ganze Stadt aus weißen Ziegeln von unendlicher Verschiedenheit, die sich als Fata Morgana von einem bis zur Weißglut erhitzten orientalischen Himmel abhob.

„Noch ein Dutzend, sagst du?“ fragte Denise ihren Bruder. „Cholet-Tücher, nicht wahr?“

„Ja, ich glaube, solche wie diese hier“, antwortete er und wies auf ein Taschentuch in dem Paket.

Jean und Pépé waren ihr nicht von der Seite gewichen, drängten sich noch immer an sie wie einstmals, als sie, von der Reise erschöpft, in Paris angekommen waren. Diese ausgedehnten Ladenräume, in denen sie sich wie zu Hause fühlte, machten die Brüder schließlich ganz verwirrt, und sie flüchteten sich unter ihre Obhut, stellten sich in unwillkürlichem Wiedererwachen ihrer Kindheit unter den Schutz ihres Mütterchens. Man schaute ihnen nach, man lächelte über die zwei großen Burschen, die den Schritten dieses schmächtigen und ernsten Mädchens folgten, über Jean, der ganz verstört war, obwohl ihm schon ein Bart sproß, und über den fassungslosen Pépé in seiner Schüleruniform, nun alle drei von dem gleichen Blond, einem Blond, das überall, wo sie vorüberkamen, die Leute von einem Ende der Abteilung bis zum anderen flüstern ließ: „Das sind ihre Brüder ... Das sind ihre Brüder ..."

Aber während Denise einen Verkäufer suchte, kam es zu einer Begegnung. Mouret und Bourdoncle betraten die Galerie; und als ersterer abermals vor dem jungen Mädchen stehenblieb, ohne übrigens das Wort an sie zu richten, gingen Frau Desforges und Frau Guibal vorüber. Henriette unterdrückte das Zittern, in dem ihr ganzer Körper erbebt war. Sie sah Mouret an, sie sah Denise an. Diese hatten auch sie angesehen, es war die stumme letzte Szene, das gewöhnliche Ende der großen Herzensdramen, ein flüchtiger, im Gedränge einer Menschenmenge gewechselter Blick. Schon hatte sich Mouret entfernt, während sich Denise, von ihren Brüdern begleitet, in der Tiefe des Rayons verlor, noch immer auf der Suche nach einem verfügbaren Verkäufer. Da machte Henriette, die in der Denise folgenden Aushelferin Fräulein de Fontenailles mit ihrer gelben Nummer auf der Schulter und ihrer stumpfen und erdfahlen Dienerinnenmaske erkannt hatte, ihrem Herzen Luft, indem sie in gereiztem Ton zu Frau Guibal sagte:

„Sehen Sie, was er aus der Unglücklichen gemacht hat ... Ist das nicht beleidigend? Eine Marquise! Und er zwingt sie, wie ein Hund den Kreaturen zu folgen, die er auf der Straße aufgelesen hat!" Sie versuchte, sich zu beruhigen, fügte mit gespielter Gleichgültigkeit hinzu: „Gehen wir also und sehen uns ihre Seidenauslage an."

Der Seidenrayon glich einem großen Liebesgemach, das weiß ausgeschlagen war, weil die Laune einer Liebenden von schneeiger Nacktheit damit an Weiß wetteifern wollte. All die milchigen Schattierungen eines angebeteten Leibes fanden sich dort wieder, vom Samt der Lenden bis zur zarten Seide der Schenkel und dem schimmernden Atlas des Busens. Zwischen den Säulen waren Stücke Samt ausgespannt, Seiden und Atlasstoffe hoben sich von diesem cremeweißen Hintergrund in silber- und porzellanweißen Draperien ab; und außerdem gab es noch, in Bogen herabfallend, Poult de soie und Gros Grain de Sicili, Foulards und leichte Surahs, die von dem satten Weiß einer blonden Frau aus Norwegen bis zu dem durchsichtigen, von Sonne erwärmten Weiß einer rothaarigen Frau aus Italien oder Spanien alle Nuancen aufwiesen.

Favier maß gerade weißen Foulard für die „hübsche Dame" ab, jene elegante Blondine, eine Stammkundin der Abteilung, die die Verkäufer stets nur so bezeichneten. Seit Jahren kam sie, und man wußte noch immer nichts von ihr, weder etwas über ihr Leben noch ihre Adresse, nicht einmal ihren Namen. Übrigens bemühte sich niemand, etwas in Erfahrung zu bringen, obgleich sich, sooft sie erschien, alle, einfach um des Schwatzens willen, Vermutungen anzustellen erlaubten. Sie magere ab, sie werde dikker, sie habe gut geschlafen oder sie müsse am Abend zuvor spät zu Bett gegangen sein; und alle kleinen Begebenheiten ihres unbekannten Lebens, äußere Ereignisse, innere Dramen, hatten so eine Rückwirkung und wurden lange besprochen. An diesem Tage schien sie sehr heiter zu sein. Daher teilte Favier, als er von der Kasse zurückkam, wohin er sie begleitet hatte, Hutin seine Überlegungen mit.

„Vielleicht verheiratet sie sich wieder."

„Ist sie denn Witwe?" fragte der andere.

„Ich weiß nicht ... Sie werden sich aber daran erinnern, daß sie einmal Trauer trug ... Sie kann aber auch einen Börsengewinn gemacht haben."

Ein Weilchen schwiegen sie.

Dann sagte er abschließend: „Das ist ihre Sache ... Könnte man doch alle Frauen duzen, die hierherkommen!"

Aber Hutin war nachdenklich. Er hatte am Abend zuvor eine lebhafte Auseinandersetzung mit der Geschäftsleitung gehabt und fühlte, daß ihm das Urteil gesprochen war. Es stand fest, daß er nach dem großen Weißwarenverkauf seine Entlassung erhalten würde. Schon lange krachte seine Stellung in allen Fugen; bei der letzten Inventur hatte man ihm vorgeworfen, daß er die im voraus festgesetzte Umsatzziffer nicht erreicht habe; und dazu kam noch, kam vor allem der langsame Druck der allgemeinen Gier, die auch ihn verzehrte, der ganze geheime Krieg im Rayon, der ihn mit dem vollen Schwung der Maschine hinauswarf. Man hörte Faviers obskures Arbeiten, ein starkes unterirdisches Mahlen von Kinnladen. Dieser hatte bereits die Zusage, zum Ersten ernannt zu werden. Hutin, der das alles wußte, sah jetzt seinen alten Gefährten, statt ihn zu ohrfeigen, als eine Macht an. Ein so kalter Bursche mit unterwürfiger Miene, dessen er sich bedient hatte, um Robineau und Bouthemont ins Verderben zu stürzen! Das erregte in ihm ein Staunen, in das sich Hochachtung mischte.

„Apropos", fing Favier wieder an, „Sie wissen wohl, daß sie hierbleibt. Man hat vorhin gesehen, wie der Chef ihr vielsagende Blicke zuwarf ... Das wird mich eine Flasche Sekt kosten."

Er sprach von Denise. Von einer Abteilung zur anderen pflanzten sich, trotz des unaufhörlich dichter werdenden Stroms von Kundinnen, die Klatschereien immer stärker fort. Vor allem die Seidenabteilung war in Aufregung, denn dort hatte man hohe Wetten abgeschlossen.

„Verdammt!" rief Hutin, wie aus einem Traum erwachend. „Was war ich dumm, daß ich nicht mit ihr geschlafen habe! — Da wäre ich heute fein heraus!" Dann errötete er über dieses Geständnis, denn er sah, daß Favier lachte. Und er tat so, als lache er ebenfalls, und fügte, um seine Äußerung irgendwie auszugleichen, hinzu, daß diese Kreatur die Geschäftsleitung gegen ihn eingenommen habe. Doch packte ihn ein Bedürfnis nach Gewalttätigkeit, und schließlich fuhr er auf die Verkäufer los, die unter dem Ansturm der Kundinnen außer Rand und Band geraten waren. Aber auf einmal lächelte er wieder: er hatte soeben Frau Desforges und Frau Guibal erblickt, die langsam durch die Abteilung gingen.

„Brauchen Sie heute nichts, gnädige Frau?"

„Nein, danke", erwiderte Henriette. „Wie Sie sehen, schlendere ich bloß umher, ich bin nur als Schaulustige gekommen."

Als er erreicht hatte, daß sie stehenblieb, dämpfte er die Stimme. Ein ganzer Plan tauchte in seinem Kopf auf. Und er schmeichelte ihr, er setzte die Firma herab; er habe genug davon und wolle lieber weggehen, als weiterhin Zeuge einer solchen Unordnung zu sein. Sie hörte ihm entzückt zu. Und im Glauben, ihn dem „Paradies" abspenstig zu machen, bot sie ihm an, ihn von Bouthemont als Erster bei der Seide engagieren zu lassen, sobald die Verkaufsräume der „Quatre Saisons" wieder instand gesetzt wären. Der Handel wurde abgeschlossen, beide flüsterten sehr leise, während Frau Guibal sich interessiert die Ausstellung besah.

„Darf ich Ihnen eins dieser Veilchensträußchen anbieten?" fing Hutin ganz laut wieder an und wies dabei auf drei oder vier auf einem Tisch liegende Zugabesträußchen, die er sich an einer Kasse verschafft hatte, um sie für persönliche Geschenke zu verwenden.

„O nein, das fehlte gerade!" rief Henriette aus und wich zurück. „Bei diesem Hochzeitsfest will ich nicht mitmachen."

Sie verstanden einander und schieden, aufs neue lachend, mit Blicken des Einverständnisses.

Als Frau Desforges Frau Guibal suchte, stieß sie einen Ruf der Verwunderung aus, da sie jene mit Frau Marty zusammen sah. Diese, von ihrer Tochter Valentine begleitet, wurde seit zwei Stunden von einem jener Anfälle von Verschwendungssucht, aus denen sie zerbrochen und verwirrt hervorzugehen pflegte, durch die Ladenräume getrieben. Sie hatte den Möbelrayon abgeklappert, den man durch eine Ausstellung weißlackierten Mobiliars in ein riesiges Jungmädchenzimmer verwandelt hatte, die Abteilung für Bänder und Fichus, die weiße Säulengänge bildeten, behängt mit großen weißen Schleiern, war dann bei den Kurzwaren und Posamenten gewesen, wo weiße Fransen kunstvolle, geduldig aus Karten mit Knöpfen und Nadelbriefchen zusammengesetzte Gebilde einrahmten, bei den Wirkwaren, wo man einander in diesem Jahr fast erdrückte, um ein ungeheuer großes Dekorationsmotiv zu betrachten, den leuchtenden Namen „Paradies der Damen" in drei Meter hohen Buchstaben aus weißen Söckchen auf einem Hintergrund von roten Söckchen. Vor allem aber versetzten die neuen Rayons Frau Marty in fieberhafte Erregung; man konnte keinen Rayon eröffnen, ohne daß sie ihn einweihte; sie stürzte sich darauf, kaufte trotz ihrer schlechten Verhältnisse. Und eine Stunde hatte sie bei den Putzwaren verbracht, die in einem neuen Salon der ersten Etage untergebracht waren, hatte die Schränke ausleeren lassen, die Hüte von den Palisanderständern genommen, die zwei Tische zierten, hatte sie alle aufprobiert, sich selber und ihrer Tochter, die weißen Hüte, die weißen Kapotten, die weißen Toques. Dann war sie wieder in die Schuhabteilung hinabgestiegen, die in einer Galerie des Erdgeschosses hinter den Krawatten lag, ein erst an diesem Tage eröffneter Rayon, dessen Vitrinen sie um und um gewühlt hatte, ergriffen von krankhafter Begierde angesichts der weißseidenen, mit Schwanenpelz besetzten Pantoffeln, der Schuhe und Stiefeletten aus weißem Atlas mit hohen Louis-Quinze-Absätzen.

„Oh, meine Liebe", stammelte sie, „Sie ahnen es nicht! Sie haben eine außerordentliche Auswahl an Kapotten. Ich habe eine für mich und eine für meine Tochter ausgesucht ... Und das Schuhzeug, was, Valentine?"

„So etwas ist noch nicht dagewesen!" fügte das junge Mädchen mit der Anmaßung einer erfahrenen Frau hinzu. „Es gibt Stiefel für zwanzig Francs fünfzig, oh, was für Stiefel!"

Ein Verkäufer folgte ihnen und zog den ewigen Stuhl hinter sich her, auf dem sich bereits ein ganzer Haufen von Artikeln türmte.

„Wie geht es Ihrem Gatten?" fragte Frau Desforges.

„Nicht schlecht, glaube ich", erwiderte Frau Marty, bestürzt über diese plötzliche Frage, die so boshaft in ihren Verschwendungstaumel traf. „Er ist noch immer dort, mein Onkel sollte ihn heute morgen besuchen ..." Doch sie brach ab, sie stieß einen Ruf des Entzückens aus: „Sehen Sie doch, wie bezaubernd!"

Die Damen, die ein paar Schritte weitergegangen waren, befanden sich vor dem neuen Rayon für Blumen und Federn, den man in der Hauptgalerie zwischen der Abteilung für Seide und der für Handschuhe eingerichtet hatte. Im hellen Licht des Glasdaches entfaltete sich hier ein ungeheures Blühen, eine weiße Garbe, hoch und breit wie eine Eiche. Ansteckssträußchen schmückten den Grund, Veilchen, Maiglöckchen, Hyazinthen, Margeriten, alle zarten weißen Töne der Rabatten. Ferner wuchsen in Büscheln Rosen auf, deren Weiß ein Anflug von Fleischfarbe milderte, große weiße, von Karmin kaum getönte Pfingstrosen, leichte Raketen weißer Chrysanthemen mit gelben Sternen. Und immer höher wuchsen die Blumen, große geheimnisvolle Lilien, Frühlingszweige des Apfelbaums, ganze Bündel balsamisch duftenden Flieders, ein nicht endendes Erblühen, über dem in der Höhe des ersten Stockwerks Wolken von Straußenfedern schwebten, weißen Federn, die gleichsam der aufgestiegene Atem dieser großen Schar weißer Blumen waren. In einer großen Ecke waren nur Garnituren und Kränze aus Orangenblüten ausgestellt. Es gab Metallblumen, silberne Disteln, silberne Ähren. Im Laub und in den Blumenkronen aus Musselin, Seide und Samt, wo Gummitropfen wie Tauperlen schimmerten, flogen zum Hutschmuck bestimmte Vögel von den Antillen umher; die purpurfarbenen, schwarzgeschwänzten Samttangaren und die Kolibris mit ihrer in allen Farben des Regenbogens schillernden Unterseite.

„Ich kaufe mir einen Apfelblütenzweig", sagte Frau Marty. „Nicht wahr, das ist köstlich ... Und dieser kleine Vogel, schau doch, Valentine. Oh, den nehme ich!"

Frau Guibal war es unterdessen langweilig geworden, in dem Wirbel der Menge zu stehen, ohne sich rühren zu können. Schließlich sagte sie:

„Nun gut, wir überlassen Sie Ihren Besorgungen. Wir übrigen gehen nach oben!"

„Aber nein, warten Sie doch auf mich!" rief die andere. „Ich gehe auch wieder hinauf ... Oben ist die Parfümerie. Ich muß unbedingt in die Parfümerie."

Dieser erst tags zuvor geschaffene Rayon befand sich neben dem Lesesaal. Frau Desforges, die gern die übervollen Treppen vermeiden wollte, sprach davon, den Aufzug zu benutzen; doch sie mußten darauf verzichten, denn man stand Schlange an seiner Tür. Endlich langten sie oben an und gingen an dem öffentlichen Büfett vorbei, wo ein solches Gedränge herrschte, daß ein Inspektor die Begierden der gefräßigen Kundschaft zügeln mußte, indem er sie nur in kleinen Gruppen eintreten ließ. Und schon beim Büfett spürten die Damen die Nähe des Parfümerierayons, den durchdringenden Wohlgeruch eines eingeschlossenen Riechkissens, der die Galerie mit Duft erfüllte. Man riß sich dort um eine Seife, die Paradies-Seife, eine Spezialität des Hauses. In den verglasten Ladentischen und auf den Glasplatten der Etageren reihten sich Pomaden- und Pastendosen, Schachteln mit Puder und mit Schminke, Fläschchen mit Toilettenölen und -wassern, während die feinen Bürstenwaren, die Kämme, die Scheren, die Taschenflakons einen besonderen Schrank füllten. Die Verkäufer waren auf den sinnreichen Einfall gekommen, die Auslage mit all ihren Büchsen aus weißem Porzellan, all ihren Fläschchen aus Milchglas zu schmücken. Entzücken erregte vor allem ein in der Mitte stehender silberner Springbrunnen, der eine auf einer Blumengarbe stehende Schäferin darstellte und aus dem ununterbrochen ein dünner Strahl Veilchenwasser floß und melodisch plätschernd in das Metallbecken niederfiel. Ein köstlicher Geruch verbreitete sich ringsum, die Damen befeuchteten im Vorbeigehen ihre Taschentücher.

„So!" sagte Frau Marty, nachdem sie sich überreichlich mit Haarwasser, Zahnputzmitteln und Kosmetika versehen hatte. „Nun bin ich fertig, ich stehe zu Ihrer Verfügung. Jetzt wollen wir Madame de Boves aufsuchen."

Doch auf dem Absatz der großen Mitteltreppe wurde sie von den japanischen Artikeln wiederum aufgehalten. Diese Abteilung war groß geworden seit dem Tage, da Mouret sich mit dem Versuch amüsiert hatte, an dieser Stelle einen kleinen Schautisch mit etlichen nicht mehr ganz neuen Nippsachen aufzustellen, ohne selber den ungeheuren Erfolg vorauszusehen. Wenige Rayons hatten bescheidener angefangen, und nun quoll dieser über von alten Bronzen, alten Elfenbeinarbeiten, alten Lackgegenständen, er brachte jedes Jahr fünfzehnhunderttausend Francs Umsatz und setzte den ganzen Fernen Osten in Bewegung, wo Reisende um seinetwillen die Paläste und Tempel durchstöberten. Übrigens vermehrten sich die Rayons unablässig, man hatte es im Dezember mit zwei neuen versucht, um die Lücken der toten Zeit des Winters zu stopfen: einem Bücherrayon und einem für Kinderspielzeug, die bestimmt größer werden und weitere Geschäfte in der Nachbarschaft hinwegfegen würden. Vier Jahre hatten genügt, um der japanischen Abteilung die ganze kunstverständige Käuferschaft von Paris zuzuführen.

Diesmal erlag sogar Frau Desforges, trotz ihres Grolls, in dem sie geschworen hatte, nichts zu kaufen, angesichts einer Elfenbeinarbeit von bezaubernder Feinheit.

„Schicken Sie mir das zu“, sagte sie rasch an einer nahen Kasse. „Neunzig Francs, nicht wahr?“ Und da sie Frau Marty und deren Tochter in eine Auswahl von schundigem Porzellan vertieft sah, rief sie ihnen, Frau Guibal mit sich nehmend, zu: „Sie werden uns im Lesesaal wiederfinden ... Ich muß mich unbedingt ein Weilchen hinsetzen.“

Im Lesesaal mußten die Damen stehen bleiben. Alle Stühle rings um den großen, mit Zeitungen bedeckten Tisch waren besetzt. Dicke Herren saßen dort zurückgelehnt, streckten die Bäuche vor und lasen, ohne auf den liebenswürdigen Gedanken zu kommen, ihren Platz abzutreten. Einige Frauen schrieben, den Kopf so tief über ihre Sätze gebeugt, als wollten sie das Papier unter den Blumen ihres Hutes verbergen. Übrigens war Frau de Boves nicht hier, und Henriette wurde schon ungeduldig, als sie Vallagnosc bemerkte, der ebenfalls seine Frau und seine Schwiegermutter suchte.

Er begrüßte sie und sagte schließlich: „Sie sind bestimmt bei den Spitzen, man kann sie dort nicht wegkriegen ... Ich werde gehen und nachsehen.“ Und er war so galant, ihnen zwei Sitzplätze zu verschaffen, bevor er sich entfernte.

In der Spitzenabteilung nahm das Gedränge von Minute zu Minute zu. Die große Weißwarenausstellung feierte hier ihren Triumph mit ihren zartesten und kostspieligsten weißen Dingen. Dies war die grausamste Versuchung, der Wahnwitz der Begierde, die alle Frauen zerrüttete. Man hatte den Rayon in eine weiße Kapelle verwandelt. Tüll und Gipüren schufen, von oben herabfallend, einen weißen Himmel, einen jener Wolkenschleier, deren feiner Flor die Morgensonne bleich erscheinen läßt. Um Säulen wanden sich Falbeln aus Brabanter und Valenciennesspitzen abwärts, weiße Ballettröckchen, die in einem weißen Schauer bis auf den Fußboden reichten. Und von überallher schneite auf alle Ladentische das Weiß, spanische Blonden, leicht wie ein Hauch, Brüsseler Applikationen mit ihren großen Blumen auf dem feinen Maschengrund, Nadelspitzen und venezianische mit schwereren Mustern, Points d’Alençon und Spitzen aus Brügge von königlicher und gleichsam frommer Üppigkeit. Es schien, als habe hier der Gott des Putzes sein weißes Tabernakel.

Nachdem Frau de Boves, an den Auslagen entlangstreichend, lange mit ihrer Tochter umhergewandert war, empfand sie das sinnliche Bedürfnis, ihre Hände in die Gewebe zu versenken, und hatte sich gerade entschlossen, sich von Deloche Points d’Alençon zeigen zu lassen. Zunächst hatte er ihr Imitationen vorgelegt; aber sie hatte echte Alençons zu sehen verlangt, und sie begnügte sich nicht mit den kleinen Garnituren zu dreihundert Francs der Meter, sie forderte breite Falbeln zu tausend, Taschentücher und Fächer zu sieben- und achthundert. Bald war der Ladentisch mit einem Vermögen bedeckt. In einer Ecke der Abteilung stand in dem Gedränge regungslos, in gleichgültiger Haltung Inspektor Jouve, der Frau de Boves, trotz ihres scheinbaren Umherschlenderns, nicht aus den Augen gelassen hatte und sie auch jetzt ständig beobachtete.

„Und haben Sie Berthen aus Nadelspitze?“ fragte die Gräfin Deloche. „Zeigen Sie sie mir bitte.“

Der Kommis, den sie schon zwanzig Minuten lang beschäftigte, wagte nicht, sich zu widersetzen, derartig vornehm wirkte sie mit ihrer fürstlichen Erscheinung und ihrer gebieterischen Stimme. Dennoch zögerte er, denn den Verkäufern war eingeschärft worden, die kostbaren Spitzen nicht so auf dem Ladentisch anzuhäufen, und er hatte sich in der Woche zuvor zehn Meter Brabanter Spitzen stehlen lassen. Aber sie machte ihn verwirrt, er gab nach, ließ für einen langen Augenblick den Haufen Points d'Alençon unbeaufsichtigt, um einem Fach hinter ihm die verlangten Berthen zu entnehmen.

„Sieh doch, Mama“, sagte Blanche, die neben ihr in einem Karton voll wohlfeiler schmaler Valenciennesspitzen wühlte, „hiervon könnte man für die Kopfkissen brauchen.“

Frau de Boves antwortete nicht. Da wandte die junge Frau ihr das ausdruckslose Gesicht zu und sah, wie die Mutter, die Hände in den Spitzen, im Begriff war, Falbeln aus Points d'Alençon in ihrem Mantelärmel verschwinden zu lassen. Sie schien nicht überrascht zu sein, sie machte vielmehr eine unwillkürliche Bewegung auf sie zu, um sie zu decken, als plötzlich Jouve zwischen ihnen stand.

Er beugte sich herab und flüsterte der Gräfin in höflichem Ton ins Ohr:

„Gnädige Frau, folgen Sie mir bitte.“

Einen Augenblick lang begehrte sie auf:

„Aber weshalb denn, mein Herr?“

„Folgen Sie mir bitte, gnädige Frau“, wiederholte der Inspektor, ohne lauter zu sprechen.

Das Gesicht von Angst verzerrt, warf sie einen raschen Blick um sich. Dann schickte sie sich drein, sie nahm wieder ihre stolze Haltung an, ging neben ihm her, wie eine Königin, die sich dazu herbeiläßt, sich der Obhut eines Adjutanten anzuvertrauen. Auch nicht eine der dort in Menge versammelten Kundinnen hatte den Auftritt bemerkt.

Deloche, der mit den Berthen an den Ladentisch zurückkehrte, sah mit offenem Mund, wie sie weggeführt wurde. Nanu, die auch, diese so vornehme Dame! Da mußte man wohl alle untersuchen!

Und Blanche, die man unbehelligt ließ und die ihrer Mutter in einiger Entfernung folgte, blieb im Gewoge der Schultern zurück, fahl, geteilt zwischen der Pflicht, die Mutter nicht zu verlassen, und dem Entsetzen davor, mit ihr dabehalten zu werden. Sie sah sie in Bourdoncles Zimmer eintreten und begnügte sich damit, vor der Tür auf und ab zu streifen.

Bourdoncle, den Mouret abgeschüttelt hatte, befand sich gerade dort. Für gewöhnlich entschied er, was bei solchen durch angesehene Personen begangenen Diebstählen geschehen sollte. Schon lange hatte Jouve, der dieser Dame auflauerte, ihm seinen Verdacht mitgeteilt; daher war er nicht erstaunt, als ihn der Inspektor mit wenigen Worten ins Bild setzte; außerdem gingen ihm so erstaunliche Fälle durch die Finger, daß er behauptete, die Frau sei zu allem fähig, sobald die Putzsucht sie mitrisse. Da ihm die gesellschaftlichen Beziehungen zwischen dem Direktor und der Diebin nicht unbekannt waren, begegnete er ihr mit vollendeter Höflichkeit.

„Gnädige Frau, wir verzeihen solche Augenblicke der Schwäche ... Ich bitte Sie, bedenken Sie, wohin eine derartige Selbstvergessenheit Sie führen könnte. Falls irgend jemand gesehen hätte, wie Sie diese Spitzen einsteckten ...“

Aber sie unterbrach ihn entrüstet. Sie eine Diebin! Wofür halte er sie denn? Sie sei die Gräfin de Boves; ihr Gatte, Generalinspektor der Gestüte, verkehre bei Hofe.

„Ich weiß, ich weiß, gnädige Frau“, sagte Bourdoncle mehrmals gelassen. „Ich habe die Ehre, Sie zu kennen ... Wollen Sie bitte zunächst die Spitzen zurückgeben, die Sie bei sich tragen ...“

Sie erhob abermals Einspruch, sie ließ ihn gar nicht mehr zu Wort kommen, schön in ihrer Heftigkeit, versuchte sie es sogar mit den Tränen einer tiefbeleidigten vornehmen Dame. Jeder andere als er wäre schwankend geworden und hätte irgendeinen beklagenswerten Irrtum befürchtet, denn sie drohte damit, sich zwecks Ahndung einer so ehrenrührigen Behauptung an die Gerichte zu wenden.

„Nehmen Sie sich in acht, mein Herr! Mein Gatte wird bis zum Minister gehen.“

„Wahrhaftig, Sie sind nicht vernünftiger als die anderen“, erklärte Bourdoncle, der jetzt ungeduldig wurde. „Man wird Sie durchsuchen, es ist unerläßlich."

Sie gab noch immer nicht nach, mit ihrer hochmütigen Sicherheit sagte sie:

„Nun gut, durchsuchen Sie mich ... Aber ich mache Sie darauf aufmerksam, daß Sie damit Ihre Firma gefährden."

Jouve ging und holte zwei Verkäuferinnen aus der Korsettabteilung. Als er zurückkehrte, teilte er Bourdoncle mit, das Fräulein Tochter dieser Dame, das man unbehelligt gelassen habe, sei nicht von der Tür gewichen, und er fragte, ob man auch sie festnehmen müsse, obgleich er sie nichts habe entwenden sehen. Der stets korrekte Teilhaber entschied aus Gründen der Moral, man solle sie nicht hereinkommen lassen, um nicht eine Mutter zu zwingen, vor ihrer Tochter zu erröten. Dann zogen sich die beiden Herren in ein anstoßendes Zimmer zurück, während die Verkäuferinnen die Gräfin durchsuchten und ihr sogar das Kleid auszogen, um ihren Busen und ihre Hüften zu visitieren. Außer den Points-d'Alençon-Falbeln, zwölf Meter zu je tausend Francs, die in ihrem Ärmel verborgen waren, fanden sie im Busen, plattgedrückt und warm, ein Taschentuch, einen Fächer und eine Krawatte, im ganzen für etwa vierzehntausend Francs Spitzen. Schon ein Jahr lang stahl Frau de Boves auf diese Weise, verzehrt von einer tollen, unwiderstehlichen Begierde. Die Anfälle verschlimmerten sich, wurden immer heftiger, bis sie zu einem unentbehrlichen wollüstigen Reiz ihres Daseins geworden waren, alle vernünftigen Überlegungen hinwegschwemmten und mit um so prikkelnderem Genuß befriedigt wurden, als sie dadurch unter den Augen zahlloser Menschen ihren Namen, ihren Stolz, die hohe Stellung ihres Mannes aufs Spiel setzte. Jetzt, da dieser sie seine Schubladen leeren ließ, stahl sie, obwohl sie die Taschen voll Geld hatte, stahl, um zu stehlen, wie man liebt, um zu lieben, unter dem Peitschenhieb der Begierde, zerrüttet von der Neurose, die ihre einst ungestillte Luxusgier durch die ungeheuren und rücksichtslosen Verlockungen der großen Warenhäuser in ihr erzeugt hatte.

„Das ist eine Falle!" rief sie, als Bourdoncle und Jouve wieder hereinkamen. „Man hat mir diese Spitzen heimlich zugesteckt, oh, ich schwöre es bei Gott!“ Auf einen Stuhl gesunken, fast erstickend in ihrem nur halb wieder geschlossenen Kleid, vergoß sie jetzt Tränen der Wut.

Der Teilhaber schickte die Verkäuferinnen weg. Dann sagte er in seiner ruhigen Art:

„Wir sind gern bereit, gnädige Frau, diese unangenehme Angelegenheit aus Rücksicht auf Ihre Familie zu vertuschen. Aber zuvor werden Sie ein folgendermaßen abgefaßtes Schriftstück unterzeichnen: ‚Ich habe im »Paradies der Damen« Spitzen gestohlen‘, dazu die genaue Angabe der Spitzen und das heutige Datum ... Übrigens werde ich Ihnen das Schriftstück zurückgeben, sobald Sie mir zweitausend Francs für die Armen bringen.“

Sie hatte sich erhoben und erklärte, aufs neue aufbegehrend:

„Niemals werde ich das unterschreiben, lieber sterben.“

„Sie werden nicht sterben, gnädige Frau. Ich mache Sie nur darauf aufmerksam, daß ich den Polizeikommissar holen lasse.“

Da kam es zu einem abscheulichen Auftritt. Sie beschimpfte ihn, sie stammelte, es sei gemein, wenn Männer eine Frau so quälten. Ihre junonische Schönheit, ihr stattlicher majestätischer Körper lösten sich förmlich auf in einer Fischweiberwut. Dann wollte sie es mit Rührung versuchen, sie flehte sie beim Namen ihrer Mütter an, sie sprach davon, sich ihnen zu Füßen zu werfen. Und als die Herren, durch Gewöhnung hart geworden, kühl blieben, setzte sie sich ganz plötzlich hin und schrieb mit zitternder Hand. Die Feder spritzte, die mit zornigem Druck hingesetzten Worte: „Ich habe gestohlen“ zerrissen fast das dünne Papier, während sie mit erstickter Stimme wiederholte:

„Da, mein Herr, da, mein Herr ... Ich weiche der Gewalt.“

Bourdoncle nahm das Schriftstück, faltete es sorgfältig zusammen, schloß es vor ihren Augen in ein Schubfach und sagte:

„Sie sehen, es befindet sich in Gesellschaft, denn die Damen, die zunächst davon sprechen, lieber sterben zu wollen als zu unterschreiben, versäumen es im allgemeinen, ihre Briefchen abzuholen ... Kurz, ich halte es zu Ihrer Verfügung. Sie mögen selber entscheiden, ob es zweitausend Francs wert ist.“

Sie brachte ihr Kleid in Ordnung und fand nun, da sie gebüßt hatte, zu ihrer vollen Arroganz zurück.

„Kann ich gehen?“ fragte sie in schroffem Ton.

Bourdoncle beschäftigte sich bereits mit etwas anderem. Auf Jouves Bericht hin beschloß er, Deloche zu entlassen: dieser Verkäufer war dumm, er ließ sich fortgesetzt bestehlen, niemals würde er sich Geltung bei den Kundinnen verschaffen.

Frau de Boves wiederholte ihre Frage, und als man sie mit einem bejahenden Nicken verabschiedete, umfing sie die beiden mit einem Mörderblick. Aus der Flut von Schimpfworten, die sie verschluckte, kam ihr ein melodramatischer Schrei über die Lippen.

„Elende!“ sagte sie, die Tür zuknallend.

Blanche hatte sich unterdessen nicht aus der Nähe des Zimmers entfernt. Ihre Unkenntnis dessen, was dort drinnen vor sich ging, das Gehen und Kommen Jouves und der beiden Verkäuferinnen, all das machte sie ganz verwirrt, beschwor in ihrer Vorstellung Gendarmen, den Gerichtshof, das Gefängnis herauf. Plötzlich aber war sie ganz betroffen: sie hatte Vallagnosc vor sich, diesen Mann, der seit einem Monat ihr Gatte war und dessen „Du“ sie noch immer als störend empfand; und verwundert über ihre Bestürztheit, fragte er sie aus:

„Wo ist deine Mutter? – Habt ihr euch verloren? – So antworte doch, du machst mich unruhig.“

Keine einleuchtende Lüge fiel ihr ein. In ihrer Angst erzählte sie mit leiser Stimme alles:

„Mama, Mama ... Sie hat gestohlen ...“

Was? Gestohlen? Endlich begriff er. Das aufgedunsene Gesicht seiner Frau, diese bleiche, von Furcht entstellte Maske, erschreckte ihn.

„Spitzen, so, in ihrem Ärmel“, stammelte sie weiter.

„Du hast es also gesehen, hast dem zugesehen?“ murmelte er, erstarrt im Gefühl ihrer Mitschuld.

Sie mußten schweigen, denn schon wandten einige Leute den Kopf nach ihnen. In einer von quälender Angst erfüllten Unentschlossenheit war Vallagnosc einen Augenblick lang nicht imstande, sich zu rühren. Was tun? Und er beschloß gerade, zu

Bourdoncle hineinzugehen, als er Mouret erblickte, der durch die Galerie kam. Er gebot seiner Frau, auf ihn zu warten, und ergriff den Arm seines ehemaligen Klassenkameraden, den er mit abgerissenen Worten ins Bild setzte.

Dieser führte ihn rasch in sein Arbeitszimmer, wo er ihn hinsichtlich der etwaigen Folgen beruhigte. Er versicherte ihm, daß es nicht nötig sei, einzugreifen, und setzte ihm auseinander, welchen Verlauf diese Dinge sicherlich nehmen würden; und anscheinend regte er sich selber gar nicht über diesen Diebstahl auf, als habe er ihn schon lange vorausgesehen.

Doch sobald Vallagnosc keine sofortige Verhaftung mehr zu befürchten hatte, nahm er den Vorfall nicht mit dieser schönen Gelassenheit hin. Er hatte sich in einen Sessel geworfen, und nun, da er überlegen konnte, erging er sich in Gejammer über seine eigene Lage. Sei so etwas möglich? Er habe also in eine Familie von Diebinnen hineingeheiratet! Eine blödsinnige Heirat, die er übereilt habe, um dem Vater gefällig zu sein!

Verwundert über diese Heftigkeit eines kränklichen Kindes, sah Mouret ihn weinen und erinnerte sich dabei seiner früheren pessimistischen Pose. Hatte er nicht zwanzigmal gehört, wie jener behauptete, das Leben sei letzten Endes ein Nichts, darin er nichts außer dem Bösen ein wenig lustig finde? Um ihn abzulenken, machte er sich daher einen Augenblick lang das Vergnügen, ihm im Ton freundschaftlichen Scherzens Gleichgültigkeit zu predigen.

Und sofort wurde Vallagnosc böse: er war entschieden außerstande, zu seiner blamierten Philosophie zurückzufinden, seine ganze bürgerliche Erziehung kam in tugendhafter Entrüstung gegen seine Schwiegermutter wieder zum Vorschein. Sobald er auf die Probe gestellt wurde, bei der leisesten Berührung mit der menschlichen Misere, über die er sich, solange er selber unbetroffen war, höhnisch lustig zu machen pflegte, sank der skeptische Großsprecher blutend zu Boden. Es sei abscheulich, man schleife die Ehre seines Geschlechts durch den Dreck, die Welt schien davon aus den Fugen zu gehen.

„Nun, nun, beruhige dich“, schloß Mouret, von Mitgefühl ergriffen. „Ich werde nicht mehr zu dir sagen: ‚Es kommt doch alles, wie es will‘, weil dich das anscheinend in diesem Augenblick nicht tröstet. Aber ich glaube, du solltest hingehen und Madame de Boves den Arm bieten, was gescheiter wäre, als unangenehmes Aufsehen zu erregen ... Zum Teufel, du, der du stets behauptet hast, nur kaltblütige Verachtung angesichts der allgemeinen Schurkerei zu empfinden!“

„Ja“, rief Vallagnosc naiv, „wenn so etwas bei anderen vorkommt!“ Er war jedoch aufgestanden und befolgte den Rat seines einstmaligen Mitschülers.

Beide kehrten gerade in die Galerie zurück, als Frau de Boves aus Bourdoncles Zimmer kam. Mit majestätischer Würde nahm sie den Arm ihres Schwiegersohnes an, und als Mouret sie mit liebenswürdiger Ehrerbietung grüßte, hörte er sie sagen: „Sie haben mich um Entschuldigung gebeten. Wahrhaftig, solche Irrtümer sind entsetzlich.“

Blanche hatte sich zu ihnen gesellt und ging hinter ihnen her. Langsam verschwanden sie in der Menge.

Da durchschritt Mouret, allein und nachdenklich, abermals die Ladenräume. Dieser Vorfall, der ihn von dem Kampf, von dem er zerrissen wurde, abgelenkt hatte, steigerte jetzt seine Erregung, führte die letzte Auseinandersetzung mit sich selber herbei. Ein undeutlicher Zusammenhang tauchte in seinem Geist auf: der Diebstahl dieser Unglücklichen, diese äußerste Torheit der eroberten Kundschaft, die kraftlos zu Füßen des Versuchers lag, beschwor das stolze Bild Denises als Rächerin herauf, deren Siegerferse er auf seinem Nacken spürte. Er blieb oben auf der Mitteltreppe stehen und betrachtete lange das unermeßlich große Kirchenschiff, in dem sich sein Volk von Frauen fast erdrückte.

Es schlug sechs Uhr, das abnehmende Tageslicht wich aus den bereits düster gewordenen ausgedehnten Galerien, verblich in den Hallen, die allmählich von Dunkelheit überschwemmt wurden. Und in diesem noch nicht völlig erloschenen Tagesschein flammten eine nach der anderen die elektrischen Lampen auf, deren matt geschliffene weiße Glocken die Abteilungen bis in die entlegensten Winkel mit leuchtenden Monden bestirnten. Gleich dem Widerschein eines bleichen Himmelskörpers verbreitete sich eine weiße Helligkeit, blendend und unverändert stark, und fraß die Dämmerung. Als dann alle Lampen brannten, erhob sich in der Menge ein Gemurmel des Entzückens, die große Weißwarenausstellung empfing von dieser neuen Beleuchtung den feenhaften Glanz einer Apotheose. Es schien, als brenne diese ungeheure Schwelgerei in Weiß ebenfalls, werde zu Licht. Der Gesang vom Weiß stieg auf in das flammende Weiße eines jungen Tags. Ein weißer Schein ging von dem Leinen und Kattun der Galerie Monsigny aus, gleich dem leuchtenden Streifen, der als erstes den Himmel im Osten hell färbt, während die ganze Galerie Michodière entlang die Kurzwarenabteilung und die für Posamenten, die Pariser Spezialartikel und die Bänder das weiße Blinken der Perlmutterknöpfe, der versilberten Bronzen und der Perlen aussandten wie von entfernten Hügeln zurückgestrahltes Licht. Vor allem aber sang das Mittelschiff das Lob des in Flammen getauchten Weiß: die Schäume von weißem Musselin rings um die Säulen, der weiße geköperte Barchent und Piqué, womit die Treppen drapiert waren, die wie Banner aufgehängten weißen Decken, die in der Luft schwebenden weißen Gipüren und Spitzen taten ein Firmament der Träume auf, einen Ausblick auf das blendende Weiß eines Paradieses, wo man die Hochzeit der unbekannten Königin feierte. Das Zelt der Seidenwarenhalle war dabei der riesige Alkoven mit seinen weißen Vorhängen, seiner weißen Gaze, seinem weißen Tüll, deren Glanz die weiße Nacktheit der Braut vor allen Blicken schützte. Nichts gab es mehr außer diesem Blendenden, einem weißen Licht, mit dem alles andere Weiß verschmolz, einem in die weiße Helligkeit herabschneienden Sternenstaub.

Und noch immer betrachtete Mouret sein von all diesem Flammen umgebenes Frauenvolk. Die schwarzen Schatten hoben sich kräftig von den bleichen Hintergründen ab. Lange Gegenströmungen durchbrachen die lärmende Menge, das Fieber dieses großen Verkaufstages pflanzte sich sinnverwirrend fort, ließ die wilde Dünung der Köpfe heftig wogen. Man begann aufzubrechen, unordentliche Haufen von Stoffen bedeckten die Ladentische, das Gold klimperte in den Kassen, während die ausgeplünderte, vergewaltigte Kundschaft halb vernichtet fortging, mit befriedigter Wollust und in der geheimen Scham ob einer in einem zweideutigen Haus gestillten Begierde. Mouret war es, der sie in dieser Weise besaß, der sie durch seine ununterbrochene Anhäufung von Waren, durch die Preisherabsetzungen und das Rückgaberecht, seine Galanterie und seine Reklame in der Gewalt hatte. Er hatte sogar die Mütter gewonnen, er herrschte über alle mit der Brutalität eines Despoten, dessen Laune Familien zugrunde richtet. Seine Schöpfung führte eine neue Religion herauf, die Kirchen, die der wankende Glaube nach und nach veröden ließ, wurden in den nun unbeschäftigten Seelen durch seinen Basar ersetzt. Die Frau verbrachte jetzt bei ihm ihre leeren Stunden, die Stunden des Schauderns und der Unruhe, die sie einst in den Kapellen verlebte: unerläßliche Verausgabung nervöser Süchtigkeit, wiederauflebender Kampf eines Gottes gegen den Gatten, unaufhörlich erneuerter Kult des Körpers, dazu das göttliche Jenseits der Schönheit. Wenn er seine Türen geschlossen hätte, wäre auf der Straße ein Aufstand ausgebrochen, das verzweifelte Geschrei der Frommen, die man daran hindern wollte, zur Beichte und zum Tisch des Herrn zu gehen. In ihrem seit zehn Jahren ständig größer gewordenen Luxus sah er sie trotz der späten Stunde beharrlich durch das ungeheure Metallgerippe, über die freitragenden Treppen und die schwebenden Brücken gehen. Frau Marty und ihre Tochter durchstreiften in höchstem Entzücken die Möbelabteilung. Von ihrer kleinen Schar zurückgehalten, mußte Frau Bourdelais noch bei den Pariser Spezialartikeln verweilen. Dann kam die feine Sippschaft, Frau de Boves, noch immer an Vallagnoscs Arm und gefolgt von Blanche, machte in jedem Rayon halt und war noch dreist genug, mit ihrer hochfahrenden Miene die Stoffe zu betrachten. Aber in diesem Haufen von Kundinnen, diesem Meer lebensgeschwellter Busen, die von Begierde wogten und alle mit Veilchensträußchen geschmückt waren, als feiere ein Volk die Hochzeit irgendeiner Herrscherin, unterschied er schließlich nur noch die schmucklose Taille von Frau Desforges, die mit Frau Guibal in der Handschuhabteilung stehengeblieben war. Trotz ihres eifersüchtigen Grolls kaufte auch sie, und ein letztes Mal fühlte er sich als Gebieter, unter den strahlenden elektrischen Lampen lagen sie ihm alle zu Füßen wie eine Herde Vieh, aus der er sein Vermögen gezogen hatte.

Mit mechanischem Schritt ging Mouret durch die Galerien, so versunken, daß er dem Stoßen der Menge nicht auswich. Als er den Kopf hob, befand er sich in dem neuen Hutrayon, dessen Fenster auf die Rue du Dix-Décembre gingen. Und dort machte er, die Stirn ans Glas gelehnt, nochmals halt, er sah dem Fortgehen zu. Die sinkende Sonne färbte den First der weißen Häuser gelb, der blaue Himmel dieses schönen Tages verblaßte, gekühlt von einem starken, reinen Wind, während in dem Dämmerlicht, das sich bereits auf die Straße herabsenkte, die elektrischen Lampen des „Paradieses der Damen" den stetigen Glanz der beim Scheiden des Tages am Horizont aufleuchtenden Sterne ausstrahlten. Nach der Grand-Opéra und der Börse zu dehnte sich die dreifache Reihe regloser Wagen, die schon in Dunkel gehüllt waren und deren Geschirr noch zuweilen aufflammte vom Schein einer Laterne, vom Funkeln einer versilberten Trense. Jede Minute erschallte der Ruf eines livrierten Ladendieners, und eine Droschke setzte sich in Bewegung, ein Coupé löste sich aus der Menge, nahm eine Kundin auf, entfernte sich dann in hallendem Trab. Die Schlangen wurden nun kürzer, sechs Wagen fuhren nebeneinander her, füllten die Straße von einem Rand bis zum anderen, beim Klappen der Wagenschläge, dem Knallen der Peitschen, dem dumpfen Geräusch, mit dem sich die Menge der Fußgänger zwischen den Fahrzeugen bewegte. Es war gleichsam ein unausgesetztes Sichausbreiten, ein Ausstrahlen der Kundschaft, die nach allen Ecken und Enden der Stadt zurückgebracht wurde und dabei die Ladenräume mit dem tosenden Lärm einer Schleuse leerte. Doch noch immer flammten die Dächer des „Paradieses", die großen Goldbuchstaben der Schilder, die hoch in den Himmel hinaufgehißten Fahnen im Widerschein der Feuersbrunst des Sonnenuntergangs und wirkten in dieser schrägen Beleuchtung so riesig, daß sie an das Ungeheuer auf den Plakaten denken ließen, die Phalanstère, deren fortwährend vermehrte Flügel die Stadtteile bis hin zu den fernen Wäldern der Bannmeile verschlangen. Und in der Heiterkeit des Abends entschlummerte die weitgespannte Seele von Paris, ein riesiger und sanfter Hauch, strich mit langen und weichen Liebkosungen über die letzten Wagen, die auf der allmählich von der Menge freigegebenen und dem Dunkel der Nacht anheimgefallenen Straße dahinrollten.

Mouret stand mit verlorenem Blick da und fühlte, wie etwas Großes in ihm vorging; und in dem Siegesschauer, von dem sein ganzer Leib erbebte angesichts des eroberten Paris und der unterworfenen Frau, empfand er eine plötzliche Schwäche, ein Versagen seiner Willenskraft, die nun ihn selber einer überlegenen Macht erliegen ließ. Es war ein vernunftwidriges Bedürfnis, mitten in seinem Sieg besiegt zu werden, das unsinnige Verhalten eines Kriegers, der sich am Tage nach seinen Eroberungen den Launen eines Kindes fügt. Er, der sich seit Monaten sträubte, der noch diesen Morgen geschworen hatte, seine Leidenschaft zu unterdrücken, gab ganz plötzlich nach, vom Höhenschwindel ergriffen, glücklich darüber, etwas zu tun, was er für eine Dummheit hielt. Sein so rascher Entschluß hatte von einer Minute zur anderen eine solche Gewalt erlangt, daß ihm nichts anderes in der Welt mehr nützlich und notwendig erschien.

Am Abend, nachdem die letzte Schicht gegessen hatte, wartete er in seinem Arbeitszimmer. Zitternd wie ein Jüngling, der sein Glück versuchen will, vermochte er nicht, ruhig auf einer Stelle zu bleiben, immer wieder kehrte er an die Tür zurück, um dem verworrenen Lärm zu lauschen, der aus den Ladenräumen heraufdrang, wo die Kommis, bis an die Schultern in dem durch den Verkauf entstandenen Wirrwarr steckend, die Waren zusammenfalteten und an ihren Platz legten. Bei jedem Geräusch von Schritten bekam er Herzklopfen. Und plötzlich fuhr er in die Höhe und stürzte auf die Tür zu, denn er hatte von weitem ein dumpfes, nach und nach anschwellendes Gemurmel gehört.

Es war das langsame Nahen Lhommes, der mit der Einnahme beladen war. An diesem Tage wog sie so schwer, es war so viel Kupfer und Silber unter dem vereinnahmten Bargeld, daß er sich von zwei Ladendienern begleiten ließ. Hinter ihm gingen Joseph und einer von dessen Kollegen gebückt unter den Säcken, riesigen

Säcken, die sie sich wie Gipssäcke über die Schultern geworfen hatten, indes Lhomme, der ihnen voranschritt, das Papiergeld und das Gold trug, eine von Scheinen geschwellte Mappe, zwei um seinen Hals gehängte Geldkatzen, deren Gewicht ihn nach rechts zog, nach der Seite, wo ihm der Arm fehlte. Und langsam hatte er schwitzend und keuchend die Verkaufsräume durchquert, wo die Aufgeregtheit der Verkäufer ständig zunahm. Die Handschuhe und die Seide hatten sich lachend erbötig gemacht, ihm die Last abzunehmen, die Tuche und die Wollwaren wünschten, er möge einen Fehltritt tun und so das Gold in alle Ecken der Rayons verstreuen. Dann hatte er eine Treppe ersteigen, über eine schwebende Brücke schreiten, hatte nochmals steigen, durch das Eisengerippe kreisen müssen, wo ihm bei den Weißwaren, den Wirkwaren, den Kurzwaren alle Augen folgten, weit aufgerissen vor Entzücken angesichts dieses gleichsam durch die Luft wandelnden Vermögens. Im ersten Stock hatte man sich bei der Konfektion, der Parfümerie, den Spitzen, den Schals ehrfurchtsvoll in Reih und Glied aufgestellt wie beim Vorübertragen des Allerheiligsten. Nach und nach wurde das Getöse immer stärker, wurde zum Gebrüll eines Volkes, das das Goldene Kalb begrüßt.

Mouret hatte inzwischen die Tür geöffnet.

Lhomme erschien, gefolgt von den beiden taumelnden Ladendienern; und obwohl er außer Atem war, hatte er noch die Kraft, zu rufen:

„Eine Million zweihundertsiebenundvierzig Francs fünfundneunzig Centimes!"

Endlich war die Million erreicht, die an einem Tag zusammengebrachte Million, die Zahl, von der Mouret lange geträumt hatte! Aber er machte eine zornige Gebärde, er sagte ungeduldig mit der enttäuschten Miene eines Menschen, den ungelegener Besuch im Warten auf einen anderen stört:

„Eine Million, nun gut, legen Sie es dorthin!"

Lhomme wußte, daß jener es liebte, die hohen Einnahmen auf seinem Schreibtisch zu sehen, bevor man sie der Hauptkasse ablieferte. Die Million bedeckte den Schreibtisch, zerdrückte die Papiere, hätte fast die Tinte umgeworfen; und das Gold, das Silber und das Kupfer rannen aus den Säcken, sprengten die Geldkatzen und bildeten einen großen Haufen, den Haufen der Bruttoeinnahme, so wie sie aus den Händen der Kundschaft gekommen war, noch warm und lebensvoll.

Im selben Augenblick, als sich der Kassierer, tief unglücklich über die Gleichgültigkeit des Chefs, zurückzog, kam Bourdoncle und rief vergnügt:

„Hah, diesmal haben wir sie! – Wir haben sie lockergemacht, die Million!“ Doch er bemerkte Mourets fieberhafte Unruhe, er begriff und mäßigte sich. Freude war in seinem Blick aufgeblitzt. Nach kurzem Schweigen fing er wieder an: „Sie haben sich entschieden, nicht wahr? Mein Gott, das kann ich nur gutheißen!“

Plötzlich hatte Mouret sich vor ihm aufgepflanzt und rief mit der schrecklichen Stimme seiner Krisentage:

„Hören Sie, mein Guter, Sie sind allzu lustig ... Nicht wahr, Sie glauben, mit mir sei es aus, und da kriegen Sie Appetit. Nehmen Sie sich in acht, mich verschlingt man nicht!“

Ganz aus der Fassung gebracht von dem ungestümen Angriff dieses verteufelten Menschen, der alles erriet, stammelte Bourdoncle:

„Nanu, Sie scherzen wohl? Ich, der ich Sie so bewundere!“

„Lügen Sie nicht!“ begann Mouret noch heftiger wieder. „Hören Sie, wir waren einfältig mit jenem Aberglauben: daß eine Ehe unser Verderben wäre. Ist sie etwa nicht unentbehrlich zu einem gesunden Leben, ja dessen Kraft und Ordnung! – Nun wohl, ja, mein Lieber, ich heirate sie, und ich werfe euch alle hinaus, wenn ihr euch muckst. Wahrhaftig, Bourdoncle, Sie werden wie jeder andere zur Kasse gehen!“

Mit einer Handbewegung verabschiedete er ihn, Bourdoncle fühlte, daß sein Urteil gesprochen war, daß er bei diesem Sieg der Frau hinweggefegt werde. Er ging fort. Gerade trat Denise ein, und er, der völlig den Kopf verloren hatte, machte ihr eine tiefe Verbeugung.

„Da sind Sie endlich“, sagte Mouret sanft.

Denise war bleich vor Erregung. Sie hatte soeben einen letzten Kummer erfahren; Deloche hatte ihr mitgeteilt, daß man ihm gekündigt habe, und als sie sich bemühte, ihn zurückzuhalten, und ihm anbot, zu seinen Gunsten zu sprechen, hatte er eigensinnig darauf bestanden, sich durch nichts aus seinem Unglück heraushelfen zu lassen, er wollte verschwinden: weshalb hätte er hierbleiben, weshalb die glücklichen Leute stören sollen? Denise, der die Tränen gekommen waren, hatte sich schwesterlich von ihm verabschiedet. Strebte sie nicht selber danach, zu vergessen? Alles ging zu Ende, sie verlangte von ihren erschöpften Kräften nur noch den Mut zur Trennung. In wenigen Minuten konnte sie, wenn sie tapfer genug war, ihr Herz zu bezwingen, allein fortgehen, um in der Ferne zu weinen.

„Herr Mouret, Sie wünschten mich zu sehen", sagte sie in ihrer ruhigen Art. „Übrigens wäre ich auch so gekommen, um Ihnen für all Ihre Güte zu danken."

Beim Hereinkommen hatte sie die Million auf dem Schreibtisch gesehen, und das Zurschaustellen dieses Geldes verletzte sie. Über ihr lächelte in seinem Goldrahmen das Porträt der Frau Hédouin – gleichsam als betrachte es den Vorgang – das ewige Lächeln seiner gemalten Lippen.

„Sind Sie immer noch entschlossen, uns zu verlassen?" fragte Mouret, dessen Stimme zitterte.

„Ja, Herr Mouret, es muß sein."

Da ergriff er ihre Hände, mit einer nach der langen Kälte, zu der er sich gezwungen hatte, plötzlich hervorbrechenden Zärtlichkeit sagte er:

„Und wenn ich Sie heiratete, Denise, gingen Sie dann auch fort?"

Aber sie hatte ihm ihre Hände entzogen, sie wand sich wie unter einem jähen heftigen Schmerz.

„Oh, Herr Mouret, ich bitte Sie, seien Sie still! Oh, bereiten Sie mir nicht noch neue Qualen! – Ich kann nicht! Ich kann nicht! – Gott ist mein Zeuge, daß ich fortgehen wollte, um ein solches Unglück zu verhüten!" Sie fuhr fort, sich in abgerissenen Worten zu verteidigen. Habe sie nicht schon mehr als genug unter dem Klatsch im Hause gelitten? Wolle er denn, daß sie in den Augen der anderen und in ihren eigenen Augen als Dirne gelte? Nein,

nein, sie werde stark sein und ihn gewiß daran hindern, eine solche Dummheit zu begehen.

Von Qual zerrissen, hörte er ihr zu, wiederholte leidenschaftlich:

„Ich will es ... Ich will ..."

„Nein, es ist unmöglich ... Und meine Brüder? Ich habe gelobt, mich nicht zu verheiraten, ich kann Ihnen doch nicht zwei Kinder mit in die Ehe bringen, nicht wahr?"

„Sie werden auch meine Brüder sein ... Sagen Sie ja, Denise."

„Nein, nein, oh, lassen Sie mich, Sie quälen mich!"

Nach und nach verließ ihn die Kraft, dieser letzte Widerstand machte ihn toll. Was? Selbst um diesen Preis weigerte sie sich noch? Aus der Ferne hörte er das Lärmen seiner dreitausend Angestellten, die mit vollen Armen sein königliches Vermögen zusammenscheffelten. Und diese blöde Million, die da lag! Er empfand sie als bittere Ironie, er hätte sie am liebsten auf die Straße geschüttet.

„Gehen Sie also!" rief er unter einer Flut von Tränen. „Kehren Sie zu dem zurück, den Sie lieben ... Das ist doch der Grund, nicht wahr? Sie hatten es mir zu verstehen gegeben, ich hätte es wissen müssen und Sie nicht länger quälen dürfen."

Angesichts der Heftigkeit dieser Verzweiflung war sie ergriffen stehengeblieben. Das Herz wollte ihr zerspringen. Dann fiel sie ihm mit kindlichem Ungestüm um den Hals, schluchzte ebenfalls und stammelte:

„O Herr Mouret, Sie sind es doch, den ich liebe!"

Ein letztes verworrenes Getöse stieg aus dem „Paradies der Damen" auf, das ferne Beifallsrufen einer Menge. Das Porträt der Frau Hédouin lächelte noch immer mit seinen gemalten Lippen.

Mouret war auf seinen Schreibtisch gesunken und saß mitten in der Million, die er nicht mehr sah. Er ließ Denise nicht los, er drückte sie fest an seine Brust und sagte zu ihr, nun dürfe sie abreisen, sie solle einen Monat in Valognes verbringen, was allen Leuten den Mund stopfen werde, und dann wolle er selber kommen und sie abholen, um sie an seinem Arm heimzuführen, sie, die Allmächtige.

# ANHANG

Zola hatte sich im Verlauf der Ausarbeitung seiner Romanreihe „Die Rougon-Macquart“ mehrmals den Spaß erlaubt, mit einem Roman des „zarten Genres“ die Angriffe gegen seine gesellschaftskritischen, „harten“ Romane zu widerlegen. So war schon „Ein Blatt Liebe“ gleichsam ein Dementi an die tobende Journaille gewesen, und der Roman, den Zola als elften der Reihe auf „Nana“ und „Ein feines Haus“ folgen ließ, „Paradies der Damen“, entwaffnete selbst die eingefleischtesten Widersacher. Für diese „Überraschungsmanöver“ gab es mehrere Gründe: einmal sehr praktisch-reale Erwägungen hinsichtlich seiner Aussichten für eine Wahl in die Akademie, zum anderen eine Art künstlerischer Herausforderung an die Besserwisser der faden „idealistischen“ Literatur. Im „Paradies der Damen“ tritt zu alledem eine weitere Überlegung hinzu: zum erstenmal wollte Zola nicht nur Kritik üben und die Nachtseiten brandmarken, sondern seinen positiven Glauben an die Zukunft aussprechen. Die Gründe für diesen Konzeptionswandel mögen mannigfache gewesen sein. Zweifelsohne wurde er sich der wachsenden sozialökonomischen Umschichtungen, die sich in jenen Jahren auch in Frankreich abzuzeichnen begannen und den Übergang des Kapitalismus in ein neues, imperialistisches Stadium einleiteten, in steigendem Maße und in doppeltem Sinne bewußt: als einer Entwicklung, die mit dem Reif- und Überreifwerden des Bestehenden die Keime des Neuen, Kommenden in sich trug.

Zum anderen hatten sich in Zolas eigenem Leben Veränderungen vollzogen, die ihm eine optimistischere Weltsicht nahelegten. Der Schock des Jahres 1880, den ihm der Verlust guter Freunde, Flauberts und Durantys, und vor allem der Tod seiner Mutter versetzt hatte, war überwunden. Die Zeiten finanzieller Schwierigkeiten, da er journalistische Aufträge übernahm, um sich ein paar hundert Francs Monatsfixum zu sichern, waren längst vorüber.

Der totgeschwiegene und verunglimpfte Schriftsteller war eine literarische Macht geworden, das zumindest respektierte Haupt einer im Vordringen befindlichen Schule. Mit dem wachsenden ideellen und materiellen Erfolg dürfte sich auch sein schon früher stark ausgeprägter Glaube an die sieghaften Kräfte des Lebens, die ihm in allem gesellschaftlichen Werden, ob zu Recht oder zu Unrecht, zu wirken schienen, verstärkt haben. Den vielen Mißdeutungen seiner Romane als Poeme des Untergangs, grandioser, aber makabrer Infernos apokalyptischer Stimmung gegenüber wollte er nun deren wahren, positiven Sinn erweisen. Nicht nur die Verworfenheit, der Untergang und Zusammenbruch eines in den Abgrund taumelnden Geschlechts sollte angeprangert, sondern der Anbruch einer neuen Zeit, darin der Mensch seine schöpferischen Kräfte in der Arbeit entfaltet, verkündet werden: „... die Freude am Tätigsein und das Vergnügen am Dasein zeigen. ‚Ein feines Haus' und die anderen genügen, um die Mittelmäßigkeiten und Niedergänge des Daseins zu zeigen. Also ein vollständiger Wechsel der Philosophie: zunächst kein Pessimismus mehr, den notwendigen Schluß nicht in der Dummheit und Melancholie des Lebens finden, sondern in der Freude seines Werdens. In einem Wort, mit dem Jahrhundert gehen, das Jahrhundert ausdrücken, das ein Jahrhundert von Tätigsein, Erwerben und Kraftaufwand in jeder Hinsicht ist. Das Hohelied des modernen Tätigseins schreiben ..."

Dieses „Hohelied des modernen Tätigseins" glaubt er im Warenhaus gefunden zu haben, auch wenn dort allein die tausendfache, bis zur Erschöpfung gehende Fron vieler das lustvolle „Tätigsein" eines einzelnen zu erkaufen vermag. Zola ist ehrlich genug, diesen Tatbestand nicht zu verschleiern, selbst wenn er ihm teilweise eine die Tatsachen verkehrende Ausdeutung gibt.

Der Gedanke, einen Roman über den „haut commerce" zu schreiben, fand sich schon in den Planentwürfen von 1871, und schon hier war Octave Mouret als Zentralgestalt in Aussicht genommen. Aber diesen Gegenstand gerade an einem Warenhaus abzuhandeln, diese Idee dürfte sich Zola vielleicht doch erst mit der wachsenden Bedeutung der Warenhäuser, wie des „Louvre" oder „Bon-Marché", in den achtziger Jahren aufgedrängt haben. Aus Zolas Vorarbeiten ist ersichtlich, daß er sich durch einen früheren Abteilungsleiter des „Bon-Marché" namens Carbonnaux, einen „chef de comptoir" aus dem „Louvre", Herrn Beauchamp, und eine Verkäuferin vom „Saint-Joseph", Fräulein Dulit, über die Lage der Verkäufer, ihr Leben, über Einzelheiten des Verkaufsmechanismus unterrichten ließ. Von einem damals noch unbekannten, später berühmt gewordenen Architekten, Frantz Jourdain, erbat er den baulichen Entwurf für ein Warenhaus, und er erörterte alle Einzelheiten mit ihm, als wolle er tatsächlich ein Warenhaus bauen lassen. Doch glaubte er auf gewisse allzu moderne, zu sehr an die achtziger Jahre gemahnende Details in seinen Beschreibungen verzichten zu müssen, weil seine „scrupules d'historien", wie er an Jourdain schreibt, ihm solche Anachronismen nicht verzeihen würden und gerade er, dessen Romane so den kritischen Nachprüfungen der Presse ausgeliefert seien, sich vor leicht angreifbaren Ungenauigkeiten hüten müsse. Aber auf Frantz Jourdain beziehen sich wohl die Sätze im Kapitel IX: „Der Architekt, ein glücklicherweise intelligenter junger Mann, der auf alles Neuzeitliche versessen war, hatte Steine nur für die Untergeschosse und die Eckpfeiler verwendet und dann das ganze Gerippe aus Eisen errichtet. – Übrigens herrschte das Eisen überall vor, der junge Architekt war ehrlich und mutig genug gewesen, es nicht unter einer Stein oder Holz imitierenden Mörtelschicht zu verbergen."

Am 28. Mai 1882 begann Zola mit der Niederschrift des Romans „Paradies der Damen", die am 25. Januar 1883 beendet wurde. Kurz danach erschien das Buch bei Charpentier in 60000 Exemplaren nach dem üblichen, diesmal nicht sehr erfolgreichen Feuilletonvorabdruck im „Gil Blas", der vom 17. Dezember 1882 bis zum 1. März 1883 erfolgte.

Auf den ersten Blick könnte es scheinen, als sei dieser neue, einem Komplex der Sachwelt gewidmete Roman nur eine Wiederholung des künstlerischen Experiments, das Zola im „Bauch von Paris" gewagt hatte und das er später im Börsenroman „Das Geld" wiederaufnahm. Bei näherer Betrachtung fällt aber auf, daß eine Reihe gängiger Erzähltechniken Zolas hier weniger angewandt werden; es herrscht sparsamerer Gebrauch der Symbole, der leitmotivisch wiederkehrenden gleichen Sätze, der Belebungen des Sachkomplexes, Mittel, die im „Bauch von Paris" zur architektonischen Verklammerung der beiden Romanteile, der Beschreibung der Markthallen und der Lebensgeschichte Florents, gedient hatten. Denn Florents Schicksal fließt nicht organisch aus seinem tatsächlichen Erleben in den Hallen. Die Gründe für sein den endgültigen Untergang heraufbeschwörendes Verhalten liegen viel weiter zurück, in den Erlebnissen seiner Kindheit und in den Revolutionstagen, und Zola unterläßt nichts, um dieses gleichsam innere Zurückgewendetsein seines Helden immer wieder zu unterstreichen. Die Menschen, unter denen Florent nun lebt — er lebt ja im eigentlichen Sinn nicht mit ihnen, da er immer durch eine unsichtbare Scheidewand, seine düstere und schwere Vergangenheit, von ihnen getrennt ist und dieses unsichtbare Getrenntsein ein wirkliches Verbundensein mit ihnen verhindert —, diese Menschen sind für ihn tatsächlich nur Umgebung, eine Art lebender Schauplatz, wie die Hallen der tote sind; ja, in Florents Erleben der Dinge müssen die toten Hallen ihm fast lebendiger sein als die dazugehörenden Menschen, weil sie ihm weniger feindlich entgegenstehen als die Quenus, die Saget, die alte Méhudin. So werden die Menschen mehr als äußeres Dekor, als nur in symbolischer Einheit mit ihren Waren verbundene Attribute gesehen. Von den Schalen, die ihr Wesen verdecken, wird gleichsam nur die oberste abgehoben, ohne daß Zola den Leser ganz auf ihren Kern sehen läßt. Die farbige, malerische Seite der Markthallen, der gegenständliche Komplex selbst, scheint den Blick des Schriftstellers so sehr gefangengenommen zu haben, daß ihm gar nicht die Zeit verbleibt, den harten, unerbittlichen Existenzkampf, der unter dem so einheitlich wirkenden Farbenmeer der Gemüse- oder Fleischhallen von Stand zu Stand ausgetragen wird, das in Zuneigung und Gegenspiel zwischen den Menschen verlaufende Leben zu studieren und darzustellen, sondern daß er sich damit begnügt, ebenfalls nur ihre Oberfläche zu erfassen, ihre Gebärden, ihre Gespräche, ihre Kleidung, ihr sichtbares Verhalten, ihre „gegenständliche“ Wirkung einzufangen. So bleiben die Markthallen und ihre Beschreibung unberührt von dem menschlichen Drama um Florent, das sich an ihrem Rand abspielt, und wenn sich zum Schluß die Fetten einig sind in der erleichterten Genugtuung über die Niederlage der Mageren, ist es, als hätten die Hallen selbst sich von etwas ihnen Unorganischem befreit, als sei mit dem Erliegen Florents die unnatürliche Verkoppelung der beiden Komplexe, die der Künstler Zola nur mit aller Kraftanstrengung hatte durchhalten können, zugunsten der Hallen gesprengt.

Im „Paradies der Damen“ liegt eigentlich eine Doppelstruktur vor: die Darstellung einer modernen ökonomischen Erscheinung: das Warenhaus, und die Aufnahme eines literarischen Erfolgsmusters: die kitschige Liebesgeschichte von der kleinen, ach so standhaften Verkäuferin und dem reichen, sie über alles liebenden Chef. Aber da Zola hier das Funktionieren des Warenhauses als einer das moderne Wirtschaftsleben charakterisierenden Erscheinung zeigen will, muß er in erster Linie das Leben der Menschen wiedergeben, die das Räderwerk dieser „Maschine“ in Gang halten oder davon zermalmt werden, muß er sich den veränderten menschlichen Beziehungen zuwenden, die dieser neue ökonomische Faktor in seinem Bannkreis auslöst.

Schon hierin liegt ein Unterschied zur künstlerischen Behandlung der Hallen, die ihrerseits ja nur als Symbol für das Pariser Kleinbürgertum standen. Ein zweites kommt hinzu. Die eigentliche Fabel des Romans, die wenn auch an sich noch so banale Liebesgeschichte, liegt in all ihren Peripetien nicht wie im „Bauch von Paris“ außerhalb des gegenständlichen Sujets, sondern zieht ihr Auf und Ab gerade aus dem ökonomischen Komplex selbst, aus der unterschiedlichen Lage, die Denise und Mouret in der ökonomischen Rangordnung des Warenhauses einnehmen. Ja, Zola versucht, die Weigerung seiner Heldin, Mouret zu gehören, also ihr ganz persönliches Verhalten, umzumünzen in eine Repräsentanz kollektiven Sichrächens des von Mouret bis zum äußersten ausgenutzten Personals: „Da war doch wenigstens eine, die dem Chef den Fuß auf den Nacken setzte, sie alle rächte und anderes von ihm zu erlangen wußte als leere Versprechungen! Sie war also gekommen, diejenige, die den armen Teufeln ein wenig Achtung verschaffte!" Aber der innere Zusammenhang zwischen sozialökonomischer Studie und dem „narrativen Vehikel", der banalen Liebesgeschichte, wird noch weitergeführt. Mourets „Aktivität" fordert Opfer auf allen Seiten: die Angestellten seines Unternehmens, die kleinen Kaufleute und Handwerker seines Stadtviertels, schließlich die Kundschaft selbst, deren Kauflust er mit den raffiniertesten Mitteln reizt. An all diesen Opfern hat Denise teil: sie ist selbst Verkäuferin im „Paradies der Damen", sie ist die Nichte Baudus, Verwandte der am schwersten betroffenen Familie, die ihren wirtschaftlichen Ruin mit dem eigenen physischen Untergang besiegelt, und sie ist schließlich eine Frau, eine Vertreterin jenes Geschlechts, von dem Mouret glaubt, daß es ihm, dem Mann, willenlos ausgeliefert ist. So vermag ihr Verhalten in ihrem Ringen mit Mouret zugleich ihnen allen in ihrem Kampf Genugtuung zu verschaffen, zumal Zola das wirtschaftliche Schachspiel zwischen Kundschaft und Warenhaus in einen aus dem Gegensatz der Geschlechter entspringenden Kampf umdeutet. Gerade dieses theoretische Konstrukt, nur geeignet, die sich aus den berichteten Fakten ergebenden notwendigen harten Einsichten in das wirtschaftliche Getriebe zu verdunkeln, gleichsam zu entschärfen, hält Zola für die eigentlich poetische Seite seines Romans. Aber die Frauen, die Mouret nach *seinem* System rücksichtslos ausplündert, auf deren Schwächen er skrupellos spekuliert, denen er sich als angebeteter Frauenliebling sieghaft überlegen weiß und die er alle noch dadurch, daß er keiner von ihnen ganz gehört, um so fester in seinem Bann halten zu können glaubt, werden sich eines Tages rächen. Eine wird kommen, die seine Macht auf ihren Grenzpunkt zurückführen wird. „Sie werden sich rächen", mit diesem von Anfang an leitmotivisch eingestreuten Satz wird die sexualpsychologische Umdeutung der wirtschaftlichen Faktoren ebenso vorbereitet wie das Konzentrieren des so erfaßten Gegensatzes auf die Antinomie Mouret – Denise. Wenn auch so in der theoretischen Sicht Zolas beide Teile des Romans als absolute innere Einheit erscheinen, weshalb ihm ein sparsamerer Gebrauch seiner üblichen Hilfsmittel genügt, die wirkliche Transparenz der von ihm aufgeworfenen und ausgebreiteten sozialen Fragen hat dadurch nicht gewonnen. Sie gewinnt auch nicht, wenn er seine Erklärung aus dem „Bauch von Paris" für den Existenzkampf wiederaufnimmt und ihn als einen Kampf der „Mageren" gegen die „Fetten" auszugeben sucht: „Er wurde vom Gang der Maschine mitgerissen, war von der gleichen Gier wie die anderen erfaßt, der Gefräßigkeit, die von unten bis oben die Mageren zur Ausrottung der Fetten aufhetzte."

In all diesen Bemühungen Zolas, sich zur historischen Einsicht in den gewissenhaft studierten und beobachteten Ablauf sozialer Vorgänge zu erheben, wird immer wieder die Schranke seiner naturalistischen Theorien sichtbar. Wollte man sie übersehen, bliebe Zolas Werk unter logischen Gesichtspunkten ein unentwirrbares Knäuel von Widersprüchen. Wenn er beispielsweise den Konkurrenzkampf zwischen dem „Paradies der Damen" und den Industriellen oder den kleinen Kaufleuten schildert, muß er nach Sichtung der Tatbestände das darin zutage tretende Wirken objektiver Gesetze anerkennen. *An*erkennen ist jedoch nicht gleichbedeutend mit *Er*kennen. Seine an Darwin angelehnte philosophische Ausdeutung der ökonomischen Gesetzmäßigkeit einer begrenzten Epoche in ein ewig wirkendes Naturgesetz, in das unwiderstehliche Werk des Lebens, „das den Tod verlangt, um fortwährend neues Leben zu säen", in diesen Kampf ums Dasein, der „die Geschöpfe auf dem Leichenacker der ewigen Vernichtung wachsen" ließ, und in die Notwendigkeit dieses Dunghaufens „von Elend ... für das Wohlergehen des künftigen Paris" hält nicht die Höhe seiner künstlerischen Darstellung. Ja, er stellt die Richtigkeit seiner philosophischen Einsichten selbst in Zweifel, obwohl er dem wirkenden Naturgesetz noch das pathetische Gewand einer imaginären Revolution überzuwerfen versucht – einer Revolution, die Märtyrer forderte, „nur über Leichen schritt man vorwärts", diese unheilbaren Leiden, „die die schmerzvollen Geburtswehen jeder Generation sind" –, wenn er in Denises Zukunftsträumen die ausgleichende Gerechtigkeit bemüht, die den schaffenden Händen der tausend bis zur Erschöpfung im Dienste dieses „Werkes des Lebens“ arbeitenden Verkäufer und Angestellten den ihnen zustehenden Anteil am so erworbenen Reichtum, der nach dem bisherigen „Naturgesetz“ allein Mourets Geldschrank füllte, zurückgibt: „... sie sah das ungeheuer große ideale Kaufhaus vor sich, die Phalanstère des Handels, wo jeder, entsprechend seinen Verdiensten, seinen gerechten Anteil am Gewinn haben würde, dazu die vertraglich gewährleistete Sicherheit für das Morgen.“

Solchermaßen betrachtet, wird die neue ökonomische Erscheinung des Warenhauses zur Übergangsstufe für das eigentlich anzustrebende Fernziel der „großen Arbeitervereinigungen des 20. Jahrhunderts“. Der Weg, den Zola zu diesem Ziel für möglich erachtet, ist zwar ein Irrweg; daß er dieses Ziel aber überhaupt anvisiert, zeigt, wie tief er trotz aller Beschränkungen seiner gesellschaftlichen Einsicht die historische Bewegung seiner Zeit erspürte.

Die Richtung seiner Lösungsvorschläge bedingte sicher auch eine ganz subjektive Seite. Zola ist Südfranzose, mit all der Beweglichkeit und blühenden Phantasie des Provenzalen. Er hat eine Vorliebe für Schaffen, Tätigsein, Handeln, Planen, Arbeiten. Seine geradezu gläubige Hingabe an die reinigende, beglückende und sieghafte Kraft der Arbeit durchzieht nicht nur sein eigenes Leben wie ein roter Faden, sondern ist auch das letzte Wort seines weltanschaulichen Credos. Das zweite der „Vier Evangelien“ seines neuen Glaubens für die Menschheit heißt *Arbeit.* Und im Prisma dieses Arbeitsenthusiasmus verschieben sich ihm die Perspektiven. Er fragt nicht nach dem Wie und dem Warum des Tätigseins, sondern berauscht sich an der Aktivität an sich, ganz gleich, wo er sie findet, ganz gleich, ob sie das Neue schafft, dem Ganzen dient oder nur dem engen Bezirk eigener Befriedigung nützt. Manchmal scheint es, als erliege er selber der suggestiven Wirkung dieser Gestalten, denen er schöpferisches Leben verleiht, wie Eugène Rougon, Saccard, Mouret, und statte, also bezaubert, ihr Wirken mit jener sieghaften, strahlenden Heiterkeit aus, die sogar ihre dunkelsten Geschäftsmanipulationen in ein harmlos launiges Spiel verwandelt. „Mouret hatte sich mit der Phantasie eines Dichters der Spekulation ergeben, mit einem solchen Aufwand, einem solchen Bedürfnis nach dem Kolossalen, daß es schien, alles müsse unter ihm zusammenkrachen." Und wenn Mouret alles verfügbare Kapital auf eine Karte setzte und alles ringsum ängstlich zitterte, so „bewahrte er, als ein von den Frauen angebeteter Mann, der nicht im Stich gelassen wird, eine siegessichere Heiterkeit, die Gewißheit künftiger Millionen". Aber im Grunde ist dieses Spiel mit der Frau für Mouret doch auch nur wieder Teil des eigentlichen zentralen Spieles, das allein gilt, das Leben sinnvoll macht. Im Gespräch mit dem ironisch-pessimistischen Vallagnosc, der wie ein Fossil des alten Adels in der veränderten Ära der herrschenden „Ellenritter" sich nicht zurechtzufinden vermag, im Salon der Madame Desforges verrät Mouret den eigentlichen Glauben seines Lebens: „... es kommt darauf an, zu wollen und zu handeln, kurz, etwas zu schaffen ... Du hast eine Idee, du kämpfst für sie, du treibst sie den Leuten mit Hammerschlägen in den Schädel, du siehst, wie sie sich ausbreitet und siegt ... Ah ja, alter Junge, ich amüsiere mich!"

In diesem Mouret steckt ebensoviel von Zolas eigenem Wesen wie in Denise, nach deren Ansicht „zum Leben Logik, Sittsamkeit und Mut" gehören, die, eine Vorwegnahme von Frau Caroline aus dem „Geld", gleichsam mit lindernder Hand die positive Seite in Mourets notwendig Vernichtung und Unheil beschwörendem „Werk des Lebens" durchzusetzen sucht, indem sie für die unmittelbar ausgenutzten Verkäufer und Verkäuferinnen wenigstens einige soziale Erleichterungen zu erreichen trachtet. Denn Zola hat die Kehrseite der „energiegeladenen Aktivität" seiner Lieblingsgestalt mit aller Offenheit aufgedeckt.

Die Lebensbedingungen des Verkaufspersonals sind trotz der guten Verdienstmöglichkeiten einzelner menschenunwürdig. Diese durch immer neue Einzelheiten erhärtete Tatsache wirkt wie ein Dauerdementi gegen die in sozialdarwinistischem Lebensenthusiasmus schwelgende Interpretation der gegebenen Fakten.

Ihre künstlerisch verarbeitete Ausbreitung macht zum guten Teil den gesellschaftskritischen Wert des Romans aus. Im „Paradies der Damen" wendet sich Zola zum erstenmal mit solchem Nachdruck den sozialen Fragen zu, der „Frage des kommenden

Jahrhunderts", die ihn von da an in steigendem Maße beschäftigt, so daß er sich auch theoretisch mit ihr auseinandersetzen muß. Im „Paradies der Damen" beschränkt sich diese Auseinandersetzung allerdings anscheinend zunächst auf die Kenntnis gewisser von Fourier verwandter soziologischer Begriffe, vor allem auf den Gebrauch des Wortes „Phalanstère". Die beschwörende Art, in der Zola sich dieses Wortes bedient, verrät bei einiger Vertrautheit mit seinen Stileigenschaften, daß es ihm selbst noch neu und reizvoll ist. Er gebraucht es deshalb auch recht eigenwillig, keineswegs nur zur Bezeichnung des Begriffsinhalts, den Fourier diesem Terminus gegeben hat. So verwendet Zola „Phalanstère" für das Warenhaus auch dort, wo er einfach das notwendige Zusammenwirken aller Teile dieses großen Apparates unterstreichen will, ohne daß die soziale Seite der Mitbeteiligung am Gewinn für die Arbeitenden dabei überhaupt zur Debatte steht, vielmehr das Gegenteil, ihre durch diese neue Organisation des Handels ins Vielfache gesteigerte Ausbeutung. So wirkt der Terminus mehr als Aufputz denn als Instrument ernst zu nehmender theoretischer Bemühung. Ihr dient in indirekter Weise viel mehr das in dem Roman aus dem Gegenstand selbst gewonnene Material zu den sozialen Fragen. Mourets Gespräche mit dem Baron Hartmann, mit Vallagnosc, aber später auch mit Denise selbst verraten das Geheimnis des modernen Handels: „Der Handel basiere jetzt auf der ununterbrochenen und raschen Umsetzung des Kapitals, wobei es darum gehe, dieses so oft wie möglich innerhalb eines Jahres in Waren zu verwandeln."

So ist es Mouret schließlich gelungen, von einem Anfangskapital von 50000 Francs ausgehend, einen Jahresumsatz von 80 Millionen zu erreichen. Diese Beschleunigung des Waren- und damit des Kapitalumlaufs erfordert eine gänzlich veränderte Organisation. Es genügt nicht mehr, Tuche oder Seidenwaren zu führen, sich auf Futterstoffe oder Wäsche zu spezialisieren; nur die Verbindung der verschiedenen Branchen wird saisonbedingten Schwankungen und sonstigen Wechselfällen standhalten können: „... nie gab es einen Stillstand, immer waren die Saisonartikel da." Man mußte sich aller technischen Tricks und psychologischen Einflußnahmen vergewissern, um diese Warenmassen schnell an den Mann, nach Mouret „an die Frau" zu bringen. Nachdem dieses Grundprinzip einmal entdeckt ist, rollt die Entwicklung gleichsam selbsttätig ab: das ständige Anwachsen der Abteilungen; das Einbeziehen immer neuer Spezialartikel; der Kampf mit den offenen Preisauszeichnungen, wodurch man die Konkurrenz für jeden sichtbar unterbieten kann; das klug berechnete Sichbeschränken auf einen relativ kleinen Prozentsatz Durchschnittsgewinn, der dafür aber durchgängig an allen Waren verdient wird; das schnelle Abstoßen überholter, altmodisch gewordener Artikel, selbst unter Verlust, und die dadurch dem Publikum als Anreiz gebotenen Saisonverkäufe, die allmählich in der Kundschaft den Glauben wachsen lassen, daß es vorteilhaft sei, im Warenhaus zu kaufen (ist dieser Glaube erst einmal befestigt, so kann man auch die weniger verkäuflichen Artikel zu durchaus normalen, oft sogar überhöhten Preisen absetzen; die Kundschaft wird auch dann noch meinen, vorteilhaft gekauft zu haben); die mit den raffiniertesten psychologischen Mitteln durchgeführte Umgarnung der Käufer: das bewußte Erzeugen sich stauender Menschenmassen am Eingang, denn die Massensuggestion ist auch beim Verkauf nicht unwichtig; die klug berechnete Verteilung der einzelnen Abteilungen; die vervielfachte Reklame; die Schockwirkung der Auslagen; der Kundendienst, dessen umherfahrende Wagen noch einmal als Reklame wirken; die geschickt erzeugte Vorstellung, im Kaufhaus würde der Kundschaft zu der erworbenen Ware noch etwas geschenkt, indem man an die Kunden kostenlos Luftballons verteilt, den Damen Blumensträuße anbietet oder gratis Getränke ausschenkt. In diesem feinmaschigen Netz der Verführung zum Kauf fing sich die Kundschaft rettungslos. Sie kauft, so wie Frau Marty, nicht weil sie kaufen will oder dafür Bedarf hat, sondern weil sie gleichsam unter einem magischen Zwang kaufen muß. Nicht Bedarfsdeckung, sondern Bedarfsweckung ist das Prinzip und Geheimnis der großen Warenhäuser.

Diesen raffinierten Mechanismus in seinem Ablauf und seinen Auswirkungen hat Zola bis zum letzten Rädchen verfolgt und dargestellt. Nichts ist vergessen: nicht das unterschiedliche Verhalten der Kundschaft, von der klug berechnenden, die wirklichen Gelegenheiten abpassenden Hausfrau bis zur putzsüchtigen, gleichsam einem Rausch des Kaufens, in Waren Wühlens, Geldausgebens erliegenden Bürgerin, nicht die verheerenden Auswirkungen auf den Kleinhandel, die veränderten Folgen für die Industrie, nicht die Wandlung der Beziehungen zwischen Personal und Chef, ja zwischen dem Personal untereinander in einem solchen Kaufhaus selbst.

Alle in den Bannkreis des Ungetüms geratenden Kräftegruppen werden untersucht, analysiert, vorgestellt: der Kleinhandel, die Industrie, die Seidenfabrikanten von Lyon, das Personal des „Paradieses der Damen". Der alte, auf seinen „ehrlichen" Handel, seine kunstvollen Schliche und schlauen Krämertricks, die Tradition seines Geschäftes so stolze und in dem ungleichen Kampf doch so hilflose alte Onkel Baudu, der bärbeißige und bockige alte Bourras, in dessen Groll gegen die Warenhäuser zugleich der Groll des auf seine Kunst stolzen Handwerkers gegen die kunstlose Massenproduktion der Industrie einfließt, der ehemalige „Zweite", Robineau, der, mit den Praktiken des Warenhauses vertraut, dieses mit seinen eigenen Mitteln zu schlagen versucht und durch vertiefte Spezialisierung die Entwicklung zugunsten des Einzelhandels wenden zu können glaubt – drei charakteristische Einzelschicksale, die zugleich stellvertretend stehen für die Kaufleute des ganzen Viertels, deren fortschreitender Ruin in den einzelnen entscheidenden Etappen des Kampfes zwischen dem „Paradies der Damen" und dem Kleinhandel in den Kapiteln I, IX und XIII summarisch mitgeteilt wird, wobei die fast chronikartige, schmucklose Berichterstattung die Tragik der Schicksale nur noch unterstreicht.

Die Rückwirkung, die von der veränderten Organisation des Handels auf die Industrie ausstrahlt, wird zwar weniger breit entwickelt, aber doch in der entscheidenden Alternative dargestellt: „Die Preise werden heute, statt wie früher von etwa fünfzig Firmen gemacht zu werden, von vier oder fünf gemacht, die sie dank der Macht ihres Kapitals und der Stärke ihrer Kundschaft gesenkt haben." Um die Ware billiger erzeugen zu können, muß man mehr erzeugen. Das ist aber mit den bisherigen Maschinen und der teilweise noch auf Heimarbeit beruhenden Produktion nicht möglich. Gaujean sieht sehr klar, warum ihm der Fabrikant Dumonteil überlegen ist. Er hat nur die Wahl, sich diesen veränderten Prinzipien anzupassen oder zu scheitern, und sein Einlenkungsversuch, den er gegen Ende des Romans bei Denise unternimmt, zeigt, welchen Weg er und mit ihm die Entwicklung der gesamten Industrie nehmen wird und muß. Hinter seiner wirtschaftlichen Kapitulation ahnt man zugleich den menschlichen Bankrott. Er wird den Canossagang zu Mouret antreten, den ruinierten Robineau aufgeben, die bisher beschäftigten Heimarbeiter entlassen. Dem unerbittlich wirkenden ökonomischen Gesetz haben alle menschlichen Bindungen zu weichen.

Der alte Baudu scheint recht zu haben: „Früher, als es noch ehrlichen Handel gab ..." – ehrlich gegenüber der Kundschaft, die er nicht mit den marktschreierischen Künsten einer Straßendirne betörte, ehrlich vor allem aber auch gegenüber seinen Angestellten. Bei den Baudus gehört Colomban, dieses letzte Prachtstück eines in allen Kniffen des kunstgerechten Kaufmanns groß gewordenen und erzogenen Kommis, noch zur Familie. Er ißt am Familientisch, man stopft seine Strümpfe, flickt seine Wäsche, pflegt ihn, wenn er krank ist, und die Tochter des Hauses ist ihm sicher als künftige Gattin und freundliche Zugabe zum Geschäft. (Daß Colomban, diese letzte Hoffnung des alten Baudu, sich als menschlicher Versager erweist, daß sich hinter der gelassenen Miene des braven Kommis die Fratze eines heimlichen Lüsten frönenden Verräters verbirgt, ist gleichsam die letzte Bestätigung für das zum Untergang Verurteiltsein des alten Handels.) In den modernen Warenhäusern dagegen hat jede persönliche Bindung zwischen Chef und Angestellten aufgehört: „... ein Haufen Süßholzraspler, die wie auf einem Güterbahnhof zu Werk gingen, Waren und Kunden wie Pakete behandelten, eines Wortes wegen den Brotherrn im Stich ließen oder von ihm im Stich gelassen wurden, ohne Anhänglichkeit, ohne Lebensart, ohne Fachkenntnis." Damit ist das letzte Urteil über das „Paradies der Damen" durch Baudu gesprochen: Das Umkehren aller menschlichen Beziehungen in dingliche, auf der sachlichen Ebene des Geldes gemessene und meßbare, worin Marx ein Grundgesetz des Kapitalismus erkannt hat, tritt in dieser neuen Entwicklungsphase in unverhüllter Nacktheit zutage. Von ihm wenden sich sogar die angewidert ab, die ihm, solange es noch verdeckt war, selbst dienten. Zola hat diesen Verdinglichungsprozeß, dieses Umwerten und Entwerten des Menschen im Warenhaus zu einem Verkaufsmittel von vielen in aller Deutlichkeit herausgearbeitet: „Alle waren nichts weiter als Räder im Getriebe, wurden mitgerissen vom Schwung der Maschine, gaben in dieser alltäglichen und mächtigen Gesamtheit einer Phalanstère ihre Persönlichkeit auf und vereinigten einfach ihre Kräfte."

Denise hat in der Konfektionsabteilung den Kundinnen gegenüber vor allem die Funktion einer Schaufensterpuppe zu erfüllen „mit einer von Modekupfern vorgezeichneten Anmut, in eine Maschine verwandelt, die man musterte und über die man offen scherzte". Ihre ersten Schwierigkeiten im „Paradies der Damen" kommen daher, daß sie nicht repräsentabel genug ist, mit ihrem mickrigen Äußeren gleichsam dem guten Ansehen des Hauses Abbruch tut: „... sie wirkte recht schmächtig und hatte ein trauriges Gesicht. Wenn man auch nicht verlangte, daß die Mädchen schön waren, so sollten sie im Interesse des Verkaufs doch anziehend aussehen. Und Denise verlor vollends die Fassung unter den Blicken dieser Damen und Herren, die sie musterten, sie abschätzten wie eine Stute, um die Bauern auf dem Markt feilschen."

Der Mensch, zum Teilchen eines riesigen Mechanismus degradiert, gehört sich nicht mehr, und nichts gehört ihm. Er hat kein Heim: die Verkäuferinnen dürfen sich bei Tage nicht in den Zimmern aufhalten, in denen sie schlafen; über ihre Freizeit zu verfügen steht ihnen nicht zu, denn eine Verkäuferin, die wie Denise in der Nacht Heimarbeit macht, um zusätzlich Geld zu verdienen, leistet bei Tage weniger, „das sei klar; sie betrögen sie also, sie gefährdeten ihre Gesundheit, die nicht ihnen gehöre. Die Nacht sei zum Schlafen da, alle mußten schlafen, sonst würde man sie eben hinauswerfen!", und wenn man ihnen zur Not noch gestattete zu heiraten, so war eine Schwangerschaft „hinderlich und unanständig". Diese ganze entwürdigende Aufgabe des eigenen Lebens vermochte den Angestellten aber noch nicht einmal die primitivste Sicherheit zu gewähren. Sie waren auswechselbar wie Schrauben oder Zahnräder, der billigste Vorwand genügte, um sie in der toten Zeit zur Senkung der Unkosten zu entlassen. Es lagen ihrer ja genug auf der Straße. Bei Bedarf würde man neue finden.

Der Konkurrenzkampf, den Mouret mit aller Rücksichtslosigkeit und Konsequenz unter seinen Angestellten entfesselt, wird sein sicherstes Mittel, von ihnen letzte Kraftanstrengung zu erpressen. Sein ganzes geschicktes System, die Verkäufer prozentual am Umsatz zu beteiligen, ist darauf abgestimmt. „Wollte man die Leute dahin bringen, daß sie ihre ganze Kraft hergäben ... so müsse man zunächst dafür sorgen, daß sie mit ihren eigenen Bedürfnissen im Streit lägen." – „Er entfesselte die Leidenschaften, sorgte dafür, daß die Kräfte einander kampfbereit gegenüberstanden, ließ die Kleinen von den Großen verschlingen und wurde fett durch diese Schlacht der Interessen."

Selbst seine sozialen Maßnahmen dienen der Erhöhung des eigenen Profits. Er verbessert die Kost nicht aus Menschenfreundlichkeit, sondern er erzielt „von einem besser ernährten Personal auch größere Leistungen, darauf war die praktische angebliche Humanität berechnet".

So spart Zola keine Einzelheit, um all die weit verästelten Auswirkungen und Folgen der mit der fortschreitenden Kapitalkonzentration verbundenen ökonomischen Veränderungsprozesse sichtbar zu machen, für die das Warenhaus innerhalb der „Distributionssphäre" nur eine der symptomatischen Erscheinungen ist. Und er scheut nicht davor zurück, harte nüchterne Worte zu gebrauchen, die er wie „Kainszeichen" auf die „wunden Stellen" setzt.

Es hieße die Absicht des Autors verfälschen, wollte der Übersetzer solche Ausdrücke abschwächen oder verniedlichen. Wenn in der ersten vollständigen deutschen Ausgabe der „Rougon-Macquart" von Armin Schwarz, um nur ein Beispiel herauszugreifen, der entscheidende Satz „s'engraissait de cette bataille des intérêts" (wurde fett durch diese Schlacht der Interessen) mit „er befand sich sehr wohl bei diesem Kampf der Interessen" übersetzt wird, so ist das entscheidende Wort, worin die Wertung und Verurteilung des Autors sich klar ausspricht: „s'engraissait" (wurde fett), und das noch dazu mit der sozialen Oppositionsmetapher Magere—Fette übereinstimmt, in eine indifferente Aussage abgeschwächt und die Wertung des Autors verlorengegangen.

Durch solche Ungenauigkeiten läßt sich die Aussage eines Schriftstellers fast ins Gegenteil verkehren, auch wenn dies zweifelsohne nicht die Absicht von Schwarz war und es sich bei ihm mehr um gelegentliche, in der Fülle der Gesamtarbeit unterlaufene Versehen handelt.

Zola jedoch bewußt einem solchen Entschärfungsprozeß zu unterziehen, ihn damit einem ganz bestimmten Leserkreis schmackhaft zu machen war zweifelsohne das Bemühen von Carlowitz und Rosé. Wenn man aus dem „Paradies der Damen" alle Stellen über das Leben und die soziale Lage der Verkäufer, die verheerenden Folgen des modernen Handels, die unmenschliche Wirkung der kapitalistischen Wirtschaft herausnimmt, so bleibt nur noch das narrative Vehikel dieser sozialökonomischen Studie übrig, ein süßlich rührseliger Liebesroman, der einem der ersten Tonfilme mit Liane Haid, „Mein Mädchen ist nur eine Verkäuferin", in nichts nachsteht und auch dem Unterhaltungsbedürfnis des gleichen Publikums voll zu genügen vermag. Genauso sind beide „Übersetzer" vorgegangen. Sie haben systematisch alle sozialen Abschnitte gestrichen. Die Kapitel IV und XIII sind jeweils auf nur wenige Seiten zusammengeschmolzen. Damit nicht genug, haben sie auch noch die eigentliche Liebesgeschichte weiter verkitscht und nach Möglichkeit ausgebaut. Der Schluß, der schon in Zolas Fassung nicht ganz der Gefahr entgeht, auf das Niveau eines Gartenlaubenromans zu sinken — Zola hat dies sicher selbst gespürt und ihn so kurz wie möglich gehalten —, sieht in der Übersetzung von Carlowitz folgendermaßen aus:

„Denise hatte regungslos zugehört, ihr Herz drohte ihr zu zerspringen beim Anblick seiner Tränen, seines Kummers; und alles um sich her vergessend, ihre Grundsätze, seine hohe Stellung ... nur seine Tränen trocknen wollend ... fiel sie ihm leidenschaftlich um den Hals und stammelte unter heißen Küssen ... und herzbrechendem Schluchzen:

‚Oh! ... lieber, lieber Herr Mouret ... du bist ja dieser Mann! ... Dieser Mann, den ich seit langen Jahren heimlich liebte ... das bist ja du, nur du! ... kein anderer, glücklicherer!! ...'

Mouret war, keines Wortes mächtig, auf seinen Schreibtisch zurückgesunken: er ließ Denise nicht los, er drückte ihren blonden Lockenkopf fest und fester an sein Herz! ... Die Goldstücke rollten auf dem Boden umher ... niemand achtete ihrer! ... Dann sagte er seiner Braut glücklich lächelnd, daß er nun gern in ihre kurze Reise nach Valognes willigen würde. Doch wenn sie beide der Welt dieses Opfer einer Trennung gebracht haben würden, dann wolle er selbst nach ihrem Heimatstädtchen kommen, um sie zu holen und mit ihr das Glück!! — — —"

Diese Verkitschung hätte an sich genügen müssen. Aber Herr Carlowitz, einmal in dichterischen Schwung geraten, fügt den ungefähr wiedergegebenen letzten Sätzen Zolas flugs noch einen weiteren erbaulichen Abschluß hinzu:

„Denise aber hob ihre tränenden Blicke zu dem Bilde der Madame Hédouin empor; die Augen blickten so strahlend glücklich aus dem Rahmen, als sei der schönen Frau ein langer stillgenährter Wunsch in endliche Erfüllung gegangen! ...

Und Denise faltete ihre beiden Hände mit bittender Gebärde gegen das Bild ... es war ein stummer Dank ... war es ein stilles Gelübde? — — —"

Auf Ungenauigkeiten solcher „Übersetzungen" näher einzugehen erübrigt sich, obwohl sich im einzelnen nachweisen ließe, daß selbst an jenen wenigen Stellen, wo Zolas Text erhalten blieb, sein Sinn durch falsche oder ungenaue Wiedergabe, durch semantische Nuancen des gewählten Vokabulars verändert und entstellt wurde.

Dieser gröbste Fall offener Verfälschung ist relativ ungefährlich. Ein oberflächlicher Seitenvergleich des Originals mit der deutschen Ausgabe allein genügt, ihn offenkundig zu machen, obwohl auf der Titelseite nichts von Bearbeitung oder Kürzung gesagt wird.

Die unbewußte, durch inadäquate Übertragung des Originals entstehende Verbiegung ist im Grund bedenklicher und läßt zugleich die ganze Problematik der Zola-Übersetzungen aufscheinen. Denn es geht nicht allein darum, wirkliche Übersetzungsfehler zu vermeiden oder der künstlerischen Eigenart des Zolaschen Stils ganz allgemein gerecht zu werden – beides ist bei der Weitsichtigkeit der von ihm studierten Erscheinungen des modernen Lebens, dem häufig den verschiedensten Fachsprachen entnommenen reichen Wortschatz und der ganz persönlichen Note seiner eigenen Sprache schon schwierig genug –, sondern es handelt sich vor allem um das Erfassen jener oft in stilistischen Besonderheiten, Tropen, Symbolen, Leit- und Klangmotiven nur indirekt sich äußernden Weltsicht des Schriftstellers, seiner philosophischen Anschauungen und persönlichen Stellungnahmen gerade auch zu gesellschaftlichen und sozialen Problemen.

Wenn Schwarz z. B. „les appétits“ in einem Satz des vorliegenden Romans „... er träumte davon, die Firma so zu organisieren, daß die Begierden (les appétits) der anderen für die ruhige und vollständige Befriedigung seiner eigenen Begierden (appétits) ausgenutzt werden könnten“ mit „Habgier“ wiedergibt, so läßt sich dies zwar im ersten Teil inhaltlich noch rechtfertigen, im zweiten schon nicht, in beiden Fällen aber verändert es Zolas Ansicht, weil der Begriff „appétit“ (Begierde) geradezu ein Fahnenwort der Zolaschen Geschichtsphilosophie ist. Sieht er doch in den Begierden der Menschen die Hebel ihrer Handlungen und Taten und damit das innerste Triebwerk des ganzen sozialen Mechanismus. In den Planentwürfen zu den „Rougon-Macquart“ werden die Mitglieder dieser Familie als „entfesselte Begierden“ charakterisiert, und ihre Entfesselung in Aktion vorzuführen ist das Zentralanliegen seiner Romane.

Handelt es sich hier zunächst darum, terminologisch exakt zu bleiben, was eingehende Kenntnis des Gesamtwerks und Durchdringung der philosophischen Vorstellungen des Autors voraussetzt, so bieten noch verstecktere Nuancen dem Übersetzer häufig wirklich große Schwierigkeiten. Oft kann aber nur durch ihr Aufdecken letzte Sinngebung deutlich gemacht werden.

In der „Beute" z. B. versinnlicht Zola Wesen und Wirken des Geldes in mehreren ausgeführten Bildern vom Strom, der anschwillt und verebbt, vom Kreislauf des Wassers, das als Dunst zum Himmel steigt und als Regen zur Erde wieder niedergeht. Diese Kreislaufmetaphern, die seiner der gesamten Deutung aller Vorgänge übergeordneten, naturphilosophischen Gesamtsicht entsprechen und zwischen den Natur und Gesellschaft beherrschenden Gesetzmäßigkeiten ein Gleichheitszeichen setzen, spielen auch im vorliegenden Roman als Bild von dem natürlichen Kreislauf von Tod und Leben eine entscheidende Rolle. Sie interpretieren damit die Opfer des kapitalistischen Konkurrenzkampfes als naturgesetzlich notwendige Bedingungen des ökonomischen Fortschritts.

Aber nicht immer hat Zola seine Kreislaufmetaphern auf das gesamte Kreislaufbild bezogen. Bisweilen benutzt er nur einen Teilaspekt. So z. B. in der „Beute" in dem Wort „le ruissellement" nur das Bewegungsbild des „Fließens", des „Rieselns". Dieses Rieseln des Goldes wiederholt sich in den Stuckverzierungen an den Decken und Wänden des Palais am Parc Monceau, in den Spitzendrapierungen an Renées Ballkleid, ja selbst in den Locken ihrer Haare. Mit der Wiederaufnahme des gleichen Bildes in all jenen Bezirken, die für die geschilderte Gesellschaft die eigentlichen Werte darstellen, soll die innere Gleichsetzung von Geld, Weib und Besitz in der Vorstellungswelt der agierenden Figuren verdeutlicht werden, ein Tatbestand, den Zola auch noch durch eine Reihe dem religiösen Bereich entnommener, im gleichen Sinne verwandter Bilder unterstrichen hat.

Solche dem religiösen Bezirk entlehnten Metaphern finden sich auch mehrfach im vorliegenden Roman. Nur ist ihre Sinngebung hier leichter faßbar, weil sie Zola selbst expressis verbis ausgesprochen hat: „Seine Schöpfung führte eine neue Religion herauf, die Kirchen, die der wankende Glaube nach und nach veröden ließ, wurden in den nun unbeschäftigten Seelen durch seinen Basar ersetzt. Die Frau verbrachte jetzt bei ihm ihre leeren

Stunden, die Stunden des Schauderns und der Unruhe, die sie einst in den Kapellen verlebte: unerläßliche Verausgabung nervöser Süchtigkeit, wiederauflebender Kampf eines Gottes gegen den Gatten, unaufhörlich erneuerter Kult des Körpers, dazu das göttliche Jenseits der Schönheit. Wenn er seine Türen geschlossen hätte, wäre auf der Straße ein Aufstand ausgebrochen, das verzweifelte Geschrei der Frommen, die man daran hindern wollte, zur Beichte und zum Tisch des Herrn zu gehen." Das Warenhaus als Religionsersatz – hier wird Zolas Bild zum Richterspruch über eine ganze Welt, die das Geld als Gott auf die Altäre gehoben hat.

*Rita Schober*

## ZEITTAFEL

1840 2. April: Emile Zola als Sohn des Ingenieurs François Zola und seiner Frau Emilie in Paris geboren. Der Vater war italienischer Herkunft, die Mutter stammte aus der Beauce.

1843 Übersiedlung der Familie nach Aix-en-Provence.

1847 Der überraschende Tod von Zolas Vater bringt die Familie in finanzielle Schwierigkeiten.

1853 Zola besucht das Gymnasium in Aix, wo er mit Paul Cézanne zusammenkommt, mit dem ihn eine vieljährige Freundschaft verbinden wird.

1858 Übersiedlung Zolas nach Paris; Besuch des Lycée Saint-Louis.

1859 Zola fällt in der Literaturprüfung zweimal durch das Abitur.

1860 Zola wird für wenige Monate Zollschreiber in den Docks von Paris für 60 Francs monatlich. Anschließend bis 1862 arbeitslos. Bohèmeleben. Physische und moralische Krise. Intensive Lektüre französischer Literatur, eigene Schreibversuche. Zola ist fest entschlossen, Schriftsteller zu werden.

1862 Anstellung Zolas beim Verlag Hachette, anfangs im Versand, später als Leiter der Werbeabteilung. Zola wird französischer Staatsbürger.

1863 Erste Veröffentlichungen von *Erzählungen.* Journalistische Arbeiten.

1864 Erste Buchveröffentlichung: *Erzählungen für Ninon.*

1865 Zola lernt seine spätere Frau Gabrielle-Alexandrine Meley kennen. Er arbeitet als Literatur- und Kunstkritiker sowie als Schriftsteller. Veröffentlichung seines ersten Romans: *Die Beichte Claudes.*

1866 Zola verläßt im Januar den Verlag Hachette und lebt von da an als freischaffender Journalist und Schriftsteller in enger Verbindung zur künstlerischen Avantgarde der Hauptstadt. Sein jugendlicher Enthusiasmus für die Romantiker ist längst seiner Begeisterung für die Realisten gewichen. Die Brüder Goncourt, Flaubert, vor allem Balzac werden seine Lehrmeister. Enge Freundschaft mit den Impressionisten Cézanne und Manet. Veröffentlichung kunsttheoretischer und kunstkritischer Aufsätze: *Meine Haßgesänge, Mein Salon* mit einer glühenden Verteidigung Manets, dessen „Olympia“ 1865 auf der Kunstausstellung einen Skandal erregt hatte. Romantheoretische Versuche *(Zwei Definitionen des Romans)* und der Roman *Das Gelübde einer Toten.*

1867 Erste Erfolge Zolas mit dem Roman *Die Geheimnisse von Marseille,* vor allem aber mit *Thérèse Raquin.*

1868 Zweite Auflage von *Thérèse Raquin* mit einer programmatischen Vorrede, die die Prinzipien des Naturalismus darlegt. Arbeit an der Konzipierung der *Rougon-Macquart.* Damit ist auch in der Literaturtheorie Zolas Jugendphase abgeschlossen.

1869 Der Verleger Lacroix akzeptiert den von Zola vorgelegten Plan der *Rougon-Macquart,* die ursprünglich zehn Bände umfassen sollen. Zola beginnt mit der Arbeit am „Glück der Familie Rougon“.

1870 Zola heiratet im Mai, verläßt mit Frau und Mutter im September Paris, geht nach Marseille und wird im Dezember Sekretär bei einem Abgeordneten der Provisorischen Regierung in Bordeaux, wo er für die Zeitung „La Cloche“ und den „Sémaphore de Marseille“ als Parlamentsberichterstatter tätig ist.

1871 Zola kehrt im März nach Paris zurück. *Das Glück der Familie Rougon.*

1872 Zola verkehrt freundschaftlich mit Flaubert, Turgenjew, Daudet, Edmond de Goncourt. Die Herausgabe der *Rougon-Macquart* geht gegen ein Monatsfixum von 500 Francs auf den Verleger Charpentier über. *Die Beute.*

1873 *Der Bauch von Paris.* Zola beginnt seine Theaterkritik in der Zeitung „L’Avenir National“.

1874 Im Frühjahr: *Die Eroberung von Plassans.* Im Spätherbst: *Neue Erzählungen für Ninon.*

1875 Beginn der mehrjährigen Mitarbeit Zolas am „Westnik Jewropy“, der in Petersburg erscheint. Freunschaft mit Mallarmé und Maupassant. *Die Sünde des Abbé Mouret.*

1876 Zola setzt seine journalistische Tätigkeit und seine Theaterkritik fort. *Seine Exzellenz Eugène Rougon.* Die Feuilletonveröffentlichung des „Totschlägers“ ruft einen Skandal hervor.

1877 Zola erringt mit der Buchveröffentlichung des *Totschlägers* einen großen Erfolg, der ihm endgültig einen Platz unter den berühmtesten Schriftstellern seiner Zeit sichert. Von da an werden fast alle seine Romane zu riesigen Verkaufserfolgen, und Zola selbst lebt nunmehr in wohlhabenden Verhältnissen.

1878 Zola kauft vom Ertrag des „Totschlägers“ ein Landhaus in Médan bei Paris. *Ein Blatt Liebe.*

1879 Zola veröffentlicht seinen berühmt gewordenen literaturtheoretischen Artikel *Der Experimentalroman*. Skandal um den Feuilletonabdruck von „Nana“.

1880 Tod von Zolas Mutter. Buchveröffentlichung von *Nana*, 55000 verkaufte Exemplare am ersten Tag. *Der Experimentalroman*, literaturtheoretischer Sammelband. *Die Abende von Médan*, Novellenband gemeinsam mit Paul Alexis, Henri Céard, Léon Hennique, Joris-Karl Huysmans und Guy de Maupassant.

1881 Zola veröffentlicht vier Sammelbände seiner theoretischen Schriften: *Die naturalistischen Romanschriftsteller, Unsere dramatischen Autoren, Literarische Dokumente, Der Naturalismus im Theater.*

1882 Erscheinen der ersten zusammenfassenden Arbeit über Zolas Leben und Werk von seinem Freund Paul Alexis: „Aufzeichnungen eines Freundes“. *Ein feines Haus.*

1883 *Paradies der Damen.*

1884 Zola macht eine Reise nach Anzin, um die Situation im Grubengebiet und die Verhältnisse der Bergarbeiter persönlich kennenzulernen. *Die Freude am Leben.*

1885 *Germinal*, der erste realistische Arbeiterroman der Weltliteratur.

1886 *Das Werk.* Cézanne glaubt, daß die Hauptgestalt Claude ihm nachgebildet sei, worüber die Freundschaft mit Zola in die Brüche geht.

1887 *Die Erde.* Als Reaktion darauf das Manifest der Fünf, worin sich fünf junge Schriftsteller offiziell wegen der Exzesse dieses Romans gegen den Naturalismus erklären.

1888 Zola wird Ritter der Ehrenlegion. Beginn seiner Verbindung mit der zwanzigjährigen Jeanne Rozerot. *Der Traum.*

1890 Zola kandidiert zum ersten Mal (vergeblich) für die Académie Française. *Das Tier im Menschen.*

1891 *Das Geld.*

1892 Erste Reise Zolas nach Lourdes. *Der Zusammenbruch.* Dieser erste ehrliche Roman über das Grauen des Krieges trägt Zola den Haß der Militärs und der chauvinistischen Kreise ein; ihm wird Verunglimpfung der Armee vorgeworfen.

1893 Der Verleger Charpentier gibt anläßlich des Abschlusses der *Rougon-Macquart* ein feierliches Bankett im Bois de Boulogne. *Doktor Pascal.*

1894 Verhaftung und Verurteilung des jüdischen Hauptmanns Dreyfus wegen angeblichen Landesverrats zu lebenslänglicher Deportation auf die Teufelsinsel.

Zolas Reise nach Italien zur Vorbereitung seines Romans „Rom". Veröffentlichung von *Lourdes*, des ersten Bandes der Städtetrilogie.

1896 Beginn des Kampfes um die Revision des Dreyfusprozesses. Zweiter Band der Städtetrilogie: *Rom.*

1897 Zola schreibt zum Dreyfusprozeß drei Artikel im Figaro, darunter *Die Wahrheit auf dem Marsch.* Veröffentlichung von Zeitungsartikeln aus den Jahren 1895/96 unter dem Titel *Neue Kampagne.*

1898 Zola veröffentlicht am 13. Januar in der Zeitung Aurore seinen offenen Brief an den Präsidenten der Republik: *Ich klage an.* Er wird am 23. Februar zu einem Jahr Gefängnis und 3000 Francs Geldstrafe verurteilt und von den Dreyfusgegnern auf unflätigste Weise öffentlich beschimpft und verdächtigt. Auf Anraten seiner Freunde geht er allein nach England in die Emigration. Im März erscheint *Paris,* der letzte Band der Städtetrilogie.

1899 Begnadigung des Hauptmanns Dreyfus. Zola kehrt nach Frankreich zurück. Im Oktober erscheint der erste Band seiner geplanten „Vier Evangelien": *Fruchtbarkeit.*

1901 Zweiter Evangelienband: *Arbeit.*

1902 29. September: Zola stirbt in seiner Pariser Wohnung an einer Kohlenoxidvergiftung. Beisetzung auf dem Friedhof Montmartre unter großer Anteilnahme der Pariser Bevölkerung. Anatole France hält die Grabrede. Postum erscheint das dritte Evangelium: *Wahrheit;* das vierte, „Gerechtigkeit", blieb ungeschrieben.

1908 Zolas Urne wird ins Pantheon übergeführt.

8 *Foulard* – leichter bedruckter Seidenstoff.
*Faille* – leichter gerippter Seidenstoff.
*Point d'Alençon* – (franz.) genähte Spitze mit Streublumenmuster auf tüllartigem Grund aus Alençon, der Hauptstadt des Departements Orne.
*Points de Venise* – (franz.) feine venezianische Reliefspitzen.

9 *Matelassé* – Mischgewebe in doppelter Gewebebindung mit plastisch gemusterter Oberfläche.

10 *Au Vieil Elbeuf* – (franz.) Zum alten Elbeuf; Elbeuf heißt das aus der gleichnamigen Stadt stammende feine Tuch.

14 *als Hauptmann nach Mexiko gegangen* – 1861 unternahmen Frankreich, England und Spanien eine Intervention in Mexiko, weil dessen republikanische Regierung unter dem Präsidenten Benito Juárez (1806–1872) die Zinszahlungen für Auslandsschulden eingestellt hatte. England und Spanien zogen sich bald aus Mexiko zurück, während Napoleon III. (1808–1873) den Plan faßte, in Mexiko eine Monarchie zu schaffen. Auf sein Betreiben nahm Erzherzog Maximilian von Österreich (1832–1867) die mexikanische Kaiserkrone an. Er vermochte sich jedoch nur auf die Klerikalen und das französische Expeditionskorps zu stützen, und als die USA dessen Abzug erzwangen, wurde seine Lage hoffnungslos. Er wurde von den Anhängern des Präsidenten Juárez gefangengenommen, zum Tode verurteilt und am 19. 6. 1867 in Querétaro erschossen.

42 *Théâtre des Folies-Dramatiques* – 1831 gegründetes Pariser Operettentheater.

55 *Port-aux-Vins* – Pariser Weinhafen auf dem linken Seine-Ufer.

58 *Auvergnat* – Mann aus der Auvergne.
*Constantine* – Stadt in Algerien, die sich im November 1836 erfolgreich gegen die Franzosen verteidigte und erst im Oktober 1837 nach mehrwöchiger Belagerung gestürmt werden konnte.

73 *Jardin des Tuileries* – die heute noch vorhandenen Gärten des 1871 von der erzürnten Volksmenge zerstörten Tuilerienpalastes, der im Zweiten Kaiserreich Residenz Napoleons III. war.
*Crédit Immobilier* – (franz.) Grundstückskreditbank.

101 *Blonden* – teils geklöppelte, teils genähte Spitzen, deren netzartiger Grund durch Blumen und andere Figuren verziert ist. Der Name ist auf den schwachgelblichen Farbton zurückzuführen.

103 *Baba* – eine Art zuckerhutartiger Napfkuchen.

113 *Pelisse* – (franz.) Pelzmantille.

125 *Escot* – in der belgischen Stadt Aerschot hergestellter Wollstoff.

126 *Merveilleux* – siebenbündiger Atlas.

*Satin Duchesse* – acht- oder zwölfbündiger Atlas.

153 *Palais-Royal* – von 1629 bis 1639 erbautes Pariser Schloß.

157 *„Bon Marché"* – eines der ältesten Pariser Warenhäuser.

162 *Phalanstère* – Produktions-, Konsum- und Lebensgemeinschaft im Gesellschaftssystem des französischen utopischen Sozialisten Charles Fourier (1772–1837).

170 *Théâtre du Gymnase-Dramatique* – 1820 gegründetes Pariser Lustspieltheater.

205 *Théâtre de la Gaîté* – 1792 gegründetes Pariser Operetten- und Lustspieltheater.

207 *Ehrenlegion* – der einzige jetzt noch bestehende französische Orden, gestiftet 1802. Der Stern der Ehrenlegion wird von den Rittern, dem untersten Grad, auf einem roten Moireeband getragen.

210 *Quartier de la Madeleine* – Pariser Stadtteil, in dem die Madeleinekirche liegt.

296 *„Moniteur"* – Die 1789 gegründete Pariser Tageszeitung „Le Moniteur universel" war von 1799 bis 1815 und von 1816 bis 1868 offizielles Organ der französischen Regierung.

300 *Iris* – in der griechischen Mythologie die Verkörperung des Regenbogens, eine jungfräuliche, geflügelte Göttin, die windschnelle Götterbotin.

*Surah* – mattglänzender Seidenkörper.

*Tussah* – Seide des wildlebenden, nur selten gezüchteten Tussahspinners.

301 *Milleraies* – fein gestreifte Seiden.

326 *König Dagobert* – Dagobert I. (etwa 602–638), König in Austrasien von 622 an und ab 629 des gesamten Frankenreiches, der letzte Merowinger. In einem zu Beginn des 19. Jahrhunderts in Frankreich sehr beliebten Spottlied werden ihm die sonderbarsten Eigenschaften zugeschrieben.

345 *„Bullier"* – damals bei der Hochschuljugend sehr beliebtes Pariser Tanzlokal.

*Théâtre du Vaudeville* – 1792 gegründetes Pariser Lustspieltheater.

363 *Grand-Opéra* – das zwischen 1862 und 1875 errichtete Pariser Große Opernhaus.

369 *König von Preußen* – Wilhelm I. (1797–1888), König von Preußen von 1861 bis 1888 und Deutscher Kaiser von 1871 bis 1888.

450 *Waterloo* – Gemeinde in der belgischen Provinz Brabant; bei Waterloo wurde Napoleon I. am 18. 6. 1815 von den vereinigten Heeren der Holländer, Engländer und Deutschen vernichtend geschlagen.

480 *Nainsook* – feines ostindisches Baumwollmusselingewebe in Leinwandbindung.

489 *Madapolam* – weiß gebleichter Baumwollstoff für Wäsche und Kleider.

*Cholet-Tücher* – in der französischen Stadt Cholet hergestellte Batisttaschentücher.

491 *Poult des soie* – infolge der dünnen Kette eigentümlich schimmernde Seidenart.

*Gros Grain de Sicili* – schwerer Taft.

5. Auflage 1988

Einbandgestaltung Werner Klemke
Karl-Marx-Werk, Graphischer Großbetrieb, Pößneck V 15/30
Printed in the German Democratic Republic
Lizenznummer 220. 415/37/88
Bestellnummer 617 915 7
00890

Zola, Die Rougon-Macquart 1–20
ISBN 3-352-00203-7
Paradies der Damen
ISBN 3-352-00204-5

2 р. 16 к.